Ağustos '05

Kitabın Orijinal Adı
ANGELS & DEMONS

Yayın Hakları
DAN BROWN©
AKCALI TELİF HAKLARI AJANSI
ALTIN KİTAPLAR YAYINEVİ
VE TİCARET A.Ş. ©

Baskı
1. BASIM / MAYIS 2004
AKDENİZ YAYINCILIK A.Ş.
Matbaacılar Sitesi No: 83
Bağcılar - İstanbul

ISBN 975 - 21 - 0455 - X

ALTIN KİTAPLAR YAYINEVİ
Celâl Ferdi Gökçay Sk. Nebioğlu İşhanı
Cağaloğlu - İstanbul

Tel: 0.212.513 63 65 / 526 80 12
0.212.520 62 46 / 513 65 18

Faks: 0.212.526 80 11

http://www.altinkitaplar.com.tr
info@altinkitaplar.com.tr

MELEKLER VE ŞEYTANLAR

DAN BROWN

TÜRKÇESİ
PETEK DEMİR

Yazarın Yayınevimizden Çıkan Kitabı:

DA VINCI ŞİFRESİ

Blythe için...

Teşekkür

Simgebilimci Robert Langdon'ın umut vaat edici olduğunu ilk baştan anladığı... ve bu araştırmanın nereye götüreceğini hayal ettiği için bir minnettarlık borcu olarak, en sevgili arkadaşlarımdan biri olan Jason Kaufman'a.

Evinde yeni bir hayat verdiği bu romanı dünyaya tanıttığı için, eşsiz Heide Lange'a.

Atria'daki Emily Bestler ve kitapla ilgili sürekli destekleri ve şevkleri için Pocket Books Yayınevi'ndeki Ben Kaplan ve herkese.

Beni roman yazmaya teşvik ettiği için efsanevi George Wieser'a, yazım hayatımın ilk günlerindeki yardımları ve bu romanı Pocket Books'a sattığı için ilk temsilcim Jake Elwell'e.

Papa'yla görüşmemi kolaylaştırdığı, beni Vatikan Şehri'nin çok az kişinin gördüğü kısımlarına soktuğu ve Roma'da geçirdiğim zamanı unutulmaz kıldığı için sevgili arkadaşım Irv Sittler'a.

İmkânsız mücadeleme dâhiyane bir şekilde yardımcı olan ve bu romanın ambigramlarını yaratan, yaşayan en hünerli ve yetenekli ressamlardan biri olan John Langdon'a.

Sayısız konuda benim bir numaralı bilgi kaynağım olan Ohio Üniversitesi, Chillicothe kütüphanesi müdürü, Stan Planton'a.

Büyük bir nezaket gösterip beni gizli altgeçitte (Passetto) gezdiren Sylvia Cavazzini'ye.

Ve bir çocuğun sahip olabileceği en iyi anne baba, Connie ve Dick Brown'a.. her şey için teşekkür ederim.

Ayrıca, CERN'e, Henry Beckett'a, Brett Trotter'a, Papalık Bilim Akademisi'ne, Brookhaven Enstitüsü'ne, FermiLab Kütüphanesi'ne, Olga Weiser'a, Milli Güvenlik Enstitüsü'nden Don Ulsch'a, Wales Üniversitesi'nden Caroline H. Thompson'a, Kathryn Gerhard ve Omar Al Kindi'ye, John Pike ve Amerikan Bilim Adamları Federasyonu'na, Heimlich Viserholder'a, Corinna ve Davis Hammond'a, Aizaz Ali'ye, Rice Üniversitesi Galileo Projesi'ne, Mockingbird Pictures'dan Julie Lynn ve Charlie Ryan'a, Gary Goldstein'a, Dave (Vilas) Arnold ve Andra Crawford'a, Global Kardeşlik Ağı'na, Phillips Exeter Akademisi Kütüphanesi'ne, Jim Barrington'a, Margie Wachtel'ın gözünden hiçbir şey kaçırmayan adamı John Maier'e, alt.masonic.members'a, Alan Wooley'e, Kongre Kütüphanesi Vatikan Elyazmaları Sergisi'ne, Lisa Callamaro ve Callamaro Ajansı'na, Jon A. Stowell'a, Vatikan Müzesi'ne, Aldo Baggia'ya, Noah Alireza'ya, Harriet Walker'a, Charles Terry'e, Micron Elektronik'e, Mindy Renselaer'a, Nancy ve Dick Curtin'e, Thomas D. Nadeau'ya, NuvoMedia ve Rocket E-books'a, Frank ve Slyvia Kennedy'e, Roma Turizm Kurulu'na, Maestro Gregory Brown'a, Val Brown'a, Werner Brandes'e, Direct Contact'ten Paul Krupin'e, Paul Stark'a, Computalk Network'ten Tom King'e, Sandy ve Jerry Nolan'a, Web gurusu Linda George'a, Roma Ulusal Sanat Akademisi'ne, fizikçi ve bilim adamı Steve Howe'a, Robert Weston'a, New Hampshire, Exeter'daki Water Street Kitabevi'ne ve Vatikan Rasathanesi'ne teşekkür ederim.

NOT: Yazarın özel isteği üzerine kitap içerisindeki ambigramlar orijinal olarak kullanılmıştır.

GERÇEK:

Dünyanın en büyük bilimsel araştırma tesisi -İsviçre'deki *Conseil Européen pour la Recherche Nucléaire* (CERN-Avrupa Nükleer Araştırma Merkezi)- yakın zaman önce ilk karşımadde zerreciklerini üretmeyi başardı. Karşımadde, bir farkla fizik madde ile özdeştir. Karşımadde, normal maddelerde bulunan elektrik yüklerinin *zıddı* zerreciklerden oluşur.

Karşımadde, insanlığın bildiği en güçlü enerji kaynağıdır. Yüzde yüz verimlilikle enerji çıkarır (nükleer yarılım verimliliği yüzde bir buçuktur). Karşımadde kirliliğe ya da radyasyona neden olmamakla birlikte, bir damlası gün boyunca New York Şehri'ni aydınlatmaya yeter.

Buna rağmen, bir sakıncası vardır...

Karşımadde son derece kararsızdır. Herhangi bir şeyle... havayla bile temasa geçtiği anda tutuşur. Karşımaddenin bir gramı, 20 kilotonluk -Hiroşima'ya atılan bombayla aynı büyüklükte- nükleer bomba enerjisini içerir.

Yakın zamana kadar karşımadde sadece küçük miktarlarda üretiliyordu (bir defada birkaç atom). Ama CERN, yeni Antiproton Hız Kesici'de (Antiproton Decelerator) -çok daha büyük miktarlarda karşımadde üretebilecek gelişmiş bir karşımadde üretim tesisi- büyük gelişmeler kaydetti.

Ortaya bir soru çıkıyor: Patlamaya son derece hazır olan bu madde dünyayı mı kurtaracak, yoksa şimdiye dek yapılan en ölümcül silahı üretmekte mi kullanılacak?

Yazarın Notu

Bu romanda adı geçen Roma'daki tüm sanat eserleri, mezarlar, tüneller ve mimari yapılar (bulundukları yerler de dahil olmak üzere) tamamen gerçektir. Günümüzde hâlâ görülebilirler.

Illuminati kardeşliği de gerçektir.

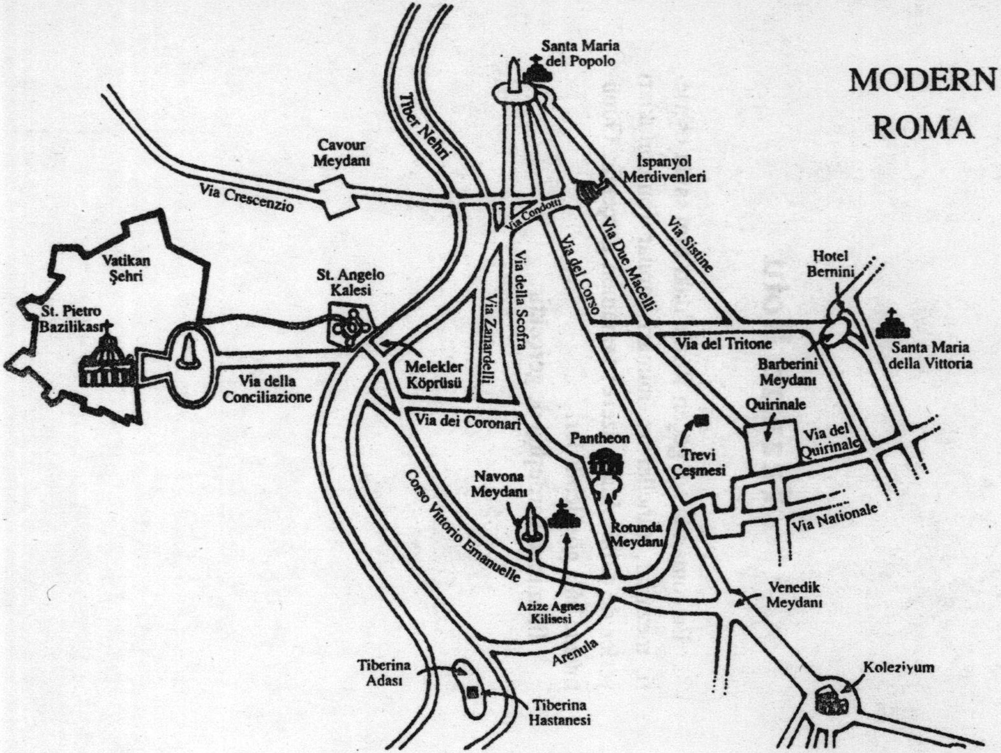
MODERN
ROMA
Santa Maria
del Popolo
Tiber Nehri
Cavour
Meydanı
Via Crescenzio
İspanyol
Merdivenleri
Via Condotti
Via Sistine
Via Due Macelli
Via del Corso
Via della Scofra
Via Zanardelli
Vatikan
Şehri
St. Angelo
Kalesi
St. Pietro
Bazilikası
Hotel
Bernini
Santa Maria
della Vittoria
Via del Tritone
Barberini
Meydanı
Melekler
Köprüsü
Via della
Conciliazione
Via dei Coronari
Pantheon
Quirinale
Via del
Quirinale
Trevi
Çeşmesi
Navona
Meydanı
Rotunda
Meydanı
Via Nationale
Corso Vittorio Emanuelle
Venedik
Meydanı
Azize Agnes
Kilisesi
Arenula
Tiberina
Adası
Tiberina
Hastanesi
Koleziyum

VATİKAN ŞEHRİ

1. St. Pietro Bazilikası
2. St. Pietro Meydanı
3. Sistine Şapeli
4. Borgia Avlusu
5. Papalık Ofisi
6. Vatikan Müzesi
7. İsviçreli Muhafızlar Ofisi
8. Helikopter Pisti
9. Bahçeler
10. *Passetto* (Gizli Geçit)
11. Belvedere Avlusu
12. Merkez Postane
13. Papalık Kabul Salonu
14. Hükümet Sarayı

Önsöz

Fizikçi Leonardo Vetra'nın burnuna yanan et kokusu geldiğinde, bu kokunun kendisinden çıktığını biliyordu. Başını kaldırarak, üstünde beliren siyah figüre dehşet dolu gözlerle baktı. "Ne istiyorsun!"

Kulak tırmalayıcı ses, "*La chiave,*" diye cevap verdi. "Şifre."

"Ama... bende..."

Sıcak beyaz nesneyi Vetra'nın göğsüne iyice bastırarak, ağırlığını yeniden aşağı verdi. Kor nesneyle temas eden etin çıkardığı cızırtı duyuldu.

Vetra ıstırap içinde feryat etti. "Şifre yok!" Şuurunu yitirmeye başladığını hissediyordu.

Siyah figür, ona ters ters baktı. "*Ne avevo paura.* Ben de bundan korkmuştum."

Vetra bilincini kaybetmemek için mücadele verse de, üstüne çöken karanlık gittikçe artıyordu. Tek tesellisi, saldırganının peşinden geldiği şeyi asla bulamayacak olmasıydı. Yine de kısa süre sonra siyah figür bir bıçak çıkartarak Vetra'nın yüzüne yaklaştırdı. Bıçak yüzünün etrafında gezindi. Dikkatle. Ustalıkla.

Vetra, "Tanrı aşkına!" diye çığlık attı. Ama artık çok geçti.

1

Büyük Giza Piramidi'nin üst basamaklarında duran genç kadın kahkahalar atarak, aşağı doğru ona sesleniyordu. "Robert, acele et! Daha genç bir erkekle evlenmem gerekirdi!" Büyüleyici bir gülümsemesi vardı.

Robert, ona yetişmek için çabalıyor, ama taş kesen bacakları buna izin vermiyordu. "Bekle," diye yalvardı. "Lütfen..."

Yukarı çıkarken gözleri bulanıklaşıyordu. Kulaklarında bir çınlama vardı. *Ona yetişmeliyim!* Ama başını yeniden kaldırıp baktığında kadın ortadan kaybolmuştu. Onun yerinde çürük dişli bir adam duruyordu. Adam dudaklarını garipçe bükerek aşağı baktı. Ardından, tüm çöle yayılan acılı bir çığlık attı.

Robert Langdon, gördüğü kâbustan aniden uyanmıştı. Yatağının yanındaki telefon çalıyordu. Sersemlemiş bir halde ahizeyi kaldırdı.

"Alo?"

Bir erkek sesi, "Robert Langdon'ı arıyorum," dedi.

Langdon yatağında doğrularak boğazını temizledi. "Robert Langdon... benim." Kısık gözlerle dijital saatine baktı. Saat sabah 05.18'i gösteriyordu.

"Sizi hemen görmeliyim."

"Kimsiniz?"

"İsmim Maximilian Kohler. Ayrık zerrecik fizikçisiyim."

"*Nesiniz?*" Langdon dikkatini toplamakta güçlük çekiyordu. "Doğru Langdon'ı aradığınıza emin misiniz?"

"Harvard Üniversitesi'nde dini simgebilim profesörüsünüz. Simgebilim üstüne üç kitap yazdınız ve..."

"Saatin kaç olduğunu biliyor musunuz?"

"Özür dilerim. Bende görmeniz gereken bir şey var. Bunu telefonda konuşamam."

Langdon'ın dudaklarında bilmiş bir gülümseme belirdi. Bu daha önce de olmuştu. Dini simgebilim hakkında kitaplar yazmanın tehlikelerinden biri de, Tanrı'dan son aldıkları işaretleri doğrulamasını isteyen dindar fanatiklerdi. Geçen ay Oklahoma'dan bir striptizci, gelip yatak örtüsünün üstünde mucizevi bir biçimde meydana çıkan çarmıhın geçerliliğini onaylarsa, hayatının en iyi seksini yapmayı vaat etmişti. Langdon buna *Tulsa Örtüsü*(*) diyordu.

"Numaramı nasıl buldunuz?" Langdon saate rağmen nazik olmaya çalışıyordu.

"Dünya çapında ağda(**) kitabınızın sitesinde."

Langdon kaşlarını çattı. Kitabının sitesinde ev telefonunun yazmadığına adı gibi emindi. Belli ki adam yalan söylüyordu.

Arayan kişi, "Sizi mutlaka görmeliyim," diye ısrar etti. "İyi ücret öderim."

Artık Langdon'ın tepesi atmaya başlıyordu. "Üzgünüm, ama gerçekten..."

"Eğer hemen çıkarsanız, burada saat..."

"Hiçbir yere gelmiyorum! Saat sabahın beşi!" Langdon telefonu kapatarak, kendini yatağa bıraktı. Gözlerini kapatıp, yeniden uyumaya çalıştı. Hiç faydası yoktu. Rüya aklından çıkmıyordu. İstemeden sabahlığını giydi ve aşağı indi.

Robert Langdon, Massachusetts'deki Victorian tarzı boş evinde yalınayak dolaştı ve âdet halini almış uykusuzluğunu kendi ilacıyla tedavi etti: buharı tüten bir fincan Nestlé's Quik. Cumbalardan giren nisan ay ışığı, şark halılarının üstünde oynaşıyordu. Langdon'ın iş arkadaşları, yaşa-

(*) Üstündeki lekelerin çarmıha gerilmiş insan şekli olduğuna inanılan Turin Örtüsü'ne gönderme. Tulsa Oklahoma'dadır.

(**) Worldwide Web.

dığı yerin evden çok antropoloji müzesine benzediği konusunda şakalar yaparlardı. Kitap rafları, dünyanın her yerinden topladığı dini elsanatlarıyla doluydu -Gana'dan bir *ekuaba*, (Ghana'da Aşhanti kabilesinin küçük kız çocuklarına bebek bakımını öğretmek için kullanılan oyuncak bebekler. Ayrıca kısır kadınların bebek sahibi olmaları için kullanılır.) İspanya'dan altın bir haç, Ege'den bir Siklat (Yunan Adaları İdolü), hatta Borneo'dan nadir bulunan el örgüsü bir *boccus* (renkli iplik ya da boncuklarla örülmüş muska), ebedi gençliği sembolize eden genç bir savaşçı.

Langdon pirinç Maharishi sandığının üstünde oturup sıcak çikolatasının tadını çıkarırken, cumbaya yansıyan görüntüsüne gözü takıldı. Görüntü çarpık ve soluktu... hayalet gibi. *Yaşlanan bir hayalet,* diye düşündü. Bu ona, genç ruhunun ölümlü bir kabuk içinde yaşadığını acımasızca hatırlatmıştı.

Klasik anlamda çok yakışıklı sayılmasa da, kırk yaşındaki Langdon'ın bayan iş arkadaşlarının "ilim irfan sahibi" dediği bir görünümü vardı: gür kahverengi saçların arasındaki beyaz teller, inceleyici mavi gözler, insanı tutsak eden etkileyici bir ses ve bir atletin kaygısız, güçlü gülümsemesi. Hazırlık okulu ve üniversitede dalgıç takımında yer alan Langdon hâlâ bir yüzücünün vücuduna sahipti. Üniversitenin havuzunda her gün attığı elli kulaçla bir seksenlik vücudunu formda tutuyordu.

Langdon'ın arkadaşları onu daima gizemli biri gibi görürlerdi -yüzyıllar arasına sıkışıp kalmış bir adam. Hafta sonlarında onu kot pantolonunu çekmiş, okulun dinlenme salonunda öğrencilerle bilgisayar grafiği ya da din tarihi hakkında tartışırken görmek mümkündü; öte yandan ona, en iyi sanat dergilerinin sayfalarında, Harris tüvit ceketiyle konuşma yapması için çağrıldığı müze açılışlarında da rastlanabilirdi.

Sert bir öğretmen ve disiplinde taviz tanımayan biri olduğu halde Langdon, "iyi espri yapma kayıp sanatını" takdir edenlerin en önünde gelirdi. Eğlenceden zevk alması, öğrencileri arasında onlardan biriymiş gibi kabul görmesini sağlardı. Kampustaki takma adı "Yunus" idi. Bu isim hem dost tavırlarından, hem de havuza dalıp su topu maçında karşı takımın tüm oyuncularını saf dışı bırakmasını sağlayan efsanevi yeteneğinden kaynaklanıyordu.

Langdon tek başına oturup, dalgın gözlerini karanlığa dikerken, evinin sessizliği, bu kez faks makinesinin çalmasıyla yeniden bozuldu. Kızmak için yeterli güce sahip olmadığından, gülmek için kendini zorladı.

Tanrım şu kullarının haline bak, diye düşündü. *Mesihlerinin gelmesi için iki bin yıl sabrettiler ama hâlâ ısrarcılıktan vazgeçemiyorlar.*

Boş fincanını bitkin bir halde mutfağa geri götürdü ve ağır adımlarla meşe lambri kaplı çalışma odasına yürüdü. Gelen faks, çıktı tepsisinin üstünde duruyordu. İçini çekerek kâğıdı kaldırıp baktı.

Bir anda duyduğu tiksintiyle kanı dondu.

Sayfanın üstündeki resim bir insan cesedine aitti. Ceset çırılçıplak soyulmuştu ve kafası, tamamen arka tarafa bakacak şekilde döndürülmüştü. Kurbanın göğsünde feci bir yanık izi vardı. Adam damgalanmıştı... tek bir kelimeyle dağlanmıştı. Bu, Langdon'ın iyi bildiği bir kelimeydi. Çok iyi bildiği bir kelime. Süslü harflere inanmayan gözlerle baktı.

"Illuminati," diye kekelerken kalbi hızla çarpıyordu. *İmkânsız...*

Langdon az sonra şahit olacaklarından korkar bir halde, faks kâğıdını ağır çekimde 180 derece çevirdi. Kelimeye şimdi baş aşağı bakıyordu.

Soluğunu salıverdi. Kendini kamyon çarpmış gibi hissediyordu. Gördüklerine inanmakta zorluk çekerek faks kâğıdını yeniden çevirdi, damgayı sağ taraf yukarı gelecek şekilde ve sonra tekrar baş aşağı okudu.

"Illuminati," diye fısıldadı.

Langdon girdiği şokun etkisinde bir sandalyeye çöktü. Bir süre şaşkınlık içinde kalakaldı. Sonra gözlerini yavaşça faks makinesinin yanıp sönen kırmızı ışığına çevirdi. Bu faksı gönderen kişi hattı kapatmamıştı... konuşmak için bekliyordu. Langdon yanıp sönen ışığa uzun süre baktı.

Ardından, titreyen elleriyle ahizeyi kaldırdı.

2

Langdon sonunda cevap verdiğinde adam, "Şimdi dikkatinizi çekmeyi başarabildim mi?" dedi.

"Evet efendim, son derece iyi başardınız. Kendinizi tanıtmak ister misiniz?"

Sert ve mekanik bir ses, "Daha önce anlatmaya çalıştım," dedi. "Fizikçiyim. Bir araştırma tesisi işletiyorum. Burada bir cinayet işlendi. Cesedi gördünüz."

"Beni nasıl buldunuz?" Langdon dikkatini veremiyordu. Aklına faks kâğıdının üstündeki resim geliyordu.

"Size daha önce de söyledim. Worldwide Web'den. Kitabınızın sitesinden, *Illuminati Sanatı.*"

Langdon dikkatini toplamaya çalıştı. Kitabı edebiyat çevrelerinde fazla tanınmıyordu ama internette hayli takipçisi olmuştu. Buna rağmen arayan kişinin iddiası bir anlam ifade etmiyordu. Langdon, "O sayfada iletişim kurmak için bilgi verilmiyor," diye itiraz etti. "Buna eminim."

"Buradaki laboratuvarımda Web'den kullanıcı bilgisi toplamakta oldukça becerikli çalışanlarım var."

Langdon şüpheliydi. "Laboratuvarınız Web hakkında *fazlasıyla* çok şey biliyor gibi konuşuyorsunuz."

Adam, "Öyle olmalı," diye cevabı yapıştırdı. "Onu biz *icat* ettik."

Adamın sesindeki bir şey Langdon'a, onun şaka yapmadığını söylüyordu.

Arayan kişi, "Sizi görmeliyim," diye ısrar etti. "Telefonda görüşebileceğimiz bir mesele değil. Laboratuvarım Boston'dan sadece bir saatlik uçuş mesafesinde."

Çalışma odasının loş ışığında duran Langdon, elindeki faksı inceledi. Oldukça dokunaklı bu resim, muhtemelen yüzyılın epigrafi buluşuydu, on yıllık araştırması tek bir sembolle kanıtlanmış oluyordu.

Arayan ses, "Çok acil," diye bastırdı.

Langdon'ın gözleri damgaya kilitlenmişti. *Illuminati* yazısını tekrar tekrar okudu. Çalışmaları daima fosillerin -eski belgeler ve tarihi söylenceler- sembolik benzerlerine dayanırdı ama önündeki resim bugüne aitti. Şimdiki zaman. Kendini canlı bir dinozorla karşılaşan paleontolog gibi hissediyordu.

Arayan ses, "Size uçak gönderiyorum," dedi. "Yirmi dakika içinde Boston'da olur."

Langdon ağzının kuruduğunu hissediyordu. *Bir saatlik uçuş...*

Arayan kişi, "Lütfen cüretimi mazur görün," dedi. "Burada size ihtiyacım var."

Langdon yeniden faksa baktı, eski bir efsane siyah beyaz şekilde onaylanmıştı. Göstergeler korkutucuydu. Boş gözlerle cumbadan dışarı baktı. Şafak, arka bahçesindeki huş ağaçlarının arasından sökmeye başlamıştı ama bu sabah manzarada farklı bir şeyler vardı. Korku ve zindelik karışımı garip bir duygu hisseden Langdon başka seçeneği olmadığını biliyordu.

"Kazandınız," dedi. "Uçağa nereden bineceğimi söyleyin."

3

Binlerce kilometre ötede, iki adam toplantı yapıyordu. Oda karanlıktı. Ortaçağdan kalma. Taş.

Yetkili adam, "*Benvenuto,*" dedi. Karanlık gölgelerin arasında, gözden uzakta oturuyordu. "Başarılı oldun mu?"

Siyah figür, "*Si,*" diye cevap verdi. "*Perfettamente.*" Kelimeleri taş duvarlar kadar sertti.

"Ve suçu kimin işlediği hiç şüphe götürmeyecek değil mi?"

"Hayır."

"Harika. Senden istediğim şey yanında mı?"

Katilin petrol kadar siyah gözleri parladı. Ağır bir elektronik cihaz çıkartıp masanın üstüne koydu.

Gölgeler arasındaki adam memnun görünüyordu. "İyi iş başardın."

Katil, "Kardeşliğe hizmet etmek bir onurdur," dedi.

"İkinci devre yakında başlayacak. Biraz dinlen. Bu gece dünyayı değiştirdik."

4

Robert Langdon'ın Saab 900S'i, Callahan Tüneli'nden hızla geçip Logan Havaalanı girişine yakın Boston Limanı'nın doğusuna çıktı. Gideceği yönü kontrol eden Langdon, Aviation Yolu'nu bulup eski Eastern Airlines Binası'ndan sonra sola saptı. Giriş yolunun üç yüz metre aşağısında, karanlığın içinde bir hangar belirdi. Üstüne büyük bir "4" rakamı yazılmıştı. Park alanına çektikten sonra, arabadan indi.

Binanın arkasından, mavi uçuş takımı içinde yuvarlak yüzlü bir adam çıktı. "Robert Langdon mısınız?" diye seslendi. Adamın dostane bir sesi vardı. Langdon'ın tanımlayamadığı bir aksanla konuşuyordu.

Arabasını kilitleyen Langdon, "Benim," dedi.

Adam, "Mükemmel zamanlama," dedi. "Yeni indim. Lütfen beni takip edin."

Binanın etrafından dolaşırlarken, Langdon gerginleştiğini hissediyordu. Şifreli telefonlara ve yabancılarla gizli randevulara alışık değildi. Neyle karşılaşacağını bilmediğinden her zamanki kıyafetlerini giymişti; spor pantolon, balıkçı yaka kazak ve Harris tüvit ceket. Yürürlerken, cebindeki faksı düşündü. Üstündeki çizime hâlâ inanamıyordu.

Pilot, Langdon'ın gerginliğini hissetmiş gibiydi. "Uçmakla ilgili bir sorununuz yok, değil mi efendim?"

Langdon, "Kesinlikle yok," diye yanıt verdi. *Damgalanmış cesetlerle ilgili sorunlarım var. Uçuşu kaldırabilirim.*

Adam, Langdon'ı hangar boyunca yürüttü. Köşeyi dönüp piste çıktılar.

Langdon olduğu yerde donakalmış, pistin üstünde duran uçağa ağzı açık bakıyordu. "*Bununla* mı gidiyoruz?"

Adam sırıtıyordu. "Beğendiniz mi?"

Langdon uzun süre baktı. "Beğenmek mi? Bu da *neyin nesi* böyle?"

Önlerinde devasa bir uçak duruyordu. Tepesi tıraşlanarak dümdüz edilmemiş olsa, bir uzay mekiğine benzediği bile söylenebilirdi. Pistin üstündeki haliyle dev bir takozu andırıyordu. Langdon ilk başta rüya gördüğünü sanmıştı. Bu araç fiyat bakımından, Buick'in havadaki dengi olmalıydı. Pratik anlamda, gövdenin arkasında kalan iki kısa dümen kanadı dışında, kanatları yoktu. Kıç taraftan bir çift sırt kılavuzu yükseliyordu. Uçağın geri kalanı gövdeden oluşuyordu -önden arkaya yaklaşık altmış metre- pencereleri yoktu, uçağın gövdesinden başka bir şey görünmüyordu.

Pilot yeni doğan bebeğiyle övünen bir baba edasıyla, "Tam dolu depoyla iki yüz elli kilo geliyor," dedi. "Yarı sıvı hidrojenle çalışıyor. Gövdesi silikon karbit liflerden oluşan bir titanyum matris. İtme kuvveti/ağırlık oranı 20:1; çoğu jet uçağında bu oran 7:1'dir. Direktör seni görmek için sabırsızlanıyor olmalı. Genellikle gözbebeğini göndermez."

Langdon, "Bu şey *uçuyor mu?*" diye sordu.

Pilot gülümsedi. "Ah evet." Langdon'ı pistin üstünden uçağa doğru götürdü. "Biraz şaşırtıcı görünüyor, biliyorum ama alışsanız iyi olur. Beş yıl içinde her yerde bu bebeklerden göreceksiniz -HSCT'ler- High Speed Civil Transports(*). İlk satın alan bizim laboratuvarımız oldu."

Langdon, *amma zengin laboratuvarmış*, diye düşündü.

Pilot, "Bu uçak Boeing X-33'ün bir prototipi," diye devam etti. "Ama bunun gibi düzinelerce var, National Aero Space Plane(**) Rusların Scramjet'i, İngilizlerin HOTOL'u var. Gelecek bunda, ama kamu sektörüne girmesi için biraz zaman geçmesi gerekiyor. Artık geleneksel jetlerle vedalaşabilirsiniz."

(*) Yüksek Süratli Toplu Taşımacılık.

(**) Ulusal Havacılık ve Uzay Uçakları.

Langdon başını kaldırıp, kaygıyla uçağa baktı. "Sanırım ben geleneksel jeti tercih ederdim."

Pilot iskeleyi gösterdi. "Bu taraftan lütfen Bay Langdon. Dikkatli olun."

Langdon dakikalar sonra boş kabindeki yerini almıştı. Pilot, onu ön sıraya oturttuktan sonra, uçağın ön kısmına giderek gözden kaybolmuştu.

Kabinin içi geniş ticari uçaklara şaşırtıcı derecede benziyordu. Aradaki tek fark pencerelerin olmamasıydı ki, bu da Langdon'ı huzursuzlandırıyordu. Çocukluğunda yaşadığı bir olayın asla üstesinden gelemediği için, klostrofobi duyusundan yakasını kurtaramıyordu.

Langdon'ın kapalı yerlerden hoşlanmaması asla onun hayatını engelleyecek boyutlarda değildi, ama yine de her zaman tedirgin ediyordu. Bu korku kendini belli belirsiz şekillerde gösteriyordu. Duvar topu ve duvar tenisi gibi kapalı yerlerde oynanan sporlardan kaçınırdı, ayrıca fakültedeki lojmanı hazır onu beklediği halde, Victorian tarzı yüksek tavanlı, havadar evi için bir servet ödemişti. Langdon genç bir delikanlıyken daima, sanat dünyasına olan tutkusunun, müzelerin geniş açık mekânlarına duyduğu sevgiden kaynaklandığından şüphelenmişti.

Altındaki motor kükreyerek çalışınca, uçağın gövdesi titredi. Langdon güçlükle yutkundu ve bekledi. Uçağın pist üzerinde ilerlediğini hissediyordu. Başının üstündeki hoparlörlerden halk türküsü ezgileri duyuldu.

Yanındaki duvarda asılı duran telefon iki kez çaldı. Langdon ahizeyi kaldırdı.

"Alo?"

"Rahat mısınız Bay Langdon?"

"Hiç değilim."

"Sakinleşin. Bir saat sonra orada olacağız."

"Peki *orası* tam olarak neresi?" Langdon bunu sorarken aslında nereye gittiğine dair hiç fikri olmadığını fark etmişti.

Motorların hızını arttıran pilot, "Cenevre," diye yanıtladı. "Laboratuvar Cenevre'de."

Kendini biraz daha iyi hisseden Langdon, "Cenevre," diye tekrarladı. "New York Eyaleti'nin kuzeyi. Ailem Seneca Gölü yakınlarında oturuyor. Cenevre'de bir fizik laboratuvarı olduğunun farkında değildim."

Pilot güldü. "*New York*'taki Cenevre değil Bay Langdon. *İsviçre*'deki Cenevre."

Kelimeyi hazmetmesi biraz zamanını almıştı. "İsviçre mi?" Langdon nabzının yükseldiğini hissediyordu. "Laboratuvarın bir saatlik mesafede olduğunu söylediğinizi sanmıştım!"

"Öyle Bay Langdon." Pilot kendi kendine güldü. "Bu uçak ses hızından on beş kat hızlı gidiyor."

5

Kalabalık bir Avrupa caddesinde katil, insanların arasında zikzaklar çizerek ilerliyordu. Güçlü bir adamdı. Karanlık ve güçlü biriydi. Aldatıcı bir kıvraklığı vardı. Yaptığı toplantının gerginliği hâlâ üstündeydi.

Kendi kendine, *iyi gitti*, dedi. Patronu yüzünü göstermediği halde, katil, onun huzuruna çıktığı için onur duyuyordu. *Patronu onunla ilk temas kurduğundan beri gerçekten aradan sadece on beş gün mü geçmişti?* O telefon görüşmesinin her kelimesi hâlâ katilin hatırındaydı...

Arayan kişi, "İsmim Janus," demişti. "Akraba sayılırız. Ortak bir düşmanımız var. Yeteneğini kiralayabileceğimi duydum."

Katil, "Kimi temsil ettiğinize bağlı," diye yanıtlamıştı.

Arayan kişi bunu ona söylemişti.

"Sizin şaka anlayışınız bu mu?"

Arayan kişi, "Anladığım kadarıyla ismimizi duymuşsun," diye cevap vermişti.

"Elbette. Kardeşlik bir efsanedir."

"Ama yine de benim gerçeği söylediğimden şüphe duyuyorsun."

"Kardeşlerin artık yok olduğunu herkes biliyor."

"Hileli bir taktik. En tehlikeli düşman kimsenin korkmadığı düşmandır."

Katil şüphelenmişti. "Kardeşlik devam ediyor mu?"

"Şimdi eskisinden de derinden. Köklerimiz görebildiğin her şeye uzanıyor... hatta en büyük düşmanımızın kutsal kalesine kadar."

"İmkânsız. Onlara dokunulamaz."

"Biz oraya kadar uzanıyoruz."

"Kimse oraya kadar uzanamaz."

"Çok yakında inanacaksın. Kardeşliğin gücünün su götürmez bir gösterisi gerçekleşti. Basit bir ihanet ve kanıt olayı."

"Ne yaptınız?"

Arayan kişi ona anlatmıştı.

Katilin gözleri büyümüştü. "İmkânsız bir görev."

Ertesi gün tüm dünyadaki gazete başlıkları aynıydı. Katil artık inanıyordu.

Şimdi, on beş gün sonra, katilin inancı şüpheye mahal bırakmayacak kadar sağlamlaşmıştı. *Kardeşlik devam ediyor,* diye düşündü. *Bu gece güçlerini göstermek için ortaya çıkacaklar.*

Sokaklarda ilerlerken, siyah gözleri olacakların beklentisiyle parlıyordu. Dünyadaki en gizli ve en çok korkulan kardeşlerden biri, onu hizmetine çağırmıştı. *Akıllıca bir seçim yaptılar,* diye düşündü. Gizlilik konusundaki ününün önüne geçebilecek tek şey onun bir ölümlü olduğuydu.

Şu ana dek onlara onurlu bir biçimde hizmette bulunmuştu. Cinayeti işlemiş ve istendiği gibi nesneyi Janus'a teslim etmişti. Artık nesnenin yerleştirilmesi Janus'un ne kadar nüfuz sahibi olduğuna bağlıydı.

Yerleştirme işlemi...

Katil, Janus'un böylesi hayret verici bir işi nasıl halledeceğini merak ediyordu. Belli ki adamın içeriden bağlantıları vardı. Kardeşliğin hâkimiyeti sınırsız gibiydi.

Katil, *Janus,* diye düşündü. *Bir kod adı olduğu belli.* Acaba iki yüze sahip Roma tanrısıyla mı ilgili diye merak etti... ya da Satürn'ün uydusu muydu acaba? Aslında fark etmezdi. Janus sırrına varılmaz bir güce sahipti. Bunu hiç şüphesiz kanıtlamıştı.

Katil yürürken, atalarının ona bakıp gülümsediğini hayal etti. Bugün *onların* savaşını veriyordu, onların asırlarca... on birinci yüzyıl kadar eski zamanlarda savaştığı aynı düşmanla savaşıyordu. Düşmanın haçlı orduları onun topraklarını ilk yağmaladığında, insanlarına tecavüz edip öldürdüğünde, onları günahkâr ilan ettiğinde, ibadethaneleriyle tanrılarını yıktığında, aynı düşmanla savaşıyorlardı.

Ataları kendilerini savunmak için küçük fakat ölümcül bir ordu kurmuşlardı. Ordu tüm ülkede koruyucular olarak ün salmıştı; ülkede dolaşarak bulabildikleri tüm düşmanları kıyımdan geçiren usta cellatlar. Sadece merhametsizce öldürmeleriyle değil, aynı zamanda katliamlarını uyuşturucu alarak kutlamalarıyla tanınıyorlardı. Seçtikleri uyuşturucu, *haşhaş* dedikleri güçlü bir maddeydi.

Bu ölümcül adamlar, kötü şöhretleri yayılırken tek bir isimle anılmaya başlamışlardı -*Haşhaşin*- yani "haşhaş kullananlar". Haşhaşin kelimesi dünyadaki hemen her dilde ölümle eşanlamda kullanılıyordu. Bu kelime günümüzde, modern İngilizcede bile hâlâ kullanılır... ama öldürme zanaatı gibi kelime de değişikliğe uğramıştır.

Şimdi bu kelime İngilizcede *assassin*, yani *suikastçı*, diye okunuyor.

6

Yaşadıklarına inanamayan ve uçak yolculuğundan rahatsız olan Robert Langdon güneşin kuruttuğu uçak pistine indiğinde, aradan altmış dört dakika geçmişti. Kuru ve soğuk bir rüzgâr tüvit ceketinin klapalarını uçuşturuyordu. Açık hava ona harika gelmişti. Gözlerini kısarak, etraflarını çevreleyen karlı tepelere doğru yükselen yeşil vadilere baktı.

Kendi kendine, *rüya görüyorum,* dedi. *Her an uyanabilirim.*

X-33'ün arkalarında gürültüler çıkartan HEDM motor sesini bastırmak için bağıran pilot, "İsviçre'ye hoş geldiniz," dedi.

Langdon saatine baktı. Sabah saat 07.07'yi gösteriyordu.

Pilot, "Altı zaman dilimi geçtik," dedi. "Burada saat öğleden sonra 13.00."

Langdon saatini ayarladı.

"Nasıl hissediyorsunuz?"

Langdon karnını ovuşturdu. "Kendimi Styrofoam(*) yemiş gibi hissediyorum."

Pilot başını salladı. "Yükseklik tutması. Yirmi bin metreye çıkmıştık. Oradayken yüzde otuz daha hafifsiniz. Sadece Atlantik'i geçtiğimiz için şanslısınız. Tokyo'ya gitseydik, uçağı daha yukarda uçurmak zorunda kalacaktım. O zaman mideniz iyice bulanırdı."

(*) Suni köpük.

Beti benzi atan Langdon başını sallayarak kendini şanslı saydı. Her şey dikkate alınacak olursa, uçuş son derece sıradandı. Kalkış sırasında kemiklerini sızlatan ivmelenme dışında uçağın hareketleri sıradandı; arada bir türbülansa girmişler, yükselişe geçtiklerinde bir iki basınç değişikliği yaşamışlardı, ama uçağın akıllara durgunluk veren bir süratle, saatte 17.000 kilometre hızla gittiğini gösterecek hiçbir farklılık olmamıştı.

X-33'ün bakımıyla ilgilenmek üzere birkaç teknisyen piste koşuşturdu. Pilot kontrol kulesinin yanındaki park alanında bekleyen siyah bir Peugeot'ya kadar Langdon'a eşlik etti. Bir süre sonra, vadi zemininde uzanan asfalt yolda ilerliyorlardı. Uzakta bir yığın binanın zayıf görüntüsü yükseliyordu. Dışarıdaki yemyeşil ovalar araba ilerlerken bulanıklaşıyordu.

Langdon, pilotun hız göstergesini saatte 170 kilometreye -saatte 100 milden fazla- çıkartmasını hayretle izledi. *Bu adamın hız tutkunluğu nedir böyle*, diye düşündü.

Pilot, "Laboratuvara beş kilometre kaldı," dedi. "Sizi iki dakikada oraya götürürüm."

Langdon boş yere emniyet kemeri aradı. *Neden şunu üç dakika yapıp, oraya sağ salim varmıyoruz?*

Araba hızla ilerlemeye devam etti.

Kasetçalara bir bant yerleştiren pilot, "Reba sever misiniz?" diye sordu.

Bir kadın şarkı söylemeye başlamıştı. "Bu sadece yalnızlık korkusu..."

Langdon, *burada korku yok,* diye düşünmeye daldı. Bayan iş arkadaşları onun müzelere layık bir sanat eserleri koleksiyonuna sahip olmasını, boş bir evi, bir kadının varlığının kesinlikle faydası dokunacağı konusunda ısrar ettikleri bir evi doldurmak çabasından başka bir şey olmadığını söylerlerdi. Langdon, onlara hayatında zaten üç sevgilisi olduğunu hatırlatarak -simgebilim, sutopu ve bekârlık- söylediklerine daima gülerdi. Sevgililerinin sonuncusu sayesinde dünyayı özgürce dolaşabiliyor, istediği kadar geç yatabiliyor, bir kadeh konyak ve iyi bir kitapla evde geçirdiği sessiz akşamlarının tadını çıkarabiliyordu.

Langdon'ı hayallerinden uyandıran pilot, "Bizler küçük bir şehir gibiyiz," dedi. "Burası sadece laboratuvar değil. Süpermarketimiz, hastanemiz ve hatta bir sinemamız var."

Langdon boş gözlerle başını sallayarak, önlerinde yükselen binalara baktı.

Pilot, "Aslında," diye ekledi. "Dünyadaki en büyük makineye sahibiz."

"Gerçekten mi?" Langdon gözleriyle kırları taradı.

"Onu orada göremezsiniz efendim." Pilot gülümsedi. "Toprağın altı kat altına gömülü."

Langdon'ın soracak vakti yoktu. Pilot hiç uyarmadan frenlere asıldı. Araba, betonarme bir nöbetçi kulübesinin önünde patinaj yaparak durdu.

Langdon karşılarında duran tabelayı okudu. GÜVENLİK. BEKLEYİN. Birden nerede olduğunu fark ederek, panikledi. "Aman Tanrım! Pasaportum yanımda değil."

Şoför, "Pasaportlara gerek yok," diyerek onu temin etti. "İsviçre Hükümeti'yle yürürlükte olan bir anlaşmamız var."

Langdon, nöbetçiye bir kimlik uzatan şoförü hayretler içinde seyretti. Nöbetçi, kimliği elektronik bir onay cihazından geçirdi. Makinede yeşil yandı.

"Yolcunun ismi nedir?"

Şoför, "Robert Langdon," diye yanıtladı.

"Kimin misafiri?"

"Direktör'ün."

Nöbetçinin kaşları yay gibi havaya kalktı. Arkasını dönerek bir bilgisayar çıktısını, ekrandaki verilerle karşılaştırarak kontrol etti. Sonra pencereye döndü. "İyi vakit geçirmenizi dilerim Bay Langdon."

Araba yeniden fırlayarak, tesisin ana girişine giden geniş bir adacığın etrafından döndü. Karşılarında cam ve çelikten yapılmış ultra-modern, dörtgen bir yapı duruyordu. Langdon binanın çarpıcı şeffaf tasarımından oldukça etkilenmişti. Mimarlığa karşı her zaman bir sempatisi olmuştu.

Yol arkadaşı, ona, "Cam Katedral," dedi.

"Bir kilise mi?"

"Yo, hayır. Burada sahip *olmadığımız* tek şey bir kilise. Burada din fiziktir. Tanrı'nın adını istediğiniz kadar anabilirsiniz." Güldü. "Mesonlara[*] ve zerrelere[**] iftira etmeyin yeter."

Şoför arabayı döndürüp cam binanın önüne çekerken, Langdon şaşkınlık içinde oturuyordu. *Mesonlar ve zerreler? Sınır kontrolü yok. Mach 15 uçaklar. Bu adamlar da kim Tanrı aşkına?* Cevap binanın ön yüzündeki granit levhada yazıyordu:

(CERN)
Conseil Européen pour la
Recherche Nucléaire

Yaptığı çevirinin doğruluğundan emin olan Langdon, "Nükleer Araştırma mı?" diye sordu.

Şoför cevap vermedi. Öne doğru eğilmiş, arabanın kasetçalarıyla uğraşıyordu. "Sizin durağınız burası. Direktör sizi bu girişte karşılayacak."

Tekerlekli iskemlede binadan çıkan bir adam Langdon'ın gözüne ilişti. Adam altmışlı yaşlarının başında gibi görünüyordu. Sert bir çenesi olan sıska ve tamamıyla kel adam, beyaz laboratuvar önlüğüyle, tekerlekli iskemlenin ayak koyma yerine sıkıca basan bağcıklı siyah ayakkabılar giymişti. İki gri taşa benzeyen gözlerindeki cansız bakış uzaktan bile fark ediliyordu.

Langdon, "Bu o mu?" diye sordu.

Şoför başını kaldırıp baktı. "Hay Allah." Dönüp Langdon'a uğursuz bir gülümsemeyle baktı. "İti an çomağı hazırla."

Langdon neyle karşılaşacağından emin olmayan bir tedirginlikle araçtan indi.

Tekerlekli iskemledeki adam, Langdon'a doğru ilerleyerek, soğuk ve nemli elini uzattı. "Bay Langdon? Sizinle telefonda konuşmuştuk. İsmim Maximilian Kohler."

---

[*] Elektronla proton arasında bir maddecik.
[**] Atomları oluşturan birimlerin özmaddesi.

7

CERN Genel Direktörü Maximilian Kohler, *König* -Kral- diye tanınıyordu. Bu unvan, tekerlekli iskemledeki tahtından egemenliğini yöneten kişiye saygıdan çok, duyulan korkunun ifadesiydi. Birkaç kişi, onu şahsen tanıdığı halde, sakatlanmasına yol açan korkunç hikâye CERN'de efsane haline gelmişti. Aksiliği ya da kendini bilime adaması yüzünden onu kimse suçlayamıyordu.

Langdon, Kohler'la karşılaşalı henüz birkaç saniye olduğu halde, adamın mesafeli biri olduğunu hemen sezmişti. Kohler'ın tekerlekli iskemlesi ana girişe doğru sessizce süratlenirken, Langdon, ona yetişmek için koşuşturmak zorunda kalmıştı. Bu tekerlekli iskemle o güne dek Langdon'ın gördüklerine hiç benzemiyordu; çok hatlı bir telefon, mesajlaşma sistemi, bilgisayar ekranı, hatta hareketli bir video kamera gibi elektronik cihazlarla donatılmıştı. Kral Kohler'ın seyyar komuta merkezi.

Langdon mekanik bir kapıdan geçerek, CERN'in dev ana lobisine kadar peşinden gitti.

Langdon başını semaya doğru kaldırıp bakarak, *Cam Katedral,* diye derin düşüncelere daldı.

Başının üstündeki mavimsi cam çatı akşamüstü güneşinde parıldıyor, geometrik ışınlar çizerek, odaya görkemli bir hava katıyordu. Köşeli gölgeler beyaz seramik duvarlara ve mermer zemine düşerek damar görüntüsü veriyordu. Havada temiz ve steril bir koku vardı. Bir avuç bilim adamı etrafta hızlı adımlarla dolaşırken, ayak sesleri boşlukta yankı yapıyordu.

"Bu taraftan lütfen Bay Langdon." Sesi neredeyse bilgisayardan çıkıyor gibiydi. Sert yüz hatları gibi aksanı da sert ve katıydı. Kohler öksürdü ve donuk gri gözlerini Langdon'dan ayırmadan ağzını beyaz bir mendille sildi. "Lütfen acele edin." Tekerlekli iskemle yer karolarının üzerinde zıplar gibi gidiyordu.

Langdon, onun peşinden giderken, ana salondan kollara ayrılan sayısız koridorun önünden geçti. Kohler'ı gören bilim adamları, böylesi birinin eşlik ettiği kişinin kim olabileceğini merak eden gözlerle Langdon'a baktılar.

Sohbet etmeye çalışan Langdon, "Daha önce CERN'i hiç duymadığımı..." diyerek başladı. "İtiraf etmeye utanıyorum."

Kohler, "Hiç şaşırtıcı değil," diye cevap verdi. Verdiği kısa yanıtın yeteri kadar sert bir etkisi olmuştu. "Çoğu Amerikalı, Avrupa'yı bilimsel araştırmalarda dünya lideri olarak kabul etmez. Onların bize bakış açısı, değişik bir alışveriş mekânından öteye geçmiyor. Aslında Einstein, Galileo ve Newton gibi adamların milliyetleri düşünüldüğünde, bunun tuhaf bir bakış açısı olduğunu söylemek mümkün."

Langdon nasıl cevap vereceğini şaşırmıştı. Cebindeki faksı çıkardı. "Bu fotoğraftaki adam, siz acaba..."

Kohler el işaretiyle onun sözünü kesti. "Lütfen. Burada olmaz. Şimdi sizi ona götürüyorum." Elini uzattı. "Onu bana verseniz daha iyi olur."

Langdon faksı ona vererek sessizce peşinden gitti.

Kohler aniden sola dönerek, ödüllerle donatılmış geniş bir koridora saptı. Diğerlerinden oldukça büyük bir levha, girişte dikkat çekiyordu. Bronzun üstüne kazınmış yazıyı okumak için yanından geçerken Langdon yavaşladı.

ARS ELEKTRONİK ÖDÜLÜ
Dijital Çağdaki Kültürel Buluş için
Tim Berners Lee ile CERN'e
DÜNYA ÇAPINDA AĞI
İcat Etmeleri Sebebiyle Verilmiştir.

Langdon metni okurken, *Tanrı beni kahretsin,* diye düşündü. *Adam şaka yapmıyormuş.* Langdon daima Web'in bir Amerikan buluşu olduğunu düşünmüştü. Ama elbette bu konudaki bilgisi kendi kitabının sitesi ve eski Macintosh'u ile Louvre ya da El Prado'ya yaptığı ziyaretlerle sınırlıydı.

Yeniden öksürerek ağzını silen Kohler, "Web," dedi. "Buradaki bilgisayar sitelerinin kendi içinde bir şebeke olarak başladı. Böylece farklı bölümlerdeki bilim adamları son buluşlarını birbirleriyle paylaşabiliyorlardı. Tabi bütün dünya Web'in Amerikan teknolojisi olduğunu zannediyor."

Langdon koridorda onu takip etti. "Neden doğru anlaşılmasını sağlamıyorsunuz?"

Kohler ilgilenmediğini ifade eden bir tavırla omzunu silkti. "Ufak bir teknoloji konusunda ufak bir yanlış anlama. CERN, bilgisayarların dünya çapında birbirine bağlanmasının çok daha ötesinde. Bilim adamlarımız neredeyse her gün bir mucize gerçekleştiriyor."

Langdon, Kohler'a sorgulayan gözlerle baktı. "*Mucizeler mi?*" Buradaki "mucize" sözcüğü elbette Harvard'daki Fairchild Fen Binası civarında kullanılan kelimeyle aynı anlamda değildi. *Mucizeler* İlahiyat Fakültesi'nin işiydi.

Kohler, "Sesiniz kuşkulu geliyor," dedi. "Ben sizin dini simgebilimci olduğunuzu sanıyordum. Mucizelere inanır mısınız?"

Langdon, "Mucizeler konusunda kesin fikrim yok," dedi. *Özellikle de fen laboratuvarlarında meydana gelenler konusunda.*

"Belki de mucize yanlış kelimeydi. Sizin dilinizle konuşmaya çalışıyordum."

"Benim dilim mi?" Langdon birden rahatsız olmuştu. "Sizi hayal kırıklığına uğratmak istemem ama bayım, ben dini *simgebilimle* uğraşıyorum... ben bir akademisyenim, papaz değil."

Kohler aniden yavaşlayarak döndü, bakışları biraz yumuşamıştı. "Elbette. Ne kadar budalaca davrandım. Belirtilerini saptamak için insanın kanser olması gerekmez."

Langdon konunun bu şekilde kapatıldığını daha önce hiç duymamıştı.

Koridorda ilerlerken Kohler başını salladı. "Sanırım siz ve ben birbirimizi son derece iyi anlayacağız Bay Langdon."

Nedense Langdon bundan şüphe duyuyordu.

İkisi birlikte koştururlarken, Langdon ileriden gelen derin bir gümbürtü hissetti. Attığı her adımla birlikte ses daha da belirginleşiyor, duvarlarda yankı yapıyordu. Önlerinde uzanan koridorun sonundan geliyor gibiydi.

Bağırmak zorunda kalan Langdon sonunda, "Bu ne?" diye sordu. Aktif bir yanardağa yaklaşıyorlarmış gibi hissediyordu.

Kohler, "Serbest Düşüş Tüpü," diye cevap verirken, boğuk sesi hiç çaba göstermesine gerek kalmadan duyulmuştu. Başka açıklama yapmadı.

Langdon da sormadı. Oldukça yorulmuştu, Maximilian Kohler ise misafirperverlik ödülü almaya hevesli görünmüyordu. Langdon kendine orada bulunuş sebebini anımsattı. *Illuminati*. Bu dev tesiste bir ceset vardı... görmek için 5000 kilometre yol kat ettiği bir sembolle damgalanmış bir ceset.

Koridorun sonuna yaklaştıklarında, Langdon'ın tabanlarında titreşimler yaratan gürültü neredeyse kulakları sağır edecek bir hal almıştı. Köşeyi dönünce, sağ tarafta bir seyir galerisi belirdi. Eğimli bir duvara, denizaltı pencerelerine benzeyen dört kalın camlı kapı yerleştirilmişti. Langdon durarak bu camlardan birinden içeri baktı.

Profesör Robert Langdon hayatı boyunca birtakım tuhaf şeyler görmüştü ama bu aralarında en tuhaf olanıydı. Halüsinasyon gördüğünden şüphelenerek gözlerini birkaç kez açıp kapattı. Çember şeklinde dev bir odaya bakıyordu. Odanın ortasında, ağırlıksız gibi süzülen *insanlar* vardı. Üç tane. İçlerinden biri el sallayarak havada takla attı.

Tanrım, diye düşündü. *Oz ülkesindeyim.*

Odanın zemini iç içe girmiş ızgaralardan oluşmuştu, sanki dev bir kümes teli döşenmişti. Izgaranın altından büyük bir pervanenin bulanıklaşmış metalik şekli görünüyordu.

Onu beklemek için duran Kohler, "Serbest Düşüş Tüpü," dedi. "Kapalı mekânda yapılan paraşütsüz hava gösterisi. Stresten kurtulmak için. Burası dikey rüzgâr tüneli."

Langdon şaşkınlıkla bakıyordu. Serbest düşüş yapanlardan biri, obez bir kadın, pencereye doğru hareket etti. Hava akımlarıyla hırpalanıyordu ama yine de sırıttı ve Langdon'a başparmağını yukarı kaldırarak işaret yaptı. Langdon belli belirsiz gülümseyerek hareketine karşılık verirken, bu hareketin erkek cinsel gücü için antik çağlarda kullanılan sembol olduğunu kadının bilip bilmediğini merak ediyordu.

Langdon, şişman kadının minyatür paraşüte benzeyen şeyi kullanan tek kişi olduğunu fark etmişti. Üstüne sarmalanan kumaş kadının üstünde oyuncak gibi dalgalanıyordu. Langdon, Kohler'a, "Küçük paraşüt ne için?" diye sordu. "Çapı bir metreden fazla olamaz."

Kohler, "Sürtünme," dedi. "Fanın onu kaldırabilmesi için aerodinamiğini azaltıyor." Yeniden koridordan aşağı gitmeye başlamıştı. "Bir metrekarelik sürtünme, düşen bir bedeni yaklaşık yüzde yirmi oranında yavaşlatır."

Langdon anlamadan başını salladı.

O gecenin ilerleyen saatlerinde, yüzlerce kilometre ötedeki bir ülkede, bu bilginin hayatını kurtaracağını asla tahmin edemezdi.

8

Kohler ile Langdon CERN ana binasının arkasından, İsviçre'nin kuvvetli güneş ışığına çıktıklarında, Langdon eve götürüldüğünü sandı. Önünde duran manzara herhangi bir seçkin üniversite kampusuna benziyordu.

Çimle kaplı bir bayır, tuğla lojmanlarla yürüyüş yollarının oluşturduğu avlular arasında akçaağaç kümelerinin göründüğü geniş bir ovaya doğru iniyordu. Akademisyen görüntüsündeki bireyler, ellerindeki kitap yığınlarıyla binalara aceleyle girip çıkıyorlardı. Bu okul havasını vurgulamak istercesine, uzun saçlı iki hippi, lojman pencerelerinin birinden yayılan Mahler'in Dördüncü Senfonisi eşliğinde frizbi oynuyorlardı.

Kohler tekerlekli iskemlesini patikadan binalara doğru sürerken, "Bunlar bizim lojmanlarımız," dedi. "Burada üç binden fazla fizikçi bulunuyor. CERN tek başına, tüm dünyadaki zerrecik fizikçilerinin -dünyadaki en parlak zekâların- yarısını çalıştırır. Almânlar, Japonlar, İtalyanlar, Hollandalılar, ne ararsan. Fizikçilerimiz beş yüzden fazla üniversiteyi ve altmış milliyeti temsil ediyor."

Langdon şaşırmıştı. "Nasıl anlaşıyorlar?"

"İngilizce elbette. Bilimin evrensel dili."

Langdon o ana dek hep *matematiğin* bilimin evrensel dili olduğunu duymuştu, ama tartışamayacak kadar yorgundu. Vazifesini yaparak patikada Kohler'ı takip etti.

Yolun yarısına vardıklarında, bir adam koşarak yanlarından geçti. Giydiği tişörtte şu mesaj yazılıydı: GOT YOKSA, ZAFER DE YOK!

Langdon ardından hayretle baktı. "Got mu?"

Kohler, "Genel Oluşturulmuş Teori," diyerek espri yaptı. "Her şeyin teorisi."

Langdon, "Anlıyorum," dedi ama hiçbir şey anlamamıştı.

"Zerrecik fiziğine aşinalığınız var mı Bay Langdon?"

Langdon omzunu silkti. "Genel fizikten anlıyorum... düşen vücutlar gibi şeyler." Tramplen atlamada yıllar boyunca edindiği tecrübe ona, yerçekiminin muazzam kuvvetine karşı derin bir saygı duymayı öğretmişti. "Zerrecik fiziği atomları inceliyor, öyle değil mi?"

Kohler başını iki yana salladı. "Bizim uğraştığımız şeyle karşılaştırıldığında, atomlar gezegenler gibi görünür. Biz bir atomun *çekirdeği* ile ilgileniyoruz, yani bütünün on binde biri büyüklüğünde bir şeyle." Yeniden öksürdü, sesi hasta gibiydi. "CERN'deki kadın ve erkekler, zamanın başlangıcından beri sorulan aynı sorulara cevap bulmak için buradalar. Nereden geldik? Neden meydana geldik?"

"Peki bu cevaplar fizik laboratuvarlarında mı?"

"Şaşırmış gibisiniz."

"Öyleyim. Bu soru bana biraz ruhani geliyor."

"Bay Langdon, bir zamanlar tüm sorular ruhaniydi. Zamanın başlangıcından bu yana, bilimin anlayamadığı boşlukları doldurmak için ruhaniliğe ve dine başvuruldu. Bir zamanlar güneşin doğup batması *Helios* ile alev arabasına bağlanmıştı. Depremler ve tsunamiler Poseidon'un gazabıydı. Bilim artık bu tanrıların sahte idoller olduğunu kanıtladı. Yakında *tüm* tanrıların sahte idoller oldukları kanıtlanacak. Bilim günümüzde insanın aklına gelen hemen her soruya cevap verebiliyor. Geriye sadece birkaç soru kaldı ve bu sorular anlaşılması güç olanlar. Nereden geldik? Burada ne yapıyoruz? Hayatın ve evrenin anlamı ne?"

Langdon hayrete düşmüştü. "CERN'in cevap bulmaya çalıştığı sorular bunlar mı?"

"Düzelteyim. Bunlar bizim *cevaplıyor* olduğumuz sorular."

İki adam birlikte lojmanlar arasındaki avluda ilerlerken, Langdon sustu. Yürürken başının üstünden geçen bir frizbi tam önlerine düştü. Kohler umursamadan yoluna devam etti.

Avlunun diğer ucundan biri seslendi. "*S'il vous plaît!*"

Langdon omzunun üstünden geriye baktı. KOLEJ PARIS yazılı süveter giyen beyaz saçlı yaşlıca bir adam el sallıyordu. Frizbiyi yerden kaldıran Langdon, onu ustaca geri fırlattı. Yaşlı adam onu tek parmağıyla yakaladı ve omzunun üstünden oyundaki eşine atmadan önce birkaç kez zıplattı. Langdon'a, "Mersi!" diye seslendi.

Langdon nihayet ona yetiştiğinde Kohler, "Tebrikler," dedi. "Az önce Nobel Ödülü sahibi Georges Charpak(*) ile frizbi oynadın. Süperiletken odacığı mucididir."

Langdon başını salladı. *Şanslı günümdeyim.*

Gidecekleri yere varmaları Langdon ile Kohler'ın üç dakikasını daha aldı. Kavak ağaçlarından oluşan bir korunun içindeki bakımlı geniş bir lojman eviydi. Diğer lojmanlarla karşılaştırıldığında bu bina son derece lüks görünüyordu. Önünde duran taş tabelada C BİNASI yazılıydı.

Langdon, *ne yaratıcı bir isim*, diye düşündü.

Ama sadece ismine karşın C Binası, Langdon'ın mimari tarzına uygundu: muhafazakâr ve sağlam. Ön cephe kırmızı tuğlalardan yapılmıştı, süslü korkulukları vardı ve simetrik çitlerle çevrelenmişti. İki adam girişe giden taş patikada ilerlerken, bir çift mermer kolondan oluşan kapının altından geçtiler. Birinin üstüne bir not yapıştırılmıştı.

BU İYON SÜTUNUDUR

Fizikçi duvar yazısı mı acaba? Kolona göz atarken kendi kendine kıkırdayan Langdon düşüncelere dalmıştı. "Dâhi fizikçilerin hata yaptığını görmek içimi ferahlattı."

Kohler dönüp ona baktı. "Ne demek istiyorsunuz?"

"Bu notu yazan her kimse hata yapmış. Bu İyon sütunu değil. İyon sütunlarının enleri tek biçimlidir. Bu ise gittikçe inceliyor. Bu sütun Dorik, yani Yunan karşılığı. Sık yapılan bir hatadır."

Kohler gülümsemedi. "Yazan kişi espri yapmış Bay Langdon. *İyon* demek, iyonlar içeriyor demektir, yani elektrik yüklü zerrecikler. Nesnelerin pek çoğunda vardır."

Langdon sütuna yeniden bakarak hafifçe inledi.

(*) 1992'de fizik dalında Nobel Ödülü'nü kazanan Georges Charpak 1959'dan beri İsviçre'de CERN laboratuvarında çalışmaktadır. Nükleer alanlarda ve tıpta kullanılan süperiletken odacığını keşfetmiştir.

Langdon C Binası'nın en üst katında asansörden inerken kendini hâlâ aptal gibi hissediyordu. İyi döşenmiş bir koridorda Kohler'ın peşinden gitti. Alışılmadık bir dekoru vardı... kiraz ağacından bir divan, porselen yer vazosu ve oyma işleri.

Kohler, "Bilim adamlarını, yani çalışanlarımızı rahat ettirmek istiyoruz," diye açıklama yaptı.

Langdon, *belli oluyor,* diye düşündü. "Demek fakstaki adam burada yaşıyordu, öyle mi? Çalışanlarınızdan yüksek mevki sahibi biri miydi?"

Kohler, "Sayılır," dedi. "Bu sabah benimle yapacağı toplantıyı kaçırdı ve çağrısına cevap vermedi. Onu aramak üzere buraya geldim ve kendi salonunda onu ölü olarak buldum."

Ceset görmek üzere olduğunu fark eden Langdon, ani bir ürperti hissetti. Hiçbir zaman güçlü bir mideye sahip olamamıştı. Bu zayıf yönünü, bir sanat öğrencisiyken öğretmeni Leonardo Da Vinci'nin ölüleri mezardan çıkartıp kaslarını parçalara ayırarak insan formunda ustalığa ulaştığını söylediğinde keşfetmişti.

Kohler koridorun diğer ucuna doğru önden gitti. Tek bir kapı vardı. Kohler, "Sizin deyiminizle Penthouse,"(*) derken, alnından bir damla ter aktı.

Langdon önlerinde duran meşe kapıya baktı. Üstündeki levhada şu isim yazıyordu:

LEONARDO VETRA

Kohler, "Leonardo Vetra," dedi. "Gelecek hafta elli sekiz yaşında olacaktı. Zamanımızın en parlak bilim adamlarından biriydi. Ölümü bilim adına büyük bir kayıp oldu."

Langdon bir an için Kohler'ın katı yüzünün duygulandığını görür gibi oldu. Ama bu ifade geldiği kadar çabuk gitti. Kohler elini cebine atarak, çıkarttığı geniş anahtarlığı karıştırmaya başladı.

Birden Langdon'ın aklına garip bir düşünce geldi. Bina bomboş gibiydi. "Herkes nerede?" diye sordu. Az sonra bir cinayet mahalline girecekleri dikkate alınırsa, bu sükûnet tam olarak beklediği şey değildi.

(*) Teras katı.

Anahtarı bulan Kohler, "Bina sakinleri laboratuvarlarında," dedi.

Langdon düzelterek, "Ben *polisten* bahsediyorum," dedi. "Gelip gittiler mi?"

Kohler anahtarın yarısı delikteyken durdu. "Polis mi?"

Langdon, Direktör'le göz göze geldi. "Polis. Bana gönderdiğiniz faksta bir cinayet söz konusuydu. Polisi *aramış* olmalıydınız."

"Ama elbette aramadım."

"Ne?"

Kohler'ın gri gözleri sertleşti. "Karmaşık bir durum Bay Langdon."

Langdon birden endişeye kapıldı. "Ama... elbette bu durumdan birileri haberdar oldu, değil mi?"

"Evet. Leonardo'nun evlat edindiği kızı. Kendisi de burada CERN' deki fizikçilerden biridir. O ve babası bir laboratuvarı birlikte kullanıyorlardı. Onlar ortak. Bayan Vetra bu hafta saha araştırması yaptığı için burada değildi. Kendisine babasının ölümünü bildirdim ve konuştuğumuz üzere buraya dönüyor."

"Ama bir adam öldü..."

Kohler sert bir sesle, "Resmi bir soruşturma yapılacak," dedi. "Bununla birlikte, Vetra'nın laboratuvarı da mutlaka araştırılacaktır, ki orası o ve kızı için çok özeldi. Bu yüzden bu iş, Bayan Vetra gelene kadar bekleyecek. Ona en azından bu kadarcık ayrıcalık tanımak benim borcum."

Kohler anahtarı çevirdi.

Kapı arkaya doğru açılırken, koridora dolan soğuk hava Langdon'ın yüzüne çarptı. Şaşkınlıkla geriye doğru sendeledi. Yabancı bir dünyanın eşiğinde durmuş bakıyordu. Karşısındaki daire yoğun, beyaz bir sisle kaplıydı. Sis bulutları mobilyaların etrafında dumanlı anafor oluşturuyor ve odayı kalın bir pusa boğuyordu.

Langdon, "Bu ne biçim..." diye kekeledi.

Kohler, "Freon[*] soğutma sistemi," diyerek cevap verdi. "Cesedi muhafaza etmek için daireyi soğuttum."

Langdon soğuk yüzünden tüvit ceketinin düğmelerini ilikledi. *Oz ülkesindeyim,* diye düşündü. *Ve sihirli terliklerimi yanıma almayı unuttum.*

---

[*] Halojenli hidrokarbon gazı.

9

Langdon'ın önünde duran ceset korkunçtu. Merhum Leonardo Vetra çırılçıplak soyulmuş bir halde sırtüstü yerde yatıyordu. Cildi mavimsi gri bir renk almıştı. Boyun kemikleri kırıldığı yerden dışarı fırlamıştı ve kafası tamamen arkaya döndürülmüştü. Yere yaslanan yüzü görünmüyordu. Adam, kendi idrarının donmuş gölcüğünde yatıyordu. Buruşmuş cinsel organının etrafındaki kıllar dondan kristalize olmuştu.

Mide bulantısıyla başa çıkmaya çalışan Langdon bakışlarını kurbanın göğsüne çevirdi. Fakstaki simetrik yaraya defalarca baktığı halde, yanığın yakından görüntüsü çok daha etkiliydi. Kabaran ve kömürleşen etin üstünde düzgün bir şekil görünüyordu... sembol kusursuzca oluşmuştu.

Langdon içinde hissettiği yoğun ürpertinin havalandırmadan mı, yoksa o anda baktığı manzaranın yarattığı şaşkınlıktan mı kaynaklandığını merak etti.

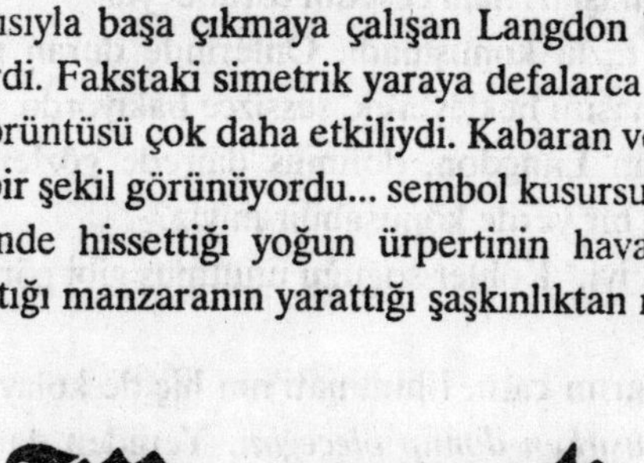

Cesedin etrafında dönüp kelimeyi yukarıdan aşağı okurken kalbi deli gibi çarpıyor, simetrideki dehayı tekrar tekrar kabul ediyordu. Şimdi baktığı sembol daha az anlaşılır gibiydi.

"Bay Langdon?"

Langdon duymuyordu. Başka bir dünyadaydı... onun dünyası, onun kendini rahat hissettiği ortam, tarihin, mitin ve gerçeklerin bileşkesinden oluşan bir dünya, tüm duyularını bastırmıştı. Çarklar dönüyordu.

"Bay Langdon?" Kohler'ın gözleri beklentiyle onu inceliyordu.

Langdon başını kaldırmadı. İlgisi artmış, tüm dikkatini toplamıştı. "Ne kadarını biliyorsunuz?"

"Sadece sizin Web sitenizde okuduğum kadarını. *Illuminati* kelimesi 'aydınlanmış kişiler' anlamına geliyor. Bir çeşit eski kardeşlik ismi."

Langdon başını salladı. "Bu ismi daha önce duymuş muydunuz?"

"Bay Vetra'nın dağlandığını görene kadar duymamıştım."

"Ve bu yüzden internette arama yaptınız, öyle mi?"

"Evet."

"Ve hiç şüphesiz kelime araması yüzlerce sonuç çıkarmıştır."

Kohler, "Binlerce," dedi. "Ama sizinkinde Harvard, Oxford ve saygın bir yayıncı ile ilgili yayınları içeren bir liste kaynak gösterilmişti. Bir bilim adamı olarak, bilginin sadece geldiği kaynak oranında değerli olduğunu biliyorum. Sizin gösterdiğiniz kaynaklar bana güvenilir geldi."

Langdon'ın bakışları hâlâ cesedin üstündeydi.

Kohler daha fazla konuşmadı. Önlerinde duran manzaraya Langdon'ın bir ışık tutmasını bekleyerek, sessizce bakıyordu.

Başını kaldıran Langdon, donmuş dairede gözlerini gezdirdi. "Bu konuyu daha sıcak bir yerde konuşabilir miyiz?"

"Bu oda gayet iyi." Kohler soğuğu unutmuş gibi görünüyordu. "Burada konuşacağız."

Langdon kaşlarını çattı. Illuminati'nin hiç de kolay bir hikâyesi yoktu. *Açıklamaya çalışırken donup öleceğim.* Yeniden damgaya baktığında dehşet duyguları kabardı.

Modern simgebilimde Illuminati amblemi anlatıları efsaneleştiği halde, şimdiye dek onu gerçekten *gören* bir akademisyen olmamıştı. Eski belgeler sembolü bir *ambigram* olarak tarif ediyordu *-ambi* "her iki" anlamına geliyordu- yani kelimeyi *her iki* şekilde de tanımlamak mümkündü. Simgebilimde ambigramlar sıkça kullanılsa da -gamalı haçlar, yin ve yang, Yahudi yıldızı, basit haçlar- bir *kelimenin* ambigram biçimine uyarlanması oldukça imkânsız görünüyordu. Modern sembolistler yıllarca "Illuminati" kelimesini mükemmel simetrik tarzda yazmaya çalışmışlar ama hüsrana uğramışlardı. Artık pek çok akademisyen sembolün varlığının sadece bir efsane olduğu kanaatindeydi.

Kohler, "Peki kim bu Illuminati?" diye sordu.

Langdon, *evet,* diye düşündü, *gerçekten kim?* Hikâyesini anlatmaya başladı.

Langdon, "Tarihin başlangıcından beri," diye açıkladı. "Bilim ile din arasında derin bir uçurum var olmuştur. Copernicus gibi sözünü sakınmayan bilim adamları..."

Kohler, "Öldürülmüşlerdi," diyerek sözünü kesti. "Bilimsel gerçekleri açıkladıkları için kilise tarafından öldürüldüler. Din daima bilime zulmetmişti."

"Evet. Ama 1500'lerde bir grup adam Roma'da kiliseye karşı savaştı. İtalya'nın en aydın kişilerinden bazıları -fizikçiler, matematikçiler, astronomlar- kilisenin hatalı öğretileri hakkında kaygılarını paylaşmak için gizlice buluşmaya başladılar. Kilisenin 'gerçek' üzerindeki tekelinin, dünyadaki akademik aydınlanmayı engellemesinden korkuyorlardı. Kendilerine 'aydınlanmış kişiler' diyerek, dünyadaki ilk bilimsel beyin takımını kurmuş oldular."

"Illuminati."

Langdon, "Evet," dedi. "Avrupa'nın en eğitimli zekâları... kendilerini bilimsel gerçek arayışına adadılar."

Kohler sesini çıkarmıyordu.

"Elbette Illuminati, Katolik Kilisesi tarafından zalimce avlandı. Bilim adamları sadece yüksek gizlilik törenleri sayesinde hayatta kalabildiler. Anlatılanlar, akademik çevrelerde gizlice yayıldı ve Illuminati kardeşliği tüm Avrupa'dan akademisyenler edinerek büyüdü. Bilim adamları Roma'da *Aydınlanma Kilisesi* dedikleri muazzam gizli bir barınakta düzenli olarak buluştular."

Kohler öksürerek, iskemlesinde kımıldandı.

Langdon, "Illuminati'den çoğu kimse," diyerek devam etti. "Kilisenin zorbalığına şiddet gösterileriyle karşı koymak istedi ama en saygın üyelerinden biri onları bundan vazgeçirdi. Tarihin en ünlü bilim adamlarından biri olmakla beraber, barışçı biriydi."

Langdon, Kohler'ın bu ismi tanıyacağından emindi. Bilim adamı olmayanlar bile, dünyanın değil *güneşin* güneş sisteminin merkezi olduğunu iddia ettiği için tutuklanarak, neredeyse idam edilen bahtsız gökbilimcisinin ismini bilirdi. Sunduğu bilgi inkâr edilemez olduğu halde gökbilimci, Tanrı'nın insanlığı kendi evreninin *merkezi* dışında bir yere yerleştirdiğini ima ettiği için ağır şekilde cezalandırılmıştı.

Langdon, "Onun adı Galileo Galilei idi," dedi.

Kohler başını kaldırıp baktı. "Galileo mu?"

"Evet. Galileo bir Illuminati üyesiydi. Aynı zamanda dindar bir Katolikti. Bilimin Tanrı'nın varlığını inkâr etmediğini, tam aksine *kuvvetlendirdiğini* ilan ederek, kilisenin bilime karşı tavrını yumuşatmaya çalıştı. Bir keresinde, teleskobundan dönen gezegenlere baktığında, kürelerin müziğinde Tanrı'nın sesini duyabildiğini yazmıştı. Din ile bilimin düşman olmadığını, *müttefik* olduklarını savundu; aynı hikâyeyi, simetri ile dengenin hikâyesini anlatan iki farklı dil... cennet ve cehennem, gece ve gündüz, sıcak ve soğuk, Tanrı ve Şeytan. Bilim ve din Tanrı'nın simetrisinde neşe buldu... ışıkla karanlığın sonsuz yarışı." Isınmak için ayağını yere vuran Langdon durdu.

Tekerlekli iskemlesinde oturan Kohler, onu dinliyordu.

Langdon, "Ne yazık ki," diye ekledi. "Kilisenin istediği dinle bilimin birleşmesi değildi."

Kohler, "Elbette değildi," diyerek lafını böldü. "Birleşme, kilisenin Tanrı'yı anlamaktaki *tek* ulaşım aracı olduğu iddiasını çürütüyordu. Bu yüzden kilise Galileo'yu günahkâr ilan etti, suçlu buldu ve onu sürekli ev hapsine aldı. Bilimsel tarih hakkında biraz bilgim var Bay Langdon. Ama tüm bunlar yüzyıllar önceydi. Bunun Leonardo Vetra'yla ne ilgisi var?"

Bir milyon dolarlık soru. Langdon sadede geldi. "Galileo'nun tutuklanması Illuminati'de kargaşa yaratmıştı. Hatalar yapıldı ve kilise dört üyenin ismini keşfetti. Bu kişileri yakalayıp sorguladılar. Ama dört bilim adamı hiçbir şey açıklamadılar... işkence gördükleri halde."

"İşkence mi?"

Langdon başını salladı. "Canlı canlı dağlandılar. Göğüslerinden. Bir haç sembolü ile."

Kohler'ın gözleri büyüdü ve Vetra'nın cesedine huzursuz bir bakış attı.

"Ardından bilim adamları acımasızca öldürüldüler, cesetleri, Illuminati'ye katılmayı düşünen diğerlerine gözdağı vermek için Roma sokaklarına atıldı. Geri kalan Illuminati üyeleri kiliseyi enselerinde hissedince İtalya'dan kaçtılar."

Langdon asıl noktayı vurgulamadan önce durdu. Kohler'ın feri kaçmış gözlerinin tam içine bakıyordu. "Illuminati iyiden iyiye gizli bir örgüt oldu. Katoliklerin uyguladığı temizlikten kaçan diğer mülteci gruplarıyla -mistikler, simyacılar, medyumlar, Müslümanlar, Yahudiler- karışmaya başladılar. Illuminati geçen yıllarla birlikte yeni üyeler edinmeye başladı. Yeni bir Illuminati doğmuştu. Daha karanlık bir Illuminati. Koyu bir Hıristiyanlık karşıtı Illuminati. Çok kuvvetli oldular, gizemli ayinler düzenlediler, büyük bir gizlilik vardı, bir gün yeniden ayaklanmaya ve Katolik Kilisesi'nden intikam almaya ant içtiler. O kadar kuvvet sahibi olmuşlardı ki, kilise onları dünyadaki en tehlikeli tek Hıristiyanlık karşıtı güç olarak gördü. Vatikan, bu kardeşliğin *Şeytan* olduğunu ilan etti."

"*Şeytan mı?*"

"İslami bir kelime. 'Düşman' demek... *Tanrı'nın* düşmanı. Kilise bu İslami kelimeyi uygun buldu, çünkü bu onların kirlenmiş kabul ettiği bir dildi." Langdon biraz tereddüt etti. "*Şeytan* aslında İngilizce bir kelimenin köküdür... *Satan.*"

Kohler'ın yüzünde huzursuzluk okunuyordu.

Langdon'ın sesi sertti. "Bay Kohler, bu işaretin bu adamın göğsünde nasıl belirdiğini bilmiyorum... ya da neden belirdiğini... ama dünyanın en eski ve en güçlü Satanist mezhebinin uzun zamandır kayıp olan sembolüne bakıyorsunuz."

10

Ara sokak dar ve boştu. Haşhaşin şimdi sabırsızlık dolu siyah gözleriyle koşturuyordu. Hedefine yaklaşırken, Janus'un son sözleri zihninde yankılanıyordu. *İkinci evrenin başlamasına az kaldı. Biraz dinlen.*

Haşhaşin zoraki gülümsedi. Gece boyunca hiç uyumamıştı ama uyku, aklındaki son şeydi. Uyku güçsüzler içindi. Kendisinden önceki ataları gibi o da bir savaşçıydı ve onun halkı bir savaş başladıktan sonra asla uyumazdı. Bu savaş kesin olarak başlamıştı ve ilk kanı dökme şerefi ona verilmişti. Şimdi işinin başına geri dönmeden önce zaferini kutlamak için iki saati vardı.

Uyumak mı? Rahatlamak için çok daha iyi yollar var...

Sefa düşkünlüğü ona atalarından miras kalmıştı. Ataları haşhaştan zevk alıyordu ama o farklı bir hazzı tercih ediyordu. Vücuduyla gurur duyuyordu; kendisine kalan mirasa karşın narkotiklerle kirletmeyi reddettiği, düzenli çalışan bir ölüm makinesi. Uyuşturuculardan daha besleyici bir bağımlılığı vardı... çok daha sağlıklı ve tatmin edici bir ödül.

Haşhaşin içinde o tanıdık sabırsızlık duygusu kol gezerken, ara sokaktan aşağı daha hızlı ilerliyordu. Tabelasız kapıya varınca kapı zilini çaldı. Kapının gözetleme deliği açıldı ve bir çift açık kahverengi göz baştan aşağı onu süzdü. Kapı geriye doğru açıldı.

İyi giyimli kadın, "Hoş geldiniz," dedi. Onu, kusursuz mobilyalarla döşenmiş loş bir salona götürdü. Havada pahalı parfüm ve misk kokusu hâkimdi. "Ne zaman isterseniz." Ona fotoğraflar içeren bir albüm verdi. "Seçiminizi yaptığınız zaman zilimi çalın." Ardından kayboldu.

Haşhaşin gülümsedi.

Pelüş divanda oturup fotoğraf albümünü kucağına yerleştirirken, cinsel açlığının arttığını hissetti. Kendi halkı Noel'i kutlamadığı halde, bir yığın Noel hediyesinin önünde oturan Hıristiyan bir çocuğun, içindeki mucizeleri keşfetmeden önce böyle hissedeceğini hayal etti. Albümü açarak fotoğrafları incelemeye koyuldu. Bir ömre yetecek cinsel fanteziler ona bakıyordu.

Marisa. İtalyan bir tanrıça. Ateşli. Sophia Loren'in gençliği.

Sachiko. Japon bir geyşa. Kıvrak. Hiç şüphesiz yetenekli.

Kanara. Siyahi çekici bir hülya. Kaslı. Egzotik.

Tüm albümü iki kez inceledikten sonra seçimini yaptı. Yanındaki masada duran düğmeye bastı. Bir dakika sonra, onu karşılayan kadın yeniden belirdi. Seçimini belirtti. Kadın gülümsedi. "Benimle gelin."

Mali ayarlamaları yaptıktan sonra kadın sessiz bir telefon görüşmesi yaptı. Birkaç dakika bekledikten sonra, onu döner mermer merdivenlerden lüks bir koridora çıkardı. "En sondaki altın kapı," dedi. "Pahalı bir zevkiniz var."

Öyle olmalıyım, diye düşündü. *Ben bu işin ehliyim.*

Haşhaşin koridorda, geciken yemeğine yaklaşan bir panter gibi ilerledi. Kapıya vardığında kendi kendine güldü. Kapı yarı aralık duruyordu... onu içeri buyur ediyordu. Biraz itince, kapı ses çıkarmadan geriye doğru açıldı.

Yaptığı seçimi gördüğünde, iyi bir seçim yaptığını anladı. Kız tam onun istediği gibiydi... çıplaktı, sırtüstü yatıyordu, kolları karyola direğine kalın kadife şeritlerle bağlanmıştı.

Odanın içinde yürüdü ve parmağını kızın fildişi rengindeki karnında gezdirdi. *Dün gece birini öldürdüm,* diye düşündü. *Sen benim ödülümsün.*

11

"Satanist mi?" Kohler ağzını silerek, huzursuzca kıpırdandı. "Bu *Satanist* bir mezhebin sembolü mü?"

Langdon ısınmak için soğuk odada volta atıyordu. "Illuminati Satanist'ti. Ama bugün anladığımız anlamda değil."

Langdon çabucak, çoğu kimsenin Satanist mezhepleri Şeytan'a tapan canavar ruhlu kimseler olarak tahayyül ettiğini, ama tarihte Satanistler'in kiliseye düşman, eğitimli kimseler olduklarını açıkladı. *Şeytan*. Hayvan kurban edilen kara büyüler ve beş köşeli yıldız ayinlerine dair söylentiler, kilisenin kendi düşmanlarına karşı yürüttüğü karalama kampanyası dahilinde yaydığı yalanlardan başka bir şey değildi. Zaman içinde, Illuminati'ye benzemeye çalışan kilise karşıtları yalanlara inanmaya ve onları gerçekleştirmeye başladılar. Böylece modern Satanizm doğmuş oldu."

Kohler aniden homurdandı. "Tüm bunlar tarih oldu. Ben bu sembolün *buraya* nasıl geldiğini bilmek istiyorum."

Langdon derin bir nefes aldı. "Sembol, on altıncı yüzyılda Galileo'nun simetri aşkı onuruna ismi bilinmeyen bir Illuminati sanatçısı tarafından üretilmişti. Bir çeşit kutsal Illuminati logosu oldu. Kardeşliğin bu deseni sadece yeniden ortaya çıkıp, nihai hedeflerine ulaşacak gücü topladığı zaman göstermek üzere gizli tuttuğu iddia edildi."

Kohler tedirgin olmuş gibiydi. "Yani bu sembol kardeşliğin yeniden ortaya çıktığı anlamına mı geliyor?"

Langdon kaşlarını çattı. "Bu imkânsız. Illuminati tarihinde henüz açıklayamadığım bir bölüm var."

Kohler'ın sesi netleşti. "Aydınlatın beni."

Langdon avuçlarını birbirine sürterken, Illuminati hakkında okuduğu ya da yazdığı yüzlerce belgeyi zihninde sıraya diziyordu. "Illuminati hayatta kalmak için azimliydi," diye açıkladı. "Roma'dan kaçtıklarında, yeniden bir araya gelebilecekleri güvenli bir yer bulmak için tüm Avrupa'yı dolaştılar. Onları başka bir gizli cemiyet kendi çatısı altına aldı... bu kişiler Farmason denilen Bavyeralı taş ustalarıydı."

Kohler şaşırmış gibi görünüyordu. "Masonlar mı?"

Kohler'ın bu grubun ismini duymuş olmasına şaşırmayan Langdon başını evet anlamında salladı. Mason kardeşliğinin, yarısı Birleşik Devletler'de, bir milyondan fazlasının ise Avrupa'da yaşadığı dünya çapında beş milyondan fazla üyesi vardı.

Kohler birden kuşkucu bir sesle, "Masonlar kesinlikle Satanist değiller," diyerek fikrini söyledi.

"Elbette değiller. Masonlar kendi yardımseverliklerinin kurbanı oldular. 1700'lerde kaçan bilim adamlarına yataklık ettikten sonra Masonlar farkında olmadan Illuminati'ye paravan oldu. Illuminati onların arasında büyüdü ve localardaki iktidar pozisyonlarını ele geçirdiler. Bilimsel kardeşliklerini Masonlar arasında usulca yeniden kurdular... gizli bir cemiyetin içindeki gizli cemiyet oldular. Ardından Illuminati Mason localarının dünya çapındaki bağlantılarını kendi nüfuzlarını yaymak için kullandı."

Langdon devam etmeden önce derin bir nefes aldı. "Illuminati'nin anayasasında Katolikliğin yok edilmesi yer alıyordu. Kardeşlik, kilise tarafından dayatılan batıl dini inançların, insanlığın en büyük düşmanı olduğuna inanıyordu. Din, asılsız efsaneleri mutlak doğru diye göstermeye devam ederse, bilimsel gelişimin duracağından ve insanlığın anlamsız cihatların yapıldığı cahil bir geleceğe sürükleneceğinden korkuyorlardı."

"Aşağı yukarı bugünkü gibi."

Langdon kaşlarını çattı. Kohler haklıydı. Din savaşları hâlâ gazete manşetlerinde yer alıyordu. *Benim Tanrı'm senin Tanrı'ndan iyidir.* Gerçek inananlarla yüksek mevkili kişiler arasında her zaman yakın bir bağ var gibiydi."

Kohler, "Devam edin," dedi.

Düşüncelerini toparlayan Langdon devam etti. "Illuminati Avrupa'da gücünü arttırdı ve gözünü Amerika'ya dikti. Orası liderlerinin pek çoğunun Mason -George Washington, Ben Franklin- dürüst ve Masonların Illuminati'nin barınağı olduğunun farkında olmayan Tanrı'dan korkan kişiler olduğu yeni bir hükümetti. Illuminati içlerine sızarak durumdan faydalandı ve bankaların, üniversitelerin ve nihai hedeflerine maddi imkân sunacak sanayicilerin kurulmasına yardımcı oldu." Langdon duraksadı. "Birleşmiş tek bir dünya devleti kurulacaktı, bir çeşit laik Yeni Dünya Düzeni." Kohler kıpırdamıyordu.

Langdon, "Yeni Dünya Düzeni," diye tekrarladı. "Bilimsel aydınlanma üstüne kurulacaktı. Buna Lusifer Doktrini dediler. Kilise, Lusifer kelimesinin Şeytan'a atıfta bulunduğunu iddia etti ama kardeşlik, kelimenin Latincedeki gerçek anlamında kullanıldığı konusunda ısrarcı oldu, *yani ışık taşıyan*. Ya da *Aydınlatıcı* (İlluminator)."

Kohler içini çekti ve sesi birden ciddileşti. "Bay Langdon, lütfen oturun."

Langdon buz tutmuş bir iskemleye çekinerek oturdu.

Kohler tekerlekli iskemlesini yakınlaştırdı. "Bana az önce anlattıklarınızın hepsini anladığıma emin değilim, ama şunu anlıyorum. Leonardo CERN'in en önemli varlıklarından biriydi. Aynı zamanda bir dosttu. Illuminati'nin yerini bulmam konusunda yardımınıza ihtiyacım var."

Langdon nasıl cevap vereceğini bilmiyordu. "Illuminati'nin yerini bulmak mı?" *Şaka yapıyor, öyle değil mi?* "Sanırım bayım, bu tamamen imkânsız."

Kohler'ın kaşı yukarı kalktı. "Ne demek istiyorsunuz? Yani..."

"Bay Kohler." Söyleyeceklerini anlamasını nasıl sağlayacağından emin olamayan Langdon, ev sahibine doğru eğildi. "Hikâyemi bitirmedim. Dış görünüşüne rağmen, bu damganın Illuminati tarafından buraya vurulmuş olması son derece olanaksız. Yarım yüzyıldır var olduklarına dair hiçbir kanıta rastlanmadı ve ayrıca konunun uzmanları Illuminati'nin yıllardır faaliyette olmadığı konusunda hemfikir."

Söylediklerini derin bir sessizlik izledi. Kohler dumanların arasından şaşkınlık ve öfke karışımı bir ifadeyle bakıyordu. "İsimleri bu adamın üstüne vurulmuşken, grubun yok olduğunu nasıl söylersin!"

Langdon sabahtan beri aynı soruyu kendine soruyordu. Illuminati ambigramının ortaya çıkması şaşırtıcıydı. Dünyadaki simgebilimciler hayrete düşeceklerdi. Bununla beraber, Langdon'ın içindeki akademisyen, işaretin yeniden ortaya çıkmasının Illuminati hakkında hiçbir şey kanıtlamadığını anlıyordu.

Langdon, "Semboller," dedi. "Hiçbir surette, onları ilk meydana getirenlerin varlığını doğrulamaz."

"*Bu* da ne demek?"

"Illuminati gibi organize felsefeler varlığını yitirdiğinde, geride sembolleri kalır... ve diğer gruplar bu sembolleri kullanabilirler. Buna *aktarım* denir. Simgebilimde çok sık rastlanır. Naziler gamalı haçı Hindulardan almıştı, Hıristiyanlar haç şeklini Mısırlılardan alıp benimsediler..."

Kohler, "Bu sabah," diyerek karşı çıktı. "Bilgisayarıma 'Illuminati' kelimesini yazdığımda, karşıma binlerce yeni kaynak geldi. Pek çok kişi bu grubun hâlâ faaliyet gösterdiğini düşünüyor."

Langdon, "Komplo meraklıları," diye yanıtladı. Modern pop kültürde süregelen komplo teorilerinin bolluğu onu her zaman kızdırırdı. Medya kıyametle ilgili manşetlerin peşinden koşuyordu. Kendilerini "mezhep uzmanı" ilan eden kişilerse, Illuminati'nin hâlâ yaşadığı ve Yeni Dünya Düzeni kurduğuna dair uydurma hikâyelerle milenyum dolandırıcılığından kazanç sağlıyordu. Kısa süre önce *New York Times,* Masonlarla garip bağları olan sayısız ünlü ismin listesini vermişti: Sir Arthur Conan Doyle, Kent Dükü, Peter Sellers, Irving Berlin, Prens Philip, Louis Armstrong ve günümüzün tanınmış sanayicileriyle bankacıları.

Kohler öfkeyle Vetra'nın cesedini gösterdi. "Durumu göz önünde bulundurarak, belki de komplo meraklılarının haklı olduğunu söyleyebiliriz."

Langdon elinden geldiğince diplomatik bir ses tonuyla, "Nasıl göründüğünün farkındayım," dedi. "Bununla birlikte akla çok daha yatkın olan açıklama, *başka* bir örgütün Illuminati işaretini tekeline aldığı ve kendi amaçları için kullandığıdır."

"Hangi amaç? Bu cinayet ne kanıtlıyor?"

Langdon, *güzel soru*, diye düşündü. O da, 400 yıl sonra Illuminati işaretini birisinin neden yeniden gündeme getirdiğini anlamakta güçlük çekiyordu. "Size tek söyleyebileceğim, Illuminati bugün hâlâ faaliyette olsaydı bile, ki olmadıklarına eminim, Leonardo Vetra'nın ölümüyle asla bir ilgileri olamazdı."

"Olmaz mı?"

"Hayır. Illuminati Hıristiyanlığın sona erdirilmesi gerektiğine inanmış olabilir ama güçlerini siyasi ve mali araçlarla kazanmışlardı, terörist etkinliklerle değil. Bunun dışında, düşman gördükleri kişilere karşı Illuminati'nin katı ahlak kuralları vardı. Bilim adamlarına büyük saygı duyarlardı. Leonardo Vetra gibi meslektaşları bir bilim adamını öldürtmüş olmalarına imkân yok."

Kohler'ın gözleri buz gibiydi. "Belki de Leonardo Vetra'nın sıradan bir bilim adamı olmadığını belirtmeyi unutmuşumdur."

Langdon sabırla içini çekti. "Bay Kohler, pek çok açıdan Leonardo Vetra'nın bir dâhi olduğuna eminim, ama gerçek şu ki..."

Kohler hiçbir şey söylemeden tekerlekli iskemlesini döndürdü ve hışımla odadan çıktı. Koridora çıkıp gözden kaybolurken geride, havada dönen soğuk dumanlar bırakmıştı.

Langdon, *Tanrı aşkına*, diye homurdandı. Peşinden gitti. Kohler koridorun sonundaki küçük bir odada onu bekliyordu.

Kohler yana açılan kapıyı göstererek, "Burası Leonardo'nun çalışma odası," dedi. "Belki gördüğünüz zaman daha farklı düşünmeye başlarsınız." Kohler garip bir homurtuyla yerinden fırladı ve kapı kayarak açıldı.

Çalışma odasına göz atan Langdon o anda tüm vücudunun karıncalandığını hissetti. İçinden, *yüce Tanrım,* dedi.

12

Başka bir ülkede, genç bir nöbetçi bol miktardaki video ekranlarının önünde sakince oturuyordu. Karşısındaki görüntülerin değişmesini izliyordu, geniş tesisi gözetleyen yüzlerce kablosuz video kameradan gelen canlı görüntüler. Görüntüler durmadan değişiyordu.

Süslü bir koridor.

Özel bir ofis.

Fabrika büyüklüğünde bir mutfak.

Resimler gelip geçerken, nöbetçi kurduğu hayali aklından çıkarmaya çalıştı. Vardiyası sona ermek üzereydi, ama yine de tedbirli davranıyordu. Hizmet etmek bir şerefti. Bir gün kendisine en büyük ödül verilecekti.

Kurduğu hayaller uzaklaşırken, önündeki bir görüntü alarm veriyordu. Birden, kendisini bile şaşırtan bir refleksle, eli kontrol panelinin üstündeki düğmeye bastı. Önündeki görüntü donmuştu.

Tüyleri ürpermiş bir halde, daha yakından bakmak için ekrana doğru eğildi. Monitörün üstündeki yazı, görüntünün 86 numaralı kameradan geldiğini söylüyordu; bu, bir koridoru göstermesi gereken kameraydı.

Ama karşısındaki görüntü, kesinlikle koridora ait *değildi.*

13

Langdon karşısında duran çalışma odasına hayretle bakıyordu. "Neresi burası?" Yüzüne çarpan hoş sıcak havaya rağmen, kapıdan adımını endişeyle attı.

Langdon'ın peşinden gelen Kohler hiçbir şey söylemedi.

Gözleriyle odayı tarayan Langdon'ın, gördüğünden ne çıkarması gerektiğine dair hiç fikri yoktu. Hayatında gördüğü en tuhaf el sanatları buradaydı. Dekora hâkim olan arka taraftaki duvarda, Langdon'ın on dördüncü yüzyıl İspanya'sından kaldığını tahmin ettiği dev bir tahta haç vardı. Haçın üstünde, yörüngede gezinen metalik gezegenler tavandan aşağı sarkıtılmıştı. Sol tarafta Bakire Meryem'in yağlıboya bir tablosu, onun yanında ise elementlerin periyodik cetveli vardı. Yan duvarda iki pirinç haç, Albert Einstein'ın posterini çerçevelemişti. Posterin üstünde onun şu ünlü sözleri yazıyordu: TANRI EVRENLE KUMAR OYNAMAZ.

Şaşkınlıkla etrafına bakan Langdon odadan içeri girdi. Vetra'nın masasının üstündeki plastik Bohr atom modeliyle, Michelangelo'nun Musa'sının minyatür kopyasının yanında deri kaplı bir İncil duruyordu.

Langdon *bir de seçicilikten söz edilir,* diye düşündü. Sıcak iyi gelmişti ama dekordaki bir şey vücudunu bir kez daha ürpertmişti. Kendisini, iki büyük felsefenin çarpışmasına şahit oluyormuş gibi hissetti... karşıt güçlerin huzursuzluk verici görüntüsü. Kitap raflarındaki başlıkları okudu.

Tanrı Zerresi
Fiziğin Taosu
Tanrı: Kanıt

Kitap desteklerinden birine şu sözler oyulmuştu:

GERÇEK BİLİM, HER KAPININ ARDINDA
BEKLEYEN TANRI'YI KEŞFEDER
-PAPA XII. PIUS

Kohler, "Leonardo bir Katolik papazıydı," dedi.

Langdon döndü. "Papaz mı? Fizikçi olduğunu söylediğinizi sanmıştım."

"Her ikisi birden. Hem bilim, hem din adamları tarihte rastlanmadık değiller. Fiziği, 'Tanrı'nın doğa yasası' olarak kabul ederdi. Etrafımızı saran doğal düzende Tanrı'nın elyazısını görmenin mümkün olduğunu iddia ederdi. Bilim sayesinde şüphe duyan topluluklara Tanrı'nın varlığını kanıtlamayı ümit ediyordu. Kendisini bir ilahiyatçı-fizikçi olarak görürdü."

İlahiyatçı-fizikçi mi? Langdon bunun fazlasıyla oksimoron olduğunu düşündü.

Kohler, "Zerrecik fiziği alanında," dedi. "Son zamanlarda şok edici buluşlar yapıldı... anlam bakımından hayli ruhani buluşlar. Leonardo bunların pek çoğundan sorumluydu."

Hâlâ etraflarındaki tuhaflığı anlamaya çalışan Langdon dikkatle Direktör'e baktı. "Ruhanilik ve fizik mi?" Langdon meslek hayatı boyunca din tarihini incelemişti ve sürekli yinelenen bir konu varsa, o da ilk günden bu yana bilimle dinin su ile yağ gibi olduğuydu... birbirlerinin düşmanıydılar... birbirlerine karışmaları imkânsızdı.

Kohler, "Vetra zerrecik fiziğinde en uç noktaya ulaşmıştı," dedi. "Bilimle dini kaynaştırmaya başlıyordu... hiç beklenmedik şekillerde birbirlerini tamamladıklarını gösterecekti. Bu sahaya *Yeni Fizik* diyordu." Raftan bir kitap çeken Kohler, Langdon'a uzattı.

Langdon kapağı inceledi. *Tanrı, Mucizeler ve Yeni Fizik*, yazar Leonardo Vetra.

Kohler, "Bu saha küçük," dedi. "Ancak bazı eski sorulara yeni cevaplar getiriyor, evrenin kökeni ve hepimizi bağlayan güçlerle ilgili sorular. Leonardo araştırmasının milyonları daha ruhani bir hayata yönlendirme potansiyeline sahip olduğuna inanıyordu. Geçen sene, hepimizi birleştiren bir enerji kuvvetinin varlığını kanıtladı. Hepimizin fiziksel açıdan birbirine bağlı olduğunu gösterdi... yani sizin vücudunuzdaki moleküllerin benimkiyle iç içe olduğunu... hepimizin içinde tek bir kuvvetin hareket ettiğini."

Langdon altüst olmuştu. *Ve Tanrı'nın gücü hepimizi birleştirecek.* "Bay Vetra zerreciklerin bağlantılı olduğunu *gösterecek* bir yol mu bulmuştu?"

"Kesin kanıt. *Scientific American* dergisinin son sayısındaki bir makalede *Yeni Fiziğin* Tanrı'ya giden, dinden daha emin bir yol olduğu anlatıldı."

Bu açıklama on ikiden vurmuştu. Langdon birden din karşıtı Illuminati'yi düşünmeye başlamıştı. İstemeden de olsa kendini, bir anlığına imkânsız gibi görüneni ihtimaller dahiline almaya zorladı. Eğer Illuminati gerçekten hâlâ etkinliğini sürdürüyorsa, dini mesajını kitlelere iletmemesi için onu öldürmüş olabilirler miydi? Langdon düşünceyi kafasından uzaklaştırdı. *Saçma! Illuminati tarihte kaldı! Tüm akademisyenler bunu bilir!*

Kohler, "Vetra'nın bilim dünyasında pek çok düşmanı vardı," diyerek devam etti. "Saf bilime inananlar onu küçümsüyorlardı. Burada, CERN'de bile. Dini ilkeleri desteklemek için analitik fizikten faydalanmanın, bilime ihanet olduğunu düşünüyorlardı."

"Ama günümüz bilim adamları kiliseye karşı daha az savunmacı değiller mi?"

Kohler bıkkınlıkla homurdandı. "Neden öyle *olalım?* Kilise artık bilim adamlarını yakmıyor olabilir, ama saltanatlarını bilime devrettiklerini düşünüyorsanız, ülkenizdeki okulların yarısında neden evrimin öğretilmesine izin verilmediğini kendinize sorun. ABD'deki Hıristiyan Koalisyonu'nun neden bilimsel ilerlemeye karşı dünyadaki en büyük lobiyi oluşturduğunu kendinize sorun. Bilimle din arasındaki savaş hâlâ sürüyor Bay Langdon. Savaş meydanlarından toplantı salonlarına taşındı ama hâlâ sürüyor."

Langdon, Kohler'ın haklı olduğunu fark etti. Harvard İlahiyat Fakültesi henüz geçen hafta Biyoloji Binası'na yürüyüp, lisans programında okutulan genetik mühendisliğini protesto etmişti. Biyoloji Fakültesi dekanı, ünlü Ornitolog Richard Aaronian, ofis penceresinden dev bir bayrak sarkıtarak müfredatını savunmuştu. Bayrağa dört küçük ayakla biraz değiştirilen Hıristiyan "balığı" resmi çizilmişti; Aaronian kuru toprakta evrim geçiren, ciğeriyle soluyan Afrika balığı olduğunu iddia etmişti. Balığın altına "İsa" kelimesi yerine "DARWIN!" yazılmıştı.

Tiz bir sinyal sesi duyulduğunda Langdon başını kaldırıp baktı. Kohler tekerlekli iskemlesinin elektronik cihazlarına uzandı. Kılıfından çağrı cihazını çıkararak, gelen mesajı okudu.

"Güzel. Leonardo'nun kızı. Bayan Vetra şu anda helikopter pistine iniyor. Onunla orada buluşacağız. Gelip babasını bu şekilde görmese iyi olur diye düşünüyorum."

Langdon, onunla aynı fikirdeydı. Hiçbir evladın hak etmediği bir şok olurdu.

"Bayan Vetra'dan babasıyla birlikte üstünde çalıştıkları projeyi anlatmasını isteyeceğim... belki neden öldürüldüğüne ışık tutar."

"Vetra'nın öldürülme nedeninin yaptığı *çalışma* olduğunu mu düşünüyorsunuz?"

"Oldukça mümkün. Leonardo bana çığır açacak bir şey üstünde çalıştığını söylemişti. Tüm söylediği bu. Proje konusunda ser verip sır vermiyordu. Özel bir laboratuvarı vardı ve rahatsız edilmek istemediğini belirtmişti. Ben de onun dehasına saygı göstererek memnuniyetle istediklerini sağlamıştım. Son zamanlarda çalışması yüksek miktarlarda elektrik harcıyordu, ama onu sorgulamaktan kaçındım." Kohler çalışma odasının kapısına döndü. "Yine de bu daireden ayrılmadan önce, bilmeniz gereken bir şey daha var."

Langdon duymak istediğinden emin değildi.

"Katili Vetra'dan bir şey çalmış."

"Bir şey mi?"

"Beni izleyin."

Direktör, tekerlekli iskemlesini yeniden pusla kaplı salona yöneltti. Ne beklemesi gerektiğini bilmeyen Langdon, onu takip etti. Kohler, Vetra'nın cesedine birkaç santim kala dönüp durdu. Langdon'a yanına gelmesini işaret etti. Langdon isteksizce yakına geldi, kurbanın donmuş sidiğinin kokusu boğazına dolmuştu.

Kohler, "Yüzüne bak," dedi.

Yüzüne bakmak mı? Langdon kaşlarını çattı. *Bir şeyin çalındığını söylediğini sanmıştım.*

Langdon tereddütle diz çöktü. Vetra'nın yüzünü görmeye çalıştı ama başı 180 derece geriye döndürülmüş ve yüzü halıya gömülmüştü.

Sakatlığıyla mücadele eden Kohler uzanarak dikkatle Vetra'nın donmuş başını çevirdi. Cesedin başı ıstırapla dönerken gürültülü çatırtılar çıkartarak öne çevrildi. Kohler başı bir süre orada tuttu.

Dehşetle geri sendeleyen Langdon, "Aman Tanrım," diye çığlık attı. Vetra'nın yüzü kan içindeydi. Tek bir elâ göz cansızca ona bakıyordu. Diğer göz çukuru deşilmiş ve boştu. "*Gözünü* mü çalmışlar?"

14

Langdon C Binası'ndan açık havaya çıktığında, Vetra'nın dairesinden çıktığına şükrediyordu. Güneş beynine kazınan boş göz çukuru görüntüsünün dağılmasına yardımcı olmuştu.

Dik bir patikadan yukarı çıkan Kohler, "Bu taraftan lütfen," dedi. Tekerlekli iskemle hiç zorlanmadan hızlanıyor gibiydi. "Bayan Vetra her an gelebilir."

Langdon yetişmek için acele etti.

Kohler, "Peki?" diye sordu. "İşe Illuminati'nin karıştığından hâlâ şüpheniz var mı?"

Artık Langdon ne düşüneceğini bilemiyordu. Vetra'nın dinle yakın ilişkisi kesinlikle akıl karıştırıcıydı ama Langdon o güne dek araştırdığı tüm akademik kanıtlara bir çırpıda sırtını dönecek değildi. Ayrıca, bir de göz vardı...

Langdon niyetlendiğinden daha zoraki bir sesle, "Ben hâlâ," dedi. "Bu cinayetten Illuminati'nin mesul *olmadığını* düşünüyorum. Kayıp göz bunun kanıtı."

"Ne?"

Langdon, "Gelişigüzel zarar vermek," diye açıkladı. "Hiç mi hiç... Illuminati'ye özgü değil. Mezhep uzmanları, tecrübesiz alt mezheplerin -sıradan terörist eylemlerde bulunan fanatikler- gelişigüzel zararlar verdiğini düşünürler, ama Illuminati her zaman için çok daha ihtiyatlı davranmıştır."

"İhtiyatlı mı? Birinin gözünü ameliyat ederek çıkartmak ihtiyatsızlık mı?"

"Hiçbir açık mesaj göndermiyor. Yüksek bir gayeye hizmet etmiyor."

Kohler'ın tekerlekli iskemlesi tepenin başında aniden durdu. Döndü. "Bay Langdon inanın bana, kayıp göz *gerçekten* yüksek bir gayeye hizmet ediyor... çok daha yüksek bir gayeye."

İki adam birlikte çim kaplı bayırı tırmanırken, batı yönünden helikopter pervanelerinin uğultusu duyulmaya başlamıştı. Açık vadinin karşısından bulundukları tarafa doğru gelen helikopter belirdi. Aniden alçaldı ve çimlere çizilmiş helikopter pistinin üzerinde havada durdu.

Langdon baktı, zihni pervaneler gibi daireler çiziyordu. Bütün gece uyusa acaba akıl bulanıklığı gider mi, diye düşünüyordu. Nedense bundan şüphe duydu.

Tekerlekler yere değince pilot dışarı atladı ve eşyaları boşaltmaya başladı. Çok fazla şey vardı: spor malzemeleri taşıyan çantalar, su geçirmez muşamba torbalar, dalış tüpleri ve ileri teknoloji dalış teçhizatı gibi görünen malzeme kutuları.

Langdon'ın aklı karışmıştı. Motorun gürültüsünü bastırmak için bağırarak Kohler'a, "Bunlar Bayan Vetra'nın eşyaları mı?" diye sordu.

Kohler başını sallayarak seslendi. "Balear Adaları çevresindeki denizlerde biyolojik araştırma yapıyordu."

"Onun *fizikçi* olduğunu söylediğinizi sanmıştım!"

"Öyle. Bio Bağlantı Fizikçisi. Yaşam sistemlerinin birbiriyle bağlantısı üzerinde çalışıyor. Onun çalışmaları zerrecik fiziğinde babasınınkilerle yakından ilintili. Kısa süre önce, bir grup tonbalığını incelemek için kullandığı eşzamanlı atomik kameralarla Einstein'ın temel teorilerinden birini çürüttü."

Langdon espri yapıp yapmadığını anlayabilmek için evsahibinin yüzünü inceledi. *Einstein ve tonbalıkları mı?* X-33 roket uçağının kendisini yanlışlıkla başka bir gezegene indirmiş olabileceğini düşünüyordu.

Kısa süre sonra Vittoria Vetra kapıda belirdi. Robert Langdon, sürprizlerle dolu bir gün olacağını fark ediyordu. Helikopterden haki renkteki şortu ve kolsuz beyaz üstüyle inerken, hiç de beklediği gibi okumaya düşkün bir fizikçiye benzemiyordu. Kıvrak ve zarifti. Kestane rengi teni, uzun boyu, helikopter pervanesinin yarattığı rüzgârla uçuşan uzun siyah saçları vardı. Yüzünün tam bir İtalyan olduğu şüphe götürmezdi... fevkalade güzel değildi ama yirmi metre öteden bile şehvet uyandıran dolgun, yalın hatlara sahipti. Hava akımları vücudunu dalgalandırırken, giysileri üstüne yapışıp ince bedenini ve küçük göğüslerini ortaya çıkardı.

Langdon'ın büyülendiğini sezinlemiş gibi görünen Kohler, "Bayan Vetra çok güçlü bir kişiliğe sahiptir," dedi. "Aylar boyunca tehlikeli ekolojik sistemler üzerinde çalışır. Sıkı bir vejetaryen ve CERN'in Hatha yoga gurusudur."

Hatha yoga mı? Langdon düşüncelere daldı. Eski Budist meditatif esneme sanatı, Katolik bir rahibin fizikçi kızı için tuhaf bir uzmanlık alanıydı.

Langdon, Vittoria'nın yaklaşmasını seyretti. Ağladığı belliydi, derin siyah gözleri Langdon'ın tanımlayamadığı duygularla doluydu. Yine de onlara doğru ateşli ve kendinden emin bir şekilde ilerliyordu. Bronzlaşmış bacakları güçlüydü, güneşin altında geçirdiği uzun saatlerin verdiği sağlıklı Akdeniz ışıltısını saçıyordu.

O yaklaşırken Kohler, "Vittoria," dedi. "En derin taziyelerimi sunarım. Bilim için korkunç bir kayıp oldu... burada CERN'deki herkes için."

Vittoria minnetle başını salladı. Konuştuğunda, yumuşak sesi duyuldu, boğazdan gelen aksanlı bir İngilizce konuşuyordu. "Kimin mesul olduğunu öğrendiniz mi?"

"Hâlâ bunun üzerinde çalışıyoruz."

Langdon'a dönerek, ince elini uzattı. "İsmim Vittoria Vetra. Sanırım siz Interpol'den geliyorsunuz?"

Onun elini sıkan Langdon o anda buğulu bakışlarının büyüsüne kapılmıştı. "Robert Langdon." Başka ne söyleyeceğini bilemedi.

Kohler, "Bay Langdon yetkililerden biri değil," diye açıkladı. "Amerika Birleşik Devletleri'nden gelen bir uzman. Durumdan kimin sorumlu olduğunu bulmakta bize yardımcı olmak için burada."

Vittoria şüpheyle bakıyordu. "Peki ya polis?"

Kohler soluğunu salıverdi ama bir şey söylemedi.

Vittoria, "Cesedi nerede?" diye sordu.

"Bakılıyor."

Beyaz yalan Langdon'ı şaşırtmıştı.

Vittoria, "Onu görmek istiyorum," dedi.

Kohler, "Vittoria," diye vazgeçirmeye çalıştı. "Baban acımasızca öldürüldü. Onu eskisi gibi hatırlaman daha iyi."

Vittoria konuşmaya başladığında sözleri kesildi.

Uzaktan birileri, "Hey Vittoria!" diye seslendi. "Eve hoş geldin!"

Döndü. Helikopter pistinin yanından geçen bir grup bilim adamı neşeyle el sallıyordu.

Biri, "Einstein'ın teorilerinden başka çürüttüğün oldu mu?" diye bağırdı.

Bir başkası ekledi. "Baban seninle gurur duyuyordur!"

Vittoria adamlar geçerken zoraki onlara el salladı. Sonra Kohler'a döndü. Artık yüzünden aklının karıştığı okunuyordu. "Henüz hiç kimse *bilmiyor* mu?"

"Ağız sıkılığının birinci derecede önemli olduğuna karar verdim."

"Çalışanlara babamın *öldürüldüğünü* söylemediniz mi?" Şimdi şaşkın ses tonu öfkeyle karışmıştı.

Kohler'ın sesi bir anda sertleşti. "Belki de unutuyorsunuz Bayan Vetra, babanızın ölümünü rapor ettiğim anda CERN'de bir soruşturma yapılacak. Buna, laboratuvarının köşe bucak incelenmesi de dahil. Daima babanızın gizliliğine saygı göstermeye çalışmışımdır. Son projeniz hakkında babanız bana iki şey söylemişti. Birincisi, gelecek on yıl içinde CERN'e milyonlarca dolarlık lisans anlaşmaları sağlayabileceği. Ve ikincisi, hâlâ bazı tehlikeler içeren teknolojiyi henüz halka açıklamaya hazır olmadığını, söylemişti. Bu iki gerçeği göz önünde bulundurarak, yabancıların laboratuvarına dalıp çalışmalarını çalmasını ya da bu işlem sırasında kendilerini öldürüp CERN'i mesuliyet altında bırakmalarını istemedim. Kendimi yeterince ifade edebildim mi acaba?"

Vittoria hiçbir şey söylemeden baktı. Langdon, onun, Kohler'ın mantığına karşı zoraki bir saygı ve kabulleniş gösterdiğini sezdi.

Kohler, "Yetkililere herhangi bir şey rapor etmeden önce," dedi. "İkinizin ne üzerinde çalıştığınızı bilmem gerek. Bizi laboratuvarınıza götürmenizi istiyorum."

Vittoria, "Laboratuvarın konuyla ilgisi olamaz," dedi. "Babamla benim ne yaptığımı bilen kimse yoktu. Deneyin, babamın cinayetiyle herhangi bir ilgisi olamaz."

Kohler rahatsız edici şekilde soluğunu salıverdi. "Kanıtlar başka şey söylüyor."

"Kanıt mı? Ne kanıtı?"

Langdon da aynı şeyi merak ediyordu.

Kohler tekrar ağzını sildi. "Bana güvenmen gerek."

Vittoria'nın öfke saçan gözlerinden, hiç de güvenmediği belli oluyordu.

15

Langdon garip ziyaretinin başladığı ana girişe doğru ilerleyen Vittoria ile Kohler'ın peşinden sessizce gitti. Vittoria'nın bacakları Olimpiyat dalıcıları gibi hızlı ve güçlü adımlar atıyordu. Langdon bu potansiyelin yoganın sağladığı esneklik ve kontrolden geldiğine emindi. Langdon, onun sanki kederini bastırmak istercesine yavaş ve ölçülü nefes aldığını duyabiliyordu.

Ona bir şey söylemek, sempatisini göstermek istedi. Bir zamanlar o da beklenmedik bir anda ebeveynlerinden birini kaybederek, o ani boşluğu hissetmişti. Cenaze töreninin yağmurlu ve karanlık olduğunu hatırlıyordu. On ikinci doğum gününden iki gün sonra. Ev, işyerinden gelen gri takım elbiseli adamlarla dolmuştu. Onunla tokalaşırken elini kuvvetle sıkmışlardı. Hepsi de *kardiyak* ve *stres* gibi kelimeler kullanmışlardı. Annesi yaşlı gözlerle, sadece eşinin elini tutarak borsayı takip edebildiği konusunda espri yapmıştı... onun kalp atışlarını seansı takip etmekte kullanıyordu.

Bir zamanlar babası hayattayken, Langdon, annesinin babasına "durup gülleri koklaması" için yalvardığını duymuştu. Langdon o yıl Noel hediyesi olarak babasına ufak bir cam gül almıştı. Langdon'ın hayatında gördüğü en güzel şeydi... güneş vurduğunda duvara renklerden oluşan bir gökkuşağı çiziyordu. Babası hediyeyi açınca, "Bu harika," demiş ve Robert'ı alnından öpmüştü. "Haydi, bunun için güvenli bir yer bulalım." Ardından babası gülü, salonun en karanlık köşesindeki tozlu bir rafa dikkatle yerleştirmişti. Birkaç gün sonra Langdon tabureye çıkıp gülü almış ve dükkâna geri götürmüştü. Babası gülün gittiğini hiç fark etmemişti.

Asansörün çıkardığı ses Langdon'ı gerçek zamana döndürdü. Vittoria ile Kohler önden asansöre biniyordu. Langdon açık kapıların önünde tereddüt etti.

Kohler kaygıdan çok endişeli bir sesle, "Bir şey mi oldu?" diye sordu.

Kendini kapalı asansöre binmeye zorlayan Langdon, "Hayır, hiçbir şey," dedi. Sadece kesinlikle gerekli olduğu zamanlarda asansöre binerdi. Açık merdivenleri tercih ederdi.

Kohler, "Dr. Vetra'nın laboratuvarı yeraltında," dedi.

Langdon eşikten atlarken, *harika*, diye düşündü. Asansör boşluğundan yukarı soğuk bir esinti geldiğini hissetti. Kapılar kapanınca taşıt yukarı çıkmaya başladı.

Kohler, analitik bir makineymiş gibi, boş gözlerle, "Altı kat," dedi.

Langdon aşağıdaki asansör boşluğunun karanlığını gözlerinde canlandırdı. Değişen sayılara bakarak düşünceyi kafasından uzaklaştırmaya çalıştı. Ne gariptir ki, asansör sadece iki durak gösteriyordu. ZEMİN KAT ve LHC.

Gerginliğini belli etmemeye çalışan Langdon, "LHC ne demek oluyor?" diye sordu.

"Geniş Hadron Çarpıştırıcısı," dedi Kohler. "Zerrecik hızlandırıcısı."

Zerrecik hızlandırıcısı mı? Langdon'ın bu terime az da olsa kulak aşinalığı vardı. Kelimeyi ilk kez Cambridge'deki Dunster House'da bazı meslektaşlarıyla yemekteyken duymuştu. Onların fizikçi bir arkadaşı olan Bob Brownell akşam yemeğine hışımla gelmişti.

Brownell, "Hergeleler iptal etti," diye küfretmişti.

Hepsi birden, "Neyi iptal ettiler?" diye sormuştu.

"SSC'yi!"

"Neyi?"

"Süperiletken Süper Çarpıştıranı!"

Birisi omzunu silkmişti. "Harvard'ın bunlardan yaptığını bilmiyordum."

"Harvard değil!" diye bağırmıştı. "ABD! Dünyanın en güçlü zerrecik hızlandırıcısı olacaktı! Yüzyılın en önemli bilimsel projelerinden biri olacaktı! Bu işe iki *milyar* dolar yatırıldı ve şimdi senato projeyi sepete kaldırıyor! Kahrolası İncil müptelası lobiciler!"

Brownell sonunda sakinleştiğinde, zerrecik hızlandırıcısının, atomdan küçük zerreciklerin hızlandırıldığı çember şeklinde geniş bir tüp olduğunu anlattı. Tüpün içindeki mıknatıslar, zerrecikleri muazzam hızlara ulaşıncaya kadar döndürüp "itmek" için hızla açılıp kapanıyordu. Tam hıza erişen zerrecikler tüpün içinde *saniyede* 300.000 kilometre hıza ulaşıyordu.

Profesörlerden biri, "Ama bu ışık hızı," diye heyecanla bağırmıştı.

Brownell, "Kahrolası öyle işte," demişti. Ve sonra devam etmişti. Bilim adamlarının tüpün içinde zıt yönlerde iki zerreciği hızlandırıp çarpıştırarak, zerrecikleri yapıcı parçalarına ayrıştırabildiklerini ve doğanın en temel öğelerini görebildiklerini anlatmıştı. Brownell, "Zerrecik hızlandırıcıları bilimin geleceği açısından çok önemli. Zerrecikleri çarpıştırmak, evrenin yapı taşlarını anlamakta anahtar rol oynuyor," demişti.

Sürekli Harvard'da yaşayan ve sessiz bir adam olan şair Charles Pratt etkilenmişe benzemiyordu. "Bana öyle geliyor ki," demişti. "Bu, bilime daha çok Neanderthal bir yaklaşım gibi... iç çalışmalarını görmek için saatleri birbirine vurmaya benziyor."

Brownell çatalını atıp fırtına gibi odadan dışarı çıkmıştı.

Asansör aşağı inerken, *demek CERN'in bir zerrecik hızlandırıcısı var*, diye düşündü. *Zerrecikleri çarpıştırmak için dairesel bir tüp*. Onu neden yerin altına gömdüklerini merak etti.

Asansör durduğunda Langdon ayaklarının yere bastığını hissederek rahatladı. Ama kapılar açıldığında rahatlaması buhar oldu. Robert Langdon bir kez daha kendini yabancı bir dünyada bulmuştu.

Geçit hem sağ, hem de sol taraftan iki sonsuzluğa uzanıyordu. Tır kamyonunun geçebileceği genişlikte, pürüzsüz beton bir tüneldi. Bulundukları yer parlak ışıkla aydınlatılmış olmasına rağmen, koridor sonlara doğru zifiri karanlığa gömülüyordu. Karanlığın içinden esen nemli hava huzursuzluk vererek, artık yerin altında olduklarını hatırlatıyordu. Langdon tünelin üstündeki toprağın ve taşın ağırlığını hissedebiliyordu. Bir an için dokuz yaşına geri döndü... karanlık onu seneler öncesine taşımıştı... onu hareketsiz bırakan beş saatlik kör karanlığa geri dönmüştü. Yumruklarını sıkarak düşünceyi kafasından uzaklaştırdı.

Vittoria asansörden çıkıp tek başına tereddüt etmeden karanlığa doğru ilerlerken sessizliğini bozmadı. O yürüdükçe yukarıdaki floresanlar yolunu aydınlatmak için titreşiyordu. Langdon tünelin canlı olduğu hissine kapılarak sıkıntı duydu... sanki tünel Vittoria'nın her hareketini önceden tahmin ediyordu. Langdon ile Kohler arada mesafe bırakarak onu takip ettiler. Arkalarındaki ışıklar kendiliğinden söndü.

Langdon usulca, "Şu zerrecik hızlandırıcısı," dedi. "Bu tünelde bir yerlerde mi?"

"İşte orada." Kohler sol tarafta, tünelin iç duvarından geçen cilalı, krom bir tüpü işaret etti.

Langdon aklı karışmış bir halde tüpe göz attı. "Hızlandırıcı *bu* mu?" Aygıt hiç de hayal ettiği gibi değildi. Yaklaşık bir metre çapındaydı ve karanlıkta kaybolana kadar tünel boyunca yatay olarak dümdüz uzanıyordu. Langdon, *daha çok ileri teknoloji bir kanalizasyona benziyor*, diye düşündü. "Ben zerrecik hızlandırıcılarının *dairesel* olduğunu sanıyordum."

Kohler, "Bu hızlandırıcı *zaten* bir daire," dedi. "Düz görünüyor ama bu görsel bir yanılgı. Tünelin çevresi o kadar geniş ki, eğriliği fark edilemiyor... aynı dünya gibi."

Langdon şaşkınlıktan küçük dilini yutmuştu. *Bu bir daire mi?* "Ama... o zaman devasa bir şey olmalı!"

"LHC dünyadaki en büyük makinedir."

Langdon'ın jetonu geç düşmüştü. Onu CERN'e getiren kişinin yeraltına gömülü dev bir makineden bahsettiğini hatırladı. *Ama...*

"Çapı sekiz kilometrenin üstünde... ve uzunluğu yirmi yedi kilometre."

Langdon'ın başı aniden döndü. "Yirmi yedi kilometre mi?" Direktör'e uzun süre baktıktan sonra dönüp önündeki karanlık tünele baktı. "Bu tünel yirmi yedi kilometre uzunluğunda mı? Bu... bu on altı milden fazla eder!"

Kohler başını salladı. "Mükemmel bir çember şeklinde. Fransa'ya kadar uzanıp sonra tekrar bu noktaya geri dönüyor. Tam hıza ulaşan zerrecikler çarpışmadan önce tüpün içinde saniyede on bin defadan fazla dönüyorlar."

Hayret verici tünele bakarken Langdon'ın bacakları tutmuyordu. "Siz şimdi bana CERN'in, minicik zerrecikleri çarpıştırmak için milyonlarca ton toprak mı kazdığını söylüyorsunuz?"

Kohler omuzlarını silkti. "Bazen gerçeği bulmak için dağları yerinden oynatmak gerekir."

16

CERN'den yüzlerce kilometre ötede el telsizinden cızırtılı bir ses geliyordu. "Tamam, koridordayım."

Video ekranlarına bakan teknisyen vericinin üstündeki düğmeye bastı. "86 numaralı kamerayı arıyorsun. En sonlarda olmalı."

Telsizde uzun bir sessizlik oldu. Cevap bekleyen teknisyen hafiften terlemeye başlamıştı. Sonunda telsizi cızırdadı.

Karşıdaki ses, "Kamera burada değil," dedi. "Yine de yerleştirildiği yeri görebiliyorum. Birisi çıkartmış olmalı."

Teknisyen soluğunu koyuverdi. "Teşekkürler. Bir saniye bekle, olur mu?"

İçini çekerek, dikkatini önünde duran video ekranlarına çevirdi. Tesisin büyük kısmı halka açıktı ve kameraların daha önce de kaybolduğu olmuştu, genellikle hatıra eşyası arayan muzip ziyaretçiler tarafından çalınıyorlardı. Ama kamera tesis dışına çıkar çıkmaz sinyal kaybolur, ekran kararırdı. Zihni karmakarışık olan teknisyen başını kaldırıp ekrana baktı. 86 numaralı kameradan hâlâ net bir görüntü gelmekteydi.

Eğer kamera çalındıysa, neden hâlâ sinyal alıyoruz, diye düşündü. Elbette, bunun tek bir açıklaması olduğunu biliyordu. Kamera hâlâ tesisin içindeydi ve birisi yerini değiştirmişti. *Ama kim? Ve neden?*

Uzun süre monitörü inceledi. En sonunda telsizini eline aldı. "O merdivenlikte bir dolap var mı? Yüklük ya da karanlık oda var mı?"

Cevap veren ses şaşırmış gibiydi. "Hayır. Neden?"

Teknisyen kaşlarını çattı. "Boş ver. Yardımın için teşekkürler." Telsizini kapatıp dudaklarını büktü.

Video kamerasının küçüklüğünü ve kablosuz olduğunu dikkate alan teknisyen, 86 numaralı kameranın yüksek korumalı tesisin *herhangi* bir yerinden sinyal gönderebileceğini biliyordu. Sekiz yüz metre yarıçapında bir alana yayılmış otuz iki ayrı binadan oluşan kalabalık bir tesisti. Tek ipucu, kameranın karanlık bir yere yerleştirildiğiydi. Ama elbette bunun pek faydası dokunmuyordu. Tesiste sonsuz sayıda karanlık alan vardı: bakım ve temizlik gereçlerinin durduğu dolaplar, ısıtma kanalları, bahçelerdeki kulübeler, yatak odalarındaki gardıroplar, hatta yeraltındaki tünel labirenti. 86 numaralı kamerayı bulmak haftalar sürebilirdi.

Ama bu sorunlarımın en önemsizi, diye düşündü.

Kameranın yerinin değiştirilmesinin yarattığı ikileme karşın, çok daha rahatsız edici bir sorun vardı. Teknisyen, kayıp kameranın gönderdiği görüntüye baktı. Kıpırtısız bir nesneydi. Teknisyenin hayatında daha önce hiç görmediği modern görünüşlü bir cihazdı. Altındaki yanıp sönen elektronik göstergeyi inceledi.

Teknisyen kendisini tehlikeli durumlara hazırlayacak sıkı bir eğitimden geçtiği halde nabzının yükseldiğini hissedebiliyordu. Kendi kendine panik yapmamasını söyledi. Bir açıklaması olmalıydı. Nesne, tehlikeli olamayacak kadar küçük görünüyordu. Ama yine de tesisin içinde bulunması can sıkıcıydı. Aslında gerçekten de, *çok* can sıkıcıydı.

Büyük gün bugün, diye düşündü.

İşvereni için güvenlik birinci derecede önemliydi ama geçen on iki yıldan farklı olarak *bugün,* güvenliğin önemi en üst seviyedeydi. Uzun süre nesneye bakan teknisyen, yaklaşan fırtınanın sesini duyar gibi oldu.

Sonra, terler içinde amirini aradı.

17

Babasıyla ilk tanıştığı günü hatırladığını söyleyen fazla çocuk yoktur. Ama Vittoria Vetra bunu hatırlayabiliyordu. Sekiz yaşındaydı ve hep yaşadığı yerde, Floransa yakınlarındaki bir Katolik yetimhanesi olan, hiç tanımadığı ailelerce terk edilmiş *Orfanotrofio di Siena*'daydı.(*) O gün yağmur yağıyordu. Rahibeler onu iki kez akşam yemeğine çağırmışlar, ama o her zamanki gibi duymuyormuş gibi yapmıştı. Dışarıdaki avluda durup yağmur damlalarını seyretmişti... bedenine düşmelerini hissetmişti... nereye düşeceklerini tahmin etmeye çalışmıştı. Onu tekrar çağıran rahibeler, kafasının dikine giden çocuklar zatürreeye yakalanırsa doğayı merak etmeye hali kalmaz diyerek korkutmuşlardı.

Sizi duyamıyorum, diye düşünmüştü Vittoria.

Genç rahip, onu almaya geldiğinde iliklerine kadar ıslanmıştı. Onu tanımıyordu. Rahip orada yeniydi. Vittoria, onun kendisini yakalayıp içeri sürükleyeceğini tahmin ediyordu. Ama rahip bunu yapmadı. Bunun yerine Vittoria'yı şaşırtmış, cüppesini yerdeki su birikintisine daldırarak yanına uzanmıştı.

Genç adam, "Senin çok fazla soru sorduğunu söylüyorlar," demişti.

Vittoria kaşlarını çatıp bakmıştı. "Soru sormak kötü müdür?"

Gülmüştü. "Sanırım haklılarmış."

"Sen burada ne yapıyorsun?"

(*) Siena Yetimhanesi.

"Senin yaptığının aynını... yağmur damlalarının neden düştüğünü merak ediyorum."

"Ben neden düştüklerini merak etmiyorum! Zaten biliyorum!"

Rahip, ona hayretle bakmıştı. "*Biliyor* musun?"

"Rahibe Francisca yağmur damlalarının, günahlarımızı temizlemek için düşen melek gözyaşları olduğunu söylüyor."

Büyülenmiş gibi, "Vaay," demişti. "Demek açıklaması *buymuş.*"

Kız hararetle, "Hayır değil," diye atılmıştı. "Yağmur damlaları düşüyor, çünkü *her şey* düşer! *Her şey* düşer! Sadece yağmur değil!"

Kafası karışan rahip başını kaşımıştı. "Biliyor musun genç hanım, haklısın. Her şey *gerçekten* düşer. Sebebi yerçekimi olmalı."

"*Ne* olmalı?"

Ona şaşırarak bakmıştı. "*Yerçekimini* duymadın mı?"

"Hayır."

Rahip üzgün bir edayla omuzlarını silkmişti. "Çok kötü. Yerçekimi *pek çok* soruyu cevaplar."

Vittoria ayağa kalkmıştı. "Yerçekimi nedir?" diye sormuştu. "Anlatsana!"

Rahip gözünü kırpmıştı. "Sana bunu yemek yerken anlatsam olur mu?"

Genç rahibin adı Leonardo Vetra idi. Üniversitedeyken ödül kazanmış bir fizik öğrencisi olmasına karşın, başka bir çağrıya kulak vererek İlahiyat Fakültesi'ne girmişti. Leonardo ile Vittoria, rahibelerle kuralların yalnız dünyasında çok iyi iki dost olmuşlardı. Vittoria, Leonardo'yu güldürüyor, o da Vittoria'yı kanatları altına alarak gökkuşağı ile nehirler gibi güzel şeylerin pek çok açıklamaları olduğunu öğretiyordu. Ona hem Tanrı, hem de bilim penceresinden ışığı, gezegenleri, yıldızları ve tüm doğayı anlatıyordu. Vittoria'nın doğuştan gelen zekâsı ve merakı onu mükemmel bir öğrenci kılıyordu. Leonardo, onu kendi kızı gibi korumuştu.

Vittoria da mutluydu. Hiçbir zaman bir babaya sahip olmanın mutluluğunu yaşamamıştı. Diğer yetişkinler onun sorduğu soruları başından savarken, Leonardo, ona kitaplar göstererek saatler harcıyordu. Hatta Vittoria'ya *onun* fikirlerini bile sormuştu. Vittoria, Leonardo'nun sonsuza kadar kendisiyle birlikte kalması için dua etmişti. Sonra bir gün, en kötü kâbusu gerçek olmuştu. Rahip Leonardo, ona yetimhaneden ayrılacağını söylemişti.

Leonardo, "İsviçre'ye taşınıyorum," demişti. "Cenevre Üniversitesi'nde fizik okumak için burs kazandım."

Vittoria, "Fizik mi?" diye çığlık atmıştı. "Ben *Tanrı'yı* sevdiğini sanıyordum!"

"Seviyorum, hem de çok. Bu yüzden onun ilahi düzeni üstünde çalışmak istiyorum. Fizik kuralları, Tanrı'nın şaheserini boyamak için yeryüzüne yaydığı tuvaldir."

Vittoria yıkılmıştı. Ama Rahip Leonardo'nun başka haberleri de vardı. Vittoria'ya üsleriyle konuştuğunu ve Rahip Leonardo'ya onu evlat edinmesinde sakınca olmadığını söylemişlerdi.

Leonardo, "Seni evlat edinmemi *ister* misin?" diye sormuştu.

Vittoria, "*Evlat edinmek* ne demek?" demişti.

Rahip Leonardo, ona açıklamıştı.

Vittoria mutluluk gözyaşlarıyla ona beş dakika boyunca sarılmıştı. "Ah evet! Evet!"

Leonardo, ona bir süreliğine gitmesi gerektiğini, bu süre içinde İsviçre'deki yeni evlerini yerleştireceğini söylemiş ama altı ay içinde onu yanına alacağına söz vermişti. Vittoria'nın hayatı boyunca yaşadığı en uzun beklemeydi ama Leonardo sözünü tutmuştu. Dokuzuncu doğum gününden beş gün önce Vittoria Cenevre'ye taşınmıştı. Gündüzleri Cenevre Uluslararası Okula devam ediyor, akşamları ise babasından öğreniyordu.

Üç yıl sonra CERN Leonardo'yu işe aldı. Vittoria ile Leonardo, Vittoria'nın asla hayal edemeyeceği harikalar dünyasına taşınmışlardı.

Vittoria LHC tünelinde ilerlerken, vücudunun uyuştuğunu hissediyordu. LHC'de kendi suskun yansımasını gördü ve babasının yokluğunu fark etti. Normalde çevresindeki dünyayla uyumlu, soğukkanlı bir yapısı vardı. Ama şimdi, çok ani bir şekilde, hiçbir şey anlam ifade etmiyordu. Son üç saatin nasıl geçtiğini anlamamıştı.

Kohler aradığında Balear Adaları'nda saat sabahın 10.00'uydu. *Baban öldürüldü. Hemen eve dön.* Dalış teknesinin güvertesindeki bunaltıcı sıcağa rağmen, kelimeler onu kemiklerine kadar dondurmuştu. Kohler'ın duygusuz ses tonu da haber kadar yaralayıcıydı.

Artık evine dönmüştü. *Ama evde ne vardı ki?* On iki yaşından beri tüm dünyası olan CERN, şimdi birden ona yabancı gelmeye başlamıştı. Babası, tüm bunları büyülü kılan kişi gitmişti.

Derin bir nefes al, dedi kendine ama zihnini sakinleştiremiyordu. Sorular kafasında gittikçe daha hızlı dönüyordu. Babasını kim öldürmüştü? Ve neden? Şu Amerikalı "uzman" kimdi? Kohler neden laboratuvarı görmekte ısrar ediyordu?

Kohler, babasının cinayetinin son projeyle ilgili olduğuna dair kanıtlar bulunduğunu söylemişti. *Ne kanıtı? Ne üstünde çalıştığımızı kimse bilmiyordu! Birisi öğrenmiş olsa bile, onu neden öldürsünler?*

Vittoria LHC tünelinde babasının laboratuvarına doğru giderken, babasının en büyük başarısını onsuz açıklayacağının farkına vardı. O anı çok daha farklı hayal etmişti. Babasının CERN'in en büyük bilim adamlarını laboratuvarına çağıracağını, onlara buluşunu göstereceğini ve huşu içindeki yüzlerini seyredeceğini hayal etmişti. Ardından babalık gururuyla, projesini gerçeğe dönüştürmekte *Vittoria*'nın fikirlerinden birinin kendisine yardımcı olduğunu açıklayacaktı... büyük buluşunda *kızı* onun ayrılmaz bir parçası olmuştu. Vittoria boğazının düğümlendiğini hissetti. *Bu anı babamla paylaşmalıydık.* Ama yalnızdı. İş arkadaşları yoktu. Mutlu yüzler yoktu. Yalnızca Amerikalı bir yabancı ve Maximilian Kohler.

Maximilian Kohler. Der König... Kral.

Vittoria çocukken bile bu adamdan hoşlanmazdı. Onun büyük zekâsına saygı duysa da, babasının sıcaklığına karşı antitez oluşturan soğuk tavırları her zaman insanlıktan uzak gelmişti. Kohler kusursuz mantığı yüzünden bilim yolundaydı... babası ise ruhani merak. Yine de iki adam arasında daima hiç dillenmeyen bir saygı var gibiydi. Birisi bir zamanlar Vittoria'ya, *dâhi dehayı koşulsuz şartsız kabul eder*, demişti.

Dâhi, diye düşündü. *Babam... Babacığım. Öldü.*

Leonardo Vetra'nın laboratuvar girişi, tamamıyla beyaz karolarla kaplanmış, uzun, steril bir koridordu. Langdon kendini bir çeşit tımarhaneye giriyormuş gibi hissetti. Koridora çerçeve içinde bir düzine siyah-beyaz resim asılmıştı. Langdon'ın mesleği simgelerle ilgili olduğu halde, bunlar ona kesinlikle yabancıydı. Gelişigüzel çizgilerle spirallerin karmaşık negatiflerine benziyorlardı. *Modern sanat mı*, diye düşündü. *Amfetamin almış Jackson Pollock çalışmaları mı?*

Langdon'ın merakını fark eden Vittoria, "Dağınık şemalar," dedi. Karmaşa içinde neredeyse görünmeyen belli belirsiz bir şekli işaret ederek, "Zerrecik çarpışmalarının bilgisayar görüntüleri. Bu Z-zerreciği," dedi. "Babam bunu beş yıl önce keşfetti. Saf enerji, hiç kütlesi yok. Doğadaki en küçük yapıtaşı olabilir. Madde, sıkıştırılmış enerjiden başka bir şey değildir."

Madde enerji midir? Langdon başını yana yatırdı. *Kulağa daha çok Zen gibi geliyor.* Fotoğraftaki minik çizgiye baktı ve hafta sonunu Geniş Hadron Çarpıştırıcısı'nda Z-zerreciklerine bakarak geçirdiğini söylediğinde Harvard Fizik Fakültesi'ndeki dostlarının ne diyeceğini merak etti.

Laboratuvarın görkemli çelik kapısına yaklaştıklarında Kohler, "Vittoria," dedi. "Sabah babanı aramak için buraya geldiğimi söylemeyi unuttum."

Vittoria hafifçe kızardı. "Öyle mi yaptınız?"

"Evet. Ve CERN'in standart klavye güvenlik kilidini başka bir şeyle değiştirdiğini görünce ne kadar şaşırdığımı tahmin et." Kohler kapının yanına yerleştirilmiş karmaşık bir elektronik cihazı gösterdi.

Vittoria, "Özür dilerim," dedi. "Gizlilik konusunda nasıl olduğunu bilirsiniz. İkimizden başka kimsenin girmesini istemedi."

Kohler, "Peki. Kapıyı açın," dedi.

Vittoria uzun süre orada durdu. Sonra derin bir nefes alarak, duvardaki mekanizmanın yanına yürüdü.

Langdon daha sonra olacaklara kesinlikle hazırlıklı değildi.

Vittoria cihazın üstüne çıkarak, sağ gözünü dikkatlice teleskoba benzeyen lens çıkıntısına yerleştirdi. Ardından bir düğmeye bastı. Makinenin içinden bir şey çıtırdadı. Bir ışık demeti ileri geri giderek, göz yuvarlağını fotokopi makinesi gibi taradı.

Vittoria, "Retina taraması yapıyor," dedi. "Hatasız güvenlik. Sadece iki retina örneğini kabul ediyor. Benimkini ve babamınkini."

Robert Langdon aklına gelenlerin etkisiyle dehşete kapılmış bir halde duruyordu. Leonardo Vetra'nın görüntüsü tüm ayrıntılarıyla yeniden gözlerinde canlandı; kanlı yüzü, kendisine bakan tek elâ gözü ve boş göz çukuru. Apaçık gerçeği görmezden gelmeye çalışmıştı ama sonra gördü... beyaz karoların üstünde tarayıcının altında duruyordu... kırmızı soluk damlalar. Kuru kan.

Neyse ki Vittoria farkına varmamıştı.

Çelik kapı kayarak yana açılınca Vittoria içeri girdi.

Kohler, Langdon'a son derece katı bir bakış fırlattı. Mesajı açıktı: *Sana söylediğim gibi... kayıp göz çok daha büyük bir amaca hizmet ediyor.*

18

Kadının elleri bağlıydı, bilekleri artık morarmış ve sürtünmeden kabarmıştı. Kahverengi tenli Haşhaşin, çıplak ödülüne hayranlık duyarak bitkin bir halde yanına uzandı. Kadının, ona daha fazla hizmet etmekten kurtulmak için mahsustan uyuyormuş gibi yaptığından şüpheleniyordu.

Umurunda değildi. Doymuş olarak yatakta doğruldu.

Onun ülkesinde kadınlar maldı. Zayıftı. Zevk araçlarıydı. Çiftlik hayvanı muamelesi görecek taşınır mallardı. Ve hadlerini bilirlerdi. Ama *burada*, Avrupa'da kadınlar onu hem şaşırtan, hem de heyecanlandıran bir güce ve bağımsızlığa sahiptiler. Onları fiziksel itaate zorlamak, her zaman hoşuna giden bir haz oluyordu.

Şimdi ise, belindeki rahatlamaya karşın Haşhaşin içinde başka bir açlığın büyüdüğünü hissediyordu. Bir gece önce öldürmüştü, öldürmüş ve parçalamıştı ve öldürmek onun için eroin gibiydi... her karşılaşma, daha fazlası için arzusu artana dek geçici bir memnuniyet veriyordu. Neşesi sönmüştü. Yeniden özlem duyuyordu.

Yanında uyuyan kadını inceledi. Avucunu boynunda gezdirirken, bir an içinde hayatını sona erdirebileceği düşüncesiyle doldu. Ne fark ederdi ki? O zaten aşağılık bir insandı, sadece bir zevk ve hizmet aracıydı. Güçlü parmakları kadının boğazını kavradığında, hassas kalp atışlarının tadına vardı. Ardından arzusunu bastırarak elini geri çekti. Yapılacak işler vardı. Kendi arzularından daha yüce bir davaya hizmet edecekti.

Yataktan çıktığında, yapacağı işin onurunu yaşadı. Şu Janus denen adamın ve başkanlık ettiği eski kardeşliğin ne kadar nüfuzlu olduğunu hâlâ kavrayamıyordu. Her nedense *onu* seçmişlerdi. Bir şekilde onun nefretini... ve yeteneklerini öğrenmişlerdi. Bunu nasıl yaptıklarını asla öğrenemeyecekti. *Kolları her yere uzanıyor.*

Şimdi ise en büyük şerefi ona vermişlerdi. Onların eli ve sesi olacaktı. Onların suikastçısı ve mesajcısı. Kendi insanlarının *Melek elhak* dedikleri... Hak Meleği olacaktı.

19

Vetra'nın laboratuvarı son derece fütüristti.

Her tarafına bilgisayarlar ve özel elektronik cihazlar dizilmiş bembeyaz oda, bir çeşit ameliyathaneye benziyordu. Langdon bu yerde, içeri girebilmek için birinin gözünü çıkartmaya sevk edecek ne gibi sırların bulunduğunu merak etti.

Kohler içeri girerlerken huzursuz görünüyor, adeta gözleriyle içeri zorla girmiş birinin bıraktığı izleri arıyordu. Ama laboratuvar boştu. Vittoria da yavaş hareket ediyordu... sanki babası yokken laboratuvarı tanımıyormuş gibiydi.

Langdon'ın bakışları birden, yerden bir dizi kısa dikmenin yükseldiği odanın ortasına yöneldi. Odanın ortasında, yaklaşık bir düzine çembere dizilmiş cilalı çelik sütun, minyatür Stonehenge'i andıracak biçimde duruyordu. Yaklaşık bir metre yüksekliğindeki sütunlar Langdon'a, müzelerdeki değerli mücevher sergilerini anımsattı. Ama bu sütunların değerli taşlar için yapılmadığı belli oluyordu. Her biri, tenis topu büyüklüğünde kalın ve şeffaf bir kutuyu destekliyordu. İçleri boş gibi görünüyordu.

Kohler şaşkın bir ifadeyle kutulara göz attı. O an için kutuları görmezden gelmeyi uygun bulduğu belliydi. Vittoria'ya döndü. "Herhangi bir şey çalınmış mı?"

"Çalınmış mı? *Nasıl?*" diye karşı çıktı. "Retina taraması içeriye sadece bizim girmemize izin veriyor."

"Sadece etrafa bakın."

Vittoria içini çekerek, bir süre odayı inceledi. "Her şey babamın her zaman bıraktığı gibi duruyor. Düzenli kaos."

Langdon, Kohler'ın ihtimalleri gözden geçirdiğini, Vittoria'yı daha ne kadar zorlayabileceğini hesapladığını anlayabiliyordu... ona ne kadarını anlatması gerektiğini. Bir süreliğine anlatmamaya karar verdiği anlaşılıyordu. Tekerlekli iskemlesini odanın ortasına sürerek, boş görünen esrarlı kutuları inceledi.

Kohler sonunda, "Sırlar, artık gücümüzün yetmediği bir lüks," dedi.

Vittoria bir kabulleniş ifadesiyle başını salladı. Sanki hatıralar aklına birden hücum etmiş gibi duygusal görünüyordu.

Langdon, *ona biraz zaman tanı,* diye düşündü.

Vittoria açıklamak üzere oldı klarına hazırlık yapıyormuş gibi gözlerini kapatıp nefes aldı. Sonra tekrar nefes aldı. Sonra yeniden...

Langdon, onu seyrederken endişeye kapıldı. *İyi mi?* Daha önce bu âdete şahit olduğu anlaşılan Kohler'a baktı, etkilenmişe benzemiyordu. Vittoria gözlerini açıncaya dek on dakika geçmişti.

Langdon başkalaşıma inanmıyordu. Vittoria Vetra bambaşka biri olmuştu. Dolgun dudakları sarkmıştı, omuzları aşağı çökmüştü, gözleriyse yumuşak ve kabulleniciydi. Sanki durumu kabullenmek için vücudundaki her kası yeniden şekillendirmişti. İçindeki küskünlük ve keder, bir şekilde daha derin bir sakinliğin altında bastırılmıştı.

Sakin sesiyle, "Nereden başlasam..." dedi.

"Başlangıç olarak," dedi Kohler. "Bize babanızın deneyini anlatın."

Vittoria, "Bilimle dini bir araya getirmek babamın hayattaki en büyük hayaliydi," dedi. "Bilimle dinin birbirini tamamlayan iki saha olduğunu kanıtlamayı umut ediyordu, aynı gerçeği bulmak için iki farklı yaklaşım olduğunu düşünüyordu." Az sonra söyleyeceklerine inanamıyormuş gibi durdu. "Ve kısa süre önce... bunu yapmanın bir yolunu keşfetti."

Kohler hiçbir şey söylemedi.

"Bir deney yürüttü. Bu deneyin bilim ve din tarihindeki en şiddetli anlaşmazlıklardan birini çözeceğini ümit ediyordu."

Langdon, onun hangi anlaşmazlıktan bahsettiğini anlamaya çalıştı. O kadar çok vardı ki.

Vittoria, "Yaradılış," dedi. "Evrenin nasıl olduğu üzerine verilen savaş."

Ah, büyük tartışma, diye düşündü Langdon.

Vittoria, "Elbette İncil, evreni Tanrı'nın yarattığını söyler," diye açıkladı. "Tanrı 'Işık olsun demiş' ve gördüğümüz her şey bir anda yoktan var olmuştur. Ne yazık ki, fiziğin en temel yasalarından biri, maddenin yoktan var olamayacağını söyler."

Langdon bu ikilemi bir yerlerde okumuştu. Tanrı'nın "hiçbir şeyden bir şey" yarattığı fikri, modern fiziğin kabul edilen kurallarına aykırıydı ve bu yüzden bilim adamları Başlangıç'ın bilimsel açıdan saçma olduğunu iddia ediyorlardı.

Vittoria, ona dönerek, "Bay Langdon," dedi. "Sanırım Büyük Patlama Teorisi'ni duymuşsunuzdur."

Langdon omuzlarını silkti. "Şöyle böyle." Bildiği kadarıyla Büyük Patlama, evrenin yaratılmasında kabul edilen *tek* bilimsel modeldi. Doğrusu pek anlamıyordu ama teoriye göre, enerjinin yoğunlaştığı tek bir nokta müthiş bir patlamayla dışa doğru yayılarak evreni oluşturmuştu. Ya da böyle bir şey.

Vittoria devam etti. "Katolik Kilisesi ilk olarak 1927'de büyük Patlama Teorisi'ni ileri sürdüğünde..."

Langdon kendini tutamadan, "Affedersiniz?" diye sözünü kesti. "Büyük Patlama'nın bir *Katolik* fikri olduğunu mu söylüyorsunuz?"

Vittoria, onun sorusuna hayret etmiş gibiydi. "Elbette. Katolik bir keşiş olan Georges Lemaître tarafından 1927 yılında önerildi."

"Ama ben sanıyordum ki..." Duraksadı. "Büyük Patlama'yı Harvard'lı bir astronom olan Edwin Hubble ileri sürmemiş miydi?"

Kohler hırladı. "Başka bir bilimsel Amerikan küstahlığı. Hubble bildirisi 1929'da, Lemaître'den iki yıl *sonra* yayınladı."

Langdon kaşlarını çattı. *Onun adı Hubble Teleskobu bayım, Lemaître Teleskobu'nu hiç duymadım!*

Vittoria, "Bay Kohler haklı," dedi. "Fikir Lemaître'e aitti. Hubble sadece Büyük Patlama'nın bilimsel açıdan mümkün olduğunu kanıtlayacak deliller toplayarak, fikri doğruladı."

"Ah," diyen Langdon, Harvard Astronomi Bölümü'ndeki Hubble fanatiklerinin derslerinde Lemaître'den bahsedip bahsetmediklerini merak etti.

Vittoria devam etti. "Lemaître Büyük Patlama Teorisi'ni ilk ileri sürdüğünde bilim adamları bunun son derece saçma olduğunu iddia ettiler. Bilim, maddenin hiçbir şeyden var olamayacağını söylüyordu. Bu yüzden Hubble, Büyük Patlama'nın bilimsel açıdan doğru olduğunu ispatlayarak tüm dünyayı şoka uğrattığında, kilise bunu İncil'in bilimsel açıdan doğruluğunu *ispatlayan* müjde kabul ederek zaferini ilan etti. İlahi gerçek doğrulanmıştı."

Langdon dikkatini toplayarak başını salladı.

"Elbette bilim adamları buluşlarının dini yüceltmek için kilise tarafından kullanılmasını pek haz etmediler, bu yüzden Büyük Patlama Teorisi'ni derhal matematikselleştirerek, tüm dini imaları çıkarttılar ve kendilerine ait olduğunu iddia ettiler. Ama ne yazık ki, onların denklemleri, bugün bile kilisenin vurgulamaktan hoşlandığı ciddi hatalar içeriyordu."

Kohler homurdandı. "*Tekillik.*" Bu kelimeyi sanki başının belası gibi söylemişti.

Vittoria, "Evet, tekillik," dedi. "Yaradılışın kesin zamanı. Sıfır zamanı." Langdon'a baktı. "Bugün bile bilim yaradılışın ilk zamanını anlayamıyor. Denklemlerimiz *zamansız* evreni etkin biçimde açıklayabiliyor, ama işin içine zaman girince, sıfır zamanına yaklaştıkça, birden tüm matematiksel hesaplar bozuluyor ve her şey anlamsızlaşıyor."

Kohler gergin bir sesle, "Doğru," dedi. "Ve kilise bu kusuru Tanrı'nın mucizevi müdahalesinin ispatı olarak gösteriyor. Sadede gelin."

Vittoria'nın ifadesi birden soğudu. "Sadet şu ki, babam her zaman için Büyük Patlama'ya Tanrı'nın müdahale ettiğine inanmıştı. Bilim, yaradılışın ilahi zamanını anlayamasa da, babam bir gün *anlaşılacağına* inanıyordu." Üzgün bir ifadeyle, babasının çalışma alanına yapıştırılmış not kâğıdını işaret etti. "Her şüphe duyduğumda babam bana bunu gösterirdi."

Langdon mesajı okudu:

BİLİMLE DİN BİRBİRİNE ZIT DEĞİLDİR.
SADECE BİLİM, ANLAMAK İÇİN HENÜZ ÇOK GENÇ.

Vittoria, "Babam bilimi daha yüksek bir seviyeye çıkarmak istiyordu," dedi. "Bilim, Tanrı kavramını destekleyecekti." Melankolik bakışlarla elini uzun saçlarına götürdü. "Şimdiye dek hiçbir bilim adamının yapmayı düşünmediği bir şey hazırlamıştı. Şimdiye dek hiç kimsenin yapacak *teknolojiye* sahip olmadığı bir şey." Durdu, sonraki kelimeleri nasıl söyleyeceğini bilemiyor gibiydi. "Başlangıç'ın mümkün olduğunu kanıtlamak için bir deney tasarlamıştı."

Başlangıç'ı kanıtlamak mı, diye düşündü Langdon. *Işığa ol demek mi? Hiçbir şeyden var olan madde mi?*

Kohler'ın donuk bakışları odayı delip geçti. "Affedersin anlayamadım?"

"Babam bir evren yarattı... hiçbir şeyden."

Kohler başını aniden yana çevirdi. "Ne!"

"Büyük Patlama'yı yarattı desek daha doğru olur."

Kohler ayağa fırlamaya hazır gibi duruyordu.

Langdon zaten kopmuştu. *Evren yaratmak mı? Büyük Patlama'yı yeniden yaratmak mı?*

Artık daha hızlı konuşan Vittoria, "Tabi ki, daha küçük boyutlarda yapıldı," dedi. "İşlem son derece basitti. Hızlandırıcı tüpün içinde zıt yönlerdeki iki ultra-ince zerrecik huzmesini hızlandırdı. Huzmeler muazzam hızlarda kafa kafaya çarpıştılar ve birbirlerinin içine girerek tüm enerjilerini tek bir noktacıkta sıkıştırdılar." Bir dizi ünitenin ismini ezbere saymaya başladığında Direktör'ün gözleri iyice büyüdü.

Langdon takip etmeye çalışıyordu. *Demek ki Leonardo evrenin yayıldığı kabul edilen, sıkıştırılmış enerji noktasının benzerini canlandırıyormuş.*

Vittoria, "Sonuç kesinlikle hayret uyandıracaktı. Yayınlandığında modern fiziğin tüm temellerini sarsacaktı," dedi. Artık yavaş konuşuyor, adeta vereceği haberin tadına varıyordu. "Hızlandırıcı tüpün içinde, yoğun enerjinin toplandığı noktada aniden, madde zerrecikleri yoktan var olmaya başladılar."

Kohler hiç tepki vermiyor, sadece bakıyordu.

Vittoria, "*Madde,*" diye tekrarladı. "Hiçbir şeyden oluşmaya başladılar. Atomdan küçük zerreciklerin muhteşem havai fişek gösterisi gibiydi. Minyatür bir evren doğuyordu. Sadece maddenin hiçbir şeyden *yaratılabileceğini* ispat etmekle kalmadı, aynı zamanda Büyük Patlama'nın *ve* Başlangıç'ın muazzam bir enerji kaynağının varlığını kabul ederek açıklanabileceğini gösterdi."

Kohler, "Yani *Tanrı* mı demek istiyorsunuz?" diye sordu.

"Tanrı, Buda, Güç, Yehova, tekillik, birlik noktası -ne isterseniz onu deyin- sonuç aynı. Bilimle din aynı gerçeği destekliyor... saf *enerji* yaradılışın babasıdır."

Kohler sonunda ciddi bir sesle konuştu. "Vittoria, beni çok şaşırttınız. Sanki bana babanızın maddeyi *yarattığını* söylüyorsunuz... hiçbir şeyden, öyle mi?"

"Evet." Vittoria kutuları gösterdi. "Ve işte kanıtı. Bu kutuların içinde yarattığı maddelerin numuneleri var."

Kohler öksürdü ve içgüdüsel olarak bir şeylerin ters gittiğini sezinleyen tedbirli bir hayvan gibi kutulara yaklaştı. "Sanırım bir şeyi kaçırdım," dedi. "İnsanların bu kutuların içindeki madde zerreciklerini babanızın *yarattığına* nasıl inanmalarını bekliyorsunuz? Herhangi bir yerden gelmiş zerrecikler olabilirler."

Vittoria kendinden emin bir sesle, "Doğrusu," dedi. "Gelemezler. Bu zerrecikler benzersiz. Dünyanın herhangi bir yerinde var olmayan bir madde türü... bu yüzden yaratılmış olmaları *gerekir.*"

Kohler'ın ifadesi kararsızdı. "Vittoria, belirli bir *tür* madde derken ne demek istiyorsunuz? Sadece *bir* tür madde vardır ve..." Kohler birden durdu.

Vittoria'nın zaferiyle övünen bir ifadesi vardı. "Bunu derste siz söylemiştiniz sayın Direktör. Evrende *iki* tür madde bulunur. Bilimsel bir gerçek." Vittoria, Langdon'a döndü. "Bay Langdon, İncil Yaradılış hakkında ne der? Tanrı neyi yaratmıştır?"

Langdon kendini bir tuhaf hissetti, bunun konuyla ne ilgisi olduğunu anlayamamıştı. "Ee, Tanrı... ışığı ve karanlığı, cenneti ve cehennemi..."

Vittoria, "Kesinlikle," dedi. "Her şeyi zıddıyla beraber yarattı. Simetri. Mükemmel denge." Yeniden Kohler'a döndü. "Direktör, bilim dinle aynı şeyi söylüyor. Büyük Patlama evrendeki her şeyi zıddıyla meydana getirdi."

Kohler adeta kendi kendine, "Buna *maddenin* kendisi de dahil," dedi.

Vittoria başını salladı. "Ve babam deneyini gerçekleştirdiğinde, elbette *iki* tür madde ortaya çıktı."

Langdon bunun ne anlama geldiğini düşündü. *Leonardo Vetra maddenin zıddını mı yaratmış?*

Kohler kızgın görünüyordu. "Bahsettiğiniz madde sadece evrenin *başka bir yerinde* mevcuttur. Kesinlikle dünyada değil. Ve muhtemelen bizim galaksimizde de değil!"

Vittoria, "Kesinlikle," dedi. "İşte bu da, kutulardaki zerreciklerin *yaratıldığını* ispatlıyor."

Kohler'ın yüzü sertleşmişti. "Vittoria bu kutularda gerçek numunelerin bulunduğunu söylüyor olamazsın."

"Öyle söylüyorum." Gururla kutulara baktı. "Direktör, dünyadaki ilk *karşımadde* örneklerine bakıyorsunuz."

20

İkinci evre, diye düşündü Haşhaşin karanlık tünelde ilerlerken.

Elindeki meşale fazlalık yapıyordu. Bunu biliyordu. Ama bu, etki yaratmak içindi. Etki her şey demekti. Korkunun, müttefiki olduğunu öğrenmişti. *Korku, tüm savaş silahlarından daha hızlı yaralar.*

Geçitte, üstündeki kılığı hayran gözlerle seyredebileceği bir ayna yoktu ama dalgalanan pelerininin gölgesinden mükemmel olduğunu anlayabiliyordu. Planın parçasıyla uyumluydu... planın kötü kısmıyla. Kurduğu en vahşi hayallerde bile bu rolü oynayacağını tahmin etmemişti.

İki hafta önce olsaydı, tünelin ucunda kendisini bekleyen görevin imkânsız olduğunu düşünürdü. İntihar görevi. Bir aslan inine çırılçıplak girmek. Ama Janus, imkânsız kelimesinin tanımını değiştirmişti.

Janus son iki hafta içinde Haşhaşin'le sayısız sırrı paylaşmıştı... bu tünel de onlardan biriydi. Çok eski ama hâlâ kullanılabilirdi.

Haşhaşin düşmanına yaklaşırken, onu içeride bekleyenin, Janus'un vaat ettiği kadar kolay olup olmayacağını düşündü. Janus onu içeriden birinin gerekli ayarlamaları yapacağına temin etmişti. *İçeriden biri. İnanılmaz.* Düşündükçe, ona daha da çocuk oyuncağı gibi geliyordu.

Sona yaklaşırken, *wahad... tintain... thalatha... arbaa*, dedi kendi kendine. *Bir... iki... üç... dört...*

21

"Karşımaddeyi daha önce duyduğunuzu tahmin ediyorum Bay Langdon." Vittoria, onu inceliyordu. Koyu teni beyaz laboratuvarla tam tezat oluşturmuştu.

Langdon başını kaldırıp baktı. Birden kendini aptal gibi hissetti. "Evet. Şey... bir bakıma."

Dudaklarında belli belirsiz bir gülümseme vardı. "*Uzay Yolu'*nu seyrediyor musunuz?"

Langdon kızardı. "Şey, öğrencilerimin hoşuna gidiyor..." Kaşlarını çattı. "*USS Enterprise* uzay gemisinin yakıtı karşımadde değil mi?"

Başını salladı. "İyi bilimkurgunun kökleri iyi bilime uzanır."

"Yani karşımadde *gerçek* mi?"

"Doğanın bir gerçeği. Her şeyin bir karşıtı vardır. Protonlara karşı elektronlar. Yukarı zerrelere karşı aşağı zerreler. Atomdan küçük seviyede kozmik bir simetri vardır. Maddenin *yang'ına* karşı karşımadde *yin'dir.* Fiziksel denklemi dengeler."

Langdon, Galileo'nun ikilik inancını düşündü.

Vittoria, "Bilim adamları 1918'den beri Büyük Patlama'da *iki* çeşit madde yaratıldığını biliyorlardı. Madde türlerinden birini burada dünyada görüyoruz, kayaları, ağaçları, insanları meydana getiriyor. Diğeri onun tam tersi zerrecik yüklerinin zıt olması haricinde madde ile tüm açılardan aynı," dedi.

Kohler adeta sislerin arasından çıkmış gibi konuştu. Sesi birden tereddütlü gelmeye başlamıştı. "Ama karşımaddeyi *saklamak* için karşımızda muazzam teknolojik engeller var. Nötrleştirmeye ne demeli?"

"Babam, karşımadde pozitronları bozulmadan önce hızlandırıcıdan çekmek için ters kutuplu bir vakum inşa etti."

Kohler kaşlarını çattı. "Ama vakum *maddeyi* de çeker. Zerrecikleri ayırmak imkânsızlaşır."

"Babam manyetik alan uygulaması yaptı. Madde sağa, karşımadde sola atladı. Zıt kutuplar."

Kohler'ın şüphe duvarı o anda çatladı. Apaçık bir mahcubiyetle Vittoria'ya baktı ve sonra birden öksürmeye başladı. "İna... nılmaz..." deyip ağzını sildi. "Ama hâlâ..." Mantığı hâlâ itiraz ediyordu. "Vakum *işe yarasa* bile, bu kutular maddeden yapıldı. Karşımadde, *maddeden* yapılan kutuların içinde saklanamaz. Karşımadde anında tepki verecektir..."

Soruyu beklediği anlaşılan Vittoria, "Örnekler kutuya değmiyor," dedi. "Karşımadde asılı duruyor. Kutulara 'karşımadde tutucuları' deniyor çünkü gerçekten de karşımaddeyi kutunun merkezinde sıkıştırıp, yanlardan ve tabandan güvenli bir mesafede uzak tutarak asılı bırakıyor."

"Asılı bırakmak mı? Ama... *nasıl?*"

"Kesişen iki manyetik alanın arasında. İşte, bir bakın."

Vittoria odanın karşı tarafına yürüyerek, büyükçe bir elektronik cihaz aldı. Mekanizma Langdon'a, bir tür karton ışın silahını andırmıştı; üstünde gözlem aygıtı bulunan ve altından karmaşık elektronikler sarkan, geniş bir top namlusuna benziyordu. Vittoria gözlem aletini kutulardan biriyle hizaladı, göz merceğinden baktı ve dereceleri ayarladı. Sonra geriye adım atarak, Kohler'dan bakmasını istedi.

Kohler şaşkın görünüyordu. "*Görülebilir* miktarlar mı topladınız?"

Vittoria, "Beş bin nanogram," dedi. "Milyonlarca pozitron içeren sıvı bir plazma."

"Milyonlarca mı? Ama şimdiye dek herhangi biri sadece birkaç *zerrecik* çıkarabilmişti... *herhangi bir yerde.*"

Vittoria kısaca, "Ksenon," dedi. "Babam zerrecik huzmesini bir ksenon fıskıyesinde hızlandırarak elektronları ayıkladı. İşlemin ayrıntılarını gizli tutmak konusunda ısrar ediyordu, ama aynı zamanda ham elektronların hızlandırıcının içine katılması durumu doğmuştu."

Langdon ipin ucunu kaçırmıştı, hâlâ İngilizce konuşup konuşmadıklarını anlayamıyordu.

Kohler durmuştu, alnındaki çizgiler derinleşiyordu. Birden derin bir nefes aldı. Kurşun yemiş gibi kendini koyuverdi. "Teknik açıdan bu durumda..."

Vittoria başını salladı. "Evet. *Pek çokları* olacaktır."

Kohler bakışlarını önünde duran kutuya çevirdi. Şüphe dolu bir bakışla kendini iskemlesinde yukarı çekti ve gözünü bakaca yerleştirerek içeri baktı. Uzun süre hiçbir şey söylemeden sadece baktı. Sonunda yerine oturduğunda alnı ter içinde kalmıştı. Yüzündeki çizgiler yok olmuştu. Sesi fısıltı halinde çıkıyordu. "Tanrım... gerçekten yapmışsınız."

Vittoria başını salladı. "*Babam* yaptı."

"Ben... ben ne diyeceğimi bilemiyorum."

Vittoria, Langdon'a döndü. "Bakmak ister miydiniz?" Gözlem aletini işaret etti.

Ne görmeyi beklemesi gerektiğini bilmeyen Langdon ileri doğru hareket etti. İki metre uzaktan bakınca kutu boş gibi görünüyordu. İçindeki her ne ise sonsuz küçüklükteydi. Langdon gözünü merceğe yerleştirdi. Görüntünün belirmesi biraz vakit aldı.

Sonra onu gördü.

Nesne, beklediği gibi kutunun dibinde değildi, bunun yerine merkezde süzülüyordu -havada asılı kalmıştı- parlak bir cıva benzeri sıvı damlacığı görülüyordu. Sihirli gibi havada sallanıp duran sıvı, boşlukta geziniyordu. Damlacığın yüzeyinde metalik dalgalanmalar oluşuyordu. Havada asılı duran sıvı Langdon'a, bir zamanlar sıfır yerçekimindeki su damlasına ait seyrettiği videoyu hatırlatmıştı. Damlacığın mikroskobik boyutlarda olduğunu bildiği halde, küçük plazma küresi yavaşça salınırken her dalgalanmayı ve her titreşimi görebiliyordu.

"Bu... yüzüyor," dedi.

Vittoria, "Öyle yapsa iyi olur," diye yanıtladı. "Karşımadde son derece kararsızdır. Enerji bakımından konuşacak olursak, karşımadde maddenin ayna görüntüsüdür, bu yüzden ikisi temasa geçtiğinde anında birbirlerini yok ederler. Elbette karşımaddeyi maddeden ayrı tutmak zorlu bir iş, çünkü dünyadaki *her şey* maddeden yapılmıştır. Örneklerin herhangi bir şeye dokunmadan saklanmaları gerekir... havaya bile."

Langdon hayrete düşmüştü. *Vakumun nasıl sıkıştırdığından bahsedelim.*

"Şu karşımadde tutacakları," diye böldü Kohler. Kutulardan birinin tabanında parmağını gezindirirken yüzünde şaşkın bir ifade vardı. "Bunlar babanızın tasarımları mı?"

"Doğrusunu söylemek gerekirse," dedi. "Benim tasarımlarım."

Kohler başını kaldırıp baktı.

Vittoria'nın sesi gayet alçakgönüllüydü. "Babam ilk karşımadde zerreciklerini üretti ama onları nasıl saklayacağı konusunda kararsızdı. Bunları ben önerdim. Her iki ucunda zıt elektıomıknatıslar bulunan hava geçirmez nanobileşik muhafazalar."

"Babanızın dehasını silip geçmişsiniz gibi görünüyor."

"Pek değil. Bu fikri doğadan aldım. Portekiz'deki denizanaları yakıcı kapsüller kullanarak balıkları dokunaçları arasında kapana kıstırırlar. Burada aynı kural işliyor. Her bir kutunun, her iki ucunda iki elektromıknatıs var. Bunların zıt manyetik alanları kutunun merkezinde kesişiyor ve karşımaddeyi orada asılı tutuyor."

Langdon yeniden kutuya baktı. Karşımadde hiçbir şeye dokunmadan vakumda süzülüyordu. Kohler haklıydı. Bu dâhiceydi.

Kohler, "Mıknatısların güç kaynağı nerede?" diye sordu.

Vittoria işaret etti. "Tutacağın altındaki kolonda. Kutular, kendilerini sürekli şarj eden yükleyicilere bağlılar böylece mıknatıslar asla durmuyor."

"Peki ya manyetik alanlar çalışmazsa?"

"Gayet açık. Karşımadde askıdan düşer, tutacağın tabanına çarpar ve imha olur."

Langdon'ın kulakları dikildi. "İmha olmak mı?" Kelime kulağına hoş gelmemişti.

Vittoria kaygısız görünüyordu. "Evet. Eğer karşımaddeyle madde temas ederse, her ikisi de aynı anda yok olur. Fizikçiler bu işleme 'imha' diyorlar."

Langdon başını salladı. "Aa, peki."

"Doğanın en basit tepkisidir. Bir madde zerresiyle karşımadde zerresi iki *yeni* zerrecik ortaya çıkarmak için birleşirler, bunlara foton denir. Foton, ufak bir ışık kümesidir."

Langdon daha önce fotonlar hakkında bir şeyler okumuştu -ışık zerecikleri- enerjinin en saf haliydiler. Kaptan Kirk'ün Klington'lara karşı foton torpidoları kullandığından bahsetmemeye karar verdi. "Yani eğer karşımadde düşerse, ufak bir ışık kümesi göreceğiz, öyle mi?"

Vittoria omuzlarını silkti. "Neye ufak dediğinize bağlı. İşte, göstereyim." Kutuya uzandı ve şarj olduğu platformdan sökmeye başladı.

Kohler aniden dehşet içinde çığlık atarak ileri atıldı ve Vittoria'nın ellerine yapıştı. "Vittoria! Çıldırdın mı?"

22

Kohler inanılmaz bir şekilde, bir süreliğine sendeleyerek zayıf bacaklarının üstünde durdu. Yüzü korkudan bembeyaz olmuştu. "Vittoria! Tutacağı yerinden oynatamazsın!"

Direktör'ün ani paniğine şaşıran Langdon sadece bakıyordu.

Kohler, "Beş yüz nanogram!" dedi. "Manyetik alanı kırarsan..."

Vittoria, "Direktör," diyerek onu temin etmeye çalıştı. "Kesinlikle güvenli. Her bir tutacağın düşüşe karşı koruması var, şarj cihazından söküldüğü takdirde devreye giren yedek pili var. Kutuyu yerinden söksem bile örnek asılı kalacak."

Kohler şüpheyle bakıyordu. Sonra tereddüt ederek yeniden iskemlesine yerleşti.

Vittoria, "Tutacak, şarj cihazından söküldüğünde, piller kendiliğinden devreye giriyor," dedi. "Yirmi dört saat çalışıyorlar. Yedek benzin deposu gibi." Sonra sanki rahatsızlığını hissetmiş gibi Langdon'a döndü. "Karşımaddenin kendisini biraz tehlikeli kılan bazı şaşırtıcı özellikleri vardır Bay Langdon. On miligramlık örneğin -kum tanesi kadar- iki yüz metrik ton konvansiyonel füze yakıtı kadar enerji içerdiği varsayılıyor."

Langdon'ın başı yeniden dönmeye başlamıştı.

"Geleceğin enerji kaynağı. Nükleer enerjiden bin kat daha güçlü. Yüzde yüz verimli. Türev ürünü yok. Radyasyon yok. Kirlilik yok. Birkaç gramı büyük bir şehri bir haftalığına aydınlatabilir."

Gram mı? Langdon tedirgin olarak kendini platformdan geriye çekti.

Vittoria, "Merak etmeyin," dedi. "*Bu* örnekler gramın minüskül kesri kadar... *milyonda biri* kadar. Nispeten zararsız." Yeniden kutuya uzanarak yükleme platformundan çevirerek çıkarmaya başladı.

Kohler yerinde sıçradı ama müdahale etmedi. Tutacak yerinden çıktığında, keskin bir bip sesi duyuldu ve tutacağın alt kısmında küçük bir LED gösterge çalışmaya başladı. Kırmızı rakamlar yanıp sönerek, yirmi dört saatten geriye saymaya başladı.

24.00.00...

23.59.59...

23.59.58...

Azalan sayılara bakan Langdon, sinir bozucu bir saatli bombaya benzediğine karar verdi.

Vittoria, "Pil," diye açıkladı. "Bitene kadar yirmi dört saat boyunca çalışacak. Tutacağı platforma geri yerleştirerek yeniden şarj edilebilir. Güvenlik ölçütü olarak tasarlandı, ama aynı zamanda taşınmasına da olanak sağlıyor."

Kohler hayretten donakalmıştı. "Taşımak mı? Bu şeyi laboratuvarın dışına mı çıkartıyorsunuz?"

Vittoria, "Elbette hayır," dedi. "Ama taşınabilirliği onu incelememize yardımcı olur."

Vittoria, Langdon ile Kohler'ı odanın öbür ucuna götürdü. Yan taraftaki perdeyi açarak, arkasında geniş bir oda bulunan pencereyi ortaya çıkarttı. Duvar, yer ve tavan tamamen çelik kaplıydı. Oda Langdon'a, bir zamanlar Papua Yeni Gine'ye *Hanta* vücut dövmelerini incelemeye giderken bindiği petrol tankerinin tanklarını hatırlatmıştı.

Vittoria, "Bu bir imha tankı," dedi.

Kohler başını kaldırıp baktı. "İmhayı gerçekten *gözlemleyebiliyor* musunuz?"

"Büyük Patlama fiziği babamı büyülerdi, maddenin minüskül özünden gelen büyük miktarda enerji." Vittoria pencerenin altındaki çelik çekmeceyi çekerek açtı. Tutacağı çekmeceye yerleştirdikten sonra kapattı. Sonra pencerenin yanındaki bir kolu çekti. Bir süre sonra tutacak camın diğer tarafında belirmişti. Odanın ortasında duruncaya kadar geniş bir kavis çizerek metal zemin üstünde sakince kaydı.

Vittoria dudaklarını gererek sıkıntıyla gülümsedi. "İlk karşımadde-madde imhasına tanık olmak üzeresiniz. Gramın milyonda biri kadar. Nispeten minüskül bir örnek."

Langdon devasa tankın zemininde tek başına duran karşımadde tutacağına baktı. Kohler de şüpheli bakışlarla pencereye dönmüştü.

Vittoria, "Normalde," diye açıkladı. "Pil bitene kadar yirmi dört saat beklememiz gerekirdi ama bu odada yerin altında tutacağa üstün gelecek mıknatıslar bulunuyor, karşımaddeyi askıdan indirecekler. Ve karşımadde ile madde birbirine değdiğinde..."

Kohler, "İmha," diye fısıldadı.

Vittoria, "Bir şey daha," dedi. "Karşımadde saf enerjiyi serbest bırakır. Kütle fotonlarının yüzde yüz dönüşümü. Bu yüzden doğrudan örneğe bakmayın. Gözlerinizi koruyun."

Langdon tedbirini almıştı, ama Vittoria'nın fazlasıyla abarttığını sezinliyordu. *Kutuya doğrudan bakmayın mı?* Aygıt otuz metreden daha uzakta, son derece kalın Pleksiglas bir duvarın ardındaydı. Ayrıca kutunun içindeki nokta görünmüyordu, mikroskobikti. *Gözlerimi mi koruyayım*, diye düşündü Langdon. *Bu nokta ne kadar enerji...*

Vittoria düğmeye bastı.

O anda Langdon'ın gözleri karardı. Kutunun içinde bir ışık noktası parlayarak, her yöne yayılan bir şok ışık dalgasıyla dışa doğru patladı ve önündeki cama muazzam bir güçle püskürdü. Patlama odayı sarsarken geriye doğru sendeledi. Işık bir süre kör edici şekilde parladıktan sonra içe doğru çekildi, kendine doğru küçüldü ve minik bir noktaya dönüşerek yok oldu. Langdon görüşünü yavaşça düzeltmek için acıyla gözlerini kırpıştırdı. Dumanlar içindeki odaya gözlerini kısarak baktı. Yerdeki kutu tamamıyla yok olmuştu. Buhar olup uçmuştu. Geriye hiçbir iz kalmamıştı.

Şaşkınlık içinde bakakaldı. "T... Tanrım."

Vittoria kederle başını salladı. "Babam da aynen böyle söylemişti."

23

Kohler az önce gördüğü gösterinin şaşkınlığı içinde, gözlerini dikmiş imha odasına bakıyordu. Yanında duran Robert Langdon ondan daha fazla afallamış gibiydi.

Vittoria, "Babamı görmek istiyorum," dedi. "Ben size laboratuvarı gösterdim. Şimdi babamı görmek istiyorum."

Kohler yavaşça döndü, onu duymadığı anlaşılıyordu. "Neden bu kadar beklediniz Vittoria? Sen ve baban bu buluşu bana hemen bildirmeliydiniz."

Vittoria gözlerini ona dikti. *Kaç neden istersin?* "Bu konuyu daha sonra tartışabiliriz. Şu anda babamı görmek istiyorum."

"Bu teknolojinin ne ifade ettiğini biliyor musun?"

"Elbette," diye hemen cevap verdi Vittoria. "CERN'e gelir. Hem de fazlasıyla. Şimdi ben..."

Onu açıkça kızdıran Kohler, "Bu yüzden mi sır olarak sakladınız?" diye sordu. "Benim ve yönetim kurulunun ruhsat vermeyeceğimizden mi korktunuz?"

Tartışmanın içine çekildiğini hisseden Vittoria, "Ruhsat *verilmeliydi*," diye çıkıştı. "Karşımadde teknolojisi önemli. Ama aynı zamanda tehlikeli. Babam ve ben yöntemi geliştirerek güvenli kılmak istedik."

"Başka bir deyişle, yönetim kurulunun gerçek bilimi para hırsına tercih edeceğine güvenmediniz."

Vittoria, Kohler'ın ses tonundaki kayıtsızlığa şaşırmıştı. "Başka meseleler de vardı," dedi. "Babamın karşımaddeyi uygun biçimde sunmak için zamana ihtiyacı vardı."

"Yani?"

Ne demek istediğimi sanıyorsun? "Enerjiden gelen madde. Hiçbir şeyden çıkan bir şey. Başlangıç'ın bilimsel açıdan mümkün olduğunu kanıtlıyor."

"Demek buluşunun dini göstergelerinin ticari furyaya kapılıp kaybolmasını istemedi?"

"Bir bakıma öyle."

"Peki siz?"

Vittoria'nın kaygıları, ne tuhaftır ki, farklı yöndeydi. Her yeni enerji kaynağının başarısı için ticaret önemliydi. Karşımadde teknolojisinin verimli ve kirliliğe yol açmayan enerji kaynağı olarak şaşırtıcı bir potansiyeli bulunmasına rağmen, zamansız açıklandığı takdirde siyasetçiler tarafından karalanabilir ve nükleer enerjiyle güneş enerjisini yerin dibine batıran fiyaskolar yaşanabilirdi. Nükleer güç güvenlikli kılınmadan önce çoğaltılmış ve kazalara sebep olmuştu. Güneş enerjisi verimli hale getirilmeden çoğaltılmış ve insanlar para kaybetmişlerdi. Her iki teknoloji de kötü ün salmıştı ve yitip gitmişlerdi.

Vittoria, "Benim kaygım," dedi. "Bilimle dini birleştirmek kadar yüce değildi."

Kohler kendinden emin bir edayla, "Çevre," diye atıldı.

"Sınırsız enerji. Maden kazmak yok. Kirlilik yok. Radyasyon yok. Karşımadde enerjisi dünyayı kurtarabilirdi."

"Ya da onu yok edebilirdi," diye şaka yaptı Kohler. "Kimin ne amaçla kullandığına bağlı." Vittoria, Kohler'ın kötürüm vücudundan yayılan bir soğukluk hissetti. Kohler, "Bunu başka kim biliyordu?" diye sordu.

Vittoria, "Kimse," dedi. "Bunu size söylemiştim."

"Peki o halde sizce babanız neden öldürüldü?"

Vittoria'nın vücudu gerildi. "Hiç fikrim yok. Burada CERN'de de düşmanları vardı, bunu biliyorsunuz. Ama karşımaddeyle herhangi bir ilgisi olamaz. Bu konuyu hazır oluncaya kadar, birkaç ay daha aramızda saklamaya söz vermiştik."

"Peki babanızın sessizlik yeminini tuttuğuna emin misiniz?"

Artık Vittoria sinirlenmeye başlamıştı. "Babam bundan çok daha ağır yeminlere bağlı kaldı!"

"Peki *siz* kimseye söylediniz mi?"

"Elbette hayır!"

Kohler derin bir iç çekti. Söyleyeceklerini dikkatle seçermiş gibi durdu. "Farz edelim birisi *öğrendi.* Ve farz edelim birisi laboratuvarına girebildi. Sizce neyin peşinde olabilirler? Burada babanızın tuttuğu notlar var mıydı? Yaptığı işlemlerin belgeleri var mıydı?"

"Bay Kohler, sabırlı davrandım. Bazı cevapları almak istiyorum. İçeri birisinin girmiş olabileceğinden bahsediyorsunuz ama retina taramasını gördünüz. Babam gizlilik ve güvenlik konusunda ihtiyatlı davranırdı."

Kohler, onu şaşırtarak, "Beni tatmin edin," diye atıldı. "Ne çalınmış olabilir?"

"Hiç fikrim yok." Vittoria kızgınlıkla gözleriyle laboratuvarı taradı. Tüm karşımadde örnekleri orada duruyordu. Babasının çalışma alanı düzenli görünüyordu. "Buraya hiç kimse girmemiş," dedi. "Yukardakinde de her şey yerli yerinde görünüyor."

Kohler şaşırmış gibiydi. "*Yukardaki* mi?"

Vittoria hiç tereddüt etmeden konuşmuştu. "Evet, buradaki ve yukardaki laboratuvarda."

"Aşağıdaki laboratuvarı da mı kullanıyorsunuz?"

"Depolamak için."

Kohler yeniden öksürerek ona doğru yaklaştı. "Tek-Mad odasını depo olarak mı kullanıyorsunuz? *Neyi* saklamak için?"

Tehlikeli madde, daha neler! Vittoria sabrının sınırına gelmişti. "Karşımadde."

Kohler tekerlekli iskemlesinin kollarına tutunarak kendini yukarı çekti. "*Başka* örnekler de mi var? Bana neden söylemediniz?"

"Söyledim ya işte!" diye karşılık verdi Vittoria. "Bana ancak şimdi imkân verdiniz!"

Kohler, "Diğer örnekleri de kontrol etmeliyiz," dedi. "Hemen."

Vittoria, "Örnek," diyerek düzeltti. "Bir tane. Ve iyi durumda. Oraya hiç kimse..."

Kohler, "Tek bir tane mi?" diye sordu. "Neden burada yukarıda değil?"

"Babam tedbir olarak onun yüzeyin altında durmasını istemişti. Çünkü diğerlerinden daha büyük."

Kohler ile Langdon'ın birbirlerine fırlattıkları dehşet dolu bakış Vittoria'nın gözünden kaçmadı. Kohler yeniden ona doğru ilerledi. "Beş yüz nanogramdan daha *büyük* bir örnek mi yarattınız?"

Vittoria, "Gerekliydi," diyerek savunmaya geçti. "Girdi/ürün engelinin güvenlikle geçilebileceğini kanıtlamak zorundaydık." Vittoria yeni yakıt kaynaklarıyla ilgili sorunun daima girdiye karşı ürün sorusu olduğunu biliyordu; yakıtı kullanmak için ne kadar para harcanacağı sorusu. Tek bir varil petrol elde etmek için sondaj kulesi kurmak boşuna bir çabaydı. Bununla birlikte aynı sondaj kulesinden, fazladan en az harcamayla milyonlarca varil çıkarmak işi başarmak demekti. Karşımadde de aynıydı. Minik bir karşımadde örneği üretmek için yirmi beş kilometre boyunca elektromıknatısları çalıştırmak, elde edilen karşımaddeden daha fazla enerji harcıyordu. Karşımaddenin verimli ve uygulanabilir olduğunu kanıtlamak için daha büyük örnekler üretmek gerekliydi.

Vittoria'nın babası daha büyük örnek üretmek konusunda tereddüde düşmüş olsa da, Vittoria, onu fazlasıyla zorlamıştı. Karşımaddenin ciddiye alınabilmesi için, babasıyla onun iki şey kanıtlamaları gerektiğini savunmuştu. Birincisi, kâr getirecek maliyette miktarların üretilebileceğiydi. İkincisi, örneklerin güvenlikle saklanabileceğiydi. Sonunda tartışmayı Vittoria kazanmış ve babası kendi fikri üstünde ısrar etmemişti. Bununla birlikte gizlilik ve erişim gibi bazı sıkı kuralları getirmekten eksik kalmamıştı. Babası karşımaddenin Tek-Mad'da depolanması konusunda ısrar etmişti: yerin yirmi beş metre altında, küçük granit bir ek depo. Örnek onların sırrı olacaktı. Ve sadece ikisi içeri girebilecekti.

Kohler gergin sesiyle, "Vittoria?" diye ısrar etti. "Babanız ve siz ne kadar büyük bir örnek yarattınız?"

Vittoria buruk bir haz duyuyordu. Miktarın, büyük Maximilian Kohler'ı bile hayrete düşüreceğini biliyordu. Aşağıdaki karşımaddeyi hayal etti. İnanılmaz bir manzara. Tutacağın içinde asılı duran, çıplak gözle mükemmel şekilde görülebilen, minik bir karşımadde damlası. Bu mikroskobik bir nokta değildi. Bu, Büyük Patlama boyutlarında bir damlaydı.

Vittoria derin bir nefes aldı. "Tam bir çeyrek gram."

Kohler'ın yüzüne kan hücum etmişti. "Ne!" Kesik kesik öksürmeye başladı. "Çeyrek gram mı? Bu yaklaşık... beş kilotona denk gelir!"

Kiloton. Vittoria bu kelimeden nefret ediyordu. Babasının ve kendisinin asla kullanmadığı bir kelimeydi. Bir kiloton, 1000 metrik ton TNT'ye eşitti. Kilotonlar silahta kullanılırdı. Kazanç yükü. Yıkıcı güç. O ve babası, elektron volt ve jul cinsinden konuşurlardı... yapıcı enerji çıkışı.

Kohler, "Bu miktarda karşımadde, bir buçuk kilometre yarıçapındaki her şeyi gerçek anlamda havaya uçurur," diye bağırdı.

Vittoria, "Evet," diye karşılık verdi. "Eğer bir anda imha edilirse ki, kimse bunu yapamaz."

"Eğer daha iyi bilen biri yoksa. Ya da güç kaynağınız durmazsa!" Kohler asansöre doğru gitmeye başlamıştı bile.

"Bu yüzden babam Tek-Mad'ı durmayan güç sistemine bağladı ve fazladan güvenlik sistemi kurdu."

Kohler ümit dolu gözlerle arkasını döndü. "Tek-Mad'da fazladan güvenlik sistemi mi kurdunuz?"

"Evet. İkinci bir retina taraması."

Kohler sadece iki kelime söyledi. "Aşağı. Hemen."

Yük asansörü taş gibi aşağı düştü.

Yerin altına yirmi beş metre daha inmişlerdi.

Asansör derinliklere inerken Vittoria, her iki adamın da korktuğunu hissedebiliyordu. Kohler'ın genelde duygusuz olan yüzü gergindi. *Biliyorum*, diye düşündü Vittoria, *örnek çok büyük ama aldığımız tedbirler...*

En alt kata inmişlerdi.

Asansör kapıları açılınca Vittoria loş koridorda diğerlerine yolu gösterdi. Koridor dev bir çelik kapıyla sona eriyordu. TEK-MAD. Kapının yanındaki retina tarama cihazı yukarıdakinin benzeriydi. Vittoria yanına gitti. Dikkatle gözünü lense yerleştirdi.

Geri çekildi. Ters giden bir şey vardı. Normalde lekesiz olan lens kirlenmişti... şeye benzeyen bir şeyle lekelenmişti... *kan?* Aklı karışmış bir halde diğer iki adama döndü ama bakışları benzi soluk iki suratla karşılaştı. Kohler ve Langdon bakışlarını Vittoria'nın ayağının dibine dikmiş bembeyaz suratlarıyla duruyorlardı.

Vittoria onların bakışlarını aşağı doğru... takip etti.

Ona doğru uzanan Langdon, "Hayır!" diye bağırdı. Ama artık çok geçti.

Vittoria'nın bakışları, yerdeki nesne üzerine kilitlendi. Bu nesne ona hem son derece yabancı, hem de fazlasıyla tanıdıktı.

Sadece bir saniyesini almıştı.

Ardından, onu beyninden vuran bir dehşetle anladı. Yere değersiz bir çöp gibi atılan gözyuvarlağı, ona bakıyordu. Elânın bu tonunu dünyanın her yerinde tanırdı.

24

Amiri omzunun üstünden eğilip önlerindeki monitörleri incelerken, güvenlik teknisyeni nefesini tutuyordu. Bir dakika geçti.

Teknisyen kendi kendine amirinin sessizliğinin normal olduğunu söylüyordu. Amiri kurallara sıkı sıkıya bağlı biriydi. Dünyanın en seçkin güvenlik güçlerinde, düşünmeden konuşarak mevki sahibi olmamıştı.

Ama ne düşünüyor?

Monitörde gördükleri nesne bir çeşit kutuya benziyordu, saydam kenarları olan bir kutu. Orası kolaydı. Zor olanı işin geri kalanıydı.

Muhafazanın içinde, metalik bir sıvı damlası adeta özel efektle boşlukta *süzülüyordu.* Muntazaman azalan dijital LED göstergenin -ki bu teknisyenin tüylerini ürpertiyordu- yanıp sönen kırmızı ışığıyla damlacık bir görünüp, bir kayboluyordu.

Teknisyenin yüreğini hoplatan amir, "Işığı artırabilir misin?" diye sordu.

Teknisyen talimatı uyguladığında görüntü bir nebze aydınlanmıştı. Amir öne doğru eğilerek, muhafazanın altında o anda görünmeye başlayan bir şeye gözlerini kısarak baktı.

Teknisyen, amirinin bakışlarını takip etti. Çok soluk olsa da, LED'in yanına bir kısaltma yazılıydı. Işık, dört başharfi fasılalarla aydınlatıyordu.

Amir, "Sen burada kal," dedi. "Hiçbir şey söyleme. Bunu ben hallederim."

25

Tek-Mad. Yerin elli metre altı.

Vittoria Vetra ileri doğru sendelerken neredeyse retina tarayıcısına düşecekti. Amerikalının ona yardım etmek için atıldığını, tuttuğunu ve ona destek olduğunu hissetti. Yerde, ayaklarının dibinde duran babasının gözü ona bakıyordu. Ciğerlerindeki havanın sıkıştığını hissetti. *Gözünü çıkartmışlar!* Dünyası karardı. Kohler bir yandan konuşurken, bir yandan arkadan iterek onu destekliyordu. Langdon, ona yolu gösterdi. Sanki bir rüyadaymış gibi, kendini retina tarayıcısından bakarken buldu. Mekanizma onay sesini çıkardı.

Kapı açıldı.

Vittoria, babasının gözünün ruhunu yakan acısına karşın, içeride onu çok daha büyük bir dehşetin beklediğini anlamıştı. Buğulu gözlerini odada gezdirdiğinde, kâbusun ikinci kısmını doğrulamış oldu. Önünde duran tek şarj platformu bomboştu.

Kutu gitmişti. Onu çalmak için babasının gözünü çıkartmışlardı. Her şey yerli yerine çabucak oturmuştu. Artık anlıyordu. Karşımaddenin güvenli ve kullanışlı bir enerji kaynağı olduğunu kanıtlayan örnek çalınmıştı. *Ama bu örneğin var olduğunu bile bilen kimse yoktu!* Buna rağmen gerçek inkâr edilemezdi. Birisi öğrenmişti. Vittoria kim olduğunu tahmin edemiyordu. CERN'de olup biten her şeyi bildiği söylenen Kohler'ın bile belli ki, projeden haberi yoktu.

Babası ölmüştü. Dehası yüzünden öldürülmüştü.

Keder kalbini dağlarken Vittoria yeni bir duygu seline kapıldı. Bu çok daha kötüydü. Eziciydi. Onu hançerliyordu. Suçluluk duygusu. Bastırılamaz, amansız suçluluk duygusu. Vittoria, babasını bu örneği üretmek için *kendisinin* ikna ettiğini biliyordu. Babasının fikrine karşı çıkmıştı. Ve babası bu yüzden öldürülmüştü.

Çeyrek gram...

Yanlış ellerdeki herhangi bir teknoloji gibi -ateş, barut, içten yanmalı motor- karşımadde de öldürücü olabilirdi. Çok öldürücü. Karşımadde ölümcül bir silahtı. Güçlü ve durdurulamaz. CERN'deki şarj platformundan söküldükten sonra kutu önlenemez biçimde geri sayıma başlayacaktı. Kontrolden çıkmış bir vagon.

Ve zaman sona erdiğinde...

Kör edici bir ışık. Bir gürleme. Kendiliğinden tutuşan bir yangın. Sadece bir an... ve boş bir krater. *Büyük* boş bir krater.

Babasının sessiz dehasının yıkıcı bir silah olarak kullanılması fikri Vittoria'nın kanını donduruyordu. Karşımadde, kullanılabilecek en büyük terörist silahıydı. Metal detektörlere takılacak metalik parçaları yoktu, köpeklerin kokusunu alabileceği kimyasal izler taşımıyordu, yetkililer kutunun yerini tespit ettiğinde devre dışı bırakacak bir teknik yoktu. Geri sayım başlamıştı...

Langdon başka ne yapacağını bilmiyordu. Mendilini çıkararak, yerde duran Leonardo'nun gözünün üstüne serdi. Vittoria şimdi kederli ve panik dolu bir ifadeyle, boş Tek-Mad odasının kapı eşiğinde duruyordu. Langdon içgüdüsel olarak yeniden ona doğru ilerledi ama Kohler araya girdi.

"Bay Langdon?" Kohler'ın yüzü ifadesizdi. Langdon'a Vittoria'nın onları duyamayacağı bir mesafeye gelmesini işaret etti. Langdon, Vittoria'yı tek başına bırakarak, Kohler'ın peşinden gitti. Kohler sinirle fısıldayarak, "Uzman sizsiniz," dedi. "Bu Illuminati hergelelerinin karşımaddeyle ne yapmak niyetinde olduklarını bilmek istiyorum."

Langdon dikkatini toplamaya çalıştı. Etrafında dönen çılgınlığa rağmen ilk tepkisi mantıklı olmuştu. Akademik itiraz. Kohler hâlâ varsayımlarda bulunuyordu. İmkânsız varsayımlar. "Illuminati artık faaliyette değil Bay Kohler. Bu cinayetin her şeyle ilgisi olabilir, hatta Bay Vetra'nın çığır açacak buluşunu öğrenen ve projenin devam etmesinin tehlikeli olacağını düşünen CERN çalışanlarından biri bile olabilir."

Kohler şaşırmış gibi görünüyordu. "Siz bu cinayette *vicdan* olduğunu mu düşünüyorsunuz Bay Langdon? Saçmalık. Leonardo'yu her kim öldürdüyse tek bir şeyi istiyordu: karşımadde örneğini. Ve hic şüphesiz onunla ilgili planları var."

"Terörizmden mi bahsediyorsunuz?"

"Açıkça."

"Ama Illuminati terörist değildi."

"Bunu Leonardo Vetra'ya anlatın."

Langdon, onun söylediklerinde acı bir gerçek payı olduğunu hissetti. Leonardo Vetra gerçekten de Illuminati sembolüyle dağlanmıştı. Peki bu nereden gelmişti? Kutsal mühür, şüpheleri başkasının üstüne çekerek izini saklamaya çalışan birisi için fazlasıyla gerçekçiydi. Başka bir açıklaması olmalıydı.

Langdon bir kez daha inanılmazı düşünmek için kendini zorladı. *Illuminati hâlâ faaliyetteyse ve karşımaddeyi onlar çaldıysa, niyetleri ne olabilir? Amaçları ne olabilir?* Beyninin önerdiği cevap çok hızlı gelmişti. Langdon bu düşünceyi bir o kadar hızla aklından uzaklaştırdı. Evet, Illuminati'nin belirli bir düşmanı vardı, ama bu düşmana karşı geniş çaplı terörist saldırı yapmaları akla yatkın değildi. Tamamıyla çizgilerinin dışındaydı. Evet, Illuminati insanları öldürmüştü ama *bireyler* özenle seçilmiş hedeflerdi. Kitle imhası adaletsizdi. Langdon duraksadı. Sonra bir kez daha bununla ilgili şahane bir söz düşündü: karşımadde, nihai bilimsel gelişme, havaya uçurmak için...

Aklı havsalaya sığmaz düşünceyi reddetti. Birden, "Terörizm dışında," dedi. "Mantıklı bir açıklama daha var."

Kohler açıkça bekleyerek ona bakıyordu.

Langdon düşüncelerini toparlamaya çalıştı. Illuminati her zaman *maddi* araçlar sayesinde inanılmaz güç kazanmıştı. Bankaları kontrol altına almışlardı. Külçe altınlara sahip olmuşlardı. Hatta dünyadaki en değerli tek mücevhere sahip olduklarına dair söylentiler bile çıkmıştı... Illuminati Elması, muazzam boyutlarda kusursuz bir elmas. Langdon, "Para," dedi. "Karşımadde maddi kazanç için çalınmış olabilir."

Kohler şüpheyle bakıyordu. "Maddi kazanç mı? Bir damla karşımaddeyi kime satabilir ki?"

Langdon, "Örneği değil," diyerek karşılık verdi. "Teknolojiyi. Karşımadde teknolojisi dünyalar kadar pahalı olmalı. Belki örneği inceleyip, araştırma geliştirme yapmak için çalmışlardır."

"Sanayi casusluğu mu? Ama piller bitene kadar o kutunun sadece yirmi dört saatlik ömrü var. Araştırmacılar herhangi bir şey öğrenemeden kendilerini havaya uçururlar."

"Patlamadan önce şarj edebilirler. Burada CERN'deki gibi uyumlu bir şarj platformu kurmuş olabilirler."

Kohler, "Yirmi dört saatte mi?" diye karşı çıktı. "Şemaları çalsalar bile, bunun gibi bir şarj cihazı yapmaları *aylar* alır, saatler değil."

"Haklı." Vittoria'nın sesi cansızdı.

İki adam birden döndüler. Vittoria, sözleri kadar ürkek adımlarla onlara doğru yürüyordu.

"Haklı. Hiç kimse o kadar zamanda şarj cihazını yapamaz. Akım geçiş yüzeyi bile tek başına haftalar alır. Otomatik bobinler, güç düzenleyici alaşımlar, bunların hepsi bulunduğu yerdeki özel enerji seviyesine göre ayarlanmıştı."

Langdon kaşlarını çattı. Mesele anlaşılmıştı. Karşımadde tutacağı, herhangi birinin duvardaki prize yerleştirebileceği türden değildi. Kutu, CERN'den çalındıktan sonra yokluğa doğru tek yönlü, yirmi dört saatlik bir yolculuğa başlıyordu.

Bu da geriye çok rahatsız edici, tek bir sonuç bırakıyordu.

Vittoria, "Interpol'ü aramalıyız," dedi. Sesi kendine bile soğuk gelmişti. "Gerekli yetkilileri aramalıyız. Derhal."

Kohler başını salladı. "Kesinlikle hayır."

Kelimeler Vittoria'yı şaşırtmıştı. "Hayır mı? Ne demek istiyorsunuz?"

"Siz ve babanız beni burada çok zor bir duruma soktunuz."

"Direktör yardıma ihtiyacımız var. O tutacağı bulmalı ve birilerinin canı yanmadan önce buraya getirmeliyiz. Bir sorumluluğumuz var!"

Kohler giderek sertleşen bir sesle, "Bizim sorumluluğumuz *düşünmek*," dedi. "Bu durumun CERN'le ilgili çok, çok ciddi yansımaları olabilir."

"Biz burada CERN'in *ünü* için mi kaygılanıyoruz? O kutunun küçük bir bölgeye neler yapabileceğini biliyor musunuz? Patlama yarıçapı bir kilometre! Şehirdeki dokuz bloka denk gelir!"

"Belki de siz ve babanız bunu, örneği üretmeden önce düşünmeliydiniz."

Vittoria kalbinden vurulmuş gibiydi. "Ama... biz her türlü tedbiri aldık."

"Yetmediği belli oluyor."

"Ama karşımaddeyi *hiç kimse* bilmiyordu." Sonra bunun saçma bir iddia olduğunu fark etti. Birisi elbette biliyordu. Birisi öğrenmişti.

Vittoria hiç kimseye söylememişti. Geriye sadece iki açıklama kalıyordu. Ya babası, ona söylemeden sırrını birisiyle paylaşmıştı, ki bu hiç mantıklı değildi, çünkü her ikisine de gizlilik yemini ettiren *babasıydı* ya da o ve babası gözetlenmişti. Belki de cep telefonundan. Vittoria seyahat ederken birkaç kez telefon görüşmesi yapmışlardı. O kadar çok şey söylemişler miydi? Mümkündü. Kuşkusuz bir de e-postaları vardı. Ama tedbirli davranmışlardı, öyle değil mi? Peki ya CERN'in güvenlik sistemi? Bir şekilde bilgileri dışında gözetlenmişler miydi? Artık bunların hiçbirinin önemi kalmadığını biliyordu. Olan olmuştu. *Babam öldü.*

Düşünce onu harekete geçirdi. Şortunun cebinden cep telefonunu çıkardı.

Kohler öfkeyle parlayan gözleriyle öksürerek ona yaklaştı. "Kimi... arıyorsunuz?"

"CERN santralını. Bizi Interpol'e bağlayabilirler."

"Düşün!" Kohler nefesini bastırarak, Vittoria'nın önünde tiz bir çığlık attı. "Gerçekten bu kadar saf mısın? Kutu şu anda dünyanın herhangi bir yerinde olabilir. Hiçbir istihbarat servisi onu zamanında bulamayacaktır."

"Yani *hiçbir şey* yapmayalım mı?" Vittoria böyle sağlıksız bir adamın vicdanıyla hesaplaştığını düşünmüştü ama Direktör sınırı o kadar aşmıştı ki artık onu tanıyamıyordu.

Kohler, "*Akıllıca* olanı yapacağız," dedi. "Zaten faydası dokunmayacak yetkililere haber vererek CERN'in ününü tehlikeye atmayacağız. Henüz değil. Düşünmeden olmaz."

Vittoria, Kohler'ın sözlerinin bir bakıma mantıklı olduğunu biliyordu, ama aynı zamanda bu mantığın ahlaki sorumluluktan yoksun olduğunu da biliyordu. Babası ahlaki sorumluluk için *yaşamıştı*; ihtiyatlı bilim, güvenilirlik, insanın yapısında var olan iyiliğe inanç. Vittoria da bunlara inanmıştı ama o tüm bunları *karma* şeklinde görüyordu. Kohler'a sırtını dönerek, telefonunun kapağını açtı.

Kohler, "Bunu yapamazsın," dedi.

"Hadi beni durdurmaya çalış."

Kohler kıpırdamadı.

Vittoria kısa süre sonra nedenini anladı. Yerin bu kadar altında telefonu çevir sinyalini almıyordu.

Burnundan alevler püskürterek asansöre yöneldi.

26

Haşhaşin taş tünelin sonunda duruyordu. Meşalesi hâlâ yanıyor, dumanı havadaki yosun ve küf kokusuyla karışıyordu. Sessizlik hâkimdi. Yolunu kapatan demir kapı, tünelin kendisi kadar eski görünüyordu, paslanmıştı fakat hâlâ güçlüydü. Karanlıkta bekledi.

Vakit neredeyse gelmişti.

Janus içeriden birinin kapıyı açacağına söz vermişti. Haşhaşin ihanete hayret etmişti. Vazifesini tamamlamak için o kapının önünde tüm gece bekleyebilirdi, ama buna gerek kalmayacağını sezinlemişti. Kararlı adamlar için çalışıyordu.

Dakikalar sonra, tam kararlaştırılan vakitte, kapının diğer tarafında ağır anahtarların çevrilirken çıkardığı gürültüler duyuldu. Kilitler açılırken metal metala sürtüyordu. Üç dev sürgü teker teker çekildi. Kilitler, yüzyıllardır kullanılmıyormuş gibi gıcırdadı. Sonunda üçü de açılmıştı.

Sessizlik oldu.

Haşhaşin kendisine söylendiği gibi sabırla beş dakika bekledi. Sonra kanı kaynayarak kapıyı itti. Dev kapı arkaya doğru açıldı.

27

"Vittoria, buna izin vermeyeceğim!" Tek-Mad asansörü inerken Kohler'ın nefesi daralıyor ve gittikçe kötüleşiyordu.

Vittoria, onun önünü kesti. Bu tanıdık yerde artık ona kendini evinde hissettirmeyen bir şey vardı. Böyle olmaması gerektiğini biliyordu. Şu anda acısını bastırıp harekete geçmeliydi. *Bir telefon bul.*

Robert Langdon her zamanki gibi sessizce onun arkasında duruyordu. Vittoria artık bu adamın kim olduğunu düşünmekten vazgeçmişti. *Bir uzman mı?* Kohler ayrıntı vermekten daha fazla kaçınamazdı. *Bay Langdon babanızın katilini bulmakta bize yardımcı olabilir.* Langdon hiç de yardımcı olmuyordu. Sıcaklığı ve nezaketi samimi gibiydi ama bir şey sakladığı açıktı. Her ikisi de bir şey saklıyordu.

Kohler yeniden ona döndü. "CERN'in direktörü olarak, bilimin geleceği benim sorumluluğumda. Eğer bunu uluslararası bir olaya dönüştürürsen ve CERN bu işten zarar görürse..."

"Bilimin geleceği mi?" Vittoria, ona dönmüştü. "Gerçekten de bu karşımaddenin CERN'den geldiğini asla itiraf etmeyerek sorumluluktan kaçmayı mı planlıyorsunuz? İnsanların tehlikeye attığımız hayatlarını umursamamayı mı düşünüyorsunuz?"

Kohler, "*Biz* değil," diye karşılık verdi. "*Siz.* Sen ve baban."

Vittoria başını çevirdi.

Kohler, "Ve hayatları tehlikeye atmak konusuna gelince," dedi. "*Hayat* tamamen bununla ilgili. Karşımadde teknolojisinin bu gezegendeki hayat için muazzam etkileri olduğunu biliyorsun. CERN iflas ederse, skandallar yüzünden mahvolursa, *herkes* kaybeder. İnsanlığın geleceği CERN gibi yerlerin, yarının sorunlarını çözmeye çalışan sen ve baban gibi bilim adamlarının elinde."

Vittoria, Kohler'ın bilimi Tanrı yerine koyma vaazlarını daha önce de duymuş, fakat hiç inanmamıştı. Çözmeye çalıştığı sorunların yarısına bilimin *kendisi* sebep oluyordu. "İlerleme" ise Dünya Ana'nın baş belasıydı.

Kohler, "Bilimsel ilerlemenin tehlikeleri vardır," dedi. "Her zaman olmuştur. Uzay programları, genetik araştırmalar, tıp... hepsinde hata yapılıyor. Bilim kendi yaptığı hatalarla hayatına devam etmek zorunda. *Herkesin* iyiliği için."

Vittoria, Kohler'ın ahlaki meseleleri, bilimi ayrı tutarak değerlendirebilmesine şaşırmıştı. Zekâsı, ruhunda kopan buz fırtınalarının bir ürünü gibiydi. "Yani, sizce CERN dünyanın geleceği için o kadar önemli ki, ahlaki sorumlulukları hiçe saymaya alışmalıyız, öyle mi?"

"Benimle *ahlakı* tartışma. O örneği ürettiğiniz zaman çizgiyi aştınız ve bu tesisi tehlikeye attınız. Burada çalışan üç bin bilim adamının işini değil, aynı zamanda babanın ününü de korumaya çalışıyorum. *Onu* düşün. Baban gibi bir adam, kitle imha silahı yaratıcısı olarak hatırlanmayı hak etmiyor."

Vittoria can evinden vurulmuştu. *O örneği üretmeye babamı ikna eden benim. Bu benim suçum!*

Kapı açıldığında Kohler hâlâ konuşuyordu. Vittoria asansörden dışarı adımını attı, telefonunu çıkardı ve yeniden denedi.

Hâlâ çevir sesi yoktu. *Kahretsin!* Kapıya doğru ilerledi.

"Vittoria dur." Direktör, onun peşinden hızla giderken sesi astımlı gibi çıkmıştı. "Yavaşla. Konuşmamız gerek."

"*Basta di parlare!*"(*)

Kohler, "Babanı düşün," diye bastırdı. "O olsaydı ne yapardı?"

Vittoria yürümeye devam etti.

"Vittoria, sana karşı tamamen dürüst davranmadım."

Vittoria bacaklarının daha ağır adımlar attığını hissetti.

(*) Yeter sus!

Kohler, "O anda ne düşündüğümü bilmiyorum," dedi. "Ben sadece seni korumaya çalışıyordum. Bana ne istediğini söyle yeter. Birlikte çalışmamız lazım."

Vittoria laboratuvarın yarısını kat etmişken durdu ama arkasını dönmedi. "Karşımaddeyi bulmak istiyorum. Ayrıca babamı kimin öldürdüğünü öğrenmek istiyorum." Bekledi.

Kohler içini çekti. "Vittoria, babanı kimin öldürdüğünü zaten biliyoruz. Üzgünüm."

Vittoria o an arkasını döndü. "Ne dedin?"

"Sana nasıl söyleyeceğimi bilmiyordum. Bu zor bir..."

"Babamı kimin öldürdüğünü *biliyor* musunuz?"

"Kesin bir fikrimiz var gibi, evet. Katil arkasında bir çeşit kartvizitini bırakmış. Bay Langdon'ı arama sebebim buydu. Cinayeti üstlenen grup, kendisinin uzmanlık alanına giriyor."

"Grup mu? Terörist bir grup mu?"

"Vittoria çeyrek *gram* karşımadde çaldılar."

Vittoria odanın karşı tarafında duran Robert Langdon'a baktı. Her şey yerli yerine oturmaya başlamıştı. *Gizliliğin sebebini bu açıklıyor.* Daha önce anlayamamış olmasına şaşırmıştı. Kohler her şeye rağmen yetkilileri aramıştı. *Yetkililer.* Artık gayet açık anlaşılıyordu. Robert Langdon Amerikalıydı, hoş, muhafazakâr ve belli ki çok zekiydi. Başka kim olabilirdi ki? Vittoria daha en başından anlamalıydı. Yüzünü ona döndüğünde Vittoria yeniden ümitlenmeye başlamıştı.

"Bay Langdon, babamı kimin öldürdüğünü öğrenmek istiyorum. Ayrıca sizin büronuz acaba karşımaddenin yerini tespit edebilir mi, onu da bilmek istiyorum."

Langdon telaşa kapılmış gibiydi. "Bürom mu?"

"Sanırım, siz ABD istihbaratındansınız."

"Aslına bakarsanız... hayır."

Kohler müdahale etti. "Bay Langdon, Harvard Üniversitesi'nde sanat tarihi öğretiyor."

Vittoria başından aşağı bir kova buz dökülmüş gibi hissetti. "Sanat tarihi öğretmeni mi?"

"Mezhep sembol biliminde uzman." Kohler içini çekti. "Vittoria, babanı Satanist bir mezhebin öldürdüğüne inanıyoruz."

Vittoria kelimeleri duymuştu ama algılamakta zorluk çekiyordu. *Satanist bir mezhep.*

"Cinayeti üstlenen grup kendilerine Illuminati diyor."

Vittoria bunun bir çeşit eşek şakası olup olmadığını anlamak için önce Kohler'a, sonra Langdon'a baktı. "Illuminati mi?" diye sordu. "*Bavyeralı* Illuminati gibi mi?"

Kohler şaşkına dönmüştü. "Onları *duydun* mu?"

Vittoria hüsran gözyaşlarını güçlükle tutuyordu. "*Bavyeralı Illuminati: Yeni Dünya Düzeni.* Steve Jackson bilgisayar oyunları. Buradakilerin yarısı internette bu oyunu oynuyor." Sesi çatallaştı. "Ama anlamıyorum..."

Kohler, Langdon'a hayret dolu bir bakış fırlattı.

Langdon başını salladı. "Çok tutu an bir oyun. Eski kardeşlik dünyayı ele geçiriyor. Yarı tarihi. Bu oyunun Avrupa'da da oynandığını bilmiyordum."

Vittoria şaşırmıştı. "Siz neden bahsediyorsunuz? Illuminati'den mi? O bir bilgisayar oyunu!"

Kohler, "Vittoria," dedi. "Babanın cinayetini üstlenen grup Illuminati."

Vittoria gözyaşlarıyla mücadele edebilmek için bulabildiği tüm cesaretini topladı. Sakin kalıp durumu mantıken anlamak için kendini zorladı. Ama, kendini ne kadar zorlarsa, o kadar az anlıyordu. Babası öldürülmüştü. CERN'de güvenlik önemli ölçülerde kırılmıştı. Bir yerlerde *kendisinin* mesul olduğu bir bomba geri sayıyordu. Ve Direktör, efsanevi bir Satanist birliğini bulmalarına yardımcı olması için bir sanat tarihi öğretmenine başvurmuştu.

Vittoria birden kendini yapayalnız hissetti Gitmek için arkasını döndü ama Kohler önünü kesti. Kohler eliyle cebindeki bir şeyi aradı. Buruşuk bir faks kâğıdı çıkararak, Vittoria'ya uzattı.

Resmi gördüğünde Vittoria olduğu yerde dehşetle sendeledi.

Kohler, "Onu dağlamışlar," dedi. "Kahrolası göğsünü damgalamışlar."

28

Sekreter Sylvie Baudeloque paniğe kapılmıştı. Direktörün boş ofisinden dışarı koşar adımlarla çıktı. *Hangi cehennemde? Ne yapacağım?*

Tuhaf bir gün olmuştu. Elbette Maximilian Kohler için çalıştığı her günün tuhaf olma ihtimali vardı, ama Kohler o gün her zamankinden daha farklıydı.

Sylvie sabah gelir gelmez Kohler, ona, "Bana Leonardo Vetra'yı bul," demişti.

Söylenene uyan Sylvie, Leonardo Vetra'ya çağrı göndermiş, telefon açmış ve e-posta yollamıştı.

Hiç cevap gelmemişti.

Böylece Kohler, belli ki Vetra'yı kendisi bulmak üzere hışımla çıkıp gitmişti. Birkaç saat sonra döndüğünde Kohler hiç iyi görünmüyordu... hiçbir zaman *iyi* görünmemesiyle ilgisi yoktu, her zamankinden daha kötü görünüyordu. Kendini ofisine kapatmıştı. Sylvie, onun modemi, telefonu, faksı kullandığını ve konuştuğunu duymuştu. Ardından Kohler tekerlekli iskemlesiyle tekrar dışarı çıkmıştı. Bir daha da geri dönmemişti.

Sylvie bu garip davranışları, alışıldık Kohler melodramlarından biri olarak kabul etmeye karar vermişti, ama Kohler günlük iğnesinin saatinde dönmeyince endişelenmeye başladı. Direktörün sağlık durumu düzenli bakım gerektiriyordu. Şansını zorladığındaysa sonuçları pek hoş olmuyordu: solunum yetmezliği, öksürük krizi ve hastane personelinin çılgınca koşuşturması. Sylvie bazı zamanlar Maximilian Kohler'ın kendi canına kastı olduğunu düşünürdü.

Hatırlatmak için ona çağrı göndermeyi düşündü ama merhamet gösterilmesinin Kohler'ın gururuna dokunduğunu bizzat öğrenmişti. Bir hafta önce kendisine acıyan ziyaretçi bir bilim adamına öylesine hırslanmıştı ki, ayağa kalkıp adamın kafasına not defterinin tahtasını fırlatmıştı. Kral Kohler *sinirlendiği* zamanlarda şaşırtıcı derecede çevik olabiliyordu.

Ama o anda Sylvie, Direktör'ün sağlığından daha başka bir şey için kaygılanıyordu... çok daha fazla baskı yaratan bir çıkmaz başını ağrıtıyordu. Beş dakika önce telaş içinde CERN santralından aramışlar ve Direktör'e acil bir telefon geldiğini söylemişlerdi.

Sylvie, "Müsait değil," demişti.

O zaman CERN'in santral memuru ona kimin aradığını söylemişti.

Sylvie kısa bir kahkaha atmıştı. "Şaka yapıyorsun, öyle değil mi?" Dinlediğinde, hayretten ağzı açık kalmıştı. "Arayan numara onaylandı." Sylvie kaşlarını çatmıştı. "Anlıyorum. Tamam. Şeyi sorabilir misin?" İçini çekmişti. "Hayır. Hallederim. Beklemesini söyle. Direktörün yerini hemen bulurum. Evet, anlıyorum. Acele ederim."

Ama Sylvie, Direktör'ü bulamamıştı. Cep telefonunu üç kez aramış ama her defasında aynı mesajı dinlemişti: "Aradığınız numara şu an kapsama alanı dışındadır." *Kapsama alanı dışında mı? Ne kadar uzağa gitmiş olabilir?* Ardından Sylvie, Kohler'ın çağrısına mesaj göndermişti. İki kez. Yanıt yoktu. Bu alışıldık değildi. Hatta Sylvie, onun taşınabilir bilgisayarına e-posta bile göndermişti. Ses yoktu. Sanki adam yeryüzünden uçup gitmişti.

Peki şimdi ne yapacağım, diye düşündü.

Tüm CERN tesisini tek başına arayamayacağını bilen Sylvie, Direktör'ün dikkatini çekmenin tek bir yolu olduğuna inanıyordu. Hoşuna gitmeyecekti ama telefondaki adam, Direktör'ün bekletmemesi gereken biriydi. Ayrıca arayan kişi Direktör'ün müsait olmadığını duymayı kaldıracak durumda değildi.

Kendi cesaretine hayret eden Sylvie, kararını verdi. Kohler'ın ofisine girerek, masanın arkasındaki duvarda duran madeni kutunun yanına gitti. Kapağı açtı, işleyişini inceledi ve doğru düğmeyi buldu.

Ardından derin bir nefes alarak, mikrofonu eline aldı.

29

Vittoria nasıl geldiklerini hatırlamıyordu ama ana asansöre gelmişlerdi. Yukarı çıkıyorlardı. Kohler, onun arkasındaydı ve güçlükle nefes alıyordu. Langdon'ın kaygılı bakışları, bir hayaletmişçesine onu delip geçiyordu. Langdon faksı elinden alıp cebine atmış ve gözünün önünden kaldırmıştı ama görüntü Vittoria'nın aklından çıkmıyordu.

Asansör yükselirken Vittoria geçmişte kayboldu. *Papa!* Hayalinde ona uzanıyordu. Vittoria bir an için, hatıralarında onunla birlikteydi. Dokuz yaşındaydı, İsviçre seması başının üstünde dönerken, küçük beyaz dağ çiçekleriyle dolu tepelerden aşağı yuvarlanıyordu.

Papa! Papa!

Leonardo Vetra, onun yanında gülücükler saçıyordu. "Ne var meleğim?"

Vittoria, onun kucağına sokularak, "Papa!" diye kıkırdıyordu. "Bana bir şey mi oldu diye sorsana."

"Ama mutlu görünüyorsun tatlım. Neden sana bir şey mi oldu diye sorayım?"

"Sen sor işte."

Omuzlarını silkti. "Bir şey mi var?"

Vittoria hemen gülmeye başladı. "Bir şey mi var? *Her şey* var. Taşlar! Ağaçlar! Atomlar! Hatta karıncayiyenler! Her şey maddeden var oldu!"

Güldü. "Bunu sen mi uydurdun?"

"Akıllıca ama, değil mi?"

"Benim küçük Einstein'ım."

Kaşlarını çattı. "Çok komik saçları var. Resmini gördüm."

"Ama yine de çok akıllı bir kafası var. Sana onun neyi kanıtladığını anlatmıştım, öyle değil mi?"

Vittoria'nın gözleri faltaşı gibi açıldı. "Baba! Hayır! *Söz vermiştin!*"

"$E=MC^2$!" Onu neşeyle gıdıkladı. "$E=MC^2$!"

"*Matematik* yok! Sana söylemiştim! Bundan nefret ediyorum!"

"Nefret ettiğine sevindim. Çünkü kızların matematikle uğraşmasına *izin* bile verilmiyor."

Vittoria'nın sesi kesilmişti. "*Verilmiyor mu?*"

"Elbette verilmiyor. Bunu herkes bilir. Kızlar bebeklerle oynar. Erkekler matematikle uğraşır. Kızlara matematik yok. Küçük kızlarla matematik hakkında konuşmaya *iznim* bile yok."

"Ne! Ama bu hiç de adil değil!"

"Kural kuraldır. Küçük kızlara kesinlikle matematik yasak."

Vittoria korkmuş gibi görünüyordu. "Ama bebekler can sıkıcı!"

Babası, "Üzgünüm," dedi. "Sana matematiği anlatabilirdim, ama eğer yakalanırsam..." Tedirgin bakışlarını boş tepelerde gezdirdi.

Vittoria, onun bakışlarını takip etti. "Tamam," diye fısıldadı. "Bana sessizce anlat."

Asansörün salınımı onu kendine getirdi. Vittoria gözlerini açtı. Babası gitmişti.

Gerçek onda soğuk duş etkisi yaratmıştı. Langdon'a baktı. Gözlerindeki samimi kaygı, bir koruyucu meleğin sıcaklığını veriyordu, özellikle de Kohler'ın yarattığı soğuk havanın yanında.

Tek bir düşünce Vittoria'nın beynini acımasızca kemirmeye başlamıştı.

Karşımadde nerede?

Dehşet verici cevabın gelmesi an meselesiydi.

30

"Maximilian Kohler. Lütfen hemen ofisi arayınız."

Asansör kapıları ana girişe açıldığında, parlak güneş ışığı Langdon'ın gözlerini kamaştırdı. Tepedeki hoparlörlerden gelen anonsun yankısı henüz dinmeden, Kohler'ın tekerlekli iskemlesindeki tüm elektronik cihazlar aynı anda çalıp ötmeye başladı. Çağrı cihazı. Telefon. E-posta. Kohler başını eğerek yanıp sönen ışıklara şaşkınlıkla baktı. Direktör yeniden yüzeye çıkmış ve kapsama alanına girmişti.

"Direktör Kohler. Lütfen ofisi arayınız."

Kohler isminin anons edilmesine şaşırmıştı.

Başını kaldırıp yukarı bakarken öfkeli ve oldukça da kaygılı görünüyordu. Langdon'ın bakışları önce Kohler'ın, sonra Vittoria'nınkilerle karşılaştı. Bir süre hiçbiri yerinden kıpırdayamadı. Sanki birleştirici bir önsezi, aralarındaki tüm gerginliği silip atmıştı.

Kohler sandalye koltuğundan telefonunu kaldırdı. Dahili numarayı çevirirken, yeni bir öksürük kriziyle boğuşuyordu. Vittoria ile Langdon beklediler.

Hırıltılı bir sesle, "Ben... Direktör Kohler," dedi. "Evet? Yerin altında, kapsama alanı dışındaydım." Dinlerken gri gözleri büyüdü. *"Kim?* Evet, hemen bağlayın." Bir sessizlik oldu. "Alo? Ben Maximilian Kohler. CERN'in direktörüyüm. Kiminle görüşüyorum?"

Kohler dinlerken, Vittoria ile Langdon sessizce olan biteni seyrediyorlardı.

Sonunda Kohler, "Bunu telefonda konuşmak," dedi. "Doğru olmaz. Hemen oraya geliyorum." Yine öksürüyordu. "Benimle... Leonardo da

Vinci Havaalanı'nda buluşun. Kırk dakika sonra." Artık Kohler nefes alamıyor gibiydi. Bir öksürük krizine tutuldu, kelimeleri güçlükle çıkarabildi. "Derhal kutunun yerini saptayın... geliyorum." Ardından telefonu düğmesine basarak kapattı.

Vittoria, onun yanına koştu, ama Kohler artık konuşamıyordu. Langdon, Vittoria'nın cep telefonunu çıkararak, CERN'in revirine mesaj çekmesini seyretti. Langdon kendini fırtınanın eşiğinde duran bir gemi gibi hissetti... sallanıyor fakat fırtınadan uzak duruyordu.

Benimle Leonardo da Vinci Havaalanı'nda buluşun. Kohler'ın sözleri zihninde yankılandı.

Sabahtan beri Langdon'ın beynini kurcalayan belirsiz gölgeler, şimdi bir anda canlı bir görüntüye dönüşmüştü. Kafası karışmış bir haldeyken, içinde bir kapının açıldığını hissetti... sanki gizemli bir eşikten geçmişti. *Ambigram. Öldürülen rahip/bilim adamı. Karşımadde. Şimdi ise... hedef.* Leonardo da Vinci Havaalanı'nın tek bir anlamı olabilirdi. Langdon her şeyi bir anda kavrayıvermişti. Artık inanıyordu.

Beş kiloton. Tanrı ışığa ol dedi.

Beyaz önlükleri içinde beliren iki sağlık görevlisi, ana girişte koşuştular. Kohler'ın yanında çömelerek, yüzüne bir oksijen maskesi taktılar. Koridordaki bilim adamları durup arkalarını döndüler.

Kohler iki uzun nefes çektikten sonra maskeyi yana itti ve soluk soluğa Vittoria ile Langdon'a baktı. "Roma."

"Roma mı?" diye sordu Vittoria. "Karşımadde Roma'da mı? Kim aradı?"

Kohler'ın yüzü buruşmuş, gri gözleri sulanmıştı. "İsviçreli..." Kelimeleri telaffuz ederken tıkanınca sağlık görevlileri maskeyi yeniden taktılar. Onu götürmeye hazırlanırlarken, Kohler uzanıp Langdon'ın kolunu yakaladı.

Langdon başını salladı. Anlamıştı.

"Git..." Kohler maskesinin altından hırıldıyordu. "Git... beni ararsın..." Ardından sağlık görevlileri onu uzaklaştırdılar.

Vittoria, onun gidişini seyrederken, olduğu yerde çakılı kalmıştı. Sonra Langdon'a döndü. "Roma mı? Ama... *İsviçreli* ne demekti?"

Langdon kelimeleri neredeyse fısıldarken, elini onun omzuna koydu. "İsviçreli Muhafızlar," dedi. "Vatikan Şehri'nin yeminli gözcüleri."

31

X-33 roket uçağı gökyüzünü yararak, güneye Roma'ya doğru kavis çiziyordu. Uçakta Langdon sessizce oturuyordu. Son on beş dakikanın nasıl geçtiğini anlamamıştı. Vittoria'ya Illuminati'yi ve Vatikan'a karşı yaptıkları anlaşmayı anlatmayı yeni bitirmişti. Durumun vahameti anlaşılmaya başlıyordu.

Ben n'apıyorum, diye düşündü Langdon. *Henüz fırsatım varken eve dönmeliydim!* Ama içinden, aslında buna hiç fırsatı olmadığını biliyordu.

Langdon'ın iç sesi ona Boston'a geri dönmesini haykırmıştı. Ama akademik heyecanı bir şekilde sağduyusunu bastırmıştı. Illuminati'nin yok oluşuyla ilgili inandığı her şey artık ona hileli bir oyun gibi geliyordu. Bir yanı kanıt görmek istiyordu. Tasdik etmek. Ayrıca bir de vicdan meselesi vardı. Kohler hastayken ve Vittoria yalnız kalmışken, eğer Illuminati hakkındaki bilgisinin herhangi bir şekilde yardımı dokunacaksa, orada bulunmasının ahlaki bir zorunluluk olduğunu biliyordu.

Bununla birlikte fazlası da vardı. Langdon bunu itiraf etmeye utansa da, karşımaddenin yerini duyduğunda sadece Vatikan Şehri'ndeki insanların hayatı değil, başka bir şey için daha korkmuştu.

Sanat.

Şimdi dünyanın en büyük sanat koleksiyonu saatli bomba üzerinde oturuyordu. Vatikan Müzesi'ndeki 1407 odada 60.000'den fazla paha biçilmez eser vardı: Michelangelo, da Vinci, Bernini, Botticelli. Langdon gerekli görülürse tüm sanat eserlerinin yerinin değiştirilip değiştirilemeyeceğini merak etti. Bunun imkânsız olduğunu biliyordu. Eserlerin çoğu tonlarca ağırlıkta heykellerdi. En büyük hazinenin ise mimari yapı olduğunu söylemeye bile gerek yoktu -Sistine Şapeli, San Pietro Bazilikası, *Muséo Vaticano'ya* çıkan Michelangelo'nun ünlü döner merdiveni- yani insanın yaratıcı zekâsından kalan paha biçilmez miraslar. Langdon kutunun üstünde ne kadar zaman kaldığını düşündü.

Vittoria usulca, "Geldiğiniz için teşekkür ederim," dedi.

Kurduğu hayallerden sıyrılan Langdon başını kaldırıp baktı. Vittoria koridor tarafındaki karşı koltukta oturuyordu. Kabinin floresan ışığında bile soğukkanlı bir havası vardı; bütünlüğün çekici bir yansıması. Şimdi daha derin nefes alıyor gibiydi, sanki içine çekildiği kabuk kırılıyor... bir kız evladın sevgisiyle, adalet ve cezalandırma için yanıp tutuşuyordu.

Vittoria'nın üstündeki şortu ve kolsuz bluzunu değiştirmeye vakti olmamıştı, şimdi ise soğuk uçakta esmer bacakları morarmaya başlamıştı. Langdon ceketini çıkararak ona uzattı.

"Amerikan centilmenliği mi?" Gözleriyle ona sessizce teşekkür ederek, ceketi aldı.

Uçak türbülansa girdiğinde Langdon korkuya kapıldı. Penceresiz kabin ona yeniden kapan gibi gelmişti. Bu yüzden açık hava olduğunu hayal etmeye çalıştı. Aslında bu fikrin ironik olduğunu fark etti. O olay yaşandığında açık havadaydı. *Kör karanlık.* Bu hatırayı aklından uzaklaştırdı. *Mazide kaldı.*

Vittoria, ona bakıyordu. "Tanrı'ya inanır mısınız Bay Langdon?"

Soru onu şaşırtmıştı. Vittoria'nın sesindeki samimiyet, insanı sorunun kendisinden daha gafil avlıyordu. *Tanrı'ya inanıyor muyum?* Yolculuk için daha hafif bir konudan bahsedeceklerini ümit etmişti.

Ruhani muamma, diye düşündü Langdon. *Arkadaşlarım bana böyle der.* Langdon yıllarca din üzerine çalıştığı halde dindar bir adam değildi. İnancın gücüne, kiliselerin yardımseverliğine, dinin bunca insana verdiği kuvvete saygı duyardı... ama yine de, gerçekten "inanmak" durumunda entelektüel zekâsının mecbur kıldığı inanmayış, akademisyen düşünce yapısını karmakarışık ediyordu. Kendini, "İnanmak *istiyorum,*" derken buldu.

Vittoria'nın cevabı onu ne yargılıyor, ne de meydan okuyordu. "Peki neden *inanmıyorsunuz?*"

Langdon kendi kendine güldü. "Şey, bu pek kolay değil. *İnanmak* demek, imanın tüm *kademelerine* inanmak demektir, mucizeleri mantıken kabul etmektir, tartışmasız kavramlar ve ilahi müdahaleler. Ve bir de davranış kuralları var. İncil, Kuran, Budist yazmaları... hepsinin benzer farzları ve benzer cezaları var. Belli bir dine göre yaşamazsam cehenneme gideceğimi söylüyorlar. Ben adaleti böyle olan bir Tanrı hayal edemiyorum."

"Umarım öğrencilerinizin de utanmadan sorulara böyle kaçamak cevaplar vermelerine izin vermiyorsunuzdur."

Eleştiri onu hazırlıksız yakalamıştı. "Ne?"

"Bay Langdon, ben size *insanların* Tanrı hakkında söylediklerine inanıp inanmadığınızı sormadım. Tanrı'ya inanıyor musunuz diye sordum. Arada fark var. Kitabı Mukaddes hikâyelerden oluşuyor... efsaneler ve insanın hayatın anlamını bulmak için duyduğu gereksinimini anlamak için çıktığı arayışın tarihi. Ben sizden yazılanlar konusunda yorumda bulunmanızı istemedim. *Tanrı'ya* inanıyor musunuz diye sordum. Yıldızların altına yattığınız zaman ilahi bir güç olduğunu hisseder misiniz? İçinizden, Tanrı'nın kendi eliyle yarattığına baktığınızı düşünür müsünüz?"

Langdon bunu uzunca düşündü.

"Üstüme vazife değildi," diyerek özür diledi Vittoria.

"Hayır, ben sadece..."

"Eminim verdiğiniz derslerde iman konusunu tartışıyorsunuzdur."

"Sürekli."

"Ve sanırım siz de Şeytan'ın avukatını oynuyorsunuz. Tartışmayı sürekli kızıştırıyorsunuzdur."

Langdon gülümsedi. "Herhalde siz de öğretmensiniz."

"Hayır, ama büyük bir ustadan öğrendim. Babam Mobius Şeridi'nin her iki yüzünü de savunabilirdi."

Hünerli bir şekilde katlanmış olan Mobius Şeridi'ni gözünde canlandıran Langdon güldü. Bu teknik açıdan *tek* bir yüze sahip olan kıvrılmış kâğıt halkasıydı. Langdon tek yüzlü bu halkayı ilk olarak M.C. Escher'in eserleri arasında görmüştü. "Size bir soru sorabilir miyim Bayan Vetra?"

"Bana Vittoria deyin. Bayan Vetra denilince kendimi yaşlı hissediyorum."

Buruk bir şekilde içini çeken Langdon kendi yaşını hatırladı. "Vittoria, ben Robert."

"Sorunuz vardı."

"Evet. Bir bilim adamı ve Katolik bir rahibin kızı olarak, *sen* din hakkında ne düşünüyorsun?"

Vittoria gözüne giren saç tutamını çekerken sustu. "Din bir lisan veya elbise gibidir. Yetiştirildiğimiz ibadetlere eğilimimiz vardır. Nihayetinde, hepimiz aynı şeyi söylüyoruz. Yani hayatın bir anlamı olduğunu. Bizi yaratan güce minnettarız."

Langdon'ın merakı uyanmıştı. "Yani, Hıristiyan ya da Müslüman olman doğduğun yere bağlıdır diyorsun, öyle mi?"

"Çok açık değil mi? Dünyadaki din dağılımına bakın."

"O zaman iman tesadüfi bir şey."

"Pek değil. İman evrenseldir. Bizim bunu anlayış yöntemlerimiz ise isteğe bağlı. Bazılarımız İsa'ya, bazıları Mekke'ye dua ediyor, bazılarımız ise atomdan küçük zerrecikleri inceliyor. Sonuçta hepimiz, bizlerden daha büyük olan gerçeği arıyoruz."

Langdon, öğrencilerinin de kendilerini böyle açıkça ifade edebilmelerini diledi. Hatta keşke, *o da* kendini böyle açık ifade edebilseydi. "Peki ya Tanrı?" diye sordu. "Tanrı'ya inanıyor musun?"

Vittoria uzun süre sessiz kaldı. "Bilim bana Tanrı'nın mutlaka var olması gerektiğini söylüyor. Aklım bana Tanrı'yı asla anlayamayacağımı söylüyor. Ve kalbim bana mutlaka anlamam gerekmediğini söylüyor."

Özlü sözün kısası, diye düşündü Langdon. "Yani Tanrı'nın gerçek olduğuna, ama Allah babayı asla anlayamayacağımıza inanıyorsun."

"*Anne,*" dedi Vittoria gülümseyerek. "Yerli Amerikalılar doğrusunu söylüyordu."

Langdon kıkırdadı. "Dünya Ana."

"*Gaea.* Gezegen bir organizmadır. Her birimiz farklı amaçlara sahip hücreleriz. Üstelik iç içe geçmiş durumdayız. Birbirimize hizmet ediyoruz. Bütüne hizmet ediyoruz."

Langdon, ona bakarken içinde uzun zamandır hissetmediği bir şeylerin kıpırdadığını hissetti. Gözlerinde büyüleyici bir berraklık vardı... sesinde bir saflık. Langdon onun çekimine kapıldığını hissediyordu.

"Bay Langdon, size başka bir soru sormak istiyorum."

"Robert," dedi. *Bay Langdon denmesi bana kendimi yaşlı hissettiriyor. Yaşlıyım!*

"Eğer sakıncası yoksa Robert, Illuminati konusuna nereden bulaştın?"

Langdon geçmişi düşündü. "Aslına bakarsan para yüzündendi."

Vittoria hayal kırıklığına uğramış gibiydi. "Para mı? Danışmanlık demek istiyorsun herhalde?"

Kulağa nasıl geldiğini fark eden Langdon güldü. "Hayır. *Para birimi* demek istedim." Pantolonun cebinden biraz para çıkardı. Bir dolarlık bir banknot buldu. "ABD para biriminin Illuminati simgeleriyle dolu olduğunu öğrendiğimde bu mezhep ilgimi çekmeye başladı."

Onu ciddiye alıp almamak konusunda tereddüt ettiği anlaşılan Vittoria gözlerini kısmış bakıyordu.

Langdon banknotu ona uzattı. "Arkasına bak. Sol taraftaki Hükümet Mührü'nü görüyor musun?"

Vittoria bir dolarlık banknotun arka tarafını çevirdi. "Piramitten mi bahsediyorsun?"

"Piramit. Piramitlerin ABD tarihiyle ne ilgisi olduğunu biliyor musun?"

Vittoria omuzlarını silkti.

Langdon, "Kesinlikle," dedi. "Kesinlikle *hiçbir* ilgisi yok."

Vittoria kaşlarını açtı. "Peki o zaman neden Hükümet Mührü'nüzün *merkez* simgesi bu?"

Langdon, "Tarihin esrarengiz bir parçası," dedi. "Piramit, tepedeki birleşim noktasıyla Illuminati'nin en büyük kaynağını temsil eden gizli bir semboldür. Üstünde ne olduğunu görüyor musun?"

Vittoria banknotu inceledi. "Üçgenin içinde bir göz."

"Buna *trinacria* denir. Başka bir yerde üçgenin içinde bu gözü gördün mü?"

Vittoria bir süre sessiz kaldı. "Aslında evet, ama pek emin değilim..."

"Tüm dünyadaki Mason localarını süsler."

"Mason sembolü mü?"

"Doğrusunu istersen hayır. Bunun kendilerinin 'parlayan üçgeni' olduğunu söylediler. Aydınlanmış değişime çağrı. Göz, Illuminati'nin her yere sızabilmesini ve her şeyi görebilmesini temsil ediyor. Üçgen aynı zamanda Yunan Alfabesi'nin delta harfi, ki o da matematikte şeyin sembolü..."

"Değişimin. Geçişin."

Langdon gülümsedi. "Bir bilim adamıyla konuştuğumu unuttum."

"Yani diyorsun ki, ABD Hükümet Mührü aydınlanmış, her şeyi gören değişime çağrı yapıyor."

"Bazıları buna Yeni Dünya Düzeni diyor."

Vittoria şaşırmış gibiydi. Tekrar gözlerini indirip banknota baktı. "Piramidin altındaki yazıda *Novus... Ordo...*"

Langdon, "*Novus Ordo Seclorum,*" dedi. "Yeni Laik Düzen demek."

"Dine bağlı *olmayan* gibi mi?"

"Dine bağlı olmayan. Bu deyiş Illuminati'nin asıl hedefini açıkça ortaya koyuyor, ama aynı zamanda yanındaki deyişle tam bir tezat oluşturuyor. Tanrı'ya Tevekkül Ederiz."

Vittoria canı sıkılmış gibi davranıyordu. "Ama tüm bu simgeler nasıl oluyor da dünyadaki en güçlü para biriminin üstünde beliriyor?"

"Birçok akademisyen bundan Başkan Yardımcısı Henry Wallace'ın sorumlu olduğunu düşünüyor. Yüksek kademeden bir Mason'du ve Illuminati'yle kesinlikle bağları vardı. Üye miydi yoksa masumca onların etkisinde mi kalmıştı kimse bilmiyor. Ama Hükümet Mührü tasarımını başkana satan kişi Wallace idi."

"Nasıl? Başkan neden kabul etsin."

"Başkan Franklin D. Roosevelt idi. Wallace'ın ona *Novus Ordo Seclorum* deyişinin *Yeni Anlaşma* olduğunu söylemesi yetmiştir."

Vittoria şüpheyle yaklaşıyordu. "Peki Roosevelt Hazine'ye bunu basmalarını söylemeden önce, etrafında sembole bakmasını söyleyecek *kimsesi* yok muydu?"

"Gerek yoktu. O ve Wallace kardeş gibiydiler."

"Kardeş mi?"

Langdon gülümseyerek, "Tarih kitaplarına bak," dedi. "Franklin D. Roosevelt'in Mason olduğu çok iyi biliniyordu."

32

X-33, Leonardo da Vinci Uluslararası Havaalanı'na dönerek inerken Langdon nefesini tutuyordu. Vittoria durumu kontrol altına almak istiyormuş gibi gözlerini kapatmış, karşı koltukta oturuyordu. Uçak yere değdi ve özel bir hangara doğru ilerledi.

Pilot kabininden çıkan pilot, "Yavaş uçtuğumuz için üzgünüm," diyerek özür diledi. "Uçağı frenlemek zorundaydım. Yoğun nüfus bölgelerinin üstünde uçuş için ses yönetmelikleri var."

Langdon saatine baktı. Otuz yedi dakikadır havadaydılar.

Pilot dış kapıyı açtı. "Bana neler olduğunu anlatmak isteyen biri var mı?"

Ne Vittoria, ne de Langdon cevap verdi.

Esnerken, "İyi," dedi. "Pilot kabininde havalandırmayı açıp müzik dinleyeceğim. Sadece ben ve Garth."

Hangarın dışında akşamüstü güneşi parlıyordu. Langdon tüvit ceketini omuzlarına aldı. Vittoria güneş ışınları bir şekilde ona enerji veriyormuş gibi yüzünü gökyüzüne dönerek derin nefes aldı.

Terlemeye başlayan Langdon, *Akdenizliler*, diye düşündü.

Vittoria gözlerini açmadan, "Çizgi filmler için biraz yaşlı değil misin?" diye sordu.

"Anlamadım?"

"Kol saatin. Uçaktayken gördüm."

Langdon belli belirsiz kızardı. Zaman göstergesini savunmaya alışmıştı. Koleksiyon parçası olarak üretilen Mickey Mouse saati ailesinin çocukluğunda verdiği bir hediyeydi. Mickey'nin saati gösteren açık kollarının saçma sapan görünüşüne rağmen, Langdon'ın hayatı boyunca taktığı tek saatti. Su geçirmez ve fosforlu saat, yüzerken ve geceleri karanlık üniversite yollarını arşınlarken mükemmel işe yarıyordu. Langdon'ın öğrencileri onun moda anlayışını sorguladıklarında, her gün baktığı Mickey'nin ona kalbinin genç kalmasını hatırlattığını söylüyordu.

"Saat altı," dedi.

Vittoria gözleri hâlâ kapalı bir şekilde başını salladı. "Sanırım bizi götürecek araç geldi."

Langdon uzaktan gelen vınlama sesini duyunca başını kaldırdı ve moralinin çöktüğünü hissetti. Kuzeyden yaklaşan helikopter piste doğru alçalıyordu. Langdon *Nazca* kum resimlerine bakmak için Andean Palpa Vadisi üstünde bir kez helikoptere binmiş ve hiç mi hiç hoşlanmamıştı. *Uçan ayakkabı kutusu.* Sabah yaptığı roket uçağı yolculuklarından sonra Vatikan'ın bir araba göndermesini ümit etmişti.

Öyle yapmadıkları belli oluyordu.

Helikopter başlarının üstüne gelince hızını kesti, bir süre havada asılı kaldı ve önlerindeki piste indi. Helikopterin gövdesi beyazdı ve bir tarafının üstüne armalar işlenmişti; kalkanın üstünde çaprazlamasına duran iki maymuncuk ve papalık tacı. Bu sembolü çok iyi tanıyordu. Vatikan'ın geleneksel mührü buydu: *Papalığın* ya da "papalık makamı"nın kutsal sembolüydü, *makam* ise eski San Pietro Hükümdarlığı anlamına geliyordu.

Helikopterin inişini seyreden Langdon, *Kutsal Helikopter* diye homurdandı. Vatikan'ın Papa'yı havaalanına, toplantılara ya da Gandolfo'daki yazlık sarayına götürmek için helikopter kullandığını unutmuştu. Ama Langdon kesinlikle arabayı tercih ederdi.

Pilot kabininden atlayan pilot, pistin üstünde onlara doğru yürüdü.

Şimdi huzursuz görünen Vittoria'ydı. "Pilotumuz *bu* mu?"

Langdon, onun endişesini paylaşıyordu. "Uçmak ya da uçmamak. İşte asıl sorun bu."

Pilot bir Shakespeare melodramı oynamak için süslenip püslenmiş gibi görünüyordu. Kabarık tuniğinin üstünde boylamasına parlak mavi ve altın rengi çizgiler vardı. Uyumlu pantolon ve tozluk giymişti. Ayaklarında terliğe benzeyen siyah topuksuz ayakkabılar vardı. Başına ise siyah keçe bere takmıştı.

Langdon, "İsviçreli Muhafızlar'ın geleneksel üniforması," diyerek açıkladı. "Michelangelo tarafından tasarlandı." Adam yaklaşırken Langdon kendini geri çekti. "İtiraf etmek gerekirse, Michelangelo'nun en iyi işlerinden biri *değil.*"

Adamın cafcaflı kıyafetine rağmen Langdon pilotun ciddi biri olduğunu anlayabiliyordu. Bir Amerikalı deniz piyadesinin tüm ciddiyeti ve asaletiyle onlara doğru yaklaşıyordu. Langdon seçkin İsviçreli Muhafızlar'dan biri olabilmek için aranan katı kuralları pek çok kez okumuştu. İsviçre'nin dört Katolik kantonunun birinden seçilen adaylar, on dokuz ile otuz yaşları arasında, en az bir yetmiş boyunda, İsviçre Ordusu tarafından eğitilmiş bekâr İsviçreli erkekler olmaları gerekiyordu. İmparatorluk birliği tüm hükümetler tarafından, dünyadaki en sadık ve en amansız güvenlik gücü olarak tanınıyordu.

Önlerinde duran muhafız, "Siz CERN'den misiniz?" diye sordu. Soğuk bir sesi vardı.

Langdon, "Evet bayım," diye karşılık verdi.

X-33'e dönüp bakarak, "Fevkalade bir sürede gelmişsiniz," dedi. Sonra Vittoria'ya döndü. "Efendim, yanınızda başka kıyafet var mı?"

"Anlayamadım?"

Bacaklarını işaret etti. "Vatikan Şehri'nde şortla dolaşılmasına izin verilmez."

Bakışlarını Vittoria'nın bacaklarına indiren Langdon kaşlarını çattı. Unutmuştu. Vatikan Şehri'nde -gerek kadınlar gerekse erkekler için- bacakların dizden yukarısının görülmemesi konusunda çok katı bir yasak vardı. Bu kısıtlama, Tanrı'nın şehrinin mukaddesliğine saygı göstermenin bir yoluydu.

Vittoria, "Yanımdakilerin hepsi bu," dedi. "Aceleyle geldik."

Hoşuna gitmediği açıkça belli olan muhafız başını salladı. Langdon'a döndü. "Yanınızda herhangi bir silah taşıyor musunuz?"

Silah mı, diye düşündü Langdon. *Yanımda yedek iç çamaşırı bile yok*! Başını iki yana salladı.

Görevli, Langdon'ın ayaklarına doğru çömelerek, çoraplarından başlayarak onu yoklamaya başladı. *Adamın itimadı sonsuz,* diye düşündü Langdon. Muhafızın güçlü elleri Langdon'ın bacaklarından yukarı doğru hareket ederek kasıklarına vardığında onu tedirgin etti. Sonunda elleri göğsüne ve omuzlarına çıkmıştı. Langdon'ın temiz olduğuna kanaat getiren muhafız Vittoria'ya döndü. Gözleriyle bacaklarından gövdesine kadar onu inceledi.

Vittoria gözlerini dikerek ona baktı. "Aklından bile geçirme."

Muhafız, Vittoria'ya gözdağı verecek bir bakış fırlattı. Ama Vittoria kılını bile kıpırdatmamıştı.

Şortunun ön cebindeki dörtgen bir çıkıntıyı işaret eden muhafız, "Bu nedir?" dedi.

Vittoria son derece ince cep telefonunu çıkardı. Muhafız telefonu aldı, açma düğmesine bastı, çevir sesini bekledi ve telefondan başka bir şey olmadığına ikna olduktan sonra geri uzattı. Vittoria telefonu cebine geri koydu.

Muhafız, "Lütfen dönün," dedi.

Vittoria kollarını yukarı kaldırıp, kendi etrafında 360 derece dönerek söylediğini yaptı.

Muhafız dikkatle onu inceledi. Langdon, Vittoria'nın üstüne oturan şortunun ve bluzunun yanlış yerlerden çıkıntı yapmadığına çoktan karar vermişti. Muhafızın da aynı sonuca vardığı ortadaydı.

"Teşekkürler. Buradan lütfen."

Langdon ile Vittoria yaklaşırken, İsviçreli Muhafız helikopteri olduğu yerde sayıyordu. Helikoptere ilk önce, alışkın bir profesyonel gibi Vittoria bindi. Dönen pervanelerin altında başını bile eğmemişti. Langdon bir müddet çekimser kaldı.

Pilot koltuğuna yerleşen İsviçreli Muhafız'a yarı şaka, "Arabaya binme ihtimali hiç mi yok?" diye seslendi.

Adam cevap vermedi.

Aslında Langdon, Roma'nın çılgın sürücüleri düşünüldüğünde uçmanın daha güvenli bir yol olduğunu biliyordu. Derin bir nefes alarak helikoptere bindi ama o, dönen pervanelerin altından geçerken tedbirli davranarak başını eğdi.

Muhafız motorlara hız verirken Vittoria, "Kutunun yerini buldunuz mu?" diye bağırdı.

Omzunun üstünden bakan pilotun kafası karışmış gibi görünüyordu. "Neyin?"

"Kutunun. CERN'i kutuyla ilgili aramadınız mı?"

Adam omuzlarını silkti. "Neden bahsettiğiniz hakkında hiç fikrim yok. Gün boyunca çok meşguldük. Komutanım bana sizi almamı söyledi. Tüm bildiğim bu."

Vittoria, Langdon'a huzursuz bir bakış fırlattı.

Motor hızlanırken pilot, "Lütfen kemerlerinizi bağlayın," dedi.

Langdon emniyet kemerine uzanarak kendini koltuğuna bağladı. Minik gövde ona küçülüp daralıyor gibi geliyordu. Sonra bir gürültüyle helikopter yükseldi ve yan yatarak kuzeye, Roma'ya yöneldi.

Roma... bir zamanlar Sezar'ın yönettiği, Aziz Petrus'un çarmıha gerildiği *caput mundi.* Modern uygarlığın beşiği. Ve tam göbeğinde... işleyen bir saatli bomba.

33

Havadan bakıldığında Roma -binaların, çeşmelerin ve harabelerin arasından kıvrılan eski yollarıyla- bir labirenti andırıyordu.

Vatikan helikopteri, aşağıdaki kalabalıktan yükselen kirli hava kütlesinin içinden kuzeybatıya doğru alçaktan uçuyordu. Langdon aşağıdaki mobiletlere, şehir turu otobüslerine ve şehrin her yerinde dönüp dolaşan minyatür Fiat sedanlara baktı. *Koyaanisqatsi* diye düşündü, aklına "dengeden gelen hayat" anlamında kullanılan Hopi(*) terimi gelmişti.

Vittoria yanındaki koltukta sessizce oturuyordu.

Helikopter aniden yana yattı.

Midesi ağzına gelen Langdon bakışlarını uzaklara yöneltti. Roma Açık Hava Tiyatrosu'nun kalıntılarını gördü. Langdon her zaman, Açık Hava Tiyatrosu'nun tarihteki en büyük ironilerden biri olduğunu düşünürdü. Şimdi kültürün ve medeniyetin yükselişinin sembolü olarak kabul edilen stat, yüzyıllar boyunca barbarca olaylara ev sahipliği yapması için inşa edilmişti: tutukluları parçalayan aç aslanlar, ölümüne savaşan köle orduları, uzak diyarlardan yakalanıp getirilen yabancı kadınlara yapılan toplu tecavüzler, hatta başı vurulan ve hadım edilen halk. Langdon, Harvard'daki Soldier Field'ın, Açık Hava Tiyatrosu'nun mimari kopyası ol-

---

(*) Kuzey Arizona'daki bir kabile.

masının kinayeli veya belki de anlamlı olduğunu düşündü. Soldier Field'da her sonbahar, eski vahşet gelenekleri yeniden canlandırılırdı... çılgına dönmüş fanatikler Harvard ile Yale savaşırken kan dökülmesi için haykırıp dururlardı.

Helikopter kuzeye doğru giderken Langdon Roma Forumu'na -Hıristiyanlık öncesi Roma'nın kalbi- göz gezdirdi. Eskiyen kolonlar, etrafını kuşatan metropolün kendisini yutmasından bir şekilde korunan mezarların mezar taşlarını andırıyordu.

Batı'daki Tiber Nehri'nin geniş havzası, şehirde kıvrılarak muazzam mesafeler kat ediyordu. Langdon havadan bakarken bile suyun derin olduğunu anlayabiliyordu. Aşırı yağmurun getirdiği çamur ve köpükle dolu olan nehir akıntısı kahverengiydi.

Havada biraz daha yükselen pilot, "Tam karşımızda," dedi.

Langdon ve Vittoria dışarı baktıklarında onu gördüler. Muazzam kubbe, sabah sisini yaran bir dağ gibi, pusların arasında tam karşılarında duruyordu: San Pietro Bazilikası.

Langdon, Vittoria'ya, "İşte *bu* Michelangelo'nun iyi yaptığı işlerden biri," dedi.

Langdon, San Pietro'yu daha önce havadan hiç görmemişti. Mermer cephe öğle güneşinde alev gibi parlıyordu. Azizlere, şehitlere ve meleklere ait 140 heykeliyle devasa yapı iki futbol sahası genişliğinde ve *altı* saha uzunluğundaydı. Bazilikanın iç kısmında ibadet edecek 60.000 kişilik yer vardı... dünyanın en küçük ülkesi Vatikan Şehri'nin nüfusunun yüz katından fazla.

Bu büyüklükte bir kalenin bile önündeki meydanı bu kadar küçük gösteremezdi. Geniş San Pietro Meydanı kalabalık Roma'da granit bir vahaya benziyordu. Bazilikanın önündeki oval alanı çevreleyen 284 sütun, giderek küçülen boyutlarla ortak merkezli dört kavis çiziyordu... meydanın ihtişamını artırmak için mimari bir hile kullanılmıştı.

Önünde duran muhteşem mabede bakan Langdon, şimdi orada olsaydı Aziz Petrus'un ne düşüneceğini merak etti. Aziz dehşet verici bir şekilde ölmüş, tam bu noktada baş aşağı çarmıha gerilmişti. Şimdi ise bazilikanın merkez kubbesinin tam altında, beş kat aşağıda, en kutsal mezarlardan birinde yatıyordu.

Pilot, "Vatikan Şehri," derken sesi hiç de misafirperver çıkmıyordu.

Langdon önlerinde beliren yüksek taş burçlara baktı; küçük ülkeyi çevreleyen aşılmaz kalelere... ruhani sır, güç ve gizem dünyasının dünyevi savunmasına.

Langdon'ın kolunu tutan Vittoria aniden, "Bak," dedi. Telaşla tam altlarında bulunan San Pietro Meydanı'nı işaret ediyordu. Langdon yüzünü cama dayayarak aşağı baktı.

Parmağıyla göstererek, "Şuraya," dedi.

Langdon baktı. Meydanın arkası bir düzine kadar karavanla dolu park yerine benziyordu. Her bir aracın tepesindeki uydu antenleri gökyüzüne çevrilmişti. Antenlerin üstünde tanıdık isimlerin logoları vardı:

TELEVISOR EUROPEA
VIDEO ITALIA
BBC
UNITED PRESS INTERNATIONAL

Karşımaddeyle ilgili haberlerin sızmış olabileceğinden endişelenen Langdon hayrete düşmüştü.

Vittoria aniden gerginleşmişti. "Basın neden burada? Neler oluyor?"

Pilot arkasını dönerek, omzunun üstünden ona tuhaf bir bakış fırlattı. "Ne mi oluyor? Bilmiyor musunuz?"

Vittoria boğuk ve sert bir sesle, "Hayır," diye karşılık verdi.

"*Il Conclavo,*" dedi. "Yaklaşık bir saat sonra tasdik edilecek. Tüm dünya seyrediyor."

Il Conclavo.

Kelime uzun süre Langdon'ın kulaklarında çınladıktan sonra beton gibi midesine oturdu. *Il Conclavo. Conclave. Vatikan Kardinaller Meclisi Toplantısı.* Nasıl da unutmuştu! Haberlerde daha yeni söz etmişlerdi.

Hüküm sürdüğü on iki yıl boyunca sevilen Papa, on beş gün önce vefat etmişti. Dünyadaki tüm gazeteler Papa'nın uyurken geçirdiği ölümcül felcin hikâyesini yazmışlardı. Bu, pek çoklarının şüpheli olduğunu fısıldadığı ani ve beklenmedik bir ölüm haberiydi. Ama şimdi geleneklere bağlı kalınarak, Papa'nın ölümünden on beş gün sonra Vatikan *Il Conclavo* düzenliyordu -dünyadaki 165 kardinalin katıldığı kutsal tören-. Hıristiyanlığın en güçlü erkekleri yeni Papa'yı seçmek üzere Vatikan Şehri'nde toplanmışlardı.

Helikopter San Pietro Bazilikası'nın üstünden uçarken Langdon, *dünyadaki tüm kardinaller burada,* diye düşündü. Vatikan Şehri'nin geniş iç dünyası aşağıda uzanıyordu. *Roma Katolik Kilisesi'nin tüm iktidarı saatli bombanın üzerinde oturuyor.*

34

Kardinal Mortati, Sistine Şapeli'nin zengin tavanına bakarak huzur bulmaya çalıştı. Fresklerin süslediği duvarlar, dünyadaki tüm memleketlerden gelen kardinallerin sesleriyle yankılanıyordu. İnsanlar mumla aydınlatılmış tapınağa doluşmuş, heyecanla fısıldaşıyor ve birbirlerine İngilizce, İtalyanca, İspanyolca gibi sayısız evrensel lisanda danışıyorlardı.

Normalde şapelde ulvi bir ışık olurdu, renkli uzun güneş ışınları karanlığı cennetten gelen ışıklar gibi yarardı. Ama bugün aynı durum söz konusu değildi. Geleneksel olarak, şapelin tüm pencereleri gizlilik adına siyah kadife ile örtülürdü. Böylece içeriden birinin herhangi bir şekilde dış dünyaya sinyal göndermesi veya haberleşmesi engellenmiş olurdu. Sonuç olarak sadece mumlarla aydınlatılmış mükemmel bir karanlık oluşturuluyor... dokunduğu herkesi adeta temizleyen, onlara azizler gibi hayaletimsi bir hava veren titrek bir ışık elde ediliyordu.

Bu kutsal olayı yönetmem ne büyük ayrıcalık, diye düşündü Mortati. Seksen yaşın üstündeki kardinaller seçilmek için çok yaşlı olduklarından toplantıya katılmazlardı, ama yetmiş dokuz yaşındaki Mortati orada bulunan kardinallerin en kıdemlisiydi ve toplantıyı yönetme görevi ona verilmişti.

Kardinaller geleneğe göre toplantıdan iki saat önce burada toplanır, arkadaşlarından son gelişmeleri öğrenir ve son dakika tartışmalarını yaparlardı. Saat yedide son Papa'nın vekili gelecek, açılış duasını yaptıktan sonra gidecekti. Ardından İsviçreli Muhafızlar kapıları mühürleyecek ve tüm kardinalleri içeri kilitleyecekti. Aralarından kimin Papa olacağına karar vermeden kardinallerin ayrılmasına izin verilmeyecekti.

Conclave kardinaller toplantısı. İsmi bile sır doluydu. "*Con clave*" gerçekte "anahtarla kilitlenmiş" anlamına geliyordu. Kardinallerin hiçbir surette dış dünyayla temas kurmalarına izin verilmiyordu. Telefon görüşmesi yapamazlardı. Mesaj alıp göndermezlerdi. Kapı eşiklerinden fısıldayamazlardı. Kardinaller toplantısı, dış dünyadan herhangi bir şekilde etkilenmemesi gereken bir süreçti. Böylece kardinallerin *Solum Dum prae oculis* tutulması temin edilmiş oluyordu... sadece Tanrı ile baş başa.

Şapel duvarlarının ardında ise, elbette medya gelişmeleri izleyip beklerken, dünyadaki bir milyar Katolik'in gelecek yöneticisinin kim olacağı konusunda tahminlerde bulunuyorlardı. Toplantıların gergin ve siyaset ağırlıklı bir havası oluyordu ve geçen yüzyıllarda ölümcül olmuşlardı; kutsal duvarların içinde zehirlemeler, yumruk kavgaları ve hatta cinayet olayları yaşanmıştı. Mortati, *geçmişte kaldı,* diye düşündü. *Bu geceki toplantı birlik içinde, mutlu, neşe dolu ve her şeyden önemlisi... kısa sürede yapılacak.*

Veya en azından o böyle tahmin ediyordu.

Şimdi ise beklenmedik bir gelişme ortaya çıkmıştı. Dört kardinal anlaşılmaz şekilde şapelde değildiler. Mortati, Vatikan Şehri'ndeki tüm giriş çıkışlarda muhafızların beklediğini ve kayıp kardinallerin fazla uzağa gidemeyeceklerini biliyordu ama yine de açılış duasına bir saatten az süre kalmışken dünyasının altüst olduğunu hissediyordu. Her şeyden önemlisi dört kayıp adam *sıradan* kardinaller değillerdi. *Asıl* kardinaller onlardı.

Seçilmiş dörtlü.

Mortati toplantının yöneticisi olarak İsviçreli Muhafızlar'a uygun kanallardan kardinallerin kayıp olduklarını haber vermişti. Şimdi onlardan haber bekliyordu. Diğer kardinaller de artık şaşırtıcı yokluğun farkına varmışlardı. Gergin fısıldaşmalar başlamıştı. Diğer *tüm* kardinallerden önce bu *dört* kardinalin vaktinde gelmesi şarttı! Kardinal Mortati uzun bir akşamüstü olacağından endişelenmeye başlamıştı.

Aklına hiçbir fikir gelmiyordu.

35

Güvenlik ve ses denetimi nedenlerinden ötürü Vatikan'ın helikopter pisti, Vatikan Şehri'nin güneybatı ucuna, San Pietro Bazilikası'ndan mümkün olduğunca uzağa yapılmıştı.

Yere indiklerinde pilot, "Karaya indik," diye duyurdu. Dışarı çıkarak, kapıyı Langdon ve Vittoria için yana kaydırarak açtı.

Langdon helikopterden indikten sonra Vittoria'ya yardım etmek için arkasını döndü ama o hiç güçlük çekmeden yere atlamıştı bile. Vücudundaki her kas amacına odaklanmış gibi görünüyordu; dehşet verici bir anı bırakmadan önce karşımaddeyi bulmak amacına.

Pilot kabin camının önüne güneşten koruyucu bir siper gerdikten sonra onları helikopter pistinin yanında bekleyen büyükçe bir elektrikli golf arabasına yöneltti. Araba onları ülkenin batı sınırına -tank saldırılarına karşı bile dayanacak kalınlıkta, on beş metre yüksekliğinde beton bir siper- kadar sessizce taşıdı. Duvarın iç kısmında, elli metre aralıklarla İsviçreli Muhafızlar tetikte bekliyor, gözleriyle etrafı tarıyorlardı. Araba aniden Via della Osservatorio'ya döndü. Tabelalar tüm yönleri gösteriyordu:

HÜKÜMET SARAYI
ETHİOPIANA KOLEJİ
SAN PIETRO BAZİLİKASI
SİSTİNE ŞAPELİ

Düz yolda hızla ilerlerken üstünde RADIO VATICANA yazan küçük bir binanın önünden geçtiler. Langdon bunun, dünyanın en çok dinlenen radyo programı -*Radio Vaticana*- merkezi olduğunu fark etti. Dünyadaki milyonlarca dinleyiciye Tanrı'nın sözlerini iletiyordu.

Keskin bir viraj alan pilot, "*Attenzione*,"(*) dedi.

Araba dönerken Langdon yavaşça belirmeye başlayan manzaraya güçlükle inanabildi. *Giardini Vaticani*(**) diye düşündü. Vatikan Şehri'nin kalbi. Langdon, tam önlerinde duran San Pietro Bazilikası'nın arka tarafını çoğu kişinin hiç görmediğini fark etti. Sağ tarafta barok süslemeleriyle sadece Versailles'la mukayese edilebilecek Tribunal Sarayı belirdi. Vatikan Şehri yönetim kadrosunu barındıran ciddi görünüşlü hükümet binası arkalarında kalmıştı. Ve ileride solda, Vatikan Müzesi'nin heybetli dörtgen binası vardı. Langdon bu gezide müze ziyaretlerine vakit olmadığını biliyordu.

Çimlerle kaplı boş alanlara ve yürüyüş yollarına göz gezdiren Vittoria, "Herkes nerde?" diye sordu.

Muhafız askeri tarzdaki siyah kronografa, kabarık giysi kolunun altındaki tuhaf anakronizm'e(***) baktı. "Kardinaller Sistine Şapeli'nde toplandılar. Toplantının başlamasına bir saatten az kaldı."

Kardinallerin Sistine Şapeli'nde, dünyanın dörtbir köşesinden gelen kardinal dostlarıyla görüş alışverişinde bulunup hal hatır sorarak iki saat geçirdiklerini hatırlayan Langdon başını salladı. Bu sürenin amacı, kardinaller arasındaki eski dostlukları pekiştirmek ve daha az hararetli bir seçim sürecine girebilmekti. "Peki diğer ahali ve çalışanlara ne oldu?"

"Gizlilik ve güvenlik nedeniyle toplantı sona erinceye kadar şehre girmeleri yasak."

"Peki ne zaman sona erecek?"

Muhafız omuzlarını silkti. "Tanrı bilir." Sözleri kelimesi kelimesine doğruydu.

(*) Dikkat.

(**) Vatikan Bahçeleri.

(***) Tarih hatası.

Arabayı San Pietro Bazilikası'nın tam arkasındaki çim kaplı geniş alana park ettikten sonra muhafız taş bir yoldan, bazilikanın arka tarafındaki mermer meydana kadar Langdon ile Vittoria'ya eşlik etti. Meydanı geçtikten sonra bazilikanın arka duvarına vardılar ve üçgen avluyu takip ederek Via Belvedere'den birbirine çok yakın duran binaların arasına girdiler. Langdon'ın sanat tarihi bilgisi, Vatikan Matbaası, Goblen Onarım Laboratuvarı, Postane Müdürlüğü ve St. Ann Kilisesi gibi tabelaları okumasına yetiyordu. Bir başka küçük meydanı geçtikten sonra gidecekleri yere ulaştılar.

İsviçreli Muhafızlar Ofisi, San Pietro Bazilikası'nın kuzeydoğusundaki Il Corpo di Vigilanza'ya bitişikti. Ofis küçük taş bir binaydı. Girişin her iki yanında bir çift muhafız iki taş heykel gibi duruyorlardı.

Langdon bu muhafızların pek komik görünmediğini itiraf etmek zorundaydı. Onlar da mavi ve altın rengi üniformalar giymekle birlikte, her biri elinde, on beşinci yüzyılda Hıristiyan haçlılarını savunurken sayısız Müslümanın boynunu vurduğu rivayet edilen geleneksel "uzun Vatikan kılıcını" -jilet kadar keskin tırpanıyla iki buçuk metre uzunluğundaki mızrak- tutuyordu.

Langdon ile Vittoria yaklaşırlarken iki muhafız öne çıkıp uzun kılıçlarını çaprazlayarak girişi kapattılar. İçlerinden biri sorgulayan bir ifadeyle pilota baktı. Vittoria'nın şortunu göstererek, "*I pantaloni*," dedi.

Pilot onlara eliyle çekilmelerini işaret etti. "*Il comandante vuole vederli subito.*"(*)

Muhafızlar suratlarını asıp gönülsüzce kenara çekildiler.

İçerideki hava soğuktu. Langdon'ın hayal edebileceği türden güvenlik idare ofislerine hiç benzemiyordu. Şatafatlı ve lüks döşenmiş koridorlar, Langdon'ın, dünyadaki her müzenin ana galerisinde memnuniyetle sergileyeceğine inandığı tablolarla doluydu.

Pilot aşağı inen basamakları gösterdi. "Aşağı lütfen."

Langdon ile Vittoria çıplak erkek heykellerin arasından aşağı inerlerken, beyaz mermer basamakları takip ettiler. Heykellerden her birine,

(*) Komutan derhal görmek istedi.

rengi vücutlarının geri kalanından daha açık bir incir yaprağı yapıştırılmıştı.

Büyük Hadım Vakası, diye düşündü Langdon.

Rönesans sanatındaki en korkunç trajedilerden biriydi. 1857 yılında Papa IX. Pius erkek bedeninin apaçık sergilenmesinin Vatikan'da şehvet duyguları uyandırabileceğine karar vermişti. Böylece eline bir kalem keski ile çekiç alıp, Vatikan Şehri'ndeki tüm erkek heykellerin cinsel organlarını kopartmıştı. Bunu yaparak Michelangelo'nun, Bramante'nin ve Bernini'nin eserlerini mahvetmişti. Alçı incir yaprakları ise hasarı kapatmak için kullanılmıştı. Yüzlerce heykel hadım edilmişti. Langdon bir yerlerde sandık dolusu taş penis olup olmadığını merak ediyordu.

Muhafız, "Burası," diye duyurdu.

Basamakların sonuna gelmiş ve ağır, çelik bir kapıya varmışlardı. Muhafız giriş kodunu tuşladığında kapı kayarak yana açıldı. Langdon ile Vittoria içeri girdiler.

Eşiğin ardında tam bir kargaşa vardı.

36

İsviçreli Muhafızlar Ofisi.

Kapı girişinde duran Langdon karşılarında beliren yüzyıllar çatışmasını inceledi. *Karma teknik.* Oda, işlemeli kitap rafları, şark halıları ve renkli goblenlerle süslenmiş lüks bir Rönesans kütüphanesiydi... bununla birlikte oda, ileri teknoloji cihazlarla donatılmıştı: bilgisayarlar, faks makineleri, Vatikan Adası'nı gösteren elektronik haritalar ve CNN kanalını gösteren televizyonlar. Renkli pantolon giyen adamlar bilgisayarlara hararetle bir şeyler tuşluyor, uzay çağı kulaklıklarını dikkatle dinliyorlardı.

Muhafız, "Burada bekleyin," dedi.

Muhafız odanın karşı tarafındaki, koyu mavi askeri üniforma giyen son derece uzun boylu sırım gibi adamın yanına giderken Langdon ile Vittoria beklediler. Cep telefonuyla konuşuyordu. O kadar dik duruyordu ki, neredeyse arkaya eğilmişti. Muhafız, ona bir şey söyleyince adam, Langdon ile Vittoria'ya bir bakış attı. Başını salladıktan sonra onlara arkasını döndü ve telefon görüşmesine devam etti.

Muhafız yanlarına döndü. "Komutan Olivetti az sonra sizinle olacak."

"Teşekkürler."

Muhafız yanlarından ayrılarak merdivenlere yöneldi.

Langdon odanın diğer ucunda duran Komutan Olivetti'yi incelerken, onun gerçekten de tüm ülkenin silahlı kuvvetlerinin başkomutanı olduğunu anladı. Vittoria ile Langdon gözlerinin önündeki faaliyeti seyrederek beklediler. Rengârenk giysiler içindeki muhafızlar telaşla birbirlerine İtalyanca buyruklar yağdırıyorlardı.

İçlerinden biri telefona, "*Continua cercando,*"(*) diye bağırdı.

Bir diğeri, "*Probasti il museo?*"(**) diye sordu.

Güvenlik merkezinin ciddi bir arama havası içinde olduğunu anlamak için Langdon'ın kusursuz İtalyanca bilmesine gerek yoktu. Bu, iyi haberdi. Kötü haber, karşımaddeyi henüz bulamamış olmalarıydı.

Langdon, Vittoria'ya, "İyi misin?" diye sordu.

Vittoria yorgun bir gülümsemeyle omuzlarını silkti.

Komutan sonunda telefonu kapatıp yanlarına doğru yaklaşmaya başladığında, attığı her adımda biraz daha büyüyordu. Langdon da uzun bir adamdı ve insanlara bakmak için başını kaldırmaya alışkın değildi ama Komutan Olivetti bunu gerektiriyordu. Langdon, komutanın dinç ve çelik gibi yüzüyle metanetli bir adam olduğunu hemen sezinledi. Koyu saçlarına asker tıraşı yapılmıştı, gözleri ise sadece yıllar süren eğitimin verebileceği türden bir azimle parlıyordu. Kendinden emin adımlarla ilerliyordu. Kulağının arkasına gizlenmiş küçük kulaklık onu İsviçreli Muhafız'dan çok ABD Gizli Servis çalışanı gibi gösteriyordu.

Komutan onları aksanlı İngilizcesiyle selamladı. Sesi, onun kadar iri bir adam için şaşırtıcı derecede inceydi, neredeyse fısıltıyla konuşuyordu. Yine de katı, askeri bir etkisi vardı. "İyi günler," dedi. "Ben Komutan Olivetti'yim; İsviçreli Muhafızlar'ın *Comandante Principale'si.* Direktörünüzü arayan bendim."

Vittoria başını kaldırıp baktı. "Bizimle görüştüğünüz için teşekkür ederiz."

Komutan cevap vermedi. Onlara takip etmelerini işaret ettikten sonra, bir dizi elektronik cihazların arasından geçirerek, odanın yan duvarındaki bir kapıya götürdü. Kapıyı onlar için tutarak, "İçeri girin," dedi.

Langdon ile Vittoria kapıdan geçince kendilerini, şehrin siyah-beyaz görüntülerini veren video monitörleriyle dolu, karanlık bir kontrol odasında buldular. Genç bir muhafız dikkatle görüntüleri izliyordu.

(*) Aramaya devam edin.

(**) Acaba müzede mi?

Olivetti, "*Fuori,*"(*) dedi.

Muhafız toparlanarak odadan çıktı.

Olivetti ekranlardan birinin yanına giderek, eliyle işaret etti. Sonra misafirlerine döndü. "Bu görüntü, Vatikan Şehri'nde bir yerde saklanan kablosuz kameradan geliyor. Bir açıklama istiyorum."

Langdon ile Vittoria ekrana bakınca, aynı anda solukları kesildi. Görüntü çok belirgindi. Şüpheye lüzum yoktu. Bu, CERN'in karşımadde kutusuydu. İçindeyse, parlak metalik bir damla boşlukta asılı duruyor, LED dijital saatin yanıp sönen ışığıyla aydınlanıyordu. Kutunun etrafı, sanki karşımadde bir dolaba ya da karanlık odaya yerleştirilmiş gibi tamamıyla karanlıktı. Monitörün üst kısmında görüntünün üstüne bindirilen metin yazıyordu: CANLI BAĞLANTI-KAMERA #86.

Vittoria kutunun üstünde yanıp sönen göstergedeki zamana baktı. Gergin bir ifadeyle Langdon'a, "Altı saatten az kalmış," diye fısıldadı.

Langdon saatine baktı. "O zaman geriye kalan zaman..." Sustu, boğazına bir yumruk düğümlenmişti.

Beti benzi atan Vittoria, "Gece yarısına kadar," dedi.

Gece yarısı, diye düşündü Langdon. *Tam tiyatro oyununa yakışacak türden.* Önceki gece kutuyu her kim çaldıysa, zamanlamayı mükemmel yaptığı anlaşılıyordu. Saatli bombanın tam üstünde oturduğunu fark ettiğinde Langdon'ın içinde nahoş duygular uyandı.

Şimdi Olivetti'nin sesi ıslık gibi çıkıyordu. "Bu nesne size mi ait?"

Vittoria başını salladı. "Evet bayım. Bizden çalındı. İçinde karşımadde isimli patlamaya son derece hazır bir cisim var."

Olivetti hiç istifini bozmadı. "Patlayıcı maddeleri oldukça iyi tanırım Bayan Vetra. Karşımaddeyi daha önce hiç duymadım."

"Yeni bir teknoloji. Yerini derhal tespit etmeli ya da Vatikan Şehri'ni boşaltmalıyız."

Olivetti, sanki Vittoria'ya dikkatle bakınca duydukları değişecekmiş gibi, gözlerini yavaşça kapatıp tekrar açtı. "Boşaltmak mı? Bu akşam burada ne yapıldığının farkında mısınız?"

(*) Dışarı.

"Evet bayım. Ve kardinallerinizin hayatı tehlikede. Yaklaşık altı saat vaktiniz var. Kutunun yerini tespit etmekte hiç yol kat ettiniz mi?"

Olivetti başını iki yana salladı. "Aramaya henüz başlamadık."

Vittoria'nın nefesi kesildi. "Ne? Ama biz muhafızların bir şeyi açıkça aradıklarını duyduk..."

Olivetti, "Aradığımız *doğru*," dedi. "Ama kutunuzu değil. Adamlarım sizi ilgilendirmeyecek başka bir şeyin peşindeler."

Vittoria'nın sesi kısılmıştı. "Bu kutuyu aramaya bile *başlamadınız* mı?"

Olivetti'nin gözbebekleri kafasının içine gömülüyor gibi oldu. Bakışlarında bir böceğin duygusuzluğu vardı. "Bayan Vetra'ydı, değil mi? Size bir şey açıklayayım. Kurumunuzun direktörü, onu derhal bulmam gerektiği dışında bu nesneyle ilgili bilgileri benimle telefonda konuşmayı reddetti. Bugün olağanüstü yoğunuz ve bazı gerçekleri öğrenmeden bu konuyla ilgili adamlarımı görevlendirme lüksüne sahip değilim."

Vittoria, "Şu anda tek bir gerçek var bayım," dedi. "O da altı saate kadar bu nesnenin tüm şehri havaya uçuracak olması."

Olivetti kıpırdamadan duruyordu. "Bayan Vetra, bilmeniz gereken bir şey var." Üstünlük taslayan bir ses tonu vardı. "Vatikan Şehri'nin eski görüntüsüne karşın, gerek halka açık, gerek özel tüm giriş çıkışları insanlığın bildiği en gelişmiş tarama cihazlarıyla donatılmıştır. Birisi buraya herhangi bir bomba cihazıyla girmeye kalkıştığı takdirde derhal tespit edilecektir. Radyoaktif izotop tarayıcılarımız, en ufak yanıcı maddeleri ve toksinleri tespit etmek için Amerikan DEA tarafından tasarlanmış koku filtrelerimiz var. Aynı zamanda en gelişmiş metal detektörleri ve röntgen tarayıcılarını kullanıyoruz."

Vittoria, Olivetti'nin soğukkanlılığıyla, "Çok etkileyici," dedi. "Ne yazık ki karşımadde radyoaktif değildir ve kimyasal bileşimi saf hidrojenden oluşur ve ayrıca kutusu da plastiktir. Cihazlarınızdan hiçbiri bunu tespit edemez."

Yanıp sönen LED göstergesini işaret eden Olivetti, "Ama bir enerji kaynağı var," dedi. "En küçük nikel-kadmiyuma rastlansa bile..."

"Piller de plastik."

Olivetti'nin sabrının tükenmeye başladığı belli oluyordu. "Plastik piller mi?"

"Teflonlu elektrolit polimer jel."

Olivetti boy avantajından faydalanmak istiyormuşçasına Vittoria'ya doğru eğildi. "*Signorina,* Vatikan ayda düzinelerce bomba tehdidi alıyor. Her bir İsviçreli Muhafız'ı patlayıcı teknoloji konusunda bizzat kendim eğitiyorum. Dünya yüzünde bahsettiğiniz büyüklükte tahribatı gerçekleştirecek güçte hiçbir maddenin bulunmadığının farkındayım. Tabi eğer beysbol topu büyüklüğünde reaktör çekirdeği olan nükleer savaş başlığından söz etmiyorsak."

Vittoria kızgın bakışlarını ona dikmişti. "Doğanın henüz açığa çıkmamış pek çok sırrı var."

Olivetti biraz daha eğildi. "Size tam olarak *kim* olduğunuzu sorabilir miyim? CERN'deki göreviniz nedir?"

"Kıdemli bir araştırma personeliyim ve bu kriz için Vatikan'a gönderilen görevli temsilciyim."

"Kabalığımı bağışlayın ama bu gerçek bir *kriz.* Neden direktörünüzle değil de *sizinle* muhatap oluyorum? Ve Vatikan Şehri'ne şortla gelerek saygısızlık göstermenizin maksadı nedir?"

Langdon homurdandı. Adamın bu şartlarda bile kıyafet yönetmeliği konusunda titizlenmesine inanamıyordu. Ama daha sonra, eğer taş penisler Vatikan sakinlerinde şehvet uyandırıyorsa, şort giyen Vittoria Vetra'nın milli güvenliğe *kesinlikle* tehdit oluşturacağını anladı.

Langdon patlamak üzere olan ikinci bombayı etkisiz hale getirmek amacıyla, "Komutan Olivetti," diyerek söze girdi. "İsmim Robert Langdon. ABD'de dini bilimler profesörüyüm ve CERN'le hiçbir bağlantım yok. Bir karşımadde tanıtımına şahit oldum ve çok tehlikeli olduğu konusunda Bayan Vetra'nın iddiasını destekliyorum. Bu nesnenin şehrinize, kardinaller toplantınıza engel olmak maksadıyla din karşıtı bir mezhep tarafından yerleştirildiğine inanmak için nedenlerimiz var."

Olivetti dönerek, Langdon'ı süzdü. "Şort giyen bir kadın bana bir damla sıvının Vatikan Şehri'ni havaya uçuracağını söylüyor ve Amerikalı bir profesörden din karşıtı bir mezhebin hedefi olduğumuzu duyuyorum. Benden tam olarak ne yapmamı bekliyorsunuz?"

Vittoria, "Kutuyu bulun," dedi. "Hemen."

"İmkânsız. Bu aygıt her yerde olabilir. Vatikan Şehri çok büyük."

"Kameralarınızın üstünde GPS saptayıcıları yok mu?"

"Genellikle *çalınmazlar*. Bu kayıp kameranın yerini bulmak günler alır."

Vittoria boyun eğmez bir tavırla, "*Günlerimiz* yok," dedi. "Altı saatimiz var."

"Ne olana kadar altı saat Bayan Vetra?" Olivetti'nin sesi birden gürleşmişti. Ekrandaki görüntüyü işaret etti. "Bu sayılar tükenene kadar mı? Vatikan Şehri yok olana kadar mı? İnanın bana, güvenlik sistemimi kurcalayan kişilere karşı sabırlı değilimdir. Sınırlarımın içinde birdenbire beliren mekanik aygıtlardan da hoşlanmam. *Endişeliyim*. Endişelenmek *benim* işim. Ama bana söylediğiniz şey kabul edilemez."

Langdon kendini tutamadı. "Illuminati'yi duydunuz mu?"

Komutanın buz tutmuş kabuğu çatlıyordu. Gözleri, saldırmaya hazırlanan köpekbalığı gibi beyazlaştı. "Sizi uyarıyorum. Buna vaktim yok."

"O halde Illuminati'yi duydunuz."

Olivetti'nin gözleri mızrak gibi deliciydi. "Katolik Kilisesi'ni korumaya yemin ettim. *Elbette* Illuminati'yi duydum. Yıllar önce dağıldılar."

Langdon elini cebine atarak, Leonardo Vetra'nın dağlanmış cesedini gösteren faksı çıkardı. Olivetti'ye uzattı.

Olivetti resmi incelerken, "Ben Illuminati konusunda uzmanım," dedi. "Illuminati'nin hâlâ faaliyet gösterdiğine inanmakta güçlük çekiyorum fakat bu damganın görüntüsüyle, Illuminati'nin Vatikan Şehri'ne karşı yaptığı ünlü sözleşme gerçeğini birleştirdiğimde fikrim değişti."

"Bilgisayar çizimi bir aldatmaca." Olivetti faksı Langdon'a geri uzattı.

Langdon inanamayan gözlerle bakıyordu. "Aldatmaca mı? Simetriye bir bakın! Gerçek olduğunu herkesten önce siz fark etmeli..."

"Asıl gerçeğin ne olduğunu siz bilmiyorsunuz. Belki Bayan Vetra size söz etmemiştir ama CERN bilim adamları yıllardır Vatikan politikalarını eleştiriyor. Sürekli olarak, Yaradılış teorisi konusundaki sözlerimizi geri almamız, Galileo ve Copernicus için resmen özür dilememiz, tehlikeli ve ahlaka aykırı araştırmalara karşı yaptığımız eleştirileri feshetmemiz için talepte bulunuyorlar. Hangi senaryo size daha mantıklı geliyor? Dört yüz yıllık Satanist bir mezhebin gelişmiş bir kitle imha silahıyla yeniden ortaya çıkması mı, yoksa CERN'deki bir şakacının kutsal Vatikan toplantısını iyi kurgulanmış bir dümenle bozmaya çalışması mı?"

Vittoria, "Bu fotoğraf babama ait," derken sesinden alevler püskürüyordu. "*Öldürüldü.* Sizce benim *şaka* anlayışım bu mu?"

"Bilmiyorum Bayan Vetra. Ama *mantıklı* bazı cevaplar bulana kadar, hiçbir surette alarm vermeyeceğimi iyi biliyorum. Benim işim ihtiyat ve tedbir... çünkü ruhani meseleler ancak akıl dinginliğiyle çözülebilir. Hele bugün her zamankinden fazla."

Langdon, "En azından toplantıyı erteleyin," dedi.

"Ertelemek mi?" Olivetti'nin ağzı açık kalmıştı. "Ne küstahlık! Kardinaller toplantısı, yağmur durumuna göre oynanan Amerikan beysbol maçlarına benzemez. Bu, değişmez prensipleri ve süreci olan bir olaydır. Dünyadaki bir milyon Katolik'in bir lider beklediğinden bahsetmiyorum bile. Dünya basının dışarda beklediğini de düşünmeyin. Bu olayın teşrifat kuralları kutsaldır, değiştirilemezler. 1179 yılından beri kardinaller toplantıları depremleri, kıtlıkları ve hatta vebayı atlattı. İnanın bana öldürülen bir bilim adamı ve bir damla Tanrı bilir ne için, kesinlikle iptal edilemez."

Vittoria, "Beni yetkili kişiye götürün," diye ısrar etti.

Olivetti sertçe baktı. "Karşınızda duruyor."

Vittoria, "Hayır," dedi. "*Din adamlarından* birine."

Olivetti'nin alnındaki damarlar çıkmaya başlamıştı. "Din adamları gittiler. İsviçreli Muhafızlar'ı saymazsanız, şu anda Vatikan Şehri'nde sadece Kardinaller Heyeti var. Ve onlar da Sistine Şapeli'nde."

Langdon boğuk bir sesle, "Peki ya *vekil?*" dedi.

"Kim?"

"Son Papa'nın *vekili.*" Langdon kendinden emin bir edayla kelimeyi tekrar ederken, hafızasının kendisini yanıltmamasını diliyordu. Papa'nın ölümünün ardından Vatikan yetkililerinin alışılmamış bir düzenleme yaptıklarını bir zamanlar okuduğunu hatırlıyordu. Eğer Langdon yanılmıyorsa, papalar arasındaki süreç sırasında tüm yetki gücü geçici olarak son Papa'nın özel asistanına -vekili- devrediliyordu. Kardinaller yeni Papa'yı seçene kadar idare yetkisi bu kişide oluyordu. "Sanırım *vekil* şu andaki yetkili kişi."

"*Il Camerlengo?*"(*) Olivetti yüzünü buruşturdu. "Camerlengo burada sadece bir rahip. Son Papa'nın özel yardımcısıydı."

"Ama burada. Ve siz ona karşı sorumluluk taşıyorsunuz."

Olivetti kollarını kavuşturdu. "Vatikan Yasaları'na göre, kardinaller toplantısı sırasında Camerlengo'nun idarenin başında bulunduğunu biliyorum ama bu sadece, Papa seçilemeyeceği için tarafsız bir seçim yöneteceğinden kaynaklanıyor. Aynen sizin Başkan'ınız öldüğünde, yardımcılarından birinin geçici olarak Oval Ofis'te oturmasına benziyor. Camerlengo acemi ve güvenlik bilgisi veya benzeri konulardaki deneyimleri son derece kısıtlı. Burada her şeyden sorumlu tek kişi benim."

Vittoria," Bizi ona götürün," dedi.

"İmkânsız. Kardinaller toplantısı kırk dakika içinde başlayacak. Papa'nın özel dairesinde bulunan Camerlengo hazırlanıyor. Onu güvenlik konularıyla rahatsız edecek değilim."

Vittoria cevap vermek için ağzını açtığı sırada kapının yumruklanmasıyla sustu. Kapıyı Olivetti açtı.

Görkemli giysisiyle dışarıda duran muhafız saatini işaret ediyordu. "*É l'ora comandante.*"(**)

Olivetti saatine bakarak başını salladı. Kaderlerini belirleyen bir yargıç edasıyla Langdon ile Vittoria'ya döndü. "Beni takip edin." Onları kontrol odasından çıkarıp güvenlik merkezinden geçirerek, arka duvardaki küçük bir odacığa götürdü. "Ofisim." Olivetti onlara içeriyi gösterdi. Sıradan bir odaydı... dağınık bir masa, dosya dolapları, portatif iskemleler, termos. "On dakikaya kadar geri dönerim. Bu zamanı ne yapacağınıza karar vermekle geçirmenizi tavsiye ederim."

Vittoria arkasını döndü. "Öyle gidemezsiniz! Bu kutu..."

Olivetti, "Bunun için vaktim yok," diyerek onu haşladı. "Belki de toplantı sona erip de vakit buluncaya kadar sizi gözaltına almalıyım."

Yeniden saatini gösteren muhafız, "Signore," diyerek acele ettirdi. "*Spazzare di cappella.*"

Olivetti başını sallayarak gitmeye yeltendi.

(*) Hazine vekili.

(**) Vakit geldi komutanım.

Vittoria, "*Spazzare di cappella?*" diye sordu. "Şapeli *temizlemek* için mi gidiyorsunuz?"

Olivetti arkasını döndüğünde gözleriyle Vittoria'yı adeta kesip biçiyordu. "Elektronik dinleme cihazlarını temizleyeceğiz Bayan Vetra, *tedbir* meselesi." Vittoria'nın bacaklarını işaret etti. "Sizin anlamanızı beklemiyorum."

Bunu söyledikten sonra kapıyı öyle bir kapattı ki, ağır camı titretti. Kaşla göz arasında cebinden bir anahtar çıkarıp deliğe soktu ve çevirdi. Ağır bir kilit yerine oturdu.

Vittoria, "*Idiòta,*" diye seslendi. "Bizi burada tutamazsın!"

Langdon camın ardından Olivetti'nin muhafıza bir şeyler söylediğini gördü. Nöbetçi başını salladı. Olivetti odadan dışarı çıkarken muhafız, belindeki tabancasıyla camın öbür tarafından kollarını kavuşturarak yüzünü onlara döndü.

Mükemmel, diye düşündü Langdon. *Hakikaten mükemmel.*

37

Vittoria, Olivetti'nin kilitlediği kapının dışında duran İsviçreli Muhafız'a dik dik baktı. Nöbetçi, ona aynı dik bakışlarla karşılık verirken, renkli kostümü korkutucu havasıyla çelişiyordu.

Che fiasco, diye düşündü Vittoria. *Pijama giyen silahlı bir adamın tutsağı oldum.*

Langdon'ın sesi sedası kesilmişti. Vittoria, onun içinde bulundukları durumdan kurtulmak için Harvard kafasını çalıştırdığını umut ediyordu. Ama Langdon'ın yüzündeki ifadeden, düşündüğünden daha fazla sarsıldığını sezinledi. Vittoria, onu işin içine bu kadar bulaştırdığı için pişmanlık duyuyordu.

Vittoria'nın aklına ilk gelen düşünce cep telefonunu çıkarıp Kohler'ı aramaktı ama bunun işe yaramayacağını biliyordu. Öncelikle, büyük ihtimalle muhafız içeri girip telefonu elinden alırdı. İkinci olarak, Kohler'ın iyileşme süreci her zaman aynıydı ve muhtemelen tedavisi hâlâ sürüyordu. Zaten önemi yoktu... Olivetti o anda kimsenin lafına güvenecek gibi görünmüyordu.

Vittoria kendi kendine, *hatırla*, dedi. *Bu sınavın çözümünü hatırla!*

Hatırlamak, eski bir Budist filozofun yöntemiydi. Vittoria zor bir durum karşısında zihnini çözüm bulmak için zorlamak yerine, zihnine onu hatırlamasını söylüyordu. Buradaki varsayım, cevabı bir zamanlar *bildiğini* kabul etmekle zihin cevabın *var olduğuna* inanıyordu... böylece insana engel olacak ümitsizlik duyguları ortadan kaldırılmış oluyordu. Vittoria çoğu kimsenin çözümü olmadığını düşündüğü bilimsel çıkmazları çözmek için sıklıkla bu yöntemi uygulardı.

Ama o anda hatırlama oyunu bir işe yaramıyordu. Bu yüzden ihtimalleri... ve gereksinimleri gözden geçirdi. Birini uyarması gerekiyordu. Vatikan'dan birinin onu ciddiye alması gerekiyordu. Ama kim? Camerlengo mu? Nasıl? Tek çıkışı olan cam bir kutunun içindeydi.

Kendi kendine *araçlar*, dedi. *Her zaman araçlar vardır. Çevreni tekrar gözden geçir.*

İçgüdüsel olarak omuzlarını düşürdü, gözlerini kapattı ve ciğerlerine üç derin nefes çekti. Kalp ritminin yavaşladığını ve kaslarının gevşediğini hissediyordu. Zihninde yaşadığı panik geçmişti. *Tamam,* diye düşündü, *zihnini serbest bırak. Bu durumu olumlu kılan nedir? Elimde neler var?*

Vittoria Vetra'nın analitik beyni rahatladıktan sonra, etkili bir güce dönüşüyordu. Hapishanelerinin aslında kaçış yolları olduğunu fark etmesi saniyeler aldı.

Birden, "Telefon edeceğim," dedi.

Langdon başını kaldırıp baktı. "Ben de Kohler'ı aramanı önerecektim ama..."

"Kohler'ı değil. Başka birini arayacağım."

"Kimi?"

"Camerlengo."

Langdon hiçbir şey anlamadan bakıyordu. "Vekili mi arayacaksın? Nasıl?"

"Olivetti, Camerlengo'nun Papa'nın özel dairesinde olduğunu söyledi."

"Tamam. Papa'nın özel numarasını biliyor musun?"

"Hayır. Ama *kendi* telefonumdan aramayacağım." Olivetti'nin masasındaki ileri teknoloji telefon sistemini işaret etti. Üzerinde hızlı arama tuşları vardı. "Güvenlik şefinin Papa'nın özel dairesiyle direkt bağlantısı olması *lazım.*"

"İki metre ötede duran silahlı bir haltercisi de var."

"Ve burada kilitliyiz."

"Bunu fark etmiştim."

"*Muhafız* dışarda kaldı demek istiyorum. Burası Olivetti'nin özel ofisi. Başka kimsede anahtar olduğunu sanmıyorum."

Langdon dışarıda duran muhafıza baktı. "Bu oldukça ince bir cam ve o da oldukça büyük bir silah."

"Ne yapacak yani, telefonu kullandığım için beni vuracak mı?"

"Kim bilir! Burası garip bir yer ve işler burada..."

Vittoria, "Ya dediğimi yaparız ya da kalan beş saat kırk sekiz dakikayı Vatikan Hapishanesi'nde geçiririz. En azından karşımadde patladığında ön sırada yerimiz olur."

Langdon'ın rengi solmuştu. "Ama telefonu eline aldığın anda muhafız, Olivetti'yi getirir. Ayrıca orada yirmi düğme var. Hiçbirinin üzerinde yazı göremiyorum. Hepsini teker teker deneyip, şansının yaver gitmesini mi dileyeceksin?"

Telefona uzanan Vittoria, "Hayır," dedi. "Sadece birini." Telefonu eline aldı ve en üstteki düğmeye bastı. "*Bir* numara. Cebindeki Illuminati simgeli ABD dolarlarına bahse girerim ki Papa'nın özel dairesinin numarası bu. İsviçreli Muhafız komutanı için daha önemli ne olabilir?"

Langdon cevap verecek zamanı bulamadı. Kapının dışındaki muhafız silahının kabzasıyla cama hafifçe vurmaya başlamıştı. Vittoria'ya telefonu yerine bırakmasını işaret ediyordu.

Vittoria, ona göz kırptı. Muhafız küplere binmişti.

Langdon kapıdan uzaklaşarak Vittoria'ya döndü. "Telefonu kapatsan iyi edersin çünkü bu adam eğleniyormuş gibi görünmüyor!"

Vittoria ahize kulağındayken, "Kahretsin!" dedi. "Kayıt."

Langdon, "Kayıt mı?" diye sordu. "Papa'nın telesekreteri mi var?"

Telefonu kapatan Vittoria, "Papa'nın özel dairesi değildi," dedi. "Vatikan mümessilinin haftalık programı."

Langdon telsizinden Olivetti'ye seslenirken camın ardından öfkeyle bakan muhafıza hafifçe gülümsedi.

38

Vatikan santralı, Vatikan Postanesi'nin arkasındaki Ufficio di Comunicazione'dedir. Seksen hatlı Corelco 141 santralına sahip nispeten küçük bir odadır. Santrala günde, çoğu otomatik bilgilendirme sistemiyle yönlendirilen 2000'den fazla telefon gelir.

Bu gece, görev yapan tek santral memuru oturmuş, kafeinli çayını yudumluyordu. Bu gece Vatikan Şehri'nde kalmasına müsaade edilen bir avuç görevliden biri olmaktan onur duyuyordu. Elbette bu onur, kapının dışında volta atan İsviçreli Muhafız'ın varlığıyla bir nebze gölgeleniyordu. Santral memuru, *tuvalete bile bekçi diktiler*, diye düşündü. *Ah, Kutsal kardinaller toplantısı için ne kadar küçültücü şeylere katlanıyoruz.*

Neyse ki bu gece fazla arama yapılmamıştı. Ama belki de bu pek de *iyiye işaret* değildir, diye düşündü. Son birkaç yıldır dünyanın Vatikan'daki gelişmelere ilgisi azaımıştı. Basından gelen telefonların sayısı azalmıştı, hatta kaçıklar bile eskisi kadar sık aramıyordu. Basın ofisi o akşamki olayın bayram havası estireceğini umut etmişti. Ama ne yazık ki, San Pietro Meydanı'nı dolduran basın araçları daha çok İtalyan ve Avrupa basınına aittiler. Aralarında sadece birkaç uluslararası yayın şebekesi vardı... belli ki onlar da *ikinci sınıf muhabirlerini* göndermişlerdi.

Santral memuru çay fincanını tutarken, akşamın ne kadar süreceğini tahmin etmeye çalıştı. *Herhalde gece yarısına kadar falan sürer*, diye düşündü. Artık üyelerin çoğu toplantı sona ermeden çok önceleri kimin favori gösterilen Papa olduğunu biliyordu, bu yüzden süreç, gerçek bir seçimden çok üç dört saat süren bir tören havasında işliyordu. Elbette kardinaller arasındaki son dakika çekişmeler merasimi şafağa kadar uzatabilirdi... ya da daha fazla. 1831 yılındaki kardinaller toplantısı elli dört gün sürmüştü. Kendi kendine, *bu gece öyle olmayacak,* dedi; *bu* toplantının "duman nöbeti" olacağı söyleniyordu.

Santraldaki bir hattın çalmasıyla memurun kurduğu hayaller dağıldı. Yanıp sönen kırmızı ışığa bakıp, kafasını kaşıdı. *Tuhaf,* diye düşündü. *Sıfır hattı. Bu akşam santral memurunu içerden kim arayabilir ki? Hatta içeride kim kaldı?*

Telefonu eline alarak, "*Città del Vaticano, prego?*"(*) dedi.

Telefondaki ses hızla İtalyanca konuşuyordu. Santral memuru, İsviçreli Muhafızlar'ın aksanıyla -Fransız-İsviçre etkisinde kalmış akıcı İtalyancayla- konuştuğunu fark etti. Ama arayan kişi kesinlikle İsviçreli Muhafız olamazdı.

Kadının sesini duyan santral memuru aniden ayağa fırlarken, neredeyse çayını dökecekti. Yeniden arayan hatta baktı. Yanılmıyordu. *Dahili numara.* Arama içeriden yapılıyordu. *Bir yanlışlık olmalı,* diye düşündü. *Vatikan Şehri'nde bir kadın mı? Bu akşam mı?*

Kadın aceleyle ve telaşla konuşuyordu. Santral memuru telefonlar konusunda, ne zaman bir *pazzo* ile karşılaştığını anlayacak kadar tecrübe sahibiydi. Kadın deli gibi konuşmuyordu. Acele ediyordu ama mantıklıydı. Sakin ve işbilirdi. Kadının isteğini hayretle dinledi.

Hâlâ aramanın nereden geldiğini anlamaya çalışan memur, "*Il Camerlengo?*" dedi. "Kesinlikle bağlayamam... evet, Papa'nın dairesinde olduğunu biliyorum ama... siz kimsiniz... ve onu ne hakkında uyarmak istiyordunuz..." Dinledikçe sinirleri bozuluyordu. *Herkes tehlikede mi? Nasıl? Ve nereden arıyorsunuz?* "Belki de İsviçreli..." Operatör aniden sustu. "*Neredeyim* demiştiniz? *Nerede?*"

Şok içinde dinledikten sonra kararını verdi. "Bekleyin lütfen," dedikten sonra, kadın henüz cevap veremeden onu beklemeye aldı. Ardından Komutan Olivetti'nin direkt hattını aradı. *Bu kadının gerçekten orada olmasına imkân...*

(*) Vatikan Şehri, buyurun.

Hat hemen açıldı.

Tanıdık bir kadın sesi, "*Per l'amore di Dio,*"(*) diye haykırdı. "Bağla şu telefonu!"

İsviçreli Muhafızlar güvenlik merkezinin kapısı tıslayarak açıldı. Komutan Olivetti odaya bir roket gibi girerken, muhafızlar açıldılar. Ofisinin bulunduğu köşeye döndüğünde, muhafızın telsizde söylediklerinin doğruluğuna şahit oldu; Vittoria Vetra masasının başında durmuş, komutanın özel telefonuyla görüşme yapıyordu.

Che coglioni che ha questa, diye düşündü. *Fırsatı hemen değerlendirmiş!*

Kan beynine sıçramış bir halde kapıya yöneldi ve anahtarı kilide soktu. Kapıyı açarak, "Ne yapıyorsunuz?" diye sordu.

Vittoria, onu duymazdan geldi. Telefona, "Evet," diyordu. "Ve uyarmalıyım ki..."

Olivetti ahizeyi elinden kaparak, kulağına tuttu. "Kiminle görüşüyorum?"

Olivetti'nin taviz vermez tavrı bir anda yerle bir olmuştu. "Evet Camerlengo," dedi. "Doğru signore... ama güvenlik kuralları gereği... elbette hayır... kendisini burada tutuyorum... elbette, fakat..." Dinledi. Sonunda, "Elbette efendim," dedi. "Onları derhal getiriyorum."

(*) Tanrı aşkına.

39

Papalık Sarayı, Vatikan Şehri'nin güneydoğu köşesinde, Sistine Şapeli'nin yanına yerleştirilmiş bir binalar kümesinden oluşur. San Pietro Meydanı'na tepeden bakan sarayda hem Papalık daireleri, hem de Papa'nın özel dairesi bulunmaktadır.

Komutan Olivetti ensesinde atan damarlarıyla onları uzun bir rokoko koridordan geçirirken, Vittoria ile Langdon sessizce takip ettiler. Üç dizi basamağı çıktıktan sonra geniş, loş bir koridora girdiler.

Langdon duvarlardaki yüz binlerce dolar değerindeki sanat eserlerine inanmıyordu: kusursuz görünen büstler, goblenler, frizler. Koridorun üçte ikisini yürüdükten sonra kaymaktaşından bir çeşmenin yanından geçtiler. Olivetti bir girintiden sola döndü ve Langdon'ın hayatında gördüğü en büyük kapılardan birine yürüdü.

Komutan, Vittoria'ya kaşlarını haşince çatarak, "*Ufficio di Papa,*" dedi. Vittoria oralı olmadı. Olivetti'nin önüne geçerek, kapıyı sertçe yumrukladı.

Dünyadaki tüm dinlerin en kutsal odalarından birinin dışında durduğuna inanmakta güçlük çeken Langdon, *Papa'nın özel dairesi,* diye düşündü.

İçeriden biri, "*Avanti!*" diye seslendi.

Kapı açıldığında Langdon gözlerini kısmak zorunda kaldı. Güneş ışığı kör ediciydi. Önündeki manzara yavaşça belirmeye başladı.

Papa'nın dairesi, bir ofisten çok balo salonunu andırıyordu. Kırmızı mermer zemin, renkli fresklerle süslü duvarlara kadar uzanıyordu. Yukarıdan sarkan devasa avizenin arkasındaki pencerelerden, güneşli San Pietro Meydanı'nın muhteşem manzarası görünüyordu.

Langdon, *Tanrım*, diye düşündü. *Bu, gerçekten şahane manzaralı bir oda.*

Koridorun ucunda, oymalı bir masada, bir adam oturmuş deli gibi yazıyordu. Kalemini bırakarak, onlara eliyle içeri girmelerini işaret ederek tekrar, "*Avanti,*" diye seslendi.

Olivetti askeri yürüyüşüyle ilerledi. Özür diler gibi, "*Signore,*" dedi. "*No ho potuto...*"

Adam, onun sözünü kesti. Ayağa kalktı ve iki ziyaretçisini inceledi.

Camerlengo, Langdon'ın Vatikan'da dolaştığını hayal ettiği hastalıklı, kutsayıcı rahiplere hiç benzemiyordu. Tespih veya kolye takmamıştı. Üstünde ağır işlemeli kaftan da yoktu. Bunun yerinde, bedeninin gerçekliğini vurguluyormuş gibi görünen basit siyah bir cüppe giymişti. Otuzlu yaşlarının sonlarında görünüyordu, yani Vatikan standartlarına göre çocuk sayılırdı. Oldukça yakışıklı bir yüzü, kıvırcık kahverengi saçları, evrenin sırlarıyla yanıp tutuşuyormuş gibi parlayan yeşil gözleri vardı. Adam yanlarına yaklaşırken Langdon, onun gözlerindeki bitkinliği gördü... hayatının en zor on beş gününü geçirmiş bir ruh gibiydi.

Mükemmel İngilizcesiyle, "Ben Carlo Ventresca'yım," dedi. "Son Papa'nın hazine vekili." Mütevazı ve nazik bir sesi vardı, yalnız aksanındaki İtalyanca etkisi az da olsa anlaşılıyordu.

Öne çıkıp elini uzatarak, "Vittoria Vetra," dedi. "Bizi kabul ettiğiniz için teşekkür ederiz."

Camerlengo, Vittoria'nın elini sıkarken Olivetti kenara çekildi.

Vittoria, "Bu, bey Robert Langdon," dedi. "Harvard Üniversitesi'nde din tarihi öğretiyor."

Langdon elinden gelen en iyi İtalyan aksanıyla, "*Padre,*" dedi. Başını eğip elini uzattı.

Langdon'ı yukarı kaldıran Camerlengo, "Hayır, hayır," diye ısrar etti. "Papa Hazretleri'nin makamı beni kutsallaştırmıyor. Ben sadece bir rahibim, ihtiyaç duyulduğu zaman hizmet eden bir vekilim."

Langdon dikildi.

Camerlengo, "Lütfen," dedi. "Herkes otursun." Masasının etrafına sandalyeleri dizdi. Langdon ile Vittoria oturdular. Olivetti ayakta durmayı tercih etmişti.

Camerlengo masaya oturarak ellerini kavuşturdu ve ziyaretçilerine baktı.

Olivetti, "Signore," dedi. "Bayanın kıyafeti benim hatam. Ben..."

Sesi, bu konuyu düşünemeyecek kadar bitkin çıkan Camerlengo, "Beni endişelendiren kıyafeti *değil,*" dedi. "Vatikan'ın santral memuru toplantı başlamadan yarım saat önce beni arayıp bir kadının haberim olmayan büyük bir güvenlik tehdidi konusunda beni uyarmak için *sizin* özel ofisinizden aradığını söylerse, işte *o zaman* endişeleniyorum."

Olivetti dimdik dururken sırtı, yoklamaya çekilen bir asker gibi yay çizmişti.

Langdon, Camerlengo'nun varlığından büyülenmiş gibiydi. Genç ve yorgun rahibin gizemli kahramanları andıran bir havası vardı, etrafına karizma ve otorite saçıyordu.

Olivetti özür dileyen fakat aynı zamanda inatçı ses tonuyla, "Signore," dedi. "Siz güvenlik konuları için endişelenmeyin. Sizin başka sorumluluklarınız var."

"Ben diğer sorumluluklarımın gayet iyi farkındayım. Aynı zamanda *direttore intermediario* olarak, bu toplantının güvenliğinden ve insanların can sağlığından sorumlu olduğumu biliyorum. Burada neler oluyor?"

"Durum kontrolüm altında."

"Olmadığı anlaşılıyor."

Langdon, "Peder," diyerek söze girdi. Buruşuk faks kâğıdını çıkararak Camerlengo'ya uzattı. "Lütfen."

Komutan Olivetti engellemek maksadıyla ileri doğru adım attı. "Peder, lütfen zihninizi böyle..."

Camerlengo faksı eline alarak uzun süre Olivetti'yi duymazdan geldi. Öldürülen Leonardo Vetra'nın cesedine baktıktan sonra, şaşkınlık içinde nefes aldı. "Bu nedir?"

Vittoria titreyen sesiyle, "Bu benim babam," dedi. "Bir rahip ve aynı zamanda bilim adamıydı. Dün gece öldürüldü."

Camerlengo'nun yüzü bir anda yumuşadı. Başını kaldırıp Vittoria'ya baktı. "Sevgili çocuğum. Üzgünüm." Kollarını gövdesinde kavuşturarak faksa yeniden bakarken, gözleri nefretle dolmuştu. "Kim böyle... ve göğsündeki bu yanık..." Camerlengo gözlerini kısıp resme daha yakından bakarken sustu.

Langdon, "Üstünde *Illuminati* yazıyor," dedi. "Kuşkusuz bu ismi tanıyorsunuzdur."

Camerlengo'nun yüzü tuhaf bir ifade aldı. "İsmi duydum, evet, ama..."

"Illuminati Leonardo Vetra'yı öldürdü, çünkü onun üstünde çalıştığı yeni bir teknolojiyi çalarak..."

Olivetti, "Signore," diyerek araya girdi. "Bu çok saçma. Illuminati mi? Çok iyi kurgulanmış bir aldatmaca olduğu ortada."

Camerlengo, Olivetti'nin sözlerini düşünüp taşındı. Sonra dönüp Langdon'ı öyle bir süzdü ki, Langdon ciğerlerinde hava kalmadığı hissine kapıldı. "Bay Langdon, tüm hayatımı Katolik Kilisesi'nde geçirdim. Illuminati inancını biliyorum... ve mühür efsanesini. Bununla birlikte, şimdiki zamanda yaşayan bir adam olduğum konusunda sizi uyarmalıyım. Hıristiyanlığın o kadar düşmanı var ki, eski hayaletleri hortlatmaya gerek yok."

Langdon, "Simge gerçek," derken biraz savunmacı davrandığını düşündü. Uzanıp faksı Camerlengo'nun görebilmesi için ters çevirdi.

Simetriyi fark edince Camerlengo'nun sesi sedası kesildi.

Langdon, "Modern bilgisayarlar bile," diye ekledi. "Bu kelimenin simetrik ambigramını çizmeyi başaramadılar."

Camerlengo ellerini kavuşturdu ve uzun süre tek kelime etmedi. En sonunda, "Illuminati bitti," dedi. "Uzun zaman önce. Bu tarihi bir gerçek."

Langdon başını salladı. "Dün ben de sizinle aynı fikirdeydim."

"Dün mü?"

"Bugünkü olaylar yaşanmadan önce. Illuminati'nin eski bir akdi yerine getirmek için yeniden ortaya çıktığına inanıyorum."

"Beni bağışlayın. Tarih bilgim zayıftır. Hangi eski akit bu?"

Langdon derin bir nefes aldı. "Vatikan Şehri'nin yıkılması."

"Vatikan Şehri'nin *yıkılması* mı?" Camerlengo korkmuştan çok aklı karışmış gibi görünüyordu. "Ama bu imkânsız."

Vittoria başını iki yana salladı. "Korkarım başka kötü haberlerimiz de var."

40

Camerlengo yüzünü Vittoria'dan Olivetti'ye çevirirken, hayretle, "Bu *doğru* mu?" diye sordu.

Olivetti, "Signore," dedi. "Burada bir tür aygıt olduğunu kabul ediyorum. Güvenlik kameralarımızdan birinde görünüyor, ama Bayan Vetra'nın iddiasına göre bu maddenin gücü, inanılır gibi..."

Camerlengo, "Bir dakika," dedi. "Bu şeyi *görebiliyor* musunuz?"

"Evet signore. 86 Numaralı kablosuz kameradan."

"O zaman neden yerini tespit etmediniz?" Camerlengo'nun sesi öfkeliydi.

"Çok zor signore." Olivetti durumu açıklarken dimdik duruyordu.

Camerlengo dinlerken, Vittoria, onun endişesinin giderek arttığını sezinledi. Camerlengo, "Vatikan Şehri'nde olduğuna emin misiniz?" diye sordu. "Belki birisi kamerayı dışarı çıkartmıştır ve görüntüyü oradan yolluyordur."

Olivetti, "İmkânsız," dedi. "Dış duvarlarımız, dahili haberleşmeyi korumak için elektronik kalkanla kaplı. Sinyal *sadece* içerden gelebilir, aksi takdirde sinyali alamazdık."

"Yanılmıyorsam," dedi. "Şu anda elinizdeki tüm imkânlarla bu kayıp kamerayı arıyorsunuz."

Olivetti başını iki yana salladı. "Hayır signore. Kameranın yerini tespit etmek yüzlerce saat gerektirir. Şu anda bazı güvenlik sorunları yaşıyoruz ve Bayan Vetra'ya saygısızlık etmek istemem ama, bahsettiği damla çok küçük. İddia ettiği kadar patlayıcı olamaz."

Vittoria'nın sabrı tükenmişti. "O damla Vatikan Şehri'ni yerle bir etmeye yeter! Söylediklerimin herhangi bir kelimesini dinlediniz mi?"

Olivetti çelik kadar soğuk sesiyle, "Bayan," dedi. "Patlayıcılar konusunda engin tecrübelere sahibim."

Vittoria aynı sert tonla, "Tecrübelerinizin modası geçmiş," diye tersledi. "Rahatsız edici bulduğunuz kılığıma rağmen, dünyanın en gelişmiş atomdan küçük zerrecik araştırma tesisinde kıdemli bir fizikçiyim. Şu anda örneği patlamaktan alıkoyan karşımadde tutucusunu ben tasarladım. Ve eğer önümüzdeki beş saat içinde o kutuyu bulmadığınız takdirde, muhafızların gelecek yüzyıl boyunca koruyacak koca bir delikten başka bir şeyi olmayacağı konusunda sizi uyarıyorum."

Olivetti böcek gözleri öfkeyle parlayarak Camerlengo'ya döndü. "Signore, vicdanım bu tartışmanın devam etmesine izin vermiyor. Düzenbazlar vaktinizi harcıyorlar. Illuminati mi? Hepimizi yok edecek bir damla mı?"

Camerlengo, "*Basta,*"(*) dedi. Kelimeyi usulca söylemesine rağmen adeta odada yankılanmıştı. Ardından bir sessizlik oldu. Fısıldayarak devam etti. "Tehlikeli olsun ya da olmasın, Illuminati olsun ya da olmasın, bu şey her ne ise, Vatikan Şehri'nde olmaması gerekiyordu... özellikle de kardinaller toplantısı arifesinde. Hemen bulunup çıkartılmasını istiyorum. Derhal bir arama başlatın."

Olivetti ısrar etti. "Signore, şehri aramak için tüm muhafızlarımızı seferber etsek bile, kamerayı bulmak günler alabilir. Ayrıca Bayan Vetra'yla konuştuktan sonra muhafızlarımdan birinden, en gelişmiş balistik rehberimizde şu karşımadde denen nesneyi aramasını istedim. Hiçbir yerde bahsine rastlayamadım. Hiçbir şey yok."

Kendini beğenmiş herif, diye düşündü Vittoria. *Balistik rehberi mi? Ansiklopediye bakmayı denedin mi? A harfine baksaydın!*

Olivetti hâlâ konuşuyordu. "Signore, eğer Vatikan Şehri'ni çıplak gözle aramamızı istiyorsanız, itiraz etmek zorundayım."

"Komutan." Camerlengo'nun sesi öfke doluydu. "Benimle konuştuğunuzda, bu makamla muhatap olduğunuzu size hatırlatabilir miyim?

(*) Yeter.

Makamımı ciddiye almadığınızı görüyorum... buna rağmen, kanunen yetkili kişi benim. Yanılmıyorsam kardinaller şu anda Sistine Şapeli'nde güven içindeler ve toplantı sona erinceye kadar güvenlik kaygılarınız asgari seviyede. Bu aygıtı aramakta niçin tereddüt ettiğinizi anlayamıyorum. Eğer doğrusunu bilmeseydim, bu toplantıyı uluslararası bir tehlikeye atmaya çalıştığınızı düşünürdüm."

Olivetti küçümseyen bir tavırla konuşuyordu. "Bunu nasıl söylersiniz? Ben Papa'ya on iki yıl boyunca hizmet ettim. Ve ondan önceki Papa'ya on dört yıl! İsviçreli Muhafızlar 1438'den beri..."

Olivetti'nin kemerindeki telsiz tiz sesler çıkartarak onu susturdu. "*Comandante?*"

Olivetti telsizi kavrayarak, mikrofon düğmesini çevirdi. "*Sono occupato! Cosa vuoi!*"(*)

Telsizdeki İsviçreli Muhafız, "*Scusi,*" dedi. "Haberlerim var. Bir bomba tehdidi aldığımızı öğrenmek istersiniz diye düşündüm."

Olivetti daha az umursamaz görünemezdi. "O halde çaresine bakın! Her zamanki prosedürü uygulayıp, not edin."

"Yaptık efendim ama arayan kişi..." Muhafız duraksadı. "Araştırmamı istediğiniz cisimden bahsetmeseydi sizi rahatsız etmezdim efendim. *Karşımadde.*"

Odadaki herkes birbirine hayretle baktı.

Olivetti, "*Neden* bahsetti?" diye kekeledi.

"Karşımadde efendim. Yerini saptamaya çalışırken, konu hakkında bir araştırma daha yaptım. Karşımadde hakkında edindiğim bilgi... doğrusunu söylemek gerekirse, biraz can sıkıcı."

"Balistik rehberinde bahsinin geçmediğini söylediğini sanıyordum."

"İnternette buldum efendim."

Vittoria, *alleluia*, dedi içinden.

Muhafız, "Cisim oldukça patlayıcı gibi görünüyor," dedi. "Bu bilginin doğru olduğuna inanmak güç ama burada karşımaddenin, nükleer savaş başlığından yüz kat fazla kapasiteye sahip olduğu yazıyor."

Olivetti yutkundu. Bu, bir dağın çöküşünü seyretmek gibiydi. Vittoria'nın zafer sevinci, Camerlengo'nun dehşet dolu ifadesiyle yok olup gitti.

(*) Meşgulüm! Ne istiyorsun?

Olivetti, "Arayanın yerini tespit ettiniz mi?" diye kekeledi.

"İmkân yok. Şifrelenmiş bir cep telefonundan arıyor. SAT hatları karışmış, bu yüzden nirengi işe yaramıyor. IF sinyalleri Roma'da bir yerden aradığını öngörüyor ama yerini bulmamıza ihtimal yok."

Olivetti alçak sesle, "Herhangi bir talepte bulundu mu?" diye sordu.

"Hayır efendim. Sadece şehre karşımadde saklandığı konusunda bizi uyardı. Benim bilmeme şaşırmış gibiydi. Benim *görüp görmediğimi* sordu. Bana karşımaddeyi sormuştunuz, bu yüzden sizi bilgilendirmeyi uygun buldum."

Olivetti, "Doğru olanı yaptın," dedi. "Bir dakika sonra aşağı ineceğim. Tekrar ararsa bana hemen haber verin."

Telsizde kısa bir sessizlik oldu. "Arayan kişi hâlâ hatta efendim."

Olivetti elektrik şoku yemiş gibi görünüyordu. "Hat açık mı?"

"Evet efendim. On dakikadır yerini tespit etmeye uğraşıyoruz, dağınık sinyallerden başka bir şey elde edemedik. Ona ulaşamayacağımızı biliyor olmalı, çünkü Camerlengo ile görüşmeden kapatmayacağını söylüyor."

Camerlengo, "Bağlayın," diye emretti. "Hemen!"

Olivetti olduğu yerde döndü. "Peder, hayır. Eğitimli bir İsviçreli Muhafız'ın bu konuyu halletmesi daha doğru olacaktır."

"*Hemen!*"

Olivetti emri verdi.

Az sonra Camerlengo Ventresca'nın masasındaki telefon çalmaya başlamıştı. Camerlengo parmağını telefonun konuşma düğmesine bastırdı. "Tanrı aşkına, kim olduğunu zannediyorsun sen?"

41

Telefonun hoparlöründen gelen ses kibirli, soğuk ve metalikti. Odadaki herkes dinliyordu.

Langdon aksanını çıkartmaya çalıştı. *Ortadoğulu olabilir mi acaba?*

Ses alışılmadık bir ses perdesinden konuşarak, "Eski bir kardeşliğin habercisiyim," dedi. "Yüzyıllar boyunca zulmettiğiniz bir kardeşliğin. Illuminati'nin habercisiyim."

Langdon sinirlerinin gerildiğini ve içinde kalan son şüphe duygularının uçup gittiğini hissetti. Bu sabah ambigramı ilk gördüğünde duyduğu o tanıdık dehşet, ayrıcalık ve ölüm korkusu karışımı nüksetmişti.

Camerlengo, "Ne istiyorsun?" diye sordu.

"Ben bilim adamlarını temsil ediyorum. Sizin gibi cevap arayan adamları. İnsanlığın kaderine, amacına ve yaratıcısına dair cevapları."

Camerlengo, "Her kimsen," dedi. "Ben..."

"*Silenzio*. Dinleseniz iyi edersiniz. Kiliseniz iki bin yıl boyunca gerçek arayışını tekelinde tuttu. Muhaliflerinizi yalanlarla ve kader kehanetleriyle alt ettiniz. Buluşları politikalarınıza uymayanları öldürerek, gerçekleri kendi ihtiyaçlarınıza hizmet edecek şekilde değiştirdiniz. Dünyadaki aydınlanmış adamların hedefi olmak sizi şaşırtıyor mu?"

"Aydınlanmış adamlar davalarını ilerletmek için şantaja başvurmazlar."

"Şantaj mı?" Arayan kişi kahkaha attı. "Bu şantaj değil. Hiçbir talebimiz yok. Vatikan'ın ortadan kaldırılması pazarlık konusu değil. Dört yüz yıldır bugünü bekliyoruz. Gece yarısı olduğunda şehriniz havaya uçacak. Yapabileceğiniz hiçbir şey yok."

Olivetti telefonun mikrofonuna atladı. "Bu şehre girmek imkânsız! Patlayıcıları buraya yerleştirmiş olamazsınız!"

"Tam bir İsviçreli Muhafız sofuluğuyla konuşuyorsunuz. Belki de bir subaysınız kim bilir? Herhalde Illuminati'nin yüzyıllar boyunca dünyadaki en seçkin kurumlara sızabildiğini biliyorsunuzdur. Gerçekten Vatikan'ın farklı olduğuna mı inanıyorsunuz?"

Ulu Tanrım, diye düşündü Langdon. *İçeriden birini ayarlamışlar.* Illuminati'nin örgütlerin içine sızarak güç kazandığı bir sır değildi. Masonların, büyük bankacılık şebekelerinin, hükümetlerin içine sızmışlardı. Doğrusu Churchill bir zamanlar gazetecilere, İngiliz casuslar Naziler arasına Illuminati'nin İngiliz Parlamentosu'na sızdığı oranda karışabilseydi, savaş bir ayda biterdi demişti.

Olivetti, "Apaçık blöf yapıyorsunuz," diye atıldı. "Sizin etkiniz buralara kadar uzanamaz."

"Neden? İsviçreli Muhafızlar'ınız ihtiyatlı olduğu için mi? Özel dünyanızın her köşesini gözetledikleri için mi? Peki ya İsviçreli Muhafızlar'ın kendileri? Onlar insan değil mi? Su üstünde yürüdüğü rivayet edilen bir adam için hayatlarını gerçekten tehlikeye atacaklarını mı zannediyorsunuz? Aksi takdirde kutunun şehre nasıl girdiğini sorun. Ya da bu akşamüstü en kıymetli dört varlığınızın nasıl kaybolduğunu?"

"Varlığımız mı?" Olivetti kaşlarını çattı. "Ne demek istiyorsunuz?"

"Bir, iki, üç, dört. Onları kaybetmediniz mi?"

"Sen neden bahsediyorsun?..." Olivetti birden sustu. Gözleri, midesine yumruk yemiş gibi açılmıştı.

Arayan kişi, "Ampul yandı galiba," dedi. "İsimlerini de okuyayım mı?"

Camerlengo şaşkınlık içinde, "Neler oluyor?" dedi.

Arayan kişi kahkaha attı. "Adamınız size henüz bilgi vermedi mi? Ne büyük günah. Hiç şaşırmadım. Ne gurur! Size gerçeği söylemenin ne kadar onur kırıcı olduğunu tahmin edebiliyorum... korumaya yemin ettiği dört kardinalin ortadan kaybolduğunu..."

Olivetti birden patladı. "Bu bilgiyi nerden aldın?"

Arayan adam, "Camerlengo, komutanınıza *tüm* kardinallerin Sistine Şapeli'nde olup olmadığını sorun," dedi.

Camerlengo, Olivetti'ye döndüğünde yeşil gözleri açıklama bekliyordu.

Olivetti, Camerlengo'nun kulağına, "Signore," diye fısıldadı. "Dört kardinalin henüz Sistine Şapeli'ne girmediği doğru ama alarma geçmeye gerek yok. Bu sabah her biri konutlarına giriş yaptı, bu yüzden Vatikan Şehri'ne güven içinde girdiklerini biliyoruz. Birkaç saat önce siz de onlarla birlikte çay içtiniz. Sadece toplantıdan önceki sohbete geciktiler. Onları arıyoruz, ama eminim zamanı unuttular ve etrafın tadını çıkartıyorlar."

"Etrafın tadını mı çıkartıyorlar?" Camerlengo'nun sesindeki soğukkanlı ton gitmişti. "Pir saat önce şapele girmiş olmaları gerekirdi!"

Langdon, Vittoria'ya hayretle baktı. *Kayıp kardinaller mi? Demek aşağıda aradıkları buydu.*

Arayan kişi, "Envanter listemiz sizi tatmin edecektir," dedi. "Paris'ten Kardinal Lamassé, Barselona'dan Kardinal Guidera, Frankfurt'tan Kardinal Ebner..."

Okunan her kelimeyle Olivetti sanki biraz daha küçülüyordu.

Arayan kişi, son isimden özel bir haz alıyormuş gibi duraksamıştı. "Ve İtalya'dan... Kardinal Baggia."

Camerlengo fırtınada gemileri batmış gibi kendini salıverdi. Papaz cüppesi kabardı ve koltuğuna çöktü. "*I preferiti,*" diye fısıldadı. "Dört gözde... Baggia da aralarında... Papa'nın halefi olması en muhtemel aday... bu nasıl olur?"

Langdon, Camerlengo'nun yüzündeki ümitsizlik ifadesini anlayacak kadar modern papalık seçimleri hakkında kitaplar okumuştu. Teknik açıdan seksen yaşın altındaki *herhangi* bir kardinal, Papa olabileceği halde, sadece birkaç tanesi, taraflı oylama sürecinde üçte iki çoğunluğu yönetmek için gerek görülen saygınlığa sahipti. Bunlara *preferiti* deniyordu. Ve hiçbiri ortada yoktu.

Camerlengo'nun kaşlarından ter damlıyordu. "Bu adamlara ne yapmayı planlıyorsun?"

"Ne planladığımı düşünüyorsunuz? Ben Haşhaşin soyundan geliyorum."

Langdon'ın tüyleri ürpermişti. Kilise yıllar boyunca pek çok öldürücü düşman edinmişti: Haşhaşin, Tapınak Şövalyeleri, Vatikan tarafından avlanan ya da ihanete uğrayan ordular.

Camerlengo, "Kardinalleri bırakın," dedi. "Tanrı'nın Şehri'ni yok olmakla tehdit etmek yeterli değil mi?"

"Dört kardinali unutun. Onlar sizin için kayıp. Ama yine de ölümlerinin milyonlarca kişi tarafından hatırlanacağına emin olabilirsiniz. Her şehidin rüyası. Onları medyatik yapacağım. Her birini. Gece yarısı olduğunda Illuminati herkesin dikkatini çekecek. Dünya seyretmezse dünyayı değiştirmek neye yarar? Toplu ölümlerin insanı kendinden geçiren bir vahşeti vardır, öyle değil mi? Bunu uzun zaman önce kanıtladınız... engizisyon, Tapınak Şövalyeleri'ne yapılan işkenceler, Haçlı Seferleri." Durdu. "Ve tabi, *la purga.*"

Camerlengo'nun sesi.çıkmıyordu.

Arayan adam, "*La purga'yı* hatırlamıyor musunuz?" diye sordu. "Elbette hayır, o zamanlar bir çocuktunuz. Zaten rahipler tarih konusunda çok zayıflar. Belki de tarihlerinden utanıyorlardır, ne dersiniz?"

Langdon kendi kendine, "*La purga,*" dedi. "Bin altı yüz altmış sekiz. Kilise, dört Illuminati bilim adamını haç sembolüyle damgaladı. Günahlarından arındırmak için."

Arayan kişi endişeliden çok meraklı bir sesle, "Konuşan kim?" diye sordu. "Orada başka kim var?"

Langdon korkudan titrediğini hissetti. Sesinin titremesine engel olmaya çalışarak, "İsmimin önemi yok," dedi. Bir Illuminati'li ile konuşmak aklını karıştırıyordu... George Washington ile konuşmak gibi bir şeydi. "Kardeşliğinizin tarihi üstüne araştırma yapmış bir akademisyenim."

Ses, "Fevkalade," diye yanıt verdi. "Bize karşı işlenen suçları hâlâ hatırlayan canlı birilerinin olmasına sevindim."

"Çoğumuz artık var olmadığınızı düşünüyorduk."

"Kardeşliğin yerleştirmek için çokça uğraştığı bir yanılgı. *La purga* hakkında başka ne biliyorsunuz?"

Langdon duraksadı. *Başka ne mi biliyorum? Bu durumun baştan sona çılgınlık olduğunu biliyorum, işte o kadar!* "Bilim adamları damgalandıktan sonra öldürüldü ve cesetleri, Illuminati'ye katılmamaları için diğer bilim adamlarına ibret olsun diye Roma'da halka açık yerlere bırakıldı."

"Evet. Biz de aynını yapacağız. *Quid pro quo.*(*) Katledilen kardeşlerimizin intikamı olarak kabul edin. Dört kardinaliniz ölecek, saat yirmiden itibaren her saat başı biri. Gece yarısı olduğunda tüm dünya hayran kalacak."

Langdon telefona doğru yürüdü. "Bu dört adamı damgalayıp öldürmeyi mi amaçlıyorsunuz?"

"Tarih tekerrürden ibaret, öyle değil mi? Kuşkusuz biz kiliseden daha seçici ve cüretkâr davranacağız. Onlar kimse görmeden öldürüp cesetleri bıraktılar. Çok korkakça."

Langdon, "Sen ne diyorsun?" diye sordu. "Bu adamları *halkın önünde* mi damgalayıp öldüreceksiniz?"

"Çok güzel. Yine de h ılktan neyi kastettiğinize bağlı. Artık kiliseye o kadar fazla insan gitmiyor."

Langdon'ın jetonu geç düşmüştü. "Onları *kiliselerde* mi öldüreceksiniz?"

"Nezaketen. Tanrı'nın ruhlarını cennetine vakit kaybetmeden alabilmesi için. Böylesi daha doğru. Basının da hoşuna gideceğini tahmin ediyorum."

Olivetti, "Blöf yapıyorsun," derken soğukkanlılığını geri kazanmıştı. "Birini kilisede öldürdükten sonra, elini kolunu sallayarak çıkıp gidemezsin."

"Blöf mü? İsviçreli Muhafızlar'ınız arasında hayalet gibi dolaşıyoruz, duvarlarınız arasından dört kardinalinizi çalıyoruz, en kutsal mabedinizin göbeğine ölümcül bir patlayıcı yerleştiriyoruz ve sen bunun blöf olduğunu düşünüyorsun, öyle mi? Cinayetler işlenip kurbanlar bulundukça medya başına üşüşecek. Gece yarısı tüm dünya Illuminati'nin amacını anlayacak."

Olivetti, "Peki ya her kiliseye nöbetçi dikersek?"

Arayan kişi güldü. "Korkarım dininizin bereketli doğası bunu zahmetli bir iş haline getiriyor. Daha saymaya başlamadınız mı? Roma'da dört yüzden fazla Katolik Kilisesi var. Katedraller, şapeller, barınaklar, manastırlar, keşişhaneler, rahibe manastırları, kiliseye bağlı okullar..."

Olivetti'nin katı yüz ifadesi değişmedi.

(*) Dişe diş.

Arayan kişi son not olarak, "Doksan dakika içinde başlıyor," dedi. "Saat başı bir tane. Ölümün matematiksel işleyişi. Şimdi gitmem gerek."

Langdon, "Bekle!" diye seslendi. "Bu adamlara vurmayı amaçladığınız mühürlerden bahset."

Katil eğlenmişe benziyordu. "Sanırım mühürlerin neye benzediğini zaten biliyorsun. Belki de şüpheci birisin, öyle mi? Yakında görüşürüz. Eski efsanelerin doğru olduğunun kanıtı."

Langdon sersemlemişti. Adamın ne iddia ettiğini çok iyi biliyordu. Leonardo Vetra'nın göğsündeki damgayı gözünün önüne getirdi. Illuminati folklorunda toplam beş mühürden söz edilirdi. Langdon, *geriye dört mühür kaldı*, diye düşündü *ve dört kayıp kardinal.*

Camerlengo, "Bu gece yeni bir Papa getireceğime yemin ettim," dedi. "Tanrı'ya yemin ettim."

Arayan kişi, "Camerlengo," dedi. "Dünyanın yeni bir Papa'ya ihtiyacı yok. Gece yarısından sonra bir moloz yığınından başka yönetecek bir şeyi kalmayacak. Katolik Kilisesi bitti. Dünya yüzündeki devriniz kapandı."

Bir sessizlik oldu.

Camerlengo gerçekten üzgün görünüyordu. "Size yanlış anlatmışlar. Kilise harçlardan ve taşlardan daha fazlası demektir. İki bin yıllık inancı öyle kolay silemezsin... *herhangi* bir inancı da silemezsin. Dünyevi temsilini yok ederek, inancı ortadan kaldıramazsın. Katolik Kilisesi, Vatikan Şehri olsun olmasın devam edecektir."

"Soylu bir yalan. Ama bütün yalanlar aynıdır. İkimiz de gerçeği biliyoruz. Söylesene, Vatikan Şehri neden duvarlarla çevrili bir kale?"

Camerlengo, "Rahipler tehlikeli bir dünyada yaşıyorlar," dedi.

"Sen çok mu gençsin? Vatikan'ın kale olmasının sebebi, Katolik Kilisesi'nin özkaynaklarının yarısını duvarlarının *içinde* tutuyor olması, nadir tablolar, heykeller, mücevherler, paha biçilmez kitaplar... bir de Vatikan Bankası kasasındaki altın külçeleriyle, gayrimenkul senetleri var. Vatikan Şehri'nin çıplak değerinin 48.5 milyar dolar olduğu tahmin ediliyor. Küçük bir sermayenin üstünde oturuyorsun. Yarın hepsi kül olacak. Servetiniz eriyip gidecek. İflas edeceksiniz. Rahipler bile bedavaya çalışmaz."

Durumun vahameti Olivetti ile Camerlengo'nun şok olmuş bakışlarına yansımıştı. Langdon hangisinin daha şaşırtıcı olduğuna karar verememişti; Katolik Kilisesi'nin bu kadar paraya sahip oluşunun mu, yoksa Illuminati'nin bunu bir şekilde öğrenmesinin mi?

Camerlengo derin bir iç çekti. "Bu kilisenin belkemiği para değil, inançtır."

Arayan kişi, "Bu da yalan," dedi. "Geçen sene, piskoposluk yönetimi altındaki bölgelerinizi desteklemek için 183 milyon dolar harcadınız. Kiliseye gelenlerin sayısı tüm zamanların en düşük seviyesinde... son on yılda yüzde kırk altı düştü. Bağışlar bile yedi sene öncesinin yarısı kadar. İlahiyat fakültelerine her geçen gün daha az katılım oluyor. İtiraf edemesen de kilisen ölüyor. Bunu, kapıyı ardından çarparak çıkmak için bir fırsat kabul et."

Olivetti ileri doğru bir adım attı. Şimdi, sanki karşısında duran gerçeği artık anlıyormuş gibi, daha az kavgacı görünüyordu. Çıkış yolu arayan biri gibi duruyordu. Herhangi bir çıkış yolu. "Peki ya bu altın külçelerinden bazıları *sizin* amacınızı desteklemek için kullanılırsa?"

"Her ikimize de hakaret ediyorsun."

"Bizim paramız var."

"Bizim de öyle. Tahmin edebileceğinden çok daha fazla."

Langdon rivayet edilen Illuminati servetini düşündü, Bavyeralı taş ustalarının eski serveti, Rothschildlar, Bilderbergerler, efsanevi Illuminati Elması.

Camerlengo konuyu değiştirerek, "*I preferiti,*" dedi. "Onları serbest bırak. Onlar yaşlı."

"Tanrı'ya sunulan bakirler." Arayan kişi kahkaha attı. "Söylesene, onların *gerçekten* bakir olduğunu mu düşünüyorsun? Küçük kuzular ölürken çığlık atacak mı? *Sacrifici vergini nell' altare di scienza.*"(*)

Camerlengo uzun süre sessiz kaldı. Sonunda, "Onlar imanlı adamlar," dedi. "Ölümden korkmazlar."

Arayan alaycı bir tavırla güldü. "Leonardo Vetra da imanlı bir adamdı, ama dün gece gözlerindeki korkuyu gördüm. O korkuyu ben yok ettim."

Sessiz duran Vittoria birden celallendi, vücudu nefretle kaskatı kesilmişti. "*Asino!* Eşek! O benim babamdı!"

(*) Bilim mihrabında bakir kurbanı.

Telefonun hoparlöründen kaba bir kahkaha yükseldi. "Baban mı? Bu ne? Vetra'nın kızı mı var? Babanın sonunda çocuk gibi ağladığını bilmen gerek. Gerçekten acıklıydı. Acınası bir adam."

Vittoria kelimelerden yumruk yemiş gibi geriye sendeledi. Langdon tutmak için hamle yaptı, ama Vittoria dengesini yeniden sağlayıp koyu gözlerini telefona dikti. "Hayatım üzerine yemin ederim, bu gece sona ermeden seni bulacağım." Ses tonu bıçak gibi keskindi. "Ve bulduğumda..."

Arayan kişi bayağı bir kahkaha attı. "Cesur bir kadın. İştahım kabardı. Belki de bu gece sona ermeden ben *seni* bulurum. Ve bulduğumda..."

Kelimeleri bıçak gibi havayı kesti ve ardından telefonu kapattı.

42

Kardinal Mortati artık siyah cüppesinin içinde terliyordu. Bunun tek sebebi sadece Sistine Şapeli'nin saunaya dönmesi değil, aynı zamanda kardinaller toplantısına yirmi dakika kaldığı halde, kayıp dört kardinalden hâlâ bir haber gelmemesiydi. Diğer kardinaller arasında başlangıçta fısıltıyla konuşulan yoklukları, şimdi açıkça ifade edilen bir huzursuzluğa dönüşmüştü.

Mortati kayıp adamların nerede olabileceklerini tahmin edemiyordu. *Camerlengo'nun yanında olabilirler mi?* Camerlengo'nun akşamüstü dört *preferiti'ye* geleneksel çay ikramında bulunduğunu biliyordu ama bu saatler önceydi. *Hastalandılar mı? Yedikleri bir şey yüzünden olabilir mi?* Mortati bundan şüphe duyuyordu. Ölüm döşeğinde bile olsalar, *preferiti'nin* burada olması gerekiyordu. Bir kardinalin Yüce Piskopos seçilmesi, hayatta sadece bir kez yakalayabileceği, hatta *hiç* yakalayamayacağı bir şanstı ve Vatikan Yasaları'na göre kardinallerin oylama başladığında Sistine Şapeli'nin *içinde* bulunmaları gerekiyordu. Aksi takdirde seçilemezdi.

Dört *preferiti* olmasına karşın, gelecek Papa'nın kim olacağı konusunda çok az kardinalin şüpheleri vardı. Son on beş gün, muhtemel adayların tartışıldığı telefon ve faks fırtınası şeklinde geçmişti. Geleneklere bağlı kalınarak *preferiti* için dört isim seçilmişti, bunlardan her biri Papa olabilmek için gerekli şartları taşıyorlardı:

İtalyanca, İspanyolca ve İngilizce dillerini konuşuyor olmak.

Şerefine zarar verecek sırları bulunmamak.

Altmış ve seksen yaşları arasında olmak.

Her zaman olduğu gibi, *preferiti*'den biri, heyetin seçim için onayladığı aday olarak aralarından yükselmişti. Bu gece bu adam, Milano'dan Kardinal Aldo Baggia idi. Baggia'nın lekesiz görev süreci, konuşabildiği farklı lisanlar ve ruhani esasları iletebilme yeteneği onu diğerleri arasında açıkça öne çıkartıyordu.

İyi de hangi cehennemde bu adam, diye düşündü Mortati.

Kardinallerin kaybolması Mortati'yi özellikle sinirlendiriyordu çünkü bu toplantıyı idare etmek görevi ona düşmüştü. Bir hafta önce Kardinaller Heyeti oybirliğiyle Mortati'yi *Büyük Seçmen* -kardinaller toplantısı merasiminin ruhani başkanı- makamına getirmişti. Kilisenin resmi yetkilisi Camerlengo olduğu halde, hazine vekili sadece bir rahipti ve karmaşık seçim süreciyle ilgili çok az şey biliyordu. Bu yüzden merasimi Sistine Şapeli'nin içinden idare edecek bir kardinal seçilmişti.

Kardinaller sıklıkla, Büyük Seçmen görevine getirilmenin Hıristiyanlıktaki en acımasız onur olduğu konusunda şakalaşırlardı. Bu görevi alan kişi seçim sırasında *seçilemeyecek* bir aday olur ve toplantıdan günler öncesinden sayfalar dolusu *Universi Dominici Gregis'i* okumaya başlardı. Seçimin uygun biçimde yönetilebilmesi için kardinaller toplantısının gizli usullerinin inceliklerini gözden geçirmesi gerekirdi.

Yine de Mortati bu duruma içerlemiyordu. Mantıklı bir seçim olduğunu biliyordu. En tecrübeli kardinal olmakla birlikte, son Papa'nın sırdaşı olması saygınlığını arttırıyordu. Mortati teknik açıdan hâlâ seçilebilecek yaşta olmasına karşın, ciddi bir aday için biraz yaşlıydı. Yetmiş dokuz yaşındaki kardinal, heyetin artık sağlığının sert papalık programına dayanamayacağından şüphelendiği eşiğin ardına geçmişti. Bir Papa genellikle günde yirmi dört saat, haftada yedi gün çalışır ve ortalama 6.3 yıl içinde yorgunluktan ölürdü. Kardinalin papalığı kabul etmesi, aralarında "cennete giden en kısa yol" diye şakalaşmalara sebep olurdu.

Pek çokları, bu kadar açık fikirli olmasaydı Mortati'nin daha genç-ken Papa olabileceğine inanırdı. Papalık söz konusu olduğunda, değişmez bir Kutsal Üçlü gerekirdi... Muhafazakârlık. Muhafazakârlık. Muhafazakârlık.

Mortati son Papa'nın, huzur içinde yatsın, göreve geldikten sonra son derece liberal bir insan olduğunu göstermesini hep ironik bulmuştu. Papa belki de yeni dünyanın kiliseden uzaklaştığını hissederek girişimlerde bulunmuş, kilisenin bilime karşı tutumunu yumuşatmış ve hatta birtakım bilimsel gayeler için para bağışında bulunmuştu. Ne yazık ki bu siyasi bir intihar olmuştu. Muhafazakâr Katolikler, Papa'nın "bunadığını" ilan etmişler, fanatik bilim adamları ise onu, kilisenin nüfuzunu ait olmadığı yerlere yaymaya çalışmakla suçlamışlardı.

"Neredelermiş?"

Mortati arkasını döndü.

Kardinallerden biri sabırsızlıkla omzunu dürtüyordu. "Nerede olduklarını biliyorsunuz, değil mi?"

Mortati endişesini fazla belli etmemeye çalıştı. "Herhalde hâlâ Camerlengo ile birliktelerdir."

"Bu saatte mi? Bu geleneklere son derece aykırı!" Kardinal şüpheyle yüzünü buruşturdu. "Acaba Camerlengo saatin kaç olduğunu mu unuttu?"

Mortati buna gerçekten ihtimal vermiyordu, ama bir şey söylemedi. Çoğu kardinalin Camerlengo'yu Papa'ya bu kadar yakından hizmet etmek için fazla genç bulduklarından, ciddiye almadığını biliyordu. Mortati kardinallerin bu hoşnutsuzluğunun kıskançlıktan kaynaklandığını düşünüyordu. Ayrıca Mortati, son Papa'nın hazine vekili seçimini içten içe alkışlıyor, genç adama hayranlık duyuyordu. Mortati, Camerlengo'nun gözlerine baktığında yalnızca iman görüyor ve onun, çoğu kardinalin aksine, kilise ile inancı siyasetin önünde tuttuğunu anlıyordu. O gerçek bir din adamıydı.

Camerlengo'nun görev süresince gösterdiği sadakat efsaneleşmişti. Pek çokları bunu, çocukluğunda yaşadığı mucizevi olaya bağlıyordu... bu, her insanın kalbinde kalıcı etki bırakacak bir olaydı. *Mucize ve yarattığı harika*, diye düşündü Mortati. Kendi çocukluğunda da böylesine şüphesiz iman uyandıracak bir olay yaşamış olmayı dilerdi.

Mortati, Camerlengo'nun ileriki yaşlarında asla Papa olamayacağını biliyor ve bunun kilise için kayıp olduğunu düşünüyordu. Papalık makamına ulaşmak bir miktar siyasi hırs gerektiriyordu, ki genç Camerlengo buna sahip değildi. Papa'nın yaptığı daha üst rahip sınıfı tekliflerini, kiliseye basit bir adam olarak hizmet etmeyi tercih ettiğini söyleyerek reddetmişti.

"Şimdi ne olacak?" Kardinal, Mortati'ye hafifçe dokunarak cevap bekledi.

Mortati başını kaldırıp baktı. "Anlayamadım?"

"Geciktiler! Ne yapacağız?"

"Ne *yapabiliriz?*" diye yanıt verdi Mortati. "Bekleyeceğiz. Ve inancımızı yitirmeyeceğiz."

Mortati'nin cevabından tatmin olmamışa benzeyen kardinal yeniden gölgelerin arasına geçerek kayboldu.

Mortati bir süre durup zihnini dinginleştirmeye çalışarak şakaklarının terini sildi. *Gerçekten de ne yapacağız?* Bakışlarını sunağın üstündeki, Michelangelo'nun "Kıyamet Günü" isimli ünlü freskine çevirdi. Resim, huzursuzluğunu gidermiyordu. İsa Mesih insanları dindarlar ve günahkârlar diye ayırıp günahkârları cehenneme gönderdiği, on beş metre uzunluğunda dehşet verici bir betimlemeydi. Derisi soyulmuş insanlar, yanan vücutlar ve hatta eşek kulağı takıp cehennemde oturan Michelangelo'nun rakiplerinden biri vardı. Guy de Maupassant bir zamanlar bu resmin, cahil bir kömür işçisinin güreş çadırı için çizdiği resme benzediğini yazmıştı.

Kardinal Mortati bu fikre katılıyordu.

43

Langdon, Papa'nın kurşun geçirmez penceresinin önünde durmuş, San Pietro Meydanı'na doluşan medya karavanlarına bakıyordu. Ürkütücü telefon görüşmesi onu germiş... bir şekilde yüreğini daraltmıştı. Kendinde değildi.

Illuminati, tarihin unutulmuş derinliklerinden çıkan bir yılan gibi başını kaldırmış ve eski düşmanının etrafına dolanmıştı. Talepte bulunmuyorlardı. Pazarlık yapılmayacaktı. Sadece intikam. Bu kadar basit. Boğarak öldürüyordu. 400 yıl planlanan bir intikam. Yüzyıllar süren zulmün ardından bilim saldırıya geçmiş gibiydi.

Masasında oturan Camerlengo boş gözlerle telefona bakıyordu. Sessizliği ilk bozan Olivetti oldu. Camerlengo'nun ilk ismini kullanarak, "Carlo," derken sesi, askerden çok yorgun bir dost gibi çıkmıştı. "Yirmi altı yıl, bu makamı korumak için hayatım üzerine yemin ettim. Sanırım bu akşam şerefime leke sürüldü."

Camerlengo başını iki yana salladı. "Sen ve ben farklı yollardan Tanrı'ya hizmet ediyoruz, bu hizmet her zaman şeref vericidir."

"Bu olaylar... nasıl meydana geldiğini anlayamıyorum... bu durum..." Olivetti kahrolmuş gibi görünüyordu.

"Takdir edersiniz ki, yapılacak tek bir şey var. Kardinaller Heyeti'nin can güvenliği benim sorumluluğumda."

"Korkarım bu sorumluluk bana aitti signore."

"O halde adamlarınız boşaltma işlemlerine hemen başlasınlar."

"Signore?"

"Diğer ihtimaller daha sonra gözden geçirilebilir; bu aygıtın aranması, kayıp kardinallerin ve onları yakalayanların peşine düşülmesi. Ama ilk önce kardinallerin güvenliği sağlanmalı. İnsan hayatının kutsallığı her şeyin üstündedir. O adamlar bu kilisenin temelleri."

"Toplantıyı hemen şimdi iptal etmemizi mi öneriyorsunuz?"

"Başka seçeneğim var mı?"

"Yeni bir Papa getirme görevinize ne oldu?"

Genç hazine vekili içini çekerek pencereye döndü ve gözlerini, aşağıda uzanan Roma şehri üzerinde gezdirdi. "Papa Hazretleri bir zamanlar bana Papa'nın iki dünya arasında sıkışıp kalmış bir adam olduğunu söylemişti... gerçek ve ilahi dünyalar. Gerçeği görmezden gelen herhangi bir kilisenin ilahiyattan nasibini alamayacağını söylerdi." Sesi birden yaşından daha olgun çıkmaya başlamıştı. "Bu akşam gerçek dünya bizden medet umuyor. Onu görmezden gelerek kibir gösteremeyiz. Gurur ve yerleşmiş uygulamalar mantığa üstün gelmemeli."

Olivetti başını sallarken etkilenmişe benziyordu. "Sizi hafife almışım signore."

Camerlengo duymamış gibiydi. Gözleri pencereden dışarı dalmıştı.

"Açık konuşacağım signore. Gerçek dünya *benim* dünyam. Her gün onun çirkinlikleriyle uğraşıyorum ki, diğerleri engellenmeden daha masum bir şeyi arayabilsin. Size mevcut durum hakkında tavsiyede bulunmama izin verin. Ben bu iş için eğitildim. İçgüdüleriniz, kıymetli olmakla beraber... felaket getirebilir."

Camerlengo döndü.

Olivetti içini çekti. "Kardinaller Heyeti'ni Sistine Şapeli'nden çıkartmak şu anda yapabileceğiniz en kötü şey olur."

Camerlengo hiddetli değil, sadece afallamış görünüyordu. "Ne öneriyorsunuz?"

"Kardinallere hiçbir şey söylemeyin. Toplantıyı kilitleyin. Diğer ihtimalleri denemek için bize zaman kazandıracaktır."

Camerlengo'nun kafası karışmış gibiydi. "Tüm Kardinaller Heyeti'ni saatli bir bombanın üstünde kilitlememi mi öneriyorsunuz?"

"Evet signore. Şimdilik. Daha sonra gerek olursa boşaltmayı gerçekleştirebiliriz."

Camerlengo başını iki yana salladı. "Merasimi başlamadan *önce* ertelemek soruşturma için tek başına yeterli, ama kapılar mühürlendikten sonra hiçbir şekilde müdahale edilemez. Kardinaller toplantısı yöntemi gereği..."

"*Gerçek* dünya signore. Bu akşam oradasınız. Yakından dinleyin." Olivetti şimdi bir üstsubayın iş bilir ağzıyla konuşuyordu. "Yüz altmış beş kardinali hazırlıksız ve korumasız bir halde Roma'ya salmak pervasızlık olur. Bazı yaşlı adamlar arasında kargaşaya ve paniğe sebep olacaktır, samimi olmak gerekirse bir ay içinde bir felç ölümü yeter."

Bir felç ölümü. Komutanın sözleri, Langdon'ın Harvard Commons'da öğrencileriyle birlikte okuduğu gazete başlıklarını hatırlattı: PAPA FELÇ GEÇİRDİ. UYKUDA ÖLDÜ.

Olivetti, "Ayrıca," dedi. "Sistine Şapeli bir kale. Gerçeği duyurmamıza rağmen bina son derece sağlam ve füzeler dışında her türlü saldırıya karşı koyabilir. Bu akşamüstü hazırlık olarak şapelin her bir karesinde gizli mikrofon ve diğer dinleme cihazlarını aradık. Şapel temiz, güvenli bir sığınak ve karşımaddenin içerde olmadığına eminim. Bu adamların şu anda bulunabilecekleri daha güvenli bir yer yok. İş o raddeye varırsa, boşaltma konusunu her zaman tartışabiliriz."

Langdon etkilenmişti. Olivetti'nin soğuk ve akıllı mantığı ona Kohler'ı hatırlatmıştı.

Vittoria gergin bir sesle, "Komutan," dedi. "Başka sorunlar da var. Şu ana dek kimse bu miktarda karşımadde üretmedi. Patlamanın yarı çapını sadece tahmin edebilirim. Roma'nın yakın çevreleri de tehlikede olabilir. Eğer kutu merkez binalarınızdan birindeyse ya da yeraltındaysa, duvarların dışındaki etkisi asgari seviyede olabilir ama eğer kutu sınıra yakınsa... mesela eğer *bu* binadaysa..." Endişeli gözlerle pencereden San Pietro Meydanı'ndaki kalabalığa baktı.

Olivetti, "Dış dünyaya karşı sorumluluklarımın bilincindeyim," dedi. "Ve durumu olduğundan daha zora sokmuyor. Bu mabedi korumak yirmi yıldan fazladır benim tek görevim. Bu silahın patlamasına izin vermeye hiç niyetim yok."

Camerlengo Ventresca başını kaldırıp baktı. "Onu *bulabileceğinizi* mi düşünüyorsunuz?"

"Bazı teftiş uzmanlarımla ihtimalleri gözden geçirmeme izin verin. Eğer Vatikan Şehri'nin elektriğini kesebilirsek, çevredeki RF'yi giderip kutunun manyetik alanını yakalayabilecek temiz bir ortam yaratma şansımız doğar."

Vittoria önce şaşırmış sonra etkilenmişti. "Vatikan Şehri'nin *elektriğini kesmek* mi istiyorsunuz?"

"Olabilir. Henüz mümkün mü bilmiyorum ama denemek istediğim bir seçenek."

Vittoria, "Kardinaller neler olduğunu öğrenmek isteyeceklerdir," dedi.

Olivetti başını iki yana salladı. "Kardinal toplantıları mum ışığında yapılır. Kardinaller asla bilemezler. Toplantı kapatıldıktan sonra birkaçı hariç sınırdaki tüm muhafızlarımı çekip bir arama başlatabilirim. Yüz adam beş saatte oldukça büyük bir alanı tarayabilir."

Vittoria, "*Dört* saat," diye düzeltti. "Kutuyu CERN'e geri götürmem gerekiyor. Piller şarj edilmezse patlama kaçınılmaz."

"Burada şarj etmenin yolu yok mu?"

Vittoria başını iki yana salladı. "Akım geçiş yüzeyi karmaşık. Mümkün olsaydı yanımda getirirdim."

Olivetti kaşlarını çatarak, "*Dört* saat o halde," dedi. "Hâlâ yeterince vaktimiz var. Paniğin kimseye faydası dokunmaz. Signore, on dakikanız var. Şapele gidip toplantıyı kilitleyin. Adamlarıma işlerini yapmaları için biraz zaman tanıyın. Kritik saate yaklaşınca kritik kararları veririz."

Langdon, Olivetti'nin "kritik saate" ne kadar yaklaşınca durumu kavrayacağını düşündü.

Camerlengo sıkıntılı görünüyordu. "Ama heyet *preferiti*'yi soracaktır... özellikle Baggia'yı... nerede olduklarını."

"O halde bir şeyler düşünmelisiniz signore. Kardinallere çay sırasında dokunacak bir şey ikram ettiğinizi söyleyin."

Camerlengo sinirlenmişe benziyordu. "Sistine Şapeli sunağında durup, Kardinaller Heyeti'ne yalan mı söyleyeyim?"

"Kendi güvenlikleri için. *Una bugia veniale.* Beyaz yalan. Sizin işiniz sükûneti sağlamak." Olivetti kapıya yöneldi. "Şimdi izin verirseniz, ben işime başlayayım."

Camerlengo, "Komutan," diye seslendi. "Kayıp kardinallere sırtımızı dönemeyiz."

Olivetti kapı eşiğinde durdu. "Baggia ile diğerleri bizim yetki sınırımız dışındalar. Bütünün refahı için... onları kaybetmeyi göze almalıyız. Askerde buna *sıralandırma* denir."

"*Yüzüstü bırakmak* mı demek istiyorsunuz?"

Sert bir tonla konuşuyordu. "Eğer *herhangi* bir yolu olsaydı signore... bu dört kardinalin yerini bulmak için bir yol olsaydı, bunu yapmak için hayatımı verirdim. Ama..." Odanın karşı tarafında, akşam güneşinin vurduğu Roma evlerinin çatılarından oluşan engin denizin göründüğü pencereyi işaret etti. "Beş milyonluk bir şehri aramak benim gücümü aşıyor. Bu değerli süreyi nafile bir uğraşla vicdanımı rahatlatmak için harcayacak değilim. Üzgünüm."

Vittoria hemen lafa girdi. "Ama katili *yakalarsak* onu konuşturamaz mısınız?"

Olivetti, ona bakarak kaşlarını çattı. "Askerler aziz olmayı göze alamazlar Bayan Vetra. İnanın bana, bu adamı yakalamaktaki kişisel dürtülerinizi anlayabiliyorum."

Vittoria, "Bu sadece kişisel bir mesele değil," dedi. "*Katil* karşımaddenin... *ve* kayıp kardinallerin yerini biliyor. Bir şekilde onu bulabilirsek..."

Olivetti, "Ekmeklerine yağ mı sürelim?" dedi. "İnanın bana, yüzlerce kiliseyi kontrol altına almak için Vatikan Şehri'ndeki tüm korumayı çekmemiz Illuminati'nin yapmamızı *umduğu* şey... aramak yerine kıymetli zamanımızı ve işgücümüzü harcamak... ya da daha kötüsü, Vatikan Bankası'nı tamamen korumasız bırakmak. Geri kalan kardinallerden bahsetmeye bile gerek yok."

Sözleri tam isabet etmişti.

Camerlengo, "Peki ya Roma Polisi?" diye sordu. "Şehirdeki güvenlik güçlerini krizden haberdar edebiliriz. Kardinalleri alıkoyanları bulmak için yardımlarını isteyebiliriz."

Olivetti, "Bu da hata," dedi. "Roma *Carabinieri* kuvvetlerinin bizim için neler hissettiğini biliyorsunuz. Yaşadığımız krizi dünya basınına satmak için birkaç damla gönülsüz bir çaba sarf edeceklerdir. Düşmanlarımızın istediği de bu. Vakitsiz bir anda medyayla uğraşmak zorunda kalırız."

Katilin sözlerini hatırlayan Langdon, *kardinallerinizi medyada ünlü yapacağım*, diye düşündü. *İlk kardinalin cesedi saat yirmide görünecek. Sonra her saat başı bir tanesi. Basın buna bayılacak.*

Camerlengo öfkeli bir sesle yeniden konuşmaya başlamıştı. "Komutan, kayıp kardinaller konusunda *hiçbir şey* yapmamaya vicdanımız elvermez!"

Olivetti, Camerlengo'nun gözlerinin tam içine baktı. "St. Francis duası signore. Hatırlıyor musunuz?"

Genç rahip acılı bir sesle mısrayı okudu. "Tanrım, değiştiremediklerimi kabul etmek için bana güç ver."

Olivetti, "Bana güvenin," dedi. "*Bu* o durumlardan biri." Sonra gitti.

44

İngiliz Radyo Televizyon Kurumu (BBC) merkez ofisi, Londra'da Piccadilly Meydanı'nın hemen batısındadır. Santralın telefonu çaldığında, genç bir yazı işleri editörü cevap verdi.

Dunhill sigarasını söndürürken, "BBC," dedi.

Hattaki ses kaba bir Ortadoğulu aksanıyla konuşuyordu. "Kanalınızın ilgilenebileceği bir son dakika haberim var."

Editör kalemle standart bir not alma sayfası çıkarttı. "Neyle ilgiliydi?"

"Papalık seçimi."

Kız bıkkınlıkla kaşlarını çattı. BBC bir gün önce vasat bir tepki göstererek, ön hazırlık hikâyesi yayınlamıştı. Halkın Vatikan Şehri'yle pek ilgilenmediği anlaşılıyordu. "Hangi açıdan?"

"Roma'da seçimleri takip eden televizyon muhabiriniz var mı?"

"Var sanırım."

"Onunla konuşmam gerekiyor."

"Üzgünüm, ama konunun ne olduğunu bilmeden size bu numarayı veremem..."

"Kardinaller toplantısına yönelik bir tehdit var. Size sadece bunu söyleyebilirim."

Editör not aldı. "İsminiz?"

"İsmimin önemi yok."

Editör şaşırmamıştı. "Bu iddiayı kanıtlayacak deliliniz var mı?"

"Var."

"Vereceğiniz bilgiyi almak isterdim fakat prensip olarak muhabirlerimizin telefonlarını vermeyiz."

"Anlıyorum. Başka bir kanalı arayacağım. Zaman ayırdığınız için teşekkürler. Hoşça ka..."

Kız, "Bir saniye," dedi. "Bekleyebilir misiniz?"

Editör arayanı beklemeye alarak boynunu rahatlattı. Asılsız telefonları diğerlerinden ayırmak mükemmel bir iş sayılmazdı ama bu kişi BBC'nin, telefon kaynağı gerçekliğini saptayan iki sınavını geçmişti. İsmini vermeyi reddetmişti ve telefonu kapatmakta acele ediyordu. Uydurma haberciler ve şöhret meraklıları genellikle yalvarıp yakarırlardı.

Neyse ki muhabirler büyük hikâyeyi kaçırma korkusuyla yaşadıklarından, arada sırada hayalperest psikopatların telefonlarını bağlamasına ses çıkarmazlardı. Bir muhabirin beş dakikasını boşa harcamak affedilebilirdi. Ama başhaberi kaçırmak asla.

Esneyerek bilgisayarına baktı ve "Vatikan Şehri" anahtar kelimesini girdi. Papalık seçimini takip eden dış muhabirin ismini gördüğünde kendi kendine güldü. BBC'nin daha sıradan haberlere göndermek için önemsiz bir dedikodu gazetesinden getirttiği yeni bir muhabirdi. Editör kadro onu açıkça en alt basamaktan başlatmıştı.

On saniyelik çekimi kaydedebilmek için bütün gece bekleyerek sıkıntıdan patlamış olmalıydı. Bu tekdüzeliğin değişmesine büyük ihtimalle şükredecekti.

BBC yazı işleri editörü, muhabirin Vatikan Şehri'ndeki uydu numarasını yazdı. Ardından bir başka sigara yakarak, arayan kişiye muhabirin numarasını verdi.

45

Papa'nın özel dairesini arşınlayan Vittoria, "İşe yaramayacak," dedi. Başını kaldırıp Camerlengo'ya baktı. "İsviçreli Muhafız Takımı elektronik paraziti giderebilse bile, herhangi bir sinyal almaları için kutunun *üstünde* olmaları gerekir. Ve bu da sadece kutu ulaşılabilir bir yerdeyse mümkün olur... başka engellerle kapatılmamışsa. Ya sınırlarınız dahilinde metal bir kutunun içinde gömüldüyse? Ya da yukardaki metal havalandırma kanalındaysa? İzini bulmamıza imkân yok. Veya İsviçreli Muhafızlar'dan onlardan tarafa *geçen* varsa? Gerçek bir arama yapılacağını kim söyleyebilir?"

Camerlengo tükenmiş gibi görünüyordu. "Ne öneriyorsunuz Bayan Vetra?"

Vittoria telaşa düşmüştü. *Belli değil mi?* "Efendim, diğer tedbirleri *acilen* almanızı öneriyorum. Tüm ümitsizliğe rağmen komutanın aramasının başarılı olmasını ümit edelim. Ama aynı zamanda pencereden bir bakın. Şu insanları görüyor musunuz? Meydanın karşısındaki binaları? Şu medya araçlarını? Turistleri? Onlar da olasılıkla patlama menzili içindeler. *Şimdi* harekete geçmelisiniz."

Camerlengo dalgınca başını salladı.

Vittoria kendini hayal kırıklığına uğramış gibi hissediyordu. Olivetti herkesi bolca vakit olduğuna ikna etmişti. Ama Vittoria, Vatikan'ın müşkül durumu hakkındaki haberler sızarsa, tüm alanın birkaç dakika içinde seyircilerle dolacağını biliyordu. Bunu bir kez İsviçre Parlamento Binası'nın dışında görmüştü. Bombalı bir rehin alma olayı sırasında, neticeye şahit olmak için binanın dışında binlerce insan birikmişti. Polisin tehlikede olduklarına yönelik uyarılarına rağmen kalabalık yaklaştıkça yaklaşmıştı. İnsanlık felaketi kadar insanın merakını uyandıran bir şey yoktu.

Vittoria, "Signore," dedi. "Babamı öldüren katil dışarda bir yerde. Vücudumdaki her hücre buradan çıkıp onu yakalamak istiyor. Ama sizin dairenizde duruyorum... çünkü size karşı bir sorumluluğum var. Size ve diğerlerine karşı. Beni duyuyor musunuz?"

Camerlengo cevap vermedi.

Vittoria kendi kalbinin hızla çarptığını duyabiliyordu. *İsviçreli Muhafız lanet olası arayanın yerini neden saptayamadı? Anahtar Illuminati suikastçısı. Karşımaddenin nerede olduğunu... kardinallerin nerede olduğunu biliyor! Katili yakalarsak her şey hallolur!*

Vittoria akıl dengesini kaybettiğini hissediyordu. Bu yabancı sıkıntıyı çocukluğundan, durumla başa çıkacak hiçbir malzemesi olmadığı çaresiz yetim yıllarından belli belirsiz hatırlıyordu. Kendi kendine, *malzemen var*, dedi, *her zaman malzemen olmuştur.* Ama faydası yoktu. Düşünceleri iradesi dışında gelişiyor, onu boğuyordu. Bir araştırmacı ve sorun çözücüydü. Ama bu sorunun çözümü yoktu. *Hangi veriye ihtiyacın var? Ne istiyorsun?* Kendi kendine derin nefes almasını söyledi ama hayatında ilk kez yapamadı. Nefes alamıyordu.

Langdon'ın başı ağrıyor, mantığın sınırlarını zorladığını hissediyordu. Vittoria ile Camerlengo'ya baktı ama gözleri çirkin görüntülerle bulanıyordu: patlamalar, basının üşüşmesi, dönüp duran kameralar, damgalanmış dört insan.

Şeytan... Lucifer... Işık getiren... İblis...

Şeytani görüntüleri zihninden uzaklaştırdı. Gerçeği kavrayarak, *hesaplı terörizm* diye hatırlattı kendine. *Planlanmış kaos.* Bir zamanlar, muhafız kıtası simgebilimini araştırırken Radcliffe'te verdiği semineri hatırladı. O zamandan beri böyle teröristler görmemişti.

Profesör, "Terörizmin tek bir amacı vardır," diye anlatmıştı. "Nedir bu?"

Öğrencilerden biri, "Masum insanları öldürmek," diye atılmıştı.

"Yanlış. Ölüm terörizmin sadece bir *yan ürünüdür.*"

"Güç gösterisi mi?"

"Hayır. Daha zayıf bir ikna yolu yoktur."

"Terör yaratmak mı?"

"Kesinlikle. Oldukça basit, terörizmin amacı terör ve korku yaratmaktır. Korku iman müessesesini sarsar. Düşmanı içten zayıflatır... topluluklarda kargaşaya sebep olur. Bunu yazın. Terörizm intikam ifadesi *değildir*. Terörizm siyasi bir silahtır. Bir hükümetin sarsılmazlık görüntüsünü sildiğinizde, insanların imanını da silersiniz."

İnanç kaybı...

Tüm yaşananlar bununla mı ilgili? Langdon dünyadaki Hıristiyanların kardinallerin köpekler gibi katledildiğini gördüğünde nasıl tepki vereceğini merak etti. Bir rahibin imanı kendisini Şeytan'ın kötülüklerinden koruyamıyorsa, geri kalanların ne kadar şansı olabilirdi? Langdon'ın başı daha hızlı dönmeye başlamıştı... düşünceleri bir tür halat çekme yarışı yapıyorlardı.

İman insanı korumaz. İnsanı koruyan şeyler... tıp ve hava yastıklarıdır. Tanrı insanı korumaz. İnsanı zekâsı korur. Aydınlanma. Müspet bilimlere inanın. Birisi suyun üstünde yürüyeli ne kadar zaman oldu? Modern mucizeleri bilim gerçekleştirir... bilgisayarlar, aşılar, uzay istasyonları... hatta ilahi yaradılış mucizesi. Hiçbir şeyden... laboratuvarda oluşan madde. Tanrı'ya ihtiyaç duyan da kim? Hayır! Bilim Tanrı'dır.

Katilin sesi Langdon'ın zihninde yankılanıyordu. *Gece yarısı... ölümün matematiksel işleyişi... sacrifici vergini nell' altare di scienza.*

Sonra aklında düşünceler, silah sesiyle kaçışan kalabalık misali dağıldı.

Robert Langdon ayağa kalktı. Sandalyesi arkaya devrilerek, mermer zemine çarptı.

Vittoria ile Camerlengo sıçradılar.

Langdon büyülenmiş bir halde, "Atlamışım," diye fısıldadı. "Gözümün önünde duruyormuş..."

Vittoria, "Neyi atlamışsın?" diye sordu.

Langdon, rahibe döndü. "Peder, Vatikan Arşivleri'ne ulaşmak için üç yıl bu makama dilekçe verdim. Yedi kez reddedildim."

"Bay Langdon üzgünüm ama bu tür şikâyetlerde bulunmanın zamanı değil."

"Arşivlere derhal girmeliyim. Kayıp dört kardinal. Nerede öldürüleceklerini bulabilirim."

Vittoria, ona bakarken yanlış anladığına emindi.

Camerlengo münasebetsiz bir şakaya maruz kalmış gibi sıkıntılı görünüyordu. "Bu bilginin bizim *arşivlerimizde* olduğuna inanmamı mı bekliyorsunuz?"

"Vaktinde bulacağıma söz veremem ama içeri girmeme izin verirseniz..."

"Bay Langdon, dört dakika sonra Sistine Şapeli'nde olmam gerekiyor. Arşivler Vatikan Şehri'nin karşısında."

Langdon'ın samimiyetini fark eden Vittoria gözlerinin içine bakarak, "Sen ciddisin, değil mi?" diye söze karıştı.

Langdon, "Şaka yapmanın sırası değil," dedi.

Vittoria, Camerlengo'ya dönerek, "Peder," dedi. "Eğer bu cinayetlerin nerede işleneceğini öğrenmenin... bir yolu varsa, oraları kontrol altına alır ve..."

Camerlengo, "Ama arşivler mi?" diye ısrar etti. "Herhangi bir ipucu içermeleri nasıl mümkün olabilir?"

Langdon, "Açıklamak, sahip olduğumuzdan daha fazla vakit alır," dedi. "Ama yanılmıyorsam, bu bilgiyi Haşhaşin'i yakalamak için kullanabiliriz."

Camerlengo inanmak istermiş ama inanamıyormuş gibi bakıyordu. "O arşivde Hıristiyanlığın en mukaddes elyazmaları yer alıyor. Benim bile görme şerefine nail olmadığım hazineler."

"Bunun farkındayım."

"Sadece kütüphane müdürüyle, Vatikan Kütüphanesi Heyeti'nin vereceği yazılı emirle içeri girilebilir."

Langdon, "*Veya,*" dedi. "*Papalık* emriyle. Kütüphane müdürünüzün bana gönderdiği her ret mektubunda böyle yazıyordu."

Camerlengo başını salladı.

Langdon, "Kaba olmak istemem," dedi. "Ama eğer yanılmıyorsam, papalık emri bu makamdan çıkıyor. Bildiğim kadarıyla bu akşam bu yetki sizde. Şartlar göz önüne alındığında..."

Camerlengo cüppesinden çıkardığı cep saatine baktı. "Bay Langdon, bu akşam, bu kiliseyi kurtarmak için hayatımı vermeye hazırım."

Langdon, adamın gözlerinden gerçeği söylediğini anlayabiliyordu.

Camerlengo, "Bu belge," dedi. "Onun gerçekten burada olduğuna inanıyor musunuz? Ve dört kilisenin yerini tespit etmemize yardımcı olacağına inanıyor musunuz?"

"İnanmasaydım, içeri girmek için sayısız talepte bulunmazdım. İtalya'ya gelmek öğretmen maaşıyla geçinen biri için biraz lüks sayılır. Sahip olduğunuz belge eski bir..."

Camerlengo, "Lütfen," diye lafını kesti. "Beni bağışlayın. Aklım şu anda daha fazla ayrıntıyı kavrayacak durumda değil. Gizli Arşivler'in yerini biliyor musunuz?"

Langdon birden heyecana kapıldı. "Santa Ana Kapısı'nın hemen arkasında."

"Etkileyici. Akademisyenlerin çoğu San Pietro Tahtı'nın(*) arkasındaki gizli kapıdan gidildiğini zanneder."

"Hayır. Orası Archivio della Reverenda di Fabbrica di S. Pietro. Ortak bir yanılgı."

"İçeriye giren herkese bir kütüphane okutmanı sürekli eşlik eder. Bu akşam kütüphane okutmanları yok. Sınırsız yetki istiyorsunuz. Kardinallerimiz bile içeri yalnız giremezler."

"Hazinelerinize en yüce saygı ve ihtimamı göstereceğim. Kütüphane görevlileriniz orada bulunduğuma dair hiçbir ize rastlayamayacaklar."

San Pietro'nun çanları çalmaya başlamıştı. Camerlengo cep saatine göz attı. "Gitmeliyim." Bir an duraksadı ve başını kaldırıp Langdon'a baktı. "İsviçreli Muhafızlar'dan biri sizi arşivlerde karşılayacak. Size güveniyorum Bay Langdon. Şimdi gidin."

Langdon'ın nutku tutulmuştu.

Genç rahip şimdi esrarengiz bir havaya bürünmüştü. Uzanarak Langdon'ın omzunu şaşırtıcı bir kuvvetle sıktı. "Aradığınızı bulmanızı istiyorum. Ve bir an evvel bulun."

(*) Bernini tarafından yapılan San Pietro Kilisesi'ndeki taht.

46

Gizli Vatikan Arşivi, Santa Ana Kapısı'ndan çıkılan tepedeki Borgia Avlusu'nun en sonundaydı. 20.000 ciltten oluşuyordu ve aralarında, Leonardo da Vinci'nin kayıp günlükleri ve hatta yayınlanmamış İnciller gibi hazineler bulunduğu söyleniyordu.

Langdon, ona geçiş izni verileceğine inanmakta zorluk çekerek, ıssız Via della Fondamenta'da güçlü adımlarla yürüyordu. Vittoria yanında, hiç zorlanmadan adımlarına ayak uyduruyordu. Langdon, onun rüzgârda savrulan saçlarının badem kokusunu içine çekti. Düşüncelerinin dağıldığını hissetti ve kendini geri çekti.

Vittoria, "Bana ne aradığımızı söyleyecek misin?" dedi.

"Galileo adında birinin yazdığı küçük bir kitabı."

Sesi şaşırmış gibiydi. "Sen boş işlerle uğraşmazsın. Kitapta ne var?"

"*İl segno* denilen bir şeyle ilgili olmalı."

"İşaret mi?"

"İşaret, ipucu, parola... nasıl tercüme ettiğine bağlı."

"*Neyin* işareti?"

Langdon yürümeye devam etti. "Gizli bir yerin. Galileo'nun Illuminati'sinin kendilerini Vatikan'dan koruması gerekiyordu, bu yüzden Roma'da son derece gizli bir Illuminati toplantı yeri kurdular. Buraya, Aydınlanma Kilisesi dediler."

"Bir Satanist barınağına, *kilise* demeleri oldukça çarpıcı."

Langdon başını iki yana salladı. "Galileo'nun Illuminati'si asla Satanist değildi. Onlar, aydınlanmaya saygı gösteren bilim adamlarıydı. Toplantı yerleri, sadece güvenli bir şekilde bir araya gelebilecekleri ve Vatikan tarafından yasaklanan konuları tartışabilecekleri bir yerdi. Gizli barınağın var olduğunu bildiğimiz halde, şimdiye kadar yerini kimse bulamadı."

"Görünüşe bakılırsa, Illuminati sır tutmasını biliyormuş."

"Kesinlikle. Aslında, kardeşliğin dışından kimseye saklanma yerlerini açıklamadılar. Bu gizlilik onları korudu, ama yeni üyeler almak söz konusu olduğunda bir sorun yarattı."

Vittoria aklı ve adımları mükemmel bir şekilde ona ayak uydururken, "Reklam yapmasalardı, büyüyemezlerdi," dedi.

"Kesinlikle. Galileo kardeşliğinin haberi 1630'larda yayılmaya başladı ve tüm dünyadan bilim adamları Illuminati'ye katılma ümidiyle, Roma'ya gizli haclar yaptılar... Galileo'nun teleskobundan bakmak ve üstadın fikirlerini dinlemek için bir şans elde etme hevesiyle. Fakat, Illuminati'nin gizliliği nedeniyle, Roma'ya ulaşan bilim adamları toplantılara katılmak için nereye gideceklerini ya da güvenli bir şekilde kiminle konuşabileceklerini maalesef asla öğrenemediler. Illuminati yeni kanlar arıyordu, ama yerlerini açıklayarak, gizliliklerini riske atmayı göze alamadılar."

Vittoria kaşlarını çattı. "Kulağa, bir *situazione senza soluzione*(*) gibi geliyor."

"Kesinlikle. Bizim deyişimizle, bir tuzak."

"Peki, ne yaptılar?"

"Onlar bilim adamlarıydı. Sorunu incelediler ve bir çözüm buldular. Aslında, parlak bir çözüm. Illuminati, bilim adamlarına sığınaklarını tarif eden usta işi bir *harita* yaptı."

Vittoria aniden şüphelenmiş ve yavaşlamış gibi görünüyordu. "Harita mı? Çok ihmalkâr bir davranış. Eğer bir kopyası, yanlış ellere geçseydi..."

Langdon, "Geçemezdi," dedi. "Hiçbir yerde bir kopya yoktu. Kâğıdın üzerine sığabilecek bir harita değildi. Çok büyüktü. Şehrin içinde çeşitli yol gösterici işaretler vardı."

(*) Çözümsüz durum.

Vittoria daha da yavaşlamıştı. "Kaldırımlara çizilmiş oklar gibi mi?"

"Bir anlamda, evet, ama çok daha gizli. Harita, şehrin içinde umumi yerlere yerleştirilmiş, dikkatle gizlenmiş sembolik işaret dizilerinden oluşuyordu. Bir işaret sonrakine... bir sonraki bir sonrakine götürüyordu... eninde sonunda Illuminati barınağına giden... bir yoldu."

Vittoria yan gözle ona baktı. "Kulağa hazine avı gibi geliyor."

Langdon kıkırdadı. "Bir bakıma öyle. Illuminati, işaret serisine 'Aydınlanma Yolu' diyordu ve kardeşliğe katılmak isteyen herkes yolu sonuna kadar izlemek zorundaydı. Bu, bir tür sınavdı."

Vittoria, "Ama, eğer Vatikan, Illuminati'yi bulmak isteseydi," diye itiraz etti. "İşaretleri *izleyemez miydi?*"

"Hayır. Patika gizliydi. Öyle bir şekilde yapılmış bir bulmacaydı ki, sadece belirli kişiler işaretleri izleyebilir ve Illuminati kilisesinin gizlendiği yeri bulabilirdi. Illuminati, onu, sadece bir güvenlik mesajı olarak değil, aynı zamanda, sadece parlak bilim adamlarının kapılarına ulaşmasını garantileyen bir eleme süreci olarak işleyen, bir tür üyeliğe kabul töreni olarak planlamıştı."

"Anlamıyorum. 1600'lerde papazlar, dünyanın en eğitimli adamlarındandı. Eğer bu işaretler umumi yerlerdeyse, Vatikan'ın kesinlikle onları çözebilecek üyeleri vardı."

Langdon, "Tabi ki," dedi. "Eğer işaretlerden haberleri olsaydı. Ama, yoktu. Ve onları hiç fark etmediler, çünkü Illuminati onları öyle bir şekilde tasarlamıştı ki, papazlar asla ne olduklarından şüphe etmediler. Simgebilimde *gerçeği gizleme* olarak bilinen bir metot kullandılar."

"Kamuflaj."

Langdon etkilenmişti. "Terimi biliyorsun."

"*Dissimulazione,*" dedi. "Doğanın en iyi savunması. Deniz yosunu içinde dikey bir şekilde yüzen çulluk balığını ayırt etmeyi dene."

Langdon, "Peki," dedi. "Illuminati, aynı kavramı kullandı. Eski Roma'nın zemininde kaybolan işaretler yarattılar. Ambigramlar ya da bilimsel semboller kullanamazlardı, çünkü çok fazla dikkat çekerdi, bu yüzden bir Illuminati ressamı çağırdılar -ambigramik 'Illuminati'yi sembollerini yaratan aynı isimsiz deha- ve onu dört heykel yapmakla görevlendirdiler."

"Illuminati *heykelleri* mi?"

"Evet, iki katı kuralı olan heykeller. Birincisi, heykeller Roma'daki diğer sanat eserlerine benzemeliydi... Vatikan'ın asla Illuminati'ye ait olduğundan şüphelenmeyeceği sanat eserleri."

"*Dini* sanat."

Langdon hafif bir heyecan hissederek, başını salladı, şimdi daha hızlı konuşuyordu. "Ve ikinci kural şuydu, dört heykelin de çok belirgin temaları olmalıydı. Her parça, bilimin dört öğesinden birine incelikli bir övgü olmalıydı."

Vittoria, "*Dört* öğe mi?" dedi. "Yüzden fazla var."

Langdon, "1600'lerde yoktu," diye ona hatırlattı. "Eski simyacılar bütün kainatın dört maddeden oluştuğuna inanıyordu: Toprak, Hava, Ateş ve Su."

Langdon ilk haçın dört öğenin en yaygın sembolü olduğunu biliyordu... Toprak, Hava, Ateş ve Su'yu temsil eden dört kol. Fakat, bundan başka, tarih boyunca, Toprak, Hava, Ateş ve Su'yun *düzinelerce* sembolik oluşumu vardı... Pisagor yaşam döngüleri, Çin *Hong-Fan*'ı, Jungcu erkek ve kadın ilkeleri, Zodyak açıları, Müslümanlar bile dört eski öğeye saygı göstermişlerdi... İslamda ise bunlar, "kareler, bulutlar, şimşek ve dalgalar," olarak bilinirdi. Fakat, Langdon'ın tüylerini diken diken eden daha modern bir kullanış biçimi vardı. Masonların Mutlak Üyeliğe Kabulü'nün dört mistik derecesi: Toprak, Hava, Ateş ve Su.

Vittoria şaşırmış gibi görünüyordu. "Yani, bu Illuminati ressamı, dini *görünen* dört sanat eseri yaptı, ama bunlar aslında Toprak, Hava, Ateş ve Su'ya övgülerdi."

Langdon hızla arşivlere doğru giden Via Sentinel'e dönerken, "Kesinlikle," dedi. "Parçalar, tüm Roma'daki dini sanat eserleriyle harmanlandı. Sanat eserlerini isimsiz olarak, belirli kiliselere bağışlamak ve sonra onların politik nüfuzlarını kullanmak, kardeşliğin bu dört eseri dikkatle seçilmiş kiliselere yerleştirilmesini kolaylaştırdı. Tabi ki, her parça bir işaretti... incelikle bir sonraki işareti gösteriyordu... bir sonraki işaretin beklediği yeri. Dini sanat görüntüsünde bir ipucu yolu vazifesi görüyordu. Eğer bir Illuminati adayı ilk kiliseyi ve Toprak işaretini bulursa, bunu Hava'ya... sonra Ateş'e... sonra Su'ya... en sonunda da Illuminati Kilise'sine kadar izleyebilirdi."

Vittoria'nın gittikçe daha çok kafası karışıyordu. "Bunun Illuminati suikastçısını yakalamakla bir ilgisi mi var?"

Langdon kozunu oynamış gibi gülümsedi. "Oh, evet. Illuminati bu dört kiliseye çok özel bir isim verdi. *Bilim Mihrapları.*"

Vittoria kaşlarını çattı. "Üzgünüm, bu benim için hiçbir..." Sözünü kesti. "*L'altare di scienza?*" diye bağırdı. "Illuminati suikastçısı. Kardinallerin bilim mihraplarında bakir kurbanlar olacaklarını haber vermişti!"

Langdon, ona gülümsedi. "Dört kardinal. Dört kilise. Dört bilim mihrabı."

Vittoria sersemlemiş görünüyordu. "Kardinallerin kurban edileceği dört kilisenin, eski Aydınlanma Yolu'nu belirleyen *aynı* dört kilise olduğunu mu söylüyorsun?"

"Sanırım, evet."

"Ama katil bize neden bu ipucunu versin ki?"

Langdon, "Neden vermesin?" diye karşılık verdi. "Bu heykelleri çok az tarihçi biliyor. Çok daha azı var olduklarına inanıyor. Ve yüzyıllardır bu heykellerin yerleri bir sır olarak kalmış. Hiç şüphesiz, Illuminati, bunun beş saat daha sır kalacağından emindi. Ayrıca, Illuminati'nin artık Aydınlanma Yolu'na *ihtiyacı* yok. Gizli barınak, büyük ihtimalle uzun süre önce ortadan kalktı. Modern bir dünyada yaşıyorlar. Bankaların yönetim kurulu toplantı odalarında, kulüplerde, özel golf kurslarında toplanıyorlar. Bu akşam sırlarını açıklamak *istiyorlar.* Bu, onların anı. Görkemli açılışları."

Langdon, Illuminati açılışının, onun henüz bahsetmediği bir şeyle özel bir simetri oluşturmasından korkuyordu. *Dört mühür.* Katil her kardinalin farklı bir sembolle dağlanacağına ant içmişti. Katil, *eski efsanelerin doğru olduğunun kanıtı,* demişti. Dört ambigramatik damga efsanesi, Illuminati'nin kendisi kadar eskiydi: Toprak, Hava, Ateş, Su... dört kelime mükemmel bir simetriyle yapılmıştı. Tıpkı, Illuminati kelimesi gibi. Her kardinal, bilimin eski öğelerinden biriyle dağlanacaktı. Dört damganın, İtalyanca yerine *İngilizce* olduğu söylentisi, tarihçiler arasında bir tartışma konusu olarak kaldı. İngilizce onların anadillerinden rasgele bir sapmaydı... ve Illuminati hiçbir şeyi rasgele yapmazdı.

Langdon arşiv binasının önündeki tuğla yola döndü. Korkunç görüntüler, zihninde canlanıyordu. Ayrıntılı Illuminati gizli planı, sabırlı ihtişamını açığa vurmaya başlıyordu. Kardeşlik, korkusuzca yeniden ortaya çıkmak, ayağa kalkmak, gün ışığında amaçları uğruna mücadele vermek için yeterli nüfuzu ve gücü toplayarak, mümkün olduğu kadar uzun süre sessiz kalmaya ant içmişti. Illuminati, artık saklanmıyordu. Güçlerini sergiliyor, suikastçı efsanelerini doğruluyorlardı. Bu gece, global tanıtım gösterisiydi.

Vittoria, "Korumamız geliyor," dedi. Langdon başını kaldırıp, yan taraftaki çim kaplı alandan ön kapıya doğru aceleyle yürüyen İsviçreli Muhafız'a baktı.

Muhafız onları görünce, durdu. Sanki, halüsinasyon gördüğünü düşünüyormuş gibi onlara bakıyordu. Tek bir kelime etmeden, başka tarafa yöneldi ve telsiz telefonunu çıkardı. Görünüşe bakılırsa, ondan istenilen şeye inanamıyordu, koruma telefonun diğer ucundaki kişiyle aceleyle konuşuyordu. Langdon karşı taraftan gelen kızgın bağırışı anlayamıyordu, ama mesajı çok açıktı. Koruma durgunlaştı, telsiz telefonu kaldırdı ve dönüp hoşnutsuzlukla onlara baktı.

Koruma onları binanın içine götürürken, tek bir kelime konuşulmadı. Dört çelik kapıdan, iki geçme anahtarlı kapıdan, bir merdiven boşluğundan geçip şifreli iki küçük klavyesi olan bir salona girdiler. İleri teknoloji elektronik kapı dizilerinden geçerek, geniş, meşe bir çift kanatlı kapının dışındaki uzun koridorun sonuna vardılar. Koruma durup tekrar onlara baktı ve söylenerek, duvardaki metal kutuya doğru yürüdü. Kutunun kilidini açtı, içine uzandı ve bir kod tuşladı. Önlerindeki kapılar vızıldadı ve sabit kilit dili açıldı.

Koruma, ilk kez konuşarak, onlara döndü. "Arşivler bu kapının ardında. Size buraya kadar eşlik etmem ve başka bir iş hakkında talimat almam için geri dönmem emredildi."

Vittoria, "Gidiyor musunuz?" diye sordu.

"İsviçreli Muhafızlar'ın Gizli Arşivler'e girme izni yok. Komutanım, doğrudan Camerlengo'dan emir aldığı için burada bulunuyorsunuz."

"Ama *dışarı* nasıl çıkacağız?"

"Tekyönlü güvenlik. Zorluk çekmeyeceksiniz." Tüm konuşma bu kadardı, koruma topukları üzerinde döndü ve koridorda ilerledi.

Vittoria birtakım yorumlarda bulundu, ama Langdon duymadı. Dikkatini önünde duran ikiz kapıya yöneltmişti, ardında ne gibi sırların olduğunu merak ediyordu.

47

Camerlengo Carlo Ventresca, az zamanı olduğunu bildiği halde, yavaş yavaş yürüyordu. Açılış duasını yapmadan önce düşüncelerini toparlamak için yalnız kalmaya ihtiyacı vardı. Çok fazla şey oluyordu. Kuzey Kanadı'nda tek başına yürürken, son on beş günün mücadelesinin ağırlığını kemiklerinde hissediyordu.

Kutsal görevlerini harfi harfine uygulamıştı.

Vatikan geleneklerine göre, Papa'nın ölümünden sonra Camerlengo, parmaklarını Papa'nın şahdamarına yerleştirip nefesini dinleyerek ve sonra Papa'nın ismini üç kez söyleyerek, vadesinin dolduğunu şahsen doğrulamıştı. Kanuna göre, otopsi yapılmıyordu. Sonra, Papa'nın yatak odasını mühürlemiş, papalığa ait balıkçı yüzüğünü yok etmiş, kurşun mühürler yapmak için kullanılan kalıbı parçalamış ve cenaze törenini düzenlemişti. Bunlar yapıldıktan sonra, kardinaller toplantısı hazırlıklarına başlamıştı.

Kardinaller toplantısı, diye düşündü. *Son engel.* Hıristiyan âlemindeki en eski geleneklerden biriydi. Günümüzde, kardinaller toplantısının sonucu, genellikle başlamadan önce bilindiği için yöntemin modası geçmiş olduğu söyleniyordu; seçimden çok, bir gösteriydi. Fakat, Camerlengo, bunun sadece bilgi eksikliğinden kaynaklandığını biliyordu. Kardinaller toplantısı, bir seçim değildi. Bu, eski ve mistik bir güç transferiydi. Ebedi bir gelenekti... gizlilik, katlanmış kâğıt parçaları, oy pusulalarının yakılışı, eski kimyasalların karışımı, duman işaretleri.

Camerlengo, XIII. Gregory Revakları'ndan yaklaşırken, Cardinal Mortati'nin paniğe kapılıp kapılmadığını merak etti. Mortati, elbette *preferiti*'nin kaybolduğunu fark etmişti. Onlar olmadan, oylama bütün gece devam edebilirdi. Camerlengo, Mortati'nin Büyük Seçmen olarak atanması iyi bir tercihti, diye kendi kendini inandırdı. Özgür düşünceli bir adamdı ve aklından geçenleri söyleyebiliyordu. Bu gece, kardinaller toplantısının bir lidere her zamankinden daha çok ihtiyacı olacaktı.

Camerlengo, Papalık Merdivenleri'nin en üstüne çıktığında, hayatının uçurumunda duruyormuş gibi hissetti. Buradan bile, aşağıdaki Sistine Şapeli'nden gelen faaliyet gürültülerini -165 kardinalin endişeli konuşmalarını- duyabiliyordu.

Yüz altmış bir kardinal, diye düzeltti.

Bir an için Camerlengo, cehenneme doğru dikine düştüğünü, insanların bağırdığını, alevlerin onu yuttuğunu, gökyüzünden taş ve kan yağdığını düşledi.

Ve sonra derin bir sessizlik.

Çocuk uyandığında, cennetteydi. Etrafındaki her şey beyazdı. Işık, göz kamaştırıcı ve berraktı. Bazıları, on yaşında bir çocuğun cenneti anlayamayacağını söylese de, genç Carlo Ventresca cenneti çok iyi anlıyordu. Şu anda cennetteydi. Başka nerede olacaktı? Yeryüzündeki kısa ömründe, Tanrı'nın haşmetini hissetmişti... gürültülü borulu orglar, yüksek kubbeler, şarkıda yükselen sesler, vitray, parıldayan bronz ve altın. Carlo'nun annesi, Maria, onu her gün ekmek ve şarap ayinine götürüyordu. Kilise, Carlo'nun eviydi.

Carlo, "Neden her gün Kudas'a geliyoruz?" diye sordu, aslında hiç de umurunda değildi.

Annesi, "Çünkü Tanrı'ya geleceğime söz verdim," diye cevapladı. "Ve Tanrı'ya verilen söz, sözlerin en önemlisidir. Tanrı'ya verdiğin sözden asla dönme."

Carlo, Tanrı'ya verdiği sözden asla dönmeyeceğine annesine söz verdi. Annesini dünyadaki her şeyden daha çok seviyordu. Annesi, onun kutsal meleğiydi. Annesi bundan hiç hoşlanmasa da bazen ona, *Maria benedetta* -Kutsal Meryem- diyordu. Annesi dua ederken yanında diz çökerek, teninin tatlı kokusunu içine çekiyor ve tespih çekerken çıkardığı mırıltıları dinliyordu. *Yüce Meryem, Tanrı'nın Annesi... biz günahkârlar için dua et... şimdi ve ölüm saatimizde.*

Babasının o doğmadan önce öldüğünü bilen Carlo, "Babam nerede?" diye sorardı.

Annesi her zaman, "Artık, senin baban Tanrı," diye cevap verirdi. "Sen kilisenin çocuğusun."

Carlo bundan hoşlanırdı.

Annesi, "Ne zaman korkarsan," derdi. "Artık babanın Tanrı olduğunu hatırla. Seni gözetecek ve sonsuza dek koruyacak. Tanrı'nın senin için *büyük planları* var, Carlo." Çocuk, onun haklı olduğunu biliyordu. Şimdiden, Tanrı'yı iliklerinde hissediyordu.

Kan...

Gökyüzünden yağan kan!

Sessizlik. Sonra cennet.

Onun cenneti. Carlo, göz kamaştırıcı ışıklar söndüğünde, aslında *Santa Clara Hastanesi*'ndeki Yoğun Bakım Ünitesi'nde olduğunu öğrendi. Carlo, annesiyle birlikte katıldığı Kudas'ın yapıldığı şapele teröristlerin attığı bombadan sağ kurtulan tek kişiydi. Carlo'nun annesi dahil, otuz yedi kişi ölmüştü. Gazeteler, Carlo'nun kurtuluşundan *Aziz Francis Mucizesi* olarak söz etmişlerdi. Carlo bilinmeyen bir nedenden ötürü, patlamadan sadece saniyeler önce, annesinin yanından ayrılmış ve Aziz Francis'in hikâyesini anlatan bir goblene bakmak için korumalı bir nişin içine girmişti.

Beni oraya Tanrı çağırdı, diye karar verdi. *Beni kurtarmak istedi.*

Carlo acıdan sayıklıyordu. Kilisenin sırasına diz çökmüş, ona öpücük gönderen annesini hâlâ görebiliyordu, sonra sarsıcı bir gürültüyle, hoş kokulu teni ondan ayrılıyordu. Hâlâ insanlığın kötülüğünü yaşıyordu. Kan, aşağı doğru yağıyordu. Annesinin kanı! Kutsal Meryem'in!

Annesi ona, *Tanrı seni sonsuza dek gözetecek ve koruyacak*, demişti.

Ama, Tanrı şimdi neredeydi!

Sonra, sanki annesinin inancının sözlü bir göstergesi gibi, bir papaz hastaneye gelmişti. Bu, bir piskopostu. Carlo için dua etti. Aziz Francis Mucizesi. Carlo iyileştiğinde, piskopos onu, başkanlık ettiği katedrale bağlı küçük bir manastıra yerleştirdi. Carlo, keşişlerle birlikte yaşadı ve ders verdi. Hatta, yeni koruyucusunun papaz yardımcısı oldu. Piskopos,

Carlo'nun devlet okuluna girmesini önerdi ama Carlo reddetti. Yeni evinden daha fazla memnun olamazdı. Artık gerçekten Tanrı'nın evinde yaşadığını biliyordu.

Carlo her gece annesi için dua etti.

Tanrı'nın beni kurtarmasının bir sebebi vardı, diye düşünüyordu. *Sebep ne?*

Carlo on altı yaşına geldiğinde, İtalyan kanunlarına göre iki yıl yedek subaylık eğitimi alması gerekiyordu. Piskopos, Carlo'ya eğer İlahiyat Fakültesi'ne girerse, bu görevden muaf tutulacağını söyledi. Carlo, papaza İlahiyat Fakültesi'ne girmeyi planladığını ama önce *kötülüğü* anlaması gerektiğini söyledi.

Piskopos anlamadı.

Carlo eğer hayatını kilisede kötülükle savaşarak geçirecekse, önce onu anlaması gerektiğini söyledi. Kötülüğü anlamak için ordudan daha iyi bir yer düşünemiyordu. Ordu, silah ve bomba kullanıyordu. *Kutsal annemi bir bomba öldürdü!*

Piskopos, onu bu fikrinden caydırmaya çalıştı, ama Carlo kararını vermişti.

Piskopos, "Dikkatli ol, evladım," demişti. "Ve geri döndüğünde kilisenin seni beklediğini unutma."

Carlo'nun iki yıllık askerlik hizmeti korkunçtu. Carlo'nun gençliği, sessizlik ve düşünceyle geçmişti. Ama, orduda düşünmek için sessizlik yoktu. Sonsuz bir gürültü vardı. Her yerde kocaman makineler vardı. Bir an bile huzur yoktu. Askerler haftada bir gün kışlalarda Kudas'a gitseler de, Carlo asker arkadaşlarının hiçbirinde Tanrı'nın varlığını hissedememişti. Akılları, Tanrı'yı anlayamayacak kadar karışıktı.

Carlo yeni hayatından nefret ediyordu ve eve dönmek istiyordu. Ama, sonuna kadar gitmeye kararlıydı. Henüz, kötülüğü anlamamıştı. Silah kullanmayı reddetti, bu yüzden ordu ona tıbbi helikopter kullanmayı öğretti. Carlo sesten ve gürültüden nefret ediyordu, ama en azından bu onun gökyüzünde uçmasını ve cennetteki annesine daha yakın olmasını sağlıyordu. Pilotluk eğitiminin paraşütle atlamayı da içerdiğini öğrendiğinde, Carlo korkmuştu. Ama, başka seçeneği yoktu.

Tanrı beni korur, diye düşündü.

Carlo'nun ilk paraşüt atlayışı, hayatındaki en keyifli fiziksel deneyimdi. Tanrı'yla uçmak gibiydi. Carlo'ya yetmiyordu... sessizlik... süzülüş... yeryüzünün üstünde beyaz bulutlar arasında annesinin yüzünü görmek. *Tanrı'nın senin için planları var Carlo.* Carlo askerden döndükten sonra İlahiyat Fakültesi'ne girmişti.

Bu yirmi üç yıl önceydi.

Şimdi ise Camerlengo Carlo Ventresca Papalık Merdivenleri'nden inerken, onu bu olağanüstü dönüm noktasına getiren olaylar zincirini anlamaya çalışıyordu.

Tüm korkuları geride bırak, dedi kendine. *Ve bu akşamı Tanrı'ya ada.*

Artık Sistine Şapeli'nin dört İsviçreli Muhafız tarafından beklenen bronz kapısını görebiliyordu. Muhafızlar sürgüyü çekerek, kapıyı açtılar. İçerideki tüm başlar döndü. Camerlengo önündeki siyah cüppelere ve kırmızı kuşaklara baktı. Tanrı'nın onun için yaptığı planı anladı. Kilisenin kaderi onun elindeydi.

Camerlengo istavroz çıkartarak eşikten adımını attı.

48

BBC Muhabiri Gunther Glick, San Pietro Meydanı'nın doğu ucundaki BBC yayın istasyonu karavanında oturmuş terlerken, kendisine görevi veren editöre küfrediyordu. Glick'in aylık ilk haberi en büyük övgüleri -zengin, ustaca, güvenilir- aldığı halde, şimdi Vatikan Şehri'nde "Papa nöbeti" tutuyordu. Kendine, BBC için haber yapmanın, *British Tattler* için asparagas haber uydurmaktan çok daha fazla saygınlık kazandırdığını hatırlattı. Ama yine de onun habercilikten anladığı bu *değildi.*

Glick'in görevi basitti. Onur kıracak kadar basitti. Bir grup yaşlı hıyarın gelecek hıyar başını seçmelerini bekleyecek, sonra da dışarı çıkıp arka plandaki Vatikan'ın önünde on beş saniyelik "canlı" yayın kaydını yapacaktı.

Muhteşem.

Glick, BBC'nin hâlâ bu değersiz olayı çekmek için muhabirlerini dışarı gönderdiğine inanmıyordu. *Bu akşam Amerikan kanalları burada görünmüyorlar. Elbette hayır!* Çünkü adamlar bu işin doğrusunu yapıyorlardı. CNN'i seyrediyor, özetini çıkartıyor, sonra da kendi "canlı" haberlerini mavi bir ekran önünde çekerek, gerçek görüntülü filmin üstüne bindiriyorlardı. Hatta MSNBC, stüdyonun içinde rüzgâr ve yağmur makineleri kullanarak çekime gerçeklik katıyorlardı. Seyirciler artık gerçeği değil; eğlenceyi istiyorlardı.

Glick ön camdan dışarı bakınca morali daha da bozuldu. Önünde yükselen görkemli Vatikan Şehri, aklına koyunca insanın neleri başarabileceğini hatırlatıyordu.

Yüksek sesle, "Ben hayatımda neyi başardım?" diye düşündü. "Hiçbir şey."

Arkasından gelen bir kadın sesi, "Öyleyse vazgeç," dedi.

Glick yerinde sıçradı. Yalnız olmadığını neredeyse unutmuştu. Kameramanı Chinita Macri'nin oturduğu arka koltuğa döndü. Kadın sessizce gözlüklerini parlatıyordu. Daima gözlüklerini parlatırdı. Chinita Afrika-Amerikalı terimini tercih etse de, siyahiydi, biraz topluydu ve cin gibi akıllıydı. Ayrıca bunu unutmanıza asla izin vermezdi. Garip bir kadındı, ama Glick, ondan hoşlanıyordu. Ve elbette Glick, onun arkadaşlığından faydalanabilirdi.

Chinita, "Sorun nedir Gunth?" diye sordu.

"Burada ne yapıyoruz?"

Gözlüklerini parlatmaya devam etti. "Heyecanlı bir olaya tanıklık ediyoruz."

"Yaşlı adamların karanlık bir yere kilitlenmeleri heyecanlı mı?"

"Cehenneme gideceğini *biliyorsun*, değil mi?"

"Zaten oradayım."

"Anlatsana." Annesi gibi konuşuyordu.

"Ardımda bir iz bırakmak istiyorum."

"*British Tattler'a* yazdın."

"Evet, ama ses getirecek bir şey değildi."

"Ah hadi yapma, kraliçenin uzaylılarla olan gizli seks hayatıyla ilgili çığır açıcı bir makale yazdığını duydum."

"Teşekkürler."

"Baksana işler düzeliyor. Bu akşam ilk on beş saniyelik televizyon tarihini yazacaksın."

Glick homurdandı. Haber spikerini şimdiden duyabiliyordu. "Teşekkürler Gunther, harika bir haberdi." Ardından haber spikeri gözlerini devirecek ve hava durumuna geçecekti. "Haber spikerliğini denemeliydim."

Macri kahkaha attı. "Hiç deneyimin olmadan mı? Ve *bu* sakalla mı? Unut gitsin."

Glick parmaklarını çenesindeki kızılımsı tüylerin arasında gezdirdi. "Beni daha zeki gösterdiğini düşünüyorum."

Karavanın mobil telefonu çalarak, Glick'i bir başka hayal kırıklığından kurtardı. Birden ümitlenerek, "Belki de editörler arıyordur," dedi. "Yeni bir canlı çekim istiyor olabilirler mi sence?"

"*Bu* hikâye için mi?" Marci güldü. "Hayal kurmaya devam et."

Glick telefona çıkarabildiği en iyi haber spikeri sesiyle cevap verdi. "Gunther Glick, BBC, Vatikan Şehri."

Hattaki adam ağır bir Arap aksanıyla konuşuyordu. "Dikkatle dinleyin," dedi. "Hayatınızı değiştirmek üzereyim."

49

Langdon ile Vittoria, Gizli Arşivler'in özel odasına açılan çift kanatlı kapının önünde duruyorlardı. Kemer altının, mermer zemin üstündeki duvardan duvara halıları, tavandaki çocuk meleklerin yanından aşağı bakan kablosuz güvenlik kameralarıyla uyumsuz bir dekoru vardı. Langdon buna *Steril Rönesans* diyerek yeni bir ad verdi. Kemerli girişin yanında küçük bronz bir tabela asılıydı.

VATİKAN ARŞİVİ
Küratör, Padre Jaqui Tomaso

Peder Jaqui Tomaso. Langdon kütüphane müdürünün ismini, evdeki masasının üstünde duran ret mektuplarından hatırlıyordu. *Sevgili Bay Langdon üzülerek yazmakta olduğum bu ret mektubu...*

Üzülmek. *Yalan.* Jaqui Tomaso'nun devri başladığından beri Langdon, Gizli Vatikan Arşivleri'ne girebilen ve Katolik olmayan tek bir Amerikalıya rastlamamıştı. Tarihçiler ona *il guardiàno* diyorlardı. Jaqui Tomaso yeryüzündeki en sert kütüphane müdürüydü.

Langdon kapıları iterek açıp özel odanın kemerli kapısından içeri adımını atarken, Peder Jaqui'yi askeri üniforması, başında kaskı ve elinde bazukayla beklerken göreceğini tahmin ediyordu. Ama içerisi boştu.

Sessizlik. Yumuşak bir ışık.

Archivio Vaticano. Hayatı boyunca kurduğu düşlerden biri.

Langdon kutsal odayı gördüğünde, ilk tepkisi utanmak oldu. Ne kadar saf bir romantik olduğunu anladı. Bu odayla ilgili yıllar boyunca kurduğu hayaller daha asılsız olamazdı. Eskimiş ciltlerle dolu tozlu raflar, mum ışığında ve vitray camlardan giren ışıkta arşiv çalışmaları yapan rahipler, yazmaları inceleyen keşişler hayal etmişti.

Alakası yoktu.

Oda ilk bakışta, birisinin içeriye bir düzine duvar tenisi kortu yerleştirdiği, karanlık bir havaalanı hangarını andırıyordu. Elbette Langdon cam duvarların içinde ne olduğunu biliyordu. Bunları gördüğüne şaşırmamıştı; ısı ve rutubet eski tirşelerle parşömenleri aşındırıyordu. Bunun gibi sımsıkı kapalı kasalar -havadaki nemi ve doğal asitleri dışarıda tutan, hava geçirmez odacıklar- uygun biçimde saklamak için şartıydı. Langdon pek çok kez hava geçirmez kasalarda bulunmuştu, ama onun için her seferinde huzursuzluk verici bir deneyim oluyordu... oksijenin gözetmen kütüphaneci tarafından ayarlandığı, hava geçirmez bir kutuya girmekle ilgili bir rahatsızlığı vardı.

Her bölmenin sonundaki zayıf ışıkla aydınlatılmış kasalar karanlık, hatta korkutucuydu. Langdon her bir bölmenin karanlığında hayalet devler gibi görünen üst üste yığılmış kitap dizilerinin tarihle dolu olduğunu hissetti. Bu muazzam bir koleksiyondu.

Vittoria da büyülenmişe benziyordu. Dev şeffaf odacıklara sesini çıkartmadan bakarken Langdon'ın yanında duruyordu.

Zaman kısıtlıydı. Langdon loş odada kitap kataloğu -kütüphane koleksiyonunu listeleyen ciltli ansiklopedi- aramak için vakit kaybetmedi. Odada birkaç bilgisayar terminalinin yanıp sönen ışığını görmüştü. "Kitap sayısı kalabalık olmalı. Fihristi bilgisayara geçirmişler."

Vittoria umutlanmış gibiydi. "Bu işleri hızlandırır."

Langdon, onunla aynı heyecanı paylaşmayı dilerdi, ama haberlerin kötü olduğunu sezinliyordu. Bilgisayarın yanına gidip klavyeyi tuşlamaya başladı. Korktuğu başına gelmişti. "Eski moda yöntem daha iyiydi."

"Neden?"

Ekranın önünden geri çekildi. "Çünkü *gerçek* kitaplarda parola koruması yoktur. Fizikçiler doğuştan şifre kırıcı değiller sanırım, yanılıyor muyum?"

Vittoria başını iki yana salladı. "Ben sadece istiridyeleri kırabiliyorum."

Langdon derin bir nefes alarak, yüzünü yarı saydam kasalardaki korkutucu koleksiyona döndü. En yakınındaki bölmeye yürüdü ve gözlerini kısarak loş odacığa baktı. Camların içinde, Langdon'ın kitap rafları, parşömen sandıkları ve okuma masaları olduğunu anladığı biçimsiz şekiller vardı. Rafların sonunda parlayan tanım etiketlerine baktı. Etiketler, her kütüphanede olduğu gibi, o rafta yer alan kitapları sıralıyordu. Langdon şeffaf bariyerin önünde ilerleyerek başlıkları okudu.

PIETRO IL ERIMITO... LE CROCIATE... URBANO II... LEVANT...

Bir yandan yürüyerek, "Etiketlenmişler," dedi. "Ama alfabetik sırada değil." Şaşırmamıştı. Eski arşivler genellikle alfabetik sıraya göre dizilmezlerdi, çünkü pek çoğunun yazarı bilinmiyordu. Kitap isimleri de işe yaramazdı, çünkü tarihi belgelerin pek çoğu parşömenler üzerine yazılmış başlıksız mektuplardan oluşurdu. Dizin işlemi çoğunlukla tarih sırasına göre yapılırdı. Ama *bu* düzenleme her nedense tarih sırasına göre de yapılmamıştı.

Langdon değerli zamanın boşa gittiğini hissediyordu. "Galiba Vatikan'ın kendine ait bir sistemi var."

"Çok şaşırdım."

Yeniden etiketleri inceledi. Belgeler yüzyıllara yayılmıştı ama tüm anahtar kelimelerin birbiriyle bağlantılı olduğunu fark etti. "Sanırım konuya göre bir sınıflandırma."

"Konuya göre mi?" Vittoria'nın sesi onaylamayan bir bilim adamı gibi çıkmıştı. "Kulağa pek de yeterli gibi gelmiyor."

Aslında... diye içinden geçirdi Langdon bir kez daha düşünerek. *Bu hayatımda gördüğüm en makul arşivleme sistemi.* Öğrencilerine daima sanatsal bir dönemin tarih ve kelimeler gibi önemsiz ayrıntılarında kaybolmak yerine ruhunu ve ana fikrini anlamalarını söylerdi. Vatikan Arşivleri'nin de benzer bir felsefeyle dizildiği anlaşılıyordu. *Geniş darbeler...*

Artık kendinden daha emin konuşan Langdon, "Bu kasadaki her şey, yüzyılları kapsayan belgeler Haçlı Seferleri'yle ilgili. Bu kasanın konusu bu," dedi. Hepsinin orada olduğunu fark etti. *Tarihi belgeler, mektuplar, sanat eserleri, sosyo-politik veriler, modern incelemeler. Hepsi aynı yerdeydi... bir konunun daha iyi anlaşılmasını sağlıyordu. Dâhice.*

Vittoria kaşlarını çattı. "Ama veriler aynı anda *pek çok* konuyla ilgili olabilir."

"İşte bu yüzden dipnotlarla işaret koymuşlar." Langdon camdan, belgeler arasına yerleştirilen renkli plastik etiketleri gösterdi. "Bunların, asıl konuların başka bir yerde bulunduğu ikincil belgeler olduğunu gösteriyor."

İddialaşmadan vazgeçtiği anlaşılan Vittoria, "Elbette," diyerek savuşturdu. Ellerini kalçalarının üstüne koyarak, devasa alana baktı. Sonra gözlerini Langdon'a çevirdi. "Peki profesör, aradığımız şu Galileo şeyinin adı ne?"

Langdon kendini tutamayarak gülümsedi. Hâlâ bu odada olduğuna inanamıyordu. *O burada*, diye düşündü. *Karanlıkta bir yerde bekliyor.*

Langdon, "Beni takip et," dedi. Her bir kasanın tanım etiketlerine bakarak ilk koridordan aşağı hızla ilerlemeye başladı. "Sana Aydınlanma Yolu hakkında anlattıklarımı hatırlıyor musun? Illuminati'nin özenli bir sınavdan geçirerek nasıl yeni üyeler aldıklarını?"

Onu hemen ardından izleyen Vittoria, "Hazine avı," dedi.

"Illuminati, işaretleri yerleştirdikten sonra asıl güçlükle karşılaşmıştı, bilim camiasına Yol'un var olduğunu bir şekilde anlatmaları gerekiyordu."

Vittoria, "Mantıklı," dedi. "Yoksa kimse onu araması gerektiğini bilmeyecekti."

"Evet ve *bilselerdi* bile, bilim adamları Yol'un nereden başladığını asla tahmin edemezlerdi. Roma çok büyük."

"Tamam."

Langdon diğer koridora geçerek, bir yandan konuşurken bir yandan etiketleri inceliyordu. "Yaklaşık on beş yıl önce Sorbonne'daki bazı tarihçiler ve ben, içeriğinde *segno*'dan bahseden bir dizi Illuminati mektubu bulduk."

"İşaret. Yol'un ve onun nereden başladığının ilanı."

"Evet. Ve o günden bu yana, ben de dahil olmak üzere, pek çok Illuminati uzmanı *segno* ile ilgili diğer delilleri de su yüzüne çıkarttık. İşaretin var olduğu ve Vatikan'ın asla öğrenemeyeceği biçimde Galileo'nun bunu bilim dünyasına dağıttığı kabul edilen bir teori."

"Nasıl?"

"Emin değiliz ama matbu yayınlarla olmalı. Yıllar içinde pek çok kitap ve sirküler yayınladı."

"Vatikan'ın bunları gördüğüne hiç şüphe yok. Tehlikeli gibi."

"Doğru. Ama yine de *segno* dağıtıldı."

"Ama kimse onu bulamadı mı peki?"

"Hayır. Ne tuhaftır ki, *segno*'nun bahsinin her geçtiği yerde -Masonik günlükler, eski bilim dergileri, Illuminati mektupları- bir sayı ile gösteriliyordu."

"666 mı?"

Langdon gülümsedi. "Doğrusunu istersen 503."

"Ne anlama geliyor?"

"Bunu hiçbirimiz anlayamadık. 503 beni büyülemeye başlamıştı, sayının anlamını anlamak için her şeyi denedim... nümeroloji, haritalar, enlemler." Langdon koridorun sonuna gelince köşeyi döndü ve konuşurken diğer etiketleri incelemeye koyuldu. "Uzun yıllar tek ipucu, 503'ün 5 sayısıyla başladığıydı... Illuminati'nin kutsal sayılarından biri." Durdu.

"İçimden bir ses bana, senin onu bulduğunu ve bu yüzden burada olduğumuzu söylüyor."

Langdon yaptığı işten gurur duyarak, "Doğru," dedi. "Galileo'nun *Diàlogo* diye bir kitabını duydun mu?"

"Elbette. Bilim adamları arasında en büyük bilimsel ihanet olmasıyla ünlüdür."

İhanet Langdon'ın kullanacağı açıklama değildi, ama Vittoria'nın ne demek istediğini biliyordu. 1630'ların başlarında Galileo, Copernic'in merkezi güneş sistemi modelini öven bir kitap yayınlamak istemişti. Ama Vatikan, Galileo kilisenin yeryüzü merkezli modeline de -Galileo'nun son derece yanlış olduğunu bildiği model- aynı oranda ikna edici ifadelerle yer vermezse, kitabın basılmasına izin vermeyecekti. Galileo'nun kilisenin taleplerine razı olup kitapta hem doğru, hem de yanlış modellere yer vermekten başka seçeneği yoktu.

Langdon, "Bildiğin gibi," dedi. "Galileo'nun ödün vermesine rağmen, *Diàlogo* dine karşı bulundu ve Vatikan onu ev hapsine aldı."

"Hiçbir iyi niyet cezasız kalmaz."

Langdon gülümsedi. "Çok doğru. Bununla birlikte Galileo ısrarcıydı. Ev hapsindeyken gizlice, alimlerin sıkça *Diàlogo* ile karıştırdığı, daha az bilinen metinler yazdı. Bu kitaba *Discorsi* deniliyor."

Vittoria başını salladı. "Bunu duymuştum. *Gelgit Üzerine Bilimsel Araştırmalar.*"

Langdon birden sustu. Vittoria'nın gezegen hareketleri ve gelgit dalgaları üzerine etkisini inceleyen gizli bir yayını duyması onu şaşırtmıştı.

Vittoria, "Baksana," dedi. "Babası Galileo'ya tapan İtalyan bir deniz fizikçisiyle konuşuyorsun."

Langdon güldü. Yine de aradıkları şey *Discorsi* değildi. Langdon ev hapsindeyken Galileo'nun tek çalışmasının *Discorsi* olmadığını açıkladı. Tarihçiler aynı zamanda, *Diagramma* isminde gizli bir kitapçık yazdığına inanıyorlardı.

Langdon, "*Diagramma della Verità,*" dedi. "*Gerçeğin Diyagramı.*"

"Hiç duymadım."

"Şaşırmadım. *Diagramma* Galileo'nun en gizli eseriydi; herhalde, doğru olduğuna inandığı bazı bilimsel gerçekler hakkındaki tezlerdi ama bunları paylaşmasına izin verilmemişti. Galileo'nun daha önceki elyazmaları gibi *Diagramma* da bir arkadaşı tarafından Roma'dan kaçırıldı ve Hollanda'da sessiz sedasız basıldı. Kitapçık, Avrupa'daki gizli bilim çevrelerinde hayli popüler oldu. Sonra Vatikan bu olaydan haberdar oldu ve bir kitap yakma kampanyası başlattı."

Vittoria şimdi meraklanmışa benziyordu. "Peki sence ipuçları *Diagramma'da* mı? *Segno.* Aydınlanma Yolu hakkındaki bilgi."

"Galileo haberi *Diagramma* ile yaymıştı. Buna eminim." Langdon kasaların durduğu üçüncü sıraya girdi ve tanım etiketlerini okudu. "Arşivciler yıllardır *Diagramma'nın* bir kopyasını arıyorlar. Ama Vatikan'ın yaktığı kitaplar ve kitapçıkların düşük kalıcılık değeri yüzünden, bu kitapçık yeryüzünden kayboldu."

"Kalıcılık değeri mi?"

"Sağlamlık. Arşivciler, belgelere yapısal sağlamlılığı açısından bir ile on arasında puan verirler. *Diagramma* saz papirüsüne yazılmıştı. Kâğıt mendil gibidir. Ömrü bir yüzyıldan uzun sürmez."

"Neden daha sağlam bir şeye yazmadı?"

"Galileo'nun buyruğu böyleydi. İnananlarını korumak için. Böylece kopyayla yakalanan bilim adamları kitapçığı suya attığında, anında eriyip çözülecekti. Delilleri yok etmek için mükemmel bir teknikti ama arşivciler açısından felaket oldu. On sekizinci yüzyıldan sonra sadece *bir* tek *Diagramma* kopyası kaldığına inanılıyor."

"Bir mi?" Vittoria odaya göz gezdirirken yıldırım çarpmış gibi bakıyordu. "Ve *burada* mı?"

"Galileo'nun ölümünün hemen ardından Vatikan, Hollanda'dan isteyip el koydu. Yıllardır onu görmek için dilekçe veriyorum. İçinde ne yazdığını ondan sonra anladım."

Vittoria, Langdon'ın aklından geçenleri okumuş gibi koridorun karşı tarafına geçerek, yan taraftaki kasalara bakmaya başlayarak hızlarını ikiye katladı.

Langdon, "Teşekkürler," dedi. "Galileo, bilim, bilim adamı ile ilgili tanım etiketlerini arayacaksın. Gördüğünde anlarsın zaten."

"Tamam. Ama bana hâlâ ipucunun *Diagramma'da* olduğunu nasıl anladığını anlatmadın. Illuminati mektuplarında gördüğün sayıyla mı ilgili? 503?"

Langdon gülümsedi. "Evet. Biraz zamanımı aldı ama sonunda 503'ün basit bir şifre olduğunu anladım. *Diagramma'yı* işaret ediyor."

Langdon birden o beklenmedik keşif anını hatırladı: 16 Ağustos. Bir meslektaşının oğlunun düğününde göl kenarında duruyordu. Evlenecek çift giriş yaparken... nehrin karşı tarafındaki mavnadan gayda sesleri yükselmeye başlamıştı. Tekne çiçekler ve çelenklerle süslenmişti. Gövdenin üstüne bir Romen rakamı boyanmıştı -DCII.

İşarete şaşıran Langdon, gelinin babasına, "602 neyi ifade ediyor?" diye sormuştu.

"602 mi?"

Langdon mavnayı göstermişti. "DCII Romen rakamıyla 602 demek."

Adam kahkaha atmıştı. "O Romen rakamı değil. Mavnanın ismi."

"DCII mi?"

Adam başını sallamıştı. "*Dick ve Connie II.*"

Langdon kendini aptal gibi hissetmişti. Dick ve Connie evlenen çiftin isimleriydi. Mavnaya belli ki onların ismi verilmişti. "*DCI'e* ne oldu?"

Adam homurdanmıştı. "Dünkü prova sırasında battı."

Langdon gülmüştü. "Bunu duyduğuma üzüldüm." Yeniden dönüp mavnaya bakmıştı. *DCII*, diye düşünmüştü. *Minyatür bir QEII*(*) *gibi*. Hemen ardından aklına dank etmişti.

Langdon, Vittoria'ya döndü. "Söylediğim gibi 503 bir şifre," dedi. "Illuminati'nin Romen rakamlarıyla ifade ettikleri şeyi örtbas etmenin bir yolu. Romen rakamıyla 503..."

"DIII diye yazılıyor."

Langdon başını kaldırıp baktı. "Çok hızlıydı. Sakın bana Illuminati'li olduğunu söyleme."

Vittoria güldü. "Açık deniz doku tabakasını sınıflandırırken Romen rakamlarını kullanıyorum."

Elbette, diye düşündü Langdon. *Hepimiz öyle yapmaz mıyız?*

Vittoria bakışlarını ona çevirdi. "Peki DIII'nin anlamı neymiş?"

"DI, DII ve DIII çok eski kısaltmalar. Eski bilim adamları, Galileo'nun birbiriyle sıkça karıştırılan eserlerini ayırt etmek için bu kısaltmaları kullandılar."

Vittoria kısa bir nefes aldı. "*Diàlogo... Discorsi... Diagramma.*"

"D-bir. D-iki. D-üç. Hepsi de bilimsel. Hepsi tartışmalı. DIII 503'e karşılık geliyor. *Diagramma*. Kitaplarının üçüncüsü."

Vittoria sıkıntılı görünüyordu. "Ama bir şey hâlâ mantıklı gelmiyor. Eğer bu *segno*, bu ipucu, Aydınlanma Yolu'yla ilgili bu duyuru gerçekten Galileo'nun *Diagramma*'sındaysa, tüm kopyaları ele geçirdiğinde Vatikan bunu neden görmedi?"

"Görüp fark etmemiş olabilirler. Illuminati işaretlerini hatırlıyor musun? Gözle görülür yerlere sakladıklarını? Gizleme oyunlarını? *Segno* da aynı şekilde gizlenmişti... gözle görülür bir yere. Onu aramayanlara görünmüyordu. Aynı zamanda onu *anlamayanlara* da görünmüyordu."

"Ne demek yani?"

"Galileo, onu çok iyi sakladı demek. Tarihi kayıtlara göre *segno*, Illuminati'nin *lingua pura* dediği şekilde gösterilmişti."

"Saf dil mi?"

"Evet."

"Matematik mi?"

(*) Queen Elizabeth II.

"Öyle tahmin ediyorum. Gayet açık. Her şeyden önce Galileo bir bilim adamıydı ve bilim adamları *için* yazıyordu. İpucunu teşhir etmek için en mantıklı lisan matematik olurdu. Kitapçığın adı *Diagramma* idi, bu yüzden şifrelerin bir kısmı matematiksel diyagramlar içerebilir."

Vittoria biraz daha ümitlenmiş gibiydi. "Sanırım Galileo, din adamlarının fark edemeyeceği bir çeşit matematiksel şifre yaratmıştır."

Sıranın sonuna doğru ilerleyen Langdon, "İkna olmuşa benzemiyorsun," dedi.

"Olmadım. Çünkü *sen* de ikna olmamışsın. DIII'den bu kadar eminsen neden bunu yayınlamadın? O zaman Vatikan Arşivleri'ne girebilen biri buraya gelir ve uzun zaman önce *Diagramma*'yı incelerdi."

Langdon, "Yayınlamak *istemedim*," dedi. "Bu bilgiyi toplamak uzun zamanımı aldı ve..." Langdon mahcup bir tavırla durdu.

"*Zafer* senin olsun istedin."

Langdon kızardığını hissediyordu. "Bir bakıma. Sadece..."

"O kadar utanma. Bir bilim adamıyla konuşuyorsun. Yayınla ya da yok ol. CERN'de buna 'bul ya da boğul' deriz."

"Sadece ilk olma meselesi değildi. Aynı zamanda *Diagramma* hakkındaki bilgiler yanlış birinin eline geçerse, kaybolur diye korktum."

"Vatikan'daki yanlış birileri mi?"

"Mesele sadece yanlış olmaları değil, kilise Illuminati tehdidini her zaman küçümsedi. 1900'lerin başlarında Vatikan, Illuminati'nin gerçekmiş gibi görünen bir hayal ürünü olduğunu söyleyecek kadar ileri gitti. Din adamları, Hıristiyanlığın son ihtiyacı olan şeyin, bankalarına, siyasetlerine ve üniversitelerine sızan güçlü bir Hıristiyanlık karşıtı hareketin varlığını öğrenmek olduğunu düşünmüştü. Belki de haklıydılar." *Şimdiki zaman Robert,* diye hatırlattı kendine. *Bankalarına, siyasetlerine ve üniversitelerine sızan güçlü bir Hıristiyanlık karşıtı birlik VAR.*

"Demek Vatikan'ın, Illuminati tehlikesini doğrulayan her türlü delili örtbas edeceğini düşündün, öyle mi?"

"Öyle sayılır. Gerçek ya da hayali her türlü tehdit, kilisenin gücüne olan inancı zayıflatır."

"Bir soru daha." Vittoria susup ona bir uzaylıymış gibi baktı. "Sen *ciddi* misin?"

Langdon durdu. "Ne demek istiyorsun?"

"Günü kurtarmak için planın *gerçekten* bu mu?"

Langdon, onun gözlerindeki ifadenin merhamet mi yoksa dehşet mi olduğuna karar verememişti. "*Diagramma'yı* bulmak konusunda mı?"

"Hayır, *Diagramma'yı* bulmak, dört yüz yıllık *segno*'nun yerini tespit etmek, bazı matematiksel şifreleri çözmek ve tarihte sadece en zeki bazı bilim adamlarının takip ettiği eski sanat yolunu bulmaktan bahsediyorum... ve tabi dört saat içinde."

Langdon omuzlarını silkti. "Diğer tekliflere açığım."

50

Robert Langdon, 9. Arşiv Kasası'nın önünde durup rafların üstündeki etiketleri okudu.

BRAHE... CLAVIUS... COPERNICUS... KEPLER... NEWTON...

İsimleri tekrar okurken bir tedirginlik hissetti. *Bilim adamları burada... peki ama Galileo nerede?*

Yakındaki kasanın içeriğini kontrol eden Vittoria'ya döndü. "Doğru konuyu buldum ama Galileo yok."

Vittoria yandaki kasayı gösterirken kaşlarını çatarak, "Hayır değil," dedi. "Burada. Ama umarım okuma gözlüğün yanındadır, çünkü *tüm* kasa ona ait."

Langdon hemen yanına gitti. Vittoria haklıydı. 10. Kasa'daki tüm tanım etiketleri aynı anahtar kelimeyi yazıyordu.

IL PROCESSO GALILEANO

Langdon kısık sesle bir ıslık çaldı. Galileo'nun neden kendisine ait bir kasası olduğunu şimdi anlıyordu. Rafların karanlıkta fark edilen dış çizgilerine gözlerini kısarak bakarken, "Galileo Davası," diye hayretini ifade etti. "Vatikan tarihindeki en uzun ve en pahalı yasal dava. On dört yıl ve altı yüz milyon liret. Hepsi burada."

"Birkaç tane yasal evrak işte."

"Sanırım geçen yüzyıllar avukatları pek değiştirmemiş."

"Köpekbalıklarını da öyle."

Langdon kasanın yanındaki geniş sarı düğmenin yanına gitti. Düğmeye basınca içerideki tepe ışıkları yandı. Kırmızı ışıklar odacığı parlak kırmızı bir hücreye çevirmişti... yüksek raflardan oluşan bir labirent.

Hayalet görmüşe dönen Vittoria, "Tanrım," dedi. "İş mi yapacağız yoksa güneşlenecek miyiz?"

"Parşömenler ve tirşe solduğu için her zaman karanlık ışıkla aydınlatma yapılır."

"İnsan burada çıldırır."

Kasanın tek girişine doğru ilerleyen Langdon *ya da daha kötüsü*, diye düşündü. "Bir uyarı. Oksijen oksidan olduğundan, hava geçirmez kasalarda az miktarda bulunur. İçerde bir zerrecik vakumu var. Nefes almakta güçlük çekeceksin."

"Yaşlı kardinaller dayanabiliyorsa ben de dayanabilirim."

Doğru, diye düşündü Langdon. *Biz de o kadar şanslı olalım.*

Kasa girişinde tek bir elektronik döner kapı vardı. Langdon kapının iç döndürme milinde, her bölmeden birine ulaşılabilen, dört erişim düğmesini gördü. Düğmelerden birine basıldığında motorlu kapı dişlileri harekete geçiyor ve yarım tur döndükten sonra duruyordu; içerideki havayı aynı seviyede tutmak için uygulanan bir standart.

Langdon, "Ben içeri girdikten sonra sadece düğmeye bas ve beni izle. İçerdeki nem oranı yüzde beş, bu yüzden ağız kuruluğu hissedebilirsin," dedi.

Langdon döner bölmenin içine girerek düğmeye bastı. Kapı gürültüyle gıcırdayarak dönmeye başladı. Langdon kapının hareketini takip ederken vücudunu, hava geçirmez kasalara ilk girişte yaşanan fiziksel şoka hazırladı. Mühürlü arşivlere girmek, deniz seviyesinden bir anda 7000 metreye çıkmak gibiydi. Mide bulantısı ve baş dönmesi sıkça rastlanan tepkilerdi. Arşivcilerin deyişinden alıntı yaparak *çift görünce çifte katlar*, diye hatırlattı kendine. Langdon kulaklarının çınladığını hissediyordu. Tıslayarak boşalan havanın ardından kapı durdu.

İçerideydi.

Langdon ilk önce, içerideki havanın umduğundan daha az olduğunu fark etti. Görünüşe bakılırsa Vatikan Arşivleri'ni çoğu yerden daha fazla ciddiye alıyordu. Langdon öğürmemek için kendini tuttu ve akciğerlerindeki kılcal damarlar genişlerken göğüs kaslarını gevşetti. Sıkıntısı hemen geçmişti. *Yunus adam olmak,* diye düşündü. Her gün yüzme havuzunda attığı elli tur sonunda bir işe yaramıştı. Artık daha normal nefes alarak kasada etrafına bakındı. Şeffaf dış duvarlara rağmen, o tanıdık gerginliği hissetti. *Bir kutunun içindeyim,* diye düşündü. *Kan kırmızı bir kutu.*

Arkasındaki kapının uğuldamasıyla Langdon arkasını dönüp, Vittoria'nın içeri girişini seyretti. Vittoria içeri girer girmez gözleri sulandı ve güçlükle nefes alıp vermeye başladı.

Langdon, "Bir dakika bekle," dedi. "Başın dönerse eğil."

Vittoria soluk soluğa konuştu. "Yanlış... bileşimle... dalış yapıyormuş... gibi... hissediyorum."

Langdon, onun ortama alışmasını bekledi. Kendini toparlayacağını biliyordu. Vittoria Vetra muhteşem bir vücuda sahipti. Langdon'ın bir zamanlar Widener Kütüphanesi'nin hava geçirmez kasasında eşlik ettiği titrek Radcliffe mezunlarına hiç benzemiyordu. Tur Langdon'ın kendi takma dişlerini yutmak üzere olan yaşlı bir kadına hayat öpücüğü vermesiyle son bulmuştu.

"Biraz daha iyi misin?" diye sordu.

Vittoria başını salladı.

"Ben senin lanet roket uçağına bindim, borcumu ödemek istedim."

Bu onu gülümsetmişti. "*Touché.*"

Langdon kapının yanındaki kutuya eğildi ve beyaz keten eldivenler çıkardı.

Vittoria, "Formalite gereği mi?" diye sordu.

"Parmak asidi. Belgeleri bunlar olmadan tutamayız. Bir çift giymen gerekecek."

Vittoria eldivenleri giydi. "Ne kadar zamanımız kaldı?"

Langdon, Mickey Mouse saatine baktı. "On dokuzu biraz geçiyor."

"Bu şeyi bir saat içinde bulmamız gerek."

Langdon, "Gerçekten," dedi. "Fazla vaktimiz yok." Başlarının üstündeki filtreli kanalı gösterdi. "Normalde müze müdürü, birisi kasadan içeri girdiği zaman oksijen sistemini çalıştırır. Ama bugün öyle olmayacak. Yirmi dakika sonra nefessiz kalacağız."

Kırmızımsı ışıkta Vittoria'nın bembeyaz kesildiği belli oluyordu.

Langdon gülümseyerek eldivenlerini düzeltti. "Bul ya da boğul Bayan Vetra. Mickey'nin tiktakları duyuluyor."

51

BBC Muhabiri Gunther Glick kapatmadan önce elindeki cep telefonuna yaklaşık on saniye bakakaldı.

Chinita Macri karavanın arka tarafından onu inceliyordu. "Ne oldu? Kimdi?"

Glick az önce kendisine gelmemiş olmasından korktuğu bir Noel hediyesi almış çocuk gibi ona döndü. "Az önce bir tüyo aldım. Vatikan'da bir şeyler oluyor."

Chinita, "Buna kardinaller toplantısı deniyor," dedi. "İyi tüyoymuş."

"Hayır öyle değil." *Daha büyük bir şey.* Arayan kişinin hikâyesinin doğru olup olamayacağını düşündü. Doğru olması için dua ettiğini fark ettiğinde kendinden utandı. "Sana dört kardinalin kaçırıldığını ve bu gece farklı kiliselerde öldürüleceğini söylesem ne derdin?"

"İğrenç espri anlayışına sahip biri seni işletmiş derdim."

"Peki ya sana ilk cinayetin işleneceği yerin tam adresinin verildiğini söylesem ne derdin?"

"Kiminle konuştuğunu bilmek isterdim."

"Söylemedi."

"Belki de saçmaladığı içindir."

Glick, Macri'nin alaycılığına alışmıştı, ama Marci, onun on yıl süresince *British Tattler'da* yalancılar ve kaçıklarla uğraştığını unutuyordu. Bu telefon ikisinden de gelmiyordu. Bu adam soğukkanlı bir manyaktı. Mantıklıydı. Adam, *seni saat yirmiden önce arayacağım,* demişti. *Ve sana ilk ci-*

nayetin nerede işleneceğini söyleyeceğim. Çekeceğin görüntüler seni ünlü yapacak. Glick arayanın ona bu bilgiyi neden verdiğini sorduğunda cevap, adamın Ortadoğulu aksanı kadar soğuktu. *Medya, anarşinin sağ koludur.*

Glick, "Bana bir şey daha söyledi," dedi.

"Ne? Elvis Presley'in Papa seçildiğini mi?"

"BBC bilgi tabanına girer misin?" Glick'in adrenalini artmaya başlamıştı. "Bu adamlar hakkında verdiğimiz başka haberleri de görmek istiyorum."

"Hangi adamlar?"

"Bana iyi davran."

Marci içini çekerek BBC veri bankasıyla bağlantı kurdu. "Bir dakika sürer."

Glick'in beyninde tilkiler dönüyordu. "Arayan kişi kameramanımın olup olmadığını öğrenmekte çok hevesliydi."

"Videograf."

"Ve canlı yayın yapıp yapamayacağımızı."

"Bir nokta beş yüz otuz yedi megahertz. Neden?" Bilgi tabanı biplcdi. "Tamam bağlandık. Kimi arıyoruz?"

Glick, ona anahtar kelimeyi verdi.

Marci dönüp ona baktı. "Dilerim şaka yapıyorsundur."

52

10. Arşiv Kasası'nın iç düzenlemesi Langdon'ın umduğu kadar tertipli değildi ve Galileo'nun benzer yayınlarıyla birlikte *Diagramma* da ortalarda yoktu. Bilgisayara aktarılmış fihriste girmeden ve müracaat kaynağı olmadan Langdon ile Vittoria'nın eli kolu bağlıydı.

Vittoria, "*Diagramma*'nın burada olduğuna emin misin?" diye sordu.

"Eminim. Her iki liste de doğrulanıyor, *Uficcio della Propaganda delle Fede...*"

"İyi. Eğer eminsen." Vittoria sola, Langdon sağa yöneldi.

Langdon aramaya koyuldu. Durmamak ve önünden geçtiği her hazineyi okumak için kendini zorluyordu. Büyüleyici bir koleksiyon vardı. *Çözümlemeci... Yıldızlı Haberci... Güneş Lekeli Mektuplar... Grandüşes Christina'ya Mektup... Apologia pro Galileo...* vb. vb.

Kasanın arka tarafında hedefi bulan Vittoria oldu. Boğuk sesiyle, "*Diagramma della Verità,*" diye seslendi.

Langdon kırmızı sisin içinden geçerek onun yanına gitti. "Nerede?"

Vittoria gösterdiğinde, Langdon daha önce neden fark edemediklerini anladı. Elyazması rafın üstünde değil, bir kâğıt sandığındaydı. Kâğıt sandıkları, bağımsız sayfaları saklamak için kullanılırdı. Kutunun üstündeki etiket, içerik hakkında şüpheye yer bırakmıyordu.

DIAGRAMMA DELLA VERITA
Galileo Galilei, 1639

Kalbi çarpan Langdon dizlerinin üstüne çömeldi. "*Diagramma.*" "Vittoria'ya bakıp sırıttı. "İyi iş. Sandığı çekmeme yardım et."

Vittoria yanına çömeldi ve birlikte çektiler. Sandığın altındaki metal tepsi tekerleklerin üstünde hareket edince kutunun üstü göründü.

Mandalın basitliğine şaşıran Vittoria, "Kilit yok mu?" dedi.

"Asla olmaz. Belgelerin bazen hemen yer değiştirmesi gerekir. Seller ve yangınlar gibi zamanlarda."

"Aç öyleyse."

Langdon'ın yüreklendirilmeye ihtiyacı yoktu. Akademik hayatı boyunca kurduğu düş tam önünde duruyordu. Ayrıca odanın havası azalmaya başladığında sallanacak vakti yoktu. Mandalı iterek kapağı kaldırdı. Sandığın dibinde siyah branda bezinden bir kese duruyordu. Bezin hava geçirgenliği, içindekilerin korunması açısından çok önemliydi. İki elini içeri uzatarak keseyi yatay şekilde kaldırdı ve kasanın içinden çıkardı.

Vittoria, "Bir hazine sandığı bekliyordum," dedi. "Bu daha çok yastık kılıfına benziyor."

"Beni izle." Torbayı önünde kutsal bir hazine gibi tutan Langdon cam yüzeyli çalışma masasının bulunduğu kasanın ortasına yürüdü. Masanın ortaya yerleştirilmesinin sebebi, belgelerin kasa içinde fazla uzağa taşınmaması olduğu halde araştırmacılar, etraftaki rafların sağladığı gizlilikten zevk alırlardı. İnsana kariyer yaptıran buluşlar dünyanın en önemli kasalarında gerçekleşirdi ve akademisyenlerin çoğu, onlar çalışırken rakiplerinin camın ardından gözetlemesinden hoşlanmazdı.

Langdon keseyi masanın üstüne yatırarak, düğmesini açtı. Vittoria yanında duruyordu. Langdon arşivci malzemelerinin durduğu tepsiyi karıştırarak, arşivcilerin *parmak zili* dedikleri keçe kıskaçları buldu; her bir kolunda yassı daireleri olan büyük cımbızlar. Langdon heyecanı yükselirken, uyanıp da kendini yeniden Cambridge'de not vermesi gereken sınav kâğıtlarının önünde bulmaktan korkuyordu. Derin bir nefes alarak torbayı açtı. Keten eldivenlerin içinde titreyen parmaklarıyla maşayı uzattı.

Vittoria, "Sakin ol," dedi. "Sadece kâğıt, plütonyum değil."

Langdon maşayı içerideki belgelerin etrafına yerleştirdi ve bastırırken bile özen gösterdi. Sonra, belgeleri çekip çıkartmak yerine, torbayı çıkartırken onları olduğu yerde tuttu... esere asgari zararı vermek için arşivcilerin uyguladığı yöntem buydu. Torba tamamen çıkana ve Langdon masanın altındaki çalışma lambasını yakana dek nefes almadı.

Camın altından gelen ışıkla aydınlanan Vittoria şimdi bir hortlağa benziyordu. Saygılı bir sesle, "Küçük kâğıtlar," dedi.

Langdon başını salladı. Önlerinde duran kâğıt destesi, küçük bir cep romanından kopan sayfalara benziyordu. Langdon en üstteki kâğıtta, Galileo'nun kendi eliyle yazılmış başlığı, tarihi ve Galileo ismini görebiliyordu.

İşte o an Langdon şehrin içinde bulunduğu tehlikeyi, çaresizliğini ve onu buraya getiren dehşet verici durumu unuttu. Sadece hayret dolu gözlerle bakıyordu. Mona Lisa'nın fırça darbelerini görmek gibi... tarihle burun buruna gelmek, Langdon'ı daima kıpırdayamaz hale getirirdi.

Sararıp solmuş papirüs yaprakları Langdon'ın aklında bunların yaşına ve gerçekliğine dair hiçbir şüpheye yer bırakmamıştı ama kaçınılmaz sararmaya rağmen belgeler mükemmel durumdaydı. *Pigmentlerin renginin açılması. Papirüsün yer yer kopup yapışması. Ama yine de hepsi... mükemmel durumda.* Gözleri nemsizlikten buğulanırken, kapaktaki süslü el yazısını inceledi. Vittoria susuyordu.

"Bana spatulayı uzatır mısın lütfen?" Langdon, Vittoria'nın yanındaki arşiv malzemeleriyle dolu, paslanmaz çelik tepsiyi işaret etti. Vittoria spatulayı verdi. Langdon aleti eline aldı. İyi bir spatulaydı. Statik değişikliği gidermek için parmaklarını yüzeyinde gezdirdi ve sonra dikkatle kapağın altına soktu. Sonra spatulayı tutarak kapak sayfasını çevirdi.

İlk sayfa, okuması neredeyse imkânsız süslü el yazısıyla yazılmıştı. Langdon hemen bu sayfada herhangi bir diyagram veya sayı olmadığını fark etti. Sadece metindi.

Birinci sayfadaki başlığı tercüme eden Vittoria, "Güneş merkezlilik," dedi. Metni gözleriyle taradı. "Galileo yeryüzü merkezli modelden ilk ve son olarak vazgeçmişe benziyor. Eski İtalyanca olduğu için çeviri konusunda garanti veremem."

Langdon, "Bunu bırak," dedi. "Matematik arıyoruz. Saf dil." Sonraki sayfayı çevirmek için spatulayı kullandı. Bir başka metin. Matematik ya da diyagram yoktu. Langdon'ın elleri eldivenin içinde terlemeye başlamıştı.

Başlığı tercüme eden Vittoria, "Gezegenlerin Hareketi," dedi.

Langdon kaşlarını çattı. Başka bir gün olsaydı bu duyduklarından büyülenirdi; NASA'nın güçlü teleskoplarla tespit edilen son gezegen yörüngeleri modeli, Galileo'nun ilk varsayımlarıyla neredeyse aynıydı.

Vittoria, "Matematik yok," dedi. "Doğudan batıya devinim ve eliptik yörüngeler gibi şeylerden bahsediyor."

Eliptik yörüngeler. Langdon, Galileo'nun yasal sıkıntılarının asıl, gezegen hareketlerinin *eliptik* olduğunu açıklamasıyla başladığını hatırladı. Vatikan, *daire* mükemmelliğini yüceltmiş ve ilahi hareketin sadece dairesel olabileceği konusunda ısrar etmişti. Ama Galileo'nun Illuminati'si elipsin de mükemmel olduğunu görmüş, çift odaklarının matematiksel ikiliğine saygı duymuşlardı. Illuminati'nin elipsi bugün bile modern Mason armalarında ve kakmalarında sıkça kullanılan bir desendir.

Vittoria, "Sonraki," dedi.

Langdon sayfayı çevirdi.

"Ay evreleri ve gelgit hareketi," dedi. "Sayı yok. Diyagram yok."

Langdon yeniden çevirdi. Hiçbir şey yoktu. Bir düzine kadar sayfa çevirdi. Hiçbir şey, hiçbir şey, hiçbir şey yoktu.

Vittoria, "Ben bu adamın matematikçi olduğunu sanıyordum," dedi. "Burada sadece metinler var."

Langdon ciğerlerindeki havanın azalmaya başladığını hissetti. Ümitleri de azalıyordu. Kâğıt destesi sonuna yaklaşmıştı.

Vittoria, "Burada hiçbir şey yok," dedi. "Matematik yok. Birkaç tarih, birkaç standart rakam ama ipucuna benzer hiçbir şey yok."

Langdon son sayfayı çevirerek içini çekti. Bu da bir metindi.

Vittoria kaşlarını çatarak, "Kısa kitapmış," dedi.

Langdon başını salladı.

"Roma'da dediğimiz gibi *merda*."

Langdon, *haklı* diye düşündü. Camdaki yansıması, bu sabah cumba penceresinden kendisine bakan görüntü gibi sanki onunla dalga geçiyordu. *Yaşlanan bir hayalet.* "Bir şey *olmalı,*" derken, boğuk sesindeki umutsuzluk onu bile şaşırtmıştı. "*Segno* burada bir yerde. Bunu biliyorum!"

"Belki de DIII hakkında yanıldın, olamaz mı?"

Langdon dönüp ona baktı.

Vittoria, "Tamam," dedi. "DIII çok mantıklı. Ama belki de ipucu matematiksel değildir."

"*Lingua pura*. Başka ne olabilir?"

"Sanat?"

"Ama kitapta ne bir diyagram, ne de resim var."

"Benim tek bildiğim *lingua pura* kelimesinin İtalyancadan başka bir şey demek olduğu. Matematik mantıklı geliyor."

"Katılıyorum."

Langdon yenilgiyi bu kadar çabuk kabul etmeyi reddediyordu. "Rakamlar el yazısıyla yazılmış olmalı. Matematik denklemlerle değil kelimelerle gösterilmiş olmalı."

"Tüm sayfaları okumak biraz zaman alır."

"Ama vaktimiz yok. İşi bölüşmek zorundayız." Langdon kâğıt destesini yeniden başa çevirdi. "Sayıları tanıyacak kadar İtalyanca biliyorum." Spatulayı kullanarak sayfaları oyun kâğıdı gibi ikiye kesti ve ilk yarım düzine sayfayı Vittoria'nın önüne koydu. "Burada bir yerde. Eminim."

Vittoria eğilerek ilk sayfayı eliyle çevirdi.

Tepsiden ona başka bir spatula uzatan Langdon, "Spatula!" dedi. "Spatulayı kullan."

Vittoria, "Eldiven takıyorum," diye mırıldandı. "Ne kadar zarar verebilirim?"

"Sen kullan."

Vittoria spatulayı eline aldı. "Sen de benim hissettiğimi hissediyor musun?"

"Gerginlik mi?"

"Hayır. Nefes daralması."

Langdon da kesinlikle bunu hissediyordu. Hava tahmin ettiğinden daha çabuk tükenmeye başlamıştı. Acele etmeleri gerektiğini biliyordu. Arşiv bilmeceleri onun için yeni bir şey değildi ama genellikle üstünde çalışmak için biraz daha fazla zamanı olurdu. Langdon başka tek kelime etmeden başını eğip kâğıt destesinin ilk sayfasını tercüme etmeye başladı.

Göster kendini, lanet olası! Göster kendini!

53

Roma'nın aşağısında bir yerde, karanlık bir figür etrafı kolaçan ederek, taş rampadan yeraltı tüneline iniyordu. Eski geçit, havayı sıcaklaştıran ve ağırlaştıran meşalelerle aydınlatılmıştı. İleride, boş yere bağıran yetişkin adamların korku dolu sesleri, kapalı alanda yankı yapıyordu.

Köşeyi dönünce onları gördü, tamamen onları bıraktığı gibiydiler: taş bir odacıkta, paslı demir parmaklıklar arkasına kapatılmış, dört korkmuş yaşlı adam.

İçlerinden biri Fransızca, "*Qui êtes-vous?*" diye sordu. "Bizden ne istiyorsunuz?"

Diğeri Almanca, "*Hilfe,*" dedi. "Bırakın bizi!"

Biri İngilizce, "Bizim kim olduğumuzun farkında mısınız?" diye sordu, İspanyol aksanı vardı.

İtalyan olan dördüncü tutsak, sessiz ve düşünceliydi, onları kaçıran adamın simsiyah boş gözlerine baktı ve cehennemin ta kendisini gördüğünü düşündü. *Tanrım bize yardım et,* diye dua etti.

Katil saatini kontrol etti ve sonra tutsaklara baktı. "Pekâlâ," dedi. "İlk kim geliyor?"

54

Robert Langdon, 10. Arşiv Kasası'nın içinde, önündeki kaligrafiyi incelerken, İtalyanca sayıları okuyordu. *Mille... centi... uno, due, tre... cinquanta. Sayısal referansa ihtiyacım var! Kahretsin!*

Elindeki son kitap yaprağına geldiğinde, sayfayı çevirmek için spatulayı kaldırdı. Bıçak ağzını sayfayla aynı hizaya getirirken, kaşlarını çattı, aleti düzgün tutmakta zorluk çekiyordu. Dakikalar sonra, aşağı baktığında spatulayı bıraktığını ve sayfaları eliyle çevirdiğini fark etti. Belli belirsiz bir suçluluk hissederek, *hay Allah,* diye düşündü. Oksijen eksikliği normal davranamamasına neden oluyordu. *Görünüşe bakılırsa, arşivci cehenneminde yanacağım.*

Langdon'ın sayfaları eliyle çevirdiğini görünce Vittoria, nefesi kesilmiş bir halde, "Lanet zaman," dedi. Spatulayı bırakıp aynı şeyi yapmaya başladı.

"Hiç şansımız var mı?"

Vittoria başını iki yana salladı. "Hiçbir şey tamamen matematiksel görünmüyor. Üzerinden geçiyorum... ama bunların hiçbiri ipucuna benzemiyor."

Langdon gittikçe daha fazla zorluk çekerek, kitap sayfalarını tercüme etmeye devam etti. İtalyancası zayıftı, küçücük el yazısı ve arkaik dil yavaş ilerlemesine neden oluyordu. Vittoria önündeki yığının sonuna Langdon'dan önce ulaştı. Sayfaları yeniden çevirmeye başladığında cesareti kırılmış gibi görünüyordu. Daha dikkatli bir kontrol daha yapmak için yere çömeldi.

Langdon son sayfayı bitirdiğinde, alçak sesle küfretti ve Vittoria'ya baktı. Kitap sayfalarından birindeki bir şeye kaşlarını çatıp gözlerini kısarak bakıyordu. Langdon, "Ne var?" diye sordu.

Vittoria başını kaldırmadı. "Senin sayfalarında dipnot var mı?"

"Gördüğüm kadarıyla hayır. Neden?"

"Bu sayfada bir dipnot var. Katlanarak, gözden saklanmış."

Langdon, onun baktığı şeyi görmeye çalıştı, ama tek seçebildiği şey, kâğıdın sağ üst köşesindeki sayfa numarasıydı. Sayfa 5. Rastlantıyı anlaması biraz zaman aldı ve sonra anladığında bile bağlantı ona şüpheli geldi. *Sayfa Beş. Beş, Pisagor, beş köşeli yıldızlar, Illuminati.* Langdon, Illuminati'nin ipuçlarını saklamak için beşinci sayfayı seçmiş olup olmayacağını merak etti. Langdon, onları çevreleyen kırmızımsı sisin içinde, ufacık bir umut ışığı hissetti. "Dipnot matematiksel mi?"

Vittoria başını iki yana salladı. "Metin. Bir mısra. Çok küçük harfle basılmış. Neredeyse okunmuyor."

Umutları yıkıldı. "Matematikle ilgili olması gerekiyordu. *Lingua pura.*"

"Evet, biliyorum." Vittoria duraksadı. "Yine de, bunu duymak isteyeceğini düşünüyorum." Langdon, onun sesinde bir heyecan hissetti.

"Devam et."

Vittoria gözlerini kısarak, mısrayı okudu. "Işık yolu hazır, kutsal sınav."

Kelimeler hiç de Langdon'ın hayal ettiği gibi değildi. "Efendim?"

Vittoria mısrayı tekrar okudu. "Işık yolu hazır, kutsal sınav."

"Işık yolu mu?" Langdon doğrulduğunu hissetti.

"Böyle yazıyor. Işık yolu."

Langdon kelimeler zihnine yerleştiğinde, anlık bir berraklığın hezeyanını delip geçtiğini hissetti. *Işık yolu hazır, kutsal sınav.* Bunun onlara nasıl bir yardımı olacağı hakkında hiç fikri yoktu, ama düşünebildiği kadarıyla mısra Aydınlanma Yolu'na doğrudan bir referanstı. *Işık yolu. Kutsal sınav.* Kafası, kötü yakıtla hız değiştiren bir motor gibiydi. "Tercümeden emin misin?"

Vittoria tereddüt etti. "Aslında..." Tuhaf bir ifadeyle ona bakıyordu. "Teknik olarak, bu bir çeviri değil. Mısra, *İngilizce* yazılmış."

Langdon bir an için, odanın içindeki akustiğin işitme duygusunu etkilediğini düşündü. "*İngilizce mi?*"

Vittoria belgeyi ona uzattı ve Langdon sayfanın altındaki küçük harfli baskıyı okudu. "*Işık yolu hazır, kutsal sınav.* İngilizce mi? İtalyanca bir kitapta, *İngilizcenin* işi ne?"

Vittoria omuzlarını silkti. O da yarı sarhoş gibi görünüyordu. "Belki de, *lingua pura*'yla kastettikleri şey, İngiliz dilidir. İngilizce, bilimin uluslararası dili sayılıyor. CERN'de hepimiz İngilizce konuşuyoruz."

Langdon, "Ama bu 1600'lerde yazılmış," diye itiraz etti. "O zamanlar İtalya'da kimse İngilizce konuşmuyordu, şeyler bile. Ne söylemek üzere olduğunu fark edince sustu. "Şeyler bile... *papazlar.*" Langdon'ın akademik beyni en hızlı viteste çalışıyordu. "1600'lerde," dedi, şimdi daha hızlı konuşuyordu. "*İngilizce*, Vatikan'ın henüz kabul etmediği bir dildi. İtalyanca, Latince, Almanca, hatta İspanyolca ve Fransızca anlaşıyorlardı, ama İngilizce Vatikan'a tamamen yabancıydı. İngilizceyi, Chaucer ve Shakespeare gibi kutsal şeylere saygısız adamların, özgür düşüncelilerin kullandığı kirli bir dil olarak görüyorlardı." Langdon'ın aklına aniden Illuminati'nin Toprak, Hava, Ateş, Su damgaları geldi. Damgaların *İngilizce* olduğu efsanesi şimdi tuhaf bir şekilde anlamlı geliyordu.

"Yani, Galileo İngilizceyi, Vatikan'ın kontrol edemediği bir dil olduğu için *la lingua pura* olarak düşünmüş olabilir, diyorsun?"

"Evet. Ya da belki de, Galileo ipucunu İngilizce yazarak, okur sayısını ustaca Vatikan'dan uzaklaştırıyordu."

Vittoria, "Ama bu bir ipucu bile değil," diye iddia etti. "*Işık yolu hazır, kutsal sınav?* Bu da ne demek?"

Langdon, *haklı,* diye düşündü. Dize, hiçbir şekilde yardımcı olmuyordu. Ama, cümleyi aklından tekrar ettiğinde, tuhaf bir gerçek onu sarstı. *Bu çok garip*, diye düşündü. *Bunun olasılığı nedir?*

Vittoria boğuk bir sesle, "Buradan çıkmamız gerekiyor," dedi.

Langdon, onu dinlemiyordu. *Işık yolu hazır, kutsal sınav.* Tekrar heceleri sayarak, aniden, "Bir kahramanlık beyiti,"(*) dedi. "Birbirini takip eden beş vurgulu ve beş vurgusuz on heceden oluşan bir dize."

Vittoria'nın kafası karışmıştı. "Kim kahramanmış?"

(*) Bir uzun bir kısa hecenin art arda gelerek oluşturduğu iki vurgulu, beş heceli iki dizeden oluşan beyit.

Langdon bir an için, Phillips Exeter Akademisi'de İngilizce sınıfında oturduğu bir cumartesi sabahına geri dönmüştü. *Lanet olsun.* Okulun beysbol yıldızı Peter Greer, Shakespeare'in kahramanlık beyitinin bir dizesinde bulunması gereken hece sayısını hatırlamakta zorluk çekiyordu. Profesörleri, Bissell adındaki neşeli okul müdürü, masaya sıçradı ve, "Beş heceli dize, Greer! Kale işareti olan levhayı düşün. Beş-gen! Beş kenar. Beş! Beş! Beş! Tanrım!"

Langdon, *beş hece,* diye düşündü. İki vurgudan oluşan beş hece. Tüm kariyeri boyunca asla bağlantıyı kuramamıştı. Kahramanlık beyiti, kutsal Illuminati numaraları olan 5 ve 2'yle simetrik bir vezin ölçüsüydü.

Langdon bunu aklından uzaklaştırmaya çalışarak, kendi kendine, *yaklaşıyorsun,* dedi. *Anlamsız bir tesadüf!* Ama, düşünce aklına takılmıştı. *Pisagor ve beşgen için... beş. Her şeyin çifti için... iki.*

Kısa bir süre sonra, başka bir şeyin farkına varınca, bacaklarının uyuştuğunu hissetti. Kahramanlık beyitine, basitliğinden ötürü genellikle, "saf mısra" ya da "saf vezin" deniliyordu. *La lingua pura?* Illuminati'nin bahsettiği saf dil bu olabilir miydi? *Işık yolu hazır, kutsal sınav...*

Vittoria, "A-a," dedi.

Langdon döndü ve onun kitap sayfasını baş aşağı çevirdiğini gördü. Boğazının düğümlendiğini hissetti. *Yine mi?* "Bu dizenin bir ambigram olmasına imkân yok!"

"Hayır, ambigram değil... ama..." Belgeyi çevirmeye devam ediyordu, her çevirişte 90 derece.

"Ama ne?"

Vittoria başını kaldırıp, baktı. "*Sadece* bu dize yok."

"Başka bir tane daha mı var?"

"Sayfanın her boşluğunda bir tane. Üstte, altta, sağda ve solda. Sanırım, bu bir şiir."

Langdon heyecanla, "Dört dize mi?" dedi. *Galileo şair miydi?* "Ver bakayım!"

Vittoria sayfayı bırakmadı. Sayfayı doksan derecelik açılarla döndürmeye devam ediyordu. "Kenarda oldukları için dizeleri daha önce görmedim." Son dizeye başını gömdü. "Hıh. Biliyor musun? Bunu Galileo yazmamış."

"Ne!"

"Şiir, John Milton'a ait."

"John *Milton?" Kayıp Cennet'*i yazan ünlü İngiliz şair, Galileo'yla aynı dönemdendi ve komplo meraklılarının Illuminati şüpheli listesinin en başına koydukları bir alimdi. Milton'un Galileo Illuminati'siyle iddia edilen yakınlığı, Langdon'ın doğru olduğunu tahmin ettiği bir efsaneydi. Sadece, Milton 1638'te "aydınlanmış adamlarla sohbet etmek" için Roma'ya çok iyi belgelenmiş bir hac yaptığı için değil, aynı zamanda bilim adamının ev hapsi döneminde Galileo'yla birlikte, şu anda Floransa'daki IMSS Müzesi'nde bulunan Annibale Gatti'nin ünlü *Galileo ve Milton* tablosu dahil birçok Rönesans tablosunda resmedilen toplantılar düzenlediği için.

Sonunda sayfayı Langdon'a uzatan Vittoria, "Milton, Galileo'yu tanıyordu, değil mi?" dedi. "Belki de, şiiri iyilik olsun diye yazmıştır."

Langdon kaplı belgeyi alırken dişlerini sıktı. Masanın üzerine koyarak, üstteki dizeyi okudu. Sonra, sayfayı doksan derece döndürerek, sağ boşluktaki dizeyi okudu. Bir kez daha çevirdi ve alttakini okudu. Bir kez daha ve soldakini. Son çeviriş, daireyi tamamladı. Toplam, dört dize vardı. Vittoria'nın ilk bulduğu dize aslında şiirin üçüncü dizesiydi. Dört dizeyi, sırayla saat yönünde tekrar okudu: üst, sağ, alt, sol. Bitirdiğinde, nefesini bıraktı. Aklında hiçbir şüphe kalmamıştı. "Buldunuz, Bayan Vetra."

Dudakları kapalı bir şekilde gülümsedi. "Güzel, şimdi buradan çıkabiliriz."

"Bu dizeleri yazmalıyım. Kâğıt, kalem bulmam lazım."

Vittoria başını iki yana salladı. "Unut bunu, profesör. Karalama yapmanın sırası değil. Mickey'nin tiktakları çalışıyor." Kâğıdı elinden aldı ve kapıya yöneldi.

Langdon ayağa kalktı. "Onu dışarı çıkaramazsın! O..."

Ama, Vittoria çoktan çıkmıştı.

55

Langdon ve Vittoria, Gizli Arşivler'in dışındaki avluya çıkmışlardı. Langdon'ın ciğerlerine dolan temiz hava uyuşturucu etkisi yarattı. Gözlerinin önünde uçuşan mor noktalar çabucak kayboldu. Ama, suçluluk duygusu kaybolmadı. Dünyanın en özel kasasından, paha biçilmez bir kutsal emanet hırsızlığına suç ortaklığı etmişti. Camerlengo, *size güveniyorum,* demişti.

Vittoria sayfayı hâlâ elinde tutarak, *Via Borgia*'dan Olivetti'nin ofisine doğru koşar adımlarla yürürken, "Çabuk ol," dedi.

"Eğer o papirüsün üzerine bir parça su gelirse..."

"Sakin ol. Bu şeyin şifresini çözünce, kutsal 5. sayfalarını geri vereceğiz."

Langdon, ona yetişmek için hızlandı. Bir suçlu gibi hissetmenin ötesinde, belgenin büyüleyici anlamları yüzünden hâlâ sersem gibiydi. *John Milton bir Illuminati üyesiydi. Şiiri, Galileo'ya Sayfa 5'te yayınlanması için yazmıştı... Vatikan'ın gözlerinden çok uzakta.*

Avludan çıkarlarken, Vittoria sayfayı Langdon'a uzattı. "Bu şeyin şifresini çözebilir misin? Yoksa, beynimizi boş yere mi patlattık?"

Langdon belgeyi dikkatle elleri arasına aldı. Hiç duraksamadan, tüvit ceketinin iç ceplerinden birine sokup gün ışığından ve nem tehlikesinden uzaklaştırdı. "Çözdüm bile."

Vittoria durdu. "*Ne* yaptın?"

Langdon yürümeye devam etti.

Vittoria, ona yetişmek için koştu. "*Bir kez* okudun! Zor olacağını düşünüyordum."

Langdon, onun haklı olduğunu biliyordu, yine de *segno*'yu tek okuyuşta çözmüştü. Kahramanlık beyitlerinden oluşan mükemmel bir dörtlüktü ve bilimin ilk mihrabı kendisini saf bir açıklıkla göstermişti. Görevi başarmanın verdiği rahatlık, huzurunu kaçırıyordu. O, Püriten ahlak sisteminin çocuğuydu. Eski New England vecizesini söyleyen babasının sesi hâlâ kulaklarındaydı: *Eğer çok zor olmadıysa, yanlış yapmışsındır.* Langdon deyişin yanlış olmasını umuyordu. Daha hızlı yürürken, "Şifreyi çözdüm," dedi. "İlk cinayetin nerede olacağını biliyorum. Olivetti'yi uyarmamız gerekiyor."

Vittoria, ona yaklaştı. "Nasıl şimdiden bilebilirsin? Şu şeye bir daha bakayım." Bir boksörün el çabukluğuyla, çevik elini Langdon'ın cebine soktu ve kâğıdı tekrar dışarı çıkardı.

Langdon, "Dikkat et!" dedi. "Onu böyle..."

Vittoria, ona aldırmadı. Elinde kâğıtla, yanında yürümeye başladı, belgeyi akşam ışığına tutarak, sayfa kenarındaki boşlukları inceliyordu. Yüksek sesle okumaya başladığında, Langdon sayfayı yeniden ele geçirmek için hamle yaptı, ama bunun yerine, heceleri yürüyüşüyle mükemmel bir ritim tutturarak okuyan Vittoria'nın aksanlı alto sesiyle büyülendiğini fark etti.

Dizenin yüksek sesle okunduğunu duyan Langdon bir an için zaman değiştirdi... sanki, bunun bir sınav, bir harita, bilimin dört mihrabını açıklayan bir ipucu olduğunun bilinciyle... Roma'daki gizli bir yolu aydınlatan dört işareti ortaya çıkaran şiiri ilk kez dinleyen, Galileo'nun çağdaşlarından biriydi... Dizeler, Vittoria'nın dudaklarından bir şarkı gibi dökülüyordu.

Şeytan gözlü toprak Santi kabri
Roma'da ara mistik öğeyi
Işık yolu hazır, kutsal sınav
Melek rehberliğinde yüce av

Vittoria şiiri iki kez okudu ve sonra, sanki eski kelimelerin kendiliğinden yankılanması için sustu.

Langdon içinden, *Şeytan gözlü toprak Santi kabri,* diye tekrarladı. Şiir bu konuda son derece açıktı. Aydınlanma Yolu Santi'nin kabrinden başlıyordu. İşaretler bu noktadan sonra Roma'nın içinden geçerek Yol'u aydınlatıyordu.

Şeytan gözlü toprak Santi kabri
Roma'da ara mistik öğeyi

Mistik öğeler. Bu da açıktı. *Toprak, Hava, Ateş, Su.* Bilimin öğeleri, dini heykel görüntüsündeki dört Illuminati işareti.

Vittoria, "İlk işaret," dedi. "Santi'nin kabrinde olmalı."

Langdon gülümsedi. "Sana o kadar zor olmadığını söylemiştim."

Aniden heyecanlanarak, "Peki Santi kim?" diye sordu. "Mezarı nerede?"

Langdon kendi kendine kıkırdadı. Çok az insanın *Santi*'yi tanımasına şaşırıyordu. Yaşamış en ünlü Rönesans ressamlarından birinin soyadıydı. İlk adını bütün dünya tanıyordu. Yirmi beş yaşında Papa II. Julius için çalışmaya başlayan dâhi çocuk, henüz otuz sekiz yaşındayken öldüğünde ardında, dünyanın gördüğü en muhteşem fresk koleksiyonunu bırakmıştı. Santi sanat dünyasında bir devdi ve yalnızca ilk adıyla tanınmak... Napoleon, Galileo ve İsa gibi sadece seçkin birkaç kişinin... ve elbette Langdon'ın Harvard yurtlarında duyduğu -Sting, Madonna, Jewel ve eskiden Prince diye tanınıp da sonradan adını... işaretiyle değiştiren yarı tanrıların erişebildiği bir şöhretti. Langdon, Prince'e bu yüzden "İkicinsli Hayat Sembolüyle Kesişen Tau Haçı" ismini takmıştı.

Langdon, "Santi," dedi. "Büyük Rönesans ustası Raphael'in soyadıdır."

Vittoria şaşkın görünüyordu. "Raphael mi? *Bildiğimiz* Raphael mi?"

"Yegâne ve tek Raphael." Langdon telaşla İsviçreli Muhafızlar Ofisi'ne doğru yürüyordu.

"O zaman Yol Raphael'in kabrinden mi başlıyor?"

Koşuştururlarken Langdon, "Doğrusu çok mantıklı," dedi. "Illuminati büyük ressam ve heykeltıraşları genellikle aydınlanmanın şerefli kardeşleri olarak kabul ederlerdi. Illuminati, Raphael'in kabrini bir tür övgü maksadıyla seçmiş olabilir." Langdon bununla birlikte, diğer pek çok dini eser sanatçısı gibi Raphael'in de gizli bir ateist olduğundan şüphelenildiğini biliyordu.

Vittoria tekrar kâğıdı dikkatle Langdon'ın cebine yerleştirdi. "Peki nerede yatıyor?"

Langdon derin bir nefes aldı. "İster inan, ister inanma Raphael Pantheon'da yatıyor."

Vittoria şüpheyle bakıyordu. "*Pantheon* mu?"

"Bildiğimiz Raphael, bildiğimiz Pantheon'da." Langdon ilk işaretin yerleştirileceği yerin Pantheon olacağını kendisinin de tahmin etmediğini itiraf etmek zorundaydı. İlk bilim mihrabının gözlerden uzak, sessiz bir kilise olacağını tahmin etmişti. 1600'lerde bile, o delikli devasa kubbesiyle Pantheon, Roma'da en iyi bilinen yerlerden biriydi.

Vittora, "Pantheon aynı zamanda bir *kilise* mi?" diye sordu.

"Roma'daki en eski Katolik Kilisesi."

Vittoria başını iki yana salladı. "Ama ilk kardinalin Pantheon'da öldürüleceğine gerçekten inanıyor musun? Roma'daki en yoğun turistik merkezlerden biri."

Langdon omuzlarını silkti. "Illuminati, tüm dünyanın seyretmesini istediğini söyledi. Bir kardinali Pantheon'da öldürmek mutlaka insanları hayrete düşürecektir."

"Ama birini Pantheon'da öldürdükten sonra nasıl fark edilmeden oradan çıkmayı düşünüyor? Bu mümkün değil."

"Vatikan Şehri'nden dört kardinali kaçırmak kadar mümkün. Şiir açık."

"Ve sen Raphael'in Pantheon'da gömülü olduğuna *eminsin* öyle mi?"

"O kabri defalarca gördüm."

Hâlâ kaygılı görünen Vittoria başını salladı. "Saat kaç?"

Langdon saatine baktı. "On dokuz otuz."

"Pantheon uzak mı?"

"Bir buçuk kilometre kadar. Vaktimiz var."

"Şiir Santi'nin *toprak* kabri diyor. Bu sana bir şey ifade ediyor mu?"

Langdon, Muhafızlar Avlusu'nu koşar adımlarla çaprazlamasına geçiyordu. "Dünyevi mi? Doğrusu Roma'da Pantheon'dan daha fazla toprağa ait bir yer yok. İsmini, burada inanılan ilk dinden almış... Panteizm. Tüm tanrılara, özellikle de paganların Toprak Ana tanrılarına tapılırdı."

Langdon mimarlık öğrencisiyken, Pantheon'un ana salon boyutlarının Gaea'nın -Dünya Tanrıçası- onuruna yapıldığını öğrendiğine hayret etmişti. Orantılar o kadar mükemmeldi ki, dev bir küre binanın içine bir milimetre bile taşmadan yerleşebiliyordu.

Biraz daha ikna olmuşa benzeyen Vittoria, "Peki," dedi. "Ya Şeytan gözü? *Şeytan gözlü toprak Santi kabri?*"

Langdon bu konuda pek emin değildi. Mantık yürüterek, "Şeytan gözü *yuvarlak pencere* anlamında kullanılmış olmalı," dedi. "Pantheon'un damındaki ünlü dairesel açıklık."

Yanında hiç zorlanmadan yürüyen Vittoria, "Ama orası bir *kilise*," dedi. "Açıklığa neden Şeytan gözü desinler?"

Aslında Langdon da bunu düşünüyordu. Daha önce "Şeytan Gözü" terimini hiç duymamıştı, ama sözleri mevcut duruma uygun düşen, Pantheon'la ilgili bir on altıncı yüzyıl eleştirisini hatırlıyordu. Venerable Bede, IV. Boniface tarafından Tanrı'ya adandığı zaman, deliği, binadan kaçmaya çalışan Şeytanların açtığını yazmıştı.

Küçük bir avluya girerlerken Vittoria, "Ve eğer *Raphael* ismiyle tanınıyorsa Illuminati neden Santi ismini kullansın?" diye sordu.

"Çok soru soruyorsun."

"Babam da öyle derdi."

"İki nedeni olabilir. Birincisi, *Raphael* kelimesinde çok fazla hece var. Şiirin kahramanlık beyitine uymazdı."

"Biraz zorlama oldu."

Langdon, ona katılıyordu. "Tamam, o zaman belki de 'Santi' kelimesini kullanmak ipucunu daha anlaşılmaz hale getiriyor, böylece sadece aydınlanmış kişiler Raphael'den bahsettiğini anlıyordu."

Vittoria buna da inanmışa benzemiyordu. "Raphael hayattayken soyadının gayet iyi bilindiğine eminim."

"Öyle değildi ama. Tek isimle tanınmak bir statü göstergesiydi. Raphael günümüzdeki çoğu pop yıldızı gibi, soyadını saklamıştı. Mesela Madonna. Asla soyadı Ciccone'yi kullanmaz."

Vittoria hayret etmişti. "Sen 'Madonna'nın soyadını mı biliyorsun?"

Langdon verdiği örnekten pişman olmuştu. 10.000 yeniyetmeyle bir arada yaşayınca, insan zihnine doluşan gereksiz bilgilerin sayısı gerçekten şaşırtıcı oluyordu.

Vittoria ile birlikte İsviçreli Muhafızlar Ofisi'ne giden son kapıyı geçtikten sonra, ilerleyişleri bir uyarıyla durduruldu.

Arkalarından bir ses, "*Para!*" diye kükredi.

Langdon ile Vittoria topukları üstünde dönünce, kendilerini bir tüfeğin namlusuna bakarken buldular.

Vittoria geriye doğru sıçrayarak, "*Attento!*" diye bağırdı. "Dikkat et..."

Silahın horozunu kaldıran muhafız, "*Non sportarti!*" diye seslendi.

Avlunun karşı tarafından bir ses, "*Soldato!*"(*) diye buyurdu. Olivetti güvenlik merkezinden dışarı çıkıyordu. "Bırak onları!"

Muhafız şaşkınlık içinde bakıyordu. "*Ma signore, é una donna...*"(**)

Muhafıza, "İçeri!" diye bağırdı.

"Signore, *non posso...*"

"Hemen! Yeni emir aldın. İki dakika sonra Yüzbaşı Rocher birliğe brifing verecek. Arama başlatıyoruz."

Muhafız şaşkınlık içinde güvenlik merkezine girdi. Olivetti sert ve hiddetli adımlarla Langdon'ın yanına yürüdü. "Demek en gizli arşivlerimize girdiniz? Bir açıklama istiyorum."

Langdon, "İyi haberlerimiz var," dedi.

Olivetti'nin gözbebekleri küçüldü. "*Çok* iyi haberler olması lazım."

(*) Asker.

(**) Ama efendim o bir kadın...

56

Belirleyici işareti olmayan dört Alfa Romeo 155 T-Spark, Via dei Coronari'de, pistten havalanan savaş uçakları gibi kükredi. Araçların içinde, Cherchi-Pardini yarı otomatikleri, sinir gazı bombaları ve uzun menzilli sersemletici silahlarıyla, sivil kıyafetli on iki İsviçreli Muhafız vardı. Üç keskin nişancı lazer dürbünlü tüfek taşıyordu.

Öndeki arabanın yolcu koltuğunda oturan Olivetti, arka taraftaki Langdon ile Vittoria'ya döndü. Gözleri nefret doluydu. "Bana esaslı bir açıklama yapacağınıza garanti vermiştiniz, söyleyeceğiniz *bu* muydu?"

Langdon küçük arabanın içinde ezilip büzüldüğünü hissediyordu. "Anlıyorum ama..."

"Hayır, hayır anlamıyorsunuz!" Olivetti sesini asla yükseltmiyordu ama şiddeti üç katına çıkmıştı. "Kardinaller toplantısı arifesinde bir düzine adamımı Vatikan Şehri'nden çıkarttım. Ve bunu, Pantheon'u kontrol altına almak adına, dört yüz yıllık bir şiiri henüz tercüme etmiş olan, hiç tanımadığım bir Amerikalının ifadesi üzerine yaptım. Ayrıca bu karşımadde silahını arama işini rütbesiz subaylara bıraktım."

Langdon 5. sayfayı cebinden çıkarıp, Olivetti'nin gözüne sokmamak için kendini zor tuttu. "Tek bildiğim, bulduğumuz bilginin Raphael'in kabriyle ilgili olduğu, Raphael'in kabri de Pantheon'da."

Direksiyon başındaki asker başını salladı. "Doğru söylüyor komutanım. Eşim ve ben..."

"Sen sür," diyerek lafını kesti Olivetti. Yeniden Langdon'a döndü. "Katil böylesine kalabalık bir yerde cinayet işleyip, görünmeden nasıl kaçabilir?"

Langdon, "Bilmiyorum," dedi. "Ama Illuminati'nin güçlü kaynaklara sahip olduğu çok açık. Hem CERN'e, hem de Vatikan Şehri'ne rahatlıkla girebildiler. İlk cinayet mahallini bilmemiz büyük talih. Pantheon'da bu adamı yakalamak için bir şansınız var."

Olivetti, "Bu da tutarsızlık," dedi. "*Bir* şans mı? Bir çeşit yoldan bahsettiğinizi sanıyordum. Bir dizi işaretler. Eğer Pantheon doğru adresse, yolu takip ederek diğer işaretlere ulaşabiliriz. O zaman bu adamı yakalamak için *dört* şansımız olur."

Langdon, "Ben de öyle umuyordum," dedi. "Bir yüzyıl önce olsaydı... *kesin* olurdu."

Langdon'ın, Pantheon'un ilk bilim mihrabı olduğunu fark etmesi biraz buruk bir sevinç yaşatmıştı. Tarih peşinden gelenlere acımasız oyunlar oynardı. Bunca yılın ardından Aydınlanma Yolu'nun tüm heykelleri yerli yerinde, el değmeden kalmış olması ihtimali azdı, ama Langdon, Yol'u sonuna kadar takip ederek, kutsal Illuminati sığınağıyla yüz yüze gelmenin hayalini kurmuştu. Ne yazık ki, öyle olmayacağını biliyordu. "Vatikan 1800'lerin sonlarında Pantheon'daki tüm heykelleri kaldırıp yok etti."

Vittoria şok olmuş gibiydi. "Neden?"

"Heykeller, pagan Yunan tanrılarına aitti. Maalesef, bu ilk işaretin kaybolduğu anlamına geliyor... ve onunla birlikte..."

Vittoria, "Aydınlanma Yolu'nu ve diğer işaretleri bulmak için hiç ümit yok mu?" dedi. Langdon başını iki yana salladı. "Tek atışlık hakkımız var. Pantheon. Oradan sonra Yol kayboluyor."

Olivetti onlara uzun süre baktıktan sonra önüne döndü. Şoföre, "Kenara çek," diye gürledi.

Şoför arabayı kaldırım kenarına doğru yönelterek, frenlere asıldı. Diğer üç Alfa Romeo arkalarında patinaj yaptı. İsviçreli Muhafız konvoyu fren çığlıklarıyla durdu.

Vittoria, "Ne yapıyorsunuz?" diye sordu.

Olivetti buz gibi sesiyle koltuğunda dönerek, "İşimi," dedi. "Bay Langdon, bana durumu yolda açıklayacağınızı söylediğinizde, Pantheon'a yaklaşırken adamlarımın neden burada olduğuna dair kesin bir fikrim olacağını varsaymıştım. Ama öyle olmadı. Burada bulunarak çok önemli vazifelerimden geri kaldığım için ve bakir kurbanlarla eski şiirler hakkındaki teorinizi pek mantıklı bulmadığım için, mantığım bana devam etmememi söylüyor. Bu görevi derhal durduruyorum." Telsizini çıkarıp düğmesine basarak açtı.

Vittoria koltuğun üstünden aşarak, onun kolunu kavradı. "Yapamazsınız!"

Olivetti telsizi aşağı indirerek, Vittoria'ya öfke dolu bir bakış fırlattı. "Siz hiç Pantheon'a gittiniz mi Bayan Vetra?"

"Hayır, ama..."

"Size orayı anlatayım. Pantheon tek bir odadan oluşur. Taş ve betondan yapılmış dairesel bir oda. *Tek* girişi vardır. Pencereleri yoktur. Tek bir *dar* giriş. Bu girişte daima en az dört silahlı Roma Polisi nöbet bekleyerek, mabedi sanat eserlerine zarar verenlerden, Hıristiyanlık karşıtı teröristlerden ve hırsız turistlerden korur."

Vittoria serinkanlılıkla, "Sizin görüşünüz ne?" dedi.

"Benim görüşüm mü?" Olivetti parmaklarını koltuğa geçirmişti. "Az önce bana olacağını anlattığınız şeyin kesinlikle imkânsız olduğu görüşündeyim! Birisinin Pantheon'un *içinde* nasıl bir kardinal öldürebileceğine dair tek bir mantıklı varsayımda bulunabilir misiniz? En başta, yanında birini rehin tutarak, kapıdaki nöbetçilerin arasından nasıl geçip de Pantheon'a girer? Bir de öldürüp kaçacak, öyle mi?" Olivetti koltuktan eğilip kahve kokan nefesini Langdon'ın yüzüne soluyarak, "Nasıl olur Bay Langdon? *Tek* bir mantıklı varsayımda bulunun," dedi.

Langdon minik arabanın üstüne doğru daraldığını hissediyordu. *Hiç fikrim yok! Suikastçı değilim! Nasıl yapacağını bilmiyorum! Şunu biliyorum ki...*

Sesi heyecanla çınlayan Vittoria, "*Bir* varsayım mı?" diye atıldı. "Buna ne dersiniz? Katil bir helikopterle gelir ve damgalanmış kardinali çığlıklar atarken damdaki delikten aşağı bırakır. Kardinal mermer zemine çarpar ve ölür."

Arabadaki herkes dönüp Vittoria'ya baktı. Langdon ne düşüneceğini bilemiyordu. *İğrenç bir hayal gücün var bayan, ama hızlı davrandın.*

Olivetti yüzünü buruşturdu. "Olabilir, kabul ediyorum... ama zor..."

Vittoria, "Ya da katil kardinale uyuşturucu verir," dedi. "Onu Pantheon'a tekerlekli iskemlede yaşlı bir turist gibi getirir. Onu içeri sokar, sessizce boğazını keser ve sonra yürüyerek dışarı çıkar."

Bu Olivetti'yi biraz canlandırmışa benziyordu.

Hiç fena değil, diye düşündü Langdon.

"Ya da," dedi Vittoria. "Katil."

Olivetti, "Sizi duydum," dedi. "Yeter." Derin bir nefes alıp verdi. Birisi hızla cama vurunca herkes yerinden sıçradı. Diğer arabadan gelen bir askerdi. Olivetti camı aşağı indirdi.

"Herkes iyi mi komutanım?" Asker sokak kıyafetlerini giymişti. Pamuklu kalın gömleğinin kolunu yukarı sıvayınca, askeri siyah kronograf saati göründü. "On dokuz kırk, komutanım. Pozisyon almak için zamana ihtiyacımız olacak."

Olivetti düşünceli bir tavırla başını salladı ama uzun süre bir şey söylemedi. Parmağını torpidoda ileri geri gezdirerek, tozun üstünde bir çizgi yaptı. Yan aynadan Langdon'ı incelerken, Langdon kendini ölçülüp biçiliyormuş gibi hissetti. Olivetti sonunda muhafıza döndü. Sesi hevessiz çıkıyordu. "Farklı yönlerden yaklaşılmasını istiyorum. Arabalar Rotunda Meydanı, Via degli Orfani, Piazza Sant'Ignacio ve Sant'Eustachio'ya ayrılacak. İki bloktan fazla yaklaşmayın. Park ettikten sonra hazır olup emirlerimi bekleyin. Üç dakika."

"Peki efendim." Asker arabasına döndü.

Langdon, Vittoria'ya, etkilendiğini ifade ederek başını indirip kaldırdı. Vittoria, ona gülümseyince Langdon aralarında beklenmedik bir bağ kurulduğunu hissetti... ikisi arasında bir çekim alanı oluşmuştu.

Komutan arkasını dönüp gözlerini Langdon'a dikti. "Bay Langdon yüzünüze gözünüze bulaştırmazsanız iyi olur."

Langdon endişeyle gülümsedi. *O nasıl olacaksa?*

57

CERN Direktörü Maximilian Kohler, bronşlarını ve akciğerlerindeki kılcal damarları açan kromolin ve lökotrinin vücuduna yaydığı serinlikle uyandı. Nefes alışı yeniden normale dönmüştü. CERN revirindeki özel bir odada yatıyor, tekerlekli iskemlesi yatağının yanında duruyordu.

Elleriyle, ona giydirdikleri hastane önlüğünü yokladı. Giysileri, yatağın yanındaki sandalyenin üstünde katlı duruyordu. Bir hemşirenin dışarıda odalara sırayla girip çıktığını duyabiliyordu. Uzun bir süre yattığı yerden dinledi. Sonra, mümkün olduğunca sessiz biçimde kendini yatağın kenarına çekerek, kıyafetlerine uzandı. Güçsüz bacaklarının üstünde zorlukla durarak giyindi. Sonra vücudunu tekerlekli iskemlesine sürükledi.

Öksürüğünü bastırarak kapıya doğru sürdü. Motoru çalıştırmadan iskemleyi elle ilerletiyordu. Kapıya vardığında dışarıya göz attı. Koridor boştu.

Maximilian Kohler sessizce revirden sıvıştı.

58

"Yedi yüz kırk altı, otuz... tamam." Olivetti telsizle konuşurken bile sesi fısıltıyı aşmıyordu.

Langdon artık, Pantheon'dan üç blok ötedeki Piazza de la Concorde'de bekleyen Alfa Romeo'nun arka koltuğunda, Harris tüvit ceketinin içinde terlediğini hissediyordu. Yanında oturan Vittoria, tüm dikkatini son emirlerini veren Olivetti'ye yöneltmişti.

Komutan, "Sekizli gruplar halinde düzen alın," dedi. "Girişin etrafı kuşatılacak. Hedef sizi görünce tanıyabilir, bu yüzden *görünmeyeceksiniz*. Öldürmeyecek şekilde güç kullanın. Çatıyı nişan alacak birine ihtiyacımız olacak. Hedef öncelikli. Rehin ikincil."

Olivetti'nin adamlarına kardinalin gözden çıkarılabileceğini söylemesiyle tüyleri ürperen Langdon, *Tanrım*, diye düşündü. *Rehine ikincil.*

"Tekrar ediyorum. Öldürmek yok. Hedef bize canlı lazım. Dağılın." Olivetti telsizini kapattı.

Vittoria neredeyse öfkeli bir ifadeyle, şaşkınlık içinde bakıyordu. "Komutan, kimse *içeri* girmiyor mu?"

Olivetti döndü. "İçeri mi?"

"Pantheon'dan içeri! Olayın yaşanacağı yere?"

Taşlaşmış gözlerle, "*Attento,*" dedi Olivetti. "Adamlarım içeri girerse görünüşlerinden tanınabilirler. Arkadaşınız az önce beni, *bunun* hedefi yakalamaktaki tek şansımız olabileceği konusunda uyardı. Adamlarımı içeri göndererek, kimseyi ürkütmeye niyetim yok."

"Peki ya katil *çoktan* içeri girmişse?"

Olivetti saatine baktı. "Hedef kesin konuştu. Saat sekizde. On beş dakikamız var."

"Kardinali saat sekizde *öldüreceğini* söyledi. Ama kurbanı bir şekilde içeri sokmuş olabilir. Ya adamlarınız hedefi görür de kim olduğunu anlamazlarsa? Birisinin içerinin temiz olduğundan emin olması lazım."

"Bu noktada çok tehlikeli."

"İçeri giren kişi tanınmazsa tehlikeli değil."

"Adamlara kılık değiştirtmek vakit kaybı olur ve..."

Vittoria, "*Kendimden* bahsediyordum," dedi.

Langdon dönüp ona baktı.

Olivetti başını iki yana salladı. "Kesinlikle olmaz."

"Babamı öldürdü."

"Kesinlikle, bu yüzden sizi tanıyor olabilir."

"Onu telefonda duydunuz. Leonardo Vetra'nın bir kızı olduğunu *bile* bilmiyordu. Benim neye benzediğimi kesinlikle bilmiyordur. İçeri turist gibi girebilirim. Şüpheli bir şey görürsem meydana yürüyüp adamlarınıza içeri girmelerini işaret edebilirim."

"Üzgünüm, buna izin veremem."

"*Comandante?*" Olivetti'nin telsizi cızırdadı. "Kuzey noktasında bir sorunumuz var. Çeşme görüş alanımızı kısıtlıyor. Meydanın açıklığına çıkmadığımız takdirde girişi göremiyoruz. Emriniz nedir? Açığa mı çıkalım, görmeden bekleyelim mi?"

Vittoria yeterince sabretmişti. "Bu kadar. Gidiyorum." Kapıyı açıp dışarı çıktı.

Olivetti telsizini bırakıp arabadan dışarı fırladı ve Vittoria'nın önünü kesti.

Langdon da dışarı çıktı. *Ne halt yiyor bu böyle?*

Olivetti, Vittoria'nın yolunu kesmişti. "Bayan Vetra, içgüdüleriniz kuvvetli ama bir sivilin müdahale etmesine izin veremem."

"Müdahale etmek mi? Kör gibi iş yapıyorsunuz. Yardım etmeme izin verin."

"İçerde bir adamım olmasını isterdim ama..."

"Ama ne?" diye sordu Vittoria. "Ama ben bir *kadınım*, öyle mi?"

Olivetti hiçbir şey söylemedi.

"Bunu söylemeseniz iyi edersiniz komutan, çünkü bunun iyi bir fikir olduğunu gayet iyi biliyorsunuz ve eğer modası geçmiş *maço* saçmalıklarıyla..."

"Bırakın işimizi kendimiz halledelim."

"Bırakın yardım edeyim."

"Çok tehlikeli. Sizinle hiçbir haberleşme bağlantımız olmayacak. Telsiz taşımanıza izin veremem, sizi ele verir."

Vittoria elini cebine attı ve cep telefonunu çıkardı. "Telefon taşıyan pek çok turist var."

Olivetti kaşlarını çattı.

Vittoria telefonun kapağını açıp konuşuyormuş gibi yaptı. "Merhaba tatlım, Pantheon'dayım. Burayı görmen lazım!" Kapağı iterek kapattı ve Olivetti'ye baktı. "Kim bilecek? Hiç tehlikesi yok. Bırakın ben sizin gözünüz olayım!" Olivetti'nin kemerindeki cep telefonunu işaret etti. "Numaranız kaç?"

Olivetti cevap vermedi.

Olayı izleyen şoförün kendine ait bazı düşünceleri var gibiydi. Arabadan inip, komutanı bir yana çekti. On saniye süresince fısıldayarak konuştular. Sonunda Olivetti başını sallayıp, geri döndü. "Şu numarayı kaydedin." Rakamları söylemeye başladı.

Vittoria numarayı telefonuna kaydetti.

"Şimdi numarayı arayın."

Vittoria otomatik aramaya bastı. Olivetti'nin kemerindeki telefon çalmaya başladı. Kaldırıp konuşmaya başladı. "Bayan Vetra, binaya girip etrafa bakın, binadan çıkın, sonra beni arayıp ne gördüğünüzü söyleyin."

Vittoria telefonu kapattı. "Teşekkürler efendim."

Langdon birden içinde koruma duygularının kabardığını hissetti. Olivetti'ye, "Bir dakika," dedi. "Onu içeriye *tek başına* mı gönderiyorsunuz?"

Vittoria, ona kaşlarını çatarak baktı. "Robert, bana bir şey olmaz."

İsviçreli Muhafız şoför yeniden Olivetti'yle konuşuyordu.

Langdon, Vittoria'ya, "Tehlikeli," dedi.

Olivetti, "Haklı," dedi. "En iyi adamlarım bile yalnız başlarına çalışmazlar. Teğmenim az önce ikiniz birlikte olursanız, daha iyi kamufle olacağınızı belirtti."

İkimiz birlikte mi? Langdon duraksadı. *Aslında ben başka bir şey demek...*

Olivetti, "İkiniz birlikte girerseniz, tatil yapan bir çift gibi görünürsünüz. Aynı zamanda birbirinizi kollayabilirsiniz. Böyle olursa, daha rahat ederim," dedi.

Vittoria omuzlarını silkti. "Tamam ama çabuk davranmamız lazım."

Langdon homurdandı. *İyi hamleydi kovboy.*

Olivetti sokağı gösterdi. "İlk gireceğiniz sokak Via degli Orfani. Sola sapın. Sizi doğruca Pantheon'a götürür. İki dakikalık yürüyüş mesafesi. Ben burada adamlarıma direktif verip telefonunuzu bekleyeceğim. Korunmanızı istiyorum." Silahını çıkardı. "İçinizden biri silah kullanmayı biliyor mu?"

Langdon'ın kalbi tekledi. *Silaha ihtiyacımız yok!*

Vittoria elini uzattı. "Sallanan geminin pruvasından, kırk metre uzakta sıçrayan domuz balığını etiketleyebiliyorum."

"Güzel." Olivetti silahı ona verdi. "Saklamanız gerekecek."

Vittoria başını eğip şortuna baktı. Sonra da başını Langdon'a çevirdi.

Ah, hayır yapamazsın, diye düşündü Langdon, ama Vittoria hızlı davranmıştı. Ceketini açıp silahı iç ceplerinden birine yerleştirdi. Ceketinin içine taş düşmüş gibi hissetmişti. Tek tesellisi *Diagramma'nın* diğer cebinde olmasıydı.

Vittoria, "Zararsız görünüyoruz," dedi. "Gidiyoruz." Langdon'ı kolundan tutarak sokakta ilerlemeye başladı.

Şoför, "Kol kola girmek iyi fikir. Unutmayın, sizler turistsiniz. Hatta *yeni evli*. Belki de el ele tutuşabilirsiniz," diye seslendi.

Köşeyi dönerlerken Langdon, Vittoria'nın yüzünde bir tebessüm belirtisi gördüğüne yemin edebilirdi.

59

İsviçreli Muhafızlar'ın "harekât öncesi toplantı odası" Corpo di Vigilanza kışlasının yanındaydı. Öncelikle, Papa'nın kabul günleri ve Vatikan halk günlerinde güvenliği planlamak için kullanılırdı. Ama bugün başka bir şey için kullanılıyordu.

Toplanan görev timine seslenen kişi, İsviçreli Muhafızlar'ın komutan vekili, Yüzbaşı Elias Rocher idi. Rocher yumuşak hatlara sahip fıçı gibi bir adamdı. Geleneksel mavi yüzbaşı kıyafetini kendi tarzında giyerdi, başının üstündeki kırmızı bereyi yan yatırırdı. O kadar iri bir adam için sesi şaşırtacak kadar berraktı ve konuştuğunda ses tonu bir müzik enstrümanı gibi çıkardı. Nağmeli sesinin açıklığına rağmen gözleri, bir gece memelisi kadar karanlıktı. Adamları ona "orso" -kır sakal- derlerdi. Bazen Rocher'in "yılanın gölgesinde yürüyen ayı" olduğunu söyleyerek şakalaşırlardı. Yılan, Komutan Olivetti idi. Rocher da yılan kadar öldürücüydü, ama en azından onun geldiğini görebilirdin.

Rocher'in adamları, son aldıkları bilgi yüzünden tansiyonları birkaç basamak yükselmiş olsa da, hiç kıpırdamadan hazır olda duruyorlardı.

Acemi Teğmen Chartrand sıranın en sonunda durmuş, adayların, orada bulunmaya hak *kazanamayan* yüzde 99'u arasında kalmış olmayı diliyordu. Yirmi yaşındaki Chartrand, timdeki en genç muhafızdı. Vatikan Şehri'ne geleli henüz üç ay olmuştu. Oradaki herkes gibi Chartrand da, İsviçre Ordusu'nda eğitim almış ve Roma yakınlarındaki gizli kışlalarda yapılan ağır Vatikan *taliminden* geçmeden önce, Bern'de iki yıl süren

Ausbildung'a devam etmişti. Yine de eğitimini aldığı hiçbir şey onu böyle bir krize hazırlamamıştı.

Chartrand ilk başta brifingin bir tür garip eğitim alıştırması olduğunu sanmıştı. *Fütürist silahlar mı? Eski tarikatlar mı? Kaçırılan kardinaller mi?* Sonra Rocher, onlara aranan silahın canlı bağlantı görüntülerini izlettirmişti. Bunun bir alıştırma olmadığı ortadaydı.

Rocher, "Harici manyetik parazitlenmeyi ortadan kaldırmak için," diyordu. "Belirli bölgelerde elektriği keseceğiz. Dörtlü takımlar halinde hareket edeceğiz. Görmek için kızılötesi gözlükler takacağız. Keşif, üç omun altında akım alanına ayarlı, geleneksel gizli mikrofon tarayıcılarıyla yapılacak. Sorusu olan?"

Hiç yoktu.

Chartrand'ın aklı karmakarışık olmuştu. "Peki ya vaktinde bulamazsak ne olacak?" diye sordu, o anda hiç sormamış olmayı dileyerek.

Kır sakal, kırmızı beresinin altından ona baktı. Sonra grubu kasvetli bir selamla dağıttı. "Uğurlar olsun."

60

Vittoria ve Langdon, Pantheon'un iki blok ötesinde, şoförleri ön koltuklarda uyuyan bir dizi taksinin yanından geçiyorlardı. Ebedi Şehir'de şekerleme saati de ebediydi; eski İspanya'dan çıkan öğle uykusunu uyumaya dünden razıydı.

Langdon düşüncelerini toplamaya çalışıyordu, ama durum mantıklı bir şekilde kavranamayacak kadar tuhaftı. Altı saat önce, Cambridge'de derin ve rahat bir uyku çekiyordu. Şimdi, Avrupa'da eski devlerin gerçeküstü savaşına yakalanmıştı, Harris tüvidinin içinde bir yarı otomatik taşıyor ve henüz tanıştığı bir kadınla el ele tutuşuyordu.

Vittoria'ya baktı. Dikkatini dümdüz ileriye vermişti. Elini kavrayışında bir güç vardı; bağımsız ve azimli bir kadının gücü. Parmakları, onunkileri özgüvenden kaynaklanan bir rahatlıkla kavramıştı. Tereddütsüzdü. Langdon, ondan gittikçe daha fazla etkilenmeye başladığını hissetti. *Kendine gel,* diye düşündü.

Vittoria huzursuzluğunu hissetmişti. Başını çevirmeden, "Rahatla," dedi. "Yeni evliler gibi görünmemiz gerekiyor."

"Ben rahatım."

"Elimi eziyorsun."

Langdon'ın yüzü kızardı ve elini gevşetti.

"Gözlerinle nefes al," dedi.

"Efendim?"

"Kasları gevşetir. Buna *pranayama* denir."

"Pirana mı?"

"Balık değil. *Pranayama.* Boş ver."

Köşeyi dönüp, Rotunda Meydanı'na çıktıklarında, Pantheon karşılarında belirdi. Langdon her zamanki gibi huşu içinde ona hayran kaldı. *Pantheon. Tüm tanrıların mabedi. Pagan tanrıları. Doğa ve Toprak tanrıları.* Yapı, dışarıdan, hatırladığından daha köşeli görünüyordu. Dikey sütunlar ve üçgen *pronaus,* arkasındaki dairesel kubbeyi örtüyordu. Ama, girişin üzerindeki kalın ve apaçık yazıyı görünce, doğru yerde bulunduklarına emin oldu. M AGRIPPA L F COS TERTIUM FECIT. Langdon her zamanki gibi büyük bir zevkle yazıyı tercüme etti; *Burayı, üçüncü kez konsül seçilen Marcus Agrippa yaptırmıştır.*

Bakışlarını yapıyı çevreleyen alana çevirerek, *ne büyük bir alçakgönüllülük,* diye düşündü. Etrafa dağılmış, video kameralı turistler alanda geziniyordu. Diğerleri, *La Tazza di Oro*'nın açık kafeteryasında oturmuş, Roma'nın en iyi buzlu kahvesini içiyorlardı. Pantheon'un girişinin dışında, silahlı, dört Roma Polisi, tam Olivetti'nin söylediği gibi nöbet bekliyordu.

Vittoria, "Oldukça sakin görünüyor," dedi.

Langdon başını salladı, ama tedirgindi. Şimdi, burada bizzat bulunduğu için tüm senaryo ona gerçekdışı geliyordu. Vittoria'nın, onun haklı olduğuna inanmasına rağmen, Langdon buradaki herkesi harekete geçirdiğinin farkına vardı. Illuminati şiiri hâlâ kulaklarındaydı. *Şeytan gözlü toprak Santi kabri.* Kendi kendine, *EVET,* dedi. Burasıydı. Santi'nin kabri. Birçok kez, Pantheon'un *yuvarlak penceresinin* altına gelmiş ve ünlü Raphael'in mezarının önünde durmuştu.

Vittoria, "Saat kaç?" diye sordu.

Langdon saatine baktı. "19.50. Gösteriye on dakika var."

Vittoria, Pantheon'a giren turistlere bakarak, "Umarım, bu adamlar iyidir," dedi. "Eğer o kubbenin içinde bir şey olursa, hepimiz çapraz ateşe tutuluruz."

Girişe doğru ilerlerken, Langdon ağır ağır nefes verdi. Silah cebinde ağırlık yapıyordu. Polisler üstünü arayıp silahı bulurlarsa, neler olacağını merak ediyordu, ama polisler üstlerini aramadı. Görünüşe bakılırsa, kılıkları inandırıcıydı.

Langdon, Vittoria'ya fısıldadı. "Sakinleştirici silahın dışında bir şeyle ateş ettin mi?"

"Bana güvenmiyor musun?"

"Güvenmek mi? Seni çok az tanıyorum."

Vittoria kaşlarını çattı. "Ben de yeni evli olduğumuzu düşünüyordum."

61

Pantheon'un içinde hava serin ve nemliydi, tarih doluydu. Geniş alana yayılmış tavan, sanki ağırlıksızmış gibi -kırk iki metrelik desteksiz açıklık, San Pietro'daki kubbeden bile daha genişti- yukarıda duruyordu. Langdon kocaman odaya girdiğinde, ürperdiğini hissetti. İç içe geçmiş olağanüstü bir mühendislik ve sanat eseriydi. Başlarının üzerindeki çatıdaki ünlü yuvarlak delikte, akşam güneşi ince bir ışık halinde parıldıyordu. Langdon *yuvarlak pencere*, diye düşündü. *Şeytan Gözü.*

Gelmişlerdi.

Langdon'ın gözleri, sütunlu duvarlara doğru meyleden ve sonunda ayaklarının altındaki cilalı mermer zemine inen tavan kemerini izledi. Ayak sesleri ve turist mırıltıları, kubbenin içinde zayıfça yankılanıyordu. Langdon karanlığın içinde amaçsızca dolaşan bir düzene kadar turisti inceledi. *Orada mısınız?*

Hâlâ elini tutan Vittoria, "Oldukça sakin görünüyor," dedi.

Langdon başını salladı.

"Raphael'in kabri nerede?"

Langdon aklını toplamaya çalışarak, bir an düşündü. Odayı gözden geçirdi. Kabirler. Mihraplar. Sütunlar. Nişler. Kubbenin solundaki en şatafatlı mezarı gösterdi. "Sanırım, şuradaki Raphael'inki."

Vittoria odanın geri kalan bölümlerini inceledi. "Kardinali öldürmek üzere olan bir suikastçıya benzer kimseyi görmüyorum. Etrafa bakalım mı?"

Langdon başını salladı. "Burada, birinin saklanabileceği tek bir yer var. *Rientranze*yi kontrol edelim."

"Girintiler mi?"

Langdon, "Evet," dedi. "Duvardaki girintiler."

Çevrede, kabirlerin arasında, yarım daire şeklinde duvara oyulmuş bir dizi niş bulunuyordu. Nişler geniş değildi, ama karanlıkta birinin saklanabileceği kadar büyüktüler. Langdon üzüntüyle, bir zamanlar bunların içinde Yunan tanrılarının heykellerinin bulunduğunu düşündü, ama Vatikan, Pantheon'u bir Hıristiyan kilisesine dönüştürdüğünde, pagan heykelleri yok edilmişti. Bilimin ilk mihrabında durduğunu ve işaretin artık yok olduğunu bilmek, asabını bozdu. İşaretin hangi heykel olduğunu ve nereyi gösterdiğini merak etti. Langdon bir Illuminati işareti -Aydınlama Yolu'na giden yolu gizlice işaret eden bir heykeli- bulmaktan daha fazla heyecan verici bir şey düşünemiyordu. Yine, isimsiz heykeltıraşın *kimliğini* merak etti.

Vittoria dairenin sol yarısını göstererek, "Ben sol kemeri alıyorum," dedi. "Sen, sağa git. Yüz seksen derece sonra görüşürüz."

Langdon sertçe gülümsedi.

Vittoria ilerlerken Langdon durumun içinde yarattığı korkuyu hissetti. Dönüp sağa doğru ilerlerken, katilin sesi etrafındaki sessiz boşlukta fısıldıyor gibiydi. *Saat sekizde. Bilimin mabetlerinde bakir kurbanlar. Ölümün matematiksel sıralanışı. Sekiz, dokuz, on, on bir... ve gece yarısı.* Langdon saatine baktı: 19.52. Sekiz dakika kalmıştı.

Langdon ilk girintiye doğru ilerlerken, Katolik İtalyan krallarından birinin kabrinin yanından geçti. Lahit, Roma'daki pek çokları gibi, duvara eğri duruyordu, beceriksizce yerleştirilmişti. Bunu gören bir grup turistin kafası karışmış gibi görünüyordu. Langdon açıklamak için durmadı. Resmi Hıristiyan kabirleri, çoğunlukla mimari yapıyla ters hizalanmışlardı, böylece yüzleri *doğuya* dönük yatabiliyorlardı. Bu, Langdon'ın Simgebilim 212 dersinde geçen ay tartıştığı batıl bir inançtı.

Langdon doğuya bakan kabirlerin nedenini açıkladığında, önde oturan bir kız öğrenci, "Bu, çok yersiz!" diye yumurtlamıştı. "Hıristiyanlar kabirlerin neden doğan *güneşe* dönük olmasını istesinler ki? Hıristiyanlıktan bahsediyoruz... *güneşe* tapmaktan değil!"

Langdon yazı tahtasının önünde bir aşağı bir yukarı yürüyerek, elma yerken, gülümsedi. "Bay Hitzrot!" diye bağırdı.

Arkalarda uyuklayan genç bir adam, sıçrayarak ayağa kalktı. "Ne var! Ben mi?"

Langdon duvardaki Rönesans sanatı posterini gösterdi. "Tanrı'nın önünde diz çöken bu adam kim?"

"Şeyyyy... bir aziz mi?"

"Mükemmel, peki ya bu altın hale size bir şey hatırlatıyor mu?"

Hitzrot zorla gülümsedi. "Evet! Geçen dönem işlediğimiz şu Mısırlı şeyler. Şu... şeyyyy... *güneş yuvarlakları!*"

"Teşekkür ederim, Hitzrot. Uyumaya devam edebilirsin." Langdon sınıfa döndü. "Haleler, Hıristiyan simgelerinin çoğu gibi, eski Mısır dini olan *güneşe* tapmadan ödünç alınmıştır. Hıristiyanlık, güneşe tapma örnekleriyle doludur."

Önde oturan kız, "Efendim?" dedi. "Sürekli kiliseye gidiyorum ve pek de güneşe tapınmaya rastlamıyorum!"

"Gerçekten mi? Peki, yirmi beş aralıkta neyi kutluyorsunuz?"

"Noel'i. Hz. İsa'nın doğumunu."

"İncil'e göre, İsa mart ayında doğmuş, o zaman aralığın sonunda biz neyi kutluyoruz?"

Sessizlik.

Langdon gülümsedi. "Yirmi beş aralık, arkadaşlar, kış gündönümüyle, aynı zamana rastlayan *sol invictus*'un -Fethedilmemiş güneşin- eski pagan tatilidir. Yılın bu harika zamanında, güneş döner ve günler uzamaya başlar."

Langdon elmasından bir ısırık daha aldı.

"Kendisini kabul ettiren dinler," diyerek devam etti. "Din değişimini daha az sarsıcı kılmak için var olan tatilleri benimser. Buna *dönüşüm* denir. Bu, insanların yeni dine alışmalarını sağlar. İbadet eden kimseler, aynı kutsal tarihleri sürdürür, aynı kutsal yerlerde dua eder, benzer simgeler kullanırlar... ve kolaylıkla başka bir tanrıya geçebilirler."

Önde oturan kız şimdi küplere binmiş gibi görünüyordu. "Siz, Hıristiyanlığın bir tür... yeniden ambalajlanmış *güneşe tapınma* olduğunu ima ediyorsunuz!"

"Asla. Hıristiyanlık *sadece* güneşe tapınmadan ödünç almadı. Hıristiyanlıktaki azizler mertebesine yükselme ayini, Manişeizm'im eski 'tanrı-yapma' ayininden alınmıştır. 'Tanrı-yeme' ayini -bu, Kutsal Komünyon törenidir- Azteklerden ödünç alınmıştır. İsa'nın bizim günahlarımız için ölüşü kavramı bile, tam anlamıyla Hıristiyanlığa ait değildir; genç bir adamın insanlarının günahlarını affettirmek için kendini kurban edişi, çok eski Kukulkan(*) geleneğinde vardır."

Genç kız ters ters baktı. "Peki, Hıristiyanlıkta orijinal olan *bir şey* var mı?"

"Örgütlenmiş *her* dinde gerçekten orijinal olan çok az şey vardır. Dinler, sıfırdan doğmazlar. Birbirlerinden beslenirler. Modern din bir kolajdır... insanın Tanrı'yı anlama araştırmasının özümsenmiş bir tarihsel kaydıdır."

Artık uyanmış olan Hitzrot, "Eee... bir saniye," dedi. "Ben, Hıristiyanlıkta orijinal olan bir şey biliyorum. Tanrı *imajımıza* ne demeli? Hıristiyan sanatı, Tanrı'yı asla şahin güneş tanrısı ya da Aztekler gibi veya garip bir şey gibi resmetmez. Tanrı'yı, beyaz sakallı yaşlı bir adam gibi gösterir. Demek ki, bizim Tanrı *imajımız* orijinal, öyle değil mi?"

Langdon gülümsedi. "Din değiştirerek Hıristiyan olan ilk kişiler, önceki tanrılarını bıraktılar -pagan tanrıları, Romalı tanrılar, Yunan tanrılar, güneş, Güneş Tanrısı, her neyse- kiliseye yeni Hıristiyan tanrılarının neye benzediğini sordular. Kilise akıllıca, kayıtlı tarihin en korkulan, en güçlü... ve en tanıdık yüzünü seçti."

Hitzrot kuşkulu görünüyordu. "Uzun beyaz sakallı yaşlı bir adam mı?"

Langdon duvardaki eski tanrı hiyerarşisini gösterdi. En üstte, uzun beyaz sakallı yaşlı bir adam duruyordu. "Zeus tanıdık geliyor mu?"

Tam son sözü söylediğinde ders bitti.

Bir adam sesi, "İyi akşamlar," dedi.

Langdon sıçradı. Pantheon'a geri dönmüştü. Arkasını döndüğünde, göğsünde kırmızı bir haç olan mavi pelerinli oldukça yaşlı bir adam gördü. Adam, grileşmiş dişlerle ona gülümsedi.

"İngilizsiniz, öyle değil mi?" Adamın koyu bir Toskana aksanı vardı.

Şaşkına dönmüş olan Langdon gözlerini kırpıştırdı. "Aslında, hayır. Ben Amerikalıyım."

Adam utanmıştı. "Oh Tanrım, özür dilerim. Çok güzel giyinmişsiniz, ben düşündüm ki... kusura bakmayın."

(*) Azteklerin tüylü yılan şeklindeki tanrısı, yarı tanrı yarı kahraman.

Kalbi hızla çarpan Langdon, "Size nasıl yardımcı olabilirim?" diye sordu.

"Aslında, ben *size* yardımcı olabileceğimi düşünmüştüm. Ben burada *cicerone*'yim." Adam gururla belediye rozetini gösterdi. "Roma seyahatinizi daha ilginç kılmak benim görevim."

Daha ilginç? Langdon bu özel Roma seyahatinin *oldukça* ilginç olduğuna emindi.

Rehber, "Farklı birine benziyorsunuz," diyerek yaltaklandı. "Kültürle diğerlerinden daha fazla ilgilendiğinize hiç şüphem yok. Belki, size bu ilginç binanın tarihi hakkında bir şeyler anlatabilirim."

Langdon kibarca gülümsedi. "Çok naziksiniz, ama ben sanat tarihçisiyim ve..."

"Harika!" Adamın gözleri, sanki büyük para ödülünü kazanmış gibi parladı. "O zaman, bunun hoşunuza gideceğine eminim."

"Sanırım ben..."

Adam önceden hazırlanmış, ezberlediği konuşmaya başlayarak, "Pantheon," dedi. "MÖ 27'de Marcus Agrippa tarafından yaptırılmıştır."

Langdon araya girerek, "Evet," dedi. "Ve Hadrian tarafından MS 119'da yeniden inşa edilmiş."

"1960'da New Orleans'taki Süperdome Stat'ı yapılana kadar dünyadaki en büyük müstakil kubbeydi!"

Langdon inledi. Adamı durdurmanın imkânı yoktu.

"Ve bir beşinci yüzyıl ilahiyatçısı, çatıdaki deliğin Şeytanlar için bir giriş olduğuna dikkat çekerek, Pantheon'a *Şeytan'ın Evi* ismini vermişti!"

Langdon, onu dinlemedi. Gözlerini göğe, yuvarlak pencereye doğru kaldırdı ve Vittoria'nın öne sürdüğü komployu hatırlayınca, aklına sarsıcı bir görüntü geldi... delikten düşerek, mermer zemine çarpan dağlanmış bir kardinal. İşte bu, bir *medya haberi olabilirdi.* Langdon, Pantheon'da gözleriyle muhabir aradı. Hiç yoktu. Derin bir nefes aldı. Bu, saçma bir fikirdi. Böyle bir gösteri yapmak saçma olurdu.

Langdon araştırmasına devam etmek için ilerlerken, boşboğazlık eden görevli, sevgiye muhtaç bir köpek yavrusu gibi onu izledi. Langdon kendi kendine, *sakın unutma* dedi, *fazlasıyla hevesli bir sanat tarihçisinden daha kötü bir şey yoktur.*

Odanın karşı tarafında, Vittoria kendi araştırmasına dalmıştı. Babasının haberini aldığından beri ilk kez yalnız kalınca, son sekiz saatin çıplak gerçekliğini hissetmeye başlamıştı. Babası öldürülmüştü, vahşice ve aniden. Babasının yaratısının -bir grup terörist tarafından- yozlaştırılması da neredeyse aynı derecede acı vericiydi. Karşımaddenin götürülmesine imkân veren şeyin *kendi* buluşu olduğunu düşünmek, ona suçluluk duygusu hissettiriyordu... Vatikan'ın içinde geri sayan şey *onun* kutusuydu. Babasının gerçeğin basitliğini kanıtlamak araştırmasına hizmet etme çabasıyla... kaosun komplocusu olmuştu.

Tuhaf bir şekilde, şu anda hayatında ona doğru gelen tek şey, tamamen yabancı birinin varlığıydı. Robert Langdon. Onun gözlerinde açıklanamaz bir sığınak buluyordu... o sabahın erken saatlerinde geride bıraktığı okyanusların ahengi gibi. Langdon'ın orada olmasına memnundu. Sadece, onun için bir güç ve ümit kaynağı değil, aynı zamanda kıvrak zekâsını kullanarak, babasının katilini yakalamak için ona bu fırsatı sunmuştu.

Vittoria yuvarlak alanda dolaşarak, araştırmasına devam ederken derin bir nefes aldı. Gün boyunca düşüncelerine hâkim olan kişisel öç duygusunun beklenmedik görüntülerine yenik düşmüştü. Tüm hayatı boyunca sevgiye ant içmiş biri olduğu halde... bu celladın *ölmesini* istiyordu. Bugün, hiçbir iyi *karma* değeri, diğer yanağını çevirmesini sağlayamazdı. Tetikte ve heyecanlıydı, İtalyan kanında daha önce hiç hissetmediği bir şeyin... Sicilyalı atalarının, merhametsiz adaletle aile onurunu savunan fısıltılarının dolaştığını hissediyordu. Vittoria, *vendetta* diye düşündü ve hayatında ilk kez anladı.

Misilleme hayalleri onu kamçılıyordu. Raphael Santi'nin kabrine yaklaştı. Uzaktan bile, bu adamın özel olduğunu anlayabiliyordu. Diğerlerine benzemeyen tabutu, kırılmaz camdan bir muhafazayla korunuyordu ve duvara yerleştirilmişti. Engelin arkasındaki lahdin ön yüzünü görebiliyordu.

RAPHAEL SANTI, 1483-1520

Vittoria mezarı inceledi ve sonra Raphael'in kabrinin yanındaki bir cümlelik tanımlayıcı levhayı okudu.

Sonra tekrar okudu.

Sonra... tekrar okudu.

Kısa süre sonra dehşetle koşmaya başladı. "Robert! *Robert!*"

62

Langdon'ın, Pantheon'un onun payına düşen tarafında ilerleyişi bir şekilde peşine takılan rehber tarafından engelleniyordu. Langdon son nişi kontrol etmeye hazırlanırken, adam bitmez tükenmez anlatımına devam ediyordu.

Rehber memnun bir ifadeyle, "Görünüşe bakılırsa, bu nişler çok hoşunuza gidiyor!" dedi. "Kubbenin ağırlıksız gibi görünmesinin nedeninin gittikçe incelen duvarlar olduğunu biliyor muydunuz?"

Başka bir nişi incelemeye hazırlanan Langdon, tek kelime bile duymadan başını salladı. Aniden birisi arkasından onu tuttu. Vittoria'ydı. Nefes nefeseydi ve kolunu çekiştiriyordu. Yüzündeki korku ifadesinden, Langdon tek bir anlam çıkarabiliyordu. *Bir ceset buldu.* Korkusunun arttığını hissetti.

Yeni bir misafiri daha olduğu için heyecanlandığı belli olan rehber, "Ah, eşiniz!" diye bağırdı. Vittoria'nın şortunu ve yürüyüş ayakkabılarını göstererek, "Şimdi, Amerikalı *olduğunuz* anlaşılıyor," dedi.

Vittoria'nın gözleri kısıldı. "Ben İtalyanım."

Rehberin gülümseyişi yok oldu. "Oh, Tanrım."

Vittoria, rehbere arkasını dönmeye çalışarak, "Robert," diye fısıldadı. "Galileo'nun *Diagramma*'sı. Onu görmem gerekiyor."

Rehber tekrar lafa karışarak, "*Diagramma?*" dedi. "Tanrım! Siz ikiniz, gerçekten tarihinizi biliyorsunuz! Maalesef, o belge görülemez. Vatikan Arşivleri'nde gizli koruma altında..."

Langdon, "Bize izin verir misiniz?" dedi. Vittoria'nın paniği karşısında kafası karışmıştı. Onu kenara çekti ve cebine uzanıp, *Diagramma* sayfasını dışarı çıkardı. "Neler oluyor?"

Vittoria kâğıdı incelerken, "Bu şeyin üzerindeki tarih nedir?" diye sordu.

Rehber yine yanlarına gelmişti, hayretten ağzı bir karış açık sayfaya bakıyordu. "Bu şey... gerçekten..."

Langdon, "Turist kopyası," dedi. "Yardımlarınız için teşekkür ederim. Karım ve ben, biraz yalnız kalmak istiyoruz."

Rehber gözlerini kâğıttan ayırmadan geri çekildi.

Vittoria, "Tarih," diye tekrarladı. "Galileo bunu ne zaman yayın..."

Langdon alt satırdaki Romen rakamını gösterdi. "İşte, yayın tarihi. Ne var?"

Vittoria tarihi okudu. "1639 mu?"

"Evet. Ne oldu?"

Vittoria'nın gözlerinden kötü bir şeyin olacağı önsezisi okunuyordu. "Başımız dertte, Robert. Büyük dertte. Tarihler uymuyor."

"Hangi tarihler uymuyor?"

"Raphael'in kabri. 1759'a kadar burada gömülü değilmiş. *Diagramma yayınlandıktan* bir yüzyıl *sonra* gömülmüş."

Langdon, söylediklerinden bir anlam çıkarmaya çalışarak ona baktı. "Hayır," diye cevap verdi. "Raphael 1520'de öldü, *Diagramma'dan çok uzun zaman önce.*"

"Evet, ama *buraya* çok daha sonra gömülmüş."

Langdon'ın kafası karışmıştı. "Neden bahsediyorsun?"

"Şimdi okudum. Raphael'in cesedi, 1758'de Pantheon'a yerleştirilmiş. Ünlü İtalyanlara bir tür tarihi saygının göstergesi olarak."

Kelimeleri kavramaya başladığında, Langdon altından bir halının çekildiğini hissetti.

Vittoria, "Bu şiir yazıldığında," dedi. "Raphael'in kabri *başka* bir yerdeymiş. O zamanlar, Pantheon'da Raphael'le ilgili hiçbir şey yokmuş!"

Langdon'ın nefesi kesilmişti. "Ama bu... demektir ki..."

"Evet! Bu, yanlış yerdeyiz demek!"

Langdon sallandığını hissetti. *İmkânsız... Emindim...*

Vittoria koşarak, rehberi yakaladı ve onu geri çekti. "Signore, affedersiniz. Raphael'in cesedi 1600'lerde neredeydi?"

Sersemlemiş görünen adam, "Urb... Urbino," diye kekeledi. "Doğum yerinde."

"İmkânsız!" Langdon kendi kendine küfretti. "Illuminati bilim mihrapları burada, Roma'daydı. Bundan eminim!"

Tekrar Langdon'ın elindeki belgeye bakan rehber soluk soluğa, "Illuminati mi?" dedi. "Kimsiniz *siz?*"

Vittoria idareyi ele aldı. "Biz, Santi'nin toprak kabri denilen şeyi arıyoruz. Roma'da. Bize bunun ne olabileceğini söyleyebilir misiniz?"

Rehber tedirgin görünüyordu. "Raphael'in Roma'daki tek kabri burasıydı."

Langdon düşünmeye çalıştı ama aklını toparlayamadı. Eğer Raphael'in kabri 1655'te burada değildiyse, o zaman şiir neden bahsediyordu? *Şeytan gözlü toprak Santi kàbri? Bu ne demek? Düşün!*

Vittoria, "Santi adında başka bir ressam var mıydı?" diye sordu.

Rehber omuzlarını silkti. "Bildiğim kadarıyla hayır."

"Peki, ünlü *herhangi* biri? Belki bir bilim adamı, şair ya da Santi adında bir gökbilimci?"

Rehber şimdi yanlarından ayrılmak istiyormuş gibi görünüyordu. "Hayır, madam. Bildiğim tek Santi, mimar Raphael."

Vittoria, "Mimar mı?" dedi. "Onun bir ressam olduğunu sanıyordum."

"Tabi ki, her ikisiydi. Hepsi öyleydi. Michelangelo, da Vinci, Raphael."

Langdon aklına ilham gelmesini sağlayanın rehberin sözleri mi, yoksa etraflarındaki şatafatlı kabirler mi olduğunu bilmiyordu, ama fark etmezdi. Anlamaya başlıyordu. *Santi, bir mimardı.* Düşünce dizileri bu noktadan sonra domino taşları gibi yerleşmeye başladı. Rönesans mimarları iki neden için yaşıyorlardı: Tanrı'yı büyük kiliselerle, mevki sahibi kişileri ise lüks kabirlerle yüceltmek için. *Santi'nin kabri. Olabilir miydi?* Düşünceler, şimdi daha hızla geliyordu...

Da Vinci'nin *Mona Lisa'sı.*

Monet'nin *Nilüferler*'i.

Michelangelo'nun *Davut*'u.

Santi'nin *toprak kabri...*

Langdon, "Santi, kabri *tasarladı,*" dedi.

Vittoria ona doğru döndü. "Ne?"

"Şiir, Raphael'in gömülü olduğu yerden bahsetmiyor, onun *tasarladığı* bir kabirden bahsediyor."

"Neden bahsediyorsun?"

"İpucunu yanlış anladım. Aradığımız şey, Raphael'in gömülü olduğu yer değil, Raphael'in *başka biri* için tasarladığı bir kabir. Bunu gözden kaçırdığıma inanamıyorum. Rönesans ve Barok Roma'da yapılan oymacılığın yarısı, cenazeler içindi." Langdon yaptığı keşifle gülümsedi. "Raphael yüzlerce kabir tasarlamış olmalı!"

Vittoria sevinmişe benzemiyordu. "Yüzlerce mi?"

Langdon'ın gülümseyişi kayboldu. "Of."

"Profesör içlerinde *toprak* olan var mı?"

Langdon aniden kendini yetersiz hissetti. Raphael'in çalışmaları hakkında utanç verecek kadar az şey biliyordu. Michelangelo konusunda yardımcı olabilirdi, ama Raphael'in çalışmaları onu hiç cezbetmemişti. Langdon sadece Raphael'in ünlü birkaç kabrinin ismini verebilirdi, ama neye benzediklerinden emin değildi.

Langdon'ın, kararsız olduğunu açıkça gören Vittoria yavaş yavaş uzaklaşan rehbere döndü. Kolunu tuttu ve onu kendine doğru çekti. "Bana bir kabir lazım. Raphael'in tasarladığı, *toprakla* ilgili bir kabir."

Rehber endişeli görünüyordu. "Raphael'in bir kabri mi? Bilmiyorum. Bir sürü tasarlamış. Büyük ihtimalle, Raphael'in tasarladığı bir *şapel* demek istiyorsunuz, kabir değil. Mimarlar, her zaman kabirlerle birlikte şapeller tasarlamışlardır."

Langdon adamın haklı olduğunun farkına vardı.

"Raphael'in *toprakla* ilgili bir kabri ya da şapeli var mı?"

Adam omuzlarını silkti. "Üzgünüm. Ne demek istediğinizi anlamıyorum. *Toprak* kelimesi, benim bildiğim bir şeyi tarif etmiyor. Gitmem gerekiyor."

Vittoria, onun kolunu tuttu ve sayfanın en üst satırını okudu. "Şeytan gözlü toprak Santi kabri. Bu size bir şey ifade ediyor mu?"

"Hiçbir şey."

Langdon aniden yukarı baktı. Dizenin ikinci kısmını bir anlığına unutmuştu. *Şeytan gözlü mü?* Rehbere, "Evet!" dedi. "İşte bu! Raphael'in içinde yuvarlak pencere bulunan bir şapeli var mı?"

Rehber başını salladı. "Benim bildiğim kadarıyla, Pantheon tek." Duraksadı. "Ama..."

Vittoria ve Langdon aynı anda, "Ama ne!" dediler.

Tekrar onlara doğru adım atan rehber başını yan yatırarak baktı. "Şeytan gözlü?" Kendi kendine mırıldanarak ve dişlerini sıkarak, "Şeytan gözlü... bu... *buco diàvolo* mu?"

Vittoria başını salladı. "Harfi harfine, evet."

Rehber hafifçe gülümsedi. "Bir süredir duymadığım bir terim. Eğer yanılmıyorsam, *buco diàvolo*, mahzen mezar demek."

Langdon, "Mahzen mezar mı?" diye sordu. "*Kriptos* gibi mi?"

"Evet, ama özel bir kriptos çeşidi. Sanırım, Şeytan Gözü, şapelin içinde... başka bir kabrin altında bulunan çok büyük bir defin çukuru için kullanılan eski bir terim."

Adamın neyi tarif ettiğini hemen anlayan Langdon, "Ölü kemiklerini saklama mahzeni mi?" diye sordu.

Rehber çok etkilenmişti. "Evet! Aradığım terim buydu!"

Langdon bunu düşündü. Ölü kemiklerini saklama mahzenleri, zor bir ikilem için ucuz bir dini çözümdü. Kiliseler, en seçkin üyelerini mabetlerin içinde şatafatlı kabirlerle şereflendirdiğinde, sağ olan aile üyeleri, ailenin birlikte gömülmesini istediler... Böylece, kendilerinin de kilisenin içinde gıpta edilen bir defin yerleri olmasını garantiye alıyorlardı. Bununla birlikte, eğer kilisenin tüm aile için kabir yapacak yeri veya bütçesi yoksa, bazen ölü kemiklerini saklama mahzeni -kabrin yanında yerde, daha az değerli aile üyelerini gömdükleri çukur- kazıyorlardı. Daha sonra çukur, rögar kapağının Rönesans dengiyle kapatılıyordu. Kullanışlı olmasına rağmen, ölü kemiklerini saklama mahzenlerinin modası, rüzgârla katedrale sürüklenen pis koku yüzünden çok çabuk geçti. Langdon, Şeytan *gözlü*, diye düşündü. Terimi daha önce hiç duymamıştı. Ürkütücü bir şekilde uygundu.

Langdon'ın kalbi çılgınca atıyordu. *Şeytan gözlü toprak Santi kabri.* Sorulacak tek bir soru kalmıştı. "Raphael, içinde bu Şeytan gözlerinden bulunan bir kabir tasarlamış mı?"

Rehber başını kaşıdı. "Aslında. Üzgünüm... Sadece bir tane aklıma geliyor."

Sadece bir tane mi? Langdon daha iyi bir cevap hayal edemezdi.

Vittoria neredeyse bağırarak, "Nerede!" dedi.

Rehber, ona garip bir ifadeyle baktı. "Chigi Şapeli. Sanat ve bilimin varlıklı koruyucuları Agostino Chigi ve kardeşinin kabri."

Langdon, Vittoria'yla birbirlerine bakarlarken, "*Bilimin mi?*" dedi.

Vittoria tekrar, "Nerede?" diye sordu.

Yeniden yardımı dokunduğunu fark edince heveslenen rehber, soruya aldırmadı. "Kabrin *toprakla* ilgili olup olmadığını bilemem, ama kesinlikle... *differénte* diyebiliriz."

Langdon, "Farklı mı?" dedi. "Nasıl?"

"Mimariyle tutarsız. Raphael sadece mimarıydı. İç süslemeleri başka bir heykeltıraş yaptı. Kim olduğunu hatırlayamıyorum."

Langdon şimdi can kulağıyla dinliyordu. *Belki de, isimsiz Illuminati ustası?*

Rehber, "İçindeki eserleri kim yaptıysa, zevk sahibi değilmiş," dedi. "*Dio mio! Atrocità!* Kim *pirámides*'in altına gömülmek ister ki?"

Langdon duyduklarına inanamıyordu. "Piramitler mi? Şapelde piramit mi var?"

Rehber küçümseyen bir tavırla, "Biliyorum," dedi. "Korkunç, öyle değil mi?"

Vittoria, adamın kolunu tuttu. "Signore, Chigi Şapeli *nerede?*"

"Yaklaşık bir buçuk kilometre kuzeyde. Santa Maria del Popolo Kilisesi'nin içinde."

Vittoria rahat bir nefes aldı. "Teşekkür ederim. Hadi..."

Rehber, "Hey," dedi. "Aklıma bir şey geldi. Ne kadar aptalım."

Vittoria durdu. "Lütfen, bir hata yaptığınızı söylemeyin."

Adam başını salladı. "Hayır, ama daha önce aklıma gelmeliydi. Chigi Şapeli her zaman Chigi olarak tanınmıyordu. Eskiden adı, Capella della Terra'ydı."

Langdon, "Yeryüzünün Şapeli mi?" diye sordu.

Kapıya doğru yürüyen Vittoria, "Hayır," dedi. "*Toprak* Şapeli."

Vittoria Vetra, koşarak Rotunda Meydanı'na çıkarken, hızla cep telefonunu çıkardı. "Komutan Olivetti," dedi. "Yanlış yerdeyiz!"

Olivetti şaşırmıştı. "Yanlış mı? Ne demek istiyorsun?"

"Bilimin ilk mihrabı, Chigi Şapeli!"

"Neresi?" Olivetti'nin sesi şimdi öfkeli geliyordu. "Ama Bay Langdon dedi ki..."

"Santa Maria del Popolo! Bir buçuk kilometre kuzeyde. Adamlarınızı hemen buraya gönderin! Dört dakikamız kaldı!"

"Ama adamlarım tam *burada!* Onları göndermem mümkün..."

"Çabuk!" Vittoria telefonu kapadı.

Langdon arkasından sersemlemiş bir halde, Pantheon'dan çıktı.

Vittoria, onu elinden tutup kaldırımın kenarında bekleyen ve şoförsüz gibi görünen taksi kuyruğuna doğru çekti. Sıradaki ilk taksinin motor kapağına vurdu. Uyuyan şoför, irkilerek doğruldu. Vittoria arka kapıyı açtı ve Langdon'ı içeri itti. Sonra, onun arkasından içeri atladı.

"Santa Maria del Popolo," diye emretti. "*Presto!*"

Heyecanlı ve yarı korkmuş görünen şoför, caddeye bakarak, gaza bastı.

63

Gunther Glick, BBC karavanının arkasında kamburunu çıkartmış dururken, omzunun üstünden hayretle bakan Chinita Macri'den bilgisayarı devralmıştı.

Birkaç tuşa daha basan Glick, "Sana söylemiştim," dedi. "Bu adamlar hakkında sadece *British Tattler* hikâye yazmıyor."

Macri biraz daha yakından baktı. Glick haklıydı. BBC veritabanı ayrıcalıklı haber ağlarının, son on yıl içinde Illuminati kardeşliği hakkında altı hikâyeye yer verdiğini gösteriyordu. Macri, *iyi, beni morarttın*, diye düşündü. Bu hikâyeleri yapan muhabirler kimler?" diye sordu. "Asparagasçılar mı?"

"BBC asparagasçılara iş yaptırmaz."

"*Seni* aldılar ama."

Glick kaşlarını çatarak ona baktı. "Neden bu kadar şüpheci olduğunu bilmiyorum. Illuminati hakkında tarih boyunca pek çok belge yayınlandı."

"Cadılar, UFO'lar ve Loch Ness Canavarı hakkında da öyle."

Glick haberlerin listesini okudu. "Sen Winston Churchill diye bir adamın adını hiç duydun mu?"

"Bir çağrışım yapıyor."

"BBC, bir süre önce Churchill'in hayatı hakkında tarihi bir belgesel hazırladı. Bu arada sağlam bir Katolik'ti. Churchill'in 1920 yılında, Illuminati'yi suçlayan ve dünya çapında ahlak dışı bir komploya karşı İngilizleri uyaran bir bildiri yayınladığını biliyor muydun?"

Macri kararsızdı. "Nerede yayınlanmış? *British Tattler'da* mı?"

Glick gülümsedi. "*London Herald*. 8 Şubat 1920."

"İmkânsız."

"Doya doya bak."

Macri makaleye yakından baktı. *London Herald. 8 Şubat, 1920. Hiç bilmiyordum.* "Demek Churchill paranoyakmış."

Listeyi okumaya devam eden Glick, "Yalnız değilmiş," dedi. "Görünüşe bakılırsa, Woodrow Wilson 1921'de radyodan, Illuminati'nin ABD bankacılık sistemi üzerindeki hâkimiyetiyle ilgili üç uyarı yapmış. Radyoda söylediklerini duymak ister misin?"

"Hayır kalsın."

Glick yine de ona birini okudu. "Öylesine örgütlü, öylesine gizli, öylesine kurnaz, öylesine yaygın bir güç var ki, onlar biriyle uğraşmaya başladı mı, kimse sesini çıkartmasa iyi eder, demiş."

"Ben hiç böyle bir şey duymadım."

"Belki 1921'de henüz bir çocuk olduğun içindir."

"Ne kadar hoşsun." Macri can evinden vurulmuştu. Artık yaşını gösterdiğinin farkındaydı. Kırk üç yaşındaydı ve gür siyah kıvırcık saçları ağarmaya başlamıştı. Onları boyatmayacak kadar gururluydu. Güneyli bir Protestan olan annesi, Chinita'ya halinden memnun olmayı ve kendine saygı duymayı öğretmişti. Annesi, *eğer siyah bir kadınsan, ne olduğunu saklamayacaksın,* derdi. *Bunu denediğin gün ölürsün. Dik dur, gülümse ve bırak neden güldüğünü merak etsinler.*

Glick, "Cecil Rhodes'u duydun mu?" diye sordu.

Macri başını kaldırıp baktı. "İngiliz finansçı."

"Evet. Rhodes Bursu'nu kurmuştu."

"Sakın söyleme..."

"Illuminati üyesi."

"BS."

"Doğrusunu istersen BBC. 16 Kasım 1984."

"Cecil Rhodes'un Illuminati üyesi olduğunu *biz* mi yazmışız?"

"Elbette. Ayrıca haber ağımıza bakarsan, Rhodes Bursları yüzyıllar önce dünyanın en zeki genç beyinlerini Illuminati'ye kazandırmak için kurulmuş."

"Bu çok saçma! Benim amcam da Rhodes Bursu almıştı!"

Glick göz kırptı. "Bill Clinton da öyle."

Macri artık iyice sinirlenmeye başlamıştı. Etrafı telaşa veren, kalitesiz yayıncılığa asla taviz veremezdi. Bununla birlikte, BBC'nin yayınladığı her hikâyeyi dikkatle araştırıp doğruladığını gayet iyi biliyordu.

Glick, "İşte hatırlayabileceğin bir şey," dedi. "5 Mart 1998, BBC. Parlamento Komite Başkanı Chris Mullin, İngiliz Parlamentosu'ndaki tüm Mason üyelerin ilişkilerini açıklamalarını istedi."

Macri bunu hatırlıyordu. Bu kararname polislerle hakimleri de kapsayacak şekilde genişletilmişti. "Bu nedenmiş peki?"

Glick okudu. "...Masonlar içindeki gizli grupların, siyasi ve finansal sistemler üzerinde hatırı sayılır bir hâkimiyet kurması endişesiyle..."

"Bu doğru."

"Biraz telaşa neden olmuş. Parlamentodaki Masonlar küplere binmişler. Hakları da varmış. Çoğunluğu, dayanışma ve hayır işleri için Masonlara katılan masum adamlarmış. Kardeşlikle geçmişteki yakın ilişkileri hakkında hiç bilgileri yokmuş."

"İddia edilen yakın ilişki."

"Her neyse." Glick makaleleri gözden geçirdi. "Şuna bir bak. Illuminati'yle ilgili haberler Galileo, Fransa'daki *Guerenetler* ve İspanya'daki *Alumbradolara* kadar uzanıyor. Hatta Karl Marx ve Rus Devrimi."

"Tarih kendini bir şekilde yeniliyor."

"İyi, daha yeni bir şey ister misin? Şuna bir bak. *Wall Street Journal'ın* son baskılarından birinde Illuminati'nin bahsi geçiyor."

Bu Marci'nin dikkatini çekmişti. "*Journal* mı?"

"Bil bakalım şu anda Amerika'daki en popüler internet oyunu hangisi?"

"Pamela Anderson'a kuyruk takmaca."

"Onun gibi bir şey. Adı, *Illuminati. Yeni Dünya Düzeni.*"

Macri, onun omzunun üstünden habere baktı. "*En çok oynanan Steve Jackson Oyunu... Bavyeralı eski Satanist bir kardeşliğin dünyayı egemenliği altına almaya çalıştığı, yarı-tarihi bir macera. Onları internette...*" Macri ɹaşını kaldırıp keyifsizce baktı. "Bu Illuminati'li adamların Hıristiyanlıkla ıe alıp veremediği var?"

Glick, "Sadece Hıristiyanlıkla değil," dedi. "Genel anlamda dinlerle ıir alıp veremedikleri var." Glick başını öne uzatıp, sırıttı. "Yine de, az ınce gelen telefona bakılacak olursa, Vatikan için kalplerinde ayrı bir yer ıyırmışlar."

"Ah, hadi bırak bunları. *Gerçekten* de adamın iddia ettiği kişi olduğuna inanmıyorsun öyle değil mi?"

"Bir Illuminati ulağı olduğuna mı? Dört kardinal öldürmeye hazırandığına mı?" Glick gülümsedi. "Umarım öyledir."

64

Langdon ile Vittoria'nın bindiği taksi, Via della Scrofa'ya çıkan bir buçuk kilometrelik turu bir dakikada tamamlamıştı. Popolo Meydanı'nın güney tarafında patinaj çekerek durduklarında saat akşam sekiz olmak üzereydi. Yanında başka lireti kalmayan Langdon, şoföre ücretini ABD Doları cinsinden fazlasıyla ödedi. Vittoria ile birlikte dışarı çıktılar. Popüler Rosati Café'nin -İtalyan ediplerin uğrak noktası- önünde oturan yerel halkın kahkahaları dışında meydan tenhaydı. Rüzgâr espresso ve pasta kokuları taşıyordu.

Langdon hâlâ Pantheon konusunda yaptığı hatanın şoku içindeydi. Ama bu meydana şöyle bir bakması, altıncı hissinin devreye girmesine yetmişti. Meydan, ustalıkla örtülmüş Illuminati izleri taşıyordu. *Eliptik* şekle sahip olmakla birlikte, meydanın tam ortasında dev bir Mısır dikilitaşı duruyordu, tepesi piramit şeklinde, dörtgen taş sütun. Roma'nın yağmalamadan elde ettiği şahane ganimetleri olan dikilitaşlar şehrin çeşitli bölgelerine dağıtılmıştı. Simgebilimciler bunlara "Azametli Piramitler" -kutsal piramit formunun gökyüzüne uzantısı- diyordu.

Langdon gözlerini dikilitaşın gövdesinden yukarı doğru hareket ettirirken, bakışları geri plandaki bir başka şeye kaydı. Çok daha dikkate değer bir şeye.

Aniden dikkat kesilerek, "Doğru yerdeyiz," dedi. "Şuna bir bak." Langdon görkemli Popolo Kapısı'nı -meydanın en sonundaki yüksek taş kemer- gösterdi. Kemerli yapı, yüzyıllardır meydana tepeden bakıyordu.

Kemerin tepe noktasının tam ortasına bir sembol kazınmıştı. "Tanıdık geliyor mu?"

Vittoria başını kaldırıp dev oymaya baktı. "Üçgen istiflenmiş taşların üstünde parlayan bir yıldız."

Langdon başını iki yana salladı. "Bir piramidin üstündeki Aydınlanma kaynağı."

Vittoria gözlerini kocaman açarak ona döndü. "Birleşik Devletler Hükümet Mührü gibi mi?"

"Kesinlikle. Bir dolarlık banknot üstündeki Masonik sembol."

Vittoria derin bir nefes alarak, meydana göz gezdirdi. "Peki lanet kilise nerde?"

Santa Maria del Popolo Kilisesi, meydanın güneydoğu köşesindeki tepenin altında, yanlış yere getirilmiş bir savaş gemisi gibi eğri duruyordu. On birinci yüzyıldan kalma taş yapı, ön cepheyi kaplayan yapı iskelesi yüzünden daha da hantal görünüyordu.

Büyük yapıya doğru koştururlarken, Langdon'ın aklı karışmıştı. Başını kaldırıp kiliseye hayretle baktı. İçeride gerçekten birazdan bir cinayet işlenecek olabilir miydi? Olivetti'nin çabuk gelmesini diledi. Cebindeki silah tuhaf bir his veriyordu.

Kilisenin ön merdivenleri *ventaglio'ydu* -davetkâr bir yelpaze- ama bu durumda tuhaf kaçıyordu çünkü yapı iskelesi, yapı malzemeleri ve COSTRUZIONE. NON ENTRARE yazan bir tabelayla kapanmıştı.

Langdon onarım sebebiyle kapatılan bir kilisenin katil için mükemmel mahremiyet sunacağını fark etmişti. Pantheon gibi değildi. Burada hileli dolaplara gerek yoktu. İçeri girmek için bir yol bulması yeterliydi.

Vittoria hiç duraksamadan bıçkı tezgâhlarının arasından geçerek, merdivenlere yöneldi.

Langdon, "Vittoria," diye uyardı. "Eğer hâlâ buradaysa..."

Vittoria, onu duymuşa benzemiyordu. Ana revağı çıkarak, kilisenin tek ahşap kapısına ulaştı. Langdon, onun arkasından merdivenleri tırmandı. O, bir şey söylemeye fırsat bulamadan Vittoria kapı kolunu kavrayarak çekti. Langdon nefesini tutmuştu. Kapı kıpırdamadı.

Vittoria, "Başka bir giriş olmalı," dedi.

Derin derin içini çeken Langdon, "Öyle olmalı," dedi. "Ama Olivetti bir dakika sonra burada olacak. İçeri girmek çok tehlikeli. Kiliseyi buradan gözetlemeliyiz, ta ki..."

Vittoria alev saçan gözlerle ona döndü. "Eğer *içeri* girmenin başka bir yolu varsa, *dışarı* çıkmanın da başka bir yolu vardır. Bu adam ortadan kaybolursa, ağaç gibi ortada kalırız."

Langdon, onun haklı olduğunu anlayacak kadar İtalyanca biliyordu.

Kilisenin sağ tarafındaki ara sokak, her iki yanı yüksek duvarlarla çevrili dar ve karanlık bir sokaktı. Sidik kokuyordu. Bu, bar sayısının umumi tuvaletlere oranının yirmiye bir olduğu şehirlerde ortak bir aromaydı.

Langdon ile Vittoria kokuşmuş karanlığa daldılar. Vittoria, Langdon'ı kolundan yakalayıp eliyle işaret ettiğinde on beş metre kadar ilerlemişlerdi.

Langdon da gördü. İleride ağır menteşeleri olan gösterişsiz ahşap bir kapı duruyordu. Langdon bunun standart bir *porta sacra* olduğunu fark etti: din adamlarının özel girişi. Binaların giderek birbirine yaklaşması ve sınırlı emlağın yan girişleri elverişsiz hale getirmesi yüzünden, bu girişlerin pek çoğunu yıllar önce kullanmayı bırakmışlardı.

Vittoria telaşla kapıya yürüdü. Kapıya vardığında kurcalandığı açıkça anlaşılan kapı tokmağına baktı. Onun arkasından gelen Langdon aslında kapı tokmağının bulunması gereken yerden sarkan, simit görünüşlü garip yuvarlağa göz attı.

"Bir halka," diye fısıldadı. Langdon uzanarak halkayı eliyle kaldırdı. Halkayı kendine doğru çekti. Bağlama düzeni çıt etti. Kaygılanmaya başlayan Vittoria kenara çekildi. Langdon halkayı usulca saat yönünde çevirdi. 360 derece boşta döndü ve yerine oturmadı. Langdon kaşlarını çatarak aksi yönü denedi ve yine aynı sonucu aldı.

Vittoria da sokağı bakışlarıyla taradı. "Sence başka giriş var mıdır?"

Langdon bundan şüphe duyuyordu. Rönesans katedrallerinin çoğu, şehre saldırı yapılması durumunda geçici kale görevi üstlenecek şekilde tasarlanmışlardı. Mümkün olduğunca az girişleri oluyordu. "*İçeri* girmenin başka bir yolu varsa," dedi. "Girişten çok kaçış yolu olarak arka tarafa yapılmıştır."

Vittoria harekete geçmişti bile.

Langdon sokakta ilerleyerek onu takip etti. Her iki tarafındaki duvarlar gökyüzüne uzanıyordu. Bir yerden gelen çan sesi saat yirmiyi çalıyordu...

Robert Langdon ilk kez Vittoria'nın kendisine seslendiğini duymadı. Parmaklıklarla kapatılmış bir vitray pencerenin önünde yavaşlamış, kilisenin içini görmeye çalışıyordu.

"Robert!" Yüksek sesle fısıldıyordu.

Langdon başını kaldırıp baktı. Vittoria sokağın sonundaydı. Kilisenin arka tarafını işaret ederek ona el sallıyordu. Langdon isteksizce ona doğru koşar adımlarla ilerledi. Arka duvarın altındaki taş bir siper, dar bir yapay mağarayı -doğrudan kilisenin içine giden bir tür geçit- gizleyerek çıkıntı yapıyordu.

Vittoria, "Bir giriş mi?" diye sordu.

Langdon başını salladı. *Aslında çıkış ama işin tekniğine girmeyelim.*

Vittoria çömelerek tünelden içeri baktı. "Kapıyı kontrol edelim. Bakalım açık mı?"

Langdon itiraz etmek için ağzını açtığı sırada Vittoria, onu elinden tuttu ve açıklığa doğru çekti.

Langdon, "Bekle," dedi.

Vittoria sabırsız gözlerle ona döndü.

Langdon içini çekti. "Ben önden giderim."

Vittoria şaşırmışa benziyordu. "Yine mi yiğitlik taslıyorsun?"

"Önce yaşlılar, sonra güzeller."

"Bu bir iltifat mıydı?"

Langdon gülümsedi ve onun önünden karanlığa girdi. "Merdivenlere dikkat et."

Tek eliyle duvara tutunarak karanlıkta yavaşça ilerliyordu. Taş, parmak uçlarına sert gelmişti. Langdon bir anda eski Daedalus efsanesini hatırladı. Duvarla bağlantısını asla kesmediği takdirde sonu bulacağından emin bir şekilde, Minotauros'un labirentinde ilerlerken oğlanın tek eliyle nasıl duvara tutunduğunu düşündü. Langdon ilerlerken, sonu bulmak istediğine çok emin değildi.

Tünel daralırken Langdon adımlarını yavaşlattı. Vittoria'nın hemen arkasında olduğunu hissediyordu. Duvar sola doğru kıvrılırken, tünel yarım daire bir girintiye açılmıştı. Burada biraz ışık olması tuhaftı. Langdon loş ışıkta ağır bir ahşap kapının siluetini gördü.

"A-ha," dedi.

"Kilitli mi?"

"*Öyleymiş.*"

"*Öyle miymiş?*" Vittoria hemen yanına geldi.

Langdon eliyle işaret etti. İçeri giren zayıf ışığın aydınlattığı kapı aralık duruyordu... menteşeleri, hâlâ ahşabın içinde duran manivelayla sökülmüştü.

Bir süre konuşmadan durdular. Ardından Langdon karanlıkta, Vittoria'nın göğsünü yoklayan ve ceketinin içine kayan ellerini hissetti.

"Sakin ol profesör," dedi. "Sadece silahı alıyorum."

O sırada Vatikan Müzeleri'nin içinde İsviçreli Muhafızlar'dan oluşan görev timi tüm yönlere dağılmıştı. Müze karanlıktı ve muhafızlar, ABD Deniz Piyadeleri için yapılan kızılötesi gözlükleri takmışlardı. Bu gözlüklerle her şey yeşil görünüyordu. Muhafızların her biri önlerinde ritmik bir şekilde salladıkları antene benzeyen detektöre -Vatikan'daki gizli mikrofonları aramak için haftada iki kez kullandıkları aynı cihazlar- bağlı kulaklıklar takmışlardı. Heykellerin arkasını, nişlerin içini, dolapları ve mobilyaları kontrol ederek sistemli bir şekilde hareket ediyorlardı. En küçük bir manyetik alana rastladıklarında antenden ses gelecekti.

Ama bu gece hiçbir sinyal alamıyorlardı.

65

Santa Maria del Popolo'nun içi, karanlık ışıkta kasvetli bir mağarayı andırıyordu. Katedralden çok, yarı tamamlanmış bir metro istasyonuna benziyordu. Ana mabet, yıpranmış yer döşemesi, tuğla yataklar, çöp yığınları, el arabaları ve hatta paslı bir çapanın sayesinde engelli yarış pistine dönmüştü. Yükselen dev gibi kolonlar kubbeli çatıyı tutuyordu. Vitray camlardan giren ışık, havada uçuşan toz zerrelerini parlatıyordu. Büyük bir Pinturicchio freskinin altında duran Langdon ile Vittoria, boşaltılmış mabede baktılar.

Hiçbir şey hareket etmiyordu. Ortalığı ölüm sessizliği kaplamıştı.

Vittoria iki eliyle silahı önünde tuttu. Langdon saatine baktı: 20.04. *Burada durduğumuz için deliyiz,* diye düşündü. *Çok tehlikeli.* Yine de, eğer katil içerideyse adamın istediği kapıdan çıkabileceğini, onu dışarıda tek bir silahla kontrol altına almanın imkânsız olduğunu biliyordu. Onu içeride yakalamak tek yoldu... tabi eğer hâlâ içerideyse. Langdon, Pantheon'da herkesi boş yere uğraştırarak yaptığı büyük hatadan pişmanlık duydu. Artık tedbir konusunda ısrarcı davranacak konumda değildi; onları bu noktaya getiren *kendisiydi.*

Vittoria kiliseyi endişeli gözlerle taradı. "Peki," diye fısıldadı. "Nerede şu Chigi Şapeli?"

Langdon toz bulutlarının arasından katedralin arka tarafına göz gezdirerek, dış duvarları inceledi. Ortak kanının tam aksine, Rönesans katedrallerinde *pek çok* şapel olurdu. Notre Dame gibi dev katedrallerdeyse, düzinelerce. Şapeller, *odalardan* çok, *girintiler* şeklinde kendilerini gösterirdi; kilisenin yan duvarları arasındaki kabirlerin yerleştirildiği yarım daire nişler.

Duvarın her bir kenarında dört girinti gören Langdon, *haberler kötü*, diye düşündü. İçeride toplam sekiz şapel vardı. Sekiz, insanın gözünü korkutacak bir sayı olmamakla birlikte, tüm açıklıklar onarım sebebiyle dev poliüretan örtülerle kapatılmıştı. Bu şeffaf perdeler görünüşe göre, nişlerin içindeki mezarları tozdan korumak amacıyla gerilmişti.

Langdon, "Şu örtülü girintilerden herhangi biri olabilir," dedi. "Her birinin içine bakmadan hangisinin Chigi olduğunu anlamamıza imkân yok. Belki Olivetti'yi beklemek daha iyi..."

Vittoria, "Hangisi ikinci sol apsis?" diye sordu.

Onun mimari terimleri böyle rahatlıkla kullanabilmesine şaşıran Langdon dönüp Vittoria'yı inceledi. "İkinci sol apsis mi?"

Vittoria arkasındaki duvarı işaret etti. Taşın içine, dekoratif bir karo yerleştirilmişti. Üstüne, dışarıda gördükleri aynı simge işlenmişti: parlayan yıldızın altında bir piramit. Yanındaki kirli levhada şöyle yazıyordu:

BU KATEDRALİN SOL APSİSİNDE
KABRİ BULUNAN ALEXANDER CHIGI'NIN
HANEDAN ARMASI

Langdon başını salladı. *Chigi'nin hanedan arması yıldız ve piramit miymiş?* Birden zengin Chigi'nin bir Illuminati üyesi olma ihtimalini düşünmeye başladı. Vittoria'ya başıyla işaret etti. "Aferin, on puan."

"Ne?"

"Boş ver. Ben..."

Birkaç metre ileride, yere çarpan bir metal sesi duyuldu. Çarpma sesi tüm kilisede yankılandı. Langdon, Vittoria'yı sütunlardan birinin arkasına çekerken, Vittoria silahını sesin geldiği yöne doğrulttu. Langdon nefesini tutmuştu. *Buraya girmeyi asla kabul etmemeliydim!* Yaklaşan ses, kesik kesik sürüklenen topal adımlarını andırıyordu. Birden sütunun dibinde bir nesne göründü.

"*Figlio di puttana!*"(*) Vittoria kısık sesle küfrederken, geriye doğru sıçramıştı. Langdon da onunla birlikte geriye doğru sendeledi.

Sütunun yanında, dev bir fare, kâğıda sarılı yarısı yenmiş bir sandviçi sürüklüyordu. Yaratık onları görünce durdu, Vittoria'nın silahının namlusuna uzun süre baktı ve sonra umursamadan ödülünü kilisenin girintilerinden birine sürüklemeye devam etti.

Langdon kalbi hızla çarparken, "Seni o..." diye söylendi.

Vittoria silahını indirerek, eski sakinliğine hemen geri döndü. Langdon başını kolonun arkasından uzatarak, becerikli farenin bıçkı tezgâhı üzerinden devirdiği anlaşılan yere serilmiş sefer tasını gördü.

Langdon bir süre bazilikayı inceledikten sonra, "Eğer o adam buradaysa, *bunu* kesin duymuştur. Olivetti'yi beklemek istemiyorsun, değil mi?" diye fısıldadı.

Vittoria "İkinci sol apsis," diye tekrarladı. "Nerede?"

Langdon isteksizce dönüp, nerede olduğunu anlamaya çalıştı. Katedral terminolojisi sahne yönleri gibi hesaplanırdı... görünenin tam aksi. Yüzünü ana sunağa verdi. *Sahne merkezi.* Sonra başparmağını omzunun üstünden geriye tuttu.

Arkalarını dönüp, gösterdiği yöne baktılar.

Chigi Şapeli sağ taraflarındaki girintilerin üçüncüsüne yapılmış gibiydi. İyi haber, Langdon ile Vittoria'nın, kilisenin doğru *tarafında* bulunmalarıydı. Kötü haber ise, yanlış *uçta* duruyor olmalarıydı. Her biri Chigi Şapeli gibi şeffaf plastik örtülerle kapatılmış üç şapeli geçerek, kilise boyunca yürümeleri gerekecekti.

Langdon, "Dur," dedi. "İlk ben gideyim."

"Unut gitsin."

"Pantheon konusunda çuvallayan bendim."

Vittoria döndü. "Ama silah bende."

Langdon, onun gözlerine baktığında, gerçekten ne düşündüğünü görebiliyordu... *Babasını kaybeden benim. Kitle imha silahının yapımına yardımcı olan benim. O adamı dizkapaklarından vurma hakkı benim...*

(*) Orospu çocuğu.

Langdon boşuna uğraştığını anlayarak, gitmesine izin verdi. Bazilikanın doğu tarafında, onun yanında dikkatle yürüyordu. İlk örtülü girintinin yanından geçerlerken, Langdon gerçekdışı bir televizyon oyunundaki yarışmacı gibi heyecanlanmıştı. *Üç numaralı perdeyi ben açtıracağım,* diye düşündü.

Kilise sessizdi. Kalın taş duvarlar, dış dünyanın tüm belirtilerini saklıyordu. Şapellerin önünden aceleyle geçerlerken, hışırdayan plastiklerin arkasında insanımsı şekiller hayalet gibi kıpırdıyordu. Langdon kendi kendine, *şekillendirilmiş mermer* derken, haklı olmayı diliyordu. Saat 20.06 olmuştu. Katil tam zamanında davranarak Langdon ile Vittoria içeri girmeden önce gitmiş olabilir miydi? Yoksa hâlâ orada mıydı? Langdon hangi senaryoyu tercih ettiğinden emin değildi.

Yavaşça kararmaya başlayan katedralin içinde korkutucu görünen ikinci apsisin önünden geçtiler. Vitray camların iyice koyulaştırdığı ışığın etkisiyle, akşam giderek çökmeye başlamıştı. Onlar devam ederlerken, yanlarındaki plastik perde cereyana tutulmuş gibi dalgalandı. Langdon birinin bir yerden bir kapı açtığını sandı.

Üçüncü niş belirdiğinde Vittoria yavaşladı. Silahı önünde tutarak, başıyla apsisin yanındaki taş dikiti gösterdi. Granit blokun üstüne iki kelime kazınarak yazılmıştı:

CAPELLA CHIGI

Langdon başını salladı. Hiç ses çıkarmadan, kendilerini geniş bir sütunun arkasına gizleyerek açıklığın köşesine ilerlediler. Vittoria silahını köşeden çıkartarak plastiğe doğrulttu. Sonra Langdon'a örtüyü kaldırmasını işaret etti.

Dua etmeye başlamak için iyi bir zaman, diye düşündü Langdon. İsteksizce Vittoria'nın omzunun üstünden uzandı. Plastiği mümkün olduğunca büyük bir dikkatle kenara çekti. Yerinden bir santim oynadıktan sonra, gürültüyle hışırdadı. İkisi birden donakaldılar. Sessizlik. Vittoria hemen sonra, yavaşça öne doğru eğilerek, dar aralıktan içeri göz gezdirdi. Langdon, onun omzunun üstünden bakıyordu.

Her ikisi de bir müddet nefes almadılar.

Sonunda silahını indiren Vittoria, "Boş," dedi. "Çok geç kaldık."

Langdon duymuyordu. Huşuya kapılmış, bir an için başka bir dünyaya geçiş yapmıştı. Hayatı boyunca, böyle bir şapel göreceğini asla tahmin etmemişti. Tamamıyla kestane rengi mermerden yapılan Chigi Şapeli nefes kesiciydi. Langdon'ın eğitimli gözleri, karşısındaki manzarayı bir çırpıda ezberine aldı. Langdon'ın anlayabileceği kadar *dünyevi* bir şapeldi ve bizzat Galileo ile Illuminati tarafından tasarlanmış gibi görünüyordu.

Yukarıdaki kubbe tavan, ışıklı yıldızlar ve yedi astronomik gezegenin oluşturduğu bir alanla parlıyordu. Bunların altında burçlar kuşağının on iki işareti vardı; dünyevi pagan sembollerinin kökleri astronomiye dayanıyordu. Zodyak aynı zamanda doğrudan Toprak, Hava, Ateş ve Su'yla bağlantılıydı... güç, zekâ, gayret ve duyguyu temsil eden çeyrek daireler. Langdon, *Toprak gücü temsil eder,* diye hatırladı.

Duvarın biraz daha aşağısında, Toprak'ın dört mevsimi onuruna yapılan betimlemeleri gördü; *primavera, estate, autunno, invérno.*(*) Ama tüm bunlardan daha şaşırtıcı olan, odaya hâkim olan iki büyük abideydi. Langdon hiç konuşmadan hayret içinde bakakaldı. *Olamaz,* diye düşündü. *Kesinlikle olamaz!* Ama olmuştu. Şapelin her iki tarafında, mükemmel simetri içinde üç metre yüksekliğinde iki adet mermer piramit yükseliyordu.

Vittoria, "Ben kardinal göremiyorum," diye fısıldadı. "Ya da bir suikastçı." Plastiği kenara çekerek içeri girdi.

Langdon'ın gözleri piramitlere kilitlenmişti. *Bir Hıristiyan şapelinde piramitlerin işi ne?* Ve inanılmaz ama, dahası da vardı. Her piramidin tam ortasında, ön yüzüne gömülmüş altın madalyonlar duruyordu... Langdon'ın ömrü boyunca gördüğü birkaç nadir madalyona benziyorlardı... mükemmel *elipsler.* Kubbe tavandan süzülerek giren akşam güneşi, cilalı yuvarlakları parlatıyordu. *Galileo'nun elipsleri mi? Piramitler mi? Yıldızlı kubbe tavan mı?* Bu odada, Langdon'ın hayalinde canlandırabileceği tüm odalardan daha fazla Illuminati izi vardı.

Vittoria çatlak sesiyle, "Robert," deyiverdi. "Bak!"

Langdon dönünce, Vittoria'nın gösterdiği yerdeki gerçeği fark etti. Geriye doğru sıçrayarak, "Kahrolası!" diye bağırdı.

(*) İlkbahar, yaz, sonbahar, kış.

Bir iskelet, yerden onlara alay edercesine bakıyordu. Bu, "ölülerin yükselişini" betimleyen, titiz ayrıntılara yer verilmiş mermer bir mozaikti. İskelet dışarıda gördükleri aynı piramit ve yıldızı gösteren bir yazı tahtası tutuyordu. Bununla birlikte Langdon'ın kanını donduran resmin kendisi değildi. Mozaik, zeminden rögar kapağı gibi kaldırılmış ve şimdi yerdeki karanlık deliğin kenarında duran dairesel bir taşın *-cupermento-* üstüne yerleştirilmişti.

Langdon soluk soluğa, "Şeytan Gözü," dedi. Tavanın etkisine öylesine kapılmıştı ki, onu görememişti. Usulca çukura doğru yaklaştı. Yukarı gelen leş kokusu dayanılmazdı.

Vittoria eliyle ağzını kapattı. "*Che puzza.*"

Langdon, "Efüzyon," dedi. "Çürüyen kemiklerden yükselen buhar." Deliğin üstünden eğilip aşağı bakarken gömlek kolunun altından nefes alıp verdi. Kör karanlık. "Hiçbir şey göremiyorum."

"Sence aşağıda biri var mıdır?"

"Bilmeye imkân yok."

Vittoria deliğin diğer tarafından aşağıya inen eğreti tahta merdiveni gösterdi.

Langdon başını iki yana salladı. "Cehennem gibi."

"Dışardaki şu aletlerin arasında belki bir cep feneri vardır." Kokuyu almamak için hızlı konuşuyordu. "Ben bakarım."

Langdon, onu, "Dikkat et," diyerek uyardı. "Bilmiyoruz, belki de Haşhaşin..."

Ama Vittoria gitmişti bile.

Langdon, *amma azimli kadın*, diye düşündü.

Yeniden çukura döndüğünde, yükselen kokular yüzünden başı döndü. Nefesini tutarak başını kenardan aşağı sarkıttı ve gözlerini kısarak karanlığa baktı. Gözleri yavaşça karanlığa alışırken, aşağıdaki belli belirsiz şekilleri seçmeye başlamıştı. Çukur, küçük bir odaya açılıyormuş gibi görünüyordu. *Şeytan Gözü.* Langdon kaç Chigi neslinin aşağı kabaca atıldığını düşündü. Gözlerini kapatıp karanlıkta daha iyi görebilmek için gözbebeklerinin genişlemesini bekledi. Gözlerini yeniden açtığında, aşağıdaki karanlıkta hareketsiz duran bir şekil belirmişti. *Hayal mi görmeye başladım? Bu bir ceset miydi?* Şekil kayboldu. Langdon yeniden gözlerini kapatarak, bu kez biraz daha fazla bekledi. Böylece gözleri en ufak ışığı bile yakalayacaktı.

Başı dönmeye, düşünceleri bulanıklaşmaya başlamıştı. *Birkaç saniye daha.* Buna kokunun mu yoksa başını eğerek nefesini tutmanın mı sebep olduğuna karar veremiyordu, ama midesi kesinlikle bulanmaya başlamıştı. Sonunda gözlerini yeniden açtığında, karşısında duran şekil son derece anlaşılmazdı.

Ürkütücü mavimsi bir ışığa boyanmış, bir kilise mahzenine bakıyordu. Kulaklarında tiz bir çınlama vardı. Işık, deliğin dik duvarlarında titreşiyordu. Birden, üstünde uzun bir gölge belirdi. Şaşıran Langdon doğruldu.

Arkasından bir ses, "Dikkat et!" diye bağırdı.

Langdon arkasını dönmek üzereyken, ensesinde acı bir sızı hissetti. Döndüğünde, Vittoria'yı bir pürmüz lambasını ondan uzaklaştırırken gördü. Lambanın tıslayan alevleri şapele mavi bir ışık yayıyordu.

Langdon ensesini tuttu. "Sen ne yapıyorsun?"

"Sana ışık tutuyordum," dedi. "Üstüme geldin."

Langdon, onun elindeki taşınabilir pürmüz lambasına baktı.

"En iyisi buydu," dedi. "Cep feneri yoktu."

Langdon ensesini ovuşturdu. "Geldiğini duymadım."

Vittoria kötü kokuyu yeniden alınca gerileyerek, lambayı ona uzattı. "Sence bu buhar yanıcı mıdır?"

"Dua edelim öyle olmasın."

Lambayı eline alarak, yavaşça deliğe yaklaştı. Dikkatle kenara doğru ilerleyerek, lambayı delikten içeri uzatınca, yan duvarı aydınlattı. Işığı hareket ettirirken, gözleriyle duvarı aşağı kadar takip etti. Kilise mahzeni daire şeklinde ve yaklaşık altı metre çapındaydı. Işık on metre aşağıdaki zemine vuruyordu. Yer, karanlık ve benekliydi. Topraklı. Ardından Langdon cesedi gördü.

İlk tepkisi geri çekilmek oldu. Kendini dönüp gitmemek için zor tutarak, "Burada," dedi. Bedeni toprak zeminin üstünde solgun görünüyordu. "Sanırım çırılçıplak soyulmuş." Leonardo Vetra'nın çıplak cesedini hatırladı.

"Kardinallerden biri mi?"

Langdon'ın hiçbir fikri yoktu ama başka kim olabileceğini tahmin edemiyordu. Aşağıdaki solgun cisme baktı. Hareketsizdi. Kıpırtısızdı. *Ama yine de...* Langdon duraksadı. Bedenin aldığı pozisyonda çok garip bir şey vardı. Şey gibiydi...

Langdon aşağı seslendi. "Merhaba?"

"Sence canlı mı?"

Aşağıdan hiç ses gelmemişti.

Langdon, "Kıpırdamıyor," dedi. "Ama şey gibi..." *Hayır, imkânsız.*

"*Ne gibi* görünüyor?" Şimdi Vittoria da kenardan aşağı bakıyordu.

Langdon gözlerini kısarak karanlığa baktı. "Ayağa kalkıyormuş gibi görünüyor."

Vittoria nefesini tutarak, daha iyi görebilmek için başını kenardan aşağı sarkıttı. Bir müddet sonra geri çekti. "Haklısın. Ayağa kalkıyor! Belki de hayattadır ve yardıma ihtiyacı vardır!" Çukurdan aşağı seslendi. "Merhaba! *Mi puó sentire?*"

Aşağıdaki küflü odadan hiç cevap gelmemişti. Sadece sessizlik.

Vittoria çelimsiz merdivene doğru yöneldi. "Ben aşağı iniyorum."

Langdon, onu kolundan tuttu. "Hayır. Tehlikeli. Ben giderim."

Vittoria bu kez tartışmadı.

66

Chinita Macri deliye dönmüştü. Via Tomacelli'deki bir köşede bekleyen BBC karavanının yolcu koltuğunda oturuyordu. Roma haritasını inceleyen Gunther Glick'in yolu şaşırdığı ortadaydı. Gizemli adam, aynen Macri'nin korktuğu gibi yeniden aramış ve bu kez bilgiyi vermişti.

Glick, "Popolo Meydanı," diye ısrar etti. "Aradığımız yer orası. Orada bir kilise var. Ve içerde de kanıt."

"Kanıt." Chinita elindeki gözlük camını parlatmayı bırakarak, ona döndü. "Bir kardinalin öldürüldüğünün kanıtı mı?"

"Öyle söyledi."

"Duyduğun her şeye inanır mısın?" Chinita sıkça yaptığı gibi, yine yetkilinin *kendisi* olmasını diledi. Ama yine de videograflar birlikte çalıştıkları muhabirlerin keyfine göre çekim yapmak zorundaydılar. Gunther Glick asılsız bir telefon ihbarının peşinden gitmek istiyorsa, Macri, onun tasmasından tuttuğu bir köpek gibi gelecekti.

Dönüp, şoför koltuğunda otururken dişlerini kenetleyen Glick'e baktı. Macri, ebeveynlerinin ona Gunther Glick gibi bir isim verdikleri için, hayal kırıklığına uğramış komedyenler olması gerektiğine karar verdi. Adamın bir şeyleri kanıtlamaya çalışmasına şaşmamak gerekirdi. Ama talihsiz unvanı ve bir iz bırakmak konusundaki sinir bozucu hırsına rağmen, Glick şeker biriydi... macun kıvamında ama yapışkan değildi. Lityumla çakırkeyif olmuş Hugh Grant gibi.

Macri elinden geldiğince sabırlı bir sesle, "San Pietro'da olmamız gerekmiyor muydu?" dedi. "Bu gizemli kiliseyi daha sonra ararız. Kardinaller toplantısı bir saat önce başladı. Ya kardinaller biz yokken bir karara varırlarsa?"

Glick, onu duymamış gibiydi. "Sanırım şuradan sağa sapacağız." Haritayı yan çevirerek yeniden inceledi. "Evet, sağa saparsam... ve hemen sonra sola." Önlerinde uzanan dar sokağa doğru ilerlemeye başladı.

"Dikkat et!" diye bağırdı Macri. Bir görüntü teknisyeni olduğundan etrafa dikkatle bakardı. Neyse ki Glick de çabuk davranmıştı. Frenlere asılarak, kavşakta birdenbire ortaya çıkıp tozu dumana katan dört Alfa Romeo ile çarpışmaktan kurtulmuştu. Arabalar önlerinden geçtikten sonra patinaj yaparak hız kestiler ve bir blok ileriden, Glick'in gitmeyi düşündüğü aynı yolu izleyerek sola saptılar.

Macri, "Manyaklar!" diye bağırdı.

Glick sarsılmışa benziyordu. "Bunu gördün mü?"

"Evet, gördüm! Neredeyse bizi öldürüyorlardı!"

Glick heyecanlı bir sesle, "Hayır, arabalardan bahsediyorum," dedi. "Hepsi birbirinin aynıydı."

"Hayal gücünden yoksun manyaklar."

"Ve arabalar doluydu."

"Ne olmuş yani?"

"Birbirinin eşi dört araba, *her birinde* dört yolcu vardı."

"Sen yakıt tasarrufunu duydun mu hiç?"

"İtalya'da mı?" Glick kavşağa baktı. "Kurşunsuz benzini bile duymamışlardır." Gaza basarak, arabaların arkasından fırladı.

Macri koltuğunda geri savruldu. "Sen ne halt ediyorsun?"

Glick sokakta hızla ilerleyerek, Alfa Romeo'ların arkasından sola döndü. "İçimden bir ses, şu anda kiliseye gidenlerin sadece sen ve ben olmadığımızı söylüyor."

67

İniş yavaştı.

Langdon gıcırdayan merdivenden basamak basamak iniyordu... Chigi Şapeli'nin zemininden gittikçe aşağıya. *Şeytan Gözü'nün içine*, diye düşündü. Yüzü yan duvara, sırtı bölmeye dönüktü ve bir günde acaba daha kaç tane karanlık, kapalı yerde bulunulabilir, diye düşündü. Merdiven, her basamakta inliyordu, ayrıca çürümüş et ve rutubetin acı kokusu neredeyse boğucuydu. Langdon, Olivetti'nin hangi cehennemde olduğunu merak ediyordu.

Vittoria'nın hatları hâlâ yukarıda görülüyordu, çukurun içine pürmüz lambasını tutuyor ve Langdon'ın yolunu aydınlatıyordu. Langdon karanlığın içinde gittikçe daha derine inerken, yukarıdan gelen mavimsi parıltı zayıflıyordu. Güçlenen tek şey, pis kokuydu.

On iki basamak sonra, olan oldu. Langdon'ın ayağı, çürüme yüzünden kayganlaşan bir noktaya isabet edince, dengesini kaybetti. İleri doğru hamle yaparak, dibe düşmemek için kollarıyla merdiveni yakaladı. Kollarındaki zonklayan çürüklere lanet okuyarak, vücudunu tekrar merdivene çekti ve aşağı inmeye devam etti.

Üç basamak sonra, neredeyse tekrar düşüyordu, ama bu kez, aksiliğin nedeni basamak değildi. Ani korkuydu. Önündeki duvara oyulmuş nişin yanından aşağı inmiş ve aniden bir sürü kafatasıyla yüz yüze gelmişti. Nefes alarak, etrafına bakındı ve bu seviyedeki duvarın rafa benzer açıklıklarla -defin nişleriyle- dolu olduğunu fark etti, hepsinin içinde iskeletler vardı. Fosforlu ışıkta titreşen boş oyuklar ve çürümüş kaburgalar ürkütücü bir kolaj oluşturuyordu.

Geçen ay da, tamamıyla tesadüfen benzer bir akşam yaşadığını hatırlayarak, yüzünü buruşturdu ve *alev ışığındaki iskeletler*, diye düşündü. *Kemiklerin ve alevlerin bulunduğu bir akşam.* New York Arkeoloji Müzesi'nin mum ışıklı yardım yemeği, dinozor iskeletinin gölgesinde alevli somon balığı. Rebecca Strauss'un -siyah kadife, sigara ve o kadar da ustaca büyütülmemiş göğüslerin bir karışımı olan eski manken, şimdiyse *Times*'ın sanat eleştirmeninin- davetine katılmıştı. Rebecca o günden sonra onu iki kez aramıştı. Ama Langdon, onu aramak zahmetine girmemişti. Langdon, *çok büyük bir kabalık*, diye kendini azarlarken, Rebecca Strauss'un bu pis kokulu çukurda ne kadar dayanacağını merak etti.

Langdon dipteki süngersi toprağa inen son basamağı hissettiğinde rahatladı. Ayakkabılarının altındaki zemin nemliydi. Duvarların üstüne gelmeyeceğine kendini ikna ederek, kriptosa döndü. Daire şeklinde ve yaklaşık altı metre çapındaydı. Burnunu gömlek koluna bastırarak nefes alırken, Langdon gözlerini cesede doğru çevirdi. Karanlıkta görüntü belirsizdi. Beyaz, etli bir siluet. Diğer tarafa bakıyordu. Hareketsizdi. Sessizdi.

Kriptosun karanlığında ilerlerken, Langdon neye baktığını anlamaya çalıştı. Adamın sırtı dönüktü ve Langdon yüzünü göremiyordu, ama adam gerçekten ayakta duruyormuş gibi görünüyordu.

Langdon burnunu koluna bastırdığı için boğuk bir sesle, "Merhaba," dedi. Ses gelmedi. Ona yaklaşırken, adamın çok kısa boylu olduğunu fark etti. *Çok kısa...*

Vittoria ışığı oynatarak, yukarıdan, "Neler oluyor?" diye seslendi.

Langdon cevap vermedi. Şimdi tamamen görebilecek kadar yakındı. Ürperten bir tiksintiyle, anladı. Oda, etrafında daralıyor gibiydi. Toprak zeminden Şeytan gibi çıkan yaşlı bir adam vardı... ya da en azından onun yarısı. Beline kadar toprağa gömülmüştü. Vücudunun yarısı yerin altında, dik bir şekilde duruyordu. Çırılçıplak soyulmuştu. Elleri, kırmızı bir kardinal kuşağıyla arkadan bağlanmıştı. Gevşekçe yukarıya doğru desteklenmişti, omurgası bir tür boks torbası gibi geriye doğru yay çizmişti. Adamın başı arkaya yatmıştı, gözleri sanki ona yardım etmesi için Tanrı'ya yalvarıyormuş gibi yukarı bakıyordu.

Vittoria, "Ölmüş mü?" diye seslendi.

Langdon bedene doğru yürüdü. *Umarım öyledir, kendi iyiliği için.* Yanına iyice yaklaşarak, tavana diktiği gözlerine baktı. Dışarı fırlamışlardı, mavi ve kanlıydılar. Langdon nefesini dinlemek için eğildi, ama hemen geri çekildi. "Tanrı aşkına!"

"Ne!"

Langdon neredeyse kusacaktı. "Evet ölmüş. Ölüm nedenini şimdi gördüm." Görüntü korkunçtu. Adamın ağzı açılmış ve çamurla sıkıca doldurulmuştu. "Birisi bir avuç çamuru boğazına doldurmuş. Boğulmuş."

Vittoria, "Çamur mu?" dedi. "*Toprak* gibi mi?"

Langdon'un jetonu yine geç düşmüştü. *Toprak.* Neredeyse unutmuştu. *Damgalar. Toprak, Hava, Ateş, Su.* Katil, her kurbanı bilimin eski öğelerinden biriyle damgalayacağını haber vermişti. İlk öğe, *Toprak'tı. Şeytan gözlü toprak Santi kabri.* Pis kokulu gazlardan başı dönen Langdon, cesedin ön tarafına döndü. Bunu yaparken, içindeki simgebilimci, efsanevi ambigramı yapmanın sanatsal zorluğunu yüksek sesle onayladı. *Toprak? Nasıl?* Ve işte hemen önünde duruyordu. Yüzlerce yıllık Illuminati Efsanesi, zihninin içinde büyük bir hızla dönüyordu. Kardinalin göğsündeki işaret kömürleşmişti ve sızıntı yapıyordu. Et, yanmış ve siyahlaşmıştı. *La lingua pura...* mesaj çok açıktı...

Langdon damgaya baktığında, oda dönmeye başladı.

Baş aşağı duran sembolü görmek için başını yan yatırarak, "Toprak," diye fısıldadı, "Toprak."

Sonra, bir korku dalgasıyla, son bir şeyi kavradı. *Üç tane daha vardı.*

Earth: Toprak.

68

Sistine Şapeli'ndeki yumuşak mum ışığına rağmen, Kardinal Mortati'nin sinirleri gergindi. Kardinaller toplantısı resmen başlamıştı. Ve çok uğursuz bir şekilde başlamıştı.

Camerlengo Carlo Ventresca yarım saat önce, kararlaştırılan saatte şapele girmişti. Öndeki mihraba yürümüş ve açılış duasını okumuştu. Sonra, ellerini açmış ve Mortati'nin şimdiye kadar Sistine'deki sunaktan duyduğu en dolaysız anlatım şekliyle onlarla konuşmuştu.

Camerlengo, "Gayet iyi biliyorsunuz ki," dedi. "Dört *preferiti*'miz şu anda kardinaller toplantısında değil. Son Papa Cenapları adına, yapmak zorunda olduğunuz gibi... iman ve kararla devam etmenizi istiyorum. Gözleriniz Tanrı'dan başka bir şey görmesin." Sonra gitmek için döndü.

Bir kardinal, "Ama," diye ağzından kaçırdı. "*Neredeler?*"

Camerlengo duraksadı. "Gerçekten söyleyemem."

"Ne zaman dönecekler?"

"Gerçekten söyleyemem."

"İyiler mi?"

"Gerçekten söyleyemem."

Uzun bir duraksama oldu.

Camerlengo, "İnancınızı kaybetmeyin," dedi. Sonra, odadan çıktı.

Âdet olduğu üzere, Sistine Şapeli'nin kapıları, iki ağır zincirle dışarıdan mühürlenmişti. Dört İsviçreli Muhafız, koridorda nöbet tutuyordu. Mortati, Papa seçilmeden önce kapıların ancak, içeride birisi çok hastalanırsa ya da *preferiti* gelirse açılabileceğini biliyordu. Mortati midesindeki düğüm yüzünden bundan o kadar emin olmasa da, ikincisinin olması için dua ediyordu.

Mortati, Camerlengo'nun sesindeki kararlılığın etkisi altında, *yapmak zorunda olduğumuz gibi devam edelim,* diye karar verdi. Oylamaya geçilmesini talep etti. Başka ne yapabilirdi?

Bu ilk oylamaya zemin hazırlayan hazırlık merasimlerinin tamamlanması yarım saat sürmüştü. Her kardinal, kıdem sırasına göre yaklaşıp belirli oy verme işlemini uygularken, Mortati sabırla ana sunakta bekledi.

Sonunda, son kardinal sunağa gelmiş, önünde diz çöküyordu.

Kardinal aynen ondan öncekiler gibi, "Oyumun," dedi. "Tanrı huzurunda seçilmesi gerektiğine inandığım kişiye verildiğine hakemlik edecek Hz. İsa'yı, şahidim olarak gösteriyorum," dedi.

Kardinal ayağa kalktı. Oy pusulasını herkesin görmesi için başının üzerine kaldırdı. Sonra oy pusulasını, büyük bir ayin kadehinin üzerinde duran tabağın bulunduğu sunağa indirdi. Oy pusulasını, tabağın üzerine koydu. Sonra, tabağı kaldırdı ve oy pusulasını ayin kadehinin içine atmak için kullandı. Tabağın kullanılmasının nedeni, kimsenin gizlice birden fazla oy atmadığına emin olmaktı.

Oyunu verdikten sonra, tabağı tekrar kadehin üzerine koydu, haçın önünde eğildi ve koltuğuna geri döndü.

Son oy verilmişti.

Şimdi, Mortati'nin işe başlama zamanıydı.

Mortati tabağı kadehin üzerinde bırakarak, oy pusulalarını karıştırmak için salladı. Sonra tabağı kaldırdı ve rastgele bir oy pusulası çıkardı. Oy pusulasını açtı. Herkesin duyması için yüksek sesle okudu.

Her oy pusulasının en üst bölümünde kabartma harflerle yazılı metini okuyarak, "*Eligo in summum pontificem...*" dedi. *Papa Cenapları olarak seçtiğim kişi...* Sonra, bunun altına yazılmış adayın adını ilan etti. İsmi okuduktan sonra iplik geçirilmiş bir iğneyi kaldırdı ve *Eligo* kelimesinden oy pusulasını delerek, dikkatle iplikten geçirdi. Sonra, deftere oyu not aldı.

Sonra, tüm işlemi tekrar etti. Kadehten bir oy pusulası seçti, yüksek sesle okudu, satırın üzerinden deldi ve defterine not etti. Mortati neredeyse hemen bu ilk oylamanın başarısız olacağını hissetti. Oybirliği yoktu. Yedi oy pusulasından sonra, şimdiden yedi farklı kardinal ismi verilmişti. Her bir oy pusulasındaki el yazısı, kalın harfler ve süslü yazılarla gizlenmişti. Bu durumda gizleme ironikti, çünkü kardinallerin kendileri için oy kullandıkları çok açıktı. Mortati, bu açık gururun, bencil yükselme hırsıyla hiçbir ilgisi olmadığını biliyordu. Bu, bir bekleme düzeniydi. Savunmacı bir manevraydı. Hiçbir kardinalin kazanmaya yetecek kadar oy almamasını garantiye alan bir zaman kazanma taktiğiydi... böylece yeni bir oylama daha yapılması gerekecekti.

Kardinaller *preferiti*'lerini bekliyorlardı.

Oy pusulalarının sonuncusu kaydedildiğinde, Mortati oylamanın "sonuçsuz" çıktığını ilan etti.

Tüm oy pusulalarının takılı olduğu ipliği aldı ve bir çember yapmak için uçlarını bağladı. Sonra, oy pusulası çemberini gümüş bir tepsiye koydu. Uygun kimyasalları ekledi ve tepsiyi arkasındaki küçük bacaya taşıdı. Oy pusulalarını burada yaktı. Oy pusulaları yanarken, eklediği kimyasallar siyah bir duman çıkardı. Duman, bir borudan çatıdaki deliğe doğru yükseldi, böylece şapelin üzerinde yükselecek ve herkes onu görebilecekti. Kardinal Mortati, dış dünyaya ilk haberini göndermişti.

İlk oylama. Papa seçilmedi.

69

Pis kokulu gazlar yüzünden neredeyse boğulmak üzere olan Langdon çukurun tepesindeki ışığa doğru merdivenden çıkmaya çalışıyordu. Yukarıdan sesler duyuyor, ama hiçbir şey anlamıyordu. Dağlanmış kardinalin görüntüsüyle başı dönüyordu.

Toprak... Toprak...

Yukarı doğru çıkarken, görüşü daraldı ve bilincini kaybedeceğinden korktu. Tepeye iki basamak kala, dengesini kaybetti. Kenarı bulmak için yukarı doğru hamle yaptı ama çok uzaktaydı. Merdiveni kavrayan eli kayınca, neredeyse geriye doğru karanlığın içine düşüyordu. Koltukaltlarında şiddetli bir acı hissetti ve aniden derin yarıkta çılgın gibi ayaklarını sallayarak havada asılı kaldı.

İki İsviçreli Muhafız'ın güçlü elleri, onu koltukaltlarından yakalayarak, yukarı çekti. Bir saniye sonra, Langdon'ın başı Şeytan Gözü'nden çıktı, nefesi tıkanıyor ve soluk almaya çalışıyordu. Muhafızlar, onu deliğin kenarından, zeminin üzerine çektiler ve sırtüstü soğuk mermer zeminin üzerine yatırdılar.

Langdon bir an için nerede olduğundan emin olamadı. Başının üzerinde yıldızlar... dönen gezegenler gördü. Bulanık figürler hızla üstünden geçiyordu. Taş piramidin zemininde yatıyordu. Şapelin içinde tanıdık öfkeli bir sesin bağırışları yankılanıyordu, o zaman anladı.

Olivetti, Vittoria'ya bağırıyordu. "Neden bunu ilk başta anlamadınız!"

Vittoria durumu açıklamaya çalışıyordu.

Olivetti, onun cümlesini yarıda kesti ve adamlarına emir yağdırmak için onlara döndü. "Şu cesedi buradan çıkarın! Binayı arayın!"

Langdon doğrulmaya çalıştı. Chigi Şapeli, İsviçreli Muhafızlar'la dolmuştu. Şapelin girişindeki plastik perde kaldırılmıştı ve temiz hava Langdon'ın ciğerlerine doluyordu. Yavaş yavaş kendine gelmeye başlayan Langdon, Vittoria'nın ona doğru geldiğini gördü. Yanına çömeldi, yüzü melek gibiydi.

"İyi misin?" Vittoria, onun kolunu tuttu ve nabzını kontrol etti. Teninin üzerindeki elleri çok nazikti.

"Teşekkürler." Langdon tamamen doğruldu. "Olivetti çılgına döndü."

Vittoria başını salladı. "Hakkı var. Fırsatı kaçırdık."

"*Ben* kaçırdım demek istiyorsun."

"O zaman kendini affettir. Onu bir dahaki sefere yakala."

Bir dahaki sefere? Langdon bunun acımasız bir eleştiri olduğunu düşündü. *Bir dahaki sefer diye bir şey yok! Fırsatı kaçırdık!*

Vittoria, Langdon'ın saatine baktı. "Mickey, kırk dakikamız kaldığını söylüyor. Aklını başına topla ve bir sonraki işareti bulmama yardım et."

"Vittoria, sana söyledim, heykeller gitmiş. Aydınlanma Yolu..." Langdon durdu.

Vittoria yumuşakça gülümsedi.

Langdon aniden sendeleyerek, ayağa kalktı. Etrafındaki sanat eserlerine bakarken, etrafında daireler çizerek döndü. *Piramitler, yıldızlar, gezegenler, elipsler.* Aniden her şey geri geldi. *Burası bilimin ilk mihrabı! Pantheon değil!* Şimdi, Illuminati Şapeli'nin ne kadar mükemmel olduğunu anlıyordu, dünyaca ünlü Pantheon'dan çok daha incelikli ve seçkindi. Chigi dünyevi simgelerle süslü alışılmışın dışında bir girinti, duvardaki gerçek bir delik, bilimin büyük koruyucusuna bir övgüydü. *Mükemmel.*

Langdon duvara yaslandı ve yukarıdaki muazzam piramit heykellere baktı. Vittoria tam sağındaydı. Eğer *bu* şapel, bilimin ilk mihrabıysa, ilk işaret vazifesi gören Illuminati heykeli hâlâ burada olabilirdi. Langdon hâlâ bir şans olduğunu fark edince, içine dolan ümitle heyecanlandı. Eğer işaret gerçekten buradaysa ve onu bir sonraki bilim mihrabına doğru izleyebilirlerse, katili yakalamak için bir fırsatları daha olacaktı.

Vittoria, ona yaklaştı. "İsimsiz Illuminati heykeltıraşının kim olduğunu öğrendim."

Langdon başını uzattı. "Sen *ne* yaptın?"

"Şimdi tek öğrenmemiz gereken, buradaki hangi heykelin onun..."

"Dur bir dakika! Illuminati heykeltıraşının kim olduğunu *biliyor* musun?" Yıllarca bu bilgiyi bulmaya çalışmıştı.

Vittoria gülümsedi. "Bernini'ymiş." Duraksadı. "Bildiğimiz Bernini."

Langdon, onun yanıldığını hemen anladı. Bernini olması imkânsızdı. Gianlorenzo Bernini, tüm zamanların en ünlü ikinci heykeltıraşıydı, onun ününü sadece Michelangelo geçmişti. Bernini 1600'lerde, her sanatçıdan daha fazla heykel yapmıştı. Maalesef, aradıkları adamın bilinmeyen bir hiç kimse olması gerekiyordu.

Vittoria kaşlarını çattı. "Heyecanlanmışa benzemiyorsun."

"Bernini olması imkânsız."

"Niye? Bernini, Galileo döneminden. Mükemmel bir heykeltıraşmış."

"O, çok ünlü biri ve bir Katolik'ti."

Vittoria, "Evet," dedi. "Tıpkı Galileo gibi."

Langdon, "Hayır," diyerek itiraz etti. "Galileo gibi *değil.* Galileo, Vatikan için bir baş belasıydı. Bernini ise Vatikan'ın harika çocuğuydu. Kilise, Bernini'yi *seviyordu.* Vatikan'ın sanat yetkilisi seçilmişti. Neredeyse tüm hayatı boyunca Vatikan Şehri'nde yaşadı!"

"Mükemmel bir maske. Illuminati teşkilatların içine böyle sızıyordu."

Langdon şaşırmıştı. "Vittoria, Illuminati üyeleri, gizli sanatçısından *il maestro ignoto* -meçhul usta- diye bahsediyordu."

"Evet, *onlar* için meçhul. Masonların gizliliğini düşün... sadece üst kademedeki üyeler tüm gerçeği bilirlerdi. Galileo birçok üyeden Bernini'nin gerçek kimliğini saklamış olabilir... Bernini'nin kendi güvenliği için. Bu şekilde, Vatikan asla öğrenemezdi."

Langdon ikna olmamıştı, ama Vittoria'nın yürüttüğü fikrin, tuhaf bir şekilde mantıklı olduğunu kabul etmek zorundaydı. Illuminati, gizli bilgiyi sınırlı tutmakta, gerçeği sadece üst seviyedeki üyelere açıklamakta ünlüydüler. Bu, gizli kalma yeteneklerinin temel taşıydı... çok azı tüm hikâyeyi biliyordu.

Vittoria gülümseyerek, "Ve Bernini'nin Illuminati'yle yakın ilişkisi, neden iki piramit tasarladığını açıklıyor," diye ekledi.

Langdon oyulmuş muazzam piramitlere döndü ve başını iki yana salladı. "Bernini, *dindar* bir heykeltıraştı. Bu piramitleri onun yontmuş olması imkânsız."

Vittoria omuzlarını silkti. "Bunu arkandaki tabelaya anlat."

Langdon levhaya döndü:

CHIGI ŞAPELİ'NİN SANATI
Mimarı Raphael,
tüm iç süslemeler ise Gianlorenzo Bernini'ye aittir.

Langdon tabelayı iki kez okuduğu halde hâlâ ikna olmamıştı. Gianlorenzo Bernini, yaptığı kutsal ve ayrıntılı Bakire Meryem, melek, peygamber, Papa heykelleri için kutlanmıştı. *Piramit* yontarak, ne yapıyordu?

Langdon başını kaldırıp yüksek abidelere baktı ve aklının tamamıyla karıştığını hissetti. Her birinde, parlak, oval bir madalyon bulunan iki piramit. Bir heykelin olabileceği kadar Hıristiyanlıktan uzaktı. Piramitler, yukarıdaki yıldızlar, Zodyak işaretleri. *Tüm iç süslemeler Gianlorenzo Bernini'ye aittir.* Langdon eğer bu doğruysa, Vittoria haklı *demektir,* diye düşündü. Bernini hükmen, Illuminati'nin bilinmeyen ustasıydı; başka kimse bu şapele sanat eseri bağışlamamıştı! Anlamlar, neredeyse Langdon'ın kavrayamayacağı kadar hızlı geliyordu.

Bernini, bir Illuminati üyesiydi.

Bernini, Illuminati ambigramlarını tasarladı.

Bernini, Aydınlanma Yolu'nu hazırladı.

Langdon güçlükle konuşabiliyordu. Dünyaca ünlü Bernini, bu küçük Chigi Şapeli'ne, Roma'dan bilimin bir sonraki mihrabına giden yolu işaret eden bir heykel yerleştirmiş olabilir miydi?

"Bernini," dedi. "Asla aklıma gelmezdi."

"Roma'daki belirgin Katolik şapellerine sanat eserlerini koyma ve Aydınlanma Yolu'nu yapma nüfuzuna sahip olan kişi, ünlü bir Vatikan sanatçısından başka kim olabilir ki? Elbette, tanınmayan biri değil."

Langdon bunu düşündü. İşaret, içlerinden biri olabilir mi diye merak ederek, piramitlere baktı. *Belki de, ikisi birden?* Onlara ne anlam vereceğinden emin olamayan Langdon, "Piramitler, ters yönlere bakıyor," dedi. "Birbirlerine benziyorlar, bu yüzden hangisinin..."

"Aradığımız şeyin piramitler olduğunu sanmıyorum."

"Ama, buradaki tek heykel bunlar."

Vittoria, Şeytan Gözü'nün yanında toplanmış Olivetti ve birkaç muhafızını göstererek, lafını kesti.

Langdon, onun öbür duvarı gösteren elini takip etti. İlk önce, hiçbir şey görmedi. Sonra, birisi hareket etti ve bir an için gördü. Beyaz mermer. Bir kol. Bir torso. Ve sonra, yontulmuş bir yüz. Kısmen nişin içine gizlenmişti. Gerçek boyutlarında iki insan figürü birbirine sarılmıştı. Langdon'ın nabız atışı hızlandı. Piramitler ve Şeytan Gözü'yle o kadar meşgul olmuştu ki, bu heykeli görmemişti. Kalabalığın arasında odada ilerledi. Langdon yaklaştıkça; onun kusursuz bir Bernini çalışması olduğunu fark etti -yoğun sanatsal kompozisyon, ayrıntılı yüzler ve uçuşan giysiler- hepsi Vatikan parasının alabileceği en kusursuz beyaz mermerdendi. Langdon tam önüne gelene kadar heykeli tamamen fark edemedi. İki yüze baktı ve nefesi kesildi.

Arkasından gelen Vittoria aceleyle, "Kim bunlar?" diye sordu.

Landgon hayret içindeydi. "*Habakkuk ile Melek,*" dedi, sesi neredeyse duyulmuyordu. Parça, bazı sanat tarihi metinlerinde geçen oldukça iyi bilinen bir Bernini çalışmasıydı. Langdon burada olduğunu unutmuştu.

"Habakkuk mu?"

"Evet. Dünyanın yok olacağı kehanetinde bulunan peygamber."

Vittoria endişeli görünüyordu. "Sence işaret bu mu?"

Langdon hayret içinde başını salladı. Hayatında hiçbir şeyden bu kadar emin olmamıştı. Bu, ilk Illuminati işaretiydi. Hiç şüphe yoktu. Langdon heykelin bilimin bir sonraki mihrabını bir şekilde "işaret etmesini" tamamıyla beklemiş olmasına rağmen, bunun *gerçek* olmasını beklemiyordu. Melek ve Habakkuk'un ikisi de, kollarını uzatmış, uzağı işaret ediyordu.

Langdon birden gülümsediğini fark etti. "O kadar da usta işi değil, öyle değil mi?"

Vittoria heyecanlı ama şaşkın görünüyordu. "İşaret ettiklerini görüyorum, ama birbirleriyle çelişiyorlar. Melek bir tarafı, peygamber de diğer tarafı gösteriyor."

Langdon kıkırdadı. Bu, doğruydu. Her iki figür de uzağı işaret etmesine rağmen, tamamen farklı yönleri işaret ediyorlardı. Fakat, Langdon sorunu çoktan çözmüştü. Büyük bir enerji patlamasıyla, kapıya doğru yöneldi.

Vittoria, "Ne yapıyorsun?" diye seslendi.

"Binanın dışına!" Langdon kapıya doğru koşarken, bacaklarını yeniden hafiflemiş hissediyordu. "Bu heykelin nereyi işaret ettiğini görmem lazım!"

"Bekle! *Hangi* parmağı izleyeceğini nereden biliyorsun?"

Omzunun üzerinden, "Şiir," dedi. "Son dize!"

"Melek rehberliğinde kutsal av mı?" Gözlerini kaldırıp, meleğin uzattığı parmağa baktı. Beklenmedik bir şekilde, gözleri buğulandı. "Ah, nasıl da anlamadım!"

70

Gunther Glick ile Chinita Macri, Popolo Meydanı'nın sonundaki gölgeler arasında park halinde duran BBC karavanında oturuyorlardı. Buraya, dört Alfa Romeo'nun hemen ardından, akıl almaz olaylar zincirine şahit olmak için tam zamanında varmışlardı. Tüm bunların ne anlama geldiği hakkında Chinita'nın hâlâ bir fikri yoktu ama kamerasının kaydettiğine emindi.

Chinita ile Glick gelir gelmez, genç adamlardan oluşan gerçek bir ordunun Alfa Romeo'lardan indiğini ve kiliseyi kuşattığını görmüştü. Bazıları silahlarını çekmişlerdi. İçlerinden sert görünen daha yaşlı biri, bir takımı kilisenin ön merdivenlerinden yukarı gönderdi. Askerler silahlarını çekerek, ön kapının kilidini uçurdular. Macri hiçbir şey duymayınca, susturucu taktıklarını anladı. Ardından askerler içeri girdiler.

Chinita yerlerinde oturmalarını ve gizlendikleri yerden çekim yapmalarını önermişti. Her şeyden önce silah silahtı ve karavandan olan biteni açıkça görebiliyorlardı. Glick karşı çıkmamıştı. Şimdi meydanın diğer tarafındaki adamlar kiliseden içeri girip dışarı çıkıyorlardı. Birbirlerine seslendiler. Chinita kamerasını, çevre bölgeyi arayan bir grubu çekecek şekilde ayarladı. Sivil kıyafetler giydikleri halde, hepsi de askeri eğitim almış gibi hareket ediyorlardı. Chinita, "Kim olduklarını düşünüyorsun?" diye sordu.

"Nereden bileyim." Glick olduğu yere mıhlanmış gibiydi. "Hepsini çekiyor musun?"

"Her karesini."

Glick halinden memnun bir sesle konuşuyordu. "Hâlâ gidip Papa nöbeti tutmamız gerektiğini mi düşünüyorsun?"

Chinita ne diyeceğini bilemedi. Burada bir şeyler olduğu ortadaydı, ama ilginç görünen olayların çok saçma açıklamaları olabileceğini bilecek kadar uzun zamandır gazetecilik yapıyordu. "Hiçbir anlamı olmayabilir," dedi. "Bu adamlar da seninle aynı tüyoyu alıp kontrol etmeye gelmiş olabilirler. Yanlış ihbar olabilir."

Glick, onu kolundan tuttu. "Şurada! Odakla." Kiliseyi işaret etti.

Chinita kamerayı yeniden basamakların tepesine çevirdi. Kiliseden çıkmakta olan adamı yakın plana alarak, "Merhaba tatlım," dedi.

"Kim bu sünepe?"

Chinita daha yakından çekmek için hareketlendi. "Daha önce hiç görmedim." Adamın yüzüne bakarak gülümsedi. "Ama bir daha görmemin sakıncası yok."

Robert Langdon kilisenin dışındaki basamaklardan aşağı inerek, meydanın ortasına yürüdü. Artık hava kararmaya başlamıştı, bahar güneşi güney Roma'da geç batıyordu. Güneş çevredeki binaların arkasında kalmıştı ve meydana gölgelerden çizgiler düşmüştü.

Kendi kendine yüksek sesle, "Pekâlâ Bernini," dedi. "Senin şu meleğin nereyi işaret ediyor?"

Dönüp az önce çıktığı kilisenin bulunduğu konumu inceledi. İçerideki Chigi Şapeli'ni ve içindeki melek heykelini gözünün önüne getirdi. Hiç tereddüt etmeden batıya, günbatımının kızıllığına döndü. Zaman akıp gidiyordu.

Görüşünü kapatan dükkânlara ve apartmanlara sertçe bakarak, "Güneybatı," dedi. "Bir sonraki işaret orada."

Langdon beynini yoklayarak, İtalyan sanat tarihini sayfa sayfa hayalinde canlandırdı. Bernini'nin eserlerini iyi bilmesine rağmen, Langdon heykeltıraşın, uzman olmayan birinin bilemeyeceği kadar çok çalışması olduğunu biliyordu. Yine de ilk işaretin tanıdık ismini *-Habakkuk ile Melek-* dikkate alarak, ikinci işaretin bildiği bir eser olmasını diledi.

Toprak, Hava, Ateş, Su, diye düşündü. *Toprağı* -Toprağın Şapeli'nde bulmuşlardı. Habakkuk, dünyanın ölümlülüğünü haber veren peygamberdi.

Bir sonraki *Hava*. Langdon kendini düşünmeye zorladı. *Havayla ilgisi olan bir Bernini heykeli!* Aklına hiçbir şey gelmiyordu. Yine de hırslıydı. *Aydınlanma Yolu'ndayım! Ona hâlâ el değmedi!*

Langdon güneybatıya bakarak, engellerin üstünde yükselen sivri bir minare ya da katedral kulesi görmeye çalıştı. Hiçbir şey göremedi. Bir haritaya ihtiyacı vardı. Buranın güneybatısında hangi kiliselerin bulunduğunu çıkarabilirlerse, belki içlerinden biri Langdon'ın hafızasını canlandırabilirdi. *Hava*, diye düşündü. *Hava. Bernini. Heykel. Düşün!*

Langdon dönerek yeniden katedral merdivenlerine yöneldi. Onu yapı iskelesinin altında Vittoria ile Olivetti karşıladılar.

Langdon nefesi kesilmiş bir halde, "Güneybatı," dedi. "Bir sonraki kilise buranın güneybatısında."

Olivetti soğuk bir tonla fısıldadı. "Bu kez emin misin?"

Langdon aldanmadı. "Haritaya ihtiyacımız var. Roma'daki tüm kiliseleri gösteren bir haritaya."

Komutan ifadesini hiç bozmadan, bir süre onu inceledi.

Langdon saatine baktı. "Sadece yarım saatimiz var."

Olivetti, Langdon'ın yanından geçerek merdivenlerden, katedralin hemen önünde duran aşağıdaki arabasına yürüdü. Langdon onun harita için gitmiş olmasını diledi.

Vittoria heyecanlı görünüyordu. "O halde melek güneybatıyı işaret ediyor. Güneybatıda hangi kiliselerin olduğuna dair hiç fikrin yok mu?"

"Lanet binaların arkasını göremiyorum." Langdon yeniden yüzünü meydana döndü. "Ve Roma'nın kiliselerini yeterince iyi tanı..." Durdu.

Vittoria şaşırmıştı. "Ne?"

Langdon yeniden meydana baktı. Kilise basamaklarından çıktığı için şimdi daha yukarıda duruyordu ve daha iyi görebiliyordu. Hâlâ bir şey göremiyordu, ama doğru yönde ilerlediğini fark etti. Gözleriyle tepelerinde duran eğreti yapı iskelesini yukarı kadar takip etti. Altı kat yukarı, kilisenin gülbezeğine kadar çıkıyordu ve meydandaki diğer binalardan daha yüksekti. O an nereye gitmesi gerektiğini anladı.

Meydanın diğer ucunda, Chinita Macri ile Gunther Glick, BBC karavanının ön camına yapışmışlardı.

Gunther, "Bunu çekiyor musun?" diye sordu.

Macri, yapı iskelesinden yukarı tırmanan adamı çekiyordu. "Bana soracak olursan, Örümcek Adam'ı oynamak için fazla iyi giyimli."

"Peki Örümcek Kadın kim?"

Chinita yapı iskelesinin altındaki çekici kadına göz attı. "Bahse girerim öğrenmek istiyorsundur."

"Sence yazı işlerini arayalım mı?"

"Daha değil. Biraz seyredelim. Kardinaller toplantısından ayrıldığımızı itiraf etmeden önce elimizde birkaç bilgi olsun."

"Sence birisi orada yaşlı hıyarlardan birini gerçekten öldürdü mü?"

Chinita gıdaklar gibi ses çıkardı. "*Kesinlikle* cehenneme gideceksin."

"Ve Pulitzer'i beraberimde götüreceğim."

71

Langdon tırmandıkça, sanki yapı iskelesi daha da fazla yerinde oynuyordu. Ama her adımda Roma'yı biraz daha iyi görüyordu. Tırmanmaya devam etti.

Üst kata geldiğinde, tahmin ettiğinden daha güç nefes alıp veriyordu. Kendini en üstteki taraçaya çekti, giysilerine bulaşan sıvaları silkeledi ve ayağa kalktı. Yükseklik onu rahatsız etmiyordu. Tam tersine, zindelik vermişti.

Manzara muhteşemdi. Kızıl günbatımında parlayan Roma'nın kırmızı kiremitli binalarının çatıları, yanan bir okyanusu andırıyordu. Langdon bulunduğu noktadan, hayatında ilk defa hava kirliliği ve trafiğin ötesinde, Roma'nın eski kökenini görmüştü -*Città di Dio*- Tanrı'nın Şehri.

Günbatımına gözlerini kısarak bakan Langdon, damların arasında bir kilise ya da çan kulesi aradı. Ama bakışları ufka doğru ilerlediği halde, hiçbir şey göremiyordu. *Roma'da yüzlerce kilise var,* diye düşündü. *Buranın güneybatısında da bir tane olmalı! Eğer kilise görünebiliyorsa*, diye hatırlattı kendine. *Kahretsin, tabi eğer kilise hâlâ ayaktaysa!*

Gözleriyle aynı çizgiyi takip ederek, bir kez daha aramayı denedi. Elbette tüm kiliselerin, özellikle de ücra köşelerdeki küçük mabetlerin görünür kulelere sahip olmadığını biliyordu. Roma, yapımına izin verilen en yüksek binaların kiliseler olduğu 1600'lerden bu yana hayli değişmişti.

Şimdi Langdon baktığında, apartmanları, çok katlı binaları ve televizyon kulelerini görüyordu.

Langdon'ın gözleri ikinci kez hiçbir şey göremeden ufuk çizgisine ulaştı. Tek bir kule bile yoktu. Uzaklarda, Roma'nın en uzak kenarında, Michelangelo'nun heybetli kubbesi, batan güneşi karartıyordu. San Pietro Bazilikası. Vatikan Şehri. Langdon, kardinallerin neler yaşadığını ve İsviçreli Muhafızlar'ın karşımaddeyi bulup bulmadığını düşündü. İçinden bir ses bulamadıklarını... ve bulamayacaklarını söylüyordu.

Şiir yeniden zihnini kurcalamaya başlamıştı. Satırı satırına yeniden düşündü. *Şeytan gözlü toprak Santi kabri.* Santi'nin kabrini bulmuşlardı. *Roma'da ara mistik öğeyi.* Mistik öğeler Toprak, Hava, Ateş ve Su'ydu. *Işık yolu hazır, kutsal sınav.* Bernini'nin heykelleriyle oluşturulan Illuminati Yolu. *Melek rehberliğinde yüce av.*

Melek güneybatıyı gösteriyordu...

BBC karavanının ön camına heyecanla parmağını doğrultan Glick, "Ön merdivenler!" diye haykırdı. "Bir şeyler oluyor!"

Macri kamerasını yeniden ana girişe çevirdi. Kesinlikle bir şeyler oluyordu. Askeri görünüşlü adam Alfa Romeo'lardan birini merdivenlerin yanına çekmiş ve bagajı açmıştı. Şimdi ise izleyici var mı diye meydanı inceliyordu. Macri bir an için adamın onları fark ettiğini sandı, ama adam bakmaya devam etti. Tatmin olmuş bir ifadeyle telsizini çıkarıp konuştu.

İşte o an, kiliseden dışarı bir ordu fırladı. Askerler, moladan dönen Amerikan futbolu oyuncuları gibi, merdivenlerin tepesinde düz bir çizgi oluşturdular. Basamakları, insanlardan oluşan bir duvar gibi indiler. Arkalarında, neredeyse duvarın tamamen gizlediği dört asker bir şey taşıyor gibiydiler. Ağır bir şey. Garip.

Glick kontrol panelinin üstüne eğildi. "Kiliseden bir şey mi çalıyorlar?"

Chinita çekimi yakınlaştırarak, insan duvarını iyice incelemek için telefotoyu da devreye sokarak bir açıklık aradı. *Bir tek saniyecik,* diye diledi. *Tek bir kare. Tek ihtiyacım olan bu.* Ama adamlar tekvücut ilerliyorlardı. *Haydi!* Macri gözünü onlardan ayırmadı ve karşılığını aldı. Askerler nesneyi bagaja kaldırmaya çalışırlarken Macri aradığı açığı buldu. Ne tuhaftır ki, sendeleyen daha yaşlı adam olmuştu. Sadece bir an için ama yeterince uzun. Macri karesine kavuşmuştu. Aslında on kareye bedeldi.

Chinita, "Yazı işlerini ara," dedi. "Bir ceset var."

Çok uzaklardaki CERN'de ise Maximilian Kohler, tekerlekli iskemlesini Leonardo Vetra'nın çalışma odasına sürmüştü. Sert hareketlerle Vetra'nın dosyalarını karıştırmaya başladı. Aradığını bulamayınca, Vetra'nın yatak odasına geçti. Komodinin en üst çekmecesi kilitliydi. Kohler, mutfaktan aldığı bir bıçakla çekmeceyi zorlayarak açtı.

Kohler çekmecenin içinde tam aradığı şeyi bulmuştu.

72

Langdon yapı iskelesinden sallanarak kendini bıraktı ve ayakları yeniden zemine çarptı. Giysilerinin üstündeki inşaat tozunu silkeledi. Vittoria, onu karşılamak üzere bekliyordu.

Vittoria, "Hiç şans yok mu?" dedi.

Langdon başını iki yana salladı.

"Kardinali bagaja koydular."

Langdon, Olivetti ile bir grup askerin tepesine bir harita yaydığı arabaya doğru baktı. "Güneybatıya mı bakıyorlar?"

Vittoria başını salladı. "Hiç kilise yok. Buradan sonraki ilk kilise San Pietro."

Langdon oflayıp pufladı. En azından aynı fikirdeydiler. Olivetti'nin yanına yürüdü. Askerler onun geçmesi için yol verdiler.

Olivetti başını kaldırıp baktı. "Hiçbir şey yok. Ama tüm kiliseleri göstermiyor. Sadece büyük olanlar bu haritada. Yaklaşık elli tane."

Langdon, "Biz neredeyiz?" diye sordu.

Olivetti parmağıyla Popolo Meydanı'nı gösterdikten sonra güneybatıya doğru düz bir çizgiyi takip etti. Bu hattın üstünde Roma'nın büyük kiliselerini gösteren siyah dörtgenler yoktu. Ne yazık ki, Roma'nın büyük kiliseleri, aynı zamanda Roma'nın eski kiliseleriydi... yani 1600'lerde yapılmış olanlar.

Olivetti, "Bir karar vermem gerekiyor," dedi. "Yönün doğru olduğuna *emin* misiniz?"

Langdon, meleğin doğrulttuğu parmağını gözünün önüne getirdi, kalbi yeniden sıkışmaya başlamıştı. "Evet efendim. Kesinlikle."

Olivetti omuzlarını silkerek düz çizgiyi yeniden takip etti. Yol, Margherita Köprüsü'yle kesiştikten sonra Via Cola di Riezo'dan Risorgimento Meydanı'na ulaşıyor ve San Pietro Meydanı'na varıncaya kadar hiçbir kiliseye uğramıyordu.

Askerlerden biri, "San Pietro'nun nesi var?" dedi. Sol gözünün altında derin bir yara izi vardı. "O da bir kilise."

Langdon başını iki yana salladı. "Halka açık bir yer olmalı. Şu anda pek de halka açık değil."

Langdon'ın omzunun üstünden bakan Vittoria, "Ama çizgi San Pietro *Meydanı'ndan* geçiyor," dedi. "Meydan halka açık."

Langdon bunu zaten düşünmüştü. "Ama orada hiç heykel yok."

"Ortada bir dikilitaş yok mu?"

Haklıydı. San Pietro Meydanı'nda bir Mısır dikilitaşı duruyordu. Langdon önlerindeki meydanın ortasındaki dikilitaşa baktı. *Yüce piramit.* Garip bir tesadüf, diye düşündü. Ama düşünceyi aklından savdı. "Vatikan'daki dikilitaş Bernini'ye ait değil. Caligula tarafından getirildi. Ve *Hava*'yla hiç ilgisi yok." Bir başka sorun daha vardı. "Ayrıca, şiir öğelerin *Roma'ya* serpiştirildiğini söylüyor. San Pietro Meydanı Vatikan Şehri'nde. Roma'da değil."

Bir muhafız, "Kime sorduğunuza bağlı," diye lafa karıştı.

Langdon başını kaldırıp baktı. "Ne?"

"Daima tartışma konusu olmuştur. Haritaların çoğunda San Pietro Meydanı Vatikan Şehri'ne aitmiş gibi gösterilir, ama duvarlarla çevrili şehrin *dışında* olduğu için Romalı yetkililer yüzyıllardır orasının Roma'ya ait olduğunu iddia ediyorlar."

Langdon, "Şaka yapıyorsun," dedi. Bunu hiç duymamıştı.

Muhafız, "Sadece belirtmek istedim," dedi. "Çünkü Komutan Olivetti ile Bayan Vetra Hava ile ilgisi olan bir heykelden bahsediyorlardı."

Langdon'ın gözleri büyüdü. "San Pietro Meydanı'nda bildiğin bir tane var mı?"

"Tam olarak değil. Gerçekten bir heykel sayılmaz. Belki de alakası yoktur."

Olivetti, "Sen söyle bakalım," diye ısrar etti.

Muhafız omuzlarını silkti. "Bunu bilmemin sebebi, genellikle meydanda görev yapmam. San Pietro Meydanı'nın her köşesini bilirim."

Langdon, "Heykel," diye hatırlattı. "Neye benziyor?" Langdon, Illuminati'nin ikinci işaretini San Pietro Kilisesi'nin hemen önüne koyacak kadar gözüpek olup olmadığını merak ediyordu.

Muhafız, "Her gün önünden geçiyorum," dedi. "Tam bu çizginin gösterdiği yerde, meydanın ortasında. Beni düşündüren bu oldu. Dediğim gibi, gerçekten bir heykel sayılmaz. Daha çok... bir blok."

Olivetti sinirlenmişe benziyordu. "Blok mu?"

"Evet efendim. Meydana gömülmüş bir blok. Dikilitaşın altında. Ama blok dörtgen değil. Elips şeklinde. Ve blokun üstünde dalgalı bir rüzgâr sembolü var." Durdu. "Daha bilimsel konuşmak gerekirse *Hava* diyebiliriz sanırım."

Langdon, genç askere hayretle bakıyordu. Aniden, "Bir rölyef!" diye haykırdı.

Herkes ona baktı.

Langdon, "*Rölyef*," dedi. "Heykelciliğin diğer yarısıdır!" *Heykeltıraşlık, yuvarlayarak ve kabartarak şekil verme sanatıdır.* Bu tanımlamayı yıllar boyunca karatahtalara yazmıştı. Rölyefler esasen, bir peni üstündeki Abraham Lincoln profili gibi, iki boyutlu heykellerdi. Bernini'nin Chigi Şapeli'ndeki madalyonları bir başka mükemmel örnekti.

Muhafız, İtalyan sanat terimini kullanarak, "*Bassorelievo?*" dedi.

"Evet! *Barölyef!*" Langdon parmak eklemlerini arabanın tepesine vurdu. "Bu şekilde düşünmemiştim! San Pietro Meydanı'ndaki bahsettiğin o parçaya *West Ponente* denir, Batı Rüzgârı. *Respiro di Dio* adıyla da tanınır."

"Tanrı'nın nefesi mi?"

"Evet. *Hava!* Ve asıl mimar tarafından oyulup, oraya yerleştirildi."

Vittoria'nın aklı karışmıştı. "Ama San Pietro'yu Michelangelo'nun tasarladığını sanıyordum."

"Evet, *bazilikayı!*" Langdon'ın sesinde zafer edası vardı. "Ama San Pietro *Meydanı'nı* Bernini tasarladı!"

Alfa Romeo'lardan oluşan konvoy Popolo Meydanı'ndan hızla ayrılırken, arkalarından gelen BBC karavanını fark edemeyecek kadar telaş içindeydiler.

73

Gunther Glick, BBC karavanının gaz pedalını kökleyerek, Tiber Nehri üzerindeki Margherita Köprüsü'nü geçen dört Alfa Romeo'yu trafikte zikzaklar çizerek takip ediyordu. Glick normalde arada şüphe çekmeyecek bir mesafe bırakırdı ama bugün yetişmekte güçlük çekiyordu. Adamlar uçuyorlardı.

Macri karavanın arka tarafındaki çalışma alanında Londra'yla yaptığı görüşmeyi bitirmek üzereydi. Telefonu kapattıktan sonra, trafik gürültüsünü bastırmak için Glick'e bağırarak seslendi. "İyi haberi mi duymak istersin kötü haberi mi?"

Glick kaşlarını çattı. Merkezle uğraşmak hiç kolay iş değildi. "Kötü haberi."

"Görevi bıraktığımız için yazı işleri ateş püskürüyor."

"Çok şaşırdım."

"Ayrıca aldığımız tüyonun fos çıkacağını düşünüyorlar."

"Elbette."

"Ayrıca patron beni uyardı. Kafayı bulmadığın zaman iyice uçuyormuşsun."

Glick yüzünü buruşturdu. "Harika. Peki iyi haber ne?"

"Az önce yaptığımız çekime bir göz atmayı kabul ettiler."

Glick'in çatık kaşları düzeldi ve sırıtmaya başladı. *Kimin iyice uçacağını göreceğiz.* "Gönder o zaman."

"Bir yerde durup sabit veri aktarımı yapana kadar gönderemem."

Glick karavanı Via Cola di Rienzo'da son hızla sürüyordu. "Şimdi duramam." Risorgimento Meydanı'nın etrafından sola keskin bir dönüş yapan Alfa Romeo'ları takip etti.

Macri arka tarafta her şey yerinden kayarken, bilgisayar donanımını eliyle tuttu. "Eğer vericimi kırarsan," diye uyardı. "Bu çekimi Londra'ya *yayan* götürürüz."

"Sıkı tutun hayatım. İçimden bir ses neredeyse geldiğimizi söylüyor."

Macri başını kaldırıp baktı. "Nereye?"

Glick tam önlerinde beliren tanıdık kubbeye göz gezdirdi. Gülümsedi. "Başladığımız yere."

Dört Alfa Romeo, San Pietro Meydanı'nın etrafındaki trafiğin içine ustalıkla daldı. Ayrılıp adamları farklı noktalarda sessizce bırakarak, meydanın etrafına dağıldılar. Araçlardan inen muhafızlar, meydanın kenarındaki turist ve medya kalabalığının içine karışarak görünmez oldular. Muhafızlardan bazıları kemeraltını çevreleyen sıra sütunların içine girdiler. Onlar da çevreye uyum sağlayıp görünmez oldular. Langdon arabanın camından ileriye bakarken, San Pietro'nun etrafının kalabalıklaştığını fark etti.

Olivetti az önce yolladığı adamların yanı sıra, Vatikan'a telsizle Bernini'nin *Batı Rüzgârı'nın* bulunduğu merkeze sivil muhafızları göndermesini bildirmişti. Langdon geniş San Pietro Meydanı'nı seyrederken, aklına tanıdık bir soru takılmıştı. *Illuminati suikastçısı bu işten nasıl kurtulmayı planlıyordu? Kardinali tüm bu insanların arasından geçirip onu orta yerde nasıl öldürecekti?* Langdon, Mickey Mouse saatine baktı. Saat 20.54 idi. Altı dakika kalmıştı.

Ön koltuktaki Olivetti dönüp Langdon ile Vittoria'ya baktı. "İkinizin de şu Bernini mermeri ya da bloku veya her neyse oraya gitmenizi istiyorum. Aynı yöntemi izleyin. Turistsiniz. Bir şey görürseniz telefonu kullanın."

Langdon henüz cevap veremeden Vittoria, onu elinden tutup arabadan dışarı çekti.

Bahar güneşi San Pietro Bazilikası'nın arkasında kalmış ve dev bir gölge tüm meydanı hâkimiyeti altına almıştı. Langdon, Vittoria ile birlikte serin ve karanlık gölgenin altına doğru ilerlerken, iliklerine dek ürperdiğini hissetti. Langdon kalabalığın arasından kıvrılırken, katil aralarında olabilir mi, diye önünden geçtiği her bir yüzü inceliyordu. Vittoria'nın eli sıcaklık hissi veriyordu.

San Pietro Meydanı'nı geçerken Langdon, Bernini'nin geniş meydanının sanatçıya sipariş verilen -içine giren herkesin kendini önemsiz hissedeceği- etkiyi tam anlamıyla yarattığını hissetti. Langdon o anda kendini kesinlikle önemsiz hissediyordu. *Önemsiz ve aç* olduğunu fark edince, böylesi bir anda nasıl bu kadar sıradan bir şey düşünebildiğine hayret etti.

Vittoria, "Dikilitaşa mı?" diye sordu.

Meydanda sola doğru kavis çizen Langdon başını salladı.

Canlı fakat dikkat çekmeyen adımlar atan Vittoria, "Zaman?" diye sordu.

"Beş dakikadan az."

Vittoria hiçbir şey söylemediği halde Langdon, onun yumruklarını sıktığını hissedebiliyordu. Silah hâlâ Langdon'daydı. Vittoria'nın ona ihtiyaç duyduğuna karar vermemesini diledi. Onun, San Pietro Meydanı'nda silah çekip dünya medyasının gözleri önünde katili dizkapaklarından vurduğunu hayal edemiyordu. Ama yine de böylesi bir olay bile, burada bir kardinalin damgalanıp öldürülmesiyle mukayese edilemezdi.

Langdon, *Hava,* diye düşündü. *Bilimin ikinci öğesi.* Mührü hayalinde canlandırmaya çalıştı. Cinayetin nasıl işleneceğini. Bir kez daha ayaklarının altında uzanan granite -San Pietro Meydanı'na- İsviçreli Muhafızlar'ın kuşattığı açık boşluğa göz gezdirdi. Eğer Haşhaşin gerçekten böyle bir teşebbüste bulunmaya cesaret ettiyse, Langdon, onun nasıl kaçacağını tahmin edemiyordu.

Meydanın ortasında, Caligula'nın 350 tonluk Mısır dikilitaşı yükseliyordu. İçi boş demir bir haçın sabitlendiği piramit şeklindeki tepe kısmına kadar, gökyüzüne doğru yirmi yedi metre yükseliyordu. Akşam güneşinin son ışıklarını yakalayacak yükseklikte duran haç sihirli bir şeymiş gibi parlıyordu... İsa'nın çarmıha gerildiği haçtan kalma kutsal parçalar içerdiği rivayet ediliyordu.

Dikilitaşın yan taraflarında, mükemmel bir simetri içinde iki çeşme duruyordu. Sanat tarihçileri, çeşmelerin Bernini'nin eliptik meydanının geometrik odak noktalarını işaret ettiğini bilirlerdi ama bu, Langdon'ın bugüne dek hiç düşünmemiş olduğu mimari bir tuhaflıktı. Sanki Roma birdenbire elipsler, piramitler ve şaşırtıcı geometrik şekillerle dolmuştu.

Dikilitaşa yaklaştıklarında Vittoria yavaşladı. Sanki Langdon'ın onunla birlikte rahatlaması için teşvik ediyormuşçasına, ağır ağır nefes alıp verdi. Langdon omuzlarını indirip sıktığı çenesini gevşeterek gayret gösterdi.

Bilimin ikinci mihrabı -Bernini'nin *Batı Rüzgârı*, San Pietro Meydanı'ndaki eliptik mermer blok- dikilitaşın etrafında bir yere, dünyadaki en büyük kilisenin önüne cesurca yerleştirilmişti.

Gunther Glick, San Pietro Meydanı'nı çevreleyen sıra sütunların gölgeleri arasından olup biteni izliyordu. Başka bir gün olsa, tüvit ceketli adamla haki rengi şort giyen kadın, onun ilgisini çeken son şey olurdu. Meydanda gezinen turistlere benziyorlardı. Ama bugün farklı bir gündü. Bugün, telefon tüyolarının, cesetlerin, Roma'da hız yapan sivil araçların ve ne aradığını sadece Tanrı'nın bileceği bir şeyin peşinden yapı iskelesine tırmanan tüvit ceketli adamların günüydü. Glick, onlardan ayrılmayacaktı.

Meydanın öbür tarafına baktığında Macri'yi gördü. Tam olarak ona durmasını söylediği yerdeydi, çiftin yan tarafında ve onlardan uzakta dikilip duruyordu. Macri kamerasını sıradan bir çekim yapıyormuş gibi tutuyordu ama sıkıntılı bir basın mensubu taklidi yapmasına rağmen, Glick'in hiç hoşuna gitmeyecek şekilde dikkat çekiyordu. Diğer muhabirlerden hiçbiri meydanın bu kadar ilerisine geçmemişti ve kameranın üstündeki "BBC" logosu, turistlerin bakışlarına hedef oluyordu.

Macri'nin daha önce çektiği bagaja atılan çıplak ceset görüntüleri şu an, BBC karavanındaki vericiden gönderiliyordu. Glick, görüntülerin şu an havada, başının üstünden Londra'ya doğru yol aldığını biliyordu. Yazı işleri müdürünün ne diyeceğini merak etti.

Sivil kıyafetli askerler müdahale etmeden önce Macri'yle kendisinin cesede bir an önce ulaşmalarını diledi. Bu askerlerin meydana yayılıp çevrelediğinin farkındaydı. Büyük bir şeyler olmak üzereydi.

Katil, *medya anarşinin sağ koludur,* demişti. Glick büyük vurgunu kaçırıp kaçırmadığını merak etti. Uzaktaki diğer medya karavanlarına baktı ve gizemli çifti takip eden Macri'yi seyretti. İçinden bir ses Glick'e bir şey kaçırmadığını söylüyordu...

74

Langdon aradığı şeyi, on metre yaklaşmışken gördü. Bernini'nin beyaz mermer elips şeklindeki *Batı Rüzgârı* meydanı oluşturan gri granitle tezat oluşturmuştu. Vittoria'nın da gördüğü belliydi. Elini sıkmıştı.

Langdon, "Sakin ol," diye fısıldadı. "Şu pirana şeyini yap."

Vittoria elini gevşetti.

Onlar yaklaşırlarken, her şey son derece normal görünüyordu. Turistler etrafta dolaşıyor, rahibeler meydanın çevresinde sohbet ediyor ve dikilitaşın altında bir kız güvercinlere yem veriyordu.

Langdon saatine bakmamak için kendini zor tuttu. Vaktin geldiğini biliyordu.

Eliptik taş ayaklarının dibine vardığında Langdon ile Vittoria, ilgi çekecek bir noktaya gelmiş iki turist gibi -fazla heyecanlanmadan- yavaşlayarak durdular.

Taşın üstündeki yazıyı okuyan Vittoria, "*Batı Rüzgârı,*" dedi.

Langdon başını eğip mermer rölyefe bakınca, birden kendini çok saf hissetti. Ne sanat kitaplarında, ne de Roma'ya yaptığı sayısız gezilerde *Batı Rüzgârı*'nın önemini *asla* kavrayamamıştı.

Şimdiye dek.

Yaklaşık bir metre uzunluğundaki eliptik rölyefe temel bir yüz yontulmuştu; Batı Rüzgârı'nın, melek benzeri görünüşlü tasviri. Bernini meleği, Vatikan'dan uzağa güçlü bir nefes üflerken çizmişti... *Tanrı'nın nefesi.* Bu, Bernini'nin ikinci öğeye övgüsüydü... Hava... meleğin dudaklarından üflenen hafif bir esinti. Langdon bakarken, rölyefin öneminin arttığını hissetti. Bernini havayı *beş* ayrı esinti şeklinde oymuştu... beş! Ayrıca, süslü şeklin yanlarında *iki* yıldız parlıyordu. Langdon, Galileo'yu düşündü. *İki yıldız, beş esinti, elipsler, simetri...* Açlık hissetti. Başı ağrıyordu.

Vittoria, Langdon'ı rölyeften uzağa doğru çekiştirerek yeniden yürümeye başlamıştı. "Galiba biri bizi izliyor," dedi.

Langdon başını kaldırıp baktı. "Nerede?"

Vittoria konuşmadan otuz metre kadar yürüdü. Langdon'a sanki kubbede bir şey gösteriyormuş gibi Vatikan'ı işaret etti. "Aynı kişi meydan boyunca arkamızdan geldi." Vittoria çaktırmadan omzunun üstünden baktı. "Hâlâ peşimizde. Hareket etmeye devam et."

"Haşhaşin olduğunu mu düşünüyorsun?"

Vittoria başını iki yana salladı. "Illuminati BBC kameralarıyla dolaşan kadınları işe almıyorsa, hayır."

San Pietro'nun çanları sağır edici sesler çıkarmaya başladığında Langdon ile Vittoria yerlerinde sıçradılar. Vakit gelmişti. Muhabirden kaçmak için *Batı Rüzgârı*'ndan ayrılmışlar ama şimdi yeniden rölyefe doğru yürüyorlardı.

Çanların çalmasına rağmen, alan son derece sakin görünüyordu. Turistler etrafı geziyorlardı. Evsiz bir sarhoş dikilitaşın altında yakışıksız şekilde uyukluyordu. Küçük bir kız güvercinlere yem atıyordu. Langdon, muhabirin katili korkutmuş olabileceğini düşündü. Katilin verdiği sözü hatırlayarak, *olamayacağına* karar verdi. *Kardinallerinizi medya ünlüsü yapacağım.*

Dokuzuncu çanın yankısı dindiğinde alanı huzur verici bir sükûnet kapladı.

Ardından... küçük kız çığlık atmaya başladı.

75

Çığlık atan kızın yanına ilk varan Langdon oldu.

Dehşet içinde donakalan ufaklık, yaşlılıktan tükenmiş, pejmürde bir sarhoşun merdivenlerine çöktüğü, dikilitaşın dibini işaret ediyordu. Adamın sefil bir görüntüsü vardı... Roma'daki evsizlerden biri olduğu anlaşılıyordu. Yağdan birbirine yapışmış gri saçları yüzünün önüne gelmişti, tüm vücudu bir çeşit kirli kumaşa sarılmıştı. Küçük kız kalabalığın içine doğru kaçarken çığlık atmaya devam etti.

Langdon evsize doğru yaklaşırken korkudan ödünün koptuğunu fark etti. Adamın sarındığı çaputa yayılan karanlık bir leke vardı. Akan taze kan.

Ardından, sanki her şey bir anda oldu.

Yaşlı adam öne doğru yalpalarken ortaya yığılacakmış gibi görünüyordu. Langdon hamle yaptı ama çok geç kalmıştı. Adam öne doğru devrilip merdivenlerden yuvarlandı ve kaldırıma yüzüstü düştü. Kıpırdamıyordu.

Langdon dizlerinin üstüne çöktü. Vittoria yanına gelmişti. Kalabalık toplanmaya başlamıştı.

Vittoria parmaklarını adamın boynuna koydu. "Nabız var," dedi. "Onu çevirin."

Langdon da harekete geçmişti. Adamı kollarından tutarak vücudunu çevirdi. O bunu yaparken, gevşek çaputlar ölü deri gibi soyuluyordu. Adam kendini bırakmış bir halde sırtüstü döndü. Çıplak göğsünün üstündeki geniş bir alan kömürleşmişti.

Nefesi kesilen Vittoria geri çekildi.

Mide bulantısı ile korku arasında bir yerde sıkışıp kalan Langdon, adeta felç olmuştu. Sembol, dehşet verecek kadar basitti.

Vittoria, "Hava," diyerek ağzını kapattı. "Bu... o."

Emirler vererek, görünmeyen suikastçının peşinden koşturan İsviçreli Muhafızlar birden ortaya çıkıvermişlerdi.

Yakındaki turistlerden biri, dakikalar önce koyu tenli bir adamın, hırıltılar çıkartan bu zavallı evsizi meydana getirme nezaketinde bulunduğunu açıkladı... hatta kalabalığın arasına karışmadan önce bir süre merdivenlerde sefilin yanında oturmuştu.

Vittoria çaputun geri kalanını adamın karnından çözdü. Göğüs kafesinin tam altında, damganın her iki tarafında birer derin delik yarası vardı. Adamın başını geriye yaslayarak, ağızdan nefes vermeye başladı. Langdon bundan sonra olacakları görmeye hazır değildi. Vittoria nefes verirken adamın gövdesinin ortasındaki yaralardan dışarı, balinaların hava deliğinden fışkıran su gibi, kan fışkırıyordu. Tuzlu sıvı Langdon'ın yüzüne geldi.

Vittoria dehşet içinde bakarak durdu. "Ciğerleri..." diye kekeledi. "Ciğerleri... delinmiş."

Langdon gözlerini silerek iki ufak deliğe baktı. Deliklerden lıkır lıkır sesler geliyordu. Kardinalin ciğerleri harap olmuştu. Ölmüştü.

İsviçreli Muhafızlar yaklaşırken Vittoria cesedi örttü.

Langdon zihni allak bullak olmuş bir halde ayağa kalktı. İşte o an, onu gördü. Daha önce onları takip eden kadın yakında yere çömelmişti. BBC video kamerasını omzunun üstünde, hedefe çevrili ve kayıttaydı. Langdon ile göz göze geldiğinde kadın gerekli her şeyi kaydettiğinin bilincindeydi. Sonra bir kedi gibi kaçtı.

Air: Hava.

76

Chinita Macri kaçıyordu. Hayatının hikâyesini yakalamıştı.

San Pietro Meydanı'nda kalabalığın arasından yolunu açarak hantal adımlarla ilerlerken, video kamerası gitgide ağırlaşıyordu. Herkes onun gittiği yönün aksi istikametine doğru ilerliyordu... kargaşanın olduğu yöne. Macri mümkün olduğunca uzağa gitmeye çalışıyordu. Tüvit ceketli adam onu görmüştü ve şimdi tüm yönlerden yaklaşan, göremediği adamların kendi peşinde olduğunu hissediyordu.

Macri hâlâ az önce kaydettiği görüntülerin dehşetini yaşıyordu. Ölen adamın, korktuğu kişi olup olmadığını merak ediyordu. Gizemli telefon ihbarcısı birden ona pek de deli gibi görünmemeye başlamıştı.

BBC karavanının bulunduğu tarafa doğru koşuştururken, askeri havası olan genç bir adam kalabalığın arasından önüne çıktı. Göz göze gelince her ikisi de durdular. Adam telsizini şimşek hızıyla çıkarıp konuşmaya başladı. Sonra ona yaklaştı. Macri topukları üstünde dönerek, kalbi hızla çarparken yeniden kalabalığın arasına koştu.

Kolların ve bacakların arasından sendeleyerek geçerken, kullandığı video kasetini kamerasından çıkardı. Bandı kemerinin arkasına tıkıştırarak, ceketinin altında gizlerken, *selüloz altın,* diye düşündü. Bir kez daha kilolu olduğuna şükrediyordu. *Glick hangi cehennemdesin!*

Sol tarafında beliren başka bir asker ona yaklaşıyordu. Macri çok az zamanı kaldığını anlamıştı. Yeniden kalabalığın arasına daldı. Çantasından boş bir bant çıkararak, kamerasına taktı. Sonra dua etti.

Kollarını kavuşturmuş iki adam tam önüne çıktığında, Macri BBC karavanından otuz metre uzaktaydı. Hiçbir yere gidemiyordu.

Biri, "Film," dedi. "Şimdi."

Macri kollarıyla kamerasını koruyarak geri çekildi. "İmkânı yok."

Adamlardan biri ceketini yandan açarak, tabancasını gösterdi.

Kendi sesinin cesaretine şaşıran Macri, "İyi o zaman vurun beni," dedi.

Birinci adam, "Film," diye tekrar etti.

Glick hangi cehennemde? Macri ayağını yere vurarak, olanca gücüyle bağırdı. "Ben BBC'nin profesyonel bir videografıyım. Basın Özgürlüğü Kanunu'nun 12. maddesine göre bu film, İngiliz Radyo ve Televizyon Kurumu'nun malıdır."

Adamlar kılını bile kıpırdatmadı. Silahlı adam, ona doğru bir adım attı. "İsviçreli Muhafızlar teğmeniyim ve şu an üzerinde durduğunuz arazinin Kutsal İlkeleri'ne göre üstünüz aranacak ve gerekenlere el koyulacak."

Etrafları kalabalıklaşmaya başlamıştı.

Macri, "Londra'daki editörümle görüşmeden, bu kameradaki filmi size hiçbir koşulda vermem. Tavsiyem şu..."

Muhafızlar lafını kesti. İçlerinden biri elindeki kamerayı kaptı. Diğeri kolundan sıkıca kavrayarak Macri'yi Vatikan'a doğru döndürdü. Onu itişip kakışan kalabalığa doğru sürükleyerek, "*Grazie,*" dedi.

Macri üstünü arayıp bandı bulmamaları için dua etti. Filmi yeterince uzun gizleyebilirse...

Birden akla gelmeyecek şey oldu. Kalabalığın içinden biri elini ceketinin altına sokmuştu. Macri, bandın ondan çalındığını hissetti. Arkasını döndü ama söyleyeceklerini yuttu. Arkasında duran Gunther Glick soluk soluğa ona göz kırparak, yeniden kalabalığın arasına karıştı.

77

Robert Langdon, Papa'nın özel dairesinin bitişiğindeki banyoya sendeleyerek girdi. Yüzündeki ve dudaklarındaki kana hafifçe su vurdu. Bu, kendi kanı değildi. Az önce Vatikan'ın önündeki kalabalık meydanda feci şekilde can veren Kardinal Lamassé'ye aitti. *Bilim mihraplarında bakir kurbanlar*. Haşhaşin şu ana dek tehdidini gerçekleştirmişti.

Langdon aynaya bakarken kendini güçsüz hissetti. Gözleri çukura kaçmış ve kısa sakalları yüzünü karartmaya başlamıştı. Kusursuz ve lüks bir odadaydı; altın armatürlü siyah mermer, pamuk havlular ve kokulu el sabunları.

Langdon biraz önce gördüğü kanlı damgayı zihninden uzaklaştırmaya çalıştı. Hava. Görüntü gitmiyordu. Sabah kalktığından beri üç ambigrama şahit olmuştu... ve iki tanesinin daha yolda olduğunu biliyordu.

Kapının önünden gelen seslerden anlaşıldığı kadarıyla Olivetti, Camerlengo ve Yüzbaşı Rocher bundan sonra ne yapacaklarını tartışıyorlardı. Karşımadde arayışının şu ana dek sonuç vermediği belli oluyordu. Ya muhafızlar kutuyu gözden kaçırmışlardı ya da içeri giren kişi, Komutan Olivetti'nin tahmin ettiğinden daha derinlere inmişti.

Langdon elleriyle yüzünü kuruladı. Sonra dönüp pisuarı aradı. Pisuar yoktu. Sadece klozet. Kapağını kaldırdı.

Orada ayakta durup vücudundaki gerginliği boşaltırken, içini bir tükenmişlik duygusu kapladı. Göğsüne bir sürü, acayip duygu çökmüştü. Yorgunluktan bitap düşmüş, yemek yiyememiş, uyku uyuyamamış, Aydınlanma Yolu'nda yürürken iki zalim cinayetle sarsılmıştı. Langdon bu dramın olası sonuçlarını düşününce dehşete kapıldı.

Düşün, dedi kendi kendine. Aklına hiçbir şey gelmiyordu.

Sifonu çekerken birden farkına vardı. *Bu Papa'nın tuvaleti,* diye düşündü. *Az önce Papa'nın tuvaletine işedim.* Kıkırdadı. *Kutsal Taht.*

78

Londra'daki BBC teknisyeni, uydu alıcısından video kaseti çıkartıp kontrol odasından koşarak çıktı. Yazı işleri müdürünün odasına dalarak, kaseti VCR'a yerleştirdi ve oynatma düğmesine bastı.

Bant dönerken, müdüre az önce Vatikan Şehri'ndeki Gunther Glick ile yaptığı görüşmeyi anlattı. Ayrıca, BBC fotoğraf arşivlerinden San Pietro Meydanı'ndaki kurbanın kimliğini teyit etmişti.

Yazı işleri müdürü odasından çıktığında kıyameti koparıyordu. Yazı işlerindeki tüm işler durmuştu.

Adam, "Beş dakika içinde canlı bağlantı yapıyoruz!" diye gürledi. "Yayına hazırlanın! Medya koordinatörleri, bağlantılarınızı canlı yayında istiyorum! Satacağımız bir hikâye var! Film de bizde!"

Pazar koordinatörleri Rolodex'lerine sarıldılar.

İçlerinden biri, "Film tarifi!" diye seslendi.

Şef, "Otuz saniyelik çekim," diye cevap verdi.

"İçerik?"

"Canlı cinayet."

Koordinatörler şevke gelmiş gibiydi. "Kullanım ve lisans hakkı?"

"Bir milyon ABD doları."

Tüm başlar kalktı. "Ne!"

"Beni duydunuz! Besin zincirinin devlerini istiyorum. CNN, MSNBC ve üç büyükler! Hattan önizleme teklif edin. BBC yayına girene kadar onlara beş dakika verin."

Birisi, "Ne oldu Tanrı aşkına?" diye sordu. "Başbakanın canlı canlı derisini mi soydular?"

Şef başını iki yana salladı. "Daha iyisi."

Tam o sırada Roma'da bir yerde Haşhaşin, rahat bir sandalyede dinlenerek birkaç dakika geçiriyordu. İçinde bulunduğu efsanevi odaya hayrandı. *Aydınlanma Kilisesi'nde oturuyorum,* diye düşündü. *Illuminati sığınağı.* Geçen yüzyıllara rağmen hâlâ orada olmasına inanamıyordu.

İtaat göstererek, daha önce konuştuğu BBC muhabirini aradı. Vakit gelmişti. Dünya tüm zamanların en şaşırtıcı haberini duyacaktı.

79

Vittoria Vetra bir bardak su içerek, İsviçreli Muhafızlar'dan biri tarafından bırakılan çörekleri dalgın bir ifadeyle kemirdi. Yemek yemesi gerektiğini biliyordu, ama hiç iştahı yoktu. Papa'nın özel dairesinde bir koşuşturma vardı, içeride gergin konuşmalar yankılanıyordu. Yüzbaşı Rocher, Komutan Olivetti ve yarım düzine muhafız hasarı tespit ediyor ve bir sonraki hareketi müzakere ediyorlardı.

Robert Langdon yanlarında durmuş, dışarıya, San Pietro Meydanı'na bakıyordu. Keyifsiz görünüyordu. Vittoria yanına geldi. "Bir fikrin var mı?"

Başını iki yana salladı.

"Çörek?"

Yiyecek görünce, karamsarlığı geçer gibi oldu. "Kahretsin, evet. Teşekkürler." Oburca yemeye başladı.

Camerlengo Ventresca, İsviçreli Muhafızlar eşliğinde kapıdan içeri girince, arkalarında gerçekleşen konuşma aniden kesildi. Vittoria eğer hazine vekilinin daha önceki görüntüsüne bitkin deniyorsa, şimdi bomboş görünüyor, diye düşündü.

Camerlengo, Olivetti'ye, "Ne oldu?" diye sordu. Camerlengo'nun yüzündeki ifadeden, ona çoktan en kötüsünün anlatıldığı belli oluyordu.

Olivetti'nin resmi açıklaması kulağa, savaş alanı şehit raporu gibi geliyordu. Gerçekleri, yalın bir ifadeyle aktarıyordu. "Kardinal Ebner, Santa Maria del Popolo Kilisesi'nde saat tam sekizde ölü bulundu. Boğulmuş ve 'Toprak' kelimesinin ambigramıyla dağlanmıştı. Kardinal Lamassé, San Pietro Meydanı'nda on dakika önce öldürüldü. Göğsüne açılan delik nedeniyle öldü. Aynı şekilde 'Hava' kelimesinin ambigramıyla dağlanmıştı. Her iki durumda da, katil kaçtı."

Camerlengo odada yürüdü ve kederle Papa'nın masasının arkasına oturdu. Başını öne eğdi.

"Fakat, Kardinal Guidera ve Baggia hâlâ hayattalar."

Camerlengo'nun başı aniden kalktı, yüzünde kederli bir ifade vardı. "Tesellimiz bu mu? İki kardinal öldürüldü, komutan. Ve diğer ikisi, eğer onları bulamazsanız fazla uzun yaşamayacaklar."

Olivetti, "Onları bulacağız," diyerek onu temin etti. "Ben ümitliyim."

"Ümitli mi? Elimizde başarısızlıktan başka hiçbir şey yok."

"Yanlış. İki muharebeyi kaybettik, signore, ama savaşı kazanıyoruz. Illuminati, bu geceyi bir medya sirkine çevirmeyi planlamıştı. Şimdiye kadar, planlarını köstekledik. Her iki kardinalin cesedi de olaysız ele geçirildi. Buna ek olarak..." Olivetti devam etti. "Yüzbaşı Rocher, karşımadde araştırmasında mükemmel bir ilerleme kaydettiğini söylüyor."

Yüzbaşı Rocher kırmızı beresiyle öne çıktı. Vittoria, onun diğer muhafızlardan daha insani göründüğünü düşündü... sertti ama o kadar da haşin değildi. Rocher'in sesi duygusal ve billur gibiydi, keman gibi. "Bir saat içinde kutuyu bulacağımızdan ümitliyim, signore."

Camerlengo, "Yüzbaşı," dedi. "Çok ümitsiz görünüyorsam beni bağışlayın, ama öyle zannediyorum ki, Vatikan Şehri'ni aramak kalan vaktimizden çok daha uzun zaman alacaktır."

"*Tam* bir arama, evet. Ama, durumu değerlendirdikten sonra, karşımadde kutusunun beyaz bölgelerden birinde -halk turlarının ziyaretine açık şu Vatikan bölgeleri- olduğuna eminim, müzeler ve San Pietro Bazilikası gibi. Bu bölgelerdeki gücü çoktan etkisiz hale getirdik ve araştırmayı yürütüyoruz."

"Vatikan'ın sadece küçük bir *kısmını* mı araştırmayı planlıyorsunuz?"

"Evet, signore. Birinin, gizlice Vatikan Şehri'nin iç bölgelerine girebilmesi son derece imkânsız. Güvenlik kamerasının halka açık alandan -müzelerden birindeki merdiven boşluğu- çalındığı gerçeği, gizlice içeri giren kişinin sınırlı giriş imkânı olduğunu açıkça gösteriyor. Bu yüzden, kamerayı ve karşımaddeyi ancak, başka bir halka açık alana *yerleştirmiş* olabilir. Araştırmamızı bu alanlar üzerinde yoğunlaştırıyoruz."

"Ama içeri gizlice giren kişi, dört kardinali kaçırdı. Bu, kesinlikle bizim düşündüğümüzden daha derinlere sızdıklarını gösteriyor."

"Kesinlikle değil. Kardinallerin günün büyük bir kısmını, Vatikan müzelerinde ve San Pietro Bazilikası'nda kalabalıklarla birlikte geçirdiğini unutmamalıyız. Kayıp kardinallerin bu alanların birinden kaçırılmış olması mümkün."

"Ama duvarlarımızdan nasıl çıkarıldılar?"

"Hâlâ bunu araştırıyoruz."

"Anlıyorum." Camerlengo sıkıntıyla içini çekerek ayağa kalktı. Olivetti'nin yanına geldi. "Komutan, yedek boşaltım planınızı öğrenmek isterim."

"Hâlâ üzerinde çalışıyoruz, signore. Bu arada, Yüzbaşı Rocher'in kutuyu bulacağına inanıyorum."

Rocher güven oyunu takdir ettiğinin bir göstergesi olarak botlarını tıkırdattı. "Adamlarım, beyaz bölgenin üçte ikisini taradılar bile. Güvenimiz yüksek."

Camerlengo bu güveni paylaşıyormuş gibi görünmüyordu.

O sırada, gözünün altında yara izi olan bir muhafız elinde klipsli bir yazı tahtası ve haritayla kapıdan içeri girdi. Langdon'a doğru yürüdü. "Bay Langdon? *Batı Rüzgârı*'yla ilgili istediğiniz bilgiyi getirdim."

Langdon çöreğini yuttu. "İyi. Bakalım."

Diğerleri konuşmaya devam ederken, Vittoria, Papa'nın masasının üzerine haritayı seren Robert ve muhafızın yanına gitti.

Asker, San Pietro Meydanı'nı işaret etti. "Biz buradayız. *Batı Rüzgârı*'nın ortadaki nefes çizgisi doğuyu, Vatikan Şehri'nden uzağı gösteriyor." Muhafız, parmağıyla San Pietro Meydanı'ndan, Tiber Nehri'ne ve eski Roma'nın merkezine doğru bir yol izledi. "Gördüğünüz gibi, hat neredeyse tüm Roma'dan geçiyor. Bu hattın yakınlarına düşen yaklaşık yirmi Katolik Kilisesi var."

Langdon ümitsizliğe kapıldı. "Yirmi mi?"

"Belki de daha fazla."

"Hattın *tam* üzerinde bir kilise var mı?"

Muhafız, "Bazıları, diğerlerinden daha yakın görünüyor," dedi. "Ama *Batı Rüzgârı*'nın harita üzerindeki tam yerini söylerken, hata payı bırakmak gerekiyor."

Langdon bir süre San Pietro Meydanı'na baktı. Sonra, çenesini sıvazlayarak, kaşlarını çattı. "Peki ya *Ateş?* İçlerinden birinde Bernini'nin ateşle ilgili bir sanat eseri var mı?"

Sessizlik.

"Peki dikilitaşlar?" diye sordu. "Dikilitaşın yanında bulunan bir kilise var mı?"

Muhafız, haritayı kontrol etmeye başladı.

Vittoria, Langdon'ın gözlerinde bir ümit parıltısı gördü ve onun ne düşündüğünü anladı. *Haklı!* İlk iki işaret, dikilitaş bulunan meydanlara ya da yakınlarına yerleştirilmişti! Belki dikilitaşlar bir temaydı? Aydınlanma Yolu'nu işaret eden yüksek piramitlerdi? Vittoria düşündükçe, daha kusursuz gelmeye başladı... bilim mihraplarını işaret etmek için Roma'nın üzerinde yükselen dört yüksek işaret kulesi.

Langdon, "Uzak bir ihtimal," dedi. "Ama Bernini'nin devrinde Roma'ya birçok dikilitaşın dikildiğini ve yerinin değiştirildiğini biliyorum. Bunların yerleştirilmesinde bir rolü olduğuna hiç şüphe yok."

Vittoria, "Ya da," dedi. "Bernini, işaretlerini var olan dikilitaşların *yakınına* yerleştirmiş olabilir."

Langdon başını salladı. "Doğru."

Muhafız, "Kötü haber," dedi. "Hattın üzerinde hiç dikilitaş yok." Parmağını haritanın üzerinde gezdirdi. "Uzağında bile. Hiçbir şey yok."

Langdon içini çekti.

Vittoria'nın omuzları düştü. Parlak bir fikir olduğunu düşünmüştü. Görünüşe bakılırsa, bu onların umut ettiği kadar kolay olmayacaktı. Olumlu düşünmeye çalıştı. "Robert, düşün. *Ateş*'le ilgili bir Bernini heykeli biliyor olmalısın. Herhangi bir şey."

"İnan bana, düşünüyorum. Bernini inanılmayacak kadar üretken biriydi. Yüzlerce çalışması var. *Batı Rüzgârı*'nın tek bir kiliseyi işaret edeceğini umuyordum. Çağrışım yaptıracak bir şeyi."

Vittoria, "*Fuòco,*" dedi. "*Ateş.* Bernini eserlerinin adları aklına gelmiyor mu?"

Langdon omuzlarını silkti. "Ünlü *Havai Fişekler* eskizleri var, ama heykel değiller ve Leipzig, Almanya'dalar."

Vittoria kaşlarını çattı. "*Nefesin* yönü gösterdiğine emin misin?"

"Rölyefi sen de gördün, Vittoria. Tasarım, tamamen simetrikti. Tek yön göstergesi, nefesti."

Vittoria, onun haklı olduğunu biliyordu.

"*Batı Rüzgârı, Hava*'yı ifade ettiği için, *nefesi* takip etmenin sembolik olarak uygun göründüğünü belirtmeye gerek bile yok," diye ekledi.

Vittoria başını salladı. *Bu yüzden nefesi takip edeceğiz. Ama nereye doğru?*

Olivetti yanlarına geldi. "Ne buldunuz?"

Asker, "Bir sürü kilise," dedi. "İki düzine kadar. Sanırım, her kiliseye dört adam yerleştirebilir..."

Olivetti, "Unut bunu," dedi. "Bu herifin tam olarak nerede olacağını bildiğimiz zaman bile onu iki kez elimizden kaçırdık. Büyük çapta bir polis gözetimi, Vatikan Şehri'ni korumasız bırakmak ve araştırmayı iptal etmek anlamına gelir."

Vittoria, "Bir başvuru kitabına ihtiyacımız var," dedi. "Bernini'nin çalışmalarının bulunduğu bir dizine. Eğer isimleri tararsak, belki aklımıza bir şey gelir."

Langdon, "Bilmiyorum," dedi. "Eğer Bernini'nin Illuminati için özel olarak yaptığı bir eser varsa, anlaşılması çok güç olabilir. Büyük ihtimalle, kitapta listelenmemiştir."

Vittoria buna inanmayı reddetti. "Diğer iki heykel oldukça iyi tanınıyordu. İkisini de duymuştun."

Langdon omuzlarını silkti. "Evet."

"Eğer başvuru başlıklarını 'ateş' kelimesiyle tararsak, belki doğru yönde bulunan listelenmiş bir heykel bulabiliriz."

Langdon bunun denemeye değer bir ihtimal olduğuna ikna olmuş gibi görünüyordu. Olivetti'ye döndü. "Tüm Bernini eserlerinin bir listesine ihtiyacım var. Büyük ihtimalle, buralarda Bernini'yle ilgili bir masaüstü kitapçığınız yoktur, öyle değil mi?"

"Masaüstü kitapçığı mı?" Olivetti bu terime yabancı görünüyordu.

"Boş ver. Bir liste. Peki ya, Vatikan Müzesi? Bernini başvuru kitapları vardır."

Yüzünde yara izi olan muhafız kaşlarını çattı. "Müzedeki kuvvetler dışarı çıkarıldı, kayıt odası ise kocaman. Yardım edecek personel olmadan..."

Olivetti, "Söz konusu olan Bernini eseri," diyerek lafını kesti. "Bernini, burada, Vatikan'da çalışırken yapılmış olabilir mi?"

Langdon, "Neredeyse kesinlikle," dedi. "Tüm kariyeri boyunca buradaymış. Ve elbette, Galileo hakkındaki tartışmalar döneminde de."

Olivetti başını salladı. "O zaman, başka bir kaynak daha var."

Vittoria ufacık bir iyimserlik hissetti. "Nerede?"

Komutan cevap vermedi. Muhafızını yanına çağırdı ve çok kısık bir sesle konuşmaya başladı. Muhafız şüpheli görünüyordu ama itaatkâr bir şekilde başını salladı. Olivetti konuşmasını bitirdiğinde, muhafız, Langdon'a döndü.

"Bu taraftan, Bay Langdon. Saat yirmi bir on beş. Acele etmemiz gerek."

Langdon ve muhafız kapıya yöneldiler.

Vittoria arkalarından gitmek için hamle yaptı. "Size yardım edeceğim."

Olivetti, onu kolundan yakaladı. "Hayır, Bayan Vetra. Sizinle konuşmam gerekiyor." Onu kavrayışı oldukça amiraneydi.

Langdon ve muhafız gitti. Vittoria'yı kenara çekerken, Olivetti'nin yüzü çok ruhsuzdu. Ama Olivetti, ona her ne söylemeyi planladıysa, buna fırsatı olmadı. Telsizi yüksek sesle cızırdadı. "*Comandante?*"

Odadaki herkes döndü.

Vericideki ses sertti. "Televizyonu açsanız iyi olur."

80

Langdon, iki saat önce Gizli Vatikan Arşivleri'nden ayrıldığında, onları tekrar göreceğini hiç tahmin etmemişti. Langdon, İsviçreli Muhafız eşliğinde tüm yolu koşmaktan ötürü nefes nefese kalmış bir halde, kendisini bir kez daha arşivde buldu.

Ona eşlik eden, yara izli muhafız, Langdon'ı yarı saydam odacıklardan geçiriyordu. Arşivlerin sessizliği şimdi bir şekilde ürkütücü geliyordu, muhafız sessizliği bozduğunda Langdon buna minnettar oldu.

Muhafız, Langdon'ı duvarlara sıralanmış bir dizi küçük dolabın bulunduğu odanın arka tarafına götürürken, "Sanırım, burada," dedi. Muhafız dolapların üzerindeki başlıkları taradı ve birini işaret etti. "Evet, işte burada. Tam, komutanın söylediği yerde."

Langdon başlığı okudu. ATTIVI VATICANI. Vatikan varlıkları mı? İçerik listesini inceledi. Gayrimenkul... nakit para... Vatikan Bankası... antikalar... Liste devam ediyordu.

Muhafız, "Tüm Vatikan varlığının evrakları," dedi.

Langdon odaya baktı. *Tanrım.* Karanlıkta bile, iyice dolu olduğu anlaşılıyordu.

"Komutanım, Bernini'nin Vatikan himayesindeyken yaptığı her şeyin burada varlık olarak listelenmiş olacağını söyledi."

Langdon, komutanın içgüdülerinin faydalı olabileceğini düşünerek, başını salladı. Bernini'nin zamanında, bir sanatçının Papa'nın himayesi altındayken yaptığı her şey, kanunen Vatikan'ın malı sayılıyordu. Bu, himayeden çok bir feodalizmdi, ama büyük sanatçılar iyi yaşamışlar ve nadiren şikâyet etmişlerdi. "Vatikan Şehri *dışındaki* kiliselere yerleştirilmiş çalışmalar da dahil mi?"

Muhafız, ona tuhaf bir şekilde baktı. "Tabi ki. Roma'daki tüm Katolik kiliseler, Vatikan'ın malıdır."

Langdon elindeki listeye baktı. Listede, *Batı Rüzgârı*'nın nefesiyle aynı hat üzerine yerleştirilmiş yirmi civarındaki kilisenin ismi bulunuyordu. Bilimin üçüncü mihrabı, içlerinden biriydi ve Langdon hangisi olduğunu öğrenecek kadar zamanı olmasını ümit ediyordu. Başka şartlar altında, hangi kilise olduğunu memnuniyetle bizzat araştırabilirdi. Ama bugün, aradığı şeyi *-ateşe* ithaf edilmiş bir Bernini eseri barındıran kiliseyi- bulmak için yaklaşık yirmi dakikası vardı.

Langdon dolabın döner elektronik kapısına doğru yürüdü. Muhafız, onu izlemedi. Langdon şüpheci bir tereddüt hissetti. Gülümsedi. "Hava iyi. Zayıf, ama nefes alınabilir."

"Size buraya kadar eşlik etmem ve sonra derhal güvenlik merkezine dönmem emredildi."

"*Gidiyor* musun?"

"Evet. İsviçreli Muhafızlar'ın içeri girmesine izin yok. Size oraya kadar eşlik ederek, protokolü ihlal etmiş oluyorum. Komutan beni bu konuda uyardı."

"Protokolü ihlal etmek mi?" *Bu gece burada neler olduğu hakkında bir fikrin var mı?* "Senin lanet komutanın kimin tarafını tutuyor!"

Muhafızın yüzündeki tüm cana yakınlık kayboldu. Gözünün altındaki yara izi seğiriyordu. Muhafız aniden tıpkı Olivetti'ye benzeyerek, ona baktı.

Langdon yaptığı yorumdan pişmanlık duyarak, "Özür dilerim," dedi. "Sadece... biraz yardıma ihtiyacım olabilirdi."

Muhafız gözlerini kırpmıyordu. "Emirlere itaat etmem öğretildi. Onları tartışmam değil. Aradığınız şeyi bulduğunuzda, derhal komutanla temasa geçin."

Langdon şaşırmıştı. "Ama o nerede olacak?"

Muhafız telsizini çıkardı ve onu yakındaki bir masaya bıraktı. "Birinci kanal." Sonra karanlığın içinde kayboldu.

81

Papa'nın dairesindeki televizyon, masasının karşısındaki duvar girintisine yerleştirilen dolaba gizlenmiş, dev ekran bir Hitachi idi. Şimdi dolabın kapakları açılmış ve herkes etrafına toplanmıştı. Vittoria daha yakına geldi. Ekran aydınlanmaya başlarken, genç bir kadın muhabir belirdi. Ceylan gözlü bir esmerdi.

"MSNBC haber," diye duyurdu. "Ben Kelly Horan-Jones, Vatikan Şehri'nden canlı yayın yapıyoruz." Arkasında, tüm ışıkları parlayan San Pietro Bazilikası'nın gece görünüşü yer alıyordu.

Rocher, "*Canlı yayın* yapmıyorsun," diye atıldı. "Bu çekim dosyadan! Şu anda bazilikada elektrikler *kesik*."

Olivetti, "Şış," diyerek onu susturdu.

Muhabir biraz daha gergin bir sesle anlatmaya devam etti. "Bu akşam Vatikan seçimlerinde şok edici gelişmeler oldu. Kardinaller Heyeti'nin iki üyesinin Roma'da acımasızca öldürüldüğünü haber aldık."

Olivetti sessizce küfretti.

Muhabir konuşurken, kapıda nefes nefese bir muhafız belirdi. "Komutan, merkez santral tüm hatların çaldığını bildirdi. Konu hakkındaki resmi..."

Olivetti gözlerini televizyondan ayırmadan, "Hattı kapatın," dedi.

Muhafız şüpheyle bakıyordu. "Ama komutan..."

"Git!"

Muhafız koşarak uzaklaştı.

Vittoria, Camerlengo'nun bir şey söylemek istediği halde kendini tuttuğunu hissetti. Adam konuşmak yerine, başını yeniden televizyona çevirmeden önce uzun süre Olivetti'ye sertçe baktı.

Artık MSNBC bandı yayınlamaya başlamıştı. İsviçreli Muhafızlar, Santa Maria del Popolo önündeki merdivenlerden Kardinal Ebner'in cesedini taşıyor ve onu Alfa Romeo'ya kaldırıyorlardı. Arabanın bagajına kaldırılmadan hemen önce kayıt dondu ve kardinalin çıplak cesedine odaklanarak büyüttü.

Olivetti, "Bu lanet kaydı kim çekmiş?" diye sordu.

MSNBC muhabiri konuşmaya devam etti. "Almanya Frankfurt'tan Kardinal Ebner'in cesedi olduğuna inanılıyor. Cesedi kiliseden taşıyanlar İsviçreli Muhafızlar olmalı." Muhabir, uygun tepkileri veriyormuş gibi görünmek için elinden geleni yapıyordu. Kamera onun yüzüne yaklaştığında daha da melankolik bir hal takındı. "Bu arada MSNBC olarak izleyicilerimize bir uyarıda bulunmak isteriz. Yayınlayacağımız görüntüler son derece açık ve herkesin kaldırabileceği türden görüntüler değil."

Vittoria bu uyarının tam bir medya reklamı olduğunu fark ederek, izleyiciler için gösterilen yapmacık hassasiyete söylendi. Böylesi bir vaadin ardından kimse kanalı değiştirmezdi.

Muhabir üstüne basarak vurguluyordu. "Tekrar ediyorum, bu kayıt bazı izleyicilerimiz için sarsıcı olabilir."

Olivetti, "Hangi kayıt?" diye sordu. "Daha yeni gösterdiniz..."

Ekranı dolduran görüntü, San Pietro Meydanı'nda kalabalık arasında dolaşan bir çifte aitti. Vittoria o anda, bu ikilinin Robert ve kendisi olduğunu anladı. Ekranın köşesindeki yazı: BBC'NİN İZNİYLE diyordu. Jeton düşmeye başlamıştı.

Vittoria yüksek sesle, "Ay, hayır," dedi. "Ay... hayır."

Camerlengo'nun aklı karışmış gibiydi. Olivetti'ye döndü. "Banda el koyduğunuzu söylediğinizi sanmıştım!"

Televizyonda birden bir çocuk çığlık atmaya başladı. Kamera, kanlar içinde bir berduşu işaret eden küçük kızı bulmak için sallanarak döndü. Robert Langdon, küçük kıza yardım etmek amacıyla aniden kareye girmişti. Yakın çekime geçilmişti.

Çarpıcı sahneler birbiri ardına karşılarına gelirken, Papa'nın dairesindeki herkes dehşet dolu bir sessizlik içinde seyrediyordu. Kardinalin bedeni önce kaldırıma yüzüstü düştü. Vittoria sahneye çıkıp diğerlerini çağırdı. Kan vardı. Bir damga. Başarısız bir hayat öpücüğü uygulama girişimi.

Muhabir, "Bu hayret verici görüntüler," dedi. "Vatikan'ın hemen önünde sadece dakikalar önce çekildi. Kaynaklarımız, cesedin Fransa'dan Kardinal Lamassé'ye ait olduğunu söylediler. Neden bu şekilde giydirildiği ve neden kardinaller toplantısında olmadığı bir muamma. Vatikan şu ana dek bir yorumda bulunmayı reddetti." Bandı baştan göstermeye başladılar.

Rocher, "Yorumda bulunmayı reddetmek mi?" dedi. "Bize bir dakika verseniz!"

Muhabir kaşlarını yukarı kaldırarak konuşuyordu. "MSNBC hâlâ saldırıların nedenini araştırmakla birlikte, kaynaklarımız cinayeti kendilerine Illuminati diyen bir grubun üstlendiğini söyledi."

Olivetti resmen patladı. "*Ne!*"

"...Illuminati hakkında daha fazla bilgiye internetteki adresimizden..."

"*Non é posibile!* Olamaz!" diye fikrini belirtti Olivetti. Kanalları değiştirdi.

Kanalda İspanyol kökenli bir muhabir vardı. "...Illuminati diye bilinen Satanist bir tarikat, bazı tarihçiler..."

Olivetti uzaktan kumanda düğmelerine haşince basmaya başladı. Tüm kanallar canlı son dakika haberi yayınlıyorlardı. Çoğu İngilizceydi.

"...İsviçreli Muhafızlar akşamın erken saatlerinde bir kiliseden bir ceset taşıdılar. Cesedin Kardinal..."

"...bazilika ve müzelerdeki ışıkların kesik olması spekülasyonlara sebep..."

"...bu şok edici güç hakkında komplo teorisyeni Tyler Tingley ile konuşacağız..."

"...bu akşam iki ayrı cinayet daha işleneceği söylentileri..."

"...Papa seçilmesi kuvvetle muhtemel Kardinal Baggia'nın da kayıplar arasında bulunup bulunmadığı sorgulanıyor..."

Vittoria yanlarından ayrıldı. Her şey çok çabuk gelişiyordu. Pencerenin dışında çökmeye başlayan karanlıkta, insanlık trajedisinin cazibesi, insanları Vatikan Şehri'ne doğru çekiyordu. Meydandaki kalabalık bir anda artmıştı. Yayalar üstlerine doğru akın ederken, yeni gelen medya çalışanları karavanlarından indikten sonra kameralarını San Pietro Meydanı'ndan ayırmıyorlardı.

Olivetti kumandayı elinden bırakarak Camerlengo'ya döndü. "Signore bunun nasıl olduğunu aklım almıyor. Kameradaki bandı almıştık!"

Camerlengo konuşamayacak kadar şaşkın görünüyordu.

Kimse tek kelime etmedi. İsviçreli Muhafızlar hazır olda bekliyorlardı.

Sonunda Camerlengo, sinirlenemeyecek kadar hüzünlü bir sesle, "Bu krizi inandırıldığım kadar etkili biçimde yönetemediğimiz anlaşılıyor," dedi. Pencereden, dışarıda toplanan kalabalığa baktı. "Konuşma yapmam gerekiyor."

Olivetti başını iki yana salladı. "Hayır, signore. Illuminati'nin sizden yapmanızı istediği de bu... onları teyit ederek güç kazandıracaksınız. Sessiz kalmalıyız."

"Peki ya bu insanlar?" Camerlengo pencereden dışarıyı işaret etti. "Yakında on binlercesi burada olacak. Ardından yüz binlercesi. Bu sessizliğe devam etmek onları tehlikeye atmaktan başka bir işe yaramaz. Onları uyarmalıyım. Sonra da Kardinaller Heyeti'ni boşaltmalıyız."

"Hâlâ vakit var. Yüzbaşı Rocher'in karşımaddeyi bulmasına izin verelim."

Camerlengo döndü. "Bana emir vermeye mi kalkışıyorsunuz?"

"Hayır, size tavsiyede bulunuyorum. Dışardaki bu insanlar için endişeleniyorsanız, bir gaz sızıntısı olduğunu söyleyip alanı boşaltabiliriz ama rehinelerden bahsetmek tehlikeli olur."

"Komutan bunu sadece bir kez söyleyeceğim. Bu makamı dünyaya yalan söylemek için bir kürsü olarak kullanmayacağım. Herhangi bir şey duyuracak olursam, bu sadece gerçek olur."

"Gerçek mi? Vatikan Şehri'nin Satanist teröristler tarafından yok edileceği mi? Bu konumumuzu zayıflatmaktan başka işe yaramaz."

Camerlengo öfkeyle parladı. "Konumumuz daha ne kadar zayıf olabilirdi?"

Rocher kumandayı eline alarak birden bağırdı ve televizyonun sesini açtı. Herkes başını döndürdü.

Yayındaki kadın gerçekten sinirleri bozulmuş gibi görünüyordu. Ekranda onun yanına son Papa'nın bir fotoğrafı iliştirilmişti. "...son dakika haberi. BBC'den aldığımız son habere göre..." Başını kameradan çevirerek, bu duyuruyu gerçekten yapması gerektiğini doğruluyormuş gibi davrandı. Görünüşte teyit alarak, dönüp izleyicilere duyurusunu yaptı. "Illuminati az önce..." Duraksadı. "Illuminati on beş gün önce kaybettiğimiz Papa'nın ölümünü üstlendi."

Camerlengo'nun ağzı açık kalmıştı.

Rocher uzaktan kumandayı elinden düşürdü.

Vittoria duyduklarını güçlükle kavrayabiliyordu.

Kadın devam ederek, "Vatikan Yasaları'na göre, Papa'ya resmi otopsi yapılmadı, bu yüzden Illuminati'nin cinayet iddiası doğrulanamıyor. Yine de Illuminati, son Papa'nın Vatikan'ın belirttiği gibi *felç geçirerek* değil, *zehirlenerek* öldüğünü iddia etti," dedi.

Oda yeniden sessizliğe gömülmüştü.

Olivetti haykırdı. "Saçmalık! Düpedüz yalan!"

Rocher yeniden kanallarda geziniyordu. Haber bülteni, kanaldan kanala yayılan bir virüs gibiydi. Herkes aynı hikâyeyi yayınlıyordu. Haber başlıkları sansasyonda birbiriyle yarışıyordu.

VATİKAN'DA CİNAYET
PAPA ZEHİRLENDİ
TANRI'NIN EVİNDE ŞEYTAN ELİ

Camerlengo'nun gözleri daldı. "Tanrı yardımcımız olsun."

Rocher kanalları değiştirirken, BBC kanalından geçti. "...bana Santa Maria del Popolo'daki cinayetin tüyosunu verdi..."

Camerlengo, "Dur," dedi. "Geri."

Rocher geri gitti. Ekranda, ciddi görünüşlü bir adam BBC haber masasında oturuyordu. Omzunun üstünde ekrana, kızıl sakallı garip görünüşlü bir adamın vesikalık fotoğrafı bindirilmişti. Resmin altında: GUNTHER GLICK-VATİKAN ŞEHRİ'NDEN CANLI BAĞLANTI yazıyordu. Muhabir Glick'in telefon bağlantısıyla haber verdiği anlaşılıyordu, bağlantı cızırtılıydı. "...videografım, Chigi Şapeli'nden çıkartılan kardinalin görüntülerini kaydetti."

Londra'daki haber spikeri, "İzleyicilerimiz için tekrar edeyim," dedi. "Bu hikâyeyi ilk keşfeden BBC muhabiri Gunther Glick oldu. Şu ana dek Illuminati suikastçısı varsayılan kişi ile iki kez telefon görüşmesi yaptı. Gunther, Illuminati'nin mesajını iletmek için suikastçının az önce aradığını söylemiştin, değil mi?"

"Evet öyle."

"Ve mesajda, Papa'nın ölümünden Illuminati'nin *sorumlu* olduğunu söyledi, değil mi?" Haber spikerinin sesi kuşku doluydu.

"Doğru. Arayan kişi bana, Papa'nın ölüm sebebinin felç *olmadığını*, Papa'nın Illuminati tarafından zehirlendiğini söyledi."

Papa'nın dairesindeki herkes donmuştu.

Haber spikeri, "Zehirlendi mi?" diye sordu. 'Ama... ama *nasıl!*"

Glick, "Ayrıntıları anlatmadılar," diye cevap verdi. "Sadece onu bir ilaçla öldürdüklerini..." Hattan kâğıt karıştırma sesleri geliyordu. "Heparin diye bilinen bir ilaçla öldürdüklerini söylediler."

Camerlengo, Olivetti ve Rocher birbirlerine hayret içinde baktılar.

Rocher istifini bozmadan, "Heparin mi?" diye sordu. "Ama bu şey değil mi?..."

Camerlengo'nun benzi atmıştı. "Papa'nın ilaç tedavisi."

Vittoria serseme dönmüştü. "Papa Heparin mi kullanıyordu?"

Camerlengo, "Tromboflebiti vardı," dedi. "Günde bir kez iğne olurdu."

Rocher afallamış gibiydi. "Ama Heparin *zehir* değil ki. Illuminati neden..."

Vittoria, "Heparin yanlış ellerde öldürücü olabilir," dedi. "Güçlü bir pıhtı çözerdir. Yüksek dozda kullanımı yoğun iç kanamaya ve beyin kanamasına neden olur."

Olivetti, ona kuşkuyla baktı. "Bunu nereden biliyorsunuz?"

"Deniz biyologları bu ilacı, deniz memelilerinin kanının hareketsizlikten pıhtılaşmasını önlemek için kullanırlar. İlacın yanlış kullanımı nedeniyle ölen hayvanlar oldu." Duraksadı. "Heparin insanda yüksek dozda kullanıldığı takdirde, belirtileri felçle karıştırılabilir... özellikle de uygun bir otopsi yapılmazsa."

Camerlengo şimdi iyice kederli görünüyordu.

Olivetti, "Signore," dedi. "Belli ki bu, Illuminati'nin halkı kandırmak için kurduğu bir tuzak. Birisinin Papa'ya aşırı doz vermesi imkânsız. İçeri kimse giremezdi. Ayrıca yemi yutup iddialarını kabul etsek bile bunu nasıl yapabiliriz? Papalık yasası otopsiyi yasaklıyor. Otopsi yapılsa *bile*, hiçbir şey öğrenemeyiz. Yaptırdığı günlük iğnelerden ötürü vücudunda elbette Heparin'e rastlanacaktır."

"Doğru." Camerlengo sert bir sesle konuşuyordu. "Ama beni başka bir şey rahatsız ediyor. Dışardan hiç kimse Papa Cenapları'na bu tedavinin uygulandığını *bilmiyordu.*"

Sessizlik oldu.

Vittoria, "Eğer Heparin aşırı dozda verilmişse," dedi. "Vücudunda izleri olur."

Olivetti, ona döndü. "Bayan Vetra, belki beni duymamışsınızdır diye söylüyorum, Papa'ya otopsi yapılması Vatikan Yasası'nca yasaktır. Düşmanın biri asılsız bir iddiada bulundu diye, Papa Cenapları'nın vücudunu kesip saygısızlık edecek değiliz!"

Vittoria mahcup olmuştu. "Bunu ima etmedim..." Saygısızlık yapmak istememişti. "Kesinlikle Papa'yı mezarından çıkartmaktan bahsetmiyordum..." Yine de duraksadı. Robert'ın ona Chigi'deyken söylediği bir şey aklına gelmişti. Tabutu gömmenin merhumun ruhunu içeride hapsedeceğine inanıldığı Firavun devrinden kalma bir âdetle, papaların lahitlerinin yerden yukarı yerleştirildiğinden ve asla üstüne beton dökülmediğinden bahsetmişti. Yüzlerce kilo ağırlığındaki lahit kapakları *yerçekiminin* etkisiyle, üstünü kapatma görevini görüyordu. Vittoria fark etti ki, *teknik açıdan bakılınca böylesi mümkün olabilir...*

Camerlengo birden, "Ne tür izler?" dedi.

Vittoria kalbinin korkudan pır pır ettiğini hissediyordu. "Aşırı doz, oral mukozanın kanamasına neden olur."

"Oral ne?"

"Kurbanın dişetleri kanayacaktır. Ölümün ardından kan pıhtılaşarak ağız içini karartır." Vittoria bir zamanlar, eğiticileri tarafından yanlışlıkla aşırı doz verilen katil balinaların Londra'daki akvaryumda çekilen fotoğraflarını görmüştü. Balinalar ağızları açık ve dilleri simsiyah şekilde havuzun içinde cansızca yüzüyorlardı.

Camerlengo hiç cevap vermedi. Dönüp pencereden dışarıya baktı.

Rocher'in sesindeki iyimserlik kaybolmuştu. "Signore eğer bu zehirleme hakkındaki iddia doğruysa..."

Olivetti, "Doğru değil," dedi. "Dışardan birinin Papa'ya ulaşması kesinlikle imkânsız."

Rocher, "*Eğer* bu iddia doğruysa," diye yineledi. "Ve eğer Papa Hazretleri *zehirlenmişse,* o zaman karşımadde arayışımız için farklı yaklaşımlar gerektirir. İddia edilen suikast, Vatikan Şehri'nde sandığımızdan daha ileri gidilebildiğini gösteriyor. Beyaz bölgeleri aramak yeterli olmayacaktır. Eğer bu kadar geniş bir arama yapılması gerekiyorsa, kutuyu vaktinde bulamayabiliriz."

Olivetti gözlerini yüzbaşıyla aynı hizaya getirerek sertçe baktı. "Yüzbaşı, size ne olacağını ben söyleyeceğim."

Aniden dönen Camerlengo, "Hayır," dedi. "Ben *size* ne olacağını söyleyeceğim." Doğruca Olivetti'nin gözlerine bakıyordu. "Bu iş fazla ileri gitti. Yirmi dakika içinde kardinaller toplantısını iptal etmekle Vatikan Şehri'ni boşaltmak konusunda bir karara varacağım. Benim kararım son karar olacak. Anlaşıldı mı?"

Olivetti gözünü bile kırpmadı. Hiç cevap vermedi.

Camerlengo şimdi, biriktirdiği gizli enerjiyi kullanıyormuş gibi etkili konuşuyordu. "Yüzbaşı Rocher, beyaz bölgeleri aramayı tamamlayacak ve bitirdiğinizde doğrudan bana rapor edeceksiniz."

Rocher, Olivetti'ye tedirgin bir bakış fırlatarak başını salladı.

Ardından Camerlengo iki muhafıza işaret etti. "BBC muhabiri Bay Glick'in hemen bu ofise getirilmesini istiyorum. Eğer Illuminati onunla haberleşiyorsa, bize yardımcı olabilir. Gidin."

İki asker gözden kayboldu.

Camerlengo şimdi dönmüş, geri kalan muhafızlara hitap ediyordu. "Beyler, bu akşam başka hayatların kaybedilmesine izin vermem. Saat yirmi ikiye kadar geri kalan iki kardinalin yerini tespit edecek ve bu cinayetlerden sorumlu canavarı yakalayacaksınız. Anlatabildim mi?"

Olivetti, "Ama signore," diye karşı çıktı. "Nerede olduğuna dair hiç fikrimiz..."

"Bay Langdon bu konuda çalışıyor. Yapabilecek gibi görünüyor. İnancım var."

Bu sözlerin ardından Camerlengo, adımlarında yeni bir kararlılıkla kapıya yöneldi. Dışarı çıkarken, üç muhafıza işaret etti. "Siz üçünüz, benimle gelin. Şimdi."

Muhafızlar peşinden gittiler.

Camerlengo kapı eşiğinde durdu. Vittoria'ya döndü. "Bayan Vetra. Siz de. Lütfen benimle gelin."

Vittoria tereddüt etti. "Nereye gidiyoruz?"

Camerlengo kapıdan dışarı çıktı. "Eski bir dostu görmeye."

82

CERN'de ise, sekreter Sylvie Baudeloque acıkmıştı ve eve gidebilmeyi diliyordu. Korktuğu başına gelmiş, Kohler revire yaptığı geziden sağ çıkmıştı. Ona telefon ederek, Sylvie'nin bu gece geç saatlere kadar kalmasını buyurmuştu -rica etmemiş- *buyurmuştu.* Hiçbir açıklamada bulunmamıştı.

Sylvie burada geçirdiği yıllar içinde kendini, Kohler'ın garip ruh hali değişikliklerine ve tuhaflıklarına -sessiz halleri, tekerlekli iskemlesinin portatif video kamerasıyla toplantıları gizlice kaydetme alışkanlığı- aldırış etmemeye programlamıştı. İçten içe bir gün, CERN'in eğlence poligonuna yaptığı haftalık ziyaretler sırasında kendisini vurmasını umuyordu ama iyi bir atıcı olduğu ortadaydı.

Şimdi masasının başında tek başına oturan Sylvie karnının guruldadığını hissediyordu. Kohler hâlâ dönmemişti ve ona akşam için başka bir vazife de vermemişti. *Burada sıkıntıdan patlayıp açlıktan ölecek halim yok ya,* dedi kendi kendine. Kohler'a bir not bırakarak, ayaküstü bir şeyler atıştırmak için personel yemekhanesine doğru yola çıktı.

Ama oraya varamadı.

CERN'in dinlenme "*suites de loisir*"inden -televizyonların bulunduğu salonlardan oluşan uzun koridor- geçerken, akşam yemeğini erteleyerek, haberleri seyretmek için toplanmış çalışanları fark etti. Büyük bir şeyler oluyordu. Sylvie ilk odaya girdi. İçerisi bayt kafalarla -genç bilgisayar programcıları- doluydu. Televizyondaki haber başlığını görünce nefesi kesildi.

VATİKAN'DA TERÖR

Sylvie kulaklarına inanamayarak haberi dinledi. Kardinalleri öldüren eski bir tarikat mı? Bu neyi kanıtlardı? Nefretlerini mi? Üstünlüklerini mi? Cehaletlerini mi?

Bununla birlikte, odada esen hava kederden çok uzaktı.

İki genç teknisyen, Bill Gates'in resmi ile VE DÜNYA *GEEK*'E KALACAK! yazılı tişörtleri havada sallayarak koştular.

Biri, "Illuminati!" diye bağırdı. "Bu adamların gerçek olduğunu size söylemiştim!"

"İnanılmaz! Ben sadece bir oyun olduğunu sanıyordum!"

"Papa'yı öldürmüşler oğlum! *Papa'yı!*"

"Vay canına! *Bunun* için kaç puan alırsın acaba?"

Gülme krizine girdiler.

Sylvie afallamış bir halde ayakta duruyordu. Bilim adamları arasında çalışan bir Katolik olarak, din karşıtı fısıldaşmalara genellikle tahammül ederdi, ama bu çocukların eğlence konusu yaptığı şey kilisenin kaybına karşı edepsizlikti. Nasıl bu kadar duygusuz olabilirlerdi? Bu nefretin nedeni neydi?

Sylvie için kilise daima kötülük gütmeyen bir oluşumdu... duygusal birlik ve özeleştiri yeriydi... bazen kimse ona bakmadan yüksek sesle şarkı söyleyebileceği bir yerdi. Kilise onun hayatındaki önemli anlarını -cenazeler, evlilikler, vaftizler, tatiller- kaydetmiş ve karşılığında hiçbir şey istememişti. Aidatları ödemek bile isteğe bağlıydı. Çocukları her hafta Kilise Okulu'ndan, başkalarına yardım etmek ve daha nazik olmak gibi fikirlerle dolarak, manevi açıdan yükselerek eve dönüyorlardı. *Bunun* nesi kötü olabilirdi?

CERN'in sözde "parlak zekâlarının" kilisenin önemini anlayamamasına her zaman hayret ederdi. Gerçekten de insanın varoluşuna zerrelerle mesonların sebep olduğuna mı inanıyorlardı? Ya da insanın ilahiyat inancını *denklemlerin* karşılayabileceğini mi düşünüyorlardı?

Sersemleyen Sylvie koridordan aşağı yürüyerek diğer salonların önünden geçti. Tüm televizyon odaları doluydu. Şimdi Kohler'a erken saatlerde Vatikan'dan gelen telefonu düşünmeye başlamıştı. Tesadüf olabilir miydi? Belki de. Vatikan arada sırada, CERN'in araştırmalarını eleştiren sert beyanatlar yayınlamadan önce, "nezaketen" arardı... son zamanlarda da en çok, CERN'in çığır açıcı keşifleri, kilisenin genetik mühendisliğiyle olan ilişkisi sebebiyle kınadığı, nanoteknoloji alanında olduğundan. CERN hiçbir zaman umursamamıştı. Ve her zaman, Vatikan'ın yaylım ateşinden dakikalar sonra, teknolojiye yatırım yapan şirketler yeni buluşun lisans haklarını almak için ararlardı. Kohler, "Kötü reklam diye bir şey yoktur," derdi.

Sylvie acaba Kohler'a çağrı gönderip, hangi cehennemdeyse haberleri açmasını söylemeli miyim, diye düşündü. Umursar mıydı? Yoksa duymuş muydu? Elbette duymuştu. Büyük olasılıkla tüm haberi sıradışı küçük kamerasıyla kaydedip, yılda bir kez olsun gülüyordu.

Sylvie koridorda yürümeye devam ederken, sonunda ruh halinin bozuk... neredeyse melankolik olduğu bir salon buldu. Burada haberleri izleyenler CERN'in en eski ve en saygı duyulan bilim adamlarıydı. Sylvie içeri girip otururken ona dönüp bakmadılar bile.

CERN'in diğer tarafında, Leonardo Vetra'nın dondurucu dairesinde Maximilian Kohler, komodinden aldığı deri kaplı günlüğü okumayı bitirmişti. Şimdi televizyondaki haberleri seyrediyordu. Birkaç dakika sonra Vetra'nın günlüğünü yerine koydu, televizyonu kapattı ve odadan çıktı.

Uzaklarda, Vatikan Şehri'nde ise Kardinal Mortati Sistine Şapeli'nin bacasına bir başka oy pusulası tepsisi taşıyordu. Onları yaktığında çıkan duman siyahtı.

İkinci oylama. Papa seçilmedi.

83

Cep fenerleri, San Pietro Bazilikası'nın karanlığını aydınlatmaya yetmiyordu. Karanlık, başlarının üstüne yıldızsız bir gece gibi çöküyor, Vittoria içinde bulunduğu boşluğu ıssız bir okyanusa benzetiyordu. İsviçreli Muhafızlar ile Camerlengo ilerlerken, onları hemen arkalarından takip etti. Oldukça yukarıda bir güvercin ötüp kanat çırptı.

Camerlengo, onun tedirginliğini hissetmiş gibi arkasına geçerek, tek elini omzuna koydu. Adamın dokunuşu hissedilir bir kuvvet ileterek, sanki ihtiyaç duyduğu sükûneti mucizevi şekilde yayıyordu.

Ne yapacağız, diye düşündü. *Bu delilik!*

Ama yine de Vittoria tüm saygısızlığına ve dehşetine rağmen bu görevin kaçınılmaz olduğunu biliyordu. Camerlengo'nun vermesi gereken ciddi karar için bilgi gerekiyordu... Vatikan Yeraltı Mezar Odaları'ndaki lahitte yatan bilgi. Vittoria ne bulacaklarını düşündü. *Papa'yı Illuminati mi öldürdü? Güçleri sahiden buraya kadar uzanmış mı? İlk Papa otopsisini gerçekten ben mi yapacağım?*

Vittoria bu karanlık kiliseyi, geceleyin barakudalarla yüzmekten daha korkutucu bulduğuna şaşmıştı. Doğa onun sığınağıydı. Doğayı tanıyordu. Ama insan ve onun maneviyatı bilmediği konulardı. Dışarıda toplanan basın görüntüleri, aklına karanlıkta toplanan katil balıkları getiriyordu. Televizyondaki dağlanmış ceset çekimleri ona babasının cesedini hatırlatmıştı... ve katilin tiksindirici kahkahasını. Katil dışarıda bir yerdeydi. Vittoria duyduğu öfkenin korkusunu bastırdığını hissetti.

Bir sütunun etrafından dolaşırlarken -hayal edebileceği tüm sekoya ağaçlarından daha kalındı- Vittoria ileride turuncu bir ışıltı gördü. Işık, bazilikanın ortasındaki yerin altından geliyor gibiydi. Yakınına geldikçe, ne gördüğünü anladı. Ana sunağın altındaki ünlü mabet -Vatikan'ın en kutsal emanetlerinin bulunduğu zengin yeraltı odası- buydu. Boşluğu çevreleyen kapıya yaklaştıklarında Vittoria bakışlarını, etrafına parıldayan yağ lambalarının sıralandığı altın sandığa indirdi.

"San Pietro'nun kemikleri mi?" diye sorarken, kesinlikle öyle olduklarına emindi. San Pietro'ya gelen herkes altın tabutun içinde ne olduğunu bilirdi.

Camerlengo, "Aslına bakarsanız hayır," dedi. "Ortak bir yanılgı. Kutsal bir eşya değil. Sandığın içinde *başpiskopos cüppeleri* var. Papa'nın yeni seçilen kardinallere verdiği el örgüsü harmaniler."

"Ama ben sanmıştım ki..."

"Herkes gibi. Rehberler San Pietro'nun mezarı diye gösteriyorlar, ama gerçek mezarı, iki kat aşağıda, yerin altında gömülü. Vatikan onu, kırklı yıllarda kazı yapıp ortaya çıkardı. Oraya kimsenin inmesine müsaade edilmez."

Vittoria şok olmuştu. Parıldayan oyuktan yeniden karanlığa doğru ilerlerken, San Pietro'nun huzuruna geldiklerine inanarak binlerce kilometre kat eden hacıların hikâyelerini düşündü. "Vatikan'ın bunu insanlara söylemesi gerekmez mi?"

"İlahi güçle temas kurduğumuz inancından hepimiz faydalanıyoruz... hayali bile olsa."

Vittoria bir bilim adamı olarak bu mantığa karşı gelemezdi. Mucize bir ilaç kullandıklarına *inanan* kanser hastalarının aspirinle iyileştiğine dair sayısız araştırma okumuştu. Zaten *inanç*, ne demekti ki?

Camerlengo, "Vatikan Şehri'nde değişikliklere pek fazla yer veremiyoruz," dedi. "Geçmişteki hatalarımızı itiraf etmekten ve kendimizi yenilemekten tarih boyunca kaçındık. Papa Cenapları bunu değiştirmeye çalışıyordu." Durdu. "Modern dünyaya uzanmak. Tanrı'ya giden yeni yolları araştırmak."

Vittoria karanlıkta başını salladı. "Bilim gibi mi?"

"Dürüst olmak gerekirse, bilimin konuyla ilgisi yok."

"Konuyla ilgisi yok mu?" Vittoria bilimi tarif edecek pek çok kelime düşünebilirdi ama modern dünyada "konuyla ilgisi olmaması" bunlardan biri değildi.

"Bilim şifa da verebilir, öldüre de bilir. Bilimi kullanan kişinin ruhuna bağlı. Beni ilgilendiren kişinin ruhudur."

"Siz çağrınızı ne zaman duydunuz?"

"Doğmadan önce."

Vittoria, ona baktı.

"Üzgünüm, bu her zaman garip bir soru gibi gelir. Demek istediğim, doğduğumdan beri Tanrı'ya hizmet edeceğimi bildiğimdi. Düşünmeye başladığım ilk andan itibaren. Ama yine de gençliğimde askerliğimi yapana kadar varoluş sebebimi tam anlamıyla anlayamamıştım."

Vittoria şaşırmıştı. "Siz askere mi gittiniz?"

"İki yıl. Silah ateşlemeyi reddettiğim için beni havacı yazdılar. Yaralı helikopteri. Doğrusu hâlâ ara sıra uçarım."

Vittoria, genç rahibi helikopter kullanırken gözünde canlandırmaya çalıştı. Ne tuhaftır ki, onu kumanda düzeninin arkasında gayet rahat hayal edebiliyordu. Camerlengo Ventresca'nın inandırıcılığını pekiştiren bir metaneti vardı. "Hiç Papa'ya pilotluk yaptınız mı?"

"Hayır. Bu kıymetli yolcuyu profesyonellere emanet ettik. Papa Cenapları bazen helikopteri Gandolfo'daki inziva köşemize götürmeme izin verirdi." Vittoria'ya bakarak durdu. "Bayan Vetra, bugünkü yardımlarınızdan ötürü size teşekkür ederim. Babanız için çok üzüldüm. Gerçekten."

"Teşekkür ederim."

"Ben babamı hiç tanımadım. Ben doğmadan önce ölmüş. Annemi on yaşındayken kaybettim."

Vittoria başını kaldırdı. "Yetim miydiniz?" Birden kendini ona yakın hissetti.

"Bir kazadan sağ çıktım. Annemin canını alan bir kazadan."

"Size kim baktı?"

Camerlengo, "Tanrı," dedi. "Bana gerçek anlamda başka bir baba gönderdi. Hastane yatağımın yanında Palermo'dan bir piskopos belirip beni yanına aldı. O zaman bile şaşırmamıştım. Çocuk olduğum halde Tanrı'nın beni koruyan varlığını hissedebiliyordum. Piskoposun ortaya çıkması, zaten şüphelendiğim bir durumu doğrulamış oldu. Tanrı bir şekilde beni, ona hizmet etmem için seçmişti."

"Tanrı'nın sizi seçtiğine mi inandınız?"

"Evet. Ve hâlâ buna inanıyorum." Camerlengo'nun sesinde kibirden eser yoktu. Sadece minnet duyuyordu. "Yıllarca piskoposun vesayetinde çalıştım. Sonunda bir kardinal oldu. Yine de beni asla unutmadı. Benim hatırladığım baba, o." Bir ışık demeti Camerlengo'nun yüzüne vurunca Vittoria, onun gözlerindeki yalnızlığı anladı.

Grup, yüksek bir kolonun altında durunca, fenerleri yerdeki bir açıklığı aydınlattı. Vittoria başını eğip de, yeraltına inen merdivenleri görünce geri dönmek istedi. Muhafızlar Camerlengo'nun merdivenlerden inmesine yardım etmeye başlamışlardı bile.

Aşağı inerken sesini titretmemeye çalışan Vittoria, "O ne oldu?" diye sordu. "Sizi yanına alan kardinal?"

"Kardinaller Heyeti'nden bir başka görevle ayrıldı."

Vittoria şaşırmıştı.

"Ardından, söylemesi çok güç ama öbür dünyaya göçtü."

Vittoria, "*Le mie condoglianze,*" dedi. "Başınız sağ olsun. Yeni mi?"

Camerlengo döndüğünde, gölgeler yüzündeki acıyı derinleştiriyordu. "Tam on beş gün önce. Şimdi onu görmeye gidiyoruz."

84

Arşiv kasasının loş ışıkları içeride sıcaklık yapıyordu. Bu kasa, Langdon'ın daha önce girdiğinden çok daha küçüktü. *Daha az hava. Daha az zaman.* Olivetti'ye havalandırmayı çalıştırmasını söylemediğine pişman olmuştu.

Langdon, *Belle Arti*'nin kayıtlarının yer aldığı sicil defterlerini hemen buldu. Bu bölümü fark etmemek imkânsızdı. Neredeyse sekiz kitap rafı boylu boyunca bu konuya ayrılmıştı. Katolik Kilisesi'nde dünyanın her yerinden toplanmış milyonlarca eşsiz parça vardı.

Langdon kitap raflarını gözleriyle tarayarak Gianlorenzo Bernini'yi aradı. Aramaya B harfine denk geleceğini düşündüğü, ilk rafın ortasından başladı. Bir an aradığı sicil defterinin bulunmadığı korkusuna kapıldıysa da, daha sonra defterlerin alfabetik sıraya göre dizilmediğini fark etti. *Neden şaşırmadım acaba?*

Kasanın düzenini ancak, koleksiyonun başına dönerek, tekerlekli merdiveni en üst rafa dayayınca anladı. Üst basamağa dikkatle tüneyerek, Rönesans ustalarına -Michelangelo, Raphael, da Vinci, Boticelli- ait tüm defterlerin en kalınını buldu. Langdon, defterlerin "Vatikan Varlıkları" kasasına uygun biçimde, her bir sanatçı koleksiyonunun *değerine* göre sıralandığını fark etti. Bernini etiketli defter, Raphael ile Michelangelo arasında duruyordu. Kalınlığı yedi santimden fazlaydı.

Nefesi kesilmeye başlayan ve defterin ağırlığıyla mücadele etmek zorunda kalan Langdon merdivenden indi. Ardından, çizgi roman okuyan bir çocuk gibi yere serilerek kapağı açtı.

Defter kumaş kaplı ve çok sertti. Sicil defteri el yazısıyla İtalyanca yazılmıştı. Her sayfada tek bir eserin kısa bir tarifine, tarihine, bulunduğu yere, malzemelerin maliyetine ve bazen parçanın kaba bir eskizine yer verilmişti. Langdon toplam sekiz yüzden fazla sayfayı şöyle bir karıştırdı. Bernini meşgul bir adamdı doğrusu.

Langdon genç bir sanat öğrencisiyken, sanatçıların tek başlarına *onca* eseri nasıl yarattıklarını merak ederdi. Sonradan, biraz hayal kırıklığıyla da olsa, ünlü sanatçıların eserlerinden çok azını kendilerinin yaptığını öğrenmişti. Tasarımlarını uygulayacak genç sanatçılar yetiştirdikleri stüdyolar işletiyorlardı. Bernini gibi heykeltıraşlar kilden minyatürler yapıyor ve bunları büyüterek mermere geçirmesi için diğerlerini çalıştırıyorlardı. Langdon verilen tüm işleri *kendi* yapmaya kalkışsaydı, Bernini'nin bugün hâlâ çalışıyor olması gerektiğini biliyordu.

Beynindeki örümcek ağlarını temizlemeye çalışarak, yüksek sesle, "Fihrist," dedi. *F* harfi altındaki başlıklarda *fuòco* -ateş- kelimesini aramak için defterin arkasını çevirdi, ama *F'ler* bir arada değildi. Langdon sessizce küfretti. *Bu insanların alfabetik sıralamaya karşı alerjisi mi var?*

Kayıtlar, Bernini her eserini tamamladıktan sonra, tarih sırasına göre teker teker yazılmıştı. Her şey tarih sırasıyla listelenmişti. Hiç faydası dokunmuyordu.

Langdon listeye bakarken, aklına cesaret kırıcı başka bir fikir geldi. Aradığı heykelin isminin içinde *Ateş* kelimesi geçmiyor olabilirdi. Diğer iki eser *-Habakkuk ile Melek* ve *Batı Rüzgârı- Toprak* ya da *Hava* kelimeleri içermiyordu.

Bir çizime rastlarım ümidiyle defter sayfalarını bir iki dakika karıştırdı. Öyle bir şey olmadı. Adını hiç duymadığı düzinelerce tanınmamış esere ve pek çok da tanıdıklarına rastladı... *Daniel Aslanların İninde, Apollon ve Daphne* ile düzinelerce çeşme. Çeşmeleri gördüğünde, düşünceleri biraz daha ileri atladı. Su. Bilimin dördüncü mihrabının bir çeşme olabileceğinden şüphelendi. Çeşme, suya mükemmel bir övgü olurdu. Langdon, *Su'yu* düşünmeye başlamadan önce katili yakalamalarını umuyordu. Bernini Roma'da, çoğu kilisenin önünde düzinelerce çeşme yapmıştı.

Langdon yeniden önündeki meseleye döndü. *Ateş.* Deftere bakarken, Vittoria'nın sözleri ona cesaret verdi. *İlk iki heykeli tanıyordun... bü-*

yük olasılıkla bunu da biliyorsundur. Yeniden fihriste dönerek, tanıdığı eser isimlerini aradı. Bazıları tanıdıktı ama hiçbiri öne çıkmıyordu. Langdon artık dışarı çıkmadan önce aramayı tamamlayamayacağını anlamıştı. Bu yüzden, iç sesinin direnmesine rağmen, defteri kasanın dışına çıkartmaya karar verdi. Kendi kendine, *bu sadece sicil defteri* dedi. *Orijinal bir Galileo sayfasını almaya benzemez.* Langdon ceketinin iç cebindeki sayfayı hatırlayarak, kendine çıkmadan önce onu yerine bırakmayı hatırlattı.

Aceleyle defteri yerinden kaldırmak için uzanırken, gördüğü bir şey onu durdurdu. Fihristte sayısız küçük not olduğu halde, bu gördüğü ona biraz tuhaf gelmişti.

Notta, Bernini'nin ünlü heykeli *Azize Teresa'nın Vecdi*, sergilendikten kısa süre sonra, Vatikan'daki ilk mekânından alınarak yeri değiştirilmişti. Langdon'ın dikkatini çeken bu değildi. Heykelin değişikliklerle dolu geçmişini zaten biliyordu. Bazıları onun bir sanat şaheseri olduğunu düşünse de Papa VIII Urban, Vatikan için cinsel yönü fazla belirgin olduğu gerekçesiyle *Azize Teresa'nın Vecdi'ni* geri çevirmişti. Heykeli şehirdeki tanınmamış bir şapele göndermişti. Langdon'ın dikkatini çeken, eserin elindeki listede yer alan beş kiliseden birine gönderilmiş olmasıydı. Bunun yanı sıra notta heykelin oraya *per suggerimento del artista* ile gönderildiği yazıyordu.

Sanatçının önerisi üzerine mi? Langdon'ın aklı karışmıştı. Bernini'nin kendi sanat şaheserinin adı duyulmadık bir yerde gizlenmesini önermesi mantıklı değildi. Tüm sanatçılar eserlerinin göze çarpacak şekilde sergilenmesini isterdi, ücra yerlerde değil.

Langdon duraksadı. *Tabi eğer...*

Aklından bile geçirmek onu ürkütmüştü. Mümkün olabilir miydi? Bernini, böylesine açık bir eseri, Vatikan'ın gözlerden uzak bir yere göndermek zorunda kalacağını bilerek mi yapmıştı? Belki de Bernini'nin önerebileceği bir yere? Hatta belki de *Batı Rüzgârı'nın* nefesiyle aynı hat üzerinde olan bir kiliseye?

Langdon'ın heyecanı artarken iç sesi, heykeli tanıdığı kadarıyla eserin *ateşle* hiç ilgisi olmadığı konusunda ısrar ediyordu. Gören herkesin bir çırpıda anlayabileceği gibi heykelin bilimle alakası yoktu. Belki *pornografik* sayılabilirdi ama bilimsel asla. Bir İngiliz eleştirmen bir zamanlar *Azize Teresa'nın Vecdi'ni* "Hıristiyan Kilisesi'ne yerleştirilebilecek en uygunsuz süsleme" diyerek kınamıştı. Langdon çekişme konusunu kesinlikle anlayabiliyordu. Dâhice yontulduğu halde heykel, Azize Teresa'yı sırtüstü yatmış, orgazmın zirvesindeyken ayak parmakları kıvrılmış olarak betimlemişti. Pek Vatikan'a göre değildi.

Langdon hemen defterdeki eser tanımını açtı. Eskizi gördüğünde beklenmedik bir ümide kapıldı. Eskizde, Azize Teresa gerçekten de keyifli görünüyordu ama heykelde, Langdon'ın orada olduğunu unuttuğu bir figür daha vardı.

Bir melek.

Utanç verici efsane birden aklına gelmişti...

Azize Teresa uykusunda bir meleğin kendisini ziyaret ettiğini iddia ettikten sonra azize ilan edilen bir rahibeydi. Muhalifler daha sonradan onun bu deneyiminin manevi değil, cinsel olduğuna karar verdiler. Langdon sayfanın altına tanıdık bir alıntının karalandığını gördü. Azize Teresa'nın kendi sözleri, hayal gücüne fazla yer bırakmıyordu:

> ...onun büyük altın mızrağı... ateş doluydu... içime defalarca saplandı... iç uzuvlarıma kadar delip geçti... insanın bitmesini istemeyeceği büyük bir hoşluk.

"Langdon gülümsedi. *Eğer bu ciddi bir seksin mecazi anlatımı değilse, ne olduğunu ben de bilmiyorum.* Aynı zamanda defterdeki eser tanımlamasına da gülüyordu. Paragraf İtalyanca yazıldığı halde, fuòco kelimesi defalarca geçiyordu.

...meleğin *ateş* uçlu mızrağı...

...meleğin *ateş* ışınları yayan başı...

...tutkunun *ateşiyle* tutuşan kadın...

Langdon eskize bir kez daha bakıncaya dek tamamen ikna olmamıştı. Meleğin ateşli mızrağı, yolu gösteren bir işaret gibi havaya kalkmıştı. *Melek rehberliğinde yüce av.* Bernini'nin seçtiği melek *tipi* bile dikkate değerdi. Langdon, meleğin bir *seraphim*(*) olduğunu fark etti. *Seraphim "ateş dolu olan" demektir.*

(*) Hıristiyanlıkta en yüksek mertebedeki meleklerden biri.

Robert Langdon göklerden onay bekleyen türden bir adam değildi, ama heykelin şimdi bulunduğu kilisenin adını okuduğunda, inanmaya başlayabileceğine karar verdi.

Santa Maria della Vittoria.

Vittoria, diye düşündü sırıtarak. *Mükemmel.*

Sendeleyerek ayağa kalkan Langdon'ın başı döndü. Başını kaldırıp merdivene bakarak, defteri yerine koyup koymamaya karar vermeye çalıştı. *Boş ver gitsin*, diye düşündü. *Bu işi Peder Jaqui yapabilir*. Defteri kapatarak, rafın altına düzgünce bıraktı.

Kasanın elektronik çıkışının parıldayan düğmesine doğru giderken, aralıklarla nefes alıyordu. Yine de şansının yaver gitmesi onu tazelemişti.

Fakat maalesef yaver giden şansı çıkışa varamadan tükendi.

Kasa hiçbir ikazda bulunmadan, adeta tükeniyormuş gibi nefes verdi. Işıklar karardı ve çıkış düğmesi söndü. Sonra, kasa bölümü son nefesini veren dev bir canavar gibi, tamamen karanlığa gömüldü. Birisi elektriği kesmişti.

85

Kutsal Vatikan Yeraltı Mezar Odaları, San Pietro Bazilikası'nın giriş katının altındaydı. Ölen papaların defin yerleriydi.

Vittoria döner merdivenin sonuna ulaştı ve yeraltı mezar odalarına girdi. Karanlık tünel ona CERN'in -siyah ve soğuk- Büyük Hadron Çarpıştırıcısı'nı hatırlattı. Sadece İsviçreli Muhafızlar'ın el fenerleriyle aydınlanmış tünelde, fark edilir manevi bir hava vardı. Her iki taraftaki duvara da, derin nişler sıralanmıştı. Işığın imkân verdiği kadarıyla, nişlerin içinde beliren iri lahit gölgelerini görüyorlardı.

Vittoria'nın tenini bir soğukluk ısırıyordu. Bunun kısmen doğru olduğunu bildiği halde içinden, *soğuk yüzünden,* dedi. İçinde izlendiklerine dair bir his vardı, sadece kanlı canlı biri değil, aynı zamanda hayaletler tarafından. Her kabrin üstünde, cüppesini giymiş her Papa'nın, kolları göğsünde kavuşturulmuş bir şekilde ölüm halinde gösterilen, tabi büyüklükteki benzerleri yatıyordu. Cansız bedenler, sanki ölümlü sınırlamalardan kaçmaya çalışıyormuş gibi, mermer kenarlara bastırarak kabirlerin içinden çıkıyor gibiydiler. El feneri alayı ilerlerken, papa siluetleri, korkunç bir gölge oyunu içinde uzanarak ve kaybolarak, duvarlarda yükselip alçaldı.

Grubun üzerine bir sessizlik çökmüştü, Vittoria bunun saygıdan mı yoksa korkudan mı kaynaklandığını anlayamıyordu. Her ikisini de hissediyordu. Camerlengo sanki her adımı ezbere biliyormuş gibi gözleri kapalı bir şekilde yürüyordu. Vittoria, onun bu ürkütücü yürüyüşü Papa'nın ölümünden beri birçok kez yaptığından şüphelendi... belki de yol göstermesi için kabrinde dua etmek için.

Camerlengo, *uzun yıllar kardinalin himayesi altında çalıştım*, demişti. *O, benim için bir baba gibiydi.* Vittoria, Camerlengo'nun bu sözleri, onu ordudan "kurtaran" kardinal için söylediğini hatırlıyordu. Ama, tüm hikâyeyi şimdi anlıyordu. Camerlengo'yu kanatları altına alan bu kardinal, görünüşe bakılırsa, daha sonra papalığa yükselmiş ve himayesi altındaki genci, hazine vekili olarak yanına almıştı.

Vittoria, *bu birçok şeyi açıklıyor,* diye düşündü. Başkalarının gizli duygularını her zaman çok iyi algılayan biriydi ve Camerlengo'yla ilgili bir şey gün boyunca onu rahatsız etmişti. Onunla tanıştığından beri, şu anda karşı karşıya olduğu bunaltıcı krizden daha duygulu ve özel bir ıstırap çektiğini hissetmişti. Dindar sükûnetinin ardında, içindeki Şeytan'dan azap çeken bir adam görüntüsü vardı. Şimdi, içgüdülerinin doğru olduğunu biliyordu. Sadece Vatikan tarihindeki en yıkıcı tehlikenin karşısında durmuyor, aynı zamanda bunu yol göstericisi ve dostu olmadan yapıyordu... tek başına uçuyordu.

Muhafızlar, sanki en son Papa'nın karanlıkta tam olarak nereye gömüldüğünden emin değilmiş gibi yavaşladılar. Camerlengo kendinden emin bir şekilde yürümeye devam etti ve diğerlerinden daha parlak görünen bir mermer kabrin önünde durdu. Üzerinde, son Papa'nın yontulmuş figürü vardı. Vittoria televizyonda gördüğü yüzü tanıdığında, içini bir korku sardı. *Biz ne yapıyoruz?*

Camerlengo, "Fazla zamanımız olmadığının farkındayım," dedi. "Ama, yine de dua etmemiz için biraz zaman istiyorum."

İsviçreli Muhafızlar, durdukları yerde başlarını öne eğdiler. Sessizlikte kalbi gümbürdeyerek atan Vittoria da aynı şeyi yaptı. Camerlengo kabrin önünde diz çöktü ve İtalyanca dua etmeye başladı. Vittoria, onu dinlerken, kederi beklenmedik bir şekilde gözyaşları halinde yüzeye çıktı... kendi yol göstericisi... kendi kutsal babası için döktüğü gözyaşları. Camerlengo'nun sözleri, Papa için olduğu kadar kendi babası için de uygun görünüyordu.

"Yüce peder, yol gösterici, dost." Camerlengo'nun sesi, çemberin içinde kasvetle yankılanıyordu. "Gençken bana, kalbimdeki sesin, Tanrı'nın sesi olduğunu söylemiştin. Ne kadar ıstıraplı yerlere götürürse götürsün, onu izlemem gerektiğini söylemiştin. Şimdi, benden imkânsız işler isteyen bu sesi duyuyorum. Bana güç ver. Bana bağışlanmayı ihsan et. Ne yaparsam... senin inandığın şeyler adına yapacağım. Amin."

Muhafızlar fısıltıyla, "Amin," dediler.

Amin, baba. Vittoria gözlerini sildi.

Camerlengo yavaşça ayağa kalktı ve kabirden uzaklaştı. "Muhafazayı kenara itin."

İsviçreli Muhafızlar tereddüt etti. İçlerinden biri, "Signore," dedi. "Kanunen sizin emrinizdeyiz." Duraksadı. "Söylediğinizi yapacağız..."

Camerlengo, genç adamın aklını okumuş gibiydi. "Bir gün, sizi bu duruma soktuğum için bağışlayıcılığınızı isteyeceğim. Bugün, itaat etmenizi istiyorum. Vatikan Yasaları, bu kiliseyi korumak için konulmuştur. Bu niyetle, şu anda onlara karşı gelmenizi emrediyorum."

Kısa bir sessizlik oldu, sonra başmuhafız emri verdi. Üç adam el fenerlerini yere bırakınca, gölgeleri yukarıya vurdu. Şimdi aşağıdan ışık vuran adamlar, kabre doğru yürüdüler. Kabrin baş tarafının yanındaki mermer muhafazaya ellerini dayayarak, ayaklarını yerleştirdiler ve itmeye hazırlandılar. İşaret verilince, hepsi birden, kocaman taş levhayı zorlayarak, ittiler. Kapak yerinden kımıldamayınca, Vittoria çok ağır olmasını ümit ettiğinin farkına vardı. Birdenbire, içinde bulacakları şeyden korkmaya başlamıştı.

Adamlar daha kuvvetli ittiler, ama taş yine de yerinden kımıldamadı.

Camerlengo, papaz cüppesinin kollarını yukarı kıvırıp, onlarla birlikte itmeye hazırlanırken, "*Ancora.* Tekrar," dedi. "*Ora!* Haydi!" Hepsi birlikte çekti.

Vittoria yardım teklif etmek üzereyken, kapak kaymaya başladı. Adamlar tekrar işe koyuldular ve kapak, taşın taşa sürtünürken çıkardığı gıcırtıyla kabrin üstünde döndü ve belli bir açıyla durdu; şimdi Papa'nın yontulmuş başı nişin içine itilmiş ve ayakları koridora uzanmıştı.

Herkes geri çekildi.

Bir muhafız çekingen bir tavırla yere eğilerek el fenerini aldı. Sonra, el fenerini kabrin içine doğrulttu. Işık bir müddet titredikten sonra muhafız onu sabit tutmayı başardı. Diğer muhafızlar teker teker toplanmaya başladılar. Vittoria, onların irkildiğini karanlıkta bile hissedebiliyordu. Sırayla, istavroz çıkardılar.

Camerlengo kabrin içine baktığında ürperdi, omuzları adeta bir ağırlığın etkisiyle düşmüştü. Arkasını dönmeden önce uzun bir süre öylece kaldı.

Vittoria cesedin ağzının *ölüm sertliği* yüzünden sımsıkı kapalı olmasından ve dili görmek için çeneyi kırmayı önermek zorunda kalmaktan korkmuştu. Şimdi, bunun lüzumsuz olduğunu görüyordu. Yanakları çökmüş ve Papa'nın ağzı kocaman açılmıştı.

Dili, ölüm gibi simsiyahtı.

86

Ne ışık, ne de ses vardı.

Gizli Arşivler karanlıktı.

Langdon şimdi, korkunun kuvvetli bir dinamik olduğunu anlıyordu. Karanlıkta nefes nefese, el yordamıyla döner kapıya doğru ilerliyordu. Duvardaki düğmeyi buldu ve avucuyla üzerine vurdu. Hiçbir şey olmadı. Tekrar denedi. Kapı kımıldamıyordu.

Başı dönerken, seslendi ama sesi boğuk çıktı. Aniden, içinde bulunduğu durumun tehlikesini hissetti. Adrenalin kalp atışlarını iki katına çıkarırken, ciğerleri oksijen almaya çalışıyordu. Birisi bağırsaklarına yumruk atmış gibi hissediyordu.

Tüm ağırlığıyla kapıya abandığında, bir an için kapının dönmeye başlayacağını zannetti. Yıldızları görürken, tekrar itti. Şimdi, kapının değil, tüm odanın döndüğünün farkına varmıştı. Langdon sendeleyerek, tekerlekli merdivenin alt basamağına takıldı ve sertçe yere düştü. Dizini kitap rafının kenarına çarparak, yardı. Küfrederek ayağa kalktı ve el yordamıyla merdiveni aradı.

Merdiveni buldu. Ağır tahtadan ya da demir olmasını ümit etmişti, ama alüminyumdu. Merdiveni tuttu ve onu koç başlı kütük gibi kaldırdı. Sonra, karanlıkta cam duvara doğru koştu. Düşündüğünden daha yakındı. Merdiven çarparak, geri tepti. Langdon çarpışmanın zayıf sesinden, bu camı kırmak için alüminyum merdivenden çok daha fazlasına ihtiyacı olacağını anladı.

Yarı otomatik aklına gelince ümitlendi, ama sonra umutları aniden yıkıldı. Silah yoktu. Olivetti, Camerlengo varken etrafta dolu silah istemediğini söyleyerek, silahı ondan almıştı.

Langdon tekrar seslendi, sesi geçen seferkinden bile az çıkmıştı.

Sonra muhafızın, dolabın dışındaki masanın üzerine bıraktığı telsizi hatırladı. *Neden onu içeri getirmedim ki!* Gözlerinin önünde mor yıldızlar dans etmeye başladığında, Langdon kendini düşünmeye zorladı. Kendi kendine *daha önce de kapana kısıldın,* dedi. *Daha kötüsünü de yaşadın. Henüz bir çocuktun ve bu durumu çözdün.* Ezici karanlık üzerine çöküyordu. *Düşün!*

Langdon yere çömeldi. Sırtüstü yattı ve ellerini yanına koydu. İlk aşama, kontrolü ele geçirmekti.

Rahatla. Kendini kaybetme.

Artık kan pompalamak için yerçekimiyle mücadele etmeyen Langdon'ın kalbi, yavaşlamaya başladı. Bu, yüzücülerin birbiri ardına programlanmış yarışlar arasında kanlarına oksijen göndermek için kullandıkları bir yöntemdi.

Kendi kendine, *burada bol miktarda hava var*, dedi. *Bol miktarda. Şimdi, düşün.* Bir yanı her an ışıkların geleceğini ümit ederek, bekledi. Gelmedi. Orada, şimdi daha iyi nefes alarak yatarken, ürkütücü bir teslimiyet duygusu onu sardı. Kendini huzurlu hissediyordu. Bununla mücadele etti.

Hareket edeceksin, lanet olsun! Ama nereye...

Langdon'ın bileğindeki Mickey Mouse, sanki karanlıktan hoşlanıyormuş gibi neşeyle parıldıyordu: saat 21.33'tü. *Ateşe* yarım saat vardı. Langdon bunun çok, ama çok uzun bir zaman olduğu hissine kapıldı. Zihni, kaçmak için bir plan bulacağı yerde, bir açıklama arıyordu. *Elektriği kim kapadı? Rocher araştırmasını genişletiyor mu? Olivetti burada olacağım konusunda Rocher'i uyarmış olmamalı mıydı!* Langdon artık bunun hiçbir şey fark ettirmeyeceğini biliyordu.

Ağzını genişçe açıp başını arkaya yatırarak, elinden geldiği kadar derin nefesler aldı. Her nefes, canını öncekinden biraz daha az yakıyordu. Zihni açıldı. Düşüncelerini topladı ve kafasını çalışmaya zorladı.

Kendi kendine, *cam duvarlar,* dedi. *Ama, lanet kalın camdan.*

Buradaki kitaplardan herhangi birinin ağır, çelik, yanmaz dosya dolaplarında saklanıp saklanmadığını düşündü. Langdon diğer arşivlerde arada sırada bunlara rastlardı, ama burada hiç görmemişti. Ayrıca karanlıkta böyle bir dolap aramak vakti boşa harcamak olurdu. Üstelik onu kaldıramazdı da, özellikle şu anki haliyle.

Peki ya okuma masası? Langdon bu kasada da, diğer kasalarda olduğu gibi rafların ortasında bir çalışma masası olduğunu biliyordu. *Ne olmuş yani!* Onu kaldıramayacağını biliyordu. Sürüklemeye kalksa bile, fazla uzağa gidemezdi. Raflar birbirine yakındı ve aradaki koridorlar oldukça dardı.

Koridorlar çok dar...

Langdon aniden bulmuştu.

Kendinden emin bir tavırla birden ayağa fırladı. Baş dönmesi yüzünden sallanınca, karanlıkta uzanarak destek almak için bir yere tutundu. Eline bir kitap rafı gelmişti. Kendine gelmek için biraz bekledi. Bu işi yapmak için sahip olduğu tüm enerjiyi kullanması gerekecekti.

Antrenman tahtasına abanan futbol oyuncusu gibi kitap rafına abanarak ayaklarını yere iyice basıp itti. *Şu rafı yerinden kaldırabilirsem*. Ama kıpırdayacak gibi değildi. Aynı pozisyona gelerek yeniden denedi. Ayakları yerde geriye doğru kaydı. Kitap rafından çatırtı sesleri geldi ama yerinden oynamadı.

Manivelaya ihtiyacı vardı.

Yeniden cam duvarı buldu ve tek elini üstüne yerleştirerek, kasanın arka tarafına kadar yolu gösteren kılavuz gibi kullandı. Karşısına aniden arka duvar çıkınca, çarparak omzunu ezdi. Langdon lanet ederek kitaplığın etrafında dolaştı ve göz hizasındaki rafı kavradı. Sonra, tek bacağını arkasındaki cama, diğerini de alt raflara yaslayarak, tırmanmaya başladı. Karanlıkta uçuşan kitaplar yere düşüyordu. Umursamadı. Yaşama içgüdüsü, arşiv adabına üstün geliyordu. Zifiri karanlık yüzünden dengesinin bozulduğunu hissedince, gözlerini kapayarak, beynini görsel algılamalardan uzaklaştırdı. Artık daha hızlı hareket ediyordu. Yukarı çıktıkça hava daha da azalıyordu. Kitapların üstüne basarak, üst raflara tırmandı ve destek alarak kendini yukarı çekti. Sonra, dağı fetheden bir kaya tırmanıcısı gibi en üst rafı kavradı. Bacaklarını arkaya doğru gererek, yatay konuma erişinceye kadar cam duvarda yukarı doğru yürüdü.

İçinden bir ses *ya şimdi ya da hiçbir zaman Robert*, diyordu. *Harvard'ın jimnastik salonundaki bacak kuvvetlendiricisinde yaptığın gibi.*

Baş dönmesiyle güçlükle mücadele ederken ayaklarını arkasındaki duvara yerleştirdi, kollarıyla göğsünü kitap rafına dayadı ve itti. Hiçbir şey olmadı.

Bir yandan nefes almaya çalışırken, aynı pozisyona geldi ve bacaklarını gererek tekrar denedi. Çok az da olsa, kitap rafı kıpırdamıştı. Bir kez daha deneyince raf, bir iki santim kadar ileri geri gitti. Langdon hareketten faydalanarak, oksijensiz gibi gelen bir nefes daha alıp yeniden uğraştı. Kitap rafı daha ileri sallandı.

Kendi kendine *salıncak gibi,* dedi. *Ritmi koru. Biraz daha.*

Langdon her itişte bacaklarını gererek rafı sallamaya devam etti. Artık dört başlı kasları yanmaya başlamıştı, ama o acıya aldırmadı. Saatin sarkacı işliyordu. *Üç kez daha iteceksin*, diyerek kendini motive itti.

Sadece iki kez daha itmesi gerekti.

Havada bir an asılı kaldı. Sonra, raflardan dökülen kitapların gürültüsüyle Langdon ve kitaplık ileri doğru düştü.

Kitaplık zemine çarpmadan diğer kitaplığın üstüne kapaklanmıştı. Langdon ağırlığını ileri vererek, diğer kitaplığı da düşürmeye çalıştı. Kısa bir süre hiç kıpırtı olmayınca paniğe kapıldı, ama sonra, ağırlığın altında çatırdayan ikinci kitaplık da devrilmeye başladı. Langdon yeniden düşüyordu.

Kitaplıklar dev dominolar gibi birbiri ardına devriliyordu. Metal metala çarpıyor, kitaplar etrafa saçılıyordu. Kitaplık olduğu yerde matkap gibi zıplarken, Langdon bastırmaya devam etti. İçeride toplam kaç kitaplık olduğunu düşündü. Ağırlıklarını düşündü. Arka duvarın camı kalındı...

Langdon beklediğini duyduğunda -farklı bir çarpışma sesi- üstünde durduğu kitaplık neredeyse yatay konumdaydı. Ses uzaktan gelmişti. Kasanın sonundan. Metalin cama çarpma sesi. Etrafındaki kasa sallanınca, diğerlerinin ağırlığının bindiği son kitaplığın cama çarptığını anladı. Ama bunun ardından gelen sesi duymayı hiç istememişti.

Sessizlik.

Camın kırılma sesi duyulmuyordu. Sadece şimdi üstüne çullanan kitaplıkların ağırlığına karşı koyan duvardan gelen bir yankı vardı. Gözlerini kocaman açmış kitapların üstünde yatıyordu. Uzaklarda bir yerden bir çatırdama sesi geldi. Dinlemek için nefesini tutacaktı ama hiç nefesi kalmamıştı.

Bir saniye. İki...

Sonra, şuursuzluğun eşiğindeyken uzaktan gelen bir esneme sesi duydu... Çatlaklar camı örümcek ağı gibi sarıyordu. Birden, cam top gibi patladı. Langdon'ın altındaki kitaplık yere tamamen çökmüştü. Cam kırıkları çölde yağan yağmur gibi karanlıkta yere düşüyordu. Hava büyük bir tıslama sesiyle içeri doldu.

Otuz saniye sonra, Vatikan Yeraltı Mezar Odaları'nda, telsizin elektronik cızırtısı sessizliği bozarken Vittoria bir cesedin önünde duruyordu. Telsizden gelen ses nefessiz kalmış gibiydi. "Ben Robert Langdon! Beni duyan var mı?"

Vittoria başını kaldırıp baktı. *Robert!* Onun yanında olmasını ne kadar istediğine inanamıyordu.

Muhafızlar şaşkınlık içinde birbirlerine baktılar. İçlerinden biri telsizi kemerinden çıkardı. "Bay Langdon? Üçüncü kanaldasınız. Komutan birinci kanalda sizden haber bekliyor."

"Birinci kanalda olduğunu biliyorum lanet olası! Onunla konuşmak istemiyorum. Camerlengo'yla konuşmak istiyorum. Şimdi! Biri bana onu bulsun."

Langdon, Gizli Arşivler'in karanlığında kırık camların ortasında durmuş, nefes almaya çalışıyordu. Sol elindeki sıcak sıvıyı hissettiğinde kanadığını anladı. Camerlengo'nun sesi birden çıkınca Langdon irkildi.

"Ben Camerlengo Ventresca. Neler oluyor?"

Langdon kalbi hâlâ hızla çarparken düğmeye bastı. "Sanırım az önce biri beni öldürmeye çalıştı!"

Hatta sessizlik oldu.

Langdon sakinleşmeye çalıştı. "Ayrıca bir sonraki cinayetin nerede işleneceğini biliyorum."

Yanıt veren ses Camerlengo'ya ait değildi. Komutan Olivetti konuşuyordu. "Bay Langdon. Başka bir şey söylemeyin."

87

Langdon Belvedere Avlusu'nda koşarak, İsviçreli Muhafızlar güvenlik merkezinin dışındaki çeşmeye yaklaşırken, üzerine kan bulaşmış saati 21.41'i gösteriyordu. Elinin kanaması durmuştu, ama göründüğünden daha kötü durumdaydı. Oraya vardığında, herkes toplantıya gelmiş gibiydi... Olivetti, Rocher, Camerlengo, Vittoria ve bir avuç muhafız.

Vittoria hemen ona doğru koştu. "Robert, yaralanmışsın."

Langdon cevap veremeden, Olivetti konuşmaya başladı. "Bay Langdon, iyi olduğunuza sevindim. Arşivlerdeki elektrik hatasından dolayı üzgünüm."

Langdon, "Elektrik hatası mı?" diye sordu. "Gayet iyi biliyordunuz ki..."

Rocher öne çıkarak pişman bir ses tonuyla, "Benim hatamdı," dedi. "Arşivlerde olduğunuzu bilmiyordum. Beyaz bölgelerimizin bazı bölümlerinin elektrik düzeneği bu binayla bağlantılı. Araştırmamızı genişletiyoruz. Elektriği kesen benim. Eğer orada olduğunuzu bilseydim..."

Vittoria, Langdon'ın yaralı elini elleri arasına alıp incelerken, "Robert," dedi. "Papa zehirlenmiş. Onu Illuminati öldürmüş."

Langdon kelimeleri duyuyor, ama güçlükle anlıyordu. Kafası doluydu. Tek hissedebildiği, Vittoria'nın ellerinin sıcaklığıydı.

Camerlengo papaz cüppesinden ipek bir mendil çıkardı ve temizlenmesi için Langdon'a uzattı. Adam hiçbir şey söylemedi. Yeşil gözleri yeni bir ateşle dolmuş gibiydi.

Vittoria, "Robert," dedi. "Bir sonraki kardinalin nerede öldürüleceğini bulduğunu mu söyledin?"

Langdon konuşmakta kararsızdı. "Buldum, yeri..."

Olivetti lafını keserek, "Hayır," dedi. "Bay Langdon telsizde daha fazla konuşmamanızı istememin bir nedeni vardı." Toplanmış bir avuç İsviçreli Muhafız'a döndü. "Bize izin verir misiniz, baylar."

Askerler güvenlik merkezinin içinde kayboldular. Hürmetsizlik yoktu. Sadece itaat vardı.

Olivetti kalan gruba döndü. "Bunu söylemek bana acı verse de, Papa'mızın cinayeti, sadece bu duvarların içinden birinin yardımıyla gerçekleştirilebilecek bir eylem. Hepimizin iyiliği için, kimseye güvenmemeliyiz." Bunları söylerken, acı çekiyor gibiydi.

Rocher endişeli görünüyordu. "İçerden işbirliği gösteriyor ki..."

Olivetti, "Evet," dedi. "Araştırmanızın güvenirliği konusunda uzlaştık. Yine de bu, göze almamız gereken bir kumar. Aramaya devam edin."

Rocher bir şey söyleyecekmiş gibi görünüyordu, ama vazgeçti ve gitti.

Camerlengo derin bir nefes aldı. Henüz tek kelime bile etmemişti ve Langdon, adamın sanki bir dönüm noktasına ulaşılmış gibi dikkat kesildiğini fark etti.

"Komutan?" Camerlengo tok bir ses tonuyla konuşuyordu. "Kardinaller toplantısını yarıda keseceğim."

Olivetti asık bir yüzle, dudaklarını büzdü. "Bunu yapmamanızı öneriyorum. Hâlâ iki saat yirmi dakikamız var."

"Bir nefeslik."

Olivetti'nin sesi şimdi meydan okur gibiydi. "Ne yapmak niyetindesiniz? Kardinalleri tek başınıza mı tahliye etmek istiyorsunuz?"

"Tanrı'nın bana verdiği güçle, bu kiliseyi kurtarmak niyetindeyim. Bunu nasıl yapacağım artık sizin meseleniz değil."

Olivetti doğruldu. "Ne yapmak istiyorsanız..." Duraksadı. "Sizi durdurma yetkim yok. Özellikle de, güvenliğin başı olarak ortada olan başarısızlığımın ışığında. Sizden sadece beklemenizi istiyorum. Saat yirmi ikiye kadar... yirmi dakika bekleyin. Eğer Bay Langdon'ın verdiği bilgi doğruysa, katili yakalamak için hâlâ bir şansım olabilir. Protokolü ve adabı korumanın hâlâ bir yolu var."

Camerlengo boğuk bir kahkahayla, "Adap mı?" dedi. "Adabı aşalı çok oldu, komutan. Fark etmediyseniz söyleyeyim, bu bir savaş."

Güvenlik merkezinden bir muhafız çıkarak, Camerlengo'ya seslendi. "Signore, BBC muhabiri Bay Glick'i gözaltına aldığımız haberi geldi."

Camerlengo başını salladı. "O ve kameraman kadının, Sistine Şapeli'nin dışında benimle buluşmasını sağlayın."

Olivetti'nin gözleri açıldı. "Ne yapıyorsunuz?"

"Yirmi dakika, komutan. Size sadece bu kadar süre tanıyorum." Sonra gitti.

Olivetti'nin Alfa Romeo'su Vatikan Şehri'nden hızla çıktığında, bu kez işaretsiz arabalardan oluşan bir konvoy onu izlemiyordu. Vittoria torpido gözünde bulduğu ilkyardım çantasındaki sargı beziyle, arka koltukta Langdon'ın elini sarıyordu.

Olivetti dümdüz karşıya bakıyordu. "Pekâlâ, Bay Langdon. Nereye gidiyoruz?"

88

Olivetti'nin Alfa Romeo'su, sireni çığlık atarak ilerlediği halde, köprüden geçip Roma'nın kalbine hızla yaklaşırken fazla dikkat çekmiyordu. Tüm trafik ters yönde, Vatikan'a doğru akıyordu. Sanki Papalık Sarayı bir anda Roma'daki en heyecanlı yer haline gelmişti.

Langdon arka koltukta otururken, sorular aklından hızla geçiyordu. Katili düşündü, onu bu sefer yakalayıp yakalayamayacaklarını, onlara öğrenmek istediklerini söyleyip söylemeyeceğini ve çok geç kalıp kalmadıklarını düşündü. Camerlengo, San Pietro Meydanı'ndaki halka tehlikede olduklarını ne zaman söyleyecekti? Kasadaki olay hâlâ içini kemiriyordu. *Hata.*

Olivetti aralardan geçerek, Alfa Romeo'yu Santa Maria della Vittoria Kilisesi'ne sürerken frenlere asla basmıyordu. Langdon başka zaman olsaydı, parmak boğumlarının sıkılmaktan bembeyaz olacağını biliyordu. Ama şu anda narkoz almış gibiydi. Ona nerede olduğunu hatırlatan tek şey, elinin zonklamasıydı.

Başlarının üstündeki siren figan ediyordu. *Ona geldiğimizi belli etmek gibi bir niyetimiz yok elbette,* diye düşündü Langdon. Olivetti'nin yaklaşınca sireni susturacağını tahmin ediyordu.

Oturup düşünürken, Papa'nın cinayetiyle ilgili haber sonunda aklına geldiğinde hayrete düştü. Aklına gelen fikir inanılmaz, fakat bir o kadar da mantıklıydı. Illuminati daima içeri sızarak güç kazanırdı, içeride mevki değişiklikleri yaparak. Ayrıca papalar asla öldürülmemiş de değildi.

Otopsi yapılmadığı için hiçbiri doğrulanmamış olsa da, ihanetle ilgili sayısız söylenti dolaşıyordu. Yakın zaman öncesine dek. Bilim adamları, hırslı halefi VIII. Boniface'in ellerinde ölen Papa V. Celestine'nin kabrinin röntgenini çekmek için izin almışlardı. Araştırmacılar röntgen sayesinde cinayete dair küçük bir ipucu yakalamayı ummuşlardı... mesela kırık bir kemik. Röntgen, Papa'nın kafatasına dört santim uzunluğunda bir çivi çakıldığını ortaya çıkarmıştı.

Langdon şimdi, Illuminati meraklılarının ona yıllar önce gönderdiği bazı makaleleri hatırlıyordu. İlk başta makalelerin uydurma olduğunu sanmış, bu yüzden makalelerin doğruluğunu tespit etmek için Harvard'ın mikrofiş koleksiyonuna bakmaya gitmişti. Doğru olmaları inanılmazdı. Saygın haber kuruluşlarının bile arada sırada nasıl Illuminati paranoyasına tutulduğuna örnek olsun diye, makaleleri ilan panosuna yapıştırmıştı. Medyanın şüpheleri birden ona daha az paranoyak gelmeye başlamıştı. Langdon makaleleri gayet net hatırlayabiliyordu...

İNGİLİZ RADYO TELEVİZYON KURUMU
14 Haziran 1998

1978 yılında vefat eden Papa I. John Paul, P2 Mason Locası'nın komplosuna kurban gitti... Gizli P2 Cemiyeti, Amerikalı Başpiskopos Marcinkus'u Vatikan Bankası başkanlığından kovacağını anladığında, I. John Paul'ü öldürmeye karar verdi. Banka, Mason Locası'yla şüpheli finansal ilişkilere girmişti...

THE NEW YORK TIMES
24 Ağustos 1998

Merhum I. John Paul yatağında neden gündelik gömleğini giyiyordu? Gömlek neden yırtılmıştı? Sorular burada bitmiyor. Hiçbir tıbbi soruşturma yapılmadı. Kardinal Villot, hiçbir Papa'nın ölüsüne dokunulmadığı gerekçesiyle otopsi yapılmasını yasakladı. Ayrıca John Paul'ün ilaçları, gözlükleri, terlikleri, son arzusu ve vasiyeti, gizemli bir şekilde yatağının yanından yok oldu.

LONDON DAILY MAIL

27 Ağustos 1998

...dokunaçları Vatikan'a kadar uzanan, güçlü, acımasız ve yasadışı bir Mason Locası'nın komplosu...

Vittoria'nın cebindeki telefonun çalması, Langdon'ın aklına gelen hatıraları uzaklaştırmıştı.

Vittoria kendisini kimin aradığını tahmin edemiyormuş gibi bir ifadeyle cevap verdi. Langdon bir metre ötede durduğu halde, telefondaki keskin sesi tanımıştı.

"Vittoria? Ben Maximilian Kohler. Karşımaddeyi buldunuz mu?"

"Max? İyi misin?"

"Haberleri seyrettim. CERN'in ya da karşımaddenin hiç bahsi geçmedi. Bu iyi. Neler oluyor?"

"Kutunun yerini henüz bulamadık. Durum karışık. Robert Langdon oldukça yardımcı oldu. Kardinallere suikast düzenleyen adamı yakalama yolunda ilerleme kaydettik. Şu anda..."

Olivetti, "Bayan Vetra," diye lafını kesti. "Yeterince konuştunuz."

Vittoria ahizeyi eliyle kaparken sinirlendiği belliydi. "Komutan, CERN başkanıyla konuşuyorum. Hakkı olduğunu elbette..."

Olivetti, "Buraya gelip, durumla ilgilenmeye," diye lafı yapıştırdı. "Hakkı var. Güvenliksiz cep telefonu hattından konuşuyorsunuz. Yeterince bilgi verdiniz."

Vittoria derin bir nefes aldı. "Max?"

Max, "İşine yarayacak bazı bilgiler edindim," dedi. "Baban hakkında... Galiba karşımaddeden kime bahsettiğini biliyorum."

Vittoria'nın yüzünde şüpheli bir ifade belirdi. "Max, babam kimseye bahsetmediğini söylemişti."

"Korkarım Vittoria, baban birine *bahsetmiş*. Bazı güvenlik kayıtlarını incelemem gerekiyor. Birazdan ararım." Hat kapandı.

Vittoria telefonu yeniden cebine yerleştirirken benzi atmıştı.

Langdon, "İyi misin?" diye sordu.

Vittoria evet anlamında başını sallarken, titreyen parmakları yalanını ele veriyordu.

Sireni kapatıp saatine bakan Olivetti, "Kilise, Barberini Meydanı'nda," dedi. "Dokuz dakikamız var."

Langdon üçüncü işaretin yerini anladığında, kilisenin pozisyonu onda bazı çağrışımlar yapmıştı. *Barberini Meydanı.* İsmin tanıdık bir yanı vardı... tarif edemediği bir şey. Langdon artık ne olduğunu anlıyordu. Meydan, tartışmalı bir metro istasyonu bölgesindeydi. Yirmi yıl önce metro terminalinin yapımı, Barberini Meydanı'nın altını kazmanın, meydanın ortasındaki tonlarca ağırlıktaki dikilitaşın çökmesine neden olacağından korkan sanat tarihçilerini telaşa düşürmüştü. Şehir planlamacıları dikilitaşın yerini değiştirmiş ve onun yerine *Triton* adındaki küçük çeşmeyi koymuşlardı.

Langdon, *Bernini zamanında* Barberini Meydanı'nda bir obelisk durduğunu *fark etti.* Langdon'ın üçüncü işaretin bulunduğu yer hakkındaki tüm şüpheleri kayboldu.

Olivetti meydanın bir blok ötesinden bir ara sokağa saptı, sokağın yarısına kadar arabayı sürdü ve ani bir frenle durdu. Ceketini çıkarıp kollarını sıvadı ve silahını doldurdu.

"Tanınma riskinizi göze alamayız," dedi. "Televizyonda göründünüz. Meydanın karşı tarafına geçip ön girişi gözetlerken, görünürden uzak durmanızı istiyorum. Ben arkadan gireceğim." Tanıdık bir silah çıkararak, Langdon'a uzattı. "Belki lazım olur."

Langdon kaşlarını çattı. Bugün ikinci kez kendisine silah uzatılıyordu. Tabancayı ceketinin iç cebine attı. Bunu yaparken, *Diagramma* sayfasını hâlâ üstünde taşıdığını fark etti. Onu yerine bırakmayı unuttuğuna inanamıyordu. Bu paha biçilmez parçanın Roma sokaklarında bir turist haritası gibi dolaştığı düşüncesiyle kramplar geçiren Vatikan kütüphane müdürünü gözünün önüne getirdi. Ardından, kırık cam parçalarıyla arşivlerde ardında bıraktığı, etrafa saçılmış belgelerin yarattığı karmaşayı düşündü. Kütüphane müdürünün başka sorunları da vardı. *Eğer arşivler geceden sağ çıkarsa...*

Olivetti arabadan inerek, arkasındaki sokağı işaret etti. "Meydan bu tarafta. Gözünüzü açık tutun ve görünmemeye çalışın." Kemerindeki telefona hafifçe dokundu. "Bayan Vetra otomatik aramayı bir deneyelim."

Vittoria telefonunu çıkararak, Olivetti'yle birlikte Pantheon'da kaydettikleri otomatik arama düğmesine bastı. Olivetti'nin kemerine takılı telefonu sessiz arama modunda titreşti.

Komutan başını salladı. "Güzel. Bir şey görürseniz bana haber verin." Silahının horozunu kaldırdı. "Ben içerde bekleyeceğim. Kâfir heriften ben hesap soracağım."

O sırada, çok yakında bir başka cep telefonu çalıyordu.

Haşhaşin cevap verdi. "Konuşun."

Ses, "Benim," dedi. "Janus."

Haşhaşin gülüsedi. "Merhaba üstat."

"Konumun anlaşılmış olabilir. Biri seni durdurmaya geliyor."

"Çok geç kaldılar. Ben buradaki ayarlamaları yaptım bile."

"Güzel. Oradan sağ kurtul. Daha yapılacak işler var."

"Yoluma çıkanlar ölecek."

"Yoluna çıkanlar bilgili kişiler."

"Amerikalı akademisyenden mi bahsediyorsun?"

"Onun farkında mısın?"

Haşhaşin kıkırdadı. "Soğukkanlı ama saf. Benimle telefonda konuşmuştu. Onun tam zıttı karakterde bir kadınla beraber." Katil, Leonardo Vetra'nın kızının öfkesini hatırladığında, kanının kaynadığını hissetti.

Telefonda kısa bir sessizlik oldu. Haşhaşin, Illuminati üstadında ilk kez böyle bir tereddüt hissediyordu. Sonunda Janus konuştu. "Gerek olursa onları da ortadan kaldır."

Katil gülümsedi. "Olmuş bil." Vücuduna sıcak bir beklenti dalgası yayıldı. *Yine de kadını ödül olarak saklayabilirim.*

89

San Pietro Meydanı'nda kıyamet kopuyordu.

Meydanda çılgın bir koşuşturma yaşanıyordu. Medya kamyonları, sipere koşan saldırı araçları gibi akın ediyorlardı. Muhabirler, ileri teknoloji elektronik cihazları, savaş için silahlanan askerler gibi etrafa seriyorlardı. Meydanın tüm çevresinde, medya savaşındaki en yeni silahı -düz ekranlar- dikmeye çalışan haber şebekeleri, pozisyon almak için birbiriyle yarışıyorlardı.

Düz ekranlar, kamyonlar veya portatif iskelelerin üstüne yerleştirilebilen devasa video ekranlarıydı. Ekranlar, şebekenin reklam panosu vazifesi görüyor, şebekenin yayınlarıyla kurumsal logosunu gösteriyordu. Ekran iyi bir yere yerleştirildiğinde -örneğin olay yerinin önüne- rakip şebeke bu şebekenin reklamını vermeden hikâyeyi yayınlayamazdı.

Meydan kısa sürede hem bir multimedya sahnesine, hem de halkın çılgın bir nöbet yerine dönmüştü. Her taraftan seyirciler geliyordu. Normalde sınırsız genişlikteki açık alanda kalan boş yerler kıymete binmişti. İnsanlar yüksek dev ekranların etrafında kümelenip meraklı bir heyecanla canlı yayın haberlerini dinliyorlardı.

Yalnızca birkaç yüz metre ötede, San Pietro Bazilikası'nın kalın duvarları içinde huzurlu bir dünya vardı. Teğmen Chartrand ile üç muhafız karanlıkta ilerliyorlardı. Gözlerinde kızılötesi gözlükleriyle detektörlerini önlerinde salındırarak, orta sahanlığı tarıyorlardı. Vatikan Şehri'ndeki halka açık bölgeleri aramak şu ana dek sonuç vermemişti.

Daha rütbeli olan muhafız, "Buradan sonra gözlükleri çıkartsanız daha iyi olur," dedi.

Chartrand zaten bunu yapıyordu. Kilise Kürsüsü Nişi'ne -bazilikanın ortasındaki çukur alan- yaklaşıyorlardı. Doksan dokuz yağ lambasıyla aydınlatıldığından, kızılötesi gözlükler görüşlerini engelleyecekti.

Chartrand bölgeyi aramak için çukur alana inerlerken ağır gözlüğü çıkartmanın keyfiyle boynunu gevşetti. Güzel bir odaydı... altındandı ve parlıyordu. Şimdiye dek buraya inmemişti.

Chartrand Vatikan Şehri'ne geldiğinden beri her gün Vatikan'ın yeni bir gizemini öğreniyor gibiydi. Şu yağ lambaları bunlardan biriydi. Aynı anda tam doksan dokuz kandil yanıyordu. Bu bir gelenekti. Din görevlileri, lambaların asla sönmemesi için sürekli lambalara kutsal yağ ekliyorlardı. Bu kandillerin zamanın sonuna dek yanacağı söyleniyordu.

Ya da en azından *gece yarısına kadar*, diye düşündü Chartrand, yeniden ağzının kuruduğunu hissederek.

Chartrand detektörünü kandillerin üzerinde gezdirdi. Raya saklanmış bir şey yoktu. Buna şaşırmamıştı; videodan gelen görüntüye bakılacak olursa, kutu *karanlık* bir yerdeydi.

Nişin içinde ilerlerken, yerdeki bir deliği kapatan bir ızgara kapağına rastladı. Tünel, dümdüz aşağı inen dik ve dar bir merdivene açılıyordu. Aşağıda bulunan şeyle ilgili hikâyeler duymuştu. Rocher'in emirleri açıktı. *Sadece halka açık alanları arayın; beyaz bölgeleri atlayın.*

Izgaraya arkasını dönerek, "Bu koku da ne?" diye sordu. Nişte mest edici tatlı bir koku vardı.

İçlerinden biri, "Lambaların kokusu," dedi.

Chartrand şaşırmıştı. "Gazyağından çok kolonya gibi kokuyor."

"Gazyağı değil. Bu lambalar papalık sunağına yakın olduğu için özel bir karışım -etanol, şeker, bütan ve parfüm- kullanıyorlar."

"*Bütan mı?*" Chartrand endişeyle lambalara baktı.

Muhafız başını salladı. "Sakın dökme. Cennet gibi kokuyor ama cehennem gibi yanar."

Kilise Kürsüsü Nişi'ni aramayı bitiren muhafızlar, telsizlerinin kapandığı yere geri dönüyorlardı.

Son durum bildiriliyordu. Muhafızlar hayret içinde dinlediler.

Açık hatta paylaşılamayacak, sıkıntı verici yeni gelişmeler olmuştu ama Camerlengo geleneği bozarak, kardinallere seslenmek için toplantıya girmişti. Tarihte bu daha önce hiç yaşanmamıştı. Chartrand bununla birlikte Vatikan'ın, tarihte daha önce hiçbir zaman yeni bir nükleer silah başlığının üstünde oturmadığını fark etti.

Chartrand duruma Camerlengo'nun el koyduğunu anlayınca rahatlamıştı. Camerlengo, Chartrand'ın Vatikan Şehri'nde en çok saygı duyduğu kişiydi. Muhafızlardan bazıları Camerlengo'nun *beato* olduğunu düşünürdü -Tanrı aşkı saplantı haline gelmiş bir sofu- ama onlar bile... Tanrı'nın düşmanlarıyla savaşmak söz konusu olduğunda, en sert mücadeleyi verecek kişinin Camerlengo olduğu konusunda hemfikirdiler.

İsviçreli Muhafızlar bu hafta kardinaller toplantısına hazırlanırken Camerlengo'yu yakından görmüşlerdi. Herkes onun diğerlerinden daha sert ve yeşil gözlerinin normalden daha ateşli olduğu yorumunda bulunmuştu. Ve yine herkes, Camerlengo'nun kutsal kardinaller toplantısını organize etmekten sadece sorumlu olmadığını, akıl hocası olan Papa'yı kaybettiği için bunu bizzat kendisinin yapması gerektiğini söylemişti.

Chartrand, çocukken Camerlengo'nun annesini gözlerinin önünde havaya uçuran bomba hikâyesini duyduğunda, Vatikan'a geleli henüz birkaç ay olmuştu. *Kilisede bir bomba... ve şimdi yeniden aynı şeyler oluyor.* Ne yazık ki, yetkililer bombayı yerleştiren herifi bulamamışlardı... olasılıkla Hıristiyanlık karşıtı nefret dolu bir grup olduklarını söylemişler ve dava kapanmıştı. Camerlengo'nun kayıtsızlığa taviz vermemesine şaşmamak gerekirdi.

Birkaç ay önce, Vatikan Şehri'nde sakin bir akşamüstünde Chartrand bahçede Camerlengo ile karşılaşmıştı. Chartrand'ın yeni bir muhafız olduğunu fark eden Camerlengo, ona birlikte gezinmeyi teklif etmişti. Özel bir konudan bahsetmemişlerdi, ama Camerlengo, ona kendini evinde hissettirmişti.

Chartrand, "Peder," demişti. "Size garip bir soru sorabilir miyim?"

Camerlengo gülümsemişti. "Sadece eğer ben de sana garip bir cevap verebileceksem."

Chartrand kahkaha atmıştı. "Tanıdığım tüm rahiplere sordum ama hâlâ anlamıyorum."

"Seni rahatsız eden nedir?" Camerlengo hızlı ve küçük adımlarla yürürken, papaz cüppesi önünde dalgalanıyordu. Chartrand kalın tabanlı siyah ayakkabılarının kıyafetine tam uyduğunu düşünmüştü. Ayakkabılar ruhunun yansıması gibiydi... modern, ama mütevazı ve dayanıklı olduğunu belli eden.

Chartrand derin bir nefes almıştı. "Ben bu *kadiri mutlak ve esirgeyen* olayını anlamıyorum."

Camerlengo gülümsemişti. "Kitabı Mukaddes'i mi okuyorsun?"

"Çalışıyorum."

"Aklın karıştı çünkü İncil Tanrı'yı kadiri mutlak ve iyiliksever olarak tarif ediyor."

"Kesinlikle."

"Kadiri mutlak... iyilikseverin anlamı Tanrı'nın her şeye gücünün yettiği ve iyi kalpli olduğudur."

"Manasını anlıyorum. Ama... ortada bir çelişki var gibi."

"Evet. Çelişki acıdır. Açlık, savaş, hastalıklar..."

"Kesinlikle!" Chartrand, Camerlengo'nun anlayacağını biliyordu. "Bu dünyada korkunç şeyler oluyor. İnsanlığın yaşadığı trajedi, Tanrı'nın *aynı anda* hem her şeye gücü yeten, hem de iyi kalpli olmadığının ispatı gibi. Bizi *seviyor* ve durumu değiştirecek *gücü* var. O zaman acıyı önlerdi, öyle değil mi?"

Camerlengo kaşlarını çatmıştı. "Öyle mi?"

Chartrand tedirgin olmuştu. Acaba sınırını aşmış mıydı? Acaba bu, sorulmaması gereken dini sorulardan biri miydi? "Şey... eğer Tanrı bizi seviyorsa ve bizi koruyabiliyorsa, öyle yapması *gerekirdi.* Ya her şeye gücü yetiyor, ama umursamaz ya da iyi kalpli ama gücü yetmiyor."

"Çocukların var mı teğmen?"

Chartrand kızarmıştı. "Hayır, signore."

"Sekiz yaşında bir oğlun olduğunu düşün... onu sever miydin?"

"Elbette."

"Hayatında acıyla karşılaşmaması için var gücünü kullanır mıydın?"

"Elbette."

"Kaykay yapmasına izin verir miydin?"

Chartrand bunu iyice düşünmüştü. Camerlengo bir din adamı için dünyadan fazlasıyla haberdardı. "Evet, sanırım," demişti Chartrand. "Elbette kaykay yapmasına izin verirdim ama ona dikkatli olmasını söylerdim."

"Demek ki bu çocuğun babası olarak ona bazı temel, iyi tavsiyelerde bulunup gitmesine ve hata yapmasına izin verirdin."

"Eğer sormak istediğiniz buysa, peşinden gidip onu hanım evladı gibi büyütmezdim."

"Ama ya düşüp dizini kanatırsa?"

"Daha dikkatli olmayı öğrenir."

Camerlengo gülümsemişti. "O zaman çocuğunun acısını engellemeye *gücün* yetse bile, hayattan kendi dersini almasına izin vererek ona sevgini göstermeyi *tercih edersin,* öyle değil mi?"

"Elbette. Acı, büyümenin bir parçasıdır. Bu şekilde öğreniriz."

Camerlengo başını sallamıştı. "Kesinlikle."

90

Langdon ile Vittoria batı tarafındaki küçük bir ara sokakta gölgeler arasından Barberini Meydanı'na baktılar. Meydanın karşısındaki binaların arasından yükselen kubbesiyle kilise, diğer tarafta duruyordu. Akşam, beraberinde serinliği de getirmişti. Langdon meydanın boş olmasına şaşırıyordu. Başlarının üstündeki açık pencerelerden gelen televizyon sesleri, ona insanların nereye kaybolduklarını hatırlattı.

"...Vatikan'dan henüz haber yok... Illuminati'nin öldürdüğü iki kardinal... Roma'da Satanistler'in bulunduğu... daha derinlere sızdıkları hakkında söylentiler..."

Haberler Neron'un yangını gibi yayılıyordu. Dünyanın geri kalanı gibi, Roma da beklemedeydi. Langdon raydan çıkan bu vagonu gerçekten durdurup durduramayacaklarını düşündü. Meydana bakınıp beklerken, modern binaların işgaline rağmen meydanın hâlâ eliptik göründüğünü fark etti. Çok yukarıda, lüks bir otelin çatısındaki dev neon tabelası, eski bir kahramanın anısına yapılmış modern bir mabet gibi yanıp sönüyordu. Vittoria parmağını çoktan doğrultmuş Langdon'a aynı şeyi gösteriyordu. Tabela, ürkütücü derecede denk düşüyordu.

OTEL BERNINI

Vittoria dikkatli bakışlarla meydanı kolaçan ederken, "On taneden beşincisi," dedi. Bu sözlerin hemen ardından Langdon'ı kolundan tutarak, gölgelerin arasına çekti. Meydanın orta tarafını gösteriyordu.

Langdon, onun bakışlarını takip etti. Gördüğünde, kaskatı kesilmişti.

Karşı taraftaki sokak lambasının altında iki siyah figür belirmişti. Her ikisi de uzun pelerine sarınmışlar, başlarını Katolik dulların geleneksel siyah dantel örtüleriyle kapatmışlardı. Langdon, onun kadın olduğunu tahmin ediyor, fakat karanlıkta emin olamıyordu. Kamburunu çıkartıp acı çekiyormuş gibi hareket edeni daha yaşlı görünüyordu. Daha iri ve daha güçlü olan diğeri ona yardım ediyordu.

Vittoria, "Silahı bana ver," dedi.

"Yapamazsın..."

Vittoria kedi gibi seri hareketlerle bir kez daha elini onun cebine daldırıp çıkarmıştı. Silah elinde parlıyordu. Sonra, adeta ayakları parke taşlara hiç değmiyormuşçasına, karanlığın içinde sessizce meydanın etrafında döndü ve çiftin arkasına geçti. Vittoria gözden kaybolurken Langdon olduğu yere mıhlanmıştı. Ardından, kendi kendine küfrederek onun peşinden gitti.

Çift ağır adımlarla yürüyordu. Langdon ile Vittoria'nın arkadan yaklaşıp çiftin gerisinde pozisyon almaları yarım dakikalık işti. Vittoria silahı, önünde kavuşturduğu kollarının ardına saklayarak, istediği zaman erişebileceği şekilde gözlerden uzaklaştırmış oldu. Aradaki açıklık azalırken Vittoria giderek hızlanıyor, Langdon ise ona yetişmek için mücadele veriyordu. Langdon'ın ayakkabısı bir taşa takılıp sektirdiğinde, Vittoria, ona yan gözle öfkeli bir bakış fırlattı. Ama çift bunu duymamış gibiydi. Konuşuyorlardı.

Aralarında on metre kaldığında Langdon, onların sesini duymaya başlamıştı. Kelimeleri değil. Sadece zayıf mırıldanmaları. Yanında ilerleyen Vittoria her adımda gittikçe hızlanıyordu. Önünde kavuşturduğu kolları açılırken silah ortaya çıkmaya başlıyordu. Altı metre. Sesler daha belirgindi... birinin sesi diğerinden daha yüksekti. Öfkeli. Çaçaron. Langdon sesin yaşlı kadına ait olduğunu anladı. Boğuk. Androjen. Ne dediğini duymak için gayret etti ama başka bir ses yükseldi.

"*Mi scusi!* Özür dilerim!" Vittoria'nın sevecen sesi meydanı fener gibi aydınlatmıştı.

Pelerinli çift durup arkalarını dönerken Langdon gerildi. Vittoria şimdi daha da hızlı adımlarla üstlerine doğru yürüyordu. Karşı koymaya fırsat bulamayacaklardı. Langdon ayaklarının yürümediğini fark etti. Arkadan bakarken, Vittoria'nın kollarının gevşediğini ve elini dışarı çıkartınca, silahın ileri doğru sallandığını gördü. Sonra Langdon, onun omzunun üstünden, sokak lambasıyla aydınlanan bir yüz gördü. Duyduğu panik bacaklarını harekete geçirince öne doğru hamle yaptı. "Vittoria, hayır!"

Ama Vittoria ondan bir saniye önce davranmıştı. Anlık bir hareketle hiç fark ettirmeden Vittoria kollarını yeniden yukarı kaldırıp akşamın serinliğinden korunmaya çalışan bir kadın gibi kendini sarmalayarak silahı sakladı. Langdon tökezleyerek onun yanına geldiğinde, neredeyse önlerinde duran pelerinli çifte çarpıyordu.

Geri çekilirken titreyen sesiyle, "*Buona sera,*" diye geveledi Vittoria.

Langdon rahat bir nefes aldı. İki yaşlı kadın, pelerinlerinin altından kaşlarını çatarak, onlara bakıyordu. Biri o kadar yaşlıydı ki, güçlükle ayakta duruyordu. Diğeri ona yardım ediyordu. Her ikisi de sıkıca tespihlerine yapışmışlardı. Aniden karşılarına birinin çıkmasına şaşırmış gibiydiler.

Vittoria sersemlemiş gibi görünmesine rağmen gülümsedi. "*Dov'é la chiesa Santa Maria della Vittoria?* Santa Maria della Vittoria Kilisesi nere..."

İki kadın aynı anda, geldikleri taraftaki meyilli sokakta duran cüsseli bir silueti işaret ettiler. "*È là.*"(*)

Langdon ellerini Vittoria'nın omuzlarına koyarak, nazikçe onu geri çekerken, "*Grazie,*" dedi. Az kalsın iki yaşlı kadına saldıracaklarına inanamıyordu.

Kadınlardan biri, "*Non si può entrare,*"(**) diye uyardı. "*È chiusa temprano.*"

"Erken mi kapandı?" Vittoria şaşırmışa benziyordu. "*Perché?* Neden?"

Kadınlar alelacele açıkladılar. Öfkelenmişe benziyorlardı. Langdon homurdanarak konuşulan İtalyancanın bazı kısımlarını anlıyordu. Anlaşıldığı kadarıyla kadınlar on beş dakika önce kilisede Vatikan için dua

---

(*) İşte orada.

(**) Girmek yasak.

ediyorlardı, sonra bir adam çıkıp onlara kilisenin erken kapanacağını söylemişti.

Vittoria gergin bir sesle, "*Hanno conosciuto l'uomo?*" diye sordu. "Adamı tanıyor muydunuz?"

Kadınlar başlarını iki yana salladılar. Adamın bir *straniero crudo*, yabancı, kaba bir adam olduğunu ve içerideki herkesi, hatta polisi arayacaklarını söyleyen genç rahiple müstahdemi bile zorla dışarı çıkarttığını anlattılar. Ama yabancı sadece gülmüş ve onlara polisin kameralarla gelmesini söylemişti.

Kameralar mı, diye düşündü Langdon.

Kadınlar öfkeyle söylenerek adama *bar-àrabo* dediler. Sonra homurdanarak yollarına devam ettiler.

Langdon, Vittoria'ya, "Bar-àrabo mu?" diye sordu. "Barbar mı?"

Vittoria gergin görünüyordu. "Pek sayılmaz. *Bar-àrabo* küçültücü bir kelime oyunudur. Anlamı *Àrabo*... yani Arap."

Ürperdiğini hisseden Langdon yüzünü kiliseye döndü. Bunu yaptığı sırada gözüne, kilisenin vitray camlarındaki bir şey çarptı. Görüntü ödünü kopartmıştı.

Onun gördüklerinden bihaber Vittoria cep telefonunu çıkararak, otomatik aramaya bastı. "Olivetti'yi uyaracağım."

Nutku tutulan Langdon uzanarak, onun koluna dokundu. Titreyen eliyle kiliseyi işaret etti.

Vittoria'nın nefesi kesilmişti. Binanın içinde, Şeytan gözü gibi parlayan vitray camlardan... büyüyen alevlerin yaydığı ışık görünüyordu.

91

Santa Maria della Vittoria Kilisesi'nin ana girişine koşturan Langdon ile Vittoria ahşap kapının kilitli olduğunu keşfettiler. Vittoria, Olivetti'nin yarı otomatiğiyle eski kilide üç el ateş edince kilit parçalandı.

Kilisenin bekleme odası yoktu, bu yüzden Langdon ile Vittoria ana kapıyı iterek açtıklarında, geniş mabedin hemen içine girmişlerdi. Önlerindeki manzara o denli beklenmedik, o denli tuhaftı ki, Langdon'ın gördüklerine inanabilmesi için gözlerini kapatıp tekrar açması gerekti.

Kilise yaldızlı duvarları ve sunaklarıyla... zengin bir barok yapıydı. Ana kubbenin altında, mabedin tam ortasında kilise sıraları üst üste istiflenmiş ve cesetlerin yakıldığı bir çeşit alev döşeği gibi tutuşturulmuştu. Alevleri kubbeye kadar yükselen bir şenlik ateşi. Langdon gözleriyle cehennem yangınını yukarı doğru takip ederken, manzaranın gerçek dehşeti bir avcı kuş gibi baskın yaptı.

Tavanın sağ ve sol yanlarından iki tütsü kablosu -salonun üstünden buhurdanlıkları sallamak için kullanılan halatlar- sallanıyordu. Ama halatlar şimdi buhurdanlık taşımıyorlardı. Ayrıca sallanmıyorlardı da. Başka bir iş için kullanılmışlardı...

Kablolarda bir insan asılıydı. Çıplak bir adam. Bileklerinin her biri karşılıklı kablolara bağlanmıştı ve neredeyse ortadan ikiye ayrılacak kadar sıkı gerilmişti. Tanrı'nın evinde görünmeyen bir çarmıha gerilmiş gibi kolları yanlara doğru açık duruyordu.

Langdon yukarı bakarken olduğu yerde donakalmıştı. Hemen ardından son caniliğin farkına vardı. Yaşlı adam canlıydı ve başını kaldırıyordu. Dehşet dolu gözleriyle, yardım için sessizce dileniyordu. Adamın göğsüne bir amblem dağlanmıştı. Adam damgalanmıştı. Langdon net göremese de işaretin ne olduğu hakkında şüphesi yoktu. Alevler yükselerek adamın ayaklarına ulaştığında, vücudu titreyen kurban feryat etti.

Langdon görünmeyen bir güç tarafından harekete geçirilmiş gibi ana koridora atılarak, büyük ateşe doğru koştu. Yaklaşınca ciğerleri dumanla doldu. Tam sürat koşan Langdon cehenneme üç metre kala ısı duvarına çarptı. Yüzünün derisi alazlanınca, gözlerini koruyarak mermer zemine sırtüstü düştü. Sendeleyerek ayağa kalktı ve ellerini kendini korumak için kaldırarak bir kez daha ileri gitmeyi denedi.

O an anladı. Ateş çok sıcaktı.

Yeniden geri giderek, şapel duvarlarını gözleriyle taradı. *Ağır bir goblen*, diye düşündü. *Bir şekilde üstünü örtebilirsem...* Ama orada bir goblen bulamayacağını biliyordu. *Burası barok bir şapel Robert, lanet bir Alman şatosu değil! Düşün!* Yeniden asılı duran adama bakmaya çalıştı.

Duman ve alevler dönerek kubbeye yükseliyordu. Buhurdanlık halatları, adamın bileklerinden makaralardan geçtiği tavana uzanıyor ve kilisenin her iki tarafındaki metal kelepçelere doğru iniyordu. Langdon kelepçelerden birine baktı. Duvarın yukarısındaydılar, ama eğer ona ulaşıp halatlardan birini gevşetebilirse, gerilimin hafifleyeceğini ve adamın ateşin kenarına doğru sarkacağını biliyordu.

Bir alev yumağı aniden çatırdayarak daha yükseklere çıkınca, Langdon yukarıdan gelen acılı bir çığlık duydu. Adamın ayak derisi su toplamaya başlamıştı. Kardinal canlı canlı pişiyordu. Langdon gözlerini kelepçeye sabitleyerek, yanına koştu.

Kilisenin arka tarafında Vittoria kendine gelmeye çalışırken, kilise sıralarından birine sıkıca tutunmuştu. Başının üstündeki manzara dehşet vericiydi. Başka tarafa bakmaya çalıştı. *Bir şeyler yap!* Olivetti'nin nerede olduğunu merak etti. Haşhaşin'i görmüş müydü? Şimdi neredeydiler? Vittoria, Langdon'a yardım etmek için ileri doğru hareket ettiği sırada bir ses onu durdurdu.

Alevlerden gelen çatırtı sesleri artmıştı ama başka bir ses daha duyuluyordu. Metalik bir titreşim. Yakınlarda. Üst üste duyulan titreşim, sol tarafındaki sıraların sonundan geliyor gibiydi. Telefon çalışı gibi kuru bir tıkırtı çıkarıyordu ama kaba ve sertti. Silahını sıkıca kavrayarak, sıraların arasında ilerlemeye başladı. Ses daha da yükselmişti. Bir çalıyor, bir duruyordu. Yinelenen bir titreşim.

Koridorun sonuna yaklaştığında, sesin sıraların sonundaki köşede, yerden geldiğini fark etti. Sağ elindeki silahı doğrultarak yaklaşırken, sol elinde de bir şey tuttuğunu fark etti... cep telefonunu. Panik yüzünden, dışarıda komutanı aramak için çıkarttığını unutmuştu... telefonu sessiz titreşime almıştı. Vittoria telefonu kulağına yaklaştırdı. Hâlâ çalıyordu. Komutan hiç cevap vermemişti. Vittoria birden, yükselen korku dalgasıyla sesin nereden çıktığını anladı. Titreyerek ileri doğru adım attı.

Yerde uzanan cansız bedeni gördüğünde tüm kilise ayaklarının dibine yığılmış gibi geldi. Cesetten süzülen bir sıvı yoktu. Etine vahşice bir dövme yapılmamıştı. Ama komutanın başının açısı korku vericiydi... arka tarafa 180 derece döndürülmüştü. Vittoria kendi babasının şekli bozulmuş cesedinin görüntülerini zihninden atmaya çalıştı.

Komutanın kemerindeki telefon yerde duruyor, soğuk mermerin üstünde tekrar tekrar titreşiyordu. Vittoria kendi telefonunu kapattığında, çalması kesildi. Vittoria sessizlikte yeni bir ses duydu. Karanlığın içinde, tam arkasından gelen bir nefes sesi.

Silahını kaldırarak dönmeye başladı ama çok geç kaldığını biliyordu. Katilin dirseği ensesine indiğinde, yakıcı bir ısı, kafatasının tepesinden ayak parmaklarına kadar tüm vücudunu kapladı.

Bir ses, "Şimdi benimsin," dedi.

Ardından, her şey simsiyah oldu.

Mabedin diğer tarafında, sol yan duvarda Langdon kilise sıralarının üstüne çıkmış, kelepçeye ulaşmak için duvarı tırmanmaya çalışıyordu. Kablolar hâlâ başından üç metre yukarıdaydı. Bunun gibi kelepçelere kiliselerde sıkça rastlanır ve kurcalanarak yalama olmasını önlemek için iyice yukarıya yerleştirilirdi. Langdon rahiplerin kelepçelere ulaşmak için *piuòli* denen merdivenler kullandığını biliyordu. Katil kurbanını bağlamak için kilisenin merdivenini kullanmış olmalıydı. *Peki hangi cehennem-*

de bu merdiven! Langdon etrafa bakınarak başını aşağı eğdi. Orada bir yerde bir merdiven gördüğünü hatırlıyor gibiydi. *Ama nerede?* Hemen sonra içi buruldu. Gördüğü yeri hatırlamıştı. Bakışlarını öfkeli alevlere çevirdi. Tahmin ettiği gibi, merdiven ateşin en üstünde alevlere boğulmuştu.

Çaresizlik hissine kapılan Langdon bulunduğu yüksek seviyeden, kelepçelere ulaşmasını sağlayacak bir şey görebilmek için tüm kiliseyi gözden geçirdi. Etrafına bakınırken birden bir şey fark etti.

Vittoria hangi cehennemde? Ortadan kaybolmuştu. *Yardım çağırmaya mı gitti?* Langdon ismiyle ona seslendi ama cevap gelmedi. *Peki Olivetti nerede!*

Yukarıdan gelen acılı uğultuyu duyunca Langdon çok geç kaldığını anladı. Bakışlarını yeniden yukarı çevirince, kurbanın yavaşça kavrulmakta olduğunu gördü. Langdon'ın aklında tek bir düşünce vardı. *Su. Bolca. Ateşi söndür. En azından alevleri dindir.* Yüksek sesle, "Su lazım, lanet olsun!" diye bağırdı.

Kilisenin arka tarafından gelen bir ses, "Bunu sonra yaparsın," dedi.

Langdon olduğu yerde dönerken neredeyse aşağı düşecekti.

Yan taraftaki koridordan üstüne doğru insan irisi siyah bir figür geliyordu. Ateşin ışığına rağmen gözleri simsiyah parlıyordu. Langdon, adamın elinde, kendi cebinden çıkan silahı tuttuğunu fark etti... içeri girerken Vittoria'nın elindeki silahı.

Langdon'ın aniden kapıldığı panik, çılgınca korkuların karışımıydı. İlk aklına gelen Vittoria oldu. Bu hayvan, ona ne yapmıştı? Canı yanmış mıydı? Ya da *daha kötüsü* mü olmuştu? Langdon aynı anda adamın başının üstünden gelen çığlık seslerinin yükseldiğini fark etti. Kardinal ölecekti. Artık ona yardım etmek imkânsızdı. Ardından, Haşhaşin silahı göğsüne doğrulturken, Langdon'ın duyguları yoğunlaştı ve kendisi için panik duymaya başladı. Silah ateş alırken içgüdüleriyle hareket etti. Langdon kollarını önde tutarak kilise sıralarının üstüne kendini bırakıverdi.

Sıralara tahmin ettiğinden daha sert bir şekilde çarpar çarpmaz, yere yuvarlandı. Mermer, soğuk çeliğin tüm yumuşaklığıyla düşüşüne kucak açtı. Ayak sesleri sağ tarafından yaklaşıyordu. Langdon vücudunu kilisenin ön tarafına döndürdü ve sıraların altında emekleyerek hayatını kurtarmaya çalıştı.

Şapel zeminin çok üstündeki Kardinal Guidera, bilincini kaybetmeden önceki son işkenceli dakikalarını yaşıyordu. Başını eğip çıplak vücuduna baktığında, bacaklarındaki derinin kabarıp soyulmaya başladığını gördü. *Cehennemdeyim,* diye düşündü. *Tanrım beni neden terk ettin?* Cehennemde olması gerektiğini düşünüyordu çünkü göğsündeki damgaya başaşağı bakıyordu... yine de kelime, şeytani bir sihre sahipmiş gibi, son derece anlamlıydı.

Fire: Ateş.

92

Üç oylama. Papa seçilmedi.

Sistine Şapeli'ndeki Kardinal Mortati bir mucize olması için dua ediyordu. *Bize adayları gönder!* Yeterince uzun bir gecikme yaşanmıştı. Mortati, *tek* bir kardinalin kaybolmasını anlayabilirdi. Ama dördü birden? Geriye hiç ihtimal kalmıyordu. Bu durumda, oyların üçte ikisini almak sadece Tanrı'ya mahsus olurdu.

Dış kapının sürgüleri açılmaya başlayınca, Mortati ile tüm Kardinaller Heyeti yüzlerini aynı anda girişe döndüler. Mortati bu kilit açılmasının tek anlamı olabileceğini biliyordu. Yasaya göre şapel kapısı sadece iki şartla açılabilirdi: çok hasta birini dışarı çıkartmak ya da geciken kardinalleri içeri almak.

Preferiti geliyor!

Mortati'nin kalbi sevinçten uçuyordu. Kardinaller toplantısı kurtulmuştu.

Ama kapı açıldığında, şapelde tutulan nefeslerin sebebi sevinç değildi. Adam içeri girerken, Mortati şok içinde ona bakıyordu. Vatikan tarihinde ilk kez bir *Camerlengo* kapılar kilitlendikten *sonra,* toplantının kutsal eşiğinden içeri adımını atıyordu.

Aklından ne geçiyor!

Camerlengo sunağa yürüyerek, yıldırım çarpmışa dönmüş izleyicilere hitap etmek için yüzünü döndü. "Signori," dedi. "Elimden geldiğince bekledim. Bir şeyi bilmeye hakkınız var."

93

Langdon'ın nereye gittiğine dair hiç fikri yoktu. Tek pusulası, onu tehlikeden uzak tutan refleksti. Kilise sıralarının altında güçlükle ilerlerken, dirsekleri ve dizleri yanıyordu. Yine de, emeklemeye devam ediyordu. Bir yerlerden, bir ses ona sola doğru gitmesini söylüyordu. *Eğer, ana geçite ulaşabilirsen, çıkışa koşabilirsin.* Bunun imkânsız olduğunu biliyordu. *Ana geçiti kapayan bir alev duvarı var!* Beyni, seçenekleri ararken, Langdon kör gibi ilerlemeye devam ediyordu. Ayak sesleri, sağ taraftan hızla yaklaşıyordu.

Olan olduğunda, Langdon buna hazırlıksızdı. Kilisenin ön tarafına ulaşana dek üç metrelik sıra daha olduğunu tahmin ediyordu. Yanlış tahmin etmişti. Ansızın üzerindeki kapak düştü. Kilisenin önünde, yarı yarıya açığa çıkmış bir halde, bir an donup kaldı. Solundaki oyukta, bulunduğu yerden kocaman görünen, onu buraya getiren şey duruyordu. Tamamen unutmuştu. Bernini'nin *Azize Teresa'nın Vecdi,* pornografik bir natürmort gibi yükseliyordu... sırtüstü uzanırken inler gibi ağzını açıp, zevkle kıvrılan bir azize ve üzerinde, ateş mızrağını doğrultan bir melek duruyordu.

Langdon'ın başının üzerindeki sırada bir kurşun patladı. Vücudunun, sürat koşucusu gibi yükseldiğini hissetti. Adrenalinle canlanarak, kısmen de olsa ne yaptığının bilinciyle, aniden kamburunu çıkarıp başını eğerek kilisenin önünden sağa doğru koşmaya başladı. Kurşunlar arkasında patlarken, Langdon tekrar yere eğildi, mermer zeminde dengesini kaybederek, sağ duvardaki nişin tırabzanına çarptı.

O sırada, onu gördü. Kilisenin arka tarafında, yığılmış bir küme halinde. *Vittoria!* Çıplak bacakları altında bükülmüştü, ama Langdon bir şekilde onun nefes aldığını hissetti. Ona yardım etmeye vakti yoktu.

Katil hemen kilisenin sol tarafındaki sıraların etrafından dolaştı ve hiç durmadan ilerledi. Langdon her şeyin kısa bir süre içinde biteceğini biliyordu. Katil silahını kaldırdı ve Langdon yapabileceği tek şeyi yaptı. Vücudunu tırabzandan, nişin içine yuvarladı. Diğer taraftaki zemine çarparken, tırabzanın mermer sütunları kurşun yağmuruyla patladı.

Langdon yarım daire şeklindeki nişin iyice derinlerine ilerlerken, kendini köşeye sıkışmış bir hayvan gibi hissetti. Önünde yükselen nişin yegâne içeriği kinayeli bir şekilde belirdi... tek bir lahit. Langdon *belki de, benimki,* diye düşündü. Tabutun kendisi bile uygun görünüyordu. Bu bir *scàtola*'ydı... küçük, süssüz, mermer bir kutu. Bütçeye göre defin yeri. Tabut, mermer iki blok üzerinde yerden yükseltilmişti ve Langdon altındaki açıklığa bakarak, altından süzülüp süzülemeyeceğini düşündü.

Ayak sesleri, arkasında yankılanıyordu.

Görünürde, başka hiçbir seçeneği olmayan Langdon yere yattı ve tabuta doğru sürünerek, ilerledi. Elleriyle mermer iki desteği tutarak, kurbağalama yüzer gibi gövdesini kabrin altındaki açıklığa çekti. Silah patladı.

Langdon hayatı boyunca hiç hissetmediği bir duygunun silahın gürültüsüne eşlik ettiğini hissetti... bir kurşun, etinin yanından geçti. Kurşun onu sıyırıp toz kümesi çıkararak mermerde patlarken, bir rüzgârın kırbaç gibi ıslığı duyuldu. Kan yayılırken, Langdon tabutun altında vücudunu çekmeye devam etti. Mermer zeminin üzerinde sürünerek, tabutun altından çıktı ve diğer tarafa geçti.

Çıkmaz sokak.

Langdon şimdi nişin arka duvarıyla karşı karşıyaydı. Kabrin arkasındaki bu minik boşluğun mezarı olacağından hiç şüphesi yoktu. Lahdin altındaki açıklıkta tabancanın namlusunun belirdiğini görünce, *çok yakında,* diye düşündü. Haşhaşin, silahı Langdon'ın vücudunun tam ortasına doğrultmuş, yere paralel tutuyordu.

Iskalaması imkânsızdı.

Langdon kendini koruma duygusunun, şuursuz zihnini kavradığını hissetti. Tabutla paralel bir şekilde, midesi üzerine yattı. Yüzükoyun bir halde, ellerini yere koydu, arşivdeki patlamada kesilen camlar ellerine saplanıyordu. Acıya aldırmayarak, itti. Silah patlarken, Langdon beceriksiz bir şınav hareketiyle vücudunu yukarı iterek, karnını yerden kaldırdı. Altından geçip arkadaki gözenekli travertinde toz haline gelen kurşunların şok dalgasını hissedebiliyordu. Langdon gözlerini kapatıp yorgunluğa karşı direnmeye çalışırken, gümbürtünün durması için dua etti.

Ve sonra durdu.

Ateşin gürültüsü, yerini boş bölmenin soğuk çıtırtılarına bıraktı.

Langdon gözkapaklarının ses çıkaracağından korkarak, yavaşça gözlerini açtı. Titreten korkuyla savaşarak, pozisyonunu korudu ve kedi gibi gerildi. Nefes almaya bile cesaret edemiyordu. Silah sesi kulaklarını uyuşturmuştu. Langdon, katilin oradan uzaklaştığını belirten sesleri duymak için dikkat kesildi. Sessizlik. Vittoria'yı düşündü, ona yardım etmek isteğiyle yanıp tutuşuyordu.

Bunu izleyen ses, sağır ediciydi. İnsani olmaktan uzaktı. Çabadan dolayı gırtlaktan gelen bir böğürmeydi.

Langdon'ın başının üzerindeki lahit birdenbire yükselir gibi oldu. Yüzlerce kilo ona doğru düşerken, Langdon yere kapaklandı. Yerçekimi, sürtünmeyi yendi, ilk düşen kapak oldu, kabrin üzerinden kayarak, zemine, yanına düştü. Ardından, tabut, desteklerinden devrilerek, Langdon'a doğru tepetaklak düştü.

Kutu yuvarlanırken, Langdon ya onun altında çukura gömüleceğini ya da kenarları yüzünden ezileceğini düşündü. Langdon bacaklarını ve başını içeri çekerek, vücudunu sıkıştırdı ve kollarını yanına çekti. Sonra, gözlerini kapadı ve korkunç ezişi bekledi.

Geldiğinde, altındaki tüm zemin sallandı. Üst kenar, dişlerini yuvalarından oynatarak, başının üzerinden sadece milimetrelerce uzağa düştü. Langdon'ın ezileceğinden emin olduğu sağ kolu, mucizevi bir şekilde hâlâ sağlamdı. Işık görebilmek için gözlerini açtı. Tabutun kenarı, tam olarak yere düşmemişti, hâlâ kısmen desteklerin üzerinde duruyordu. Buna rağmen, Langdon tam başının üzerinde, ölümün yüzüne baktığını fark etti.

Kabrin esas sahibi, üzerinde asılı duruyordu, çürümüş çoğu ceset gibi tabutun tabanına yapışmıştı. İskelet bir müddet, çekingen bir sevgili gibi üzerinde durdu, sonra yapışkan bir çıtırtıyla, yerçekimine yenilerek, sıyrıldı. Leş, hızla üzerine düşerken, çürümüş kemikler ve tozlar Langdon'ın gözlerine ve ağzına doldu.

Langdon tepki veremeden bir el, aç bir piton gibi tabutun altındaki açıklıktan içeri sürünerek, leşi incelemeye başladı. Langdon'ın boynunu bulup sıkana kadar el yordamıyla ilerledi. Langdon gırtlağını ezen demir yumrukla savaşmaya çalıştı, ama gömleğinin sol kolunun tabutun kenarının altında kaldığını anladı. Sadece tek bir kolu boştaydı ve bu mücadele, kaybedilecek bir savaştı.

Langdon'ın bacakları, mevcut olan tek boşlukta büküldü, ayakları üzerindeki tabutun zeminini arıyordu. Buldu. Kıvrılarak, ayaklarını yerleştirdi. Sonra, boynundaki el daha da sıkarken, Langdon gözlerini kapattı ve bacaklarını bir şahmerdan gibi uzattı. Tabut çok az kımıldadı, ama yeterliydi.

Lahit, tiz bir gıcırtıyla destekleri üzerinden, yere düştü. Tabutun kenarı, katilin kolu üzerine düştü ve acının boğuk çığlığı duyuldu. El, Langdon'ın boynunu bırakıp kıvrılarak, karanlığa çekildi. Katil sonunda kolunu kurtardığında, tabut son bir gürültüyle düz mermer zemine düştü.

Tam karanlık. Yine.

Ve sessizlik.

Devrilmiş lahdin dışında sinirli ayak sesleri yoktu. İçeri girmek için zorlama yoktu. Hiçbir şey yoktu. Langdon karanlıkta kemiklerin arasında yatarken, üzerini kaplayan karanlıkla savaştı ve Vittoria'yı düşünmeye başladı.

Vittoria? Yaşıyor musun?

Eğer Langdon gerçeği -Vittoria'nın yakında gözlerini açacağı dehşeti- bilseydi, onun iyiliği için ölmüş olmasını dilerdi.

94

Sistine Şapeli'nde, hayret içindeki meslektaşlarıyla birlikte oturan Kardinal Mortati duyduklarını anlamaya çalışıyordu. Camerlengo'nun önünde durup mum ışığında anlattığı nefret ve hıyanet hikâyesi, onun korkudan titremesine neden olmuştu. Camerlengo kaçırılan, damgalanan, *öldürülen* kardinallerden bahsetmişti. Eski Illuminati'den -unutulan korkuları canlandıran bir isim-, yeniden meydana çıkmalarından ve kiliseye karşı ettikleri intikam yemininden bahsetmişti. Camerlengo acılı sesiyle merhum Papa'yı... Illuminati'nin zehirlediği kurbanı anlatmıştı. Ve son olarak, neredeyse fısıldayarak, iki saatten daha az bir süre sonra tüm Vatikan Şehri'ni yok etmekle tehdit eden, yeni karşımadde teknolojisinden bahsetmişti.

Sözlerini bitirdiğinde, sanki odanın havasını Şeytan gelip tüketmişti. Hiç kimse kıpırdayamıyordu. Camerlengo'nun sözleri karanlıkta yankılanıyordu.

Mortati'nin tek duyabildiği, Camerlengo'nun isteği üzerine getirilen arka taraftaki televizyon kamerasının düzensiz vınlama sesiydi... tarihte hiçbir kardinaller toplantısında elektronik bir cihazın bulunmasına izin verilmemişti. Kardinallerin şaşkın bakışları altında Camerlengo Sistine Şapeli'ne iki -biri kadın, biri erkek- BBC muhabiriyle girmiş ve yapacağı önemli açıklamayı tüm dünyaya *canlı* yayında ileteceklerini duyurmuştu.

Şimdi doğrudan kameraya konuşan Camerlengo bir adım öne çıktı. Sert bir ses tonuyla, "Illuminati'ye ve bilim adamlarına sesleniyorum," dedi. Durdu. "Savaşı kazandınız."

Sessizlik, şapelin en arka köşelerine kadar ulaşmıştı. Mortati kendi kalbinin çaresiz gümbürtüsünü duyabiliyordu.

Camerlengo, "Saat uzun zamandır işliyordu," dedi. "Zaferiniz kaçınılmazdı. Daha önce, hiç şu anda olduğu kadar aşikâr olmamıştı. Yeni Tanrı bilimdir."

Mortati, *bu ne diyor*, diye düşündü. *Çıldırdı mı? Tüm dünya onu dinliyor!*

"Tıp, elektronik haberleşme, uzay yolculuğu, genetik mühendislik... artık çocuklarımıza anlattığımız mucizeler bunlar. Bilimin bize cevap vereceğini kanıtlayan mucizeler bunlar. Günahlardan doğuştan arınmışların, yanan çalıların ve ikiye ayrılan denizlerin eski hikâyelerine artık inanılmıyor. Tanrı'nın modası geçti. Savaşı bilim kazandı. Yenilgiyi kabul ediyoruz."

Şapelin içinde bir şaşkınlık ve sersemleme dalgası yayıldı.

Sesini yükselten Camerlengo, "Ama bilimin zaferinin faturası," diye ekledi. "Hepimizden çıktı. Ve bize pahalıya mal oldu."

Sessizlik.

"Bilim, hastalıkların ve ağır işlerin yükünü hafifletmiş, çevremiz ve rahatımız için yararlı aletler üretmiş olabilir, ama bize gizemsiz bir dünya bıraktı. Günbatımlarımızdan artık dalga boyları ve frekanslarla bahsediliyor. Evrenin karmaşası matematiksel denklemlere indirgendi. Hatta insan olmanın kıymeti bile ucuzlatıldı. Bilim, Dünya Gezegeni ile onun üstünde yaşayanların, evrensel boyutta önemsiz noktacıklar olduğunu söylüyor. Kozmik bir kaza." Duraksadı. "Bizi birleştirmeyi vaat eden teknoloji bile bizi birbirimizden ayırıyor. Artık her birimiz tüm dünyayla elektronik bağlantı içindeyiz, ama aslında son derece yalnızız. Vahşet, ihtilaf, ayrılık ve ihanet bombardımanına tutulduk. Şüphecilik fazilet oldu. Alaycılık ve kanıt talebi, aydınlanmış düşünce diye kabul ediliyor. İnsanlığın artık tarihteki herhangi bir dönemden çok daha fazla buhrana sürüklenmesine ve hayal kırıklığına uğramasına şaşmamak gerek. Bilimin kutsal saydığı *herhangi* bir şey var mı? Bilim, doğmamış ceninleri inceleyerek cevaplar bulmaya çalışıyor. Hatta bilim kendi DNA'mızı yeniden sıraya dizmeye cüret ediyor. Anlam aramak adına Tanrı'nın dünyasını gitgide daha küçük parçalara ayırıyor... ve tek bulabildiği aslında daha fazla soru."

Mortati dehşetle dinliyordu. Camerlengo neredeyse herkesi uyuşturmuştu. Hareketlerinde ve sesinde, Mortati'nin bir Vatikan sunağında daha önce hiç şahit olmadığı fiziksel bir güç vardı. Adamın sesi inanç ve üzüntüyle doluydu.

Camerlengo, "Bilimle din arasındaki eski savaş sona erdi," dedi. "Siz kazandınız. Ama hakkınızla kazanmadınız. Cevaplar sunarak kazanmadınız. Toplumumuzu o kadar radikal değişikliklere uğratarak kazandınız ki, bir zamanlar yön gösterici olarak kabul ettiğimiz gerçekler, şimdi kullanılmaz oldu. Din bununla baş edemez. Bilim katlanarak gelişiyor. Bir virüs gibi kendi kendini besliyor. Her keşif, yeni keşiflere kapı açıyor. İnsanlığın tekerlekten arabaya geçmesi binlerce yıl almıştı. Ama arabadan uzaya geçiş arasında on yıllar var. Artık bilimsel gelişmeleri haftalarla ölçüyoruz. Kontrolden çıkmak üzereyiz. Aramızdaki mesafe giderek açılıyor ve dini dışlayan insanlar kendilerini ruhani bir boşluğun içinde buluyorlar. Anlam bulmak için kendimizi harap ediyoruz. Ve inanın bana, gerçekten harap ediyoruz. UFO'lar görüyoruz, bağlantılar kuruyoruz, ruh çağırıyoruz, beden dışı deneyimler yaşıyoruz, geçmiş hayatlarımızı sorguluyoruz... tüm bu tuhaf fikirleri bilimsel bir kalıba uyduruyorlar, ama hepsi de düpedüz mantıksızlık. Yalnız, azap çeken, kendi aydınlanmasının ve teknolojiden bağımsız herhangi bir şeyin olabilirliğini kabul edemeyişinin esiri olmuş modern ruhların çaresiz yakarışları."

Mortati oturduğu koltukta öne doğru eğildiğini hissedebiliyordu. O, diğer kardinaller ve dünyadaki insanlar bu rahibin ağzından çıkacakları bekliyordu. Camerlengo etkili ya da iğneli sözlerle konuşmuyordu. Kutsal kitaba ya da Hz. İsa'ya atıfta bulunmuyordu. Modern, süssüz ve sade kelimelerle konuşuyordu. Sanki Tanrı'nın ağzından dökülen sözleri modern dille anlatıyor... eski bir mesajı iletiyordu. Mortati o anda, merhum Papa'nın bu genç adamı neden kendine o denli yakın tuttuğunu anladı. Kayıtsızlığın, alaycılığın ve teknolojiye tapınmanın hâkim olduğu bir dünyada, Camerlengo gibi inandırıcı konuşabilen gerçekçi adamlar, kilisenin tek ümidiydi.

Camerlengo şimdi daha şiddetli konuşmaya başlamıştı. "Bilim bizi kurtaracak diyorsunuz. Ben, bilim bizi mahvetti diyorum. Kilise, Galileo döneminden beri bilimin durmak bilmeyen ilerleyişini yavaşlatmaya çalışıyor, bazen yanlış yöntemlerle ama her zaman iyi niyetle. Böyle olmasına rağmen, insan cazibesine karşı koyamadı. Sizi uyarıyorum, etrafınıza bakın. Bilim verdiği sözleri yerine getirmedi. Verimlilik ve kolaylık vaatleri, kirlilik ve kaostan başka bir şey getirmedi. Bizler yok olma yolunda ilerleyen... kopuk ve ümitsiz türleriz."

Camerlengo uzun bir süre durduktan sonra, gözlerini kameraya dikti.

"Kim bu bilim tanrısı? İnsanlarına, nasıl kullanacağını açıklayacak ahlaka sahip olmadan, güç teklif eden Tanrı kim? Nasıl bir Tanrı çocuğa *ateş* verip tehlikeleri hakkında onu uyarmaz? Bilim dilinde iyi ya da kötü diye yön göstericiler yok. Bilim kitapları bize nükleer reaksiyonun nasıl oluşturulacağını anlatıyor ama hiçbir bölümde iyi ya da kötü olduğunu sormuyor.

"Bilime şunu söylüyorum. Kilise yorgun. Sizin yön göstericileriniz olmaktan bitkin düştük. Sizler daha küçük çipler üretip daha fazla kâr etme arayışınıza devam ederken, denge unsuru olma kampanyamız yüzünden kaynaklarımız kurumaya başladı. Neden kendinizi idare edemediğinizi değil, nasıl edebileceğinizi soruyoruz? Sizin dünyanız o kadar hızlı dönüyor ki, yaptıklarınızın etkilerine bakmak için bir an olsun dursanız, bir başkası önünüze geçerek size toz yutturacak. Bu yüzden ilerlemeye devam ediyorsunuz. Kitle imha silahları üretiyorsunuz, ama liderleri sükûnete davet ederek dünyayı dolaşan kişi Papa. Yaşayan canlıları klonluyorsunuz, ama yaptıklarımızın ahlaki etkilerini düşünmeye davet eden yine kilise. İnsanları telefonla, video ekranlarıyla ve bilgisayarlarla haberleşmeye teşvik ediyorsunuz, ama kapılarını açıp insanlara olması gerektiği gibi yüz yüze iletişim kurmayı hatırlatan yine kilise. Hayat kurtaracak araştırmalar adına doğmamış bebekleri öldürüyorsunuz. Bu mantığın kusurlarını ortaya koyan yine kilise.

"Ve tüm bunlar olurken, kilisenin cahil olduğunu iddia ediyorsunuz. Ama cahil olan kim? Yıldırımı açıklayamayan mı, yoksa onun korku veren gücüne saygı duymayan mı cahil? Kilise size elini uzatıyor. Herkese elini uzatıyor. Ama biz uzattıkça siz bizi o kadar uzağa itiyorsunuz. Bana Tanrı'nın var olduğuna dair *kanıt* göster diyorsunuz. Cennete bakmak için teleskoplarınızı kullanın ve bana Tanrı'nın nasıl *olmadığını* söyleyin diyorum!" Camerlengo'nun gözleri yaşarmıştı. "Tanrı'nın neye benzediğini soruyorsunuz. Ben bu sorunun nerden geldiğini soruyorum. Cevaplar birbirinin aynı ve tek bir cevap var. Bilimde Tanrı'yı görmüyor musunuz? Nasıl oldu da onu atladınız! Yerçekimindeki ya da atom ağırlığındaki en ufak bir değişikliğin, evreni gökcisimleriyle dolu bir deniz yerine, içinde hayat olmayan bir sise çevireceğini iddia ettiğiniz halde, nasıl oluyor da bu işin içinde onun eli olduğunu anlamıyorsunuz? Milyarlarca kâğıt arasından doğru kartı çektiğimize inanmak gerçekten de o kadar kolay mı? Bizden daha büyük bir güç yerine, matematiksel imkânsızlıklara inanacak kadar din inancımızı tükettik mi?

"Tanrı'ya ister inanın, ister inanmayın," derken Camerlengo kelimelerini özenle seçiyordu. "Ama buna inanmalısınız. Bizden daha büyük bir gücün varlığına olan güvenimizi kaybettiğimiz anda, sorumluluk duygumuzu yitiririz. İnanç... tüm inançlar... anlayamadığımız bir şey olduğunu nasihat eder, sorumlu olduğumuz bir şeyin... İnanç sayesinde, birbirimize, kendimize ve daha büyük bir gerçekliğe karşı sorumluluk duyarız. Din yara aldı ama sadece *insan* yara aldığı için. Eğer dış dünya bu kiliseyi benim gördüğüm gibi görebilseydi... şu duvarların ardına bakabilseydi... modern bir mucize görürdü... çığrından çıkmış bir dünyada, sadece şefkatin sesi olmak isteyen, basit ve kusurlu ruhların kardeşliğini."

Camerlengo Kardinaller Heyeti'ni gösterdiğinde, kameraman kadın, onun elini takip ederek hemen kalabalığı çekmeye başladı.

Camerlengo, "Bizim modamız geçti mi?" diye sordu. "Bu adamlar dinozor mu? Ben öyle miyim? Dünyanın gerçekten fakirin, güçsüzün, eziyet çekenin, doğmamış çocuğun sesi olacak birine ihtiyacı var mı? Gerçekten de mükemmel olmadıkları halde, yolumuzu kaybetmememiz için hayatlarını ahlaki yol göstericiler olmaya adayan adamlara ihtiyacımız var mı?"

Mortati şimdi, Camerlengo'nun kasti olsun olmasın, dâhice bir harekette bulunduğunu fark ediyordu. Kardinalleri göstererek, kiliseye kişilik kazandırmıştı. Vatikan Şehri artık bir bina değildi, *insanlardan* oluşuyordu. Camerlengo gibi, hayatını iyiliğin hizmetine adayan adamlardan.

Camerlengo, "Bu akşam, bir uçurumun eşiğinde oturuyoruz," dedi. "Hiçbirimiz duyarsız kalamayız. Bu kötülüğü ister Şeytan, ister yozlaşma, ister ahlaksızlık olarak nitelendirin... karanlık güç yaşıyor ve her gün biraz daha büyüyor. Bunu görmezden gelmeyin." Camerlengo sesini fısıltıya indirdiğinde, kamera ona döndü. "Bu kuvvet, güçlü olduğu halde yenilmez değil. İyilik yaşamaya devam edebilir. Kalplerinizi dinleyin. Hep birlikte bu cehennemden uzaklaşabiliriz."

Mortati artık anlıyordu. Nedeni buydu. Kardinaller toplantısı kuralları ihlal edilmişti ama tek yol buydu. Etkileyici ve ümitsiz bir yardım çağrısıydı. Camerlengo şimdi hem düşmanıyla, hem de dostlarıyla konuşuyordu. Işığı görüp bu çılgınlığı durdurmak için dost düşman, herkese yakarıyordu. Dinleyenlerden biri bu planın çılgınlığını fark edecek ve duruma el koyacaktı.

Camerlengo sunakta diz çöktü. "Birlikte dua edelim."

Kardinaller Heyeti, onun duasına eşlik etmek üzere diz çöktüler. San Pietro Meydanı'nın dışında ve dünyada... şaşkınlık içindeki insanlar onlarla birlikte diz çöktüler.

95

Haşhaşin şuursuz ganimetini karavanın arkasına yerleştirip onun sereserpe uzanan vücuduna hayranlıkla baktı. Satın aldığı kadınlar kadar güzel değildi, ama onu heyecanlandıran hayvani bir gücü vardı. Terden ıslanan vücudu ışık saçıyordu. Misk kokuyordu.

Haşhaşin orada durup ödülünü koklarken, kolundaki zonklamayı unutmuştu. Düşen lahit yüzünden incinen kolu acıdığı halde önemsizdi... önünde duran tazminat bu acıyı yeterince telafi ediyordu. Kendisine bunu yapan Amerikalının şu anda muhtemelen ölü olması onu teselli ediyordu.

Etkisiz hale getirdiği esirine göz atan Haşhaşin önünde neyin yattığını hayalinde canlandırdı. Avucunu onun tişörtünün üstünde gezdirdi. Sutyenin altında mükemmel göğüsleri olmalıydı. *Evet,* diye gülümsedi. *Çok değerlisin.* Ona orada sahip olma dürtüsünü bastırarak, kapıyı kapattı ve gecenin karanlığında karavanını sürdü.

Basına *bu* cinayeti haber vermeye gerek yoktu... alevler bunu onun için yapacaklardı.

Sylvie CERN'de Camerlengo'nun seslenişinden sersemlemiş bir halde oturuyordu. Daha önce Katolik olmaktan hiç bu kadar gurur duymamış, CERN'de çalışmaktan hiç bu kadar utanmamıştı. Dinlenme bölümünden ayrılırken, televizyon odalarının her birinde şaşkın ve kasvetli bir hava olduğunu gördü. Kohler'ın ofisine geri döndüğünde, telefon hatlarının yedisi birden çalıyordu. Medya aramaları asla Kohler'ın ofisine yönlendirilmezdi, bu yüzden gelen çağrıların tek bir anlamı olabilirdi.

Geld. Paranın sesi.

Karşımadde teknolojisinin alıcıları çıkmıştı bile.

Vatikan'da ise Gunther Glick, Sistine Şapeli'nden çıkan Camerlengo'yu takip ederken havalarda uçuyordu. Glick ile Macri, az önce son on yılın canlı haberini yayınlamışlardı. Ne yayın olmuştu ama! Camerlengo büyüleyiciydi.

Şimdi koridorda duran Camerlengo, Glick ile Macri'ye döndü. "İsviçreli Muhafızlar'dan sizin için fotoğraf bulmalarını istedim... damgalanan kardinaller ile merhum Papa'nın fotoğrafları. Bunların hoş resimler olmadığı konusunda sizi uyarmalıyım. Korkunç yanıklar. Kapkara diller. Ama onları tüm dünyaya yayınlamanızı istiyorum."

Glick Vatikan Şehri'nde ebedi bir Noel yaşandığına karar verdi. *Ölen Papa'nın benzeri olmayan fotoğrafını yayınlamamı istiyor!* Sesindeki heyecanı belli etmemeye çalışan Glick, "Emin misiniz?" diye sordu.

Camerlengo başını salladı. "Bununla birlikte İsviçreli Muhafızlar size geri sayımdaki karşımadde kutusunun canlı kamera görüntülerini verecekler."

Glick sadece baktı. *Noel. Noel. Noel!*

Camerlengo, "Illuminati, elindeki kâğıtları gereğinden fazla önemsediğini anlamak üzere," dedi.

96

Bunaltıcı karanlık, şeytani bir senfoninin tekrarlayan nağmeleri gibi geri dönmüştü.

Işık yok. Hava yok. Çıkış yok.

Langdon ters dönen lahdin altında kapana kısılmıştı ve zihni uçurumun kenarında sendeliyordu. Onu içine sıkıştıran engeli düşünmek yerine, aklını daha makul bir yöne vermeye çalıştı... matematik, müzik, herhangi bir şey. Ama kendini sakinleştirecek bir ortamda değildi. *Kıpırdayamıyorum! Nefes alamıyorum!*

Ceketinin sıkışan kolu, tabut devrilince kurtulmuş ve Langdon'a her iki kolunu da hareket ettirme imkânı vermişti. Buna rağmen, minik hücresinin tavanını yukarı doğru iterken, onu kımıldatamayacağını anladı. Ceket kolunun hâlâ sıkışık kalmasını dilemesi tuhaftı. *En azından hava girecek bir aralık olurdu.*

Langdon üstündeki kapağı iterken, sıyrılan gömlek kolunun altından eski dostunun zayıf parıltısı meydana çıktı. Mickey. Yeşilimsi karton surat şimdi onunla alay ediyor gibiydi.

Langdon başka bir ışık bulabilmek için karanlığı taradı, ama tabutun kenarları yere tam oturmuştu. Lanet olası İtalyan mükemmeliyetçiler, diye küfrederken, öğrencilerine saygı duymayı öğrettiği aynı sanatsal mükemmeliyetin tuzağına düşmüştü... kusursuz kenarlar, hatasız paraleller ve elbette kaynaksız ve esnek, *Carrara* mermeri.

Titizlik boğucu olabiliyordu.

Kemiklerine daha fazla basınç uygulayarak, yüksek sesle, "Kaldır şu lanet şeyi," dedi. Lahit bir nebze kıpırdadı. Çenesini sıkarak bir kez daha kaldırdı. Lahit kaya kadar ağırdı ama bu kez bir santim kadar kalkmıştı. Etrafında gördüğü parlak ışık çizgisinin ardından lahit patırtıyla geri düştü. Daha önce yaptığı gibi bacaklarıyla kaldırmaya çalıştı ama şimdi lahit düz düştüğünden dizlerini uzatacak yer de kalmamıştı.

Kapalı yer fobisinin yarattığı panik alevlenirken Langdon tabutun üstüne çöktüğünü hayal ediyordu. Bu hezeyanın etkisindeyken, aklına gelenleri uzaklaştırmak için tüm mantığını kullanmaya çalıştı.

Okuduklarına bağlı kalan akademisyen edasıyla, "Lahit," dedi yüksek sesle. Ama bugün alimlik bile onun düşmanı gibiydi. *Lahit, yani sarcophagus kelimesi Yunancada "et" anlamına gelen "sarx" ve "yemek" anlamına gelen "phagein" kelimelerinden gelir. Gerçek anlamda "et yemek" için tasarlanmış bir kutuya hapsoldum!*

İskeletine kadar yenen et görüntüleri Langdon'a, insan kalıntıları arasında yattığını ürkütücü bir şekilde hatırlattı. Bu düşünce, midesinin bulanmasına ve tüylerinin ürpermesine neden oldu. Ama aynı zamanda aklına bir fikir getirmişti.

Lahidin içini kör karanlıkta el yordamıyla arayan Langdon bir kemik parçası buldu. Belki de bir kaburga kemiğiydi. Onun için fark etmezdi. Tek istediği kıskı gibi kullanabileceği bir şeydi. Eğer lahidi biraz olsun aralayabilirse, bir çatlak kadar bile olsa ve kemik parçasını kenarına sıkıştırabilirse, o zaman belki yeterince hava...

Kemiğin sivri ucunu, tabutla yer arasındaki açıklığa sıkıştırarak, diğer eliyle kapağı yukarı doğru itti. Lahit kıpırdamadı. Biraz olsun kıpırdamadı. Bir daha denedi. Bir an için hafifçe sallanıyormuş gibi oldu ama hepsi buydu.

Pis koku ve oksijen yetersizliği vücudunun kuvvetini azaltırken, sadece son bir kez daha deneyebileceğini fark etti. Ayrıca her iki elini birden kullanması gerektiğini biliyordu.

Tekrar denemek üzere, kemiğin sivri ucunu çatlağa doğru itti, vücudunu kaldırarak, kemiği omzunun arkasına sıkıştırdı ve o şekilde yerine sokmaya çalıştı. Yerinden oynatmamak için özen göstererek, iki elini birden kaldırdı. Çektiği nefes darlığı onu boğar gibi olunca, iyice paniğe kapıldı. Bugün ikinci kez havasız bir yerde kapana kısılıyordu. Langdon yüksek sesle haykırarak, ani bir hareketle gücünü yukarı verdi. Lahit yerde biraz çırpındı. Ama yeterince uzun müddet değil. Omzunun arkasına yasladığı kemik parçası, açılan gedikten dışarı doğru kaydı. Lahit yeniden yere düştüğünde kemik parçalandı. Ama Langdon bu kez lahidin yukarıda kaldığını görebiliyordu. Lahit kenarının altından ince bir ışık giriyordu.

Bitkin düşen Langdon yığılıp kaldı. Boğazındaki boğulma hissinin geçmesini ümit ederek bekledi. Ama geçen saniyeler durumu sadece daha da kötüleştiriyordu. Aralıktan içeri çok az hava giriyordu. Langdon hayatta kalmasına yetip yetmeyeceğini düşündü. Ve yetse bile, ne kadar sürecekti? Bayılsa, orada olduğunu kim nereden bilecekti?

Langdon kurşun kadar ağır kolunu kaldırarak yeniden saatine baktı: 22.12. Titreyen parmaklarıyla saatini tuttu ve son oyununu oynadı. Minik kadran kapağını kaldırarak, bir düğmeye bastı.

Şuurunu yavaşça kaybedip, duvarlar üstüne üstüne gelirken Langdon eski korkularının nüksettiğini hissetti. Pek çok kez gibi, açık bir alanda olduğunu hayal etmeye çalıştı. Ama kurduğu hayalin faydası olmuyordu. Onu çocukluğundan beri rahatsız eden kâbusu yeniden görüyordu...

Buradaki çiçekler resim gibi, diye düşündü çocuk, çimenlerde koşturken. Ailesinin yanına gelmesini diledi. Ama onlar kamp kurmakla meşguldüler.

Annesi, "Çok uzaklara gitme," demişti.

Ağaçların arasına dalarken onu duymuyormuş gibi davrandı.

Şimdi çocuk, bu muhteşem yeri keşfederken bir yığın işlenmemiş taşla karşı karşıya gelmişti. Eski bir çiftlik evinin temeli olması gerektiğini düşündü. Yanına gitmeyecekti. Bunu yapmayacak kadar akıllıydı. Ayrıca gözüne başka bir şey takılmıştı -nefis bir Venüs çarığı-. Bu çiçek New Hampshire'daki en nadir ve en güzel çiçekti. Şimdiye dek bunu sadece kitaplarda görmüştü.

Heyecanlanan çocuk çiçeğin yanına doğru ilerledi. Çömeldi. Ayaklarının altındaki toprak, kuru yapraklarla örtülü bir delik gibiydi. Çiçeğinin kendine son derece bereketli bir yer bulduğunu fark etti. Çürüyen bir tahtanın üzerinde yetişiyordu.

Ödülünü evine götürme düşüncesinin verdiği heyecana kapılan çocuk, çiçeğe uzandı... parmaklarını çiçeğin gövdesine doğrultmuştu.

Ona hiç dokunamadı.

Toprak, tiksindirici bir çatırtı sesiyle içine göçtü.

Düşerken yaşadığı dehşet dolu üç saniye boyunca, aklında öleceği düşüncesi vardı. Aşağı düştüğünde kemiklerini kıracak çarpmaya kendini hazırlamıştı. Ama düştüğünde, hiç acı hissetmedi. Gayet yumuşaktı.

Ve soğuk.

Derin sıvının içine ilk önce yüzüstü çarparak, karanlığın içine daldı. Taklalar atarken, her taraftan etrafını çevreleyen duvarları elledi. Sonra, adeta içgüdüsel bir şekilde tükürükler saçarak yüzeye çıktı.

Işık.

Azdı. Yukarıdaydı. Ona, kilometrelerce yukarıdaymış gibi geliyordu.

Kuyunun duvarlarında tutunacak bir şey ararken, kolları suyun üstünde çırpınıyordu. Düz taştan başka bir şey yoktu. Terk edilmiş bir kuyu kapağından içeri düşmüştü. Yardım için bağırdı, ama yakarışları dar kuyunun içinde yankılanıyordu. Tekrar tekrar haykırdı. Başının üstündeki yarısı örtük delikten gelen ışık azalıyordu.

Akşam olmuştu.

Zaman karanlıkta farklı işliyor gibiydi. Boşluğun derinliklerinde bağırıp çağırarak suyla mücadele ederken uyuşmaya başlamıştı. Gözünün önüne, duvarların üstüne çöküp onu canlı canlı gömdüğü görüntüleri geliyordu. Kolları yorgunluktan ağrıyordu. Birkaç kez sesler duyduğunu sandı. Seslendi ama sanki rüyadaymış gibi... sesi çıkmıyordu.

Gece bastırdıkça kuyu derinleşiyordu. Duvarlar sessizce daralıyordu. Çocuk etrafını kuşatan duvarları uzaklaştırmak için itti. Bitap düşünce, vazgeçmek istedi. Ama suyun, kendinden geçinceye kadar duyduğu korku ateşini söndürdüğünü ve onu kaldırdığını hissediyordu.

Kurtarma takımı geldiğinde, çocuğu yarı baygın buldular. Beş saattir suyla cebelleşiyordu. İki gün sonra Boston Globe, *başsayfadan "Küçük Yüzücü" başlıklı hikâyesini yayınladı.*

97

Haşhaşin karavanıyla Tiber Nehri'ne bakan dev taş yapıya girerken, gülümsedi. Ödülünü yukarı taşıdı... taş tünelde dönerek yukarı çıkarken, yükünün hafif olmasına minnettardı.

Kapıya ulaştı.

Şeytani bir zevkle, *Aydınlanma Kilisesi*, diye düşündü. *Eski Illuminati toplantı odası. Burada olacağı kimin aklına gelirdi ki?*

Kadını, içerideki pelüş divana bıraktı. Sonra, ustaca kadının ellerini ve ayaklarını bağladı. Arzuladığı şey için, son görevini bitirene kadar beklemesi gerektiğini biliyordu. *Su.*

Yine de, zevk için biraz zamanı olduğunu düşündü. Kadının yanına diz çökerek, elini baldırı üzerinde gezdirdi. Pürüzsüzdü. Daha yukarı. Koyu parmakları, kadının şortunun paçasından içeri süzüldü. Daha yukarı.

Durdu. Tahrik olmuş bir halde, kendi kendine *sabır,* dedi. *Yapılacak işler var.*

Biraz hava almak için odanın yüksek taş balkonuna çıktı. Akşam rüzgârı, yavaş yavaş ateşini söndürdü. Aşağıda, Tiber Nehri köpürüyordu. Gözlerini kaldırıp yüzlerce basın ışığının parıltısı altında çıplak görünen bir kilometre ilerideki San Pietro'nun kubbesine baktı.

Haçlı Seferleri sırasında katledilen binlerce Müslümanı gözünün önüne getirerek, yüksek sesle, "Son saatin," dedi. "Gece yarısı, Tanrı'nla buluşacaksın."

Arkasındaki kadın kımıldandı. Haşhaşin arkasını döndü. Uyanmasına izin vermeyi düşündü. Bir kadının gözlerinde dehşeti görmek, onun için büyük afrodizyaktı.

Tedbirli olmaya karar verdi. O yokken, kadının baygın kalması daha iyi olacaktı. Bağlı ve asla kaçamayacak bir halde olmasına rağmen, Haşhaşin geri döndüğünde onu mücadele etmekten yorulmuş bir halde bulmak istemiyordu. *Gücünü korumanı istiyorum... benim için.*

Kadının başını hafifçe kaldırarak, avucunu boynunun altına koydu ve tam kafatasının altındaki oyuğu buldu. Ense kökündeki basınç noktasını pek çok kez kullanmıştı. Ezici bir güçle, başparmağını yumuşak kıkırdağa bastırınca içeri göçtüğünü hissetti. Kadın anında yığıldı. *Yirmi dakika,* diye düşündü. Kadın, mükemmel bir günün, tahrik edici sonu olacaktı. Kadın, ona hizmet edip bunu yaparken öldükten sonra, o balkonda durup Vatikan'ın gece yarısı havai fişeklerini seyredecekti.

Haşhaşin, ödülünü baygın bir halde sedirde bırakıp meşalelerle aydınlatılmış zindana indi. Son görev. Masaya doğru yürüdü ve onun için bırakılan kutsal, metal şekillere saygılarını sundu.

Su. Sonuncu görevi buydu.

Daha önce üç kez yaptığı gibi, duvardan meşaleyi aldı ve ucunu ısıtmaya başladı. Nesnenin ucu iyice ısındığında, onu hücreye taşıdı.

İçeride, bir adam sessizce duruyordu. Yaşlı ve yalnızdı.

Katil, "Kardinal Baggia," diye tısladı. "Dua ettiniz mi?"

İtalyanın gözlerinde korku yoktu. "Sadece senin ruhun için."

98

Santa Maria della Vittoria Kilisesi'ndeki yangına gelen altı *pompieri* itfaiyeci, Halon gazı patlamalarıyla ateşi söndürdü. Su daha ucuzdu ama meydana getirdiği buhar şapelin içindeki fresklere zarar verebilirdi ve Vatikan, Romalı *pompieri*'lere, Vatikan'ın sahip olduğu tüm binalarda hızlı ve tedbirli bir hizmet için iyi maaş ödüyordu.

Pompieri'ler, işleri gereği neredeyse her gün trajedilere şahit oluyorlardı, ama bu kilisedeki idam hiçbirinin asla unutamayacağı bir şeydi. Kısmen çarmıha germe, kısmen asma, kısmen kazıkta yakmaydı, manzara Gotik bir kâbustan fırlamış gibiydi.

Maalesef, basın her zamanki gibi itfaiye teşkilatından önce gelmişti. *Pompieri*, kiliseyi temizlemeden önce bir sürü film çekmişlerdi. İtfaiyeciler, sonunda kurbanı aşağı indirip yere yatırdığında, adamın kim olduğuna dair hiç şüphe kalmamıştı.

Birisi, "*Cardinale Guidera,*" diye fısıldadı. "*Di Barcellona.*"

Kurban çıplaktı. Vücudunun alt kısmı kızıl-siyahtı, uyluklarındaki yarıklardan kan akıyordu. İncik kemikleri görünüyordu. Bir itfaiyeci kustu. Diğeri, nefes almak için dışarı çıktı.

Ama, esas dehşet verici şey, kardinalin göğsüne dağlanmış işaretti. İtfaiye şefi, dehşet içinde cesedin etrafında döndü. Kendi kendine, *lavoro del diavolo,* dedi. *Bunu Şeytan'ın kendisi yapmış.* Çocukluğundan beri ilk kez istavroz çıkardı.

Birisi, "*Un' altro corpo!*" diye bağırdı. İtfaiyecilerden biri, bir ceset daha bulmuştu.

İtfaiye şefi, ikinci kurbanı hemen tanıdı. İsviçreli Muhafızlar'ın sert komutanı, çok az polis memurunun sevdiği bir adamdı. Şef, Vatikan'ı aradı, ama tüm hatlar meşguldü. Bunun önemli olmadığını biliyordu. İsviçreli Muhafızlar, bunu birkaç dakika içinde televizyondan duyacaktı.

Şef hasarı inceleyerek, burada neler yaşanmış olabileceğini gözünde canlandırmaya çalışırken, kurşunlarla delik deşik olmuş bir niş gördü. Bir lahit, destekleri üzerinden devrilmiş ve gözle görülebilir bir mücadeleyle tepetaklak yere düşmüştü. Tam bir kargaşaydı. Şef arkasını dönerken, *bu, polisin ve Vatikan'ın işi*, diye düşündü.

Ama, dönerken durdu. Lahitten gelen bir ses duydu. Bu, hiçbir itfaiyecinin duymaktan hoşlanmadığı bir sesti.

"Bomba!" diye bağırdı. "*Tutti fuori!* Herkes dışarı!"

Bomba ekibi, lahidi çevirdiğinde, elektronik sesin kaynağını buldu. Şaşkına dönmüş bir halde, baktılar.

Biri sonunda, "*Mèdico!* Doktor!" diye haykırdı. "*Mèdico!*"

99

Rocher, Sistine Şapeli'nden, Papa'nın özel dairesine doğru ona eşlik ederken, Camerlengo bitkin halde, "Olivetti'den haber var mı?" diye sordu.

"Hayır, signore. En kötü ihtimalin gerçekleşmesinden korkuyorum."

Papa'nın dairesine vardıklarında, Camerlengo'nun sesi çok kederliydi. "Yüzbaşı, bu gece burada yapabileceğim başka bir şey yok. Korkarım, çok fazla şey yaptım bile. Şimdi dua edeceğim. Rahatsız edilmek istemiyorum. Gerisi Tanrı'ya kalmış."

"Evet, signore."

"Geç oldu, yüzbaşı. Şu kutuyu bulun."

"Araştırmamız devam ediyor." Rocher duraksadı. "Silahın çok iyi saklandığı kesin."

Camerlengo sanki bunu düşünememiş gibi yüzünü buruşturdu. "Evet. Tam 23.15'te, eğer kilise hâlâ tehlikedeyse, kardinalleri tahliye etmenizi istiyorum. Onların güvenliğini sizin ellerinize teslim ediyorum. Tek bir şey istiyorum. Bu adamların, buradan şerefli bir şekilde çıkmalarını sağlayın. San Pietro Meydanı'na çıksınlar ve dünyanın geri kalanıyla yan yana dursunlar. Bu kilisenin son görüntüsünün, arka kapıdan gizlice çıkan, korkmuş yaşlı adamlar olmasını istemiyorum."

"Peki, signore. Ya siz? 23.15'te sizi almaya da geleyim mi?"

"Buna gerek olmayacak."

"Signore?"

"Ruhum ayrılmam gerektiğini hissettiğinde ayrılacağım."

Rocher, Camerlengo acaba gemiyle birlikte batmayı mı planlıyor diye merak etti.

Camerlengo, Papa'nın dairesinin kapısını açtı ve içeri girdi. Dönerek, "Aslında..." dedi. "Bir şey var."

"Signore?"

"Bu ofis bu gece biraz soğuk. Titriyorum."

"Elektrik çalışmıyor. Size ateş yakayım."

Camerlengo yorgun bir ifadeyle gülümsedi. "Teşekkür ederim. Çok teşekkür ederim."

Rocher, Camerlengo'yu küçük bir Kutsal Meryem Ana heykelinin önünde, alev ışığında dua ederken bırakıp Papa'nın dairesinden çıktı. Ürkütücü bir manzaraydı. Titrek ışıkta diz çökmüş siyah bir gölge. Rocher koridorda ilerlerken, koşarak ona doğru gelen bir muhafız belirdi. Rocher mum ışığında bile Teğmen Chartrand'ı tanıdı. Genç, toy ve hevesli.

Chartrand bir cep telefonu uzatarak, "Yüzbaşı," diye seslendi. "Sanırım, Camerlengo'nun seslenişi işe yaradı. Bize yardımı dokunabilecek bilgiye sahip olduğunu söyleyen biri arıyor. Vatikan'ın özel dahili hatlarından birini aradı. Numarayı nasıl bulduğu hakkında hiç fikrim yok."

Rocher durdu. "Ne?"

"Sadece, en yüksek rütbeli memurla konuşacakmış."

"Olivetti'den haber var mı?"

"Hayır, efendim."

Ahizeyi aldı. "Ben, Yüzbaşı Rocher. Buradaki en yüksek rütbeli memur benim."

Ses, "Rocher," dedi. "Sana kim olduğumu açıklayacağım. Sonra, sana ne yapacağını söyleyeceğim."

Arayan kişi konuşmayı bitirip telefonu kapattığında, Rocher donup kalmıştı. Artık, emirleri kimden aldığını biliyordu.

CERN'de, Sylvie Baudeloque çılgına dönmüş bir halde, Kohler'ın telesekreterine gelen tüm lisans hakkı taleplerini takip etmeye çalışıyordu. Direktör'ün masasındaki özel hat çalmaya başladığında, Sylvie yerinden zıpladı. Kimsede bu numara yoktu. Telefona cevap verdi.

"Evet?"

"Bayan Baudeloque? Ben, Direktör Kohler. Pilotumla irtibata geçin. Jetim beş dakika içinde hazır olsun."

100

Robert Langdon gözlerini açıp kendini barok tarzı freskli bir kubbenin altında bulduğunda nerede olduğunun ya da ne zamandır şuursuz yattığının farkında değildi. Başının üstünde dumanlar uçuşuyordu. Ağzının üstünde bir şey vardı. Bir oksijen maskesi. Onu çıkardı. Odada feci bir koku vardı... yanan et kokusu gibi.

Langdon başının zonklamasıyla birden irkildi. Doğrulmaya çalıştı. Beyazlar içinde bir adam yanında çömelmişti.

Langdon'ı yeniden sırtüstü yatıran adam, "*Riposati!*"(*) dedi. "*Sono il paramédico.*"

Başı yukarıdaki dumanlar gibi dönen Langdon fazla dayanamadı. *Ne halt oldu?* Aklına panik hissettiğine dair düşünceler geliyordu.

Tıbbi görevli, "*Sórcio salvatore,*" dedi. "Fare... kurtardı."

Langdon kendini daha da kötü hissediyordu. *Fare mi kurtardı?*

Adam, Langdon'ın kolundaki Mickey Mouse saati işaret etti. Langdon hatırlamaya başladı. Alarmı kurduğunu hatırlıyordu. Boş gözlerle saate bakarken, aynı zamanda saati fark etti. 22.28 olmuştu.

Aniden dikilerek oturdu.

Ardından her şeyi hatırladı.

(*) Dinlen.

Langdon, itfaiye şefi ve onun birkaç adamıyla ana sunağın yanında duruyordu. Ona bir sürü soru soruyorlardı. Langdon dinlemiyordu. Onun aklında kendi soruları vardı. Tüm vücudu ağrıyordu ama hemen harekete geçmesi gerektiğini biliyordu.

Kilisenin karşı tarafından bir *pompiero* ona doğru yaklaştı. "Tekrar kontrol ettim efendim. Sadece Kardinal Guidera ile İsviçreli Muhafızlar'ın komutanının cesedini bulduk. Burada bir kadına dair hiçbir iz yok."

Rahatlamış yoksa dehşete mi kapılmış olduğuna emin olamayan Langdon, "*Grazie*," dedi. Vittoria'yı yerde, bilincini kaybetmiş bir şekilde yatarken gördüğünü biliyordu. Aklına gelen tek açıklama pek de rahatlatıcı değildi. Katil telefonda fazla anlaşılmaz konuşmamıştı. *Cesur bir kadın. İştahım kabardı. Belki bu gece sona ermeden ben seni bulurum. Ve bulduğumda...*

Langdon etrafına bakındı. "İsviçreli Muhafızlar nerede?"

"Hâlâ haber alınamadı. Vatikan'ın hatları kilitlendi."

Langdon kendini yalnız ve yenik hissetti. Olivetti ölmüştü. Kardinal ölmüştü. Vittoria kayıptı. Hayatının yarım saati uçup gitmişti.

Langdon basının dışarıda toplanmaya başladığını duyabiliyordu. Üçüncü kardinalin korkunç ölümü şimdiye dek yayınlanmadıysa, çok yakında canlı yayında duyurulacağına emindi. Camerlengo'nun, olabileceklerin en kötüsünü dikkate alarak, tedbir almış olmasını diliyordu. *Lanet Vatikan'ı boşaltın! Yeterince oyun oynandı! Kaybettik!*

Langdon birden, onu gayrete sevk eden tüm etkenlerin -Vatikan Şehri'ni kurtarmaya yardım etmek, dört kardinali kurtarmak, yıllarca incelediği kardeşlikle yüz yüze gelmek- aklından uçup gittiğini fark etti. Savaş kaybedilmişti. İçinde yeni bir dürtü yanıp tutuşuyordu. Basitti. Yalın. İlkel.

Vittoria'yı bul.

İçinde aniden bir boşluk hissetti. Langdon güç durumların, on yılların yapamayacağını yapıp iki insanı birleştirebileceğini daha önce sıkça duymuştu. Şimdi buna inanıyordu. Vittoria'nın yokluğunda, yıllardır duymadığı bir şey hissediyordu. Yalnızlık. Acı ona güç verdi.

Aklındaki diğer her şeyi bir kenara iterek, dikkatini topladı. Haşhaşin'in keyiften önce işine bakması için dua etti. Aksi takdirde Langdon çok geç kalacağını biliyordu. *Hayır,* dedi kendine, *vaktin var.* Vittoria'yı alıkoyanın hâlâ yapacak işleri vardı. Sonsuza dek yok olmadan önce son bir kez daha su yüzüne çıkmalıydı.

Langdon, *bilimin son mihrabı*, diye düşündü. Katilin son bir görevi kalmıştı. *Toprak. Hava. Ateş. Su.*

Saatine baktı. Otuz dakika. Langdon adamların arasından geçerek, *Azize Teresa'nın Vecdi'ne* yaklaştı. Bu kez Bernini'nin işaretine bakarken, neyi arayacağına dair en ufak şüphesi yoktu.

Melek rehberliğinde yüce av...

Uzanıp yatan azizenin tam üstünde, arka zemindeki yaldızlı alevlerin önünde Bernini'nin meleği duruyordu. Meleğin eli sivri uçlu bir ateş oku tutuyordu. Langdon'ın gözleri, kilisenin sağ tarafına doğru kavis çizen okun gösterdiği yönü takip etti. Karşısına duvar çıkmıştı. Okun gösterdiği noktaya baktı. Orada hiçbir şey yoktu. Langdon okun elbette duvarın ardında, Roma'da bir yerleri işaret ettiğini biliyordu.

Langdon yeni bir kararlılıkla şefe dönüp, "Bu taraf hangi yön oluyor?" diye sordu.

"Yön mü?" Şef, Langdon'ın gösterdiği tarafa göz attı. Aklı karışmış gibiydi. "Bilmiyorum... batı, sanırım."

"O tarafta hangi kiliseler var?"

Şefin aklı daha da karışmış gibiydi. "Düzinelerce. Neden?"

Langdon kaşlarını çattı. Elbette düzinelerce vardı. "Bana bir şehir haritası lazım. Hemen."

Şef, birini itfaiye kamyonundan harita getirmesi için yolladı. Langdon yeniden heykele döndü. *Toprak... Hava... Ateş... VITTORIA.*

Kendi kendine, *son işaret Su*, dedi. *Bernini'nin suyu.* Oralarda bir yerlerdeki bir kiliseydi. Samanlıkta bir iğne. Hatırlayabildiği tüm Bernini eserlerini aklından geçirdi. *Suya ithaf edilen bir şey olması lazım!*

Langdon, Bernini'nin *Triton* heykelini gözünün önüne getirdi... Yunan deniz tanrısı. Sonra onun, bu kilisenin dışında, tamamen ters yönde bulunduğunu fark etti. Kendini düşünmeye zorladı. *Bernini suyu övmek için hangi figürü yontmuş olabilir? Neptün ve Triton mu?* Ne yazık ki bu heykel Londra'daki Victoria & Albert Müzesi'ndeydi.

"Signore?" Bir itfaiyeci haritayla gelmişti.

Langdon, ona teşekkür ettikten sonra, haritayı sunağa yaydı. O an soruyu doğru kişilere sorduğunu anladı; itfaiyecilerin haritası Langdon'ın gördükleri arasında en ayrıntılı olanıydı. "Biz şimdi neredeyiz?"

Adam gösterdi. "Barberini Meydanı'nın yanında."

Langdon yönü tayin etmek için bir kez daha meleğin okuna baktı. Şef doğru tahmin etmişti. Haritaya göre melek batıyı işaret ediyordu. Langdon haritada, bulundukları noktadan batıya doğru bir çizgiyi takip etti. Neredeyse aynı anda tüm ümitleri suya düşmüştü. Parmağının hareket ettiği her santimde minik siyah haçla işaretlenmiş bir başka binaya rastlıyordu. *Kiliseler.* Şehir onlarla doluydu. Langdon'ın parmağı sonunda kiliseler bölgesinden çıkıp Roma'nın banliyölerine varmıştı. Nefes verecek haritadan geriye doğru adım attı. *Lanet olsun.*

Tüm Roma'ya göz gezdiren Langdon ilk üç kardinalin öldürüldüğü üç kilisenin yerini saptadı. *Chigi Şapeli... San Pietro... burası...*

Şimdi hepsine birden bakarken, bulundukları yerlerde bir tuhaflık fark etti. Kiliselerin Roma'ya gelişigüzel dağılmış olduklarını zannediyordu. Ama kesinlikle öyle değildiler. Üç kilise sanki sistematik biçimde, şehir büyüklüğündeki dev bir üçgenle birbirlerinden ayrılıyorlardı. Langdon bir kez daha baktı. Bunu hayal etmiyordu. Başını kaldırmadan, birdenbire, "*Penna,*" dedi.

Birisi, ona bir keçeli kalem verdi.

Langdon üç kiliseyi daire içine aldı. Nabzı daha hızlı atıyordu. İşaretlerine bir kez daha baktı. *Simetrik bir üçgen!*

Langdon'ın ilk aklına gelen, bir dolarlık banknotun üstündeki Hükümet Mührü'ydü... her şeyi gören gözü olan üçgen. Ama mantıklı değildi. Sadece *üç* noktayı işaretlemişti. Hepsinin birden dört etmesi gerekiyordu.

Peki Su hangi cehennemde? Langdon dördüncü işareti nereye yerleştirirse yerleştirsin üçgenin bozulacağını biliyordu. Simetriyi korumanın tek yolu, dördüncü işareti üçgenin içine yerleştirmekti, ortasına. Haritada o noktaya baktı. Hiçbir şey yoktu. Zaten bu fikir canını sıkmıştı. Bilimin dört öğesinin birbirine *eşit* olduğu kabul edilirdi. Su daha özel değildi; Su, diğerlerinin merkezinde değildi.

Ama yine de, içgüdüleri ona sistematik düzenin tesadüfi olmadığını söylüyordu. *Hâlâ resmin bütününü göremiyorum.* Tek bir seçenek kalıyordu. Dört nokta üçgen değil, başka bir şekil çiziyordu.

Langdon haritaya baktı. *Belki de bir kare?* Karenin sembolik bir anlamı olmamasına rağmen, en azından simetrikti. O an, mükemmel bir kare çizilemeyeceğinin farkına vardı. İlk üçgenin açıları doksan derece değildi ve bu haliyle daha çok yamuk bir dörtgene benziyordu.

Üçgenin çevresindeki diğer olası noktaları gözden geçirirken, beklenmedik bir şey oldu. Daha önce meleğin okunun yönünü belirlemek için çizdiği çizgi, ihtimallerin birinin tam üstünden geçiyordu. Afallayan Langdon o noktayı daireye aldı. Şimdi haritadaki dört işarete bakıyordu, uçurtmaya benzeyen garip bir elmas şekline.

Kaşlarını çattı. Elmaslar Illuminati sembolü değildiler. *Sonra yeniden...*

Langdon bir an ünlü Illuminati Elması'nı hatırladı. Bu düşünce, elbette aptalcaydı. Aklından uzaklaştırdı. Ayrıca bu elmas, uçurtma gibi uzuncaydı, Illuminati Elması'nın kusursuz simetrisine sahip değildi.

Sonra, son işareti yerleştirdiği noktaya bakmak için öne eğildiğinde, dördüncü noktanın, Roma'nın ünlü Navona Meydanı'nın tam ortasına denk geldiğini fark etti. Meydanda büyük bir kilise olduğunu biliyordu ama zaten bir kilise bulunduğunu düşünerek, parmağını oradan geçirmişti. Bildiği kadarıyla orada Bernini'nin hiçbir eseri yoktu. Kilisenin adı Azize Agnes idi. İnancından vazgeçmeyi reddettiği için hayat boyu seks kölesi olmaya mahkûm edilen, tutsak bakire genç kıza Azize Agnes'in adı verilmişti.

O kilisede bir şey olmalı! Langdon kilisenin içini gözünde canlandırarak zihnini yokladı. İçeride Bernini'ye ait veya *suyla* ilgili hiçbir eser aklına gelmiyordu. Haritadaki yerleşim düzeni de canını sıkıyordu. Bir elmas. Tesadüf olamayacak kadar belirgindi ama bu belirginlik hiçbir anlam ifade etmiyordu. *Bir uçurtma mı?* Langdon doğru noktayı seçip seçmediğini düşündü. *Neyi gözden kaçırıyorum!*

Cevabı bulması otuz saniyesini aldı ama anladığında akademik kariyeri boyunca hiç duymadığı bir coşkuya kapıldı.

Illuminati dehasının asla sonu gelmeyecek gibiydi.

Baktığı şekil aslında bir elmas çizmiyordu. Langdon *komşu* noktaları birleştirdiği için dört nokta elmas şeklini almıştı. *Illuminati zıtlıklara inanır!* Kalemiyle karşılıklı noktaları birleştirirken Langdon'ın parmakları titriyordu. Gözünün önündeki haritada bir haç şekli duruyordu. *Bu bir haç!* Bilimin dört öğesi gözlerinin önüne serilmişti. İşaretler Roma'ya yayılarak, kocaman bir haç oluşturmuşlardı.

Şaşkınlıkla bakarken, aklına şiirin bir dizesi geldi. Yeni yüzüyle merhaba diyen eski bir dost gibi.

Roma'da ara mistik öğeyi...

Roma'da...

Sis perdesi kalkmaya başlamıştı. Langdon cevabın gece boyunca gözünün önünde durduğunu anladı. Illuminati şiiri, mihrapların *nasıl* yerleştirildiğini açıklıyordu. Bir haç!

Roma'da ara mistik öğeyi!

Kurnaz bir kelime oyunu yapılmıştı. Langdon *Roma'da* kelimesinin şiirin ölçüsünü bozmamak için eklendiğini düşünmüştü. Oysa çok daha farklı bir niyetle yazılmıştı. Bu, dizenin içinde saklı bir başka ipucuydu.

Langdon haritadaki haç şeklinin, Illuminati'nin en üstün ikilemlerinden biri olduğunu fark etti. Bilim öğeleriyle oluşturulmuş dini bir semboldü. Galileo'nun Aydınlanma Yolu, hem bilimi, hem de Tanrı'yı övüyordu.

Bulmacanın geri kalan parçaları, hemen o anda yerine oturmaya başladı.

Navona Meydanı.

Navona Meydanı'nın tam ortasında, Azize Agnes Kilisesi'nin önünde, Bernini en ünlü heykellerinden birini yaratmıştı. Roma'ya gelen herkes onu görmeye giderdi.

Dört Irmak Çeşmesi!

Bernini'nin suya kusursuzca ithaf ettiği *Dört Irmak Çeşmesi,* Eski Dünya'nın dört büyük nehrini övüyordu... Nil, Ganj, Tuna ve Rio Plata.

Su, diye düşündü Langdon. *Son işaret* mükemmeldi.

Bundan daha da mükemmel olan, Bernini'nin çeşmesinin üstünde yüksek bir dikilitaş bulunmasıydı.

İtfaiyecileri şaşkınlıklarıyla baş başa bırakan Langdon, Olivetti'nin cansız bedeninin yattığı tarafa doğru kilisede koşturmaya başladı.

Saat 22.31, diye düşündü. *Bol bol vakit var...* Langdon gün boyunca ilk kez kendini oyunda önde hissediyordu.

Olivetti'nin yanında çömelerek, dikkatle komutanın yarı otomatiğini ve telsizini aldı. Langdon yardım çağrısında bulunacağını biliyordu ama bunu yapmanın yeri değildi. Bilimin son mihrabının şimdilik gizli kalması gerekiyordu. Sirenlerini öttürerek Navona Meydanı'na akın eden itfaiyecilerle basının faydadan çok, zararı dokunurdu.

Langdon tek kelime etmeden kapıdan dışarı çıktı ve güruh halinde kiliseye hücum eden basının arasından sıyrıldı. Barberini Meydanı'ndan geçti. Gölgeler arasına saklanarak telsizi açtı. Vatikan Şehri'ne seslenmeye çalışıyordu, ama parazitten başka bir şey duyulmuyordu. Ya kapsama alanı dışındaydı ya da verici için bir tür erişim şifresine gerek vardı. Langdon boş yere karmaşık düğmelerle numaralara basıp durdu. Sonunda yardım çağırma planının işe yaramayacağını anladı. Dönüp ankesörlü telefon aradı. Hiç yoktu. Zaten Vatikan santralı kilitlenmişti.

Tek başınaydı.

İlk başta hissettiği güvensizlik duygusuna yeniden kapılarak, orada bir süre durup acınası halini gözden geçirdi... kemik tozuna bulanmıştı, yaralanmıştı, yorgunluktan bitap düşmüştü ve açtı.

Langdon yeniden dönüp kiliseye baktı. Medya ve itfaiye araçlarının ışığıyla aydınlanan kubbenin üstünden dumanlar tütüyordu. İçeri geri girip yardım isteme konusunda tereddüt etti. Ama içgüdüleri ona fazladan yardım almanın, özellikle de eğitimsiz yardım almanın yük olmaktan başka işe yaramayacağını söylüyordu. *Eğer Haşhaşin geldiğimizi görürse...* Vittoria'yı düşündü. Onu tutsak alan kişiyle yüz yüze gelmek için, bunun son şansı olduğunu biliyordu.

Navona Meydanı, diye düşünürken, oraya gitmek ve uzaktan gözetlemek için yeterli vakte sahip olduğunu biliyordu. Taksi bulmak için etrafına baktı ama sokaklar neredeyse tamamen boştu. Sanki televizyon başına gidebilmek için taksi şoförleri bile her işi bırakmışlardı. Navona Meydanı sadece sekiz yüz metre uzaktaydı, ama Langdon çok kıymetli enerjisini yürüyerek harcamak niyetinde değildi. Arkasını dönüp kiliseye bakarken, birinin arabasını ödünç alabilir miyim, diye düşünüyordu.

İtfaiye aracı mı? Basın karavanı mı? Ciddi ol.

Dakikaların su gibi aktığının bilinciyle Langdon seçenekleri değerlendirip kararını verdi. Silahı cebinden çıkararak, kendi karakterine öyle ters bir harekette bulundu ki, ruhuna başka birinin sahip olduğundan şüphelendi. Kırmızı ışıkta bekleyen bir Citroën'e koşan Langdon silahı şoförün açık penceresinden doğrulttu. "*Fuori!*" diye seslendi.

Adam titreyerek dışarı çıktı.

Direksiyona atlayan Langdon gaza bastı.

101

Gunther Glick, İsviçreli Muhafızlar'ın ofisindeki bekleme odasında bir bankta oturuyordu. Aklına gelen tüm tanrılara dua ediyordu. *Lütfen bu bir rüya OLMASIN.* Hayatının çekimini yapmıştı. Herkesin hayatının çekimi olacak türden bir şeydi. Dünyadaki tüm muhabirler şimdi Gunther Glick'in yerinde olmak istiyorlardı. Kendi kendine, *rüya görmüyorsun*, dedi. *Ve bir yıldız oldun. Şu anda Dan Rather ağlıyor.*

Biraz şaşkın görünen Macri yanında oturuyordu. Glick, onu suçlamıyordu. Camerlengo'nun seslenişini yayınlamanın yanı sıra o ve Glick, geri sayımdaki karşımadde kutusunun canlı kamera görüntüleriyle birlikte, Papa *-o dil!-* ile kardinallerin tüyler ürpertici fotoğraflarını tüm dünyaya göstermişlerdi. *İnanılmaz!*

Elbette tüm bunlar Camerlengo'nun isteği üzerine yapılmıştı ve Glick ile Macri'nin şimdi İsviçreli Muhafızlar'ın bekleme odasına kilitlenmelerinin sebebi bu değildi. Muhafızların hoşuna gitmeyen şey, Glick'in hikâyeye eklemeye cüret ettiği kısımdı. Az önce haber yaptığı konuşmayı duymaması gerektiğini biliyordu ama bu onun hayatının fırsatıydı. *Glick'in vurduğu bir başka voli!*

"Son dakika kurtarıcısı mı?" Hiç etkilenmediği anlaşılan Macri, bankta yanında otururken homurdanıyordu.

Glick gülümsedi. "Dâhice değil mi?"

"Çok aptalca."

Glick, *sadece kıskandığına* emindi. Camerlengo'nun seslenişinin hemen ardından, yine tesadüfen, Glick doğru anda doğru yerde bulunmuştu. Rocher'i adamlarına emir verirken duymuştu. Anlaşıldığı kadarıyla Rocher mevcut durum hakkında önemli bilgiler verdiğini iddia ettiği gizemli birinden bir telefon almıştı. Rocher sanki bu adam onlara yardım edebilecekmiş gibi konuşuyor ve adamlarına misafirin gelişi için hazırlık yapmalarını söylüyordu.

Gelen bilgi son derece gizli olduğu halde Glick kendini işine adamış bir muhabir gibi davranmıştı, yani onursuzca. Karanlık bir köşe bulmuş ve Macri'ye kamerasını uzaktan çalıştırmasını emrederek, haberi yayınlamıştı.

Daha fazla gerilim katmak için gözlerini kısarak, "Tanrı'nın şehrinde şok edici yeni gelişmeler," diye duyurmuştu. Ardından Vatikan Şehri'ne günü kurtaracak gizemli bir misafirin geleceğini söylemişti. Glick, ona, *son dakika kurtarıcısı* demişti... son dakikada iyi niyetle meydana çıkan meçhul biri için biçilmiş kaftan. Diğer haber kanalları bu akılda kalıcı ses kaydını yayınlamış ve Glick bir kez daha ölümsüzleşmişti.

Ben dâhiyim, diye düşündü. *Peter Jennings az önce kendini köprüden attı.*

Glick elbette burada durmamıştı. Dünyanın ilgisini hazır üstüne çekmişken, bir de üstüne kendi komplo teorisini eklemişti.

Dâhice. Son derece dâhice.

Macri, "Bizi mahvettin," dedi. "Her şeyi berbat ettin."

"Ne demek istiyorsun sen? Harikaydım!"

Macri, ona inanamayan gözlerle bakıyordu. "Eski Başkan Baba George Bush. Bir Illuminati üyesi mi?"

Glick gülümsedi. Daha ne kadar bariz olabilirdi? George Bush'un 33. dereceden bir Mason olduğu çok iyi biliniyordu ve CIA, delil yetersizliğinden Illuminati soruşturmasını kapattığında CIA başkanıydı. Ve "ışığın bin noktası" ile "Yeni Dünya Düzeni" hakkında yaptığı tüm şu konuşmalar... Bush'un kesinlikle bir Illuminati üyesi olduğunu gösteriyordu.

Macri, "Peki CERN hakkındaki şu hikâyeye ne demeli?" diye çıkıştı. "Yarın kapının önünde avukatlar sıraya girecek."

"CERN mi? Ah, hadi yapma! Çok açık! Düşün! Illuminati, CERN'in *kurulduğu* 1950'li yıllarda dünya yüzünden kayboluyor. CERN dünyadaki pek çok aydının sığınağı. Sayısız özel fon. Kiliseyi ortadan kaldıracak bir silah geliştiriyorlar ve hooop!... onu *kaybediyorlar!*"

"Bu yüzden sen de tüm dünyaya CERN'in, yeni Illuminati üssü olduğunu söylüyorsun, öyle mi?"

"Çok açık! Kardeşlikler öyle kaybolup gitmezler. Illuminati'nin *bir yere* gitmiş olması gerekiyordu. CERN onların saklanabileceği mükemmel bir yer. CERN'deki herkesin Illuminati üyesi olduğunu söylemiyorum. Çoğunluğun masum olduğu büyük Mason locası gibi olmalı, ama yüksek kademelerdekiler..."

"Sen hiç kara çalma, diye bir şey duydun mu Glick? Peki ya mesuliyet?"

"Sen hiç gerçek gazetecilik, diye bir şey duydun mu?"

"Gazetecilik mi? Osuruktan cin çıkarttın! Kamerayı kapatmam gerekirdi! Peki ya CERN'in kurumsal logosu hakkındaki saçmalıklar neydi? Satanist semboller. Aklını mı kaçırdın?"

Glick gülümsedi. Macri'nin kıskandığı çok belli oluyordu. CERN logosu en başarılı darbesi olmuştu. Camerlengo'nun seslenişinden sonra, tüm haber kanalları CERN ve karşımadde hakkında konuşmaya başlamışlardı. Bazı kanallar arka planda CERN'in kurumsal logosunu gösteriyorlardı. Aslında standart bir logoyu andırıyordu; iki zerrecik hızlandırıcısını temsil eden, iç içe geçmiş iki çember ve zerrecik enjeksiyon tüplerini temsil eden beş teğet çizgi. Tüm dünya bu logoya bakıyordu, ama içindeki gizli Illuminati simgesini ilk keşfeden, kendi çapında simgebilim uzmanı sayılan Glick olmuştu.

Macri, "Sen simgebilim uzmanı değilsin," diye çıkıştı. "Şanslı köpeğin tekisin o kadar. Simgebilim kısmını Harvard'lı adama bırakmalıydın."

Glick, "Harvard'lı adam onu gözünden kaçırdı," dedi.

Bu logodaki Illuminati varlığı o kadar belirgin ki!

İçi neşeyle dolmuştu. CERN'de pek çok hızlandırıcı olduğu halde, logoda sadece ikisi gösteriliyordu. *İki, Illuminati'nin ikilik sayısıdır.* Çoğu hızlandırıcının sadece bir enjeksiyon tüpü olmasına rağmen, logoda beş tane görünüyordu. *Beş, Illuminati'nin beş köşeli yıldızının sayısı.* Sonra darbeyi indirmişti... en mükemmel nokta. Glick logoda büyük bir "6" sayısının bulunduğuna dikkat çekerek -çizgilerden biri ve çemberlerden oluşmuştu- logo döndürüldüğü zaman, başka bir altı sayısının... sonra başka bir altı sayısının ortaya çıktığını göstermişti. Logoda üç tane altı vardı! 666! Şeytan'ın sayısı! Şeytan'ın işareti!

Glick bir dâhiydi.

Macri, onu yumruklamaya hazır görünüyordu.

Glick bu kıskançlığın geçeceğini biliyordu. Aklı şimdi başka bir düşünceyle meşguldü. Eğer CERN, Illuminati merkeziyse, Illuminati'nin dillere destan elmasını sakladığı yer de orası mıydı? Glick bunu internette okumuştu... "*Onu görenlerin sadece hayranlık içinde bakabileceği mükemmellikte, eski maddelerden meydana gelen kusursuz bir elmas.*"

Glick Illuminati Elması'nın bulunduğu gizli yerin, bu gece ortaya çıkarabileceği gizemlerden bir başkası olup olamayacağını merak ediyordu.

102

Navona Meydanı. *Dört Irmak Çeşmesi.*

Çöl geceleri gibi Roma geceleri de, sıcak bir günün ardından bile, şaşırtıcı derece soğuk olabiliyordu. Langdon şimdi ceketine sarılarak, Navona Meydanı'nın çevresinde dolanıyordu. Ahenksiz haber bültenlerinin sesleri, uzaktan gelen trafik vızıltısı gibi şehirde yankılanıyordu. Saatine baktı. On beş dakika vardı. Biraz dinlenecek vakti olduğu için şükretti.

Meydan boştu. Bernini'nin şahane çeşmesi, korkutucu bir büyü gibi şıkırdıyordu. Köpüklü havuz teknesinden yukarı sihirli bir pus yükseliyor, suyun altındaki projektörlerle aydınlanıyordu. Langdon havada soğuk bir heyecan hissediyordu.

Çeşmenin en etkileyici özelliği, yüksekliğiydi. Merkezindeki heykellerin yüksekliği altı metrenin üstündeydi... suyun döküldüğü süslemeli oyukıar ve yapay mağaralarla dolu, girintili çıkıntılı bir travertin dağı. Küme tamamen pagan figürleriyle süslenmişti. Bunların üstünde, on üç metre uzunluğunda bir dikilitaş yükseliyordu. Langdon gözleriyle tepeye kadar takip etti. Dikilitaşın tepesindeki bir gölge, yalnız bir güvercin, gökyüzünü gölgeliyordu.

Hâlâ işaretlerin Roma'ya yerleştirilme şeklinin şaşkınlığını yaşayan Langdon *bir haç*, diye düşündü. Bernini'nin *Dört Irmak Çeşmesi* bilimin son mihrabıydı. Oysa saatler önce Langdon, Pantheon'da durmuş, Aydınlanma Yolu'nun yok olduğuna ve buraya kadar asla gelemeyeceğine inanıyordu. Budalaca bir hataydı. Doğrusu, yol tamamen el değmemiş halde duruyordu. *Toprak, Hava, Ateş, Su.* Ve Langdon, onu takip etmişti... başından sonuna kadar.

Kendi kendine, *daha sonuna gelmedik,* diye hatırlattı. Yolun *beş* durağı vardı, dört değil. Dördüncü işaret olan çeşme, nihai hedefi gösteriyordu -Illuminati'nin gizli sığınağı- Aydınlanma Kilisesi'ni. Langdon sığınağın hâlâ ayakta olup olmadığını merak etti. Haşhaşin'in Vittoria'yı oraya götürüp götürmediğini merak etti.

Langdon gözleriyle çeşmeyi incelerken, sığınağın yönünü gösterecek herhangi bir ipucu arıyordu. *Melek rehberliğinde yüce av.* Tam o anda, çok rahatsız edici bir gerçeğin farkına vardı. Çeşmede meleğe benzer hiçbir şey yoktu. Langdon'ın bulunduğu yerden bakıldığında kesinlikle görünmüyordu... geçmişte de böyle bir şey görmemişti. *Dört Irmak Çeşmesi* bir pagan çalışmasıydı. Heykellerin tümü kutsal olmayan şeylerdi; insanlar, hayvanlar, hatta garip bir armadillo. Buradaki bir melek çıban gibi sırıtırdı.

Burası yanlış yer mi acaba? Dört dikilitaşın oluşturduğu haç şeklini düşündü. Yumruklarını sıktı. *Çeşme mükemmeldi.*

Meydanın diğer tarafındaki ara sokakta siyah bir karavan belirdiğinde saat henüz 22.46 idi. Araç farlarını söndürmemiş olsaydı, Langdon dönüp bir daha bakmayacaktı. Karavan, ay ışığının aydınlattığı körfezdeki köpekbalığı gibi meydanın çevresinde döndü.

Langdon, Azize Agnes Kilisesi'nin geniş merdivenlerinin gölgesinde çömelerek saklandı. Meydana göz gezdirirken nabzı yükseliyordu.

Karavan iki tur attıktan sonra, Bernini'nin çeşmesine doğru yaklaştı. Yan tarafı çeşmenin suyuyla ıslanıncaya kadar yanlamasına yaklaşarak, havuz teknesiyle aynı hizaya geldi. Sonra park etti. Kayarak açılan kapısı, köpüren suların sadece birkaç santim üstünde duruyordu.

Sis dalgalar halinde yükseldi.

Langdon'ın içine huzursuzluk verici bir şeyler doğuyordu. Haşhaşin erken mi gelmişti? Karavanla mı gelmişti? Langdon, katilin kurbanını San Pietro'da olduğu gibi yayan getirerek, açık alanda ateş etmesine olanak sağlayacağını düşünmüştü. Ama eğer Haşhaşin bir karavanla geldiyse, durum değişmişti.

Karavanın kapısı birden kayarak açıldı.

Karavanın zemininde, acılar içinde çıplak bir adam yatıyordu. Adam metrelerce ağır zincire dolanmıştı. Demir halkaları üstünden atmaya çalıştı, ama zincirler çok ağırdı. Zincirlerden biri atın gemi gibi adamın ağzından geçiyor ve feryatlarını bastırıyordu. Langdon ikinci figürü işte o anda gördü. Karanlıkta, esirin arkasında dolaşırken son hazırlıklarını yapıyor gibiydi.

Langdon harekete geçmek için sadece saniyeler kaldığını biliyordu. Silahını alarak, ceketini çıkardı ve yere bıraktı. Tüvit ceketinin kendisine engel olmasını istemiyordu, ayrıca Galileo'nun *Diagramma*'sını suyun yakınında bir yerlere götürmeye hiç niyeti yoktu. Belge burada daha güvenli ve kuru kalacaktı.

Langdon sağ tarafından ayağa kalktı. Çeşmenin etrafından dolaşarak, karavanın tam karşısına geçti. Çeşmenin heybetli süslemeleri onu saklıyordu. Doğruca havuz teknesinin yanına koştu. Gürüldeyen suların, ayak seslerini bastırmasını ümit ediyordu. Çeşmenin yanına vardığında, kenarına tırmanarak, köpüklü havuzun içine atladı.

Su beline geliyordu ve buz gibi soğuktu. Langdon dişlerini sıkarak, suyun içinde ilerledi. Havuzun zemini kaygandı, uğur getirmesi için atılan bozuk paralarla daha da tehlikeli hale gelmişti. Langdon uğurdan daha fazlasına ihtiyacı olduğunu sezinliyordu. Pus, etrafında yükselirken, silahının titremesine neden olan şeyin soğuk mu, yoksa korku mu olduğunu merak ediyordu.

Havuzun ortasına geldiğinde sol tarafa gitti. Mermer şekillere tutunarak güçlükle yürüyordu. Büyük bir at heykelinin arkasına saklandı ve başını uzatıp baktı. Karavan sadece beş metre uzağındaydı. Haşhaşin karavanda yere çömelmiş, açık kapıdan çeşmeye atmaya hazırlandığı zincirlere dolanmış kardinali tutuyordu.

Beline kadar suyun içindeki Robert Langdon silahını kaldırarak sislerin arasından çıkarken, kendini son duruşunu alan bir çeşit su kovboyu gibi hissediyordu. "Kıpırdama." Sesi silahından daha sağlam çıkmıştı.

Haşhaşin başını kaldırıp baktı. Bir an için, hayalet görmüş gibi sersemlemişe benziyordu. Ardından dudaklarında şeytani bir tebessüm belirdi. Teslim olarak kollarını yukarı kaldırdı. "Buraya kadarmış."

"Karavandan dışarı çık."

"Islanmışa benziyorsun."

"Erkencisin."

"Ödülüme dönmek için sabırsızlanıyorum."

Langdon silahını hizaladı. "Ateş etmekte tereddüt etmem."

"Tereddüt ettin bile."

Langdon parmağının tetiği biraz daha sıkı kavradığını hissetti. Kardinal şimdi kıpırdamadan yatıyordu. Bitkin ve ölmek üzere gibi bir hali vardı. "Çöz onu."

"Onu boş ver. Sen kadın için geldin. Başka isteğin varmış gibi davranma."

Langdon işi orada bitirmemek için kendini zor tuttu. "O nerede?"

"Güvenli bir yerde. Dönüşümü bekliyor."

Yaşıyor. Langdon biraz ümitlenmişti. "Aydınlanma Kilisesi'nde mi?"

Katil gülümsedi. "Yerini asla bulamayacaksın."

Langdon şüphe duyuyordu. *Sığınak hâlâ ayakta.* Silahını doğrulttu. "Nerede?"

"Yeri yüzyıllar boyunca gizli kaldı. Bana bile kısa süre önce açıklandı. Bu güveni suiistimal edeceğime ölürüm."

"Sensiz de bulabilirim."

"Kibirli bir düşünce."

Langdon çeşmeyi işaret etti. "Buraya kadar geldim."

"Pek çokları da öyle. En zoru son perde."

Langdon biraz daha yaklaşırken, ayakları suyun altında dikkatle adım atıyordu. Haşhaşin son derece sakin görünüyor, kollarını başının üstüne kaldırmış, karavanın arka tarafında çömeliyordu. Langdon silahı onun göğsüne doğrulturken, aklından onu hemen vurup işi bitirmeyi geçiriyordu. *Hayır. Vittoria'nın yerini o biliyor. Karşımaddenin yerini o biliyor. Bilgiye ihtiyacım var!*

Haşhaşin karavanın karanlığında saldırganına bakarken, kendini ona acımaktan alamıyordu. Amerikalı cesur olduğunu kanıtlamıştı. Ama aynı zamanda eğitimsizdi. Bunu da kanıtlamıştı. Uzman olmadan mertlik taslamak intihardı. Hayatta kalmanın kuralları vardı. Eski kurallar. Ve Amerikalı tüm bu kuralları yıkıyordu.

Fırsatı yakalamıştın... şaşırtarak avantaj sağlamıştın. Elinden kaçırdın.

Amerikalı kararsızdı... herhalde destek gelmesini bekliyordu... ya da önemli bilgiyi ağzından kaçırmasını.

Avını savunmasız bırakmadan önce asla sorgulamaya girişme. Köşeye sıkışan düşman, ölümlü bir düşmandır.

Amerikalı yeniden konuşuyordu. Ağzını arıyordu. Kandırmaya çalışıyordu.

Katil neredeyse kahkaha atacaktı. *Bu iş senin Hollywood filmlerine benzemez... son el ateş edilmeden namlunun ucunda uzun tartışmalar yapılmaz. Bitti. Şimdi.*

Katil göz temasını kaybetmeden, aradığını buluncaya kadar ellerini karavanın tavanına yükseltti. Bakışlarını hiç kaçırmadan, onu kavradı.

Sonra hamlesini yaptı.

Kesinlikle beklenmedik bir hareketti. Langdon bir an için fizik kanunlarının ortadan kalktığını sandı. Katil bacakları altından havalanarak, zincirlere sarılı kardinali botlarıyla kapıdan dışarı iterken, ağırlıksızmış gibi havada duruyordu. Kardinal suları etrafa saçarak aşağı düştü.

Yüzüne su çarpan Langdon olan biteni geç anlamıştı. Katil karavanın tavanındaki demir çubuklarından birine tutunarak, sallanmıştı. Şimdi Haşhaşin tekmesini doğrultmuş üstüne geliyordu.

Langdon tetiği çektiğinde susturucu şakırdadı. Mermi, Haşhaşin'in sol botunun parmak ucunda patlamıştı. Langdon o an, Haşhaşin'in bot tabanının kendi göğsüyle bağlantılı olduğunu ve kemiklerini kıran bir tekmeyle devrildiğini hissetti.

İki adam birlikte su ve kan gölüne düştüler.

Buz gibi su Langdon'ı içine aldığında, ilk duyumsadığı acı oldu. Hayatta kalma içgüdüsü ikinci plandaydı. Artık silahı tutmadığını fark etti. Elinden düşmüştü. Suya dalarak havuzun kaygan dibini eliyle yokladı. Metal tutuyordu. Bir avuç bozuk para. Onları bıraktı. Gözlerini açarak, parlak zemini inceledi. Su, etrafında dondurucu bir jakuzi gibi fokurduyordu.

Nefes alma içgüdüsüne rağmen, korku onu suyun dibinde tutuyordu. Sürekli devinim. Bir sonraki saldırının nereden geleceğini bilmiyordu. Silahı bulması lazımdı. Elleri çaresizce yeri yokluyordu.

Kendi kendine, *avantaj sende,* dedi. *Kendi öğenin içindesin.* Balıkçı yakalı kazağı sırılsıklam olsa dahi Langdon çevik bir yüzücüydü. *Su senin öğen.*

Langdon'ın parmakları ikinci kez bir metale dokunduğunda, şansının değiştiğine emindi. Elindeki nesne bozuk para değildi. Onu kavrayarak kendine doğru çekmeye çalıştı, ama bunu yaptığında kendini suda kayarken buldu. Nesne sabitti.

Langdon, kardinalin kıvranan vücudunun üstünden kayarken, adamı suyun altına çeken metal zinciri tuttuğunu anladı. Çeşmenin dibinden kendisine bakan dehşet dolu yüzü görünce bir süre yerinden kıpırdayamadı.

Adamın gözlerinden aldığı şevkle harekete geçen Langdon uzanıp zincirleri kavradı ve onu suyun yüzeyine doğru kaldırmaya çalıştı. Vücudu çapa gibi yavaşça yukarı kalktı. Langdon biraz daha kuvvetle çekti. Kardinalin başı suyun üstüne çıktığında, yaşlı adam soluk soluğa birkaç nefes aldı. Sonra aniden yuvarlanınca, zincirlerin Langdon'ın elinden kaymasına sebep oldu. Baggia taş gibi yeniden aşağı çökerek, köpüklü suların altında kayboldu.

Langdon gözlerini karanlık deryada kocaman açarak dibe daldı. Kardinali buldu. Bu kez Langdon, Baggia'nın göğsündeki zincirleri sıkıca kavramıştı... yana doğru kayan zincirler açılarak daha kötü bir gerçeği ortaya çıkarttı... dağlanmış etin üstüne bir kelimeyle damga vurulmuştu.

Hemen ardından bir çift bot gördü. Birinden kanlar fışkırıyordu.

Water: Su

103

Bir su topçusu olan Robert Langdon çok daha zorlu sualtı mücadelelerinde bulunmuştu. Su topu havuzunda yüzeyin altında ve hakemlerin gözlerinden uzakta, en çirkin güreş müsabakalarından bile daha çetin bir rekabet yaşanırdı. Langdon tekmelenmiş, tırmalanmış, suyun altında tutulmuş ve hatta sürekli uzaklaştırıp durduğu, hayal kırıklığına uğramış bir savunma oyuncusu tarafından ısırılmıştı.

Şimdi Bernini'nin çeşmesinin soğuk sularında debelenirken, Harvard havuzundan çok uzakta olduğunu biliyordu. Bir karşılaşma için değil, hayatı için mücadele ediyordu. İkinci kez savaşıyorlardı. Burada hakem yoktu. Derbi olmayacaktı. Yüzünü havuz teknesinin dibine doğru bastıran kolların, onu öldürme niyetinde olduğuna hiç şüphe yoktu.

Langdon içgüdüsel olarak hızla döndü. *Elinden kurtul!* Ama katili hiçbir savunma oyuncusunun sahip olmadığı bir avantajla -her iki ayağı da yere basıyordu- onu yüzüstü döndürdü. Langdon kendi ayaklarını altına almaya çalışırken yüzünü buruşturdu. Haşhaşin, onu tek kolundan yakalamıştı... ve sıkıca kavrıyordu.

Langdon işte o zaman yüzeye çıkamayacağını anladı. Aklına gelen tek şeyi yaptı. Yüzeye çıkmaya çalışmaktan vazgeçmişti. *Kuzeye gidemezsen, doğuya git.* Kalan son kuvvetini kullanarak, bacaklarıyla yunus gibi tekmelerken, kollarını kelebek gibi altına çekti. Vücudu öne doğru yalpaladı.

Ani dönüş, Haşhaşin'i hazırlıksız yakalamış gibiydi. Langdon'ın son hareketi katilin kollarını yanlara açarak, dengesini kaybetmesine neden olmuştu. Adamın kavrayışı gevşeyince, Langdon bir kez daha tekmeledi. Kendini çekme halatından kurtulmuş gibi hissetti. Langdon serbest kalmıştı. Ciğerlerindeki eski nefesi püskürterek, yüzeye çıktı. Ama sadece bir kez nefes alabildi. Haşhaşin, ezici bir güçle yeniden tepesine binmiş, avuçlarını omuzlarına bastırarak tüm ağırlığını üstüne vermişti. Langdon ayaklarını altına toplayarak dikilmeye çalıştıysa da, Haşhaşin bacağını savurarak onu yeniden alaşağı etti.

Langdon yine havuzun dibindeydi.

Langdon suyun altında dönerken kasları yanıyordu. Baloncuklu suyun içinde silahı arayarak havuzun dibine göz gezdirdi. Her şey bulanıktı. Baloncuklar burada daha yoğundu. Katil, onu çeşmenin zeminine yerleştirilmiş bir projektöre doğru daha derine iterken, yüzüne kör edici bir ışık vurdu. Langdon uzanarak, kutucuğu tuttu. Sıcaktı. Langdon kendini çekip kurtarmaya çalıştı, ama mekanizma menteşelerle tutturulmuştu ve elinde dönüyordu. Kuvvetini kaybetti.

Haşhaşin, onu dibe itmeye devam ediyordu.

O an Langdon, onu gördü. Bozuk paraların altından ona bakıyordu. İnce, siyah bir silindir. *Olivetti'nin tabancasının susturucusu!* Langdon uzanıp parmakları silindiri kavradığında, metal değil plastik tuttuğunu hissetti. Çektiğinde, esnek plastik hortum eline ince bir yılan gibi geldi. Yaklaşık altmış santim uzunluğundaydı ve ucundan baloncuklar çıkıyordu. Langdon silahı bulamamıştı. Bu, çeşmenin baloncuk çıkartan zararsız borularından biriydi.

Yalnızca otuz santim ötedeki Kardinal Baggia ruhunun bedenini terk etmeye başladığını hissediyordu. Tüm hayatı boyunca kendini bu ana hazırlamış olsa da, sonunun bu şekilde olacağını hiç tahmin etmemişti. Fiziksel bedeni acılar içindeydi... yanmış, hırpalanmış ve kaldıramayacağı bir ağırlıkla suyun dibine atılmıştı. Çektiği acının İsa'nın acılarıyla karşılaştırılamayacağını hatırlattı kendine.

Benim günahlarım yüzünden öldü...

Baggia yakınlarda kopan boğuşmanın seslerini duyabiliyordu. Bunun düşüncesine katlanamıyordu. Onu esir alan adam, bir başka hayatı sona erdirmek üzereydi... ona yardım etmeye çalışan, duyarlı gözlere sahip adamı.

Baggia acısı artarken, sırtüstü yatarak, suyun içinden başının üstündeki karanlık gökyüzüne baktı. Bir an için yıldızları gördüğünü sandı.

Vakti gelmişti.

Tüm korku ve şüphelerini bir kenara bırakan Baggia ağzını açarak, son olduğunu bildiği nefesi bıraktı. Ruhunun cennete doğru şeffaf baloncuklarla yükselmesini seyretti. Ardından, nefesi bitti. Su, yan taraflarından saplanan soğuk hançerler gibi içine aktı. Acı sadece birkaç saniye sürdü.

Sonra... huzur.

Haşhaşin ayağındaki acıyı hiçe sayarak tüm dikkatini, fokurdayan suyun içine daldırdığı, boğulmak üzere olan Amerikalıya vermişti. *İşini tam bitir.* Elini iyice sıkarken, Robert Langdon'ın bu kez hayatta kalmayacağını biliyordu. O bunları düşünürken, kurbanı gittikçe güçsüzleşiyordu.

Birden Langdon'ın vücudu kaskatı kesildi. Yoğun bir şekilde sarsılıyordu.

Haşhaşin, *evet*, diye düşündü. *Titreme. Su ciğerlere ilk dolduğunda böyle olur.* Titremenin beş saniye süreceğini biliyordu.

Altı saniye sürdü.

Sonra, Haşhaşin'in beklediği gibi kurbanı aniden kendini bıraktı. Robert Langdon sönen büyük bir balon gibi gevşemişti. Bitmişti. Haşhaşin suyun tüm akciğer dokusuna işlemesi için onu otuz saniye daha suyun altında tuttu. Sonunda, Langdon'ın vücudunun kendiliğinden dibe doğru battığını hissetti. Haşhaşin en sonunda onu bıraktı. Medya, Dört Irmak Çeşmesi'nde çifte sürprizle karşılaşacaktı.

Çeşmeden dışarı tırmanırken kanayan ayağına bakan Haşhaşin, "*Allah kahretsin!*" diye küfretti. Botunun parmak ucu yırtılmıştı ve ayak parmağının ucu paramparça olmuştu. Kendi dikkatsizliğine öfkelenerek, pantolonunu yırttı ve kumaş parçasını botunun parmak ucuna tıkıştırdı. Acı, bacağına yayılmıştı. "*Ibn al-kalb!*"(*) Yumruklarını sıkarak, kumaşı daha derine itti. Kanama damlalara dönüşerek yavaşlamıştı.

(*) İtoğlu it.

Düşünceleri acıdan zevke doğru kayarken, Haşhaşin karavanına atladı. Roma'daki işi bitmişti. Sıkıntısını neyin geçireceğini gayet iyi biliyordu. Vittoria Vetra bağlanmış halde onu bekliyordu. Haşhaşin üşümüş ve ıslanmış olmasına rağmen sertleştiğini hissetti.

Ödülümü hak ettim.

Şehrin diğer ucunda Vittoria acı içinde uyandı. Sırtüstü yatıyordu. Kasları taş kesilmişti. Gergindi. Kırılgandı. Kolları ağrıyordu. Hareket etmeye çalıştığında omuzlarının tutulduğunu hissetti. Ellerinin arkadan bağlandığını anlaması bir saniyesini aldı. İlk önce aklı karıştı. *Rüya mı görüyorum?* Ama başını kaldırmaya çalıştığında, ensesindeki ağrı ona uyanık olduğunu hatırlattı.

Yaşadığı sersemlik korkuya dönüşürken, etrafına göz gezdirdi. Kaba ve taş bir odanın içindeydi; oda genişti, mobilyalıydı ve meşalelerle aydınlatılmıştı. Bir çeşit eski toplantı salonunu andırıyordu. Yakınındaki köşede eski moda kanepeler duruyordu.

Vittoria teninin ürpermesiyle, üşüdüğünü hissetti. Açık duran çift kanatlı kapının ardından balkon görünüyordu. Vittoria korkuluğun parmaklıkları arasından Vatikan'ı gördüğüne yemin edebilirdi.

104

Robert Langdon *Dört Irmak Çeşmesi*'nin dibindeki madeni para yatağında yatıyordu. Ağzı hâlâ plastik borunun etrafındaydı. Çeşmede köpükçükler çıkarmak için borudan pompalanan hava, pompa yüzünden kirlenmişti ve boğazı yanıyordu. Buna rağmen, şikâyetçi değildi. Hayattaydı.

Boğulan adam taklidinin ne kadar inandırıcı olduğundan emin değildi, ama tüm hayatı boyunca sularda olduğu için elbette bazı hikâyeler duymuştu. Elinden gelenin en iyisini yapmıştı. Sonuna doğru, ciğerlerindeki tüm havayı boşaltmış ve nefes almayı kesmişti, böylece kas kütlesi vücudunu zemine taşımıştı.

Tanrı'ya şükür, Haşhaşin buna inanmış ve vazgeçmişti.

Şimdi, çeşmenin dibinde yatan Langdon elinden geldiği kadar beklemişti. Boğulmak üzereydi. Haşhaşin'in hâlâ dışarıda olup olmadığını merak ediyordu. Langdon borudan keskin bir nefes alarak, ortadaki düz tümseği bulana kadar çeşmenin dibinde yüzdü. Sakince, tümseği yukarı doğru takip ederek, gözden uzak bir yerde, kocaman mermer figürlerin gölgeleri altında yüzeye çıktı.

Karavan gitmişti.

Langdon'ın görmek istediği tek şey buydu. Ciğerlerine yeniden temiz hava çekerek, Kardinal Baggia'nın battığı yere daldı. Langdon, adamın baygın olduğunu biliyordu ve onu kendine getirme ihtimali çok azdı, ama denemek zorundaydı. Langdon bedeni bulduğunda, ayaklarını her iki tarafa yerleştirdi, aşağı uzandı ve kardinale sarılı zincirleri tuttu. Sonra çekti. Kardinal sudan çıktığında, gözlerinin yukarı kaymış ve dışarı çıkmış olduğunu gördü. Bu, iyi bir işaret değildi. Nefes ya da nabız yoktu.

Vücudu asla yukarı kaldırıp çeşmenin kenarına götüremeyeceğini bilen Langdon, Kardinal Baggia'yı suda sürükleyip mermerin orta tümseğinin altındaki oyuğa götürdü. Burada su sığlaşıyordu ve eğri bir çıkıntı vardı. Langdon çıplak bedeni çıkıntının mümkün olduğu kadar üzerine çekti. Fazla uzağa değil.

Sonra işe başladı. Kardinalin zincirle kaplı göğsüne bastırarak, ciğerlerindeki suyu boşalttı. Sonra, suni teneffüse başladı. Dikkatle sayarak. Bilinçli bir şekilde. Çok sert ve çok hızlı üfleme güdüsünü bastırarak. Langdon üç dakika adamı hayata döndürmeye çalıştı. Beş dakika sonra, her şeyin bittiğini anlamıştı.

Il preferito. Papa olacak adam. Ölü bir halde önünde yatıyordu.

Yarısı suyun içindeki çıkıntının gölgesinde, hareketsizce yatan Kardinal Baggia şimdi bile her nasılsa sessiz saygınlık havasını koruyordu. Su, neredeyse pişmanlıkla hafifçe göğsüne çarpıyordu... sanki adamın esas katili olduğu için af diliyordu... sanki kendi ismini oymuş yanık yarayı temizlemeye çalışıyordu.

Langdon nazikçe elini adamın yüzünde gezdirdi ve yukarı dönmüş gözlerini kapattı. Bunu yaparken, içinde biriken gözyaşı selinin ürpertisini hissetti. Bu, onu ürküttü. Ardından, Langdon yıllar sonra ilk kez ağladı.

105

Langdon ölü kardinalden ağır ağır uzaklaşarak, yeniden derin suya doğru ilerlerken, yorucu duygu sisi yavaşça kalktı. Çeşmede bitkin ve yalnız bir halde duran Langdon neredeyse yığılıp kalacağını sanıyordu. Ama bunun yerine, içinde yeni bir isteğin uyandığını hissetti. İnkâr edilmez. Çılgın. Kaslarının beklenmedik bir cesaretle sertleştiğini hissetti. Aklı, sanki kalbindeki acıya aldırmıyormuş gibi, geçmişi bir kenara itti ve önündeki tek tehlikeli göreve odaklandı.

Illuminati sığınağını bul. Vittoria'ya yardım et.

Bernini'nin çeşmesinin dağ gibi merkezine dönerek ümidini topladı ve son Illuminati işaretini araştırmaya odaklandı. Bu boğumlu figürlerin arasında bir yerde, sığınağı işaret eden bir işaret olduğunu biliyordu. Bununla birlikte, Langdon çeşmeyi incelerken, ümidi hızla azaldı. *Segno*'nun kelimeleri, alay eder gibi etrafında uğulduyordu. *Melek rehberliğinde yüce av.* Langdon önünde duran oyulmuş şekillere baktı. *Pagan çeşmesi! Hiçbir yerde lanet meleklerden yok!*

Langdon merkezin faydasız araştırmasını tamamladığında, içgüdüsel olarak gözlerini kaldırıp yüksek taş sütuna baktı. *Dev gibi bir haç şeklinde Roma'ya dağılmış dört işaret,* diye düşündü.

Dikilitaşın üzerindeki hiyeroglifleri incelerken, Mısır simgebiliminde bir ipucu gizli mi diye merak etti. Hemen, aklından bu düşünceyi uzaklaştırdı. Hiyeroglifler, Bernini'den yüzyıllar öncesine aittiler ve Rosetta Taşı bulunana dek okunamamışlardı bile. Langdon yine de, belki de Bernini ilave bir sembol oymuştur, diye düşündü. Hiyeroglifler arasında fark edilmeyecek bir sembol.

Langdon ufacık bir umut hissederek, bir kez daha çeşmenin etrafında dolaştı ve dikilitaşın dört cephesini de inceledi. Bunu yapmak iki dakika sürdü ve son yüzün sonuna geldiğinde, ümitleri yıkıldı. Hiyerogliflerde, ilave hiçbir şey göze çarpmıyordu. Kesinlikle, melek yoktu.

Langdon saatine baktı. Yirmi üçtü. Zaman uçuyor mu yoksa emekliyor mu, emin olamıyordu. Langdon çeşmede güçlükle ilerlerken, Vittoria ve Haşhaşin'in görüntüleri gözünün önüne gelmeye başladı, çılgına dönmüş bir halde sonuçsuz bir dönüşü daha tamamlarken hayal kırıklığı arttı. Tükenmiş ve yorgun olan Langdon yıkılmak üzereydi. Geceye haykırmak için başını arkaya attı.

Ses, boğazına tıkandı.

Langdon doğrudan dikilitaşa bakıyordu. En üste yerleştirilmiş nesneyi daha önce görmüş ama aldırmamıştı. Şimdi, onu ansızın durdurmuştu. Bu, bir melek değildi. Meleğe hiç benzemiyordu. Aslında, onu Bernini'nin çeşmesinin bir *parçası* olarak algılamamıştı. Onu canlı bir yaratık sanmış, yüksek kulelere tüneyen bir şehir leşçili olduğunu zannetmişti.

Bir *güvercin.*

Langdon gözlerini kısarak, yukarıya, nesneye baktı, etrafındaki sis yüzünden görüşü bulanıktı. Bir güvercindi, öyle değil mi? Yıldız kümelerine karşı dururken, siluetleri belirgin başı ve gagayı net bir şekilde görüyordu. Ve kuş, Langdon geldiğinden beri hareket etmemişti, aşağıdaki mücadele sırasında bile. Aynen Langdon meydana girdiğindeki gibi duruyordu. Dikilitaşın üzerinde duruyor, sakin bir şekilde batıya bakıyordu.

Langdon bir müddet ona baktı ve elini çeşmeye daldırıp bir avuç madeni para aldı. Paraları yukarı fırlattı. Granit dikilitaşın yukarısına çarptılar. Kuş, kımıldamadı. Tekrar denedi. Bu kez, paralardan biri hedefe çarptı. Meydanda metalin üzerine çarpan hafif bir metal sesi çınladı.

Lanet güvercin bronzdu.

Bir ses, *sen bir melek arıyorsun, bir güvercin değil,* diye ona hatırlattı. Ama, çok geçti. Langdon bağlantıyı kurmuştu. Kuşun, bir güvercin olmadığını fark etti.

Bir kumruydu.

Langdon ne yaptığını kendi bile anlamadan, çeşmenin ortasına doğru yüzdü ve travertin dağa tırmanmaya başladı. Kocaman kolların ve başların üzerine tırmanarak, kendini daha yükseğe çekiyordu. Dikilitaşın temeline giden yolun yarısında Langdon sisin içinden çıktı, şimdi kuşun kafasını daha net görebiliyordu.

Hiç şüphe yoktu. Bu, bir kumruydu. Kuşun aldatıcı koyu rengi, orijinal bronzu karartan Roma kirliliğinin sonucuydu. Sonra, anlamı onu etkiledi. Pantheon'da bugün erken saatlerde, bir çift kumru görmüştü. Bir *çift* kumru hiçbir anlam taşımıyordu. Ama, bu kumru yalnızdı.

Yalnız kumru, Barış Meleği'nin pagan sembolüdür.

Gerçek, dikilitaşa çıkan yolun kalan kısmında Langdon'ı neredeyse yukarı kaldırdı. Bernini, melek için *pagan* sembolünü seçmişti, böylece bir pagan çeşmesinde onu gizleyebilecekti. *Melek rehberliğinde yüce av. Kumru, melekti!* Langdon Illuminati'nin son işareti için bu dikilitaşın tepesinden başka yüksek bir yer düşünemiyordu.

Kuş batıya bakıyordu. Langdon, onun bakışını takip etmeye çalıştı, ama binalardan göremiyordu. Daha yükseğe tırmandı. Nevşehirli Aziz Gregory'den bir alıntı hiç beklenmedik bir şekilde aklına geldi. *Ruh aydınlandığında... kumrunun güzel şeklini alır.*

Langdon gökyüzüne doğru yükseldi. Kumruya doğru. Artık, neredeyse uçuyordu. Dikilitaşın yükseldiği platforma ulaştı, artık daha yükseğe tırmanamazdı. Ama, etrafa şöyle bir bakınca, tırmanmak zorunda olmadığını anladı. Tüm Roma önünde uzanıyordu. Manzara harikaydı.

Solunda, San Pietro'yu çevreleyen karmakarışık medya ışıkları. Sağında, Santa Maria della Vittoria'nın dumanlar çıkan kubbesi. Önünde, uzakta, Popolo Meydanı. Altında, dördüncü ve son nokta. Dikilitaşlardan dev bir haç.

Langdon titreyerek, yukarıdaki kumruya baktı. Döndü ve tam bakışlarını çevirdiği yöne baktı, sonra gözlerini ufuk çizgisine indirdi.

Bir anda, onu gördü.

Çok barizdi. Çok netti. Sinsi bir basitliği vardı.

Langdon şimdi ona bakarken, Illuminati sığınağının bunca yıldır gizli kalmasına inanamadı. Önündeki nehrin karşısındaki devasa taş yapıya bakarken, tüm şehir yavaş yavaş yok oluyor gibi geldi. Bina, Roma'daki her bina kadar ünlüydü. Tiber Nehri'nin kıyısında diyagonal bir şekilde Vatikan'a bitişik duruyordu. Binanın geometrisi sadeydi; kare hisarın içinde daire şeklinde bir kaleydi, duvarlarının dışında tüm yapıyı çevreleyen, *beşgen* şeklinde bir park vardı.

Önündeki eski taş kale duvarları çarpıcı bir biçimde, yumuşak projektörlerle aydınlatılmıştı. Kalenin en tepesinde dev gibi bir bronz melek duruyordu. Melek kılıcını aşağı, kalenin tam merkezine doğrultmuştu. Ve sanki bu yeterli değilmiş gibi, yalnız ve doğrudan kalenin ana girişine rehberlik eden ünlü Melekler Köprüsü duruyordu... Bernini'den başkası tarafından yontulmamış on iki büyük melekle süslenmiş dramatik bir yol.

Langdon son bir nefes kesici keşifle, Bernini'nin şehri kapsayan dikilitaş haçının tam Illuminati tarzındaki hisarı işaret ettiğini fark etti; haçın ana kolu *doğrudan* kalenin köprüsünün merkezinden geçerek, iki eşit parçaya bölüyordu.

Langdon tüvit ceketini alarak, sular damlayan vücudundan uzakta tuttu. Sonra, çalıntı sedana atladı ve sırılsıklam ayakkabısıyla gaz pedalına basarak, hızla gecenin içine doğru ilerledi.

106

Saat 23.07 idi. Langdon'ın arabası Roma gecesinde son sürat gidiyordu. Nehirle paralel olan Lungotevere Tor Di Nona'dan aşağı süratle giden Langdon varış yerinin sağ tarafında dağ gibi yükseldiğini görebiliyordu.

Castel Sant'Angelo. Melek Şatosu.

Melekler Köprüsü'ne -Ponte Sant' Angelo- giden tali yol birden karşısına çıkmıştı. Langdon frenlere asılarak, yola saptı. Zamanında dönmüştü, ama köprü kapanmıştı. Üç metre kadar kaydıktan sonra, yolu kapayan kısa beton direklere çarptı. Araç hırıldayıp sarsılarak, birdenbire durunca Langdon ileri doğru fırladı. Melekler Köprüsü'nü korumak maksadıyla, sadece yaya trafiğine açık olduğunu unutmuştu.

Sarsılan Langdon arabadan sendeleyerek inerken, başka bir yoldan gelmiş olmayı diliyordu. Çeşmede sırılsıklam ıslanmıştı. Şimdi üşüyor ve titriyordu. Islak gömleğinin üstüne Harris tüvit ceketini geçirirken, Harris markasının çift astarlı oluşuna şükretti. *Diagramma* sayfası kuru kalacaktı. Köprünün diğer tarafında karşısında duran taş kale, dağ gibi yükseliyordu. Acılar içinde ve yorgun düşen Langdon uzun adımlarla koşmaya başladı.

Şimdi her iki yanında, ona nihai hedefine kadar eşlik eden, Bernini meleklerinin önünden hızla geçiyordu. *Melek rehberliğinde yüce av.* O yaklaştıkça, şatonun boyu uzuyor gibiydi. Tırmanılmaz zirvesi, gözünü San Pietro'dan bile daha çok korkutuyordu. Telaş içinde kaleye koşarken, başını kaldırıp kılıcını çıkartan kocaman meleğin gökyüzüne eriştiği, kalenin dairesel merkezine baktı.

Şato boş gibi görünüyordu.

Langdon binanın geçen yüzyıllar süresince Vatikan tarafından bir kilise, bir kale, Papa'nın sığınağı, kilise düşmanlarına bir hapishane ve müze olarak kullanıldığını biliyordu. Görünüşe bakılırsa şatonun başka sakinleri de vardı... Illuminati. Bunun, ürkütücü bir anlamı vardı. Şato, Vatikan'ın mülkü olmasına rağmen nadiren kullanılıyordu ve Bernini yıllar içinde sayısız değişiklikler yapmıştı. Binanın şimdi gizli girişler, geçitler ve gizli odalarla dolu olduğu rivayet ediliyordu. Langdon melekle beşgen şeklindeki parkı Bernini'nin yaptığına şüphe etmiyordu.

Şatonun çift kanatlı hantal kapısına vardığında, onu tüm gücüyle itti. Kıpırdamamaları şaşırtıcı değildi. Demir tokmaklar göz seviyesinde duruyorlardı. Langdon bunu yapmaya zahmet etmedi. Geriye doğru adım atarak, dik dış duvarlara baktı. Bu dış duvarlar Berberi, kâfir ve Mağribi ordularına karşı koymuştu. Her nedense kapıyı kırarak içeri girme şansının çok az olduğunu hissediyordu.

Vittoria, diye düşündü. *Neredesin?*

Langdon dış duvarın çevresinde telaşla gezindi. *Başka bir giriş olmalı!*

Batı tarafındaki ikinci surun etrafından dolaşan Langdon, Lungotere Angelo'nun önündeki küçük park alanına vardığında soluk soluğaydı. Bu duvarda ikinci bir şato girişi buldu. İner kalkar köprü girişi tarzındaydı, yukarı kaldırılmış ve kapatılarak mühürlenmişti. Langdon yeniden bakışlarını yukarı kaldırdı.

Şatodaki tek ışık, ön cepheyi aydınlatan dış projektörlerden geliyordu. İçeride tüm küçük pencereler karanlık gibi görünüyordu. Langdon gözlerini daha yukarı çevirdi. Orta kulenin en tepesinde, otuz metre kadar yukarıda, meleğin kılıcının tam altında, bir balkon çıkıntı yapıyordu. Arkasındaki oda meşalelerle aydınlanıyormuş gibi, mermer korkuluklar hafifçe titreşiyordu. Islak vücudu aniden titremeye başlayan Langdon duraksadı. Bir gölge mi? Gerginlik içinde bekledi. Sonra bir daha gördü. Belkemiği karıncalanmıştı. *Orada biri var!*

Kendini tutamayarak, "Vittoria," diye seslendi ama arkasındaki Tiber Nehri'nin gürültüsü onun sesini bastırdı. İsviçreli Muhafızlar'ın nerede olduğunu düşünerek daireler çiziyordu. Telsiz çağrısını duymuşlar mıydı acaba?

Park yerinin sonunda bir medya aracı duruyordu. Langdon ona doğru koştu. Kulaklık takmış göbekli bir adam, kabinde oturmuş cihazlarını ayarlıyordu. Langdon karavanın yan tarafına vurdu. Yerinden sıçrayan adam, Langdon'ın ıslak kıyafetlerini gördü ve kulaklığını indirdi.

"Telaşın ne ortak?" Avustralyalı aksanıyla konuşuyordu.

"Telefonuna ihtiyacım var." Langdon deliye dönmüştü.

Adam omuzlarını silkti. "Çevir sesi yok. Bütün gece denedim. Hatlar dolu."

Langdon yüksek sesle küfretti. "Oraya birinin girdiğini gördün mü?" İner kalkar köprüyü işaret ediyordu.

"Doğrusu evet. Siyah bir karavan gece boyunca girip çıktı."

Langdon midesine bir tuğla düştüğünü hissetti.

Bakışlarını kuleye diken Avustralyalı, "Şanslı herif," dedi. Sonra önü kapalı kendi Vatikan manzarasına doğru kaşlarını çattı. "Eminim oradaki manzara mükemmeldir. San Pietro'daki trafiği aşamadım, bu yüzden buradan çekim yapıyorum."

Langdon, onu dinlemiyordu. İhtimalleri değerlendiriyordu.

Avustralyalı, "Sen ne dersin?" dedi. "Şu son dakika kurtarıcısı gerçek mi?"

Langdon, ona döndü. "Ne?"

"Duymadın mı? İsviçreli Muhafızlar'ın yüzbaşısı, çok önemli bilgiye sahip olduğunu söyleyen birinden telefon almış. Adam şimdi uçakla buraya geliyor. Tek bildiğim, eğer adam bugünü kurtarırsa... acayip reyting yapar!" diyerek bir kahkaha patlattı.

Langdon'ın aklı karışmıştı. Yardıma gelen son dakika kurtarıcısı mı? Bu adam karşımaddenin yerini biliyor muydu? Peki o zaman neden İsviçreli Muhafızlar'a söylememişti? Neden bizzat kendisi geliyordu? Garip bir şeyler dönüyordu, ama Langdon'ın ne olduğunu bulacak zamanı yoktu.

Langdon'ı biraz daha yakından inceleyen Avustralyalı, "Hey," dedi. "Sen şu televizyonda gördüğüm adam, değil misin? San Pietro Meydanı'nda kardinali kurtarmaya çalışan adam?"

Langdon cevap vermedi. Gözleri, karavanın tepesine tutturulmuş tertibata takılmıştı... devrilecekmiş gibi görünen eklentinin üstündeki uydu anteni. Langdon şatoya bir kez daha baktı. Dış duvarlar on beş metre yüksekliğindeydi. İç kale daha da yüksekti. Muhafazalı bir savunma. Tepe, bulunduğu yerden imkânsız görünüyordu ama belki ilk duvarı aşabilirse...

Langdon haberciye dönerek, uydu kolunu işaret etti. "Bu ne kadar yükseğe çıkıyor?"

"Ha?" Adam şaşırmıştı. "On beş metre. Neden?"

"Aracı sür. Duvarın yanına park et. Yardıma ihtiyacım var."

"Sen neden bahsediyorsun?"

Langdon açıkladı.

Avustralyalının gözleri büyümüştü. "Çıldırdın mı? Bu iki yüz bin dolarlık bir teleskop uzantısı. Merdiven değil!"

"Reyting istemiyor muydun? Gününü gün edecek bilgi bende." Langdon çaresizdi.

"Bu bilgi iki yüz bin papel eder mi?"

Langdon yapacağı iyilik karşılığında açıklayacağı şeyi anlattı.

Doksan saniye sonra Robert Langdon yerden on beş metre yükseklikte uydu koluna tutunmuş, denge sağlamaya çalışıyordu. Öne doğru uzanarak, ilk dış duvarın tepesine tutundu ve kendini duvara doğru çekerek, şatonun alçak kale burcuna atladı.

Avustralyalı, "Şimdi yaptığın pazarlığa sadık kal bakalım!" diye seslendi. "O nerede?"

Langdon bu bilgiyi paylaştığı için suçluluk duyuyordu ama anlaşma anlaşmaydı. Ayrıca, Haşhaşin büyük ihtimalle basını zaten arayacaktı. Langdon, "Navona Meydanı," diye bağırdı. "Çeşmede."

Avustralyalı uydu kolunu indirerek, kariyer yapma hevesinin peşinden gitti.

Şehre tepeden bakan taş odadaki Haşhaşin sırılsıklam olmuş botlarını çıkarıp yaralı parmağını sardı. Ağrıyordu, ama keyfine engel olacak kadar değil.

Yüzünü ödülüne döndü.

Kadın, odanın köşesindeki basit bir divanın üstünde, elleri arkadan bağlanmış, ağzı tıkanmış bir şekilde sırtüstü yatıyordu. Haşhaşin, ona doğru yürüdü. Kadın artık uyanmıştı. Bu onu memnun etti. Ama kadının gözlerinde korku değil öfke vardı.

Korku sonradan gelecek.

107

Robert Langdon şatonun dış surlarının etrafında hızla koşarken, projektör ışıklarına şükran duyuyordu. Duvarın etrafında turlarken, aşağıdaki avluyu eski bir savaş müzesine benzetti; mancınıklar, mermer gülle kümeleri ve korkutucu nesnelerden oluşan bir cephanelik. Gündüzleri şatonun bazı kısımları turistlere açıktı ve avlu kısmen ilk haline uygun biçimde onarım görmüştü.

Langdon'ın gözleri avludan, kalenin orta merkezine kaydı. Daire şeklindeki hisar, en tepedeki bronz meleğe kadar otuz altı metre uzunluğundaydı. Yukarıdaki balkon hâlâ içerideki ışıkla aydınlanıyordu. Langdon seslenmek istedi, ama bunu yapmayacak kadar akıllıydı. İçeri girmenin bir yolunu bulmalıydı.

Saatine baktı.

23.12.

Duvarın iç kısmındaki taş rampadan koşarak aşağıdaki avluya indi. Yeniden yer seviyesine indiğinde, kalenin etrafında saat yönünde gölgeler arasından koşturdu. Üç sütunlu girişin önünden geçti, ama hepsi de kalıcı olarak mühürlenmişti. *Haşhaşin içeri nasıl girdi?* Langdon devam etti. İki yeni girişin önünden geçti, ama onlar da dışarıdan asma kilitle kapatılmışlardı. *Buradan değil.* Koşmaya devam etti.

Önündeki avludan geçen çakıl taşlı yolu gördüğünde, neredeyse tüm binanın çevresinde dolaşmıştı. Yolun, şatonun dış duvarındaki bir ucunda, iner kalkar köprünün dış tarafa açılan kapısını gördü. Yolun diğer ucu kaleye girerek gözden kayboluyordu. Çakıl taşlı yol bir çeşit tünele giriyor gibiydi -kale merkezindeki geniş bir giriş. *Il traforo!* Langdon bu şatonun tünelinin, kalenin içinde dönen dev bir rampa olduğunu ve komutanların at sırtında yukarıdan aşağıya çabuk inebilmek için bu yolu kullandıklarını okumuştu. *Haşhaşin yukarı buradan çıktı!* Tüneli kapatan kapı yukarı kalkmış, Langdon'ı içeri davet ediyordu. Tünele doğru koşarken, bir coşku hissetti. Ama girişe vardığında heyecanı yok oldu.

Tünel dönerek *aşağı* iniyordu.

Yanlış yol. Tünelin bu bölümü, belli ki yeraltı hücrelerine iniyor, yukarı çıkmıyordu.

Toprağın derinliklerindeki sonsuzluğa uzanıyormuş gibi görünen karanlık deliğin ağzında duran Langdon bir kez daha balkona bakarak duraksadı. Orada bir hareket gördüğüne yemin edebilirdi. *Karar ver!* Başka seçeneği kalmadığından, tünele daldı.

Haşhaşin ise yukarıda, avının başında duruyordu. Elini onun kolunda gezdirdi. Teni kaymak gibiydi. Kadının bedensel hazinelerini keşfetme düşüncesi onu mest ediyordu. Ona kaç şekilde sahip olabilirdi?

Haşhaşin, kadını hak ettiğini biliyordu. Janus'a iyi hizmet etmişti. Kadın savaş ganimetiydi ve onunla işini bitirdiğinde divandan çekerek, kadını diz çökmeye zorlayacaktı. Kadın, ona bir kez daha hizmet edecekti. *En yüce boyun eğiş.* Ardından, kendisi zevkin doruğundayken, onun boğazını kesecekti.

Buna, *ghayat assa'adah* diyorlardı. *Eşsiz zevk.*

Daha sonra, zaferinin keyfini çıkartarak balkonda duracak ve Illuminati galibiyetinin... uzun zamandır arzulanan intikamının, başarısını kutlayacaktı.

Tünel giderek kararıyordu. Langdon aşağı inmeye devam etti.

Yerin altına doğru bir tam dönüş daha yaptıktan sonra ışık tamamen kaybolmuştu. Tünel sona erince Langdon yavaşladı. Ayak seslerinin çıkardığı yankıdan geniş bir odaya girdiğini anlayabiliyordu. Kasvetli karanlıkta, önünde pırıltılar belirmişti... ortama ışıltılar saçan belli belirsiz yansımalar. İleri doğru hareket ederken, elini öne uzattı. Pürüzsüz bir yüzeye dokunuyordu. Krom ve cam. Bu bir araçtı. Yüzeyi eliyle yokladı, bir kapı buldu ve açtı.

Aracın içindeki tepe ışıkları yanmıştı. Arkaya geçtiğinde siyah karavanı hemen tanıdı. Bir süre isteksizce durduktan sonra, çeşmede kaybettiğinin yerine kullanabileceği bir silah bulma ümidiyle etrafı aradı. Bulamadı. Ama Vittoria'nın cep telefonunu bulmuştu. Parçalanmış ve kullanılmaz durumdaydı. Görüntüsü yüzünden Langdon korkuya kapıldı. Çok geç kalmamış olmak için dua etti.

Uzanarak karavanın farlarını yaktı. İçinde bulunduğu ortam kendini gösterdiğinde, kaba gölgelerle dolu basit bir oda olduğunu fark etti. Odanın bir zamanlar atlar ve savaş gereçleri için kullanıldığını tahmin etti. Aynı zamanda kapısı yoktu.

Çıkış yoktu. *Yanlış yoldan geldim!*

Ümitleri tükenen Langdon karavandan atlayarak etrafını çevreleyen duvarlara göz attı. Hiç kapı yoktu. Tünel girişindeki meleği düşündü ve bunun bir tesadüf olup olmadığını aklından geçirdi. *Hayır!* Katilin çeşmedeki sözlerini hatırlıyordu. *Kadın, Aydınlanma Kilisesi'nde... dönüşümü bekliyor.* Langdon vazgeçemeyecek kadar yol kat etmişti. Kalbi hızla çarpıyordu. Sinir ve nefret duygularını köreltmeye başlamıştı.

Yerdeki kanı gördüğünde Langdon'ın aklına ilk önce Vittoria geldi. Ama gözleriyle kan lekelerini takip ettiğinde, bunların kanlı ayak izleri olduğunu fark etti. Adımlar uzundu. Lekeler sadece sol ayaktan bulaşmıştı. *Haşhaşin!*

Langdon ayak izlerini odanın köşesine kadar takip ederken, giderek uzayan gölgesi zayıflıyordu. Attığı her adımda biraz daha şaşırıyordu. Kanlı ayak izleri odanın ortasına kadar geldikten sonra birden kaybolmuşa benziyordu.

Langdon köşeye vardığında gözlerine inanamadı. Burada, yerdeki granit plaka diğerleri gibi dörtgen değildi. Bir başka yön tabelasına bakıyordu. Mermer blok, mükemmel bir beşgen oluşturacak şekilde kesilmiş ve ucu köşeyi gösterecek biçimde yerleştirilmişti. Üst üste binen duvarlarla dâhice gizlenen taştaki dar bir aralık, giriş görevi görüyordu. Langdon arasından süzüldü. Bir geçitteydi. Önünde, bir zamanlar bu tüneli kapatan tahta bariyerin kalıntıları duruyordu.

Onun ardında ışık vardı.

Langdon artık koşuyordu. Tahtanın üstünden aşarak, ışığa yöneldi. Geçit hemen başka bir geniş odaya açılmıştı. Burada, duvardaki tek bir meşalenin alevleri titreşiyordu. Langdon şatonun elektriği olmayan bir kesitindeydi... hiçbir turistin göremeyeceği bir yerinde. Oda, gün ışığında ürkütücü görünüyor olmalıydı ama, meşale onu daha da korkutucu kılıyordu.

Il prigione.(*)

Demir parmaklıkları çürümeye yüz tutmuş, bir düzine kadar küçük hapishane hücresi vardı. Bununla birlikte büyükçe olan hücrelerden biri bozulmadan kalmıştı ve Langdon'ın yerde gördüğü şey neredeyse kalbini durduracaktı. Siyah cüppeler ve kırmızı harmaniler. *Kardinalleri buraya kapatmıştı!*

Hücrenin yanındaki duvarda demir bir kapı vardı. Langdon yarı aralık kapının ardında bir tür geçit olduğunu görebiliyordu. Oraya doğru koştu. Ama oraya varmadan durdu. Kan izleri geçide girmiyorlardı. Girişin üstündeki kemere kazınan yazıyı gördüğünde, nedenini anladı.

Il Passetto.

Hayrete düşmüştü. Girişinin nerede olduğunu bilmeden, pek çok kez bu tünel hakkında bir şeyler duymuştu. *Il Passetto* -Gizli Geçit- St. Angelo Kalesi ile Vatikan arasında yapılmış, sekiz yüz metre uzunluğunda dar bir tüneldi. Vatikan kuşatmaları sırasında papalar güvenli bir yere kaçabilmek için kullanmışlardı... aynı zamanda daha az dindar olan papalar, gizlice metresleriyle buluşmak ya da düşmanlarına yapılan işkenceyi görmek için kullanmışlardı. Ama artık tünelin her iki ucu da, anahtarları Vatikan'daki bir kasada saklı, açılması imkânsız kilitlerle kapatılmış olmalıydı. Langdon birden, Illuminati'nin Vatikan'a nasıl girip çıktığını anlayarak korktu. Kiliseye içeriden *kimin* ihanet ederek, anahtarları verdiğini düşündü. *Olivetti mi? İsviçreli Muhafızlar'dan biri mi?* Artık bunların önemi yoktu.

Yerdeki kan, hapishanenin diğer tarafına doğru gidiyordu. Langdon izleri takip etti. Burada, zincirlere dolanmış paslı bir kapı duruyordu. Kilit çıkarılmıştı ve kapı aralıktı. Kapının ardında çok dik bir döner merdiven yukarı çıkıyordu. Yer yine aynı şekildeki beşgen bir blokla işaretlenmişti. Langdon taş bloka bakarken titreyerek, bu ağır kütlelere şekil ve-

(*) Hapishane.

ren keskiyi Bernini'nin tutup tutmadığını merak etti. Başının üstündeki kemer bir melek çocuk oymasıyla süslenmişti. İşte buydu.

Kan izleri merdivenlerden kıvrılarak yükseliyordu.

Langdon yukarı çıkmadan önce, bir silaha, herhangi bir silaha ihtiyacı olduğunu biliyordu. Hücrelerden birinin yanında, yaklaşık bir metrelik bir demir parmaklık parçası buldu. Sivri ve parçalanmış bir ucu vardı. Gereğinden fazla ağır olmasına rağmen, bulabildiğinin en iyisi buydu. Şaşırtma unsuruyla Haşhaşin'in yarasının birleşerek, kendisine avantaj sağlamasını diledi. Her şeyden önce, çok geç kalmamış olmayı diliyordu.

Merdivenin döner basamakları aşınmıştı ve oldukça dik çıkıyordu. Langdon gelen sesleri dinleyerek yukarı çıktı. O tırmanırken, hapishane tarafından gelen ışık azaldı. Bir elini duvardan ayırmadan, kör karanlıkta ilerledi. Daha yukarı. Langdon karanlığın içinde, cennet hayalini diğer bilim ve din adamlarıyla paylaşma hevesiyle Galileo'nun hayaletinin bu merdivenlerden çıktığını hissetti.

Langdon sığınağın mekânıyla ilgili hâlâ bir tür şok geçiriyordu. Illuminati toplantı salonu, Vatikan'a ait bir binanın içindeydi. Vatikan muhafızları bodrum katlarını ve tanınmış bilim adamlarının evlerini ararken, hiç şüphesiz Illuminati *burada* toplanıyordu... Vatikan'ın burnunun dibinde. Aniden çok mantıklı geldi. Buradaki yeniliklerin başmimarı olan Bernini'nin, bu yapıya girmek için sınırsız izni olmalıydı... hiç soru sorulmadan binayı kendi istediği şekilde biçimlendirmişti. Acaba Bernini kaç gizli giriş eklemişti? Yolu gösteren kaç manidar süsleme yapmıştı?

Aydınlanma Kilisesi. Langdon yaklaştığını biliyordu.

Merdivenler daralmaya başlayınca Langdon geçitin üstüne geldiğini hissetti. Tarihin gölgeleri karanlıkta fısıldarken, o ilerlemeye devam etti. Önündeki yatay ışığı gördüğünde, meşale ateşinin karşıdaki kapının altından süzüldüğü bir sahanlığa yaklaştığını anlamıştı. Sessizce ilerledi.

Langdon o anda şatonun neresinde bulunduğunu bilmiyordu, ama zirveye ulaşacak kadar yol tırmandığının bilincindeydi. Şatonun tepesindeki dev meleği gözünde canlandırarak, başının tam üstünde olması gerektiğini düşündü.

Elindeki çubuğu sıkarken, *beni koru melek*, diye düşündü. Sonra usulca kapıya uzandı.

Kanepede yatan Vittoria'nın kolları ağrıyordu. Uyanıp da ellerinin arkadan bağlandığını ilk fark ettiğinde, ipleri gevşetip kurtulabileceğini sanmıştı. Ama vakit bulamamıştı. Canavar geri dönmüştü. Şimdi çıplak ve girdiği savaşlardan aldığı yara izleriyle dolu güçlü göğsünü gererek, tepesinde duruyordu. Vücuduna bakan gözleri iki siyah delik gibi görünüyordu. Vittoria, onun az sonra gerçekleştireceği arzularını hayal ettiğini sezebiliyordu. Haşhaşin onunla alay edercesine yavaşça kemerini çözüp yere bıraktı.

Vittoria tiksintiyle karışık bir korku hissetti. Gözlerini kapattı. Tekrar açtığında, Haşhaşin'in sustalı bir bıçak çıkardığını gördü. Vittoria'nın yüzünün tam önünde bıçağı açtı.

Vittoria çeliğe vuran kendi dehşet dolu yansımasını gördü.

Haşhaşin bıçağı ters çevirerek, sırt kısmını Vittoria'nın göbeğinde gezdirdi. Buz gibi metal onu ürpertti. Aşağılayıcı bir bakışla bıçağı şortunun belinden aşağı kaydırdı. Vittoria nefes aldı. İleri geri, yavaşça... ve daha aşağı tehlikeli biçimde hareket ediyordu. Sonra öne eğilerek, sıcak nefesiyle kulağına fısıldadı.

"Bu bıçak babanın gözünü oydu."

Vittoria o an onu öldürecek güce sahip olduğunu biliyordu.

Haşhaşin bıçağı yeniden çevirerek, haki renkteki şortu yukarı doğru kesmeye başladı. Birden başını kaldırıp durdu. Odada biri vardı.

Kapı aralığından derin bir ses, "Uzak dur ondan," diye gürledi.

Vittoria konuşan kişiyi göremiyordu, ama sesini tanımıştı. *Robert! O yaşıyor!*

Haşhaşin hayalet görmüş gibi bakıyordu. "Bay Langdon, koruyucu bir meleğiniz olmalı."

108

Langdon içinde bulunduğu ortamın kutsal bir yer olduğunu hemen anladı. Uzun odadaki süslemeler, eski ve yıpranmış olmakla birlikte, tanıdık simgelerle doluydu. Beşgen karolar. Gezegen freskleri. Kumrular. Piramitler.

Aydınlanma Kilisesi. Basit ve sade. Oraya varmıştı.

Haşhaşin tam önünde, balkon kapısının ağzında duruyordu. Göğsü çıplaktı ve bağlı olmakla birlikte canlı görünen Vittoria'nın başında duruyordu. Langdon, onu gördüğü için rahatladı. Bir an göz göze geldiklerinde duygular sel gibi aktı... minnettarlık, çaresizlik ve pişmanlık.

Haşhaşin, "İşte yeniden karşılaştık," dedi. Langdon'ın elindeki demir çubuğa bakarak güldü. "Bu sefer de *bununla* mı çıktın karşıma?"

"Onu çöz."

Haşhaşin bıçağı Vittoria'nın boğazına dayadı. "Onu öldüreceğim."

Haşhaşin'in böyle bir şey yapabileceğine Langdon'ın hiç kuşkusu yoktu. Sakin bir sesle konuşmaya çalıştı. "Buna memnun olacağını sanıyorum... diğer seçeneği düşünecek olursa."

Haşhaşin aşağılamaya gülerek karşılık verdi. "Haklısın. Bana verecek çok şeyi var. Yazık olur."

Langdon paslı demiri kavrayarak ileri doğru adım attı ve çatallı ucu Haşhaşin'e doğrulttu. Elindeki kesik fena halde acıdı. "Onu bırak."

Haşhaşin bir an için bunu düşünüyormuş gibi göründü. Nefes verere, omuzlarını düşürdü. Tam bir teslimiyet anıydı, ama Haşhaşin aniden kolunu havaya kaldırdı. Siyah kasları hayal meyal gözünün önünden geçti ve bir bıçak Langdon'ın göğsüne doğru havada takla atmaya başladı.

O an Langdon'ın dizleri içgüdüsel olarak mı yoksa korkudan mı kırıldı bilinmez, ama bıçak sol kulağının yanından geçerek, arkasında yere düştü. Haşhaşin paniğe kapılmışa benzemiyordu. Dizlerinin üstünde demir çubuğu tutan Langdon'a bakarak gülümsedi. Katil, Vittoria'dan uzaklaşarak sinsi bir aslan gibi Langdon'ın üstüne yürüdü.

Langdon elinde demir çubuğuyla ayağa kalkarken, ıslak balıkçı yakalı kazağı ve pantolonu hareketlerini daha da kısıtlıyormuş gibi geldi. Yarı çıplak Haşhaşin ise çok daha hızlı hareket ediyor, görünüşe göre ayağındaki yara onu yavaşlatmaya yetmiyordu. Langdon, onun acıya dayanıklı bir adam olduğunu anlad . Langdon hayatında ilk kez, elinde büyük bir silah olmasını diledi.

Haşhaşin eğleniyormuş gibi yavaşça etrafında dönerken sürekli arada mesafe bırakıyor, yerdeki bıçağa doğru uzanıyordu. Langdon, onu engelledi. Katil bunun ardından Vittoria'ya geri döndü. Langdon, onu bir kez daha engelledi.

Langdon, "Hâlâ vakit var," diyebildi. "Bana kutunun yerini söyle. Vatikan Illuminati'nin verdiğinden çok daha fazlasını verecektir."

"Çok safsın."

Langdon demir çubukla ani bir darbe savurdu. Haşhaşin kenara kaçtı. Silahını önünde tutarak bir kanepenin etrafında dönerken, Haşhaşin'i oval odanın köşesine sıkıştırmaya çalışıyordu. *Bu lanet odanın hiç köşesi yok!* Haşhaşin, tuhaf biçimde ne saldırmaya, ne de kaçmaya çalışıyordu. Langdon'ın oyununa eşlik etmekten başka bir şey yaptığı yoktu. Soğukkanlılıkla bekliyordu.

Neyi bekliyor? Savunmada usta olan Haşhaşin, daireler çizmeye devam etti. Bitmek bilmeyen bir satranç oyunu gibiydi. Langdon'ın elindeki silah giderek ağırlaşıyordu. Birden Haşhaşin'in neyi beklediğini anladı. *Beni yormaya çalışıyor.* Üstelik işe yarıyordu. Langdon birden tükendiğini hissetti. Adrenalin onu tetikte tutmaya artık yetmiyordu. Bir hamle yapması gerektiğini biliyordu.

Haşhaşin adeta Langdon'ın aklından geçenleri okumuştu. Yeniden kenara çekilerek, Langdon'ı odanın ortasındaki masaya yöneltmeye çalışan bir havası vardı. Langdon masada bir şeyler olduğunu sezinlemişti.

Meşale ışığında parlayan bir şey. *Bir silah mı?* Langdon gözlerini Haşhaşin'den ayırmadan masaya biraz daha yaklaştı. Haşhaşin masaya hilesiz, uzun bir bakış fırlattığında, Langdon yemi yutmamaya çalıştı. Ama içgüdülerine yenik düştü. O da bir bakış fırlattı. Kayıp vermişti bile.

Kesinlikle bir silah değildi. Gördüğü şey onu anında yerine çivilemişti.

Masanın üstünde, yeşil pası kabuk bağlamış basit, bakır bir sandık duruyordu. Sandık beşgendi. Kapağı açık duruyordu. İçindeki beş ayrı bölmede beş ayrı mühür vardı. Damgalar demirden dökülmüşlerdi... tutacak yeri tahtadan, geniş kabartma gereçleri. Langdon'ın üstlerinde ne yazdığına dair hiç şüphesi yoktu.

ILLUMINATI, TOPRAK, HAVA, ATEŞ, SU.

Haşhaşin'in hamle yapmasından korkan Langdon başını yeniden yukarı kaldırdı. Bunu yapmadı. Katil bekliyordu. Sanki oyuna baştan başlamış gibiydi. Langdon elindeki boruyla itekleyerek, gözlerini avına çevirip dikkatini yeniden toplamaya çalıştı. Ama kutunun görüntüsü aklından çıkmıyordu. Damgalar başlı başına büyüleyici olsa da -çok az Illuminati uzmanının var olduğuna inandığı elsanatları- Langdon birden, kutuyla ilgili, içinde nahoş duygular uyandıran *başka* bir şey olduğunu fark etti. Haşhaşin hile yapmaya çalışırken Langdon bir bakış daha attı.

Tanrım!

Damgalar, sandığın dış kenarlarındaki beş ayrı bölmede duruyordu. Ama *ortada* başka bir bölme daha vardı. Bu bölüm boştu ama başka bir damga için yapıldığı belliydi... diğerlerinden çok daha büyük ve mükemmel kare şeklinde bir damga.

Saldırı ansızın geldi.

Haşhaşin avcı bir kuş gibi üstüne çullanmıştı. Dikkati oldukça dağılmış olan Langdon karşı koymaya çalıştıysa da, elindeki demir çubuk ağaç gövdesi kadar ağırdı. Tepkisi çok yavaştı. Haşhaşin kenara kaçmıştı. Langdon çubuğu geri çekmeye çalışırken Haşhaşin atılarak onu tuttu. Adamın kavrayışı çok güçlüydü ve yaralı kolu artık onu etkilemiyormuş gibiydi. İki adam vahşice boğuştular. Langdon çubuğun elinden çekildiğini hissetti. Avuç içi yakıcı bir acıyla yırtıldı. Langdon bir anda kendini çubuğun parçalanmış ucuna bakarken buldu. Avcı av olmuştu.

Langdon kendini gülle yemiş gibi hissetti. Haşhaşin artık gülümseyerek etrafında dönüyor ve onu duvara doğru itiyordu. "Senin Amerika'da ne derler?" diye alay etti. "Meraklı kediyle ilgili bir şey olabilir mi?"

Langdon dikkatini vermekte güçlük çekiyordu. Haşhaşin üstüne gelirken, kendi dikkatsizliğine lanet okudu. Hiçbir anlam ifade etmiyordu. *Altıncı Illuminati damgası mı*, diye düşündü sinirle. "*Altıncı* Illuminati damgası hakkında hiçbir şey okumamıştım!" diye ağzından kaçırıverdi.

"Bence okumuşsundur." Katil, Langdon'ı oval duvara doğru itekler-ken kendi kendine gülüyordu.

Langdon iyice afallamıştı. Kesinlikle okumamıştı. *Beş* Illuminati damgası vardı. Odada herhangi bir silah arayarak geriledi.

Haşhaşin, "Eski öğelerin mükemmel bir birleşimi," dedi. "İçlerinde en görkemlisi son damga. Ama korkarım onu asla göremeyeceksin."

Langdon birkaç saniye sonra, başka hiçbir şey görmeyeceğini sezinliyordu. Odada bir fırsat arayarak gerilemeye devam etti. Langdon zaman kazanmaya çalışarak, "Peki sen son damgayı gördün mü?" diye sordu.

"Belki bir gün beni bununla şereflendirirler. Kendimi ispat ettiğimde." Oyundan zevk alıyormuşçasına, çubuğu Langdon'a doğru salladı.

Langdon yeniden geri çekildi. Haşhaşin'in onu duvarın çevresinden görünmeyen bir yere doğru götürdüğünü hissediyordu. *Nereye?* Langdon arkasına bakmaya cesaret edemiyordu. "Damga?" diye sordu. "Nerede?"

"Burada değil. Onu elinde bulunduran tek kişi Janus."

"Janus mu?" Langdon bu ismi tanıyamamıştı.

"Illuminati lideri. Yakında burada olacak."

"Illuminati lideri *buraya* mı geliyor?"

"Son damgayı basmak için."

Langdon, Vittoria'ya korku dolu bir bakış fırlattı. Ama o garip biçimde serinkanlı görünüyordu. Gözlerini etrafındaki dünyaya kapatmış, yavaşça... derin nefesler alıyordu. Son kurban Vittoria mıydı? Yoksa *o* muydu?

Langdon'ın gözlerine bakan Haşhaşin, "Ne kibir," diye alay etti. "İkiniz de hiçbir şey değilsiniz. Elbette öleceksiniz, bu kesin. Ama bahsettiğim son kurban, gerçekten tehlikeli bir düşman."

Langdon, Haşhaşin'in sözlerinden anlam çıkartmaya çalıştı. Tehlikeli düşman mı? En tepedeki kardinallerin hepsi ölmüştü. Illuminati hepsini ortadan kaldırmıştı. Langdon cevabı Haşhaşin'in gözlerindeki boşlukta buldu.

Camerlengo.

Camerlengo Ventresca tüm bu kargaşa sırasında, dünyanın umut bağladığı kılavuz olmuştu. Camerlengo bu gece Illuminati'yi lanetlemek konusunda, yıllardır süregelen komplo teorilerinden çok daha fazlasını yapmıştı. Bedelini ödeyeceği anlaşılıyordu. Illuminati'nin nihai hedefi oydu.

Langdon, "Ona asla ulaşamayacaksın," diye meydan okudu.

Langdon'ı duvara doğru biraz daha itekleyen Haşhaşin, "Ben değil," diye cevap verdi. "Bu şeref Janus'a ait."

"Illuminati lideri Camerlengo'yu *kendisi* mi damgalamayı düşünüyor?"

"İktidarın ayrıcalıkları vardır."

"Ama şu anda Vatikan Şehri'ne kimse giremez!"

Haşhaşin'in kendini beğenmiş bir havası vardı. "Randevusu olmadığı müddetçe."

Langdon'ın aklı karışmıştı. Şu anda Vatikan'a beklenen tek kişi basının son dakika kurtarıcısı dediği kişiydi... Rocher, onun faydalı bir bilgiye sahip olduğunu...

Langdon donakalmıştı. *Yüce Tanrım!*

Haşhaşin budalaca sırıtırken, Langdon'ın anlamakta güçlük çekmesinden keyif alıyordu. "Ben de Janus'un içeri nasıl gireceğini merak etmiştim. Sonra karavandayken radyoyu dinledim... son dakika kurtarıcısı hakkındaki haberi." Gülümsedi. "Vatikan Janus'u kollarını açarak karşılayacak."

Langdon geriye doğru sendeler gibi oldu. *Kurtarıcı Janus'muş!* Akla gelmeyecek bir kandırmacaydı. Illuminati liderine, Camerlengo'nun odasına kadar muhafızlarca eşlik edilecekti. *Ama Janus, Rocher'i kandırmayı nasıl becerdi? Yoksa Rocher de mi işin içindeydi?* Langdon ürperdiğini hissetti. Gizli Arşivler'de boğulma tehlikesiyle yüz yüze geldiğinden beri Rocher'e güvenmiyordu.

Haşhaşin aniden çubuğunu ileri iterek, Langdon'ın yan tarafında sıyrık açtı.

Öfkesi hat safhaya gelen Langdon yerinde sıçradı. "Janus dışarı sağ çıkamayacak!"

Haşhaşin omuzlarını silkti. "Bazı şeylerin uğrunda ölmeye değer."

Langdon, katilin ciddi olduğunu anladı. Janus *intihar* göreviyle Vatikan'a mı geliyordu? Bir onur meselesi miydi? Langdon bir an için tüm korkunç döngüyü düşündü. Illuminati planı başarıya ulaşmıştı. Illuminati'nin Papa'yı öldürerek, kasıtsız olarak iktidara getirdiği rahip, kıymetli bir düşman olup çıkmıştı. Illuminati lideri son saldırısını yaparak onu ortadan kaldıracaktı.

Langdon birden arkasındaki duvarın yok olduğunu hissetti. Esen serin havayla birlikte, geriye doğru sendeledi. *Balkon!* Haşhaşin'in ne düşündüğünü şimdi anlıyordu.

Langdon o anda arkasındaki uçurumun -aşağıdaki avluya kadar otuz metre- farkına vardı. İçeri girerken görmüştü. Haşhaşin hiç vakit kaybetmedi. Aniden saldırarak hamle yaptı. Mızrağı Langdon'ın gövdesini sıyırdı. Langdon geriye kaçınca, sivri uç sadece gömleğini yırtmıştı. Sivri uç yeniden saldırdı. Langdon biraz daha geriye kaçınca, tam arkasındaki korkulukları hissetti. Bir sonraki hamle onu öldürecekti ve Langdon saçma sapan davranıyordu. Yana dönerek uzandı ve avuç içini yakan bir acıyla çubuğu tuttu. Langdon dayanmaya çalışıyordu.

Haşhaşin hiç istifini bozmadı. Bir süre ağırlıklarını birbirlerine vererek, yüz yüze mücadele ettiler. Haşhaşin'in pis kokulu nefesi Langdon'ın burun deliklerine doluyordu. Demir çubuk kaymaya başlamıştı. Haşhaşin çok kuvvetliydi. Langdon son bir çaresiz hamleyle, Haşhaşin'in yaralı parmağına ayağını basmak için tek bacağını kaldırarak, tehlikeli biçimde dengesini bozdu. Ama adam bir profesyoneldi ve zayıflığını korumayı başarmıştı.

Langdon elindeki son kartı oynamıştı ve kaybedeceğini biliyordu.

Haşhaşin'in yukarı kalkan kolları Langdon'ı korkuluklara yasladı. Korkuluklar kalçasının tam altına yaslandığında Langdon, arkasındaki boşluktan başka hiçbir şey hissetmiyordu. Haşhaşin demir çubuğu çaprazlamasına çevirerek, Langdon'ın göğsüne doğrulttu. Langdon'ın sırtı uçurumun üstünde kavis çizmişti.

Haşhaşin küçümseyici bir tavırla, "*Ma'assalamah,*" dedi. "Güle güle."

Haşhaşin acımasız bir bakışla son kez itti. Langdon'ın ağırlık merkezi değişince, ayağı yerden kesildi. Langdon son hayatta kalma umuduyla, üstünden sarktığı tırabzana tutunuyordu. Sol eli kaydı ama sağ eliyle hâlâ tutunuyordu. Sonunda ayakları yerden kesilmiş bir halde baş aşağı sarkıyor, tek eliyle tutunmaya çalışıyordu.

Onun üstüne eğilen Haşhaşin çubuğu başının üstüne kaldırıp, ezici darbeyi indirmeye hazırlandı. Çubuk hareketine başladığı sırada Langdon bir hayal gördü. Belki de yaklaşan ölümün kendisinden ya da korkudan kaynaklanıyordu, ama o anda Haşhaşin'in etrafında başka bir hava sezinledi. Bir anda arkasında kuvvetli bir ışık belirmişti... fırlatan bir ateş topu gibiydi.

Haşhaşin hamlesini henüz tamamlayamadan elindeki çubuğu düşürdü ve acıyla çığlık attı.

Demir çubuk, Langdon'ın yanından geçerek, gümbürtüsüyle gecenin sessizliğini bozdu. Haşhaşin dönerek ondan uzaklaştığında, Langdon katilin sırtında su toplayan meşale yanığını gördü. Vittoria'ya bakmak için kenara kayınca, onun öfkeli gözlerle Haşhaşin'in karşısına dikildiğini gördü.

Vittoria meşaleyi önünde sallarken, yüzündeki intikam ifadesi alevlerle ışıldıyordu. Langdon, onun nasıl kurtulduğunu bilmiyor ve umursamıyordu. Parmaklığın üstünden kendini doğrultmaya başladı.

Karşılaşma kısa sürecekti. Haşhaşin artık ölümlü bir rakipti. Katil hiddetle haykırarak, Vittoria'nın üstüne atladı. Vittoria kenara kaçmaya çalıştı, ama adam elinden almaya çalıştığı meşaleyi yakalayarak çoktan üstüne çıkmıştı bile. Langdon beklemedi. Korkuluktan ileri sıçrayarak, sıktığı yumruğunu Haşhaşin'in sırtındaki kabarcıklı yanığın üstüne indirdi.

Çığlık, adeta tüm Vatikan'da yankılanmıştı.

Sırtı ıstırapla yaylanan Haşhaşin bir süre donakaldı. Elinden bıraktığı meşaleyi Vittoria, onun yüzüne doğru itti. Sol gözü yanarken, etten çıkan cızırtılar duyuldu. Elini yüzüne götürerek, yeniden feryat etti.

Vittoria, "Göze göz," diye tısladı. Meşaleyi raket gibi savurup vurduğunda, Haşhaşin parmaklıkların üstüne sırtüstü düştü. Langdon ile Vittoria aynı anda yanına koşarak, onu kaldırıp itmeye başladılar. Haşhaşin'in vücudu, parmaklığın üstünden gecenin içine doğru arkaüstü düştü. Çığlık duyulmadı. Çok aşağıdaki güllelerin üstüne kolları bacakları açık halde düştüğünde, sadece omurgasından gelen çatırtı sesi duyulmuştu.

Langdon dönüp hayretle Vittoria'ya baktı. Gevşek ipler gövdesinden ve omuzlarından sarkıyordu. Gözleri cehennem gibi parlıyordu.

"Houdini yoga bilirdi."

109

Bu sırada, San Pietro Meydanı'nda, İsviçreli Muhafızlar duvarı, emirler yağdırarak ve dağınık düzene geçerek, kalabalığı daha güvenli bir uzaklığa itmeye çalışıyordu. Hiç yararı yoktu. Kalabalık laf anlamıyordu ve Vatikan'ın muhtemel kötü sonuyla kendi güvenliklerinden daha çok ilgiliydiler. Meydandaki büyük medya ekranları, karşımadde kutusunun canlı geri sayımını iletiyordu -İsviçreli Muhafızlar'ın güvenlik monitöründen direkt bildirim- Camerlengo'nun iyi dilekleri. Maalesef, kutunun geri sayım görüntüsü, kalabalığı geri itmeye hiç yardımcı olmuyordu. Görünüşe bakılırsa, meydandaki insanlar, kutunun içinde asılı duran minik damlacığa bakıp düşündükleri kadar tehlikeli olmadığına karar vermişlerdi. Şimdi geri sayım saatini de görebiliyorlardı... patlamaya kırk beş dakikadan az kalmıştı. Kalıp izlemek için çok vakit vardı.

Her şeye rağmen, İsviçreli Muhafızlar, Camerlengo'nun dünyaya gerçeği bildirme ve sonra Illuminati ihanetinin gerçek *görüntülerini* medyaya verme kararının usta bir manevra olduğu konusunda hemfikirdiler. Illuminati hiç şüphesiz, Vatikan'ın bu zor durum karşısında her zamanki gibi suskun kalmasını beklemişti. Bu gece değil. Camerlengo Carlo Ventresca, etkili bir düşman olduğunu kanıtlamıştı.

Sistine Şapeli'nde, Kardinal Mortati endişelenmeye başlamıştı. Saat 23.15'i geçmişti. Kardinallerin çoğu dua etmeye devam ediyordu, ama diğerleri çıkışın etrafında toplanmışlardı, saat yüzünden tedirgin oldukları belliydi. Kardinallerin bazıları, kapıyı yumruklamaya başladılar.

Kapının dışındaki Teğmen Chartrand yumruklamaları duyuyor ve ne yapması gerektiğini bilemiyordu. Saatine baktı. Yüzbaşı Rocher, o haber verene kadar kardinallerin dışarı çıkmasına izin verilmemesi konusunda sıkı emirler vermişti. Kapıdaki yumruklamalar şiddetlendiğinde, Chartrand huzursuzlaştı. Yüzbaşı, acaba unuttu mu, diye düşünüyordu. Yüzbaşı gizemli telefondan sonra çok dengesiz davranmaya başlamıştı.

Chartrand telsizini çıkardı. "Yüzbaşı? Ben, Chartrand. Vakit doldu. Sistine'yi açayım mı?"

"O kapı kapalı kalıyor. Sana bu emri verdiğimi hatırlıyorum."

"Evet, efendim, ben sadece... "

"Misafirimiz kısa süre sonra gelecek. Yukarı birkaç adam çıkar ve Papa'nın özel dairesinin kapısını koru. Camerlengo *hiçbir yere* gitmeyecek."

"Anlamadım, efendim?"

"Neyi anlamadın, teğmen?"

"Hiçbir şey, efendim. Gidiyorum."

Yukarıda, Papa'nın özel dairesinde, Camerlengo derin düşüncelere dalmış bir halde, ateşe bakıyordu. *Bana güç ver, Tanrım. Bize bir mucize gönder.* Geceyi çıkarıp çıkaramayacağını merak ederek, kömürleri karıştırdı.

110

Saat yirmi üç yirmi üçtü.

Vittoria, St. Angelo Kalesi'nin balkonunda titreyerek, Roma'ya bakıyordu, gözleri yaşarmıştı. Robert Langdon'a sarılmayı çok istiyordu, ama yapamadı. Vücudu uyuşmuştu. Kendine gelmeye çalışıyordu. Enerji depoluyordu. Babasını öldüren adam aşağıda ölü yatıyordu ve kendisi de neredeyse kurban oluyordu.

Langdon'ın eli omzuna dokunduğunda, sıcaklığın akışı büyülü bir şekilde buzu kırdı. Vücudu hayata döndü. Sis kalktı ve arkasını döndü. Robert çok kötü görünüyordu -ıslak ve darmadağınık- onu kurtarmaya gelirken çok ıstırap çektiği belliydi.

"Teşekkür ederim..." diye fısıldadı.

Langdon yorgun bir ifadeyle gülümseyerek, ona teşekkürü hak edenin esas *kendisi* olduğunu hatırlattı... gerçekte onun omuzlarını yuvasından çıkarma yeteneği, ikisinin de hayatını kurtarmıştı. Vittoria gözlerini sildi. Burada, sonsuza dek onunla birlikte kalabilirdi, ama teneffüs kısa sürecekti.

Langdon, "Buradan çıkmak zorundayız," dedi.

Vittoria'nın aklı başka yerdeydi. Vatikan'a doğru bakıyordu. Dünyanın en küçük ülkesi, tedirgin edecek kadar yakın görünüyor, medya ışıkları altında bembeyaz parıldıyordu. St. Pietro Meydanı'nın büyük bir kısmının insanlarla dolduğunu görünce şok oldu! İsviçreli Muhafızlar görünüşe bakılırsa, sadece kırk beş metre kadar geriletmeyi başarabilmişti...

meydanın üçte birinden az. Meydanı kuşatan kalabalık şimdi yoğunlaşmıştı, daha güvenli uzaklıkta olanlar daha yakından bakmak için sıkıştırıyor, diğerlerini içeri itiyorlardı. Vittoria, *çok yakınlar*, diye düşündü. *Çok fazla yakınlar.*

Langdon donuk bir sesle, "Ben geri dönüyorum," dedi.

Vittoria duyduğuna inanamayarak, ona döndü. "Vatikan'a mı?"

Langdon, ona Kurtarıcı'dan ve bunun nasıl bir hile olduğundan bahsetti. Janus adındaki Illuminati lideri, Camerlengo'yu dağlamaya bizzat geliyordu. Son Illuminati hâkimiyeti eylemi.

Langdon, "Vatikan'daki kimse bilmiyor," dedi. "Onlarla temasa geçmemin hiçbir yolu yok ve bu herif her an gelebilir. Onun içeri girmesine izin vermeden, muhafızları uyarmalıyım."

"Ama kalabalığı aşmanın imkânı yok!"

Langdon'ın sesi kendinden emindi. "Bir yolu var. İnan bana."

Vittoria bir kez daha tarihçinin onun bilmediği bir şeyi bildiğini hissetti. "Ben de geliyorum."

"Hayır. Neden ikimizi de riske..."

"O insanları oradan çıkarmanın bir yolunu bulmak zorundayım. Çok büyük bir tehlikedeler..."

Tam o sırada, üzerinde durdukları balkon sallanmaya başladı. Sağır edici bir gürültü tüm kaleyi sarstı. Sonra, St. Pietro yönünden gelen beyaz bir ışık gözlerini kamaştırdı. Vittoria'nın aklında sadece bir düşünce vardı. *Aman Tanrım! Karşımadde erken imha oldu!*

Ama patlama yerine, kalabalıktan muazzam bir bağırış yükseldi. Vittoria gözlerini kısarak, ışığa baktı. Bir sürü medya ışığı şimdi onlara çevrilmiş gibiydi! Herkes onlara doğru dönmüştü, bağırıyor ve işaret ediyorlardı. Gürültü arttı. Meydandaki hava birdenbire neşelenmiş gibiydi.

Langdon şaşırmıştı. "Neler..."

Gökyüzü gümbürdedi.

Kulenin arkasından aniden, papalığa ait helikopter çıktı. On beş metre üzerlerinde gümbürdeyerek, Vatikan Şehri'ne doğru düz bir hat çizerek ilerliyordu. Medya ışıklarıyla aydınlanmış bir halde üzerlerinden geçerken, kale sarsıldı. Helikopter geçerken, ışıklar onu izledi, Langdon ve Vittoria tekrar karanlıkta kaldılar.

St. Pietro Meydanı'na inmek üzere olan kocaman makineyi izlerlerken, Vittoria çok geç kaldıklarını düşünerek endişelendi. Helikopter bir toz bulutu kaldırıp bazilikanın merdiveninin en alt basamağına değerek, meydanın kalabalıkla bazilika arasındaki açık kısmına indi.

Vittoria, "Giriş diye buna derler," dedi. Beyaz mermerin üzerinde ufacık bir nokta halindeki insanın, Vatikan'dan çıkıp helikoptere doğru yürüdüğünü görebiliyordu. Başındaki parlak kırmızı bere olmasa, figürü tanımasının imkânı yoktu. "Kırmızı halı karşılaması. Bu, Rocher."

Langdon yumruğunu korkuluğa indirdi. "Biri onları uyarmalı!" Gitmek için arkasını döndü.

Vittoria, kolunu yakaladı. "Bekle!" Bir şey daha görmüştü, gözlerine inanamadığı bir şey. Titreyen parmaklarla, helikopteri işaret etti. Bu uzaklıktan bile, yanılma payı yoktu. İniş merdiveninden inen bir figür vardı... o kadar benzersiz bir şekilde hareket ediyordu ki, bu figür ancak tek bir kişi olabilirdi. Figür oturuyor olmasına rağmen, açık meydanda zahmetsiz bir kontrol ve şaşırtıcı bir hızla ilerliyordu.

Elektrikli bir tahtta oturan bir kral.

Bu, Maximilian Kohler'dı.

111

Belvedere Avlusu'nun zenginliği, Kohler'ın midesini bulandırmıştı. Büyük ihtimalle, tavandaki altın varak tek başına, bir yıllık kanser araştırması masraflarını karşılardı. Rocher, Kohler'ı Papalık Sarayı'na giden dolambaçlı yoldaki özürlü rampasından çıkardı.

Kohler, "Asansör yok mu?" diye sordu.

"Elektrik yok." Rocher karanlık binada, etraflarında yanan mumları gösterdi. "Araştırma taktiğimizin bir parçası."

"Kesinlikle başarısız olan taktikler."

Rocher başını salladı.

Kohler yeni bir öksürük nöbetine girdi, bunun son krizi olabileceğini biliyordu. Bu, tamamıyla istenmeyen bir düşünce de değildi doğrusu.

En üst kata çıkıp koridorda Papa'nın özel dairesine doğru ilerlerken, endişeli görünen dört İsviçreli Muhafız onlara doğru koştu. "Yüzbaşı, burada ne yapıyorsunuz? Bu adamın bilgisi olduğunu..."

"Sadece Camerlengo'yla konuşacak."

Muhafızlar, şüpheli ifadelerle geri çekildiler.

Rocher sertçe, "Camerlengo'ya, CERN'in Direktörü, Maximilian Kohler'ın onu görmeye geldiğini söyleyin. Hemen," dedi.

"Peki, efendim!" Muhafızlardan biri Camerlengo'nun dairesine doğru koştu. Diğerleri, görevlerine devam ettiler. Endişeli görünen Rocher'i inceliyorlardı. "Bir saniye, yüzbaşı. Misafirinizi haber vereceğiz."

Ama, Kohler durmadı. Sertçe dönerek, sandalyesini nöbetçilerin etrafında ilerletti.

Nöbetçiler dönerek, yanında koşturmaya başladılar. "*Fermati!* Efendim! Durun!"

Kohler onlardan nefret ettiğini hissetti. Dünyadaki en seçkin güvenlik kuvveti bile, herkesin sakatlara karşı hissettiği acıma duygusuna sahipti. Kohler sağlıklı bir adam olsaydı, nöbetçiler onu yakalardı. Kohler, *sakatlar güçsüzdür,* diye düşündü. *Tüm dünya buna inanıyor.*

Kohler buraya geliş amacına ulaşmak için çok az vakti olduğunu biliyordu. Aynı zamanda, bu gece burada ölebileceğini de biliyordu. Bunu ne kadar az önemsediğine şaşırıyordu. Ölüm, ödemeye hazır olduğu bir bedeldi. Hayatı boyunca, çalışmasının, Camerlengo Ventresca gibi biri tarafından yok edilmesine izin vermemek için çok şeye katlanmıştı.

Muhafızlar önden koşup koridorda bir sıra oluşturarak, "*Signore!*" diye bağırdılar. "*Durmak zorundasınız.*" İçlerinden biri yana takılan silahını çekip Kohler'a doğrulttu.

Kohler durdu.

Pişman görünen Rocher araya girdi. "Bay Kohler, lütfen. Sadece bir saniye sürecek. Papa'nın özel dairesine kimse haber verilmeden giremez."

Kohler, Rocher'in gözlerinden beklemekten başka seçeneği olmadığını okudu. Kohler, *pekâlâ,* diye düşündü. *Bekleriz.*

Muhafızlar, Kohler'ı acımasızca, yaldızlı bir boy aynasının önünde durdurmuşlardı. Kendi çarpık şeklinin görüntüsü Kohler'ı tiksindirdi. Eski öfke bir kez daha yüzeye çıktı. Bu, ona güç verdi. Şimdi, düşmanlarının arasındaydı. *Bunlar,* saygınlığını çalan insanlardı. Bunlar o insanlardı. *Onlar* yüzünden, bir kadının dokunuşunu asla hissedememişti... bir ödülü kabul etmek için asla ayağa kalkamamıştı. *Bu insanlar hangi gerçeğe sahip? Hangi kanıta, lanet olsun! Eski masallar kitabına mı? Gelecek mucize vaatlerine mi? Bilim, her gün mucizeler yaratıyor!*

Kohler bir müddet kendi duygusuz gözlerine baktı. *Bu gece, dinin ellerinde ölebilirim,* diye düşündü. *Ama, bu ilk kez olmayacak.*

Bir anlığına, on bir yaşına döndü, ailesinin Frankfurt malikânesindeki yatağında yatıyordu. Altındaki çarşaflar, Avrupa'nın en iyi ketenindendi, ama terden sırılsıklam olmuşlardı. Genç Max, yanıyormuş gibi hissediyordu, vücudundaki ağrı hayal edilemeyecek kadar fazlaydı. Yatağının yanında, iki gündür orada olan annesi ve babası diz çökmüş, dua ediyorlardı.

Karanlığın içinde, Frankfurt'un en iyi üç doktoru duruyordu.

Doktorlardan biri, "Yeniden düşünmeniz konusunda ısrar ediyorum!" dedi. "Çocuğa bakın! Ateşi yükseliyor. Çok acı çekiyor."

Ama Max, annesinin cevabını daha o söylemeden biliyordu. "*Gott wird ihn beschuetzen.*"

Max, *evet,* diye düşündü. *Tanrı beni koruyacak.* Annesinin sesindeki inanç ona güç verdi. *Tanrı beni koruyacak.*

Bir saat sonra, Max tüm vücudu bir arabanın altında eziliyormuş gibi hissetti. Ağlamak için bile nefes alamıyordu.

Diğer doktor, "Oğlunuz çok acı çekiyor," dedi. "En azından, ağrısını yatıştırmama izin verin. Çantamda basit bir iğne..."

"*Ruhe, bitte!*" Max'in babası gözlerini açmadan, doktoru susturdu. Dua etmeye devam etti.

"Baba, lütfen!" Max haykırmak istiyordu. "Ağrıyı durdurmalarına izin ver!" Ama, kelimeleri bir öksürük kasılmasında kayboldu.

Bir saat sonra ağrı daha da kötüleşmişti.

Doktorlardan biri, "Oğlunuz felç olabilir," diyerek onları azarladı. "Hatta ölebilir! Yardımcı olacak ilaçlarımız var!"

Frau ve Herr Kohler buna izin vermezlerdi. Tıbba inanmıyorlardı. Kim oluyorlardı da, Tanrı'nın büyük planına karışıyorlardı? Daha kuvvetli dua ettiler. Sonuçta, Tanrı onları bu çocukla kutsamıştı, Tanrı çocuğu neden geri alacaktı ki? Annesi, Max'e güçlü olmasını fısıldadı. Tanrı'nın onu sınadığını söyledi... Kutsal Kitap'taki İbrahim hikâyesinde olduğu gibi... inanç sınavı.

Max inanmaya çalıştı ama ağrı dayanılmazdı.

Doktorlardan biri sonunda, "Buna seyirci kalamam!" dedi ve koşarak odadan çıktı.

Şafak vaktinde, Max neredeyse bilincini kaybetmişti. Vücudundaki her kas, acıyla kasılıyordu. *İsa nerede*, diye düşünüyordu. *Beni sevmiyor mu?* Max yaşamın vücudundan çıktığını hissediyordu.

Annesi yatağın kenarında uyuyakalmıştı, elleriyle hâlâ ona sarılıyordu. Max'in babası, ayakta durmuş, pencereden şafağı seyrediyordu. Kendinden geçmiş gibiydi. Max, onun merhamet dileyen aralıksız dualarının alçak mırıltısını duyabiliyordu.

Max o sırada üzerinde uçan figürü hissetti. *Bir melek mi?* Max zar zor görebiliyordu. Gözleri şişkinlikten kapanmıştı. Figür kulağına fısıldadı, ama bu bir meleğin sesi değildi. Max, onun doktorlardan biri olduğunu fark etti... iki gündür hiçbir yere gitmeden, köşede oturan ve İngiltere'den birtakım yeni ilaçlar getirtmesine izin vermeleri için annesiyle babasına yalvaran doktor.

Doktor, "Eğer bunu yapmazsam," diye fısıldadı. "Kendimi asla affetmeyeceğim." Sonra, nazikçe Max'in zayıf kolunu tuttu. "Keşke, daha önce yapsaydım."

Max kolunda hafif bir iğne batması hissetti... ağrıdan güçlükle hissedilebiliyordu.

Sonra doktor sessizce eşyalarını topladı. Gitmeden önce, elini Max'in alnına koydu. "Bu, senin hayatını kurtaracak. İlacın etkisine inanıyorum."

Max birkaç dakika içinde, sanki bir tür sihirli ruhun damarlarında dolaştığını hissetti. Sıcaklık vücuduna yayılıp ağrısını azalttı. Sonunda, Max günlerdir ilk kez, uyudu.

Ateş düştüğünde, annesi ve babası bunun Tanrı'nın mucizesi olduğunu ilan ettiler. Ama, oğullarının sakat kaldığı belli olduğunda, ümitsizliğe kapıldılar. Oğullarını tekerlekli iskemleyle kiliseye götürdüler ve tavsiye vermesi için papaza yalvardılar.

Papaz, onlara, "Bu çocuğun yaşaması," dedi. "Tanrı'nın bir lütfu."

Max hiçbir şey söylemeden dinledi.

"Ama oğlumuz yürüyemiyor!" Frau Kohler ağlıyordu.

Papaz kederle başını salladı. "Evet. Görünüşe bakılırsa, Tanrı yeteri kadar inançlı olmadığı için onu cezalandırmış."

"Bay Kohler?" Konuşan, önden koşan İsviçreli Muhafız'dı. "Camerlengo, sizi huzuruna kabul edeceğini söylüyor."

Kohler koridorda tekrar hızlanarak, homurdandı.

Muhafız, "Ziyaretinize şaşırdı," dedi.

"Eminim." Kohler ilerledi. "Onunla yalnız görüşmek istiyorum."

Muhafız, "İmkânsız," dedi. "Kimse onunla..."

Rocher, "Teğmen," diye bağırdı. "Görüşme, Bay Kohler'ın istediği gibi olacak."

Muhafız inanamayan gözlerle bakıyordu.

Rocher, Papa'nın özel dairesinin dışında, muhafızların Kohler'ı içeri almadan önce standart önlemleri almalarına izin verdi. Kohler'ın tekerlekli iskemlesinin üzerindeki bir sürü elektronik alet, elde tutulan metal detektörü işe yaramaz kılmıştı. Muhafızlar, üstünü aradılar ama sakatlığı bu işi doğru düzgün yapamayacak kadar utanmalarına sebep oluyordu. Sandalyesinin altına takılı tabancayı bulamadılar. Ondan diğer nesneyi de alamadılar... Kohler'ın bu geceki olaylar zincirine unutulmayacak bir son getireceğini bildiği şeyi.

Kohler, Papa'nın özel dairesine girdiğinde, Camerlengo Ventresca yalnızdı, sönmek üzere olan ateşin yanına diz çökmüş, dua ediyordu. Gözlerini açmadı.

Camerlengo, "Bay Kohler," dedi. "Beni şehit etmeye mi geldiniz?"

112

Bu sırada Langdon ile Vittoria, önlerinde uzanan *Il Passetto* denilen dar tünelde Vatikan Şehri'ne doğru koşturuyorlardı. Langdon'ın elindeki meşale sadece birkaç metre ileriyi görmelerine yetecek kadar ışık veriyordu. Her iki taraftaki duvarlar birbirine yakın ve tavan alçaktı. Hava rutubet kokuyordu. Langdon karanlıkta hızlı adımlarla ilerlerken, Vittoria tam ensesinden geliyordu.

St. Angelo Kalesi'nden çıktıklarında dik bir yokuşa dönüşen tünel, Roma su kemerlerine benzeyen taş bir surun altına doğru ilerliyordu. Tünel bu noktada düzlüğe çıkıp Vatikan Şehri'ne giden gizli yolculuğuna başlıyordu.

Langdon koşarken, düşünceleri karmakarışık görüntülerden oluşan bir kaleydeskop gibi dönüp durdu... Kohler, Janus, Haşhaşin, Rocher... altıncı damga? Katil, *altıncı damgayı duyduğuna eminim,* demişti. *İçlerinde en görkemlisi o.* Langdon duymadığına kesinlikle emindi. Duyduğu komplo teorileri arasında bile, altıncı damgadan bahsedildiğini hiç duymamıştı. Gerçek ya da hayali. Altın külçeler ve kusursuz Illuminati Elması hakkında söylentiler vardı ama altıncı damganın bahsi hiç geçmiyordu.

Kanalın içinde koşarlarken Vittoria, "Janus, Kohler olamaz!" dedi. "İmkânsız!"

Langdon bu geceden itibaren *imkânsız* kelimesini kullanmayı bırakacaktı. Bir yandan koşarken, "Bilmiyorum," diye seslendi Langdon. "Kohler derin bir kin besliyor, ayrıca çok ciddi bir nüfuza sahip."

"Bu kriz yüzünden CERN canavara döndü! Max CERN'in ününü zedeleyecek hiçbir şey yapmaz!"

Langdon CERN'in bu gece, Illuminati'nin gösteri yapmaktaki ısrarcılığı sebebiyle, halkın gözünde yenik düştüğünü biliyordu. Ama öte yandan, CERN'in *gerçekte* ne kadar hasar aldığını merak etti. Kilise tarafından eleştirilmek CERN için yeni bir şey değildi. Doğrusu Langdon düşündükçe, CERN'in bu işten *fayda* sağlayacağına inanmaya başlıyordu. Oyunun adı tanıtımsa, karşımadde büyük ikramiyeydi. Tüm gezegen bundan bahsediyordu.

Langdon omzunun üstünden, "Girişimci P. T. Barnum ne demiş biliyor musun?" diye seslendi. "Benim hakkımda ne dediğiniz umurumda değil, ismimi doğru söyleyin yeter! Bu gece insanların karşımadde teknolojisinin lisans haklarını almak için sıraya girdiklerine eminim. Ve gece yarısı onun gerçek gücünü gördüklerinde..."

Vittoria, "Mantıksız," dedi. "Bilimsel keşiflerin tahrip edici gücünü göstermekle tanıtım yapılmaz! Bu, karşımadde için *felaket* olur, inan bana!"

Langdon'ın meşalesi sönmeye başlamıştı. "O zaman belki de çok daha basittir. Belki Kohler, Vatikan'ın karşımaddeyi saklı tutacağına inanarak bir kumar oynamıştır... silahın var olduğunu doğrulamayı reddederek, Illuminati'ye daha fazla güç kazandırmak istemeyeceğine inanmıştır. Kohler, Vatikan'ın her zamanki gibi ağzı sıkı davranacağını tahmin etti, ama Camerlengo kuralları değiştirdi."

Tünelde aceleyle ilerlerlerken Vittoria sessizdi.

Birden senaryo Langdon'a daha mantıklı gelmeye başladı. "Evet! Kohler, Camerlengo'nun böyle tepki vereceğini hiç hesaba katmamıştı! Camerlengo, Vatikan'ın gizlilik geleneğini bozarak, krizi halka açıkladı. Tüm açıklığıyla her şeyi anlattı. Tanrı aşkına, karşımaddeyi televizyonda gösterdi. Dâhice bir tepkiydi ve Kohler bunu beklemiyordu. Bütün bu olaylardaki ironi ise, Illuminati saldırısının geri teptiği. Farkında olmadan, Camerlengo'nun nezdinde yeni bir kilise lideri yaratmış oldu. Ve Kohler şimdi onu öldürmeye geliyor!"

Vittoria, "Max hergelenin tekidir," dedi. "Ama o bir katil değil. Ve babamın cinayetiyle *asla* ilişkisi olamaz."

Langdon, Kohler'ın cevap verdiğini duyar gibi oldu. *CERN'deki pek çok bilim adamı Leonardo'yu tehlikeli buluyordu. Bilim ile Tanrı'yı bir araya getirmek, bilime yapılan en büyük saygısızlık.* "Belki Kohler karşımadde projesini haftalar önce öğrenmiş ve dini göstergelerinden hoşlanmamıştır."

"Ve bu yüzden babamı *öldürmüştü*, öyle mi? Saçma! Ayrıca Max Kohler projenin var olduğunu asla *bilemezdi.*"

"Belki sen yokken baban verdiği sözü bozup tavsiyesi için Kohler'a danışmıştır. Babanın meydana getirdiği bu ölümcül maddenin ahlaki boyutları konusunda kaygılandığını sen kendin söylemiştin."

"Maximilian Kohler'dan ahlaki danışmanlık istemek mi?" diye homurdandı. "Hiç sanmıyorum!"

Tünel hafifçe sağa dönüyordu. Onlar hızlandıkça, meşalenin alevi zayıflıyordu. Işık söndüğünde bu yerin neye benzeyeceğinden endişelenmeye başladı. Karanlık.

Vittoria, "Ayrıca," diye tartışmaya devam etti. "Bütün bunların arkasında Kohler varsa, neden bu sabah seni arayıp yardım isteme zahmetine girsin?"

Langdon bunu çoktan düşünmüştü. "Kohler beni arayarak niyetini gizlemiş oldu. Kriz çıktığında kimse onu hiçbir şey yapmamakla suçlamayacaktı. Herhalde bizim buraya kadar gelebileceğimizi tahmin etmiyordu."

Kohler tarafından *kullanılmış* olma düşüncesi Langdon'ı kızdırmıştı. Langdon'ın işin içine girmesi Illuminati'ye güvenirlik kazandırmıştı. Medya gece boyunca onun güvenirliğinden ve yayınladığı kitaplardan bahsetmişti. Bunca saçmalık yetmiyormuş gibi bir de üstüne, Vatikan

Şehri'nde Harvard'lı bir profesör bulunması tüm dünyada, Illuminati kardeşliğinin tarihi bir gerçekle olmakla birlikte, dikkate alınması gereken bir güç olduğu yönündeki paranoyak kuruntular ve şüphelerle, durumun önemini gölgelemişti.

Langdon, "Şu BBC muhabiri," dedi. "CERN'in yeni Illuminati sığınağı olduğunu düşünüyor."

"Ne!" Vittoria arkasında tökezlemişti. Yeniden doğrularak, koşmaya devam etti. "Bunu *söyledi* mi?"

"Canlı yayında. CERN'i Mason Locası'na benzetti... Illuminati kardeşliğine liman olduğunun farkında olmayan masum bir kuruluş."

"Tanrım, Bu CERN'i yok edecek."

Langdon o kadar emin değildi. Her iki durumda da, teori kulağa daha da inanılır geliyordu. En yüce bilim yuvası CERN idi. Bir düzineden fazla ülkeden gelen bilim adamlarına ev sahipliği yapıyordu. Sonu gelmeyen özel fonlara sahiptiler. Ve Maximilian Kohler, onların direktörüydü.

Janus demek ki Kohler.

Langdon, "Eğer Kohler bu işe bulaşmadıysa," diye üsteledi. "O zaman burada ne işi var?"

"Herhalde bu çılgınlığı durdurmaya çalışıyordur. Destek verdiğini gösteriyordur. Belki de gerçekten Kurtarıcı rolüne soyunmuştur. Karşımadde projesinden kimin haberi olduğunu öğrenip bilgiyi paylaşmak için gelmiş olabilir."

"Katil, Camerlengo'yu damgalamak için geldiğini söyledi."

"Biraz mantıklı ol! Bu intihar olur. Max asla sağ kurtulamaz."

Langdon bunu düşündü. *Belki de sorun buydu.*

Önlerinde, tüneldeki ilerleyişini engelleyen çelik bir kapı silueti belirdi. Langdon'ın kalbi neredeyse duruyordu. Neyse ki, yanına vardıklarında eski asma kilidin açık olduğunu gördüler. Kapı açık duruyordu.

Langdon tahmin ettiği gibi eski tünelin hâlâ kullanıldığını fark ederek, rahat bir nefes aldı. Kısa süre önce kullanılmıştı. Mesela bugün. Artık dehşet içindeki dört kardinalin gizlice buradan geçirildiğine hiç şüphe duymuyordu.

Koşmaya devam ettiler. Langdon artık sol taraftan gelen kargaşa seslerini duyabiliyordu. Sesler, St. Pietro Meydanı'ndan geliyordu. Yaklaşıyorlardı.

Bir başka kapıya rastladılar. Bu daha ağırdı ve yine kilitli değildi. St. Pietro Meydanı'nın sesleri aralarında zayıflarken Langdon, Vatikan Şehri'nin dış duvarlarından geçtiklerini sezinledi. Bu eski geçitin Vatikan'ın neresine çıkacağını merak ediyordu. *Bahçelere mi? Bazilikaya mı? Papa'nın özel dairesine mi?*

Sonra tünel birden sona erdi.

Yolların üstünde duran hantal kapı, demirlerle perçinlenmiş kalın bir duvardı. Langdon meşalesinin son kıvılcımlarının ışığında bile, girişin son derece pürüzsüz olduğunu görebiliyordu; ne kapı kolu, ne tokmak, ne kilit deliği, ne de sürgü vardı. Giriş yoktu.

Paniğe kapıldığını hissetti. Mimari dilde bu türden kapılara *senza chiave* denirdi -güvenlik için kullanılan tek yönlü giriş, sadece bir taraftan açılırdı- yani *diğer* taraftan. Langdon'ın umutları... elindeki meşaleyle birlikte sönüyordu.

Saatine baktı. Mickey parıldıyordu.

23.29.

Langdon hararetle haykırarak, meşaleyi savurdu ve kapıyı yumruklamaya başladı.

113

Yanlış giden bir şeyler vardı.

Papa'nın özel dairesinin önünde duran Teğmen Chartrand, aynı gerginliği yanında duran askerin de hissettiğini sezebiliyordu. Rocher nöbet tuttukları özel toplantının Vatikan'ı yok olmaktan kurtarabileceğini söylemişti. Ama Chartrand savunma içgüdüsünün neden harekete geçtiğini merak ediyordu. Ve neden Rocher böylesine garip davranıyordu?

Bir şeyler kesinlikle yanlıştı.

Yüzbaşı Rocher, Chartrand'ın hemen sağında, hiç yapmadığı şekilde bakışlarını uzağa dikmiş duruyordu. Chartrand, yüzbaşıyı tanımakta güçlük çekiyordu. Rocher son bir saattir farklı davranıyordu. Verdiği kararlar kesinlikle mantıklı değildi.

Bu toplantıda içeride biri olmalıydı, diye düşündü Chartrand. İçeri girdikten sonra Maximilian Kohler'ın kapıyı sürgülediğini duymuştu. *Rocher buna neden izin verdi?*

Ama Chartrand'ı rahatsız eden başka şeyler de vardı. *Kardinaller*. Kardinaller hâlâ Sistine Şapeli'nde kilitliydiler. Bu kesinlikle delilikti. Camerlengo onların on beş dakika önce, dışarıya alınmasını istemişti! Rocher, onun kararını uygulamamış ve Camerlengo'ya haber vermemişti. Chartrand kaygısını dile getirdiğinde, Rocher neredeyse kellesini uçuracaktı. İsviçreli

Muhafızlar arasında emir komuta zinciri asla sorgulanmazdı ve en tepedeki kişi Rocher idi.

Koridordaki şamdanların loş ışığında, İsviçre kronometresine bakan Rocher, *yarım saat,* diye düşündü. *Lütfen çabuk ol.*

Chartrand kapının diğer tarafında neler olduğunu duyabilmeyi diledi. Bu krizle, Camerlengo'dan daha iyi başa çıkabilecek biri olmadığını biliyordu. Adam bu akşam mantık sınırlarını zorlayacak bir sınav vermiş ve tehlikeden kaçınmamıştı. Sorunla başa baş mücadele etmişti... dürüstçe, samimiyetle ve herkese örnek olmuştu. Chartrand şimdi Katolik olmaktan gurur duyuyordu. Illuminati, Camerlengo Ventresca'ya meydan okumakla hata etmişti.

Ama tam o sırada Chartrand'ın düşünceleri, ani bir sesle bölündü. Bir çarpma sesi. Koridorun aşağısından geliyordu. Vuruşlar uzaktan ve boğuk bir şekilde duyulmakla birlikte sürekliydi. Rocher başını kaldırıp baktı. Yüzbaşı, Chartrand'a dönerek koridorun aşağısını işaret etti. Chartrand anlamıştı. Fenerini yakarak aramaya koyuldu.

Vuruş sesleri şimdi daha da şiddetlenmişti. Chartrand bir yol ağzına gelinceye kadar koridorda otuz metre kadar ilerledi. Ses, köşeyi döndükten sonraki Sala Clementina'nın arkasından geliyor gibiydi. Chartrand kıpırdayamıyordu. Orada tek bir oda vardı... Papa'nın özel kütüphanesi. Ama kütüphane, Papa öldüğünden beri kilitliydi. Orada hiç kimse olamazdı!

Chartrand koridorda hızla ilerleyerek, bir başka köşeyi döndü ve kütüphane kapısına koştu. Sütunlu ahşap giriş küçüktü, ama karanlıkta haşin bir nöbetçi gibi duruyordu. Çarpma sesleri içeride bir yerden geliyordu. Chartrand tereddüt etti. Özel kütüphaneye daha önce hiç girmemişti. Çok az kişi girebilirdi. İçeriye, Papa'nın refakati dışında kimsenin girmesine izin verilmezdi.

Chartrand dikkatle kapının topuzuna uzanarak, çevirdi. Kapı, tahmin ettiği gibi kilitliydi. Kulağını kapıya dayadı. Sesler daha da yükselmişti. Ardından başka bir ses duydu. *Sesler! Birisi sesleniyor!*

Kelimeleri çıkartamıyordu fakat bağırışlarından panik içinde olduklarını duyabiliyordu. Birisi kütüphanede kilitli mi kalmıştı? İsviçreli Muhafızlar binayı dikkatle boşaltmamışlar mıydı? Chartrand geri dönüp Rocher'e danışmak konusunda tereddüt etti. Boş verdi. Chartrand karar verebilecek şekilde eğitim almıştı ve şimdi bu kararlardan birini verecekti. Tabancasını çıkararak, kapı kilidine bir el ateş etti. Ahşap parçalanınca, kapı arkaya doğru açıldı.

Chartrand eşiğin ardında karanlıktan başka bir şey görmüyordu. Fenerini tuttu. Dörtgen bir odaydı; şark halıları, kitaplarla dolu yüksek meşe kitaplıklar, dikişli deri bir koltuk ve mermer şömine. Chartrand bu yerle ilgili hikâyeler duymuştu... yüzlerce yeni dergi ve süreli yayınlarla yan yana duran üç bin eski cilt, Papa'nın istediği her şey buradaydı. Sehpanın üzeri bilim ve siyaset dergileriyle kaplıydı.

Çarpma sesi artık daha net duyuluyordu. Chartrand fener ışığını, odada sesin geldiği yöne tuttu. Oturma köşesinin arkasındaki duvarda, demirden yapılmış büyük bir kapı duruyordu. Kasa kapısı gibi geçilmez görünüyordu. Üstünde dört dev kilit vardı. Kapının ortasına kazınmış minik harfler Chartrand'ın nefesini kesti.

IL PASSETTO

Chartrand sadece bakıyordu. *Papa'nın gizli kaçış yolu!* Elbette *Il Passetto'yu* duymuştu ve hatta buradaki kütüphaneden bir giriş olduğuna dair söylentiler de kulağına gelmişti, ama tünel asırlardır kullanılmıyordu! *Diğer taraftan kapıyı kim yumrukluyor?*

Chartrand feneriyle kapıya hafifçe vurdu. Diğer taraftan boğuk bir sevinç sesi duyuldu. Yumruklama kesilmişti, ama şimdi daha yüksek sesle bağırıyorlardı. Chartrand aradaki engelden ne dediklerini güçlükle anlayabiliyordu.

"...Kohler... yalan... Camerlengo..."

Chartrand, "Kim o?" diye seslendi.

"...ert Langdon... Vittoria Ve..."

Chartrand sersemlemesine yetecek kadarını anlamıştı. *Sizin öldüğünüzü sanıyordum!*

Sesler, "...kapıyı," diye bağrıştı. "Aç!..."

Demir duvara bakan Chartrand oraya ulaşmak için dinamite ihtiyacı olacağını düşündü. "İmkânsız!" diye seslendi. "Çok kalın!"

"...toplantıyı... durdur... erlengo... tehlike..."

Panik tehlikesine karşı eğitilmiş olmasına rağmen Chartrand son kelimeleri duyunca korkuya kapıldığını hissetti. Doğru mu anlamıştı? Kalbi hızla çarparken, ofise dönmek üzere arkasını döndü. Ama bunu yapar yapmaz aniden durdu. Gözleri kapıdaki bir şeye takılmıştı... ardından gelen mesajdan çok daha şaşırtıcı bir şeye. Kapının devasa kilitlerinin her birinde *anahtarlar* duruyordu. Chartrand baktı. *Anahtarlar* burada mıydı? İnanamayan gözlerini kırpıştırdı. Bu kapının anahtarlarının kasa gibi bir yerde olması gerekiyordu! Bu geçit -asırlardır- kullanılmıyordu!

Chartrand el fenerini yere bıraktı. İlk anahtarı kavrayarak çevirdi. Mekanizma paslanmıştı ve zor dönüyordu ama hâlâ çalışıyordu. Kısa süre önce biri onu açmıştı. Chartrand diğer kilide geçti. Ve sonra diğerine. Son kilit geri çekildiğinde Chartrand kapıyı çekti. Demir duvar gıcırdayarak açıldı. Fenerini alarak, geçite tuttu.

Kütüphaneye yalpalayarak giren Robert Langdon ile Vittoria Vetra hayalet gibi görünüyorlardı. Her ikisi de yırtık pırtık giysiler içinde ve yorgundu ama canlıydılar.

Chartrand, "Bu ne böyle!" diye sordu. "Neler oluyor! Nereden geliyorsunuz?"

Langdon, "Max Kohler nerede?" diye sordu.

Chartrand eliyle işaret etti. "Camerlengo ile özel bir toplant..."

Langdon ile Vittoria, onu kenara iterek, karanlık koridora koştular. Chartrand arkasını dönerek, içgüdüsel olarak silahını arkadan onlara doğrulttu. Sonra hemen indirerek, peşlerinden koştu. Rocher'in onları duyduğu anlaşılıyordu, çünkü onlar Papa'nın özel dairesinin önüne vardıklarında Rocher savunmacı bir tavırla bacaklarını açmış ve silahını onlara çevirmişti. "*Alt!* Dur!"

Langdon güçlükle dururken, kollarını havaya kaldırarak, "Camerlengo tehlikede!" diye seslendi. "Kapıyı açın! Max Kohler, Camerlengo'yu öldürecek!"

Rocher öfkeli görünüyordu.

Vittoria, "Kapıyı açın!" dedi. "Acele edin!"

Ama çok geçti.

Papa'nın özel dairesinden insanın kanını donduran bir çığlık yükseldi. Bu Camerlengo'ydu.

114

Mücadele sadece birkaç saniye sürdü.

Chartrand, Rocher'in önüne geçerek, Papa'nın özel dairesinin kapısını silahıyla açtığında, Camerlengo Ventresca hâlâ çığlık atıyordu. Muhafızlar içeri daldılar. Langdon ile Vittoria peşlerinden içeri koştu.

Karşılarında sarsıcı bir manzara vardı.

Oda, sadece mum ışığı ve sönmek üzere olan şömine ateşiyle aydınlanmıştı. Kohler şöminenin yanında, tekerlekli iskemlesinin önünde hantal bir şekilde ayakta duruyordu. Ayaklarının dibinde yatarken acı içinde kıvranan Camerlengo'ya doğrulttuğu silahını salladı. Camerlengo'nun cüppesi yırtılarak açılmıştı ve çıplak göğsü kapkara yanmıştı. Langdon odanın öbür köşesinden sembolü çıkartamıyordu, ama Kohler'ın yanında yerde, geniş ve dörtgen bir damga duruyordu. Metal hâlâ kıpkırmızı parlıyordu.

İki İsviçreli Muhafız hiç tereddüt etmeden davrandılar. Ateş açmışlardı. Mermiler Kohler'ın göğsüne saplanarak, onu arkaya savurdular. Kohler tekerlekli iskemlesine çökerken, göğsünden kanlar fışkırıyordu. Silahı yere düşerek sekti.

Langdon kapı eşiğinde donakalmıştı.

Vittoria da felç olmuş gibiydi. "Max..." diye fısıldadı.

Hâlâ yerde kıvranan Camerlengo, Rocher'e döndü ve eski cadı avlarındaki dehşet sahnelerinde olduğu gibi, işaret parmağını Rocher'e doğrultarak, tek bir kelimeyle bağırdı. "ILLUMINATI'Lİ!"

Ona doğru koşan Rocher, "Seni alçak herif," dedi. "Seni sofu her..."

Bu kez Rocher'in sırtına üç kurşun sıkarak, içgüdüsel davranan Chartrand olmuştu. Yüzbaşı seramik zemine yüzüstü düşerek, kendi kanının üstünde kaydı. Chartrand ile muhafızlar hemen, acıyla kıvranırken kendi bedenine sarılan Camerlengo'nun yanına koştular.

Muhafızların her ikisi de, Camerlengo'nun göğsüne dağlanan simgeyi gördüklerinde dehşetle irkildiler. Damgayı başaşağı gören ikinci muhafız, gözlerindeki korku ifadesiyle geriye doğru sendeledi. Görünmemesi için Camerlengo'nun yırtık cüppesini yaranın üstüne örten Chartrand da sembolün etkisinde kalmış gibi görünüyordu.

Langdon odada ilerlerken heyecandan çılgına dönmüştü. Bir çılgınlık ve vahşet sisinin ardından, gördüklerine anlam vermeye çalışıyordu. Engelli bir bilim adamı, simgesel üstünlük gösterisinin peşinden Vatikan Şehri'ne gelmiş ve kilisenin en yüksek yetkilisini damgalamıştı. Haşhaşin, *bazı şeylerin uğrunda ölmeye değer,* demişti. Langdon kötürüm bir adamın Camerlengo'yu nasıl etkisiz hale getirmiş olabileceğini merak etti. Ama tabi, Kohler'ın silahı vardı. *Nasıl yaptığı fark etmez! Kohler görevini tamamladı!*

Langdon tüyler ürpertici sahneye doğru yaklaştı. Camerlengo'ya müdahale ediliyordu. Langdon tekerlekli iskemlenin yanında, dumanları tüten damgaya doğru çekildiğini hissediyordu. *Altıncı damga mı?* Langdon yaklaştıkça aklı daha da karışıyordu. Damga, mükemmel bir kareydi, genişti ve belli ki Illuminati Sığınağı'ndaki sandığın orta bölmesinden geliyordu. Haşhaşin, *altıncı ve son damga,* demişti. *İçlerinde en görkemlisi o.*

Kohler'ın yanında çömelen Langdon damgaya uzandı. Metalden hâlâ sıcaklık yayılıyordu. Tahta sapından tutarak onu kaldırdı. Ne görmeyi beklediğinden emin değildi ama umduğu kesinlikle bu değildi.

Langdon aklı karışmış bir halde, uzun süre bakakaldı. Hiç anlam ifade etmiyordu. Muhafızlar bunu gördüklerinde neden dehşetle haykırmışlardı? Anlamsız eğri büğrü çizgilerden oluşan bir kareydi. *En görkemlisi mi?* Langdon elinde çevirirken simetrik olduğunu görebiliyordu ama anlamsızdı.

Omzundaki eli hissettiğinde, Vittoria olduğunu tahmin ederek yukarı baktı. Ama bu el, kanlıydı. Tekerlekli iskemlesinden uzanan Maximilian Kohler'a aitti.

Langdon damgayı bırakarak, sendeleyip ayağa kalktı. *Kohler hâlâ yaşıyor!*

Ölmek üzere olan Direktör, tekerlekli iskemlesinde hâlâ nefes alıyor, hırıltıyla solumaya çalışıyordu. Langdon'ın gözleri Kohler'ınkilerle karşılaştı. Bu, onu sabahın erken saatlerinde karşılayan aynı duygusuz bakışlardı. Kin ve nefret su üstüne çıkarken, ölmek üzere olan gözler daha da sert bakıyordu.

Bilim adamının vücudu kıpırdadığında, Langdon, onun hareket etmeye çalıştığını anladı. Odadaki diğerleri dikkatlerini Camerlengo'ya vermişlerdi. Langdon, onlara seslenmek istedi, ama yapamadı. Kohler'ın hayatının son saniyelerinde gösterdiği azim onu yerine mıhlamıştı. Direktör gayret gösterirken titreyerek kolunu kaldırdı ve tekerlekli iskemlesinin kolundan küçük bir cihaz çıkardı. Titreyerek uzattı. Langdon bir an için Kohler'ın silahı olmasından korkmuştu. Ama çıkardığı başka bir şeydi.

"V-ver..." Kohler'ın son sözleri hırıltılı fısıltılardı. "Bunu m-medyaya.. v-ver." Kohler hareketsizce yığıldı ve cihaz kucağına düştü.

Şaşkınlık içindeki Langdon cihaza baktı. Elektronikti. Önünde SONY RUVI kelimeleri yazıyordu. Langdon bunun, yeni çıkan ultra minyatür avuç içi kameralarından olduğunu fark etti. *Adam işinin erbabı*, diye düşündü. Anlaşıldığı kadarıyla Kohler medyanın yayınlamasını istediği bir tür intihar mesajı kaydetmişti... bilimin önemi ve dinin kötülüğü hakkında bir vaaz olduğuna hiç şüphe yoktu. Langdon o gece adamın davasına yeterince yardımcı olduğuna karar verdi. Chartrand, Kohler'ın kamerasını görmeden, Langdon, onu derin ceket cebine attı. *Kohler'ın son mesajı cehennemde çürüyebilir!*

Sessizliği Camerlengo'nun sesi bozdu. Doğrulup oturmaya çalışıyordu. Chartrand'a soluk soluğa, "Kardinaller," dedi.

Chartrand, "Hâlâ Sistine Şapeli'ndeler," diye hayıflandı. "Yüzbaşı Rocher'in emri..."

"Boşaltın... hemen. Herkesi."

Chartrand diğer muhafızlardan birini, koşarak diğer kardinalleri dışarı çıkartmaya gönderdi.

Camerlengo acıyla yüzünü buruşturdu. "Helikopter... ön taraftan... beni hastaneye götürün."

115

St. Pietro Meydanı'nda, İsviçreli Muhafızlar'ın pilotu, park etmiş Vatikan helikopterinin pilot kabininde oturmuş, şakaklarını ovuyordu. Meydanda etrafındaki kargaşa o kadar gürültülüydü ki, pervanelerin sesini bastırıyordu. Bu, görkemli mum ışığı ayinlerinden değildi. Henüz bir kargaşa çıkmamasına hayret ediyordu.

Gece yarısına yirmi beş dakikadan az kalmasına rağmen, insanlar hâlâ bir aradaydı, bazıları dua ediyor, bazıları kilise için ağlıyor, diğerleri de yüksek sesle müstehcen küfürler ediyor ve kilisenin bunu hak etmediğini ilan ediyorlardı, bununla birlikte diğerleri İncil'den kıyamet günüyle ilgili ayetler okuyorlardı.

Medya ışıkları ön camda parlarken, pilotun başı zonkluyordu. Gözlerini kısarak, gürültülü kalabalığa baktı. Kalabalığın üzerinde bayraklar dalgalanıyordu.

KARŞIMADDE, İSA KARŞITIDIR!
BİLİM ADAMI= SATANİST
TANRINIZ ŞİMDİ NEREDE?

Baş ağrısı kötüleşen pilot inledi. Ön camın vinil kaplamasını tutup kaldırmayı aklından geçirdi, böylece izlemek zorunda kalmayacaktı, ama birkaç dakika içinde havada olacağını biliyordu. Teğmen Chartrand biraz önce telsizle korkunç haberler vermişti. Camerlengo, Maximilian Kohler'ın saldırısına uğramış ve ciddi bir şekilde yaralanmıştı. Chartrand, Amerikalı ve kadın, hastaneye götürülmesi için Camerlengo'yu dışarı taşıyorlardı.

Pilot kendini saldırıdan sorumlu hissediyordu. İçgüdülerine göre davranmadığı için kendini azarlıyordu. Daha önce, Kohler'ı havaalanından aldığında, bilim adamının donuk gözlerinde bir şey hissetmişti. Bunun ne olduğunu anlayamamıştı, ama hoşuna gitmemişti. Önemli değildi. Gösteriyi Rocher yönetiyordu ve Rocher adamının *bu* olduğu konusunda ısrar etmişti. Görünüşe bakılırsa, Rocher yanılmıştı.

Kalabalıktan, yeni bir gürültü yükselirken pilot, Vatikan'dan St. Pietro Meydanı'na ciddiyetle çıkan bir dizi kardinali görmek için baktı. Kardinallerin sıfır noktasını terk ettikleri için hissettikleri rahatlama, şimdi kilisenin dışında devam eden gösteriye yönelik şaşkın bakışlarla yer değiştirmişti.

Kalabalığın gürültüsü yeniden şiddetlendi. Pilotun başı zonkluyordu. Bir aspirine ihtiyacı vardı. Belki de, üç. İlaç aldığında uçmayı sevmiyordu, ama birkaç aspirin bu şiddetli baş ağrısından kesinlikle daha az kuvvetten düşürücü olurdu. Öndeki iki koltuğun arasında duran kargo kutusunda çeşitli harita ve kılavuzlarla birlikte saklanan ilkyardım çantasına uzandı. Ama, kutuyu açmaya çalıştığında, kilitli olduğunu gördü. Anahtarı bulmak için etrafına bakındı, sonra vazgeçti. Bu gece, kesinlikle şanslı gecesi değildi. Şakaklarına masaj yapmaya devam etti.

Karanlık bazilikanın içinde, Langdon, Vittoria ve iki muhafız nefes nefese ana çıkışa doğru zorlukla ilerliyordu. Daha uygun bir şey bulamadıkları için dördü birlikte, yaralı Camerlengo'yu dar bir masanın üzerinde taşıyor, hareketsiz bedeni sanki bir sedyenin üzerindeymiş gibi aralarında dengede tutuyorlardı. Kapıların dışında, insan kargaşasının zayıf gürültüsü artık duyulabiliyordu. Camerlengo bilincini kaybetmek üzereydi.

Zaman azalıyordu.

116

Langdon diğerleriyle birlikte San Pietro Bazilikası'ndan çıkarken saat 23.39'du. Gözlerine kör edici bir ışık vuruyordu. Medya ışıkları beyaz mermeri, karlı tundraya düşen güneş ışığı gibi parlatıyordu. Dev sütunların arkasında korunmaya çalışan Langdon gözlerini kısıyordu ama ışık tüm yönlerden geliyordu. Önündeki kalabalığın üstünde dev video ekranları yükseliyordu.

Aşağıdaki meydana inen ihtişamlı merdivenlerin en üstünde duran Langdon kendini, dünyanın en büyük sahnesinde duran hevessiz bir oyuncu gibi hissediyordu. Parlayan ışıkların arkasında bir yerden alçalan helikopterin sesini ve yüz binlerce kafadan çıkan gürültüyü duydu. Sol taraflarında, bir kardinaller alayı meydana boşalıyordu. Hepsi birden durup merdivenlerde beliren sahneye kederle baktılar.

Chartrand grup merdivenlerden inip helikoptere doğru yaklaşırken, bitkin bir sesle, "Dikkatli olun." dedi.

Langdon su altında hareket ediyorlarmış gibi hissediyordu. Camerlengo ile masanın ağırlığı yüzünden kolları ağrımıştı. O anın, daha ne kadar alçaltıcı olabileceğini düşündü. Ardından cevabı gördü. İki BBC muhabiri açık meydandan, basının bulunduğu yere doğru koşuyorlardı. Ama kalabalığın gürültüsüyle arkalarını döndüler. Şimdi Glick ve Macri onlara doğru koşmaya başlamışlardı. Macri'nin omzuna kaldırdığı kamerası kayıttaydı. Langdon, *işte akbabalar geliyor*, diye düşündü.

Chartrand, "*Alt!*" diye bağırdı. "Geri çekilin!"

Ama muhabirler gelmeye devam etti. Langdon diğer şebekelerin bu canlı BBC çekimini göstermelerinin yine altı saniye süreceğini tahmin etti. Yanılmıştı. İki saniye aldı. Meydandaki tüm medya ekranları, bir tür evrensel bilinçle birbirlerine bağlıymış gibi, geri sayım saatlerini ve Vatikan muhabirlerini göstermeyi bırakarak, aynı görüntüleri vermeye başladılar... Vatikan merdivenlerinde kaydedilmiş sarsıntılı bir görüntü. Şimdi Langdon baktığı her yerde, Camerlengo'nun yaralı vücudunun dört renkli yakın çekimini görüyordu.

Langdon, *bu yanlış*, diye düşündü. Merdivenlerden aşağı koşup müdahale etmek istedi ama yapamadı. Zaten faydası olmazdı. Kalabalığın gürültüsünden mi yoksa soğuk havanın etkisiyle mi oldu, Langdon asla bilmeyecekti ama o anda akla gelmeyen oldu.

Camerlengo'nun gözleri, kâbustan uyanan bir adam gibi açıldı ve doğrularak oturdu. Bir an için şaşıran Langdon ve diğerleri, ağırlığın yer değiştirmesiyle sendelediler. Masanın ön kısmı aşağı eğildi. Camerlengo kaymaya başlamıştı. Masayı yere indirerek durumu kurtarmaya çalıştılar ama çok geç kalmışlardı. Camerlengo ön taraftan kaydı. Ama inanılmaz şekilde yere düşmedi. Ayakları yere çarpınca, ayağa dikildi. Bir süre şaşkınlık içinde öylece durdu ve sonra kimsenin onu durdurmasına fırsat vermeden atılarak, merdivenlerden aşağı Macri'ye doğru koşmaya başladı.

Langdon, "*Hayır*," diye çığlık attı.

Chartrand, Camerlengo'yu yakalamak için ileri fırladı. Ama Camerlengo deliye dönmüş gözlerini açarak ona döndü. "Bırak beni!"

Chartrand geriye doğru sıçramıştı.

Manzara kötüden betere doğru gidiyordu. Camerlengo'nun, Chartrand'ın göğsünün üstüne serdiği yırtık cüppesi yavaşça sıyrılmaya başladı.

Langdon bir an için giysinin üstünde duracağını sandı ama kalmadı. Cüppe omuzlarından kayarak beline kadar inmişti.

Kalabalıktan yükselen yutkunma sesi sanki o anda tüm dünyayı dolaşıp tekrar geri geldi. Kameralar çevrildi, flaş ampulleri patladı. Etraftaki video ekranlarına, Camerlengo'nun damgalanmış göğsünün, korkunç ayrıntılarıyla dev görüntüleri yansıdı. Hatta bazı ekranlar görüntüyü dondurup 180 derece çeviriyorlardı.

Illuminati'nin en büyük zaferi.

Langdon ekranlardaki damgaya baktı. Daha önce gördüğü damganın basılmış hali olmasına rağmen, ancak *şimdi* anlam ifade ediyordu. Mükemmel bir anlamı. Mührün korkutucu gücü, Langdon'a tren gibi çarpmıştı.

Oryantasyon. Langdon simgebilimin ilk kuralını unutmuştu. *Bir kare ne zaman kare değildir?* Ayrıca, plastik mühürler gibi, demir mühürlerin de basıldıkları zamanki hallerine benzemediğini unutmuştu. Tersten yazılırlardı. Langdon damganın *negatifine* bakmıştı!

Kargaşa artarken, eski bir Illuminati sözü, yeni anlamıyla yankılanıyordu: "Onu görenlerin sadece hayranlık içinde bakabileceği mükemmellikte, eski maddelerden meydana gelen kusursuz bir elmas."

Langdon artık efsanenin doğru olduğunu biliyordu.

Toprak, Hava, Ateş, Su.

Illuminati Elması.

117

O sırada St. Pietro Meydanı'nda yaşanan kargaşa ve hengâmenin, Vatikan Tepesi'nin şahit olduğu her türlü olayı geride bıraktığına Langdon'ın hiç şüphesi yoktu. Hiçbir savaş, hiçbir çarmıha germe, hiçbir haç, hiçbir mistik hayal... mabedin 2000 yıllık tarihindeki hiçbir şey bu anın heyecanına erişemezdi.

Bu trajedi sırasında Langdon merdivenlerin başında Vittoria ile dururken, kendini sanki dünyadan kopmuş gibi hissetti. Olaylar adeta farklı bir zaman boyutuna taşınmıştı, tüm çılgınlık yavaşlayarak gözlerinin önünden geçiyordu...

Damgalanan Camerlengo... *dünyanın görmesi için çılgınlar gibi bağırıp çağırıyor...*

Illuminati Elması... Şeytani yaratıcılığını sergiliyor...

Geri sayımdaki saat, Vatikan tarihinin son yirmi dakikasını gösteriyor...

Bununla birlikte, trajedi henüz başlamıştı.

Camerlengo adeta bir sarsıntı sonrası vecit halindeymiş gibi birden, ruhunu Şeytan ele geçirmişçesine kuvvetli görünüyordu. Mırıldanmaya başladı, görünmeyen ruhlarla konuşuyor, gökyüzüne bakıyor ve kollarını Tanrı'ya kaldırıyordu.

Camerlengo gökyüzüne doğru, "Konuş!" diye seslendi. "Evet, seni duyuyorum!"

Langdon o an anladı. Kalbi duracak gibi oldu.

Vittoria da anlamıştı. Bembeyaz kesildi. "Şok geçiriyor," dedi. "Hayal görüyor. Tanrı'yla konuştuğunu zannediyor!"

Langdon, *biri bunu durdurmalı,* diye düşündü. Sefil ve utandırıcı bir sondu. *Bu adamı hastaneye götürün!*

Merdivenlerin altındaki Chinita Macri en iyi görüntü aldığı noktada durmuş, kaydediyordu. Onun filme aldığı görüntüler anında, meydanın karşı tarafındaki medya ekranlarına yansıyordu... arabalı sinemalar gibi hepsi de aynı trajediyi gösteriyordu.

Destansı bir sahne yaşanıyordu. Yırtık cüppesi içindeki Camerlengo göğsündeki yanık damgayla, bu vahiy anı uğruna cehennem zebanilerini yenmiş, bir çeşit şampiyonu andırıyordu. Gökyüzüne haykırdı.

"*Ti sento, Dio!* Tanrım, seni duyuyorum!"

Chartrand yüzündeki dehşet ifadesiyle geriledi.

Meydan bir anda mutlak sessizliğe büründü. Sanki tüm gezegenin sesi kesilmişti... televizyonlarının başındaki herkes kaskatı kesilmiş, nefesler topluca tutuluyordu.

Camerlengo merdivenlerde dünyanın önüne çıkarak, kollarını uzattı. Bu çıplak ve yaralı haliyle İsa'yı andırıyordu. Kollarını gökyüzüne kaldırıp yukarı baktı ve, "*Grazie! Grazie, Dio!*" dedi.

Kalabalık sessizliğini bozmadı.

Camerlengo bir kez daha, "*Grazie, Dio!*" diye haykırdı. Yüzüne, fırtınalı gökyüzünde açan güneş gibi neşeli bir ifade gelmişti. "*Grazie, Dio!*"

Teşekkürler Tanrım mı? Langdon hayret içinde bakıyordu.

Camerlengo şimdi mutluluk saçıyordu, esrarengiz değişimini tamamlamıştı. Gökyüzüne bakarken, hâlâ sertçe başını sallıyordu. "Kilisemi bu kayanın üstüne kuracağım!"

Langdon bu sözleri biliyordu, ama Camerlengo'nun neden bunları haykırdığını anlayamıyordu.

Camerlengo arkasını kalabalığa dönerek, yeniden geceye seslendi. "Kilisemi bu kayanın üstüne kuracağım!" Sonra ellerini havaya kaldırarak, kahkahalarla gülmeye başladı. "*Grazie, Dio! Grazie!*"

Adam açıkça delirmişti.

Tüm dünya büyülenmiş bir halde seyrediyordu.

Yine de son yapacağı şeyi kimse tahmin etmiyordu.

Camerlengo son bir sevinç ifadesiyle dönüp hızla St. Pietro Bazilikası'ndan içeri girdi.

118

Yirmi üç kırk iki.

Langdon, Camerlengo'ya yetişmek için bazilikaya üşüşen taşkın konvoya hayatı boyunca katılacağını düşünmezdi... hem de en başında. Ama kapıya en yakın kişi oydu ve içgüdüsel davranmıştı.

Eşikten karanlık boşluğa atılırken, *burada ölecek*, diye düşündü. "Camerlengo! Durun!"

Langdon karanlık bir duvara çarpmıştı. Dışarıdaki parlaklık yüzünden gözbebekleri küçülmüştü ve şimdi ancak ayağının dibinden birkaç santim ötesini görebiliyordu. Kayarak durdu. Önündeki karanlığın içinde bir yerde, derinliklere doğru koşan rahibin cüppesinin hışırdadığını duydu.

Vittoria ile muhafızlar hemen yanında bittiler. Cep fenerleri yandı ama ışıklar, önlerinde uzanan bazilikanın derinliklerine kadar uzanmıyordu. İleri geri hareket eden ışın demetleri sadece kolonlarla çıplak zemini aydınlatıyordu. Camerlengo görünürlerde yoktu.

Chartrand korku dolu sesiyle, "Camerlengo!" diye seslendi. "Durun! Signore!"

Arkalarındaki kapı eşiğinden gelen hengâme sesleri herkesin dönüp bakmasına neden oldu. Chinita Macri'nin koca bedeni girişte sendeledi. Omzunda duran kamerasının üstünde parlayan kırmızı ışık, hâlâ kayıtta olduğunu gösteriyordu. Elinde mikrofonla peşinden koşturan Glick yavaşlaması için sesleniyordu.

Langdon bu ikiliye inanmıyordu. *Şimdi zamanı değil!*

Chartrand, "Dışarı!" diye parladı. "Bu sizin göreceğiniz bir şey değil!"

Ama Macri ile Glick gelmeye devam ettiler.

"Chinita!" Şimdi Glick'in sesi korkulu çıkıyordu. "Bu intihar! Ben gelmiyorum!"

Macri, ona aldırış etmedi. Kamerasının üstündeki bir düğmeyi çevirdi. Tepedeki flaş ışığı gözleri kör edecek şekilde parladı.

Langdon yüzünü kapayarak, acıyla arkasını döndü. *Lanet olsun!* Başını kaldırıp baktığında kilisenin otuz metre kadar uzağını görebiliyordu.

Bu sırada Camerlengo'nun sesi uzaklardan yankıladı. "Kilisemi bu kayanın üstüne kuracağım!"

Macri kamerasını sesin geldiği yöne çevirdi. Flaş ışığının zayıfladığı griliğin içinde, siyah kumaş dalgalanırken, bazilikanın ana koridorundan koşan tanıdık bir siluet belirdi.

İnsanlar bu tuhaf görüntüye bakarken, bir tereddüt anı yaşandı. Sonra sessizlik bozuldu. Chartrand, Langdon'ı kenara iterek Camerlengo'nun peşinden fırladı. Langdon arkasından koştu. Sonra da muhafızlarla Vittoria.

Macri, onların yolunu aydınlatıp ölümcül kovalamacayı tüm dünyaya yayınlarken en arkadan takip ediyordu. Glick yüksek sesle küfredip tek başına peşlerinden giderken, beceriksizce dakikası dakikasına yaşananları iletmeye çalışıyordu.

Teğmen Chartrand bir zamanlar, St. Pietro Bazilikası'nın ana koridorunun Olimpik bir futbol sahasından daha uzun olduğunu hesaplamıştı. Ama bu gece iki katı daha büyük görünüyordu. Muhafız, Camerlengo'nun peşinden koşarken, adamın nereye yöneldiğini merak ediyordu. Camerlengo açıkça şok geçiriyordu. Yaşadığı fiziksel sarsıntı ve Papa'nın özel dairesinde maruz kaldığı ürkütücü katliamdan ötürü hezeyana kapılmıştı.

BBC flaş ışığının uzanamadığı bir yerlerden, Camerlengo'nun neşeli sesi geldi. "Kilisemi bu kayanın üstüne kuracağım!"

Chartrand yanılmıyorsa, adam Matta'nın Kutsal Kitabı'ndan 16.18. ayeti okuyordu. *Kilisemi bu kayanın üstüne kuracağım.* Kuruma kesinlikle uygun düşmeyen bir vahiy bölümüydü... kilise yok olmak üzereydi. Camerlengo kesinlikle delirmişti.

Öyle miydi acaba?

Chartrand bir an için ruhen sarsıldığını hissetti. Kutsal hülyalar ve ilahi mesajların daima arzulu hayaller olduğunu düşünürdü... duymak istediklerini duyan, hevesli zihinlerin ürünü. Aslında Tanrı *doğrudan* müdahalede bulunmazdı!

Ama bir an sonra, sanki Kutsal Ruh, Chartrand'ı gücüne inandırmak için gökyüzünden inmiş gibi bir hayal gördü.

Kilisenin ortasında, elli metre ileride bir hayalet belirmişti... parlak, yarı saydam bir siluet. Solgun şekil, yarı çıplak Camerlengo'ya aitti. Hayalet sanki şeffaf ve ışık saçıyor gibiydi. Göğsünün sıkıştığını hisseden Chartrand yalpalayarak durdu. Camerlengo *parlıyor!* Vücudu şimdi daha da parlak ışıldıyordu. Sonra çökmeye başladı... büyülü bir şekilde yerin karanlığında kaybolana dek, gittikçe daha derine doğru iniyordu.

Hayaleti Langdon da görmüştü. O da bir an için, sihirli bir hayale şahit olduğunu sandı. Ama hayret içindeki Chartrand'ın yanından geçip Camerlengo'nun kaybolduğu noktaya doğru koşarken, ne olduğunu anladı. Camerlengo, Kilise Kürsüsü Nişi'ne girmişti... doksan dokuz kandille aydınlatılan çukur alan. Niştеki lambalar aşağıdan ışık vererek, onu hayalet gibi aydınlatmıştı. Sonra, Camerlengo merdivenlerden aşağı inerken, yerin altına girip kayboluyormuş gibi görünmüştü.

Langdon nefes nefese, çukur odanın kenarına gelmiş, tepeden bakıyordu. Aşağıdaki merdivenlere gözlerini kısarak baktı. Aşağıda, yağ lambalarının yaldızlı ışığında Camerlengo ünlü altın sandığı çevreleyen odaya açılan cam kapılara doğru koşturuyordu.

Langdon, *ne yapıyor*, diye düşündü. *Yoksa aklından geçen altın sandığı...*

Camerlengo kapıları açarak, içeri daldı. Tuhaftır ki, altın sandığın yanından geçerek, onunla ilgilenmemişti bile. Sandığın bir buçuk metre ardında dizüstü çöktü ve yere gömülü demir bir ızgarayla uğraşmaya başladı.

Artık Camerlengo'nun nereye gitmeye çalıştığını anlayan Langdon dehşet içinde seyrediyordu. *Yüce Tanrım, hayır!* Onun peşinden merdivenlerden indi. "Peder! Hayır!"

Langdon cam kapıları açıp Camerlengo'ya doğru koşarken, onun ızgarayı yerinden kaldırdığını gördü. Perçinli demir bölme, kulakları sağır edecek bir gıcırtıyla açılarak, boşluğa uzanan dar bir geçit ve dik merdivenleri gözler önüne serdi. Camerlengo deliğe doğru hamle yaparken, Langdon, onu çıplak omuzlarından tutup geri çekti. Adamın teni terden kayganlaşmıştı ama Langdon, onu, sıkıca kavrıyordu.

Şaşırdığı belli olan Camerlengo, olduğu yerde arkasını döndü. "Ne yapıyorsun!"

Göz göze geldiklerinde Langdon şaşırdı. Artık Camerlengo'nun gözlerinde vecit halindeki donuk adamın bakışları yoktu. Sert gözleri, aklı başında bir kararlılıkla parlıyordu. Göğsündeki damga ona işkence ediyormuş gibi görünüyordu.

Langdon elinden geldiğince sakin bir sesle, "Peder," dedi. "Oraya inemezsiniz. Burayı boşaltmalıyız."

Camerlengo son derece mantıklı bir sesle, "Evladım," dedi. "Yeni bir mesaj aldım. Bildiğim şu..."

"Camerlengo!" Chartrand ile diğerleri gelmişlerdi. Macri'nin kamerasının ışığıyla, merdivenlerden aşağı odaya koşturuyorlardı.

Chartrand yerdeki açık ızgara kapağını gördüğünde, gözleri dehşetle doldu. İstavroz çıkartarak, Camerlengo'yu durdurduğu için Langdon'a minnet dolu bir bakış fırlattı. Langdon anlamıştı; Vatikan mimarisi hakkında, ızgaranın altında ne yattığını bilecek kadar okumuştu. Hıristiyanlığın en kutsal yeri burasıydı. *Terra Santa.* Kutsal Toprak. Bazıları oraya Necropolis derlerdi. Bazıları ise katakomp. Yıllar içinde aşağı inen birkaç seçkin din adamının anlattığına göre Necropolis, yolunu kaybeden ziyaretçiyi yutabilecek yeraltı mahzenlerinden oluşan, karanlık bir labirentti. Kesinlikle Camerlengo'nun peşinden gidebilecekleri türden bir yer değildi.

Chartrand, "Signore," diye yalvardı. "Şok geçiriyorsunuz. Bu yerden çıkmamız gerekiyor. Oraya inemezsiniz. Bu intihar."

Camerlengo son derece iradeli görünüyordu. Uzanıp Chartrand'ın omzuna sakince elini koydu. "Endişelerin ve verdiğin hizmet için teşekkür ederim. Nasıl olduğunu söyleyemem. Anladığımı söyleyemem. Ama bana bir vahiy geldi. Karşımaddenin yerini biliyorum."

Herkes ona bakıyordu.

Camerlengo gruba döndü. "Kilisemi bu kayanın üstüne kuracağım. Mesaj buydu. Anlamı açık."

Langdon'ın aklı hâlâ, Camerlengo'nun Tanrı ile konuştuğuna inanmasına ermiyordu, ayrıca mesajı da çözememişti. *Kilisemi bu kayanın üstüne kuracağım mı?* İsa, Petrus'u ilk havarisi olarak seçtiğinde bu kelimeleri söylemişti. Bunun ne ilgisi vardı?

Macri daha yakından çekim yapabilmek için harekete geçti. Glick savaş yorgunu gibi sessizdi.

Camerlengo şimdi hızla konuşuyordu. "Illuminati, tahrip aletini bu kilisenin en önemli köşesine yerleştirdi. Temeline." Merdivenlerden aşağıyı işaret etti. "Bu kilisenin inşa edildiği kayanın üstüne. Ve o kayanın yerini biliyorum."

Langdon, Camerlengo'yu etkisiz hale getirip götürmenin vakti geldiğine emindi. Her ne kadar aklı başında görünse de, Camerlengo saçma sapan konuşuyordu. *Kaya mı? Temeldeki taş mı?* Önlerinde duran merdiven temele değil, mezarlığa iniyordu. "Bu mecazi bir deyiş peder! Gerçekte *taş* yok!"

Camerlengo oldukça kederli baktı. "Bir taş *var* evladım." Deliği gösterdi. "*Pietro é la pietra.*"

Langdon donakalmıştı. Bir anda her şey açıklığa kavuştu.

Bu kadar basit oluşu tüylerini ürpertmişti. Langdon orada diğerleriyle birlikte dururken, uzun merdivenlerden aşağı bakınca, bu kilisenin altındaki karanlıkta gerçekten bir taş olduğunu fark etti.

Pietro é la pietra. Taş Petrus idi.

Petrus'un Tanrı inancı o kadar sağlamdı ki, İsa, ona "kaya" Petrus diyordu... İsa'nın, kilisesini omuzları üstünde kuracağı sarsılmaz havari. Langdon, Petrus'un tam bu noktada -Vatikan Tepesi- çarmıha gerilip gömüldüğünü anladı. İlk Hıristiyanlar onun mezarı üstüne küçük bir mabet kurmuşlardı. Hıristiyanlık yayıldıkça mabet genişlemiş, kat üstüne kat çıkarak bu devasa bazilika oluşturulmuştu. Tüm Katolik inancı aslında, Aziz Petrus'un üstüne kurulmuştu. Kaya.

Camerlengo berrak bir sesle, "Karşımadde Aziz Petrus'un mezarının üstünde," dedi.

Bilginin geldiği kaynak doğaüstü görünmesine rağmen, Langdon son derece mantıklı olduğunu sezinledi. Karşımaddenin Aziz Petrus'un mezarının üstüne yerleştirilmesi şimdi gün gibi açıktı. Illuminati, simgesel bir saygısızlık göstererek karşımaddeyi, hem maddi, hem manevi açıdan Hıristiyanlığın kalbine yerleştirmişti. *Sızılabilecek en uç nokta.*

Artık sabırsızlandığı anlaşılan Camerlengo, "Ve eğer kanıt isterseniz," dedi. "Az önce, ızgaranın kilidinin açık durduğunu fark ettim." Yerdeki açık demir kapağı gösteriyordu. "*Asla* açık durmaz. Oraya biri inmiş... *kısa süre önce.*"

Herkes deliğe bakıyordu.

Hemen ardından Camerlengo, fırsat tanımaz bir çeviklikle dönerek, kandillerden birini kaptığı gibi deliğe daldı.

119

Yerin altına inen taş basamaklar oldukça dikti.

Halata tutunarak diğerlerinin arkasından, dar geçite inen Vittoria, *burada öleceğim,* diye düşünüyordu. Langdon, Camerlengo'nun geçite girmesini engellemeye çalıştıysa da, Chartrand, onu yakalayarak müdahale etmişti. Genç muhafızın, Camerlengo'nun ne yaptığını bildiğine inandığı anlaşılıyordu.

Kısa bir didişmenin ardından Langdon, onun elinden kurtulup Camerlengo ile Chartrand'ın peşinden gitmişti. Vittoria da içgüdüsel olarak onları takip ediyordu.

Şimdi ise, her yanlış adımın ölümcül bir düşüş anlamına geldiği, sarp basamaklarda paldır küldür koşuşturuyordu. Çok aşağılarda Camerlengo'nun yağ lambasının parıltısını görebiliyordu. Vittoria, BBC muhabirlerinin, arkasından telaşla koşuştuklarını duyabiliyordu. Kameranın ışığı önünde uzanan geçitte kademeli gölgeler oluştururken, Chartrand ile Langdon'ı aydınlatıyordu. Vittoria dünyanın bu çılgınlığa şahit olduğuna güçlükle inanabiliyordu. *Lanet kamerayı kapatın!* Ama yine de önlerini görmelerinin tek sebebinin ışık olduğunu biliyordu.

Tuhaf takip devam ederken, Vittoria'nın düşünceleri aklında kasırga gibi esiyordu. Camerlengo'nun burada ne işi olabilir? Karşımaddeyi bulsa bile neye yarar? Hiç vakit kalmadı!

Vittoria önsezilerinin kendisine Camerlengo'nun haklı olabileceğini söylemesine şaşırıyordu. Karşımaddeyi yerin üç kat altına yerleştirmek, merhametli ve asilzade bir davranıştı. Karşımadde, yerin derinliklerinde -Z-laboratuvarında olduğu gibi- imha edildiğinde, patlama etkisi kısmen zapt edilmiş olacaktı. Ne bir ısı patlaması, ne de seyircileri yaralayacak bir şarapnel yağmuru olacaktı. Sadece toprak yarılacak ve koca bazilika çökerek kratere dönüşecekti.

Kohler'ın namus anlayışı bu muydu? Hayatları bağışlamak mıydı? Vittoria hâlâ Direktör'ün işin içinde oluşuna anlam veremiyordu. Dinden nefret etmesini anlayabiliyordu... ama bu korkunç komplo onu aşıyor gibiydi. Kohler'ın nefreti gerçekten bu kadar derin miydi? Vatikan'ı ortadan kaldıracak kadar? Bir suikastçı kiralayacak kadar? Babasını, Papa'yı ve dört kardinali öldürtecek kadar? Aklı almıyordu. Ayrıca Kohler tüm bu ihaneti Vatikan duvarları içinde nasıl idare etmişti? Vittoria kendi kendine, *Kohler'ın içerideki adamı Rocher idi,* dedi. *Rocher bir Illuminati üyesiydi.* Yüzbaşı Rocher'de tüm anahtarların bulunduğundan emindi; Papa'nın özel dairesi, *Il Passetto,* Necropolis, Aziz Petrus'un mezarı, hepsi. Karşımaddeyi Aziz Petrus'un mezarı -kimsenin giremeyeceği bir yerüstüne yerleştirdikten sonra muhafızlarına Vatikan'ın yasak bölgelerini arayarak vakit kaybetmemelerini emretmiş olabilirdi. Rocher kutuyu kimsenin bulamayacağını *biliyordu.*

Ama Rocher, Camerlengo*'nun göklerden ilham alacağını hesaba katmamıştı.*

Mesaj. Bu, Vittoria'nın hâlâ kabul etmekte zorlandığı bir inanç meselesiydi. Tanrı gerçekten de Camerlengo'yla *haberleşmiş* miydi? Vittoria'nın iç sesi hayır diyordu, ama o bağlantı fiziğiyle -bağlantılılık ilmiuğraşan bir bilim adamıydı. Her gün mucizevi haberleşmelere tanık oluyordu... birbirinden ayrılan ikiz deniz kaplumbağası yumurtalarının, binlerce kilometre uzaklıktaki laboratuvarlarda aynı anda çatladığına... bir sürü deniz anasının tek bir beyne sahipmiş gibi, mükemmel bir ritimle aynı anda açılıp kapandığına. *Her yerde görünmeyen haberleşme ağları var,* diye düşündü.

Peki ya insanla Tanrı arasında?

Vittoria kendisini inandırması için babasının yanında olmasını diledi. Bir zamanlar babası, ona ilahi iletişimi bilimsel terimlerle açıklamış ve onu inandırmıştı. Hâlâ onu dua ederken görüp de, "Baba, neden dua ediyorsun ki? Tanrı sana cevap veremez," dediği günü hatırlıyordu.

Leonardo Vetra dinsel düşüncelerinden sıyrılarak babacan bir gülümsemeyle ona bakmıştı. "Benim şüpheci kızım. Demek Tanrı'nın insanla konuştuğuna inanmıyorsun? Senin dilinle anlatayım o zaman." Bir raftan insan beyni maketini almış ve onun önüne koymuştu. "Bildiğin gibi Vittoria, insan beyin gücünün yalnızca küçük bir yüzdesini kullanır. Ama eğer onları duygusal açıdan yoğun durumlarda incelersen -fiziksel sarsıntı, aşırı neşe ya da korku, derin meditasyon gibi- nötronlar birden çılgınca hareketlenerek, ileri bir akıl dinginliğine ulaştırır."

Vittoria, "Ne olmuş yani?" demişti. "Sadece net düşünebilmen, Tanrı'nın seninle konuşacağı anlamına gelmez."

Vetra, "İşte," demişti. "Ama, bu imkânsız gibi görünen sorunlara fevkalade çözümler akıl dinginliği zamanlarında bulunur. Guruların yüksek bilinçlilik dedikleri şey budur. Biyologlar başkalaşım evresi derler. Psikologlar süperbilinçlilik derler." Durmuştu. "Ve Hıristiyanlar buna duaların kabul olması derler." Genişçe gülümseyerek, "Bazen, ilahi vahiy, kalbinin zaten bildiğini duymak için beynini hazırlamak demektir," demişti.

Şimdi karanlıkta hızla koştururken, Vittoria, babasının haklı olduğunu seziyordu. Camerlengo'nun yaşadığı sarsıntının, beynini karşımaddenin yerini "fark etmesini" sağlayacak bir evreye soktuğuna inanmak bu kadar güç müydü?

Buda, *her birimiz bir Tanrı'yız,* demişti. *Hepimiz her şeyi biliyoruz. Kendi bilgeliğimizi duymak için zihnimizi açmamız yeter.*

Vittoria toprağın derinliklerine inerken, bu akıl dinginliği sırasında kendi zihninin açıldığını hissetti... kendi bilgeliği yüzeye çıkıyordu. Artık

Camerlengo'nun niyetini hiç şüphe duymadan anlayabiliyordu. Bu farkındalık, daha önce hiç tatmadığı bir korkuyu beraberinde getirmişti.

Geçitten aşağı doğru, "Camerlengo, hayır!" diye bağırdı. "Anlamıyorsunuz!" Vatikan Şehri'nin etrafında toplanan insan kalabalığını gözünün önüne getirdiğinde kanı dondu. "Karşımaddeyi yukarı çıkartırsanız... herkes *ölür.*"

Langdon artık basamakları üçer üçer atlayarak mesafe kaydediyordu. Geçit dar olmasına rağmen, kapalı yer korkusu duymuyordu. Bir zamanlar onu yiyip bitiren korkuyu şimdi başka bir korku bastırıyordu.

"Camerlengo!" Langdon lambanın ışığına yaklaşırken, arayı kapattığını hissediyordu. "Karşımaddeyi olduğu yerde bırakmalısınız! Başka şansı yok!"

Langdon bile kendi söylediklerine inanamıyordu. Camerlengo'nun karşımaddenin yeriyle ilgili ilahi bir vahiy aldığını kabul etmekle kalmamış, St. Pietro Bazilikası'nın yok olmasını onaylıyor gibi konuşmuştu... içindeki sanat eserleri bir yana, dünyanın en büyük mimari başarılarından birinin.

Ama dışarıdaki insanlar... tek yolu bu.

İnsanları kurtarmanın tek yolunun kiliseyi yok etmek olması, acımasız bir ironiydi. Langdon Illuminati'nin simgebilim tutkunu olduğunu anlamıştı.

Tünelin dibinden soğuk ve nemli bir hava yükseliyordu. Burada bir yerde kutsal *Necropolis* vardı... Aziz Petrus ile sayısız ilk Hıristiyan'ın gömüldüğü yer. Langdon içinin ürperdiğini hissederken, intihar etmediğini umuyordu.

Birden Camerlengo'nun lambası durdu. Langdon hızla ona yaklaştı.

Merdivenlerin sonu, aniden gölgeler arasından kendini göstermişti. Merdivenlerin bittiği yeri, üç kafatası kabartmalı dökme demir bir kapı kapatıyordu. Camerlengo orada durmuş, kapıyı çekip açmaya çalışıyordu. Langdon atılarak kapıyı itti ve Camerlengo'nun yolunu kesti. Diğerleri merdivenlerden gümbürtülerle aşağı indiler. Herkes BBC kamerasının ışığında hortlak gibi görünüyordu... özellikle de, her adımda biraz daha tükenen *Glick.*

Chartrand, Langdon'ı yakaladı. "Bırak Camerlengo geçsin!"

Vittoria yukarıdan nefes nefese, "Hayır," diye seslendi. "Şimdi burayı boşaltmalıyız! Karşımaddeyi buradan çıkartamazsınız! Yukarı çıkartırsanız, herkes *ölür!*"

Camerlengo'nun sesi son derece sakindi. "Hepimiz... hepimiz güvenmeliyiz. Çok az vaktimiz kaldı."

Vittoria, "Anlamıyorsunuz," dedi. "Yer seviyesinde yaşanacak bir patlama, buradakinden çok daha kötü olacaktır!"

Camerlengo zekâ fışkıran gözleriyle ona baktı. "Yer seviyesinde patlama olacağını kim söyledi?"

Vittoria bakakalmıştı. "Onu *burada* mı bırakıyorsunuz?"

Camerlengo etkileyici bir katiyetle konuştu. "Bu gece başka ölüm olmayacak."

"Peder, ama..."

"Lütfen... biraz *iman.*" Camerlengo zorlayıcı bir dinginlikle konuşuyordu. "Kimsenin bana eşlik etmesini istemiyorum. Hepiniz gitmekte serbestsiniz. Tek istediğim Tanrı'nın emrine müdahale etmemeniz. Bırakın benden isteneni yapayım." Camerlengo'nun bakışlarındaki şiddet artmıştı. "Bu kiliseyi kurtarmak benim görevim. Ve bunu *yapabilirim.* Hayatım üzerine yemin ederim."

Bunun ardından gelen sessizlik, gök gürültüsü de olabilirdi.

120

Yirmi üç elli bir.

Necropolis aslında *Ölüler Şehri* demekti.

Bu yer hakkında okuduğu hiçbir şey, Robert Langdon'ı kendi gözleriyle görmeye hazırlayamazdı. Devasa yeraltı mahzeni, mağara zeminindeki minik evler gibi mozolelerle doluydu. Hava ölü kokuyordu. Çoğu mermer kaplama kırık tuğlalardan oluşan, çürümeye yüz tutmuş abideler arasındaki dar yollar. Kazılmamış toprağın oluşturduğu sayısız sütun, gölgeli küçük köyün üstünde duran kir içindeki alçak tavanı destekliyordu.

Kendini akademik merakla korku arasında kapana kısılmış hisseden Langdon, *ölüler şehri*, diye düşündü. O ve diğerleri dolambaçlı geçitlerin derinliklerine doğru ilerliyorlardı. *Yanlış bir seçim mi yaptım?*

Camerlengo'nun sözlerine ilk kulak veren, kapıyı açarak, Camerlengo'ya olan inancını ifade eden Chartrand olmuştu. Glick ile Macri, Camerlengo'nun isteği üzerine, soylu bir davranışta bulunarak yola ışık tutmayı kabul etmişlerdi. Bununla birlikte, eğer sağ çıkabilirlerse, kendilerini hangi mükafatların beklediğini merak ediyorlardı. Elbette onları harekete geçiren şey, merak duygusuydu. İçlerinde en az hırslı olan Vittoria idi. Langdon, onun gözlerindeki kadınsal önseziyi andıran endişeyi, huzursuzlukla, hissedebiliyordu.

Vittoria ile birlikte diğerlerinin peşinden koşarken, *artık çok geç*, diye düşündü. *Bu işe bulaştık artık.*

Vittoria sesini çıkarmıyordu, ama Langdon, aynı şeyi düşündüklerine emindi. *Eğer* Camerlengo *yanılıyorsa, Vatikan Şehri'nden kaçmak için dokuz dakika yeterli değil.*

Mozoleler arasından koşarlarken, Langdon grubun dik bir eğimi çıktıklarını fark edince, bacaklarının yorulduğunu hissetti. Bunun izahı aklına gelince kalbi titredi. Ayaklarının altındaki topografya İsa zamanından kalmaydı. İlk Vatikan Tepesi'nde koşuyordu! Langdon, Vatikan alimlerinin, Aziz Petrus'un mezarının Vatikan Tepesi'nin *yanında* olduğunu iddia ettiklerini duymuş ve her zaman bunu nasıl bildiklerini merak etmişti. Şimdi anlıyordu. *Lanet tepe hâlâ burada!*

Langdon kendini tarihin sayfalarında koşuyor gibi hissediyordu. İleride bir yerde Aziz Petrus'un mezarı vardı... Hıristiyanlık yadigârı. Orijinal mezarın mütevazı bir tapınakla vurgulandığına inanmak güçtü. Elbette artık öyle değildi. Petrus'un şöhreti arttıkça, eskisinin üstüne yeni mabetler dikilmişti. Şimdi ise yerden, Michelangelo'nun kubbesine kadar yüz yirmi altı metre yüksekliğindeydi ve tepesi, santim bile kaymadan orijinal mezarın tam üstüne geliyordu.

Yılankavi geçitlerden çıkmaya devam ettiler. Langdon saatine baktı. *Sekiz dakika*. Vittoria ile kendisinin buradaki merhumlar arasına katılıp katılmayacaklarını merak ediyordu.

Glick arkalarından, "Dikkat!" diye seslendi. "Yılan delikleri!"

Langdon tam zamanında görmüştü. Önlerindeki yolda küçük delikler açılmıştı. Üstlerinden atlayarak geçti.

Vittoria da dar deliklerin üstünden son anda atladı. Koşmaya devam ederlerken huzursuz görünüyordu. "*Yılan* delikleri mi?"

Langdon, "Aslında *yemek* delikleri," diye düzeltti. "İnan bana bilmek istemezsin." Bu deliklerin *içki kanalları* olduğunu fark etmişti. İlk Hıristiyanlar, bedenin dirileceğine inandıklarından, bu deliklerden yerin altındaki mahzenlere süt ve bal dökerek *ölüleri beslerlerdi.*

Camerlengo kendini güçsüz hissediyordu.

Tanrı'ya ve insanlığa olan sorumluluğunun verdiği güçle canlanan bacakları ilerlemeye devam etti. *Geldik sayılır.* İnanılmaz ağrılar içindeydi. *İnsan aklı, bedeninden çok daha büyük acılar çekebilir.* Yine de yorulduğunu hissediyordu. Çok kıymetli ve çok az zamanı olduğunu biliyordu.

"Kiliseni kurtaracağım peder. Yemin ederim."

Arkasından gelen BBC ışığına minnet duymakla beraber, yağ lambasını taşımaya devam ediyordu. *Karanlıkta yol gösterenim. Ben ışığım.* O koştukça lamba çalkalanıyordu. Bir an tutuşucu yağın devrilerek kendisini yakacağından korktu. Bir gece için yeterince yanık acısı çekmişti.

Tepenin başına yaklaşırken, ter içinde kalmıştı ve güçlükle nefes alıyordu. Ama zirveye vardığında yeniden doğduğunu hissetti. Pek çok kereler durduğu düzlükte sendeleyerek durdu. Yol burada sona eriyordu. Necropolis garip bir toprak duvarla son buluyordu. Küçük bir tabelanın üstünde *Mausoleum S.* yazıyordu.

La tomba di San Pietro.

Bel seviyesinde, önündeki duvarda bir açıklık vardı. Burada herhangi bir yaldızlı tabela yoktu. Gösterişli değildi. Ardında küçük bir mezar odasıyla, parçalanmış bir lahdin bulunduğu, duvardaki küçük bir delikti o kadar. Camerlengo deliğe bakarak bitkin bir ifadeyle gülümsedi. Diğerlerinin arkasındaki tepeden geldiklerini duyabiliyordu. Yağ lambasını yere bırakarak, dua etmek için diz çöktü.

Teşekkürler Tanrım. Neredeyse bitti.

Meydanın dışında, çevresini şaşkınlık içindeki kardinaller çevreleyen Kardinal Mortati, medya ekranına bakarak, aşağıdaki mahzende yaşanan dramayı seyrediyordu. Artık neye inanacağını bilmiyordu. Tüm dünya, onun gördüğüne şahit olmuş muydu? Tanrı gerçekten Camerlengo'yla konuşmuş muydu? Karşımadde gerçekten de San Pietro'daki ekranlarda...

Kalabalığın içinden birinin, "Bakın!" dediği duyuldu.

"Orada!" Herkes bir anda ekranı işaret etmeye başlamıştı. "Bu bir mucize!"

Mortati başını kaldırıp baktı. Kameranın açısı sabit değildi ama yeterince açıktı. Unutulmayacak bir görüntüydü.

Arkadan çekilen Camerlengo toprak yerde diz çökmüş dua ediyordu. Önünde, duvara kabaca oyulmuş bir delik vardı. Deliğin içinde, eski taş yığınlarının arasında, topraktan yapılmış bir tabut duruyordu. Mortati bu tabutu hayatında bir kez gördüğü halde, içinde ne olduğunu gayet iyi biliyordu.

Aziz Petrus.

Mortati kalabalıktan yükselen sevinç ve şaşkınlık nidalarının, Hıristiyanlığın en kutsal yadigârlarından birini görmekten kaynaklandığına inanacak kadar saf değildi. İnsanlara aynı anda diz çöktürüp şükretmelerini sağlayan şey Aziz Petrus'un mezarı değildi. Mezarın *üstündeki* nesneye şükrediyorlardı.

Karşımadde kutusu. Oradaydı... gün boyunca durduğu yerde... Necropolis'in karanlıklarında saklanıyordu. Parlak. Amansız. Ölümcül. Camerlengo'nun vahyi gerçekti.

Mortati şeffaf silindire merakla bakıyordu. Sıvı küresi hâlâ merkezinde asılı duruyordu. LED hayatının son beş dakikasının geri sayımını yaparken, kutunun etrafındaki mağara, kırmızı ışıkla aydınlanıp kararıyordu.

Mezarda ayrıca, kutudan birkaç santim ötede, kutunun görüntülerini başından beri ileten, İsviçreli Muhafızlar'ın kablosuz güvenlik kamerası duruyordu.

Bunun hayatı boyunca gördüğü en ürkütücü manzara olduğundan hiç şüphe duymayan Mortati istavroz çıkarttı. Ama az sonra, durumun gittikçe kötüleşeceğini anlamıştı.

Camerlengo aniden ayağa kalktı. Karşımaddeyi elleri arasına alarak, diğerlerine döndü. Tüm dikkatini topladığı yüzünden anlaşılıyordu. Diğerlerinin arasından geçerek, geldiği yönden Necropolis'ten koşarak aşağı inmeye başladı.

Kamera, dehşet içinde donakalan Vittoria Vetra'yı çekiyordu. "Nereye gidiyorsunuz! Camerlengo! Demiştiniz ki..."

Camerlengo koşarken, "İnancınızı yitirmeyin," dedi.

Vittoria, Langdon'a döndü. "Ne yapacağız?"

Robert Langdon, Camerlengo'yu durdurmaya çalıştı, ama onun inancına güvendiği anlaşılan Chartrand koşarak müdahale etti.

BBC kamerasından gelen görüntü şimdi lunaparklardaki tren vagonlarından çekilmiş gibi dönüyor, sallanıyordu. Karmakarışık kafile karanlıklar arasından Necropolis girişine doğru sendeleyerek koşarken, ekrana bulanık dehşet ve kargaşa görüntüleri yansıyordu.

Meydanda duran Mortati korkuyla nefesini tutmuştu. "Onu *buraya* mı getiriyor?"

Dünyadaki tüm televizyonlarda Camerlengo önünde tuttuğu karşımaddeyle Necropolis'ten dışarı koşuyordu. "Bu gece başka ölüm olmayacak!"

Ama Camerlengo yanılıyordu.

121

Camerlengo saat tam 23.56'da St. Pietro Bazilikası'nın kapılarından hızla çıktı. Karşımaddeyi sanki bir tür huşu uyandıran bağışmış gibi önünde taşırken, projektörlerin göz kamaştıran parlaklığı karşısında sendeledi. Yanan gözleriyle, meydandaki medya ekranlarında dev gibi görünen kendi yarı çıplak ve yaralı bedenini görebiliyordu. St. Pietro Meydanı'ndaki kalabalıktan yükselen gürültü, Camerlengo'nun daha önce duyduğu hiçbir şeye benzemiyordu... ağlama, bağrışma, ilahi söyleme, dua etme... saygı ve korku karışımı bir şeydi.

Bizi Şeytan'dan kurtar, diye fısıldadı.

Ölüler Şehri'ndeki koşuşturması yüzünden kendini tamamıyla tükenmiş hissediyordu. Neredeyse felaketle sonuçlanmıştı. Robert Langdon ve Vittoria Vetra, onu durdurmak, kutuyu yeraltında saklandığı yere geri fırlatmak, sığınmak için dışarı kaçmak istemişlerdi. *Kör aptallar!*

Camerlengo şimdi korkutucu bir açıklıkla, başka bir gece olsaydı, bu yarışı asla kazanamayacağını fark ediyordu. Ama, bu gece Tanrı bir kez daha onun yanında olmuştu. Camerlengo'yu yakalamak üzere olan Robert Langdon'ı, Camerlengo'nun din adına isteklerine her zaman güvenen ve itaat eden Chartrand tutmuştu. Tabi ki, muhabirler bu durum karşısında çok etkilenmişlerdi ve müdahale edemeyecek kadar çok alet taşıyorlardı.

Tanrı, akıl ermez yöntemlerle iş görüyor.

Camerlengo şimdi arkasındaki diğer kişileri duyabiliyor... yaklaştıklarını ekrandan görebiliyordu. Kalan fiziksel gücünü toplayarak, karşımaddeyi başının üzerine kaldırdı. Sonra, göğsündeki Illuminati damgasını hiçe saydığını gösteren bir hareketle, çıplak omuzlarını geriye atarak, hızla merdivenlerden indi.

Son bir hareket kalmıştı.

Tanrı yardımcım olsun, diye düşündü. *Tanrı yardımcım olsun.*

Dört dakika...

Langdon bazilikadan fırladığında, güç'ükle görebiliyordu. Yoğun medya ışıkları yine retinalarını deldi. Tek seçebildiği, tam önünde merdivenlerden koşarak inen Camerlengo'nun bulanık hatlarıydı. Medya ışıkları halesinde parlayan Camerlengo bir anlığına, bir tür modern Tanrı gibi ilahi göründü. Papaz cüppesi bir kefen gibi beline sarılıydı. Vücudu, düşmanlarının elleriyle yaralanmıştı ama hâlâ dayanıyordu. Camerlengo dik bir şekilde, dünyayı imana çağırarak ve bu yok edici silahı taşıyarak, kalabalığa doğru koşmaya devam ediyordu.

Langdon arkasından koşarak merdivenlerden indi. *Ne yapıyor? Hepsini öldürecek!*

Camerlengo, "Tanrı'nın Evi'nde," diye bağırdı. "Şeytan'ın işine yer yok!" Dehşete kapılmış kalabalığa doğru koştu.

Langdon arkasından, "Peder," diye bağırdı. "Gidecek bir yer yok!"

"Gökyüzüne bak! Gökyüzüne bakmayı unutuyoruz!"

Langdon o anda, Camerlengo'nun nereye doğru gittiğini görünce, yüce gerçeği anladı. Langdon ışıklar yüzünden onu göremese de, kurtuluşlarının tam başlarının üzerinde olduğunu biliyordu.

Yıldızlarla dolu bir İtalyan göğü. *Kaçış yolu.*

Camerlengo'nun onu hastaneye götürmesi için çağırttığı helikopter, hareketsiz bir şekilde ileride duruyordu, pilot içindeydi ve pervane kanatları boş viteste çalışıyordu. Langdon aniden üzerinde kuvvetli bir canlılık hissetti.

Langdon'ın aklından düşünceler bir sel gibi geçti...

İlk önce, Akdeniz'in enginliğini hayalinde canlandırdı. Ne kadar uzaktı? Sekiz kilometre? On altı? Fiumocino'daki kumsalın trenle yaklaşık yedi dakika uzaklıkta olduğunu biliyordu. Ama helikopterle, saatte 320 kilometre hızla ve hiç durmadan... Eğer, kutuyu helikopterle yeteri kadar uzağa götürebilir ve denize atarlarsa... Neredeyse, ağırlıksız olduğunu hissederek koşarken, başka bir seçenek daha olduğunu fark etti. *La Cava Romana!* Şehrin kuzeyindeki taş ocakları beş kilometre uzaklıkta bile değildi. Ne büyüklükteydiler? Beş kilometrekare? Bu saatte, kesinlikle boş olurdu! Kutuyu *oraya* atarak...

Camerlengo, "Herkes geri çekilsin!" diye bağırdı. Koşarken, göğsü acıyordu. "Uzaklaşın! Hemen!"

Camerlengo onlara yaklaşırken, helikopterin etrafındaki İsviçreli Muhafızlar ağızları açık öylece duruyorlardı.

Papaz, "Geri!" diye bağırdı.

Muhafızlar geri çekildiler.

Tüm dünya merak içinde izlerken, Camerlengo helikopterin etrafından dolaşıp pilot kapısına geldi ve kapıyı açtı. "Dışarı, evlat! Hadi!"

Muhafız dışarı atladı.

Camerlengo, pilot kabininin yüksek koltuğuna baktı, bu yorgun haliyle, kendini yukarı çekmek için iki elini birden kullanması gerektiğini biliyordu. Yanında titreyen pilota döndü ve kutuyu eline tutuşturdu. "Tut şunu. İçeri girdiğimde, geri ver."

Camerlengo kendini yukarı çekerken, helikoptere doğru koşan Robert Langdon'ın heyecanla bağırdığını duyabiliyordu. Camerlengo, *şimdi anlıyorsun,* diye düşündü. *Şimdi inanıyorsun!*

Camerlengo kendini pilot kabinine çekti, birkaç tanıdık kolu ayarladı ve sonra kutuyu almak için pencereye döndü.

Ama, kutuyu verdiği muhafızın eli boştu. Muhafız, "O aldı!" diye bağırdı.

Camerlengo kalbinin sıkıştığını hissetti. "Kim!"

Muhafız işaret etti. "O!"

Robert Langdon kutunun bu kadar ağır olmasına şaşırmıştı. Helikopterin diğer tarafına koştu; saatler önce o ve Vittoria'nın oturduğu arka bölmeye atladı. Kapıyı açık bırakıp içeri yerleşti. Sonra, ön koltukta oturan Camerlengo'ya bağırdı.

"Uçun, peder!"

Camerlengo boynunu uzatıp Langdon'a baktı, yüzü dehşetten bembeyazdı. "Ne yapıyorsun!"

Langdon, "*Siz* uçun! Ben fırlatacağım!" diye bağırdı. "Vakit yok! Allah'ın cezası helikopteri uçurun!"

Pilot kabininde parlayan medya ışıkları yüzündeki çizgileri belirginleştirirken, Camerlengo bir an için felç olmuş gibi göründü. "Bunu yalnız başıma yapabilirim," diye fısıldadı. "Bunu tek başıma yapmam *gerekiyor*."

Langdon dinlemiyordu. "Uçun," diye bağırdığını duyuyordu. *Hadi! Size yardım etmeye geldim.* Langdon kutuya baktı ve sayıları gördüğünde nefesinin boğazında düğümlendiğini hissetti. "*Üç* dakika, peder! *Üç*."

Sayı, Camerlengo'yu kendine getirmiş gibiydi. Hiç tereddüt etmeden, kumanda düğmelerine geri döndü. Gıcırtılı bir gürültüyle, helikopteri kaldırdı.

Langdon bir toz girdabının içinden, helikoptere doğru koşan Vittoria'yı görebiliyordu. Gözleri karşılaştı ve sonra Vittoria batan bir taş gibi giderek küçüldü.

122

Helikopterin içinde, motorların vınlaması ve açık kapıdan gelen kuvvetli rüzgâr, sağır edici bir kargaşayla, Langdon'ın duyularına saldırıyordu. Camerlengo helikopteri yukarı doğru hızlandırırken, Langdon artan yerçekimine karşı tutundu. Aşağılarındaki San Pietro'nun parıltısı, şehir ışıkları içinde parıldayan özelliksiz bir elips haline gelene kadar küçüldü.

Langdon'ın ellerindeki karşımadde kutusu, ölü ağırlık gibiydi. Daha sıkı tuttu, avuçları ter ve kandan kayganlaşmıştı. Tutacağın içindeki karşımadde küreciği sakince dönüyor, LED geri sayım saatinin parıltısında kırmızı yanıp sönüyordu.

Langdon, Camerlengo'nun kutuyu nereye atmayı planladığını merak ederek, "İki dakika!" diye bağırdı.

Aşağılarındaki şehir ışıkları her tarafa yayılmıştı. Langdon batıda Akdeniz sahilinin pırıldayan şeklini görebiliyordu... ötesinde hiçliğin sonsuz, karanlık enginliğinin uzandığı çentikli bir ışıltı sınırı. Deniz, Langdon'ın tahmin ettiğinden daha uzak görünüyordu. Ayrıca, sahildeki ışıkların yoğunluğu, denizin açıklarındaki bir patlamanın bile çok yıkıcı sonuçları olabileceğini büyük bir açıklıkla hatırlatıyordu. Langdon sahile çarpan on bin tonluk bir tsunaminin sonuçlarını düşünemiyordu.

Langdon dönüp pilot kabininin penceresinden dümdüz ileriye bakınca, ümitlendi. Tam önlerinde, Roma tepelerinin inişli çıkışlı gölgeleri gecenin içinde belli belirsiz görünüyordu. Tepeler, ışıklarla belirginleşmişti -zenginlere ait villalar- ama yaklaşık iki kilometre kuzeyde, tepeler karanlıklaşıyordu. Hiç ışık yoktu... sadece muazzam bir karanlık çukuruydu. Hiçbir şey yoktu.

Langdon, *taş ocakları*, diye düşündü. *La Cava Romana.*

Langdon arazinin çorak çukuruna bakarken, yeteri kadar geniş olduğunu düşündü. Aynı zamanda, yakın görünüyordu. Okyanustan daha yakındı. Bir anda içini heyecan kapladı. Camerlengo'nun karşımaddeyi götürmeyi planladığı yer kesin burasıydı! Helikopter, tam ona doğru yönelmişti! Taş ocakları! Ama, tuhaf bir şekilde, motorlar gürültüyle zorlandıkları ve helikopter havada ilerlediği halde, Langdon taş ocaklarına yaklaşmadıklarını görebiliyordu. Şaşırmış bir halde, yönünü tayin etmek için yan kapıdan dışarı baktı. Gördüğü şey, heyecanını paniğe dönüştürdü. Tam altlarında, binlerce metre aşağıda, St. Pietro Meydanı'ndaki medya ışıkları parıldıyordu.

Hâlâ Vatikan'ın üzerindeyiz.

Nefesi kesilerek, "Camerlengo!" dedi. "İleri gidin! *Yeteri kadar* yüksekte değiliz! İleri gitmelisiniz! Kutuyu Vatikan Şehri'nin üzerine atamayız!"

Camerlengo cevap vermedi. Uçan helikoptere konsantre olmuş gibiydi.

Langdon kutuyu kaldırarak, "*İki* dakikadan az vaktimiz var!" diye bağırdı. "Onları görebiliyorum! *La Cava Romana!* Birkaç kilometre kuzeydeler! Zamanımız..."

Camerlendo, "Hayır," dedi. "Çok tehlikeli. Üzgünüm." Helikopter yukarı doğru tırmanmaya devam ederken, Camerlengo arkasını dönüp Langdon'a kederle gülümsedi. "Keşke gelmeseydin, dostum. Büyük bir fedakârlık yaptın."

Langdon, Camerlengo'nun yorgun gözlerine baktı ve birden anladı. Kanı dondu. "Ama... gidebileceğimiz *bir yer* olmalı!"

Camerlengo boyun eğmiş bir ses tonuyla, "*Yukarı,*" dedi. "Tek garanti orası."

Langdon zar zor düşünebiliyordu. Camerlengo'nun planını tamamıyla yanlış anlamıştı. *Gökyüzüne bak!*

Langdon, Camerlengo'nun asıl gittiği yerin *gökyüzü* olduğunu şimdi anlıyordu. Camerlengo kutuyu atmayı planlamamıştı. Sadece, onu Vatikan Şehri'nden mümkün olduğu kadar uzaklaştırıyordu.

Bu, tek yönlü bir yolculuktu.

123

Vittoria, San Pietro Meydanı'nda yukarı bakıyordu. Helikopter şimdi bir nokta gibi görünüyordu, medya ışıkları artık ona uzanamıyordu. Pervanelerin gürültüsü, uzak bir vızıltıya dönüşmüştü. O sırada, sanki tüm dünya gökyüzüne odaklanmış gibiydi, olacakları bekleyerek susmuşlar, boyunlarını gökyüzüne uzatmışlardı... tüm insanlar, tüm inançlar... tüm kalpler bir atıyordu.

Vittoria'nın duyguları, bir ıstırap kasırgasına tutulmuş gibiydi. Helikopter gözden kaybolduğunda, yukarı yükselen Robert'in yüzünü hayal etti. *Ne düşünüyordu? Anlamamış mıydı?*

Meydandaki televizyon kameraları, bekleyerek karanlığı inceliyordu. Sessiz bir geri sayımda birleşmiş bir sürü yüz gökyüzüne bakıyordu. Tüm medya ekranları, aynı sakin manzarayı gösteriyordu... parlak yıldızlarla aydınlanmış Roma göğünü. Vittoria gözyaşlarının akmaya başladığını hissetti.

Arkasında, mermer eğimde duran 161 kardinal sessiz bir dehşetle yukarı bakıyordu. Bazıları, ellerini kavuşturmuş, dua ediyordu. Çoğu, hareketsizce, donmuş bir halde duruyordu. Bazıları ağlıyordu. Saniyeler hızla geçiyordu.

Dünyanın her yerinde evlerde, barlarda, işyerlerinde, havaalanlarında, hastanelerde, ruhlar evrensel tanıklıkta birleşmişti. Kadın ve erkekler, ellerini kenetlemişlerdi. Bazıları çocuklarını tutuyorlardı. Zaman askıda kalmış gibiydi, ruhlar birlik içinde donakalmışlardı.

Sonra, St. Pietro'nun çanları insafsızca çalmaya başladı.

Vittoria gözyaşlarını bıraktı.

Sonra... tüm dünya izlerken... süre doldu.

Hepsinin en dehşet verici olanı, olayın ölüm sessizliğiydi.

Vatikan Şehri'nin üzerinde, gökyüzünde ufacık bir ışık belirdi. Kısacık bir anda, yeni bir ilahi cisim doğmuştu... herhangi birinin görüp görebileceği gördüğü en saf ve en beyaz ışık noktası.

Sonra, olan oldu.

Ani bir parıltı. Nokta, sanki kendisiyle besleniyormuş gibi, göz kamaştırıcı beyaz bir yarıçap şeklinde gökyüzüne yayılarak, büyüdü. Akıl almaz bir süratle hızlanarak ve karanlığı yutarak, her tarafa savruldu. Işık küresi büyüdükçe, tüm göğü yutmaya hazırlanan hızla büyüyen bir canavar gibi şiddetlendi. Gittikçe hızlanarak aşağı, onlara doğru iniyordu.

Tamamıyla aydınlanmış insan yüzlerinden oluşan gözleri kamaşmış kalabalık, ellerini gözlerine siper ederek ve boğuk bir korkuyla bağırarak, hep birlikte soluyordu.

Işık, her tarafı kaplarken, akıl almaz bir şey oldu. Büyüyen yarıçap, sanki Tanrı'nın isteğiyle engellenmişçesine, bir duvara çarpar gibi oldu. Sanki, patlama bir şekilde dev bir cam kürenin içinde kontrol altına alınmıştı. Işık, keskinleşerek ve kendi içinde dalgalanarak geri tepti. Dalga, önceden belirlenmiş bir çapa ulaşmış ve orada dönüyormuş gibi görünüyordu. O an için, mükemmel ve sessiz bir ışık küresi, Roma'nın üzerinde parladı. Gece, gündüz olmuştu.

Sonra isabet etti.

Sarsıntı, derin ve yankılıydı... yukarıdan gelen gümbürtülü bir sarsıntı dalgası. Vatikan Şehri'nin granit temelini sarsarak, insanların ciğerlerindeki nefesi çekerek, bazılarını geriye doğru sendeleterek, cehennem gazabı gibi üzerlerine indi. Yankı, sıra sütunları titretti, bunu ani bir sıcak hava akımı izledi. Rüzgâr, sütunların arasında ıslık çalarak ilerleyip duvarlara çarparken, kasvetli bir inleme çıkararak alanda hızla aktı. İnsanlar birbirlerine sokulurken, toz üzerlerinde girdap gibi dönüyordu... Mahşer tanıkları.

Sonra, küre belirdiği kadar hızlı bir şekilde, içeri doğru çökerek, içinden çıktığı minik ışık noktasına dönüştü.

124

Daha önce hiç bu kadar çok insan böylesine sessiz olmamıştı.

St. Pietro Meydanı'ndaki yüzler tek tek, gözlerini kararan gökyüzünden aşağı çevirdi, herkes kendi şaşkınlık anını yaşıyordu. Medya ışıkları da, sanki üzerlerine çöken karanlığa saygıdan ötürü, ışıklarını tekrar toprağa indirerek, aynı şeyi yaptılar. Bir anlığına, sanki tüm dünya hep birlikte başını öne eğdi.

Kardinal Mortati dua etmek için diz çöktü, diğer kardinaller de ona katıldı. İsviçreli Muhafızlar uzun kılıçlarını indirerek, sessizce durdular. Kimse konuşmuyordu. Kimse kıpırdamıyordu. Her yerde, kalpler müşterek bir duyguyla parçalanmıştı. Matem. Korku. Endişe. İnanç. Ve biraz önce şahit oldukları yeni ve dehşet verici güce karşı duyulan korku dolu saygı.

Vittoria Vetra bazilikanın geniş merdivenlerinin en alt basamağında, titreyerek duruyordu. Gözlerini kapadı. Kanında dolaşan duygu fırtınasının içinde, tek bir kelime, uzaktaki bir çan gibi çalıyordu. Eski. Zalim. Geri göndermeye çalıştı. Ama, kelime yankılanıyordu. Tekrar geri gönderdi. Acı çok fazlaydı. Kendini, diğerlerinin akıllarından geçen görüntülerin arasında kaybetmeye çalıştı... karşımaddenin insanı hayrete düşüren gücü... Vatikan'ın kurtuluşu... Camerlengo... cesaretin başarısı... mucizeler... kendini düşünmeme. Ama kelime hâlâ yankılanıyor... yüreğini sızlatan bir yalnızlıkla kargaşanın içinde çalıyordu.

Robert...

Onun için St. Angelo Kalesi'ne gelmişti.

Onu kurtarmıştı.

Ve şimdi, *onun* yaratısı yüzünden yok olmuştu.

Kardinal Mortati dua ederken, acaba kendisi de Camerlengo gibi Tanrı'nın sesini duyacak mı, diye merak ediyordu. *Bir insanın mucizelere inanması için bunların kendi başına mı gelmesi gerekiyor?* Mortati eski bir dinin içindeki modern bir adamdı. Mucizeler, onun inancında asla yer almamıştı. Elbette dini mucizelerden bahsediyordu... kanayan avuçlar, ölümden dirilişler, kefendeki damgalar... ama yine de, Mortati'nin akılcı mantığı bu hikâyeleri her zaman efsanenin bir parçası olarak görmüştü. Bunlar, insanoğlunun en büyük zaafının sonuçlarıydı... kanıta olan *ihtiyacının.* Mucizeler, doğru olmalarını *istediğimiz* için hepimizin sıkıca sarıldığı hikâyelerden başka bir şey değildi.

Ama yine de...

Biraz önce gözlerimle şahit olduğum şeyi kabul edemeyecek kadar modern miyim? Bu bir mucizeydi, öyle değil mi? Evet! Tanrı, Camerlengo'nun kulağına fısıldadığı birkaç kelimeyle, araya girmiş ve kiliseyi kurtarmıştı. Buna inanmak neden bu kadar zordu? Eğer Tanrı hiçbir şey yapmasaydı, Tanrı hakkında neler söylenirdi? Tanrı'nın umursamadığı? Bunu durduramayacak kadar güçsüz olduğu? *Bir mucize, mümkün olan tek yanıttı!*

Mortati hayret içinde diz çökerek, Camerlengo'nun ruhu için dua etti. Bu yaşlı adamın gözlerini tartışılmaz inancın mucizelerine açan genç hazine vekiline şükranlarını sundu.

Ama, Mortati, inancının nereye kadar sınanmak üzere olduğunu asla tahmin edemezdi...

St. Pietro Meydanı'nın sessizliği, önce bir uğultuyla bozuldu. Uğultu, mırıldanmaya dönüştü. Sonra, aniden bir gürültüye. Bir anda, kalabalık hep birlikte bağırmaya başladı.

"Bakın! Bakın!"

Mortati gözlerini açtı ve kalabalığa döndü. Herkes, arkasındaki St. Pietro Bazilikası'nın önünü işaret ediyordu. Yüzleri bembeyazdı. Bazıları dizleri üzerine çöktü. Bazıları bayıldı. Bazıları kontrol edilmez hıçkırıklara boğuldu.

"Bakın! Bakın!"

Mortati şaşırmış bir halde, uzanmış elleri takip ederek, arkasını döndü. Bazilikanın en üst katını, kalabalığa bakan İsa ve havarilerinin çok büyük heykellerinin bulunduğu çatıdaki terası işaret ediyorlardı.

Orada, İsa'nın sağında, kolları dünyaya uzanmış... Camerlengo Carlo Ventresca duruyordu.

125

Robert Langdon artık düşmüyordu.

Terör sona ermişti. Acı duymuyordu. Hatta rüzgâr bile uğuldamıyordu. Sadece, sanki sahilde huzurla yatıyormuş gibi, suyun yatıştırıcı şırıltı sesi duyuluyordu.

Langdon farkındalık seviyesinde yaşadığı çelişkiyle, bunun ölüm olduğunu sezinledi. Ona büsbütün sahip olan uyuşukluğun kendini almasına izin verdi. Bu hissin, gideceği yere kadar kendisini de beraberinde götürmesine izin verdi. Duyduğu acı ve korku geçmişti, hiçbir suretle yeniden aynını yaşamak istemiyordu. Aklında kalan son hatıra, cehenneme yakışacak türdendi.

Al beni. Lütfen...

Ama ona huzur veren şırıltı, aynı zamanda onu hayata geri çekiyordu. Onu bir rüyadan uyandırmaya çalışıyordu. *Hayır! Bırak beni!* Uyanmak istemiyordu. Yaşadığı saadetin etrafında şeytanların toplandığını, sevincini parçalamak için yumrukladıklarını hissetti. Bulanık şekiller etrafında dönüyordu. Sesler bağrıştı. Rüzgâr esti. *Hayır, lütfen!* Mücadele ettikçe, daha da fazla öfkeleniyordu.

Sonra, huysuz bir şekilde, yeniden yaşamaya başladı...

Helikopter baş döndürücü bir yükselişe geçmişti. Langdon içeride kapana kısılmıştı. Açık kapının ötesindeki Roma ışıkları, her geçen saniye biraz daha uzaklaşıyordu. Yaşama içgüdüsü ona kutudan hemen kurtulmasını söylüyordu. Langdon kutunun yarım mil düşmesinin yirmi saniyeden daha az süreceğini biliyordu. Ama insanlarla dolu bir şehre düşecekti.

Daha yukarı! Daha yukarı!

Langdon şimdi ne kadar yukarıda olduklarını düşündü. Küçük pervaneli uçakların yaklaşık dört millik irtifa kazanabildiklerini biliyordu. Helikopter şu anda bunun büyük bir kısmını kat etmiş olmalıydı. *İki mil mi? Üç mü?* Hâlâ bir şans vardı. Zamanı doğru hesaplayabilirlerse, kutu yere çarpmadan, hem aşağıdan, hem de helikopterden güvenli bir uzaklıkta patlayacaktı.

Camerlengo, "Ya yanlış hesaplarsan?" dedi.

Langdon şaşırarak, döndü. Ön cama vuran yansımasından Langdon'ın düşüncelerini okuduğu anlaşılan Camerlengo, ona bakmıyordu bile. Tuhaf biçimde Camerlengo artık kontrol panelinin önünde de oturmuyordu. Gaz kolunu bile tutmuyordu. Helikopter, otomatik pilota bağlanmış ve yükselişe kilitlenmiş gibiydi. Camerlengo başının üstündeki kokpit tavanına uzandı ve kablo kutusunu eliyle yoklayarak, oraya görünmeyecek şekilde bantlanmış bir anahtar çıkardı.

Camerlengo koltuklar arasındaki metal yük sandığının kilidini çabucak açarken Langdon şaşkınlık içinde bakıyordu. Bir tür siyah, geniş bir naylon çanta çıkartmıştı. Yanındaki koltuğa bıraktı. Langdon'ın aklından binlerce düşünce geçiyordu. Camerlengo sanki bir çözüm bulmuş gibi seri hareket ediyordu.

Camerlengo ciddi bir tonla, "Kutuyu bana ver," dedi.

Langdon artık ne düşüneceğini bilmiyordu. Kutuyu Camerlengo'ya uzattı. "Doksan saniye!"

Camerlengo'nun karşımaddeyle yaptığı şey, Langdon'ı sersem etmişti. Kutuyu dikkatlice elleri arasına alan Camerlengo, onu yük kutusunun içine yerleştirdi. Sonra kapağı kapatarak, anahtarla kilitledi.

Langdon, "Ne yapıyorsunuz!" dedi.

"Bizi günaha girmekten kurtarıyorum." Camerlengo anahtarı, açık pencereden dışarı fırlattı.

Anahtar gecenin içinde taklalar atarken, Langdon ruhunun onunla beraber düştüğünü hissetti.

Bunun ardından Camerlengo naylon çantayı aldı ve kollarını askılarından geçirdi. Kemeri belinin etrafına dolayarak, sırt çantası gibi oturttu. Yıldırım çarpmışa dönen Robert Langdon'a baktı.

Camerlengo, "Üzgünüm," dedi. "Böyle olması gerekmezdi." Sonra kapıyı açıp kendini geceye bıraktı.

Langdon'ın şuursuz zihninde alev alev yanan görüntü, canını acıtıyordu. Gerçek acı. Fiziksel acı. Acıyordu. Yakıyordu. Ölmek için, her şeyin bitmesi için yalvardı, ama su kulaklarında daha yüksek sesle şırıldarken, gözünün önünden yeni görüntüler geçmeye başladı. Onun cehennem saatleri yeni başlamıştı. Parçalar ve kırıntılar gördü. Panik manzaraları. Ölümle kâbus arasında kurtarılmak için yalvarıyor, ama zihninden geçen resimler giderek büyüyordu.

Karşımadde kutusu, erişemeyeceği bir yerde kilitliydi. Helikopter yukarı tırmanırken, o yavaşça aşağı süzülüyordu. *Elli saniye*. Yukarı. Daha yukarı. Langdon az önce gördüklerine anlam vermeye çalışırken, kabinin içinde birden döndü. *Kırk beş saniye*. Başka bir paraşüt bulabilmek için koltukların altını aradı. *Kırk saniye.* Yoktu! Bir başka ihtimal olmalıydı! *Otuz beş saniye*. Helikopterin açık kapısına koştu ve aşağıda uzanan Roma'nın ışıklarına bakarak, uğuldayan rüzgâra durdu. *Otuz iki saniye.*

Sonra seçimini yaptı.

İnanılmaz seçimi...

Robert Langdon açık kapıdan paraşütsüz atlamıştı. Gece, sallanan vücudunu yutarken, helikopter roket hızıyla yükseliyor gibiydi. Kendi serbest düşüşünün sağır edici gürültüsü, helikopter pervanelerinin sesini bastırıyordu.

Robert Langdon yere düşerken, yüksek atlama yaptığı yıllar boyunca hiç tecrübe etmediği bir hisse kapılmıştı... ölüm düşüşü sırasındaki muazzam yerçekimi kuvveti. Düşüşü hızlandıkça, yer sanki onu daha da kuvvetle aşağı çekiyordu. Binlerce metre yükseklikten bir şehrin üstüne düşüyordu... sonsuz bir asfalt ve beton yığının üstüne.

Şiddetli rüzgâr ve umutsuzluğun ortasında bir yerlerde, Kohler'ın mezarından yankılanan sesini duyuyordu... sabahın erken saatlerinde CERN'in serbest düşüş tüpünün başında söylediği kelimeler. *Bir metrekarelik sürtünme düşen bir cismi yüzde yirmi oranında yavaşlatır.* Langdon şimdi, böyle bir düşüşü yavaşlatmak için yüzde yirminin yeterli olmayacağını fark ediyordu. Yine de, ümitten çok geçirdiği felcin etkisiyle, helikopterin kapısında eline aldığı tek nesneyi sıkıca kavradı. Tuhaf bir hatıraydı ama o anda ona umut veren tek nesneydi.

Ön camın tentesi helikopterin arkasında duruyordu. Dörde iki metre boyutlarındaki içbükey dörtgen, dikilmiş dev bir çarşafı andırıyordu... hayal edilebilecek en kaba paraşüt benzeri. Bel kuşağı yoktu, sadece ön camın kavislerine bağlamak için, her iki ucuna halka ilmekleri eklenmişti. Langdon bunu kavramış, ellerini halka ilmeklerinden geçirmiş, sıkıca tutunmuş ve kendini boşluğa bırakmıştı.

Son gençlik çılgınlığı buydu.

Bu anın ötesinde hayata dair hayalleri yoktu.

Langdon bir kaya gibi düştü. Önce ayakları. Kolları havadaydı. Elleriyle halka ilmeklerini kavramıştı. Başının üstündeki tente mantar gibi kabarmıştı. Rüzgâr onu acımasızca yalıyordu.

O yere düşerken, başının üstünde bir yerlerde yoğun bir patlama olmuştu. Tahmin ettiğinden daha uzaktan geliyordu. Hemen o anda bir şok dalgası ona çarptı. Ciğerlerindeki nefesin tükendiğini hissetti. Etrafındaki hava aniden ısınmıştı. Tutunmak için çaba sarf etti. Yukarıdan bir ısı duvarı hızla iniyordu. Tentenin tepesi inmeye başlamıştı... ama dayandı.

Langdon kabaran ışık örtüsünün tam kenarında hızla aşağı inerken, kendini üç yüz metrelik gelgit dalgasını aşmaya çalışan sörfçü gibi hissediyordu. Sonra ısı birden geri çekildi.

Yine karanlık serinliğin içinde aşağı düşüyordu.

Langdon bir an için ümide kapıldı. Kısa süre sonra, yukarı çekilen ısı gibi ümidi de kayboldu. Gerilen kolları onu, tentenin düşüşünü yavaşlattığına inandırsa da, rüzgâr hâlâ sağır edici bir hızla vücudunu ezip geçiyordu. Langdon hâlâ hayatta kalmasına imkân vermeyecek bir hızla düştüğüne emindi. Yere indiğinde un ufak olacaktı.

Aklından matematiksel denklemler geçiyordu, ama anlam çıkartamayacak kadar hissizleşmişti... *bir metrekarelik sürtünme... hızın yüzde yirmi azalması.* Langdon'ın tek bildiği, üstündeki tentenin yüzde yirmiden daha fazla yavaşlatacak kadar büyük olduğuydu. Ama ne yazık ki, kendisini yalayıp geçen rüzgârdan, tentenin yeterli olmadığını çıkartabiliyordu. Hâlâ çok hızlı düşüyordu... kendisini bekleyen beton deniziyle çarpıştığında, hayatta kalmasına imkân yoktu.

Aşağıda uzanan Roma'nın her yerinde ışıklar yanıyordu. Langdon'ın düştüğü şehir, yıldızlarla aydınlanmış dev bir gökyüzüne benziyordu. Mükemmel yıldızlar topluluğunun şekli, sadece şehri ikiye ayıran siyah bir şeritle bozuluyordu... ışık noktacıklarını şişman bir yılan gibi sarmalayan ışıksız, geniş bir kurdele. Langdon aşağıdaki kıvrımlı siyah kuşağa baktı.

Sonra birden, beklenmedik bir dalga onu yine ümitlendirdi.

Langdon adeta deli kuvvetiyle, sağ eliyle paraşütünü aşağı çekti. Tente aniden aşağı çökerek dalgalandı ve daha az dirençle karşılaşacağı sağ tarafa meyletti. Langdon yan tarafa doğru sürüklendiğini hissetmişti. Bir kez daha, elinin acısına aldırmadan daha kuvvetli çekti. Tente sallanırken, Langdon vücudunun yana kaydığını hissetti. Yeniden altındaki kavisli siyahlığa baktı. Biraz daha sağında kalıyordu, ama hâlâ yeterince yüksekteydi. Çok mu fazla beklemişti? Tüm gücüyle paraşütünü çekerken, artık bundan sonrasının Tanrı'nın elinde olduğunu kabul etti. Aşağıdaki yılanın en geniş yerine dikkatini vererek... hayatında ilk kez, bir mucize için dua etti.

Sonrası bulanıktı.

Aşağıdaki karanlık... geri gelen dalış sezgileri... belkemiğinin refleksle dimdik kilitlenmesi ve parmak uçlarının burnunu aşağı vermesi... hayati organlarını korumak için ciğerlerinin havayla şişmesi... bacaklarının çarpışa hazırlanması... ve son olarak... Tiber Nehri hâlâ aktığı için... suları köpüklü ve havayla dolu olduğu için... normal sulardan üç kat daha yumuşak olduğu için duyulan minnet.

Sonra çarpma gerçekleşti... ve karanlık.

Grubun gözlerini gökyüzündeki ateş topundan ayıran şey, çırpınan paraşütün gök gürültüsünü andıran sesiydi. Bu gece Roma'nın üstündeki gökyüzü türlü manzaralarla doluydu... uzaya fırlatılan bir helikopter, muazzam bir patlama ve şimdi de, nehrin minik adası Isola Tiberina'nın hemen kıyısında, Tiber Nehri'nin köpüklü sularına dalan bu garip nesne.

1656 yılındaki veba salgınında hastaları karantinaya almak için kullanıldığından bu yana adanın mistik iyileştirici özelliklere sahip olduğu düşünülürdü. Bu sebeple ada daha sonra, Roma'nın Tiberina Hastanesi'ne mesken olmuştu.

Vücut kıyıya çektiklerinde iyice hırpalanmıştı. Adamın zayıf da olsa hâlâ nabzının atmasının hayret verici olduğunu düşündüler. Kalbini çarptıran şeyin, Tiberina'nın efsanevi iyileştirme ününden kaynaklandığından şüphelendiler. Adam dakikalar sonra öksürmeye ve bilinci yerine gelmeye başladığında, grup adanın gerçekten de sihirli olduğuna karar verdi.

126

Kardinal Mortati hiçbir dilde, o anın gizemini tarif edecek hiçbir kelime bulunmadığını biliyordu. St. Pietro Meydanı'ndaki manzaranın getirdiği sessizlik, bilinen tüm melek korolarından daha yüksek sesle şarkı söylüyordu.

Camerlengo Ventresca'ya bakarken Mortati kalbiyle aklı arasındaki felç edici çelişkiyi yaşamıştı. Manzara gerçek gibiydi, somut gibiydi. Ama yine de... nasıl olabilirdi ki? Herkes Camerlengo'nun helikoptere bindiğini görmüştü. Gökyüzündeki aydınlanmayı herkes görmüştü. Ve şimdi Camerlengo bir şekilde çatının tepesinde duruyordu. Onu melekler mi getirmişti? Tanrı'nın eliyle yeniden tecessüm mü etmişti?

Bu imkânsız...

Mortati tüm kalbiyle inanmak istiyordu, ama mantığı bir açıklama bekliyordu. Bununla birlikte etrafındaki herkes, bakışlarını yukarı diken tüm kardinaller, onun gördüğünü görerek, hayret içinde donakalmıştı.

Bu Camerlengo idi. Hiç şüphe yoktu. Ama biraz farklı görünüyordu. İlahi gibi. Arındırılmış gibi. Bir ruh mu? İnsan mı? Beyaz teni spot ışıklarında cisimsiz bir varlık gibi parlıyordu.

Meydandan çığlıklar, sevinç nidaları ve alkış sesleri yükseliyordu. Bir grup rahibe diz çökerek ağıtlar yaktılar. Kalabalık bir tempo tutturmuştu. Birden tüm meydan Camerlengo'nun ismini haykırmaya başladı. Gözlerinden yaşlar süzülen bazı kardinaller de onlara katılmıştı. Mortati etrafına bakınarak, olanları anlamaya çalıştı. *Bu gerçekten oluyor mu?*

Camerlengo Ventresca, St. Pietro Bazilikası'nın çatısındaki taraçada durmuş, bakışlarını kendisine diken insan kalabalığına bakıyordu. Uyanık mıydı yoksa rüyada mı? Başka bir dünyaya geçmiş gibiydi. Gökyüzünden aşağıdaki yumuşak Vatikan Şehri Bahçeleri'ne süzülenin vücudu mu yoksa, ruhu mu olduğunu merak ediyordu... siyah paraşütü, ıssız çayırların üstüne konan bir melek gibi St. Pietro Bazilikası'nın uzun gölgesiyle örtülmüştü. Eski Madalyon Merdivenleri'ni tırmanarak, şu anda üstünde durduğu çatıdaki taraçaya tırmanacak güce, ruhunun mu yoksa, bedeninin mi sahip olduğunu düşündü.

Kendini hayalet kadar hafif hissediyordu.

Aşağıdaki insanlar onun ismiyle tempo tuttukları halde, alkışladıklarının aslında *kendisi* olmadığını biliyordu. Hayatının her günü kadiri mutlağı düşünürken duyduğu aynı neşeden aldıkları güçle tempo tutuyorlardı. Hepsi de aslında her zaman özlem duyduğu şeyi tecrübe ediyordu... ahiret inancı... yaratıcının gücünün var olması.

Camerlengo Ventresca hayatı boyunca bu an için dua etmişti, ama hâlâ Tanrı'nın bunu ispat edecek bir yol bulduğuna inanmıyordu. Onlara haykırmak istedi. *Tanrı'nız yaşayan bir Tanrı! Etrafınızdaki mucizelere bakın!*

Bir süre orada durdu. Yorgundu ama hayatı boyunca hissettiklerinden çok daha fazlasını hissediyordu. Sonunda bir etkiyle harekete geçerek, başını eğdi ve kenardan geri çekildi.

Şimdi tek başına kalmıştı. Çatıda diz çöküp dua etti.

127

Etrafındaki bulanık görüntüler ileri geri hareket ediyordu. Langdon'ın gözleri yavaşça odaklanmaya başladı. Bacakları ağrıyor, vücuduna kamyon çarpmış gibi hissediyordu. Yerde yan yatıyordu. Safra gibi bir şey kokuyordu. Hâlâ arkası kesilmeyen su şırıltısını duyabiliyordu. Artık ona huzur verici gelmiyordu. Başka sesler de vardı... yakınından gelen konuşmalar. Bulanık beyaz biçimler gördü. Hepsi beyaz mı giyiyordu? Langdon ya bir akıl hastanesinde ya da cennette olduğunu düşündü. Boğazı yandığından, cennette olamayacağına karar verdi.

Bir adam İtalyanca, "*Kusması bitti,*" dedi. "*Onu çevirin.*" Sert ve profesyonel bir sesi vardı.

Langdon ellerin yavaşça onu sırtüstü çevirdiğini hissetti. Başı döndü. Doğrulup oturmaya çalıştı ama eller nazikçe onu yatması için bastırdı. Vücudu itaat etti. Ardından Langdon, birisinin ceplerini karıştırarak, eşyalarını çıkarttığını hissetti.

Sonra bayıldı.

Dr. Jacobus dindar bir adam değildi; tıp ilmi onu bundan uzun zaman önce uzaklaştırmıştı. Ama yine de Vatikan Şehri'nde bu gece yaşanan olaylar, sürekli çalıştırdığı mantığını sınava tabi tutmuştu. *Artık gökyüzünden vücutlar mı düşüyor?*

Dr. Jacobus, Tiber Nehri'nden az önce çıkarttıkları ıslak adamın nabzına dokundu. Doktor, bu adamı Tanrı'nın kendi elleriyle güvenliğe çıkardığına karar verdi. Suya çarpmanın etkisiyle hasta bilincini kaybetmişti ve eğer Jacobus ekibiyle gökyüzündeki manzarayı seyretmek için kıyıya çıkmış olmasaydı, bu düşen ölümlü büyük ihtimalle fark edilmeyerek boğulacaktı.

Onu karaya çıkarttıktan sonra adamın cüzdanını karıştıran hemşire, "*È Americano,*" demişti.

Amerikalı mı? Romalılar, Roma'da o kadar çok Amerikalı var ki, yakında hamburger resmi İtalyan yemeği kabul edilecek diye şakalaşırlardı. *Ama gökyüzünden düşen Amerikalılar?* Jacobus kalem fenerini adamın gözlerine tutarak gözbebeklerini kontrol etti. "Bayım? Beni duyabiliyor musunuz? Nerede olduğunuzu biliyor musunuz?"

Adam yeniden bilincini yitirmişti. Jacobus buna şaşırmadı. Suni teneffüs yapıldıktan sonra adam çok fazla su kusmuştu.

Hemşire, adamın sürücü ehliyetini okuyarak, "*Si chiama Robert Langdon,*"(*) dedi.

İskeleden toplanan grup donakalmıştı.

Jacobus, "*Impossibile!*" dedi. Robert Langdon televizyondaki adamdı... Vatikan'a yardım eden Amerikalı profesör. Jacobus, Bay Langdon'ı yalnızca dakikalar önce St. Pietro Meydanı'ndan helikoptere binip millerce yukarı uçarken görmüştü. Jacobus ile diğerleri, karşımadde patlamasını -hayatlarında daha önce hiç görmedikleri olağanüstü bir ışık küresi- görmek için iskeleye koşmuşlardı. *Bu nasıl aynı adam olabilir!*

Islak saçlarını geri iten hemşire, "Bu o!" diye bağırdı. "Tüvit ceketini de hatırlıyorum!"

Birisi aniden hastane girişinden seslenmeye başlamıştı. Hastalardan biriydi. El radyosunu gökyüzüne tutup Tanrı'yı överek çığlıklar atıyor, deli gibi davranıyordu. Anlaşıldığı kadarıyla Camerlengo Ventresca mucizevi şekilde Vatikan'ın çatısında belirmişti.

(*) İsmi Robert Langdon.

Dr. Jacobus nöbeti sabah saat sekizde bittiğinde, doğruca kiliseye gitmeye karar verdi.

Şimdi Langdon'ın tepesindeki ışıklar daha parlaktı. Bir tür muayene masasında yatıyordu. Burnuna astrenjan ve garip kimyasalların kokusu geliyordu. Elbiselerini çıkartmışlardı ve birisi ona az önce iğne yapmıştı.

Yarı baygın zekâsıyla, *çingene olamayacaklarına* karar vermişti. *Belki de uzaylılar?* Evet, bunun gibi şeyler duymuştu. Neyse ki, bu varlıklar ona zarar vermeyeceklerdi. Tek istedikleri onun...

Langdon gözlerini faltaşı gibi açarak yerinde doğrulurken, "Hayatta olmaz!" dedi.

Yaratıklardan biri onu teskin ederken, "*Attento!* Durun!" diye seslendi. Yakasında Dr. Jacobus yazıyordu. Kesinlikle insana benziyordu.

Langdon kekeledi. "Ben... sandım ki..."

"Rahatlayın Bay Langdon. Hastanedesiniz."

Sis perdesi kalkmaya başlamıştı. Langdon rahatladığını hissetti. Hastanelerden nefret ederdi ama kesinlikle testislerini koparacak uzaylılardan iyiydiler.

Adam, "Benim ismim Dr. Jacobus," dedi. Olanları açıkladı. "Yaşadığınız için çok şanslısınız."

Langdon kendini şanslı hissetmiyordu. Aklında kalan hatıralardan güçlükle anlam çıkarabiliyordu... helikopter... Camerlengo. Vücudunun her yanı ağrıyordu. Ona biraz su verdiler ve o da ağzını çalkaladı. Avucuna yeni bir sargı bezi yerleştirdiler.

Langdon, "Giysilerim nerede?" diye sordu. Kâğıttan bir önlük giyiyordu.

Hemşirelerden biri, tezgâhın üstündeki su damlatan parçalanmış pantolonuyla tüvit ceketini gösterdi. "Sırılsıklam olmuştu. Üstünüzden çıkartmak için kesmek zorunda kaldık."

Langdon parçalanmış Harris tüvit ceketine bakıp kaşlarını çattı.

Hemşire, "Cebinizde biraz Kleenex vardı," dedi.

Langdon işte o an, ceketinin her yanından sallanan, yırtık parşömen parçalarını gördü. Galileo'nun *Diagramma* sayfası. Dünyadaki son kopya, eriyip gitmişti. Nasıl tepki vereceğini bilemiyordu. Sadece baktı.

"Özel eşyalarınızı kurtardık." Plastik bir kutuyu havaya kaldırmıştı. "Cüzdan, kamera ve kalem. Kamerayı elimden geldiği kadar kuruttum."

"Benim kameram yok."

Hemşire kaşlarını çatarak, kutuyu uzattı. Cüzdanı ve kalemiyle birlikte, küçük bir Sony RUVI kamerası da vardı. Sonradan hatırladı. Bunu ona, Kohler uzatmış ve medyaya vermesini istemişti.

"Cebinizde bulduk. Ama sanırım yeni bir tane almanız gerekecek." Hemşire, arka taraftaki beş santimlik ekranı açtı. "Görüntü karlı." Biraz daha netleştirdi. "Ama yine de ses hâlâ duyuluyor. Güçlükle." Cihazı kulağına yaklaştırdı. "Sürekli aynı şeyi oynatıp duruyor." Bir süre dinledikten sonra, yüzünü buruşturarak Langdon'a uzattı. "Sanırım iki adam kavga ediyor."

Langdon şaşkınlık içinde kamerayı alıp kulağına tuttu. Sesler cızırtılı ve metalikti ama yine de anlaşılıyordu. Biri yakından. Diğeri uzaktan geliyordu. Langdon her iki sesi de tanımıştı.

Kâğıt önlüğüyle oturarak, geçen konuşmayı hayretle dinledi. Ne olduğunu göremediği halde, şok edici sonu duyduğunda, görüntünün kaybolmasına şükretti.

Aman Tanrım!

Konuşma tekrar başa döndüğünde, Langdon kamerayı kulağından indirdi. Dehşete düşmüştü. Karşımadde... helikopter... Langdon'ın hafızası şimdi yerine gelmeye başlamıştı.

Ama bu demek oluyor ki...

Tekrar kusacağını hissetti. Ne yapacağını şaşırmış bir halde, öfkeyle masadan kalkarak, titreyen bacaklarının üstünde durdu.

Onu durdurmaya çalışan doktor, "Bay Langdon!" dedi.

Arkası açık önlüğünün açıklığını hisseden Langdon, "Bir kıyafet bulmam lazım," dedi.

"Ama dinlenmeniz gerekiyor."

"Çıkıyorum. Şimdi. Kıyafet bulmam lazım."

"Ama efendim, siz..."

"Şimdi!"

Herkes şaşırarak birbirine baktı. Doktor, "Hiç kıyafetimiz yok," dedi. "Belki yarın bir arkadaşımız size bulabilir."

Langdon sabırla yavaşça içini çekerek, gözlerini doktora dikti. "Dr. Jacobus, bu hastaneden şimdi çıkıyorum. Kıyafete ihtiyacım var. Vatikan Şehri'ne gidiyorum. Kimse Vatikan Şehri'ne kıçı açıkta gidemez. Yeterince açık izah edebildim mi acaba?"

Dr. Jacobus güçlükle yutkundu. "Bu adama giyecek bir şey getirin."

Langdon, Tiberina Hastanesi'nden topallayarak çıktığında, kendini çocuk irisi bir yavrukurt gibi hissetti. Önden fermuvarlı mavi bir hastane personeli tulumu giymişti ve üstünde, sayısız niteliklerini gösteren bir sürü kumaş rozet vardı.

Ona eşlik eden şişman kadın, aynı kıyafetten giyiyordu. Doktor, kadının, onu Vatikan'a rekor zamanda götüreceğine garanti vermişti.

Langdon, Vatikan dolaylarının arabalarla ve insanlarla dolu olduğunu hatırlatarak, "*Molto traffico,*" dedi. "Trafik çok fazla."

Kadın kayıtsız görünüyordu. Gururla rozetlerinden birini işaret etti. "*Sono conducente di ambulanza.*"(*)

"*Ambulanza?*" Bu her şeyi açıklıyordu. Langdon bir ambulanstan faydalanabileceğini hissediyordu.

Kadın, onu binanın etrafında dolaştırdı. Suyun üstündeki beton iskelede aracı onu bekliyordu. Langdon aracı gördüğünde olduğu yerde kalakaldı. Eski bir hastane helikopteriydi. Gövdede *Aero-Ambulanza* yazıyordu.

Başını eğdi.

Kadın gülümsedi. "Vatikan Şehri'ne uçmak. Çok hızlı."

(*) Ambulans şoförüyüm.

128

Kardinaller Heyeti yeniden Sistine Şapeli'ne akın ederken, mutluluk ve coşku doluydular. Mortati ise tam tersine, ayaklarını yerden kesip götürecek bir şaşkınlık yaşıyordu. Kutsal kitapta yazan eski mucizelere inanıyordu, ama az önce *şahit olduğu,* kesinlikle anlam veremediği bir şeydi. Sadakat dolu geçen bir ömrün, yetmiş dokuz yılın ardından, böyle bir olay karşısında içinin din coşkusuyla tutuşması gerektiğini biliyordu... ateşli ve kuvvetli bir inanç. Ama tek hissedebildiği içinde büyüyen huzursuzluktu. Bir şeyler yanlış gibiydi.

Koridordan koşarak gelen bir İsviçreli Muhafız, "Signore Mortati!" diye seslendi. "Dediğiniz gibi çatıya çıktık. Camerlengo... *yaşıyor!* O gerçek bir insan! Ruh değil! Tanıdığımızdan farklı değil!"

"Sizinle *konuştu* mu?"

"Diz çökmüş, sessizce dua ediyor! Ona dokunmaya çekiniyoruz!"

Mortati afallamıştı. "Ona... kardinallerinin beklediğini söyleyin."

"Signore, o bir *insan* olduğu için..." Muhafız duraksamıştı.

"Nedir?"

"Göğsü... yanık. Yaralarını sarmalı mıyız? Acı çekiyor olmalı."

Mortati bunu biraz düşündü. Kiliseye hizmet ettiği bir ömür bile onu bu ana hazırlayamamıştı. "O bir insan, bu yüzden ona insan gibi muamele edin. Onu yıkayın. Yaralarını sarın. Ona yeni bir cüppe giydirin. Sistine Şapeli'nde gelmesini bekleyeceğiz."

Muhafız koşarak uzaklaştı.

Mortati şapele yöneldi. Şimdi diğer kardinaller içerideydi. Koridorda yürürken, Papalık Merdivenleri'nin dibindeki bir banka tek başına çöken Vittoria Vetra'yı gördü. Kaybının yüzüne yansıttığı acıyı ve yalnızlığı görebiliyordu. Onun yanına gitmek istedi, ama bu işin beklemesi gerektiğini biliyordu. Yapması gereken işler vardı... bu işin nasıl olabileceğine dair hiç fikri olmasa da.

Mortati şapele girdi. İçeride gürültülü bir heyecan hâkimdi. Kapıyı kapattı. *Tanrım bana yardım et.*

Tiberina Hastanesi'nin çift pervaneli *Aero-Ambulanza*'sı Vatikan Şehri'nin arkasında dönerken, Langdon dişlerini sıkarak, bunun hayatında yapacağı son helikopter yolculuğu olacağı konusunda homurdanıyordu.

Vatikan hava sahasının şu anda Vatikan'ın duyduğu endişelerin en sonunda geldiğine pilotu ikna ettikten sonra, onu görünmeden arka duvara yöneltti ve Vatikan'ın helikopter pistine indirdi.

Acıyla karaya inerken, "*Grazie,*" dedi. Kadın, ona bir öpücük yolladıktan sonra çabucak havalanıp duvarın arkasından gecenin karanlığına dalıp kayboldu.

Derin derin içini çeken Langdon aklını toplamaya çalışarak, az sonra yapacaklarını düşünüyordu. Tek elinde tuttuğu kamerayla, o sabah bindiği golf arabasına atladı. Şarj edilmemişti ve batarya neredeyse boş olduğunu gösteriyordu. Güçten tasarruf etmek için Langdon farları yakmadan sürdü.

Ayrıca kimsenin geldiğini fark etmemesini istiyordu.

Sistine Şapeli'nin arka tarafında duran Kardinal Mortati önünde kopan hengâmeyi hayretle izliyordu.

Kardinallerden biri, "Bir mucizeydi!" diye bağırdı. "Tanrı'nın işi!"

Diğerleri, "Evet!" dediler. "Tanrı isteğini açıkça ifade etti."

Bir başkası, "Camerlengo Papa'mız olacak," diye bağırdı. "Bir kardinal değil, ama Tanrı bize yeniden mucizevi bir işaret gönderdi!"

İçlerinden biri, "Evet!" diyerek ona katıldı. "Kardinaller toplantısı kurallarını *insan* çizdi. Tanrı'nın isteği bizden üstün gelir. Hemen bir oylama yapılmasını talep ediyorum!"

Onlara yaklaşan Mortati, "Oylama mı?" dedi. "Sanırım bu *benim* işim."

Herkes dönüp ona baktı.

Mortati, kardinallerin onu incelediğini hissedebiliyordu. Onun ciddiyetine gücenmiş gibi soğuk ve uzak duruyorlardı. Mortati etrafındaki yüzlerde gördüğü mucizevi sevince kendi kalbinin de eşlik etmesini diledi. Ama olmuyordu. Ruhunda izah edilemez bir acı hissediyordu... açıklayamadığı acı bir üzüntü. Bu merasimi temiz kalple yürüteceğine yemin etmişti, ama tereddüdüne engel olamıyordu.

Sunağa adımını atan Mortati, "Dostlarım," dedi. Sesi kendine ait değil gibiydi. "Sanırım ömrümün geri kalanını, bu gece şahit olduklarımı anlamaya çalışmakla geçireceğim. Yine de Camerlengo ile ilgili önerdiğiniz şey... kesinlikle Tanrı'nın isteği olamaz."

Oda sessizliğe gömüldü.

Sonunda kardinallerden biri, "Bunu... nasıl söyleyebilirsiniz?" dedi. "Kiliseyi Camerlengo *kurtardı.* Tanrı Camerlengo ile doğrudan konuştu. Adam ölümden kendi başına kurtuldu. Başka nasıl bir işarete ihtiyacımız var!"

Mortati, "Camerlengo birazdan bizimle olacak," dedi. "Biraz bekleyelim. Oylama yapmadan önce kendisinden dinleyelim. Bir açıklaması olabilir."

"Bir açıklama mı?"

"Büyük Seçmen'iniz olarak, kardinaller toplantısının kurallarını yerine getirmeye yemin ettim. Hiç şüphesiz, Kutsal Yasalar gereğince Camerlengo'nun Papa seçilmeye hakkı olmadığını biliyorsunuz. O bir kardinal değil. O bir rahip... hazine vekili. Ayrıca yaşı da yeterli değil." Mortati bakışların sertleştiğini hissediyordu. "Oylama yapılmasına izin vermekle sizlerden, Vatikan Yasaları'nın seçilmez gösterdiği bir adamı desteklemenizi istemiş olacağım. Her birinizden kutsal bir yemini bozmanızı istemiş olacağım."

Birisi, "Ama bu gece burada olanlar," diye kekeledi. "Kesinlikle kanunlarımıza üstün geliyor!"

Artık ağzından çıkanların nereden geldiğini bilmeden konuşan Mortati, "Öyle mi?" diye gürledi. "Kilisenin kurallarını hiçe saymamızı Tanrı mı istiyor? Mantıklı olmaktan vazgeçerek, kendimizi çılgınlığa kaptırmamızı Tanrı mı istiyor?"

Bir başkası öfkeyle, "Ama siz de bizim gördüklerimizi, görmediniz mi?" diye karşı çıktı. "Böyle bir gücü sorgulamayı nasıl düşünebilirsiniz!"

Mortati'nin sesi, daha önce hiç bilmediği bir tınıyla kükredi. "Ben Tanrı'nın gücünü sorgulamıyorum! Bize aklı ve mantığı veren *Tanrı'dır*. Tanrı'ya basiret göstererek hizmet ederiz!"

129

Vittoria Vetra, Sistine Şapeli'nin dışındaki koridorda, Papalık Merdivenleri'nin altındaki bir bankta uyuşmuş halde oturuyordu. Arka kapıdan yaklaşan silueti gördüğünde başka bir hayalet görüp görmediğini merak etti. Sargılıydı, topallıyordu ve bir çeşit hastane kıyafeti giyiyordu.

Vittoria ayağa kalktı... gördüklerine inanamıyordu. "Ro... bert?"

Cevap vermedi. Doğruca yanına gidip Vittoria'yı kollarına aldı. İçgüdüyle dudakları birleşti. Ve uzun uzun öpüştüler.

Vittoria gözlerinin yaşlarla dolduğunu hissetti. "Ah Tanrım... ah, teşekkürler Tanrım..."

Bu sefer tutkuyla onu bir kez daha öptü ve Vittoria kendini onun kollarına bıraktı. Sanki birbirlerini yıllardır tanıyorlarmış gibi vücutları kenetlenmişti. Vittoria duyduğu korku ve acıyı unuttu. Gözlerini kapatarak, kendini o anın sarhoşluğuna bıraktı.

Birisi, "Bu Tanrı'nın isteği!" diye bağırırken, sesi Sistine Şapeli'nde yankılanıyordu. "O şeytani patlamadan, *seçilmiş* olanın dışında kim kurtulabilirdi?"

Şapelin arka tarafından gelen bir ses, "Ben," dedi.

Mortati ile diğerleri, dönüp orta koridorda yürüyen pejmürde adama baktılar. "Bay... *Langdon?*"

Langdon tek kelime etmeden şapelin önüne yürüdü. Vittoria Vetra da içeri girmişti. Ardından iki muhafız, üstünde büyük bir televizyon taşıdıkları el arabasıyla koşuşturdular. Langdon yüzünü kardinallere dönerek, televizyonu prize takmalarını bekledi. Sonra, muhafızlara çıkmalarını işaret etti. Muhafızlar, kapıyı arkalarından kapatarak çıktılar.

Şimdi içeride sadece Langdon, Vittoria ve kardinaller kalmıştı. Langdon Sony RUVI'nin görüntü fişini televizyona taktı. Ardından PLAY tuşuna bastı.

Televizyon başta cızırdayarak göstermeye başladı.

Kardinallerin önündeki sahnede, Papa'nın özel dairesi görünüyordu. Tuhaf görüntüler, gizli kameradan çekilmiş gibiydi. Ekranın ortasındaki Camerlengo, şöminenin önündeki loş ışıkta duruyordu. Kameraya doğru konuşuyormuş gibi görünmesine rağmen, kısa süre sonra biriyle konuştuğu anlaşıldı... bu kaydı yapan kişiyle. Langdon onlara görüntüleri CERN Direktörü Maximilian Kohler'ın çektiğini anlattı. Kohler bu görüşmeyi, tekerlekli iskemlesinin kolunun altına gizlenen minik bir kamerayla, yalnızca bir saat önce çekmişti.

Mortati ile kardinaller şaşkınlık içinde izliyorlardı. Bu sırada konuşmalar geçtiği halde Langdon filmi geri sarmadı. Kardinallerin görmesini istediği sahne geliyordu...

Camerlengo, "Leonardo Vetra günlük mü tutuyordu?" diyordu. "Sanırım bu CERN için iyi haber demek. Eğer günlüklerde karşımadde yaratmakta kullandığı yöntemleri anlatıyorsa..."

Kohler, "Hayır anlatmıyor," diyordu. "Bu yöntemlerin Leonardo ile birlikte öldüğünü bilmek sizi rahatlatacaktır. Bununla birlikte günlüklerinde başka bir şeyden bahsediyor. *Sizden.*"

Camerlengo endişeli görünüyordu. "Anlamıyorum."

"Leonardo'nun geçen ay yaptığı bir toplantıdan bahsediyor. *Sizinle.*"

Camerlengo biraz tereddüt ettikten sonra, kapıya baktı. "Rocher, bana danışmadan sizi içeri almamalıydı. Buraya nasıl girdiniz?"

"Rocher gerçeği biliyor. Onu arayıp yaptıklarınızı anlattım."

"*Yaptıklarımı* mı? Ona her ne hikâye anlattıysanız, Rocher bir İsviçreli Muhafız'dır ve Camerlengo yerine, haşin bir bilim adamına inanmayacak kadar inanç sahibidir."

"Aslına bakarsanız, inanmayacak kadar vicdan sahibiymiş. O kadar vicdanlı ki, en sadık muhafızlarından birinin kiliseye ihanet ettiğini gösteren deliller olmasına rağmen, bunu kabul etmeyi reddetti. Gün boyunca başka bir açıklama arayıp durdu."

"Siz de ona bu açıklamayı yaptınız demek."

"Gerçeği. Her ne kadar şok edici olsa da."

"Eğer Rocher size inansaydı beni tutuklardı."

"Hayır. Bunu yapmasına izin vermezdim. Bu görüşmeyi ayarlaması karşılığında konuşmayacağımı garanti ettim."

Camerlengo garip bir kahkaha attı. "Muhtemelen kimsenin inanmayacağı bir hikâyeyle kiliseye *şantaj* yapmayı mı düşünüyorsunuz?"

"Şantaj yapmaya ihtiyacım yok. Sadece gerçeği sizden duymak istiyorum. Leonardo Vetra dostumdu."

Camerlengo hiçbir şey söylemedi. Sadece Kohler'a bakıyordu.

Kohler, "Buna ne dersiniz," diye üsteledi. "Leonardo Vetra yaklaşık bir ay önce Papa'yla acilen görüşmek istediğini size bildirdi... siz bu görüşmeyi sağladınız çünkü, Papa, Leonardo'nun çalışmalarının hayranıydı ve Leonardo durumun acil olduğunu söylemişti."

Camerlengo yüzünü ateşe döndü. Hiçbir şey söylemiyordu.

"Leonardo büyük bir gizlilik içinde Vatikan'a geldi. Buraya gelerek kızının güvenine ihanet ediyordu, ki bu ona huzursuzluk veriyordu, ama başka seçeneği olmadığını hissediyordu. Yaptığı araştırma onu ikileme düşürmüştü ve kiliseden dini tavsiye almaya ihtiyacı vardı. Özel bir toplantıda size ve Papa'ya, çok derin dini anlamları olan bilimsel bir keşifte bulunduğunu anlattı. Başlangıç'ın fiziksel açıdan mümkün olduğunu ve yoğun enerji kaynaklarının -Vetra buna *Tanrı* diyordu- Yaradılış anını tekrarlayabileceğini kanıtlamıştı."

Sessizlik.

Kohler, "Papa çok etkilenmişti," diyerek devam etti. "Leonardo'nun bunu halka açıklamasını istedi. Papa Hazretleri bu buluşun bilimle din arasındaki boşluğu doldurabileceğini düşünmüştü, ki bu Papa'nın hayallerinden biriydi. Ardından Leonardo size madalyonun öbür yüzünü açıkladı... kilisenin danışmanlığına başvurma sebebini. Görünüşe bakılırsa, aynı İncil'de kehanet edildiği gibi onun Yaradılış deneyi de her şeyi çiftler halinde yaratıyordu. Zıtlar. Işık *ve* karanlık. Vetra maddeyi yaratmanın yanı sıra, *karşımaddeyi* de yaratmıştı. Devam edeyim mi?"

Camerlengo susuyordu. Yere çömelip, kömürleri karıştırdı.

Kohler, "Leonardo Vetra buraya geldikten sonra," dedi. "Onun çalışmasını görmek için *siz* CERN'e geldiniz. Leonardo'nun günlüklerinde, onun laboratuvarını şahsen ziyaret ettiğiniz yazıyor."

Camerlengo başını kaldırıp baktı.

Kohler devam etti. "Papa medyanın ilgisini çekmeden seyahat edemezdi, bu yüzden *sizi* gönderdi. Leonardo sizi gizli laboratuvarında gezdirdi. Size Yaradılış'ın gücünü, yani karşımadde patlamasını *Büyük Patlama*'yı gösterdi. Bununla birlikte kilitli tuttuğu, yeni keşfinin büyük miktarlarda karşımadde üretebileceğinin kanıtı olan büyük numuneyi de gösterdi. Hayrete düşmüştünüz. Şahit olduklarınızı Papa'ya anlatmak üzere Vatikan Şehri'ne geri döndünüz."

Camerlengo içini çekti. "Peki sizi endişelendiren ne? Leonardo'nun güvenine sadık kalarak, bu gece dünyanın önünde karşımadde hakkında hiçbir şey bilmiyormuş gibi davranmam mı?"

"Hayır! Beni rahatsız eden, Leonardo Vetra'yı, Tanrı'nızın varlığını pratik olarak *kanıtladığı* için öldürtmeniz!"

Şimdi kameraya dönen Camerlengo'nun yüzünden hiçbir şey anlaşılmıyordu.

Çıkan tek ses, şömine ateşinin çıtırtılarıydı.

Kamera aniden sarsıldı ve ekranda Kohler'ın kolu göründü. Sanki tekerlekli iskemlesinin altındaki bir şeyle uğraşıyormuş gibi öne eğilmişti. Sonra yeniden arkasına yaslandığında, elinde bir silah tutuyordu. Kameranın açısı ürkütücüydü... arka taraftan... doğrultulmuş silahı... ve namlunun ucundaki Camerlengo'yu çekiyordu.

Kohler, "Günahlarınızı itiraf edin peder. Şimdi," dedi.

Camerlengo şaşırmış gibiydi. "Buradan asla canlı kurtulamazsın."

"Ölüm benim için, çocukluğumdan beri bana eziyet eden inancınızdan kurtuluş olur." Kohler artık silahı iki eliyle tutuyordu. "Sana bir şans veriyorum. Günahlarını itiraf et... yoksa şimdi ölürsün."

Camerlengo kapıya baktı.

Kohler, "Rocher dışarda," diye meydan okudu. "Seni öldürmeye fazlasıyla niyetli."

"Rocher yeminli bir koruyu..."

"Beni buraya Rocher soktu. *Silahlı olarak*. Senin yalanlarından usanmış. Tek şansın var. İtiraf et. Senin ağzından duymak istiyorum."

Camerlengo tereddüt etti.

Kohler silahının horozunu çekti. "Seni gerçekten öldüreceğime inanmıyor musun?"

Camerlengo, "Sana ne söylersem söyleyeyim," dedi. "Senin gibi biri asla anlayamaz."

"Dene."

Camerlengo şöminenin loş ışığında, uzunca bir süre hareketsiz durdu. Konuşmaya başladığında söyledikleri, itiraftan çok yüce bir özverinin verdiği gururla yankılanıyor gibiydi.

Camerlengo, "Zamanın başlangıcından bu yana," dedi. "Bu kilise Tanrı'nın düşmanlarıyla savaşmıştır. Bazen sözlerle bazen kılıçla. Ve hep ayakta kaldık."

Camerlengo'nun ikna edici bir sesi vardı.

"Ama geçmişteki şeytanlar," diyerek devam etti. "Ateş ve nefret şeytanlarıydı... *onlar* savaşabileceğimiz düşmanlardı... *korku* veren düşmanlar. Ama Şeytan çok kurnazdır. Geçen zamanla birlikte, görünüşünü yeni bir yüzle değiştirdi... saf mantığın yüzüyle. Şeffaf ve sinsi ama eskisi gibi ruhsuz." Camerlengo'nun sesi ani bir öfkeyle yükselmişti... adeta değişim geçirmiş, manyaklaşmıştı. "Söylesene Bay Kohler! Kilise akıllarımıza mantıklı gelen şeyi nasıl lanetlesin? Artık toplumumuzun temelini oluşturan şeyi nasıl kötüleyebiliriz? Kilise uyarmak için sesini her yükselttiğinde, bize cahil diyerek *siz* de sesinizi yükseltiyorsunuz. Paranoyakça. İdare sizde. Ve kötülüğünüz böylece büyüyor. Kendini beğenmiş bir entelektüellik perdesi ardına gizleniyor. Kanser gibi yayılıyor. Kendi teknolojisinin mucizeleriyle takdis ediliyor. Kendi kendini ilahlaştırıyor. Öyle ki, bir noktadan sonra artık saf erdemden başka bir şey olmadığınızdan hiç şüphe duymuyoruz. Bilim bizi hastalıklardan, açlıktan ve acıdan kurtarmaya geldi! Bilime dikkat edin... sonsuz mucizelerin her şeye kadir ve yardımsever tanrısı! Silahları ve karmaşayı görmezden gelin. Yalnızlığı ve sonsuz tehlikeleri unutun. Bilim geldi!" Camerlengo silaha doğru bir adım attı. "Ama ben Şeytan'ın yüzünü gördüm... tehlikeleri gördüm..."

"Sen neden bahsediyorsun! Vetra'nın ilmi senin Tanrı'nın varlığını *kanıtladı!* O senin tarafındaydı!"

"Taraf mı? Bilim ve din bu işte birlikte değiller! Biz aynı Tanrı'yı aramıyoruz, sen ve ben! Senin tanrın kim? Protonlardan, kütlelerden, zerrecik yüklerinden biri mi? Senin tanrın nasıl *ilham* veriyor? Senin tanrın insanın kalbine nasıl erişip ona daha büyük bir güce güvenebileceğini hatırlatıyor? Sadık kullarının ona güvenebileceğini nasıl hatırlatıyor? Vetra yanlış yoldaydı. Onun çalışması dini değil, *kâfirlikti!* Tanrı'nın Yaradılış'ı bir deney tüpüne konup dünyaya gösterilemez! Bu Tanrı'yı övmez, *küçültür!*" Camerlengo şimdi şeytani bir sesle, kendi vücudunu tırmalıyordu.

"Ve bu yüzden Leonardo Vetra'yı öldürttün!"

"Kilise için! İnsanlık için! Onun çılgınlığından kurtarmak için! İnsan, Yaradılış'ın gücünü elinde tutmaya hazır değil. Deney tüpündeki bir Tanrı mı? Tüm şehri havaya uçuracak bir sıvı damlası mı? Durdurulması gerekiyordu!" Camerlengo birden sustu. Başını çevirip ateşe bakıyordu. Seçeneklerini hesaplıyor olmalıydı.

Kohler silahını hizaladı. "İtiraf ettin. Kaçışın yok."

Camerlengo kederle güldü. "Anlamıyor musun? Kurtuluş, günahlarını itiraf etmektir." Kapıya baktı. "Tanrı senden taraf olduğunda, senin gibi adamların anlayamayacağı seçeneklerin var demektir." Kelimeleri henüz karşı tarafa ulaşmadan Camerlengo cüppesini ensesinden tuttu ve yırtarak açtı. Çıplak göğsü meydana çıkmıştı.

Yerinde sıçrayan Kohler'ın şaşırdığı anlaşılıyordu. "Ne yapıyorsun!"

Camerlengo cevap vermedi. Arkasında şömineye doğru geri adım attı ve parlayan küllerin arasından bir nesne çıkardı.

Silahını elinden bırakmayan Kohler, "Dur!" dedi. "Ne yapıyorsun!"

Camerlengo yüzünü döndüğünde elinde sıcak, kırmızı bir nesne tutuyordu. Illuminati Elması. Adamın gözleri faltaşı gibi açılmıştı. "Bunu tek başıma yapmayı planlıyorum." Sesi vahşi bir şiddetle köpürüyordu. "Ama şimdi... seni buraya Tanrı'nın gönderdiğini anlıyorum. Benim kurtuluşum *sensin.*"

Kohler tepki veremeden Camerlengo gözlerini kapayarak, sırtını geriye verdi ve sıcak kırmızı damgayı göğsünün ortasına yapıştırdı. Etinden cızırtılar yükseldi. "*Meryem Ana! Kutsanmış anne... Oğlunu kucakla!*" *diye* acıyla figan ediyordu.

Şimdi ekrana Kohler girmiş... tuhaf biçimde ayakları üstünde dururken, elindeki silah sallanıyordu.

Camerlengo daha yüksek sesle bağırırken, fiziksel şokun etkisiyle sendeliyordu. Damgayı Kohler'ın ayaklarının dibine fırlattı. Ardından peder yere yığılarak, ıstırapla kıvranmaya başladı.

Bundan sonra olanlar bulanıktı.

İsviçreli Muhafızlar odaya dalarken, ekrana büyük bir telaş yansımıştı. Silah sesi duyuldu. Kohler göğsünü tutarak geriye savrulmuştu. Kanlar içinde tekerlekli iskemlesine düştü.

Muhafızlarının Kohler'a ateş etmesini engellemeye çalışan Rocher, "Hayır!" diye bağırdı.

Hâlâ acıyla kıvranan Camerlengo yerde yuvarlanarak parmağını Rocher'e doğrulttu. "*Illuminati'li!*"

Ona doğru koşan Rocher, "Seni alçak herif," diye bağırdı. "Seni sofu her..."

Chartrand üç kurşunla onu yere serdi. Rocher'in ölü bedeni yere kapaklanmıştı.

Ardından muhafızlar yaralı Camerlengo'nun etrafında toplandılar. Onlar aceleyle üstünü örtmeye çalışırlarken kamera, tekerlekli iskemlenin yanında diz çökerek damgaya bakan şaşkın Robert Langdon'ı çekiyordu. Sonra film karesi şiddetle sallanmaya başladı. Bilinci yerine gelen Kohler, tekerlekli iskemlesinin kol altındaki yuvasından minik kamerayı sökmeye çalışıyordu. Sonra kamerayı Langdon'a uzatmaya çalıştı.

"V-ver..." diye yutkundu Kohler. "Bunu m-medyaya.. v-ver."

Ardından ekran karardı.

130

Camerlengo merak perdesinin ve adrenalinin düştüğünü hissediyordu. İsviçreli Muhafızlar Papalık Merdivenleri'nden Sistine Şapeli'ne gitmesine yardımcı olurlarken, St. Pietro Meydanı'ndan gelen şarkı seslerini duyan Camerlengo engellerin kalktığını anlamıştı.

Grazie, Dio.

Güç vermesi için dua etmişti ve Tanrı bunu ona sağlamıştı. Şüpheye düştüğü anlarda Tanrı onunla konuşmuştu. Tanrı ona, *senin kutsal bir görevin var,* demişti. *Sana güç vereceğim.* Tanrı'nın verdiği güce rağmen Camerlengo izlediği yolun doğruluğundan şüpheye düşerek, korkuya kapılmıştı.

Tanrı, "*Eğer sen değilsen,*" diyerek kamçılamıştı onu, *o zaman KİM?*

Eğer şimdi değilse, NE ZAMAN?

Eğer bu yolla değilse, NASIL?

Tanrı ona, tüm insanlığı İsa'nın kurtardığını hatırlatmıştı... onları kendi umarsızlıklarından kurtarmıştı. İsa, onların gözünü iki fiille açmıştı. Dehşet ve Ümit. Çarmıha gerilme ve yeniden dirilme. Dünyayı değiştirmişti.

Ama bu binlerce yıl önceydi. Zaman mucizeyi yıpratmıştı. Sahte putlarına geri dönmüşlerdi, tekno-tanrılar ve aklın mucizeleri. *Peki ya kalbin mucizeleri!*

Camerlengo, Tanrı'ya sıkça, insanları yeniden nasıl inandıracağının yolunu göstermesi için dua ederdi. Ama Tanrı sessiz kalmıştı. Ama Camerlengo en derin karanlığa düştüğünde, Tanrı yanına koşmuştu. *Ah, o gecenin dehşeti!*

Camerlengo hâlâ yırtık pırtık pijamaları içinde, az önce öğrendiği gerçeğin verdiği acıyı ruhundan söküp atmaya çalışırken, kendi vücudunu tırmalayarak yerde yattığını hatırlayabiliyordu. *Olamaz*, diye bağırmıştı. Ama olduğunu biliyordu. İhanetin acısı, cehennem alevleri gibi canını yakıyordu. Onu yanına alan piskopos, ona babalık eden adam, papalığa yükselirken Camerlengo'nun yanında durduğu din adamı... bir sahtekârdı. Bir günahkâr. Tanrı'nın bile affedeceğinden şüphe duyduğu, son derece hain bir konuda tüm dünyaya yalan söylemişti. Camerlengo, Papa'ya, "*Yeminin*," diye haykırmıştı. "Tanrı'ya ettiğin yemini bozdun! Herkesten önce sen!"

Papa izah etmeye çalışmış fakat Camerlengo dinleyememişti. St. Pietro'nun mezarı önündeki soğuk toprakta kanlar içinde tek başına yatana kadar, koridorlarda gözü kapalı sendeleyerek koşmuş, kusmuş kendi bedenini tırmalamıştı. *Meryem Ana, ne yapacağım?* İşte o acı ve ihanet anında, Camerlengo ümitleri tükenmiş bir halde Necropolis'te yatıp bu inançsız dünyadan kendisini alması için dua ederken, Tanrı imdadına yetişmişti.

Kafasının içindeki ses, gök gürlemesi gibi yankılanıyordu. "*Tanrı'ya hizmet etmek için yemin ettin mi?*"

Camerlengo, "Evet!" diye haykırmıştı.

"*Tanrı'n için ölür müsün?*"

"Evet! Beni şimdi yanına al!"

"*Kilisen için ölür müsün?*"

"Evet! Lütfen kurtar beni!"

"*Peki ama... insanlık için ölür müsün?*"

O sessizlik anında Camerlengo bir boşluğa yuvarlandığını hissetti. Daha derine, daha hızlı düşüyor, kendini tutamıyordu. Ama yine de cevabı biliyordu. Her zaman bilmişti.

Çılgınlığın eşiğinde, "Evet!" diye bağırdı. "İnsanlık için ölürüm! Oğlun gibi ben de onlar için ölürüm!"

Camerlengo saatler sonra bile hâlâ titreyerek yerde yatıyordu. Annesinin yüzünü gördü. *Tanrı'nın senin için planları var*, diyordu. Camerlengo kendini çılgınlığa daha da kaptırmıştı. Sonra yeniden Tanrı konuşmaya başladı. Bu kez sessizce. Ama Camerlengo anlıyordu. *İnançlarını yeniden pekiştir.*

Ben değilsem... o zaman kim?

Şimdi değilse... ne zaman?

Muhafızlar, Sistine Şapeli kapısının sürgülerini açarken, Camerlengo Carlo Ventresca damarlarında akan gücü hissetti... aynen çocukluğunda olduğu gibi. Tanrı onu seçmişti. Uzun zaman önce.

İsteği yerine gelecek.

Camerlengo kendini yeniden doğmuş gibi hissediyordu. İsviçreli Muhafızlar göğsünü sarmışlar, onu yıkamışlar ve ona yeni beyaz bir cüppe giydirmişlerdi. Ayrıca yanığı için ona bir de iğne yapmışlardı. Camerlengo kendisine ağrı kesici vermelerini istememişti. *İsa göğe yükselmeden önce üç gün acı çekti!* İlacın sinirlerini etkilediğini hissedebiliyordu... hızla geri çekilen ağrı dalgaları.

Şapele girerken, kardinallerin hayretle kendisine bakmalarına şaşırmamıştı. Kendi kendine, *Tanrı'ya hayranlıkla saygı duyuyorlar,* diye hatırlattı kendine. *Şahsıma değil, Tanrı'nın benim ARACILIĞIMLA gerçekleştirdiklerine.* Orta koridorda yürürken, gördüğü her yüzdeki şaşkınlık ifadesini okuyabiliyordu. Ama yüzlerin yanından geçtikçe, gözlerinde *başka* bir ifade daha olduğunu sezinledi. Bu neydi? Camerlengo bu gece onu nasıl karşılayacaklarını hayal etmişti. Sevinçle mi? Saygıyla mı? Gözlerine baktığında her iki duygu ifadesine de rastlayamadı.

İşte o andan sonra Camerlengo sunağa baktı ve Robert Langdon'ı gördü.

131

Camerlengo Carlo Ventresca, Sistine Şapeli'nin ortasında duruyordu. Kardinallerin hepsi kilisenin ön tarafında durmuş, dönüp ona bakıyorlardı. Robert Langdon sunaktaki bir televizyonun yanında, Camerlengo'nun hatırladığı ama nasıl olduğunu anlayamadığı bir görüntüyü oynatıyordu. Vittoria Vetra'da süzgün çehresiyle onun yanında duruyordu.

Camerlengo morfinin hayal görmesine sebep olduğunu ve yeniden açtığında manzaranın daha farklı olmasını ümit ederek bir süre gözlerini kapattı. Ama olmamıştı.

Biliyorlardı.

Ne tuhaftır ki, hiç korku duymadı. *Bana yol göster Baba. Senin sağduyunu anlamalarını sağlayacak kelimeleri bana ihsan et.*

Ama Camerlengo cevap duymadı.

Baba, artık kaybedemeyecek kadar yol kat ettik.

Sessizlik.

Yaptıklarımızı anlamıyorlar.

Camerlengo kafasının içindeki sesin kime ait olduğunu bilmiyordu ama mesaj açıktı.

Ve gerçek seni özgür kılacak...

Ve böylece Camerlengo Ventresca başı dik bir şekilde Sistine Şapeli'nin ön tarafına yürüdü. Kardinallerin arasından geçerken, üzerine yöneltilmiş delici bakışları, titrek mum ışığı bile yumuşatmıyordu. Yüzler ona, *açıkla,* diyorlardı. *Bu çılgınlığa bir açıklama getir. Bize yanıldığımızı söyle!*

Gerçek, dedi Camerlengo kendi kendine. *Sadece gerçek.* Bu duvarların içinde pek çok sır saklıydı... içlerinden biri öylesine günahkârdı ki onu çılgınlığa sürüklemişti. *Ama ışık o çılgınlıktan doğmuştu.*

Koridorda yürüyen Camerlengo, "Eğer milyonları kurtarmak için ruhunuzu verebilseydiniz," dedi. "Bunu *yapar mıydınız?*"

Şapeldeki yüzler sadece bakıyorlardı. Hiç kimse kıpırdamadı. Hiç kimse konuşmadı. Duvarların ardındaki meydandan, neşeli şarkı nağmeleri duyuluyordu.

Camerlengo onlara doğru yürüdü. "Hangi günah daha büyük? Birinin düşmanını öldürmesi mi? Yoksa gerçek aşkınız boğulurken, hiçbir şey yapmadan durmak mı?" *St. Pietro Meydanı'nda şarkı söylüyorlar!* Camerlengo bir süre durup bakışlarını Sistine'nin tavanına dikti. Michelangelo'nun tanrısı karanlık tonozdan ona bakıyor... ve memnun olmuşa benziyordu.

Camerlengo, "Daha fazla dayanamazdım," dedi. Yine de onlara yaklaşırken, anladıklarına dair hiçbirinin gözünde en ufak bir titreşim göremiyordu. Onun yaptıklarının mutluluk saçan basitliğini görmediler mi? En büyük ihtiyacı anlamadılar mı?

O kadar açık olmuştu ki.

Illuminati. Bilim ve Şeytan aynı şeydi.

Eski korkuların yeniden canlanmadı. Sonra ezilip gitmesi.

Dehşet ve Ümit. Onları yeniden inandırmak.

Bu gece Illuminati'nin gücü... muhteşem bir neticeyle yeniden serbest kalmıştı. İlgisizlik yok olmuştu. Tüm dünyaya şimşek hızıyla yayılan korku insanları bir araya getirmişti. Ve sonra Tanrı'nın haşmeti, karanlığa galip gelmişti.

Hiçbir şey yapmadan duramazdım!

İlham veren Tanrı'nın kendisiydi... Camerlengo'nun ıstırap gecesinde, yol gösterici gibi belirmişti. *Ah bu inançsız dünya! Biri onları kurtar-*

malı! Sen. Sen değilsen, kim? Sen bir nedenden ötürü kurtarıldın. Onlara eski şeytanları göster. Onlara korkularını hatırlat. Umarsızlık ölümdür. Karanlık olmadan ışık olmaz. Kötülük olmazsa, iyilik olmaz. Onlara seçim yaptır. Karanlık ya da aydınlık. Korku nerede? Kahramanlar nerede? Şimdi değilse, ne zaman?

Camerlengo orta koridordan doğruca kardinallerin bulunduğu yere doğru yürüdü. Kendini, onun geçmesi için Kızıldeniz'in ikiye ayrıldığı Musa gibi hissetti. Sunaktaki Robert Langdon televizyonu kapattı, Victoria'yı elinden tuttu ve sunaktan ayrıldı. Camerlengo, Robert Langdon'ın sadece Tanrı'nın isteğiyle hayatta kalmış olabileceğini biliyordu. Tanrı, Robert Langdon'ı kurtarmıştı. Camerlengo nedenini merak ediyordu.

Sessizliği bozan, Sistine Şapeli'ndeki tek kadının sesi oldu. İleri doğru adım atarak, "Sen benim babamı mı *öldürdün?*" dedi.

Camerlengo, Vittoria Vetra'ya döndüğünde, yüzündeki ifade anlayabileceği türden değildi... evet acılı ama *kızgın* mı? Vittoria da anlamalıydı. Babasının dehası ölümcüldü. Durdurulması gerekiyordu. İnsanlığın iyiliği için.

Vittoria, "O Tanrı için çalışıyordu," dedi.

"Tanrı için laboratuvarda çalışılmaz. Bu iş yüreklerde yapılır."

"Benim babamın kalbi temizdi! Ve onun araştırması kanıtladı..."

"Onun araştırması bir kez daha, insan aklının, ruhundan daha hızlı ilerlediğini kanıtladı!" Camerlengo'nun sesi, beklediğinden daha keskindi. "Eğer baban gibi dindar bir adam bile bu akşam gördüğümüz gibi bir silah üretebiliyorsa, sıradan bir adamın teknolojiyle neler yapabileceğini tahmin edin."

"*Senin* gibi bir adam mı?"

Camerlengo derin bir nefes aldı. Vittoria anlamamış mıydı? İnsanın erdemleri, bilim kadar hızlı ilerlemiyordu. İnsanlık ruhani açıdan sahip olduğu güçleri kullanacak kadar gelişmemişti. *Biz asla kullanamayacağımız bir silah üretmedik!* Bununla birlikte karşımaddenin hiçbir şey olmadığını biliyordu... insanın gelişen cephaneliğindeki bir başka silahtı. İnsanlık zaten yok edebiliyordu. İnsanlık öldürmeyi uzun zaman önce öğrenmişti. *Ve annesinin kanı yağmur gibi aktı.* Leonardo Vetra'nın buluşu başka bir sebepten ötürü tehlikeliydi.

Camerlengo, "Kilise yüzyıllar boyunca," dedi. "Bilim onu parça parça yok ederken sessiz kaldı. Gerçeği açığa çıkaran mucizeler. Kalbe galip gelmesi için aklı eğitmek. Dini, kitleleri uyuşturmakla karalamak. Tanrı'nın hayal ürünü olduğunu ilan ettiler... hayatın anlamsız olduğunu kabul edemeyecek kadar zayıf olanların hayali koltuk değneği. Bilim Tanrı'nın gücünü boyunduruğu altına almaya cüret ederken hiçbir şey yapmadan duramazdım! *Kanıt*, diyorsunuz değil mi? Evet, bilimin cehaletinin kanıtı! Anlayabildiğimizin ötesinde bir şey olduğunu kabul etmenin nesi yanlış? Bilimin Tanrı'yı laboratuvara indirgeyebildiği gün, insanların imana ihtiyaç duymayı bırakacakları gün demektir!"

Ona doğru ilerleyen Vittoria, "*Kiliseye* ihtiyaç duymayı bırakacakları gün demek istiyorsun," diye meydan okudu. "Şüphe, son kalan kontrol aracın. İnsanları sana getiren şey *şüphe.* Hayatın bir anlamı olduğuna inanma ihtiyacımız. İnsanın güvensizliği ve aydınlanmış bir ruha duyulan ihtiyaç, her şeyin büyük bir planın parçası olduğuna ikna etti. Ama kilise gezegendeki tek aydınlanmış ruh değil! Her birimiz Tanrı'yı farklı yollarla ararız. Neden korkuyorsun? Tanrı'nın kendini bu duvarların dışında bir yerde göstermesinden mi? İnsanların Tanrı'yı kendi hayatlarının bir yerinde bulup bu modası geçmiş ayinleri terk etmelerinden mi? Dinler evrim geçirir! Akıl cevaplar buldukça, kalp yeni gerçeklere sarılır. Benim babam senin arayışına yardım ediyordu! Paralel bir yol tutmuştu! Bunu neden anlayamadın? Tanrı göklerden aşağı bakarken, itaat göstermezsek bizi bir ateş çukuruna atmakla tehdit eden, her şeye kadir bir otorite değil. Tanrı sinir sistemimizin nevron birleşimlerinde ve kalplerimizde akan enerjidir! Her şeyin içinde Tanrı vardır!"

Gözlerinden ona acıdığı anlaşılan Camerlengo, "Bilim *dışında*," dedi. "Bilimin açıklaması ruhsuzluktur. Kalpten arınmışlıktır. Karşımadde gibi zihinsel mucizeler bu dünyaya, yanında etik izahatları olmadan geliyor. Bu bile tek başına korkutucu! Ama ya bilim, tanrıtanımaz meşgalelerini aydınlanmış yol diye müjdelediğinde? Asıl güzelliğinin cevapsız kalmasında saklı sorulara cevap bulmayı vaat ettiğinde?" Başını iki yana salladı. "Hayır."

Bir sessizlik anı yaşandı. Camerlengo, Vittoria'nın ödün vermez bakışlarıyla yeniden karşılaştığında birden yorulduğunu hissetti. Böyle olmaması gerekiyordu. *Tanrı'nın son sınavı bu mu?*

Büyülü anı Mortati bozdu. Dehşetli bir fısıltıyla, "*Preferiti,*" dedi. "Baggia ile diğerleri. Lütfen bana onları senin..."

Onun sesindeki acıya şaşıran Camerlengo yüzünü Mortati'ye döndü. Mortati mutlaka anlamalıydı. Gazete başlıkları her gün bilimin mucizelerini yazıyordu. Dinin ne kadar vakti kalmıştı? Yüzyıllar mı? Dinin bir mucizeye ihtiyacı vardı. Uyuyan dünyayı uyandırmak için bir şey. Onları dindarlık yoluna geri döndürecek bir şeye. İmanı yeniden pekiştirmeye. *Preferiti* zaten lider değildi, onlar aracıydı... yeni dünyayı kucaklamaya ve eskisini terk etmeye hazır liberaller! Tek yolu buydu. Yeni bir lider. Genç. Güçlü. Canlı. Mucizevi. *Preferiti* ölmekle kiliseye, canlıyken yapabileceklerinden çok daha büyük bir hizmette bulunmuştu. Dehşet ve Ümit. *Milyonları kurtarmak için dört ruhu feda et.* Dünya onları sonsuza dek şehit olarak hatırlayacaktı. Kilise onların ismini övgüyle anacaktı. *Tanrı'nın nuru için kaç ruh öldü? Sadece dört.*

Mortati, "*Preferiti,*" diye tekrar etti.

Göğsünü işaret eden Camerlengo, "Onların acısını paylaştım," diyerek kendini savundu. "Ve Tanrı için ben de ölürdüm. Ama benim işim henüz başlıyor. St. Pietro Meydanı'nda şarkı söylüyorlar!"

Mortati'nin gözlerindeki dehşeti gören Camerlengo bir kez daha şaşkınlık geçirdi. Acaba morfin yüzünden miydi? Mortati, ona, sanki bu adamları Camerlengo kendi eliyle öldürmüş gibi bakıyordu. Camerlengo, *Tanrı için bunu bile yapardım,* diye düşündü ama o yapmamıştı. Eylemleri Haşhaşin gerçekleştirmişti... Illuminati için çalıştığını zanneden kâfir bir ruh. Camerlengo, ona, *ben Janus'um* demişti. *Gücümü sana kanıtlayacağım*. Ve öyle de yapmıştı. Haşhaşin'in nefreti onu, Tanrı'nın piyonu haline getirmişti.

Kalbi neşeyle çarpan Camerlengo gülümseyerek, "Şarkıyı dinleyin," dedi. "Hiçbir şey kalpleri, kötülüğün kendini göstermesi kadar birleştiremez. Bir kiliseyi yakarsanız cemaat ayağa kalkar, el ele tutuşur, yeniden kiliseyi inşa ederken ilahiler söylerler. Bu gece nasıl akın ettiklerine bakın. Korku onları eve getirdi. Modern insanlar için modern şeytanlar yarat. Umarsızlık sona erdi. Onlara kötülüğün yüzünü göster -aramızda Satanistler dolaşıyor- hükümetlerimizi, bankalarımızı, okullarımızı idare ediyor, baştan çıkarıcı bilimleriyle Tanrı'nın Evi'ni ortadan kaldırmakla tehdit ediyor. Ahlaksızlık derinlere işledi. İnsanoğlu tedbirli davranmalı. İyiliği aramalı. İyiliğin kendisi *olmalı!*"

Camerlengo sessizlik yaşanırken, artık anlamış olmalarını diliyordu. Illuminati yeniden ortaya çıkmamıştı. Illuminati uzun zaman önce yok olmuştu. Yaşayan sadece onların efsanesiydi. Camerlengo Illuminati'yi sadece hatırlatıcı olması için hortlatmıştı. Illuminati tarihini bilenler kötülüğü yeniden canlandırmıştı. Bilmeyenler ise ne olduğunu öğrenmiş ve ne kadar olduklarına şaşmışlardı. Eski Şeytanlar umarsız dünyayı uyandırmak için hortlamışlardı.

"Ama... ya damgalar?" Mortati'nin sesi hakaret edercesine sert çıkmıştı.

Camerlengo cevap vermedi. Mortati'nin bilmesine imkân yoktu ama damgalara yüz yıldan uzun zaman önce Vatikan el koymuştu. Papalık Kasası'na -Borgia apartmanlarının derinliklerindeki Papa'nın özel korunağında- kilitlenmiş, unutulmuş ve tozlanmışlardı. Kilisenin, Papa dışındakilerin görmesini tehlikeli bulduğu bu nesneler, Papalık Kasası'nda saklanmışlardı.

Korku aşılayan şeyi neden sakladılar? Korku insanları Tanrı'ya getirdi!

Kasanın anahtarı Papa'dan Papa'ya devrolurdu. Camerlengo Carlo Ventresca anahtarı aşırarak içeri girmeye cüret etmişti, bu kasada bulunanlarla ilgili efsaneler büyüleyiciydi... *Apokrifa*, diye bilinen, basılmamış on dört orijinal elyazması İncil, Fatima'nın ilk ikisi gerçekleşen ve çok korkutucu olması sebebiyle kilisenin asla açıklamayacağı üçüncü kehaneti. Bunların yanı sıra, Camerlengo Illuminati Koleksiyonu'nu bulmuştu...

grubu Roma'dan kovduktan sonra kilisenin örtbas ettiği sırlar... rezil Aydınlanma Yolları... Vatikan'ın başsanatçısı Bernini'nin Şeytani aldatmacası... Avrupa'nın en büyük bilim adamlarının, Vatikan'ın kendi St. Angelo Kalesi'nde gizlice toplanarak dinle nasıl alay ettikleri. Koleksiyona, efsanevi Illuminati Elması'yla birlikte diğer demir damgaları içeren beşgen bir sandık da dahildi. Bu, Vatikan tarihinin, eskilerin unutulmasının iyi olduğunu zannettiği bir parçasıydı. Camerlengo onlara katılmıyordu.

Vittoria, "Ama *karşımadde...* " diye üsteledi. "Vatikan'ı yok olma tehlikesine attın."

Camerlengo, "Tanrı senden taraf olduğunda tehlike yoktur," dedi. "Bu onun davasıydı."

Vittoria, "Sen delisin!" diyerek hırslandı.

"Milyonlar kurtuluşa erdi."

"İnsanlar *öldürüldü!*"

"Ruhlar kurtuldu."

"Bunu babama ve Maximilian Kohler'a anlat."

"CERN'in küstahlığının ortaya çıkması gerekiyordu. Bir kilometreyi havaya uçurabilecek bir sıvı damlası mı? Ve bir de kalkmış bana mı deli diyorsun?" Camerlengo içten içe hiddetlendiğini hissediyordu. "*İnananlar* Tanrı yolunda pek çok sınavdan geçerler! Tanrı İbrahim'den çocuğunu kurban etmesini istedi! Tanrı, İsa'ya çarmıha gerilmesini emretti! Çarmıh simgesini bu yüzden gözümüzün önüne asıyoruz -kanlı, acı dolu, ıstıraplı-bize kötülüğün gücünü hatırlatması için! Kalplerimizi tetikte tutması için! İsa'nın bedenindeki yaralar, karanlığın gücünün canlı birer işaretidir! Benim yaralarım canlı bir işaret! Kötülük yaşıyor ama Tanrı'nın gücü üstün gelecektir!"

Bağırışları Sistine Şapeli'nin arka duvarında yankılandıktan sonra mutlak bir sessizlik oldu. Zaman durmuş gibiydi. Michelangelo'nun *Son Yargı*'sı ürkütücü bir şekilde arkasında yükseliyor... İsa günahkârları cehenneme gönderiyordu. Mortati'nin gözlerinde yaşlar birikti.

Mortati fısıltıyla, "Sen ne yaptın Carlo?" diye sordu. Gözlerini kapattığında gözyaşları aşağı aktı. "Papa *Cenapları*'na?"

Sanki o olayı herkes unutmuş gibi, toplu halde acıyla iç çekildi. Papa. Zehirlenmişti.

Camerlengo, "Alçak bir yalancı," dedi.

Mortati harap olmuştu. "Ne demek istiyorsun? O dürüst biriydi! O... seni severdi."

"Ben de onu." *Ah, onu nasıl severdim! Ama o yalan! Tanrı'ya ettiği yeminleri bozması!*

Camerlengo şimdi değil, ama sonradan anlayacaklarını biliyordu. Onlara anlattığında, anlayacaklardı. Papa Cenapları, kilisenin gördüğü en kötü hilekârdı. Camerlengo o korkunç geceyi hâlâ hatırlıyordu. Vetra'nın *Başlangıç'ı* ve karşımaddenin korkunç gücüyle ilgili haberlerle CERN'e yaptığı ziyaretten dönmüştü. Camerlengo, Papa'nın tehlikeleri fark edeceğinden emindi, ama Papa Cenapları, Vetra'nın keşfinin sadece ümit verici taraflarını görmüştü. Hatta Vatikan'ın, Vetra'nın çalışmasını dine dayalı bilimsel araştırma yönünde, iyi niyet göstergesi olarak kabul ederek *fon* sağlayacağını ileri sürmüştü.

Çılgınlık! Kiliseyi modası geçmiş göstermekle tehdit eden araştırmaya yatırım yapmak mı? Bu kitle imha silahlarını işletmek mi? Annesini öldüren bombayı...

Camerlengo, "Ama... yapamazsın!" diye atılmıştı.

Papa, "Bilime derin bir borcum var," diye cevap vermişti. "Hayatım boyunca sakladığım bir şey. Genç bir adamken bilim bana bir armağanda bulunmuştu. Hiç unutamadığım bir armağan."

"Anlamıyorum. Tanrı yolundaki bir adama bilim ne verebilir?"

Papa, "Bu biraz karışık," demişti. "Sana izah etmek için zamana ihtiyacım olacak. Ama önce, benim hakkımda bilmen gereken basit bir gerçek var. Yıllar boyunca bunu sır olarak sakladım. Sana söyleme zamanının geldiğine inanıyorum."

Sonra Papa, ona hayret verici gerçeği anlatmıştı.

132

Camerlengo, Aziz Petrus'un kabrinin önünde bir yumağın içinde kıvrılmış, çamur zeminde yatıyordu. Ölü Şehir soğuktu, ama kendi etine açtığı yaralardan akan kanı pıhtılaştırmaya yardımcı oluyordu. Papa Cenapları, onu burada bulamazdı. Onu burada kimse bulamazdı...

"Çok karışık," diyen Papa'nın sesi kulaklarında yankılandı. "Anlamanı sağlamak için zamana ihtiyacım olacak..."

Ama Camerlengo zamanın anlamasını sağlayamayacağını biliyordu...

Yalancı! Sana inanmıştım! TANRI, sana inanmıştı!

Papa tek bir cümleyle Camerlengo'nun dünyasını başına yıkmıştı. Camerlengo'nun yol göstericisi hakkında inandığı her şey, gözlerinin önünde paramparça olmuştu. Gerçek, Camerlengo'nun kalbinde öyle bir delik açmıştı ki, Papa'nın özel dairesinden geri geri sendeleyerek çıkmış ve koridora kusmuştu.

Papa arkasından koşarak, "Bekle!" diye bağırmıştı. "Lütfen, açıklamama izin ver."

Ama Camerlengo kaçmıştı. Papa Cenapları daha fazla katlanmasını nasıl bekleyebilirdi? Oh, onun işlediği berbat günah! Ya başka biri öğrenirse? Kiliseye saygısızlığı düşünsene! Papa'nın kutsal yemininin hiçbir anlamı yok muydu?

Aziz Petrus'un kabri önünde uyanana kadar delilik kulaklarında haykırdı. O sırada, Tanrı dehşet verici bir şiddetle ona geldi.

SENİNKİ, İNTİKAM PEŞİNDE OLAN BİR TANRI!

Birlikte, plan yaptılar. Kiliseyi birlikte koruyacaklardı. Bu imansız dünyaya, imanı birlikte geri getireceklerdi. Şeytan her yerdeydi. Ama, dünya buna bağışıklık kazanmıştı! Dünyanın görmesi için karanlığı birlikte ortadan kaldıracaklardı... ve Tanrı üstesinden gelecekti! Dehşet ve Ümit. O zaman, dünya inanacaktı!

Tanrı'nın ilk imtihanı, Camerlengo'nun tahmin ettiğinden daha az korkunç olmuştu. Papalık yatak odalarına gizlice girmek... şırıngasını doldurmak... vücudu ölüme karşı kasılırken, hilekârın ağzını kapamak. Camerlengo ay ışığında, Papa'nın çılgın gözlerinden, söylemek istediği bir şey olduğunu anlayabiliyordu.

Ama, çok geçti.

Papa yeteri kadar şey söylemişti.

133

"Papa'nın bir çocuğu vardı."

Camerlengo, Sistine Şapeli'nin içinde, konuşurken sabit bir şekilde duruyordu. Hayret verici haberin, dört kelimesi. Tüm meclis, birlikte geri çekilmiş gibiydi. Kardinallerin suçlayan tavırları, sanki odadaki tüm ruhlar Camerlengo'nun yanılıyor olması için dua ediyormuş gibi şaşkın bakışlara dönüştü.

Papa'nın bir çocuğu vardı.

Langdon şok dalgasının ona da çarptığını hissetti. Langdon'ın cevaplanmamış sorularla uyuşmuş beyni bir ağırlık merkezi bulmaya çabalarken, Vittoria'nın sıkıca onunkini kavrayan eli, titriyordu.

Camerlengo'nun sesi, sanki sonsuza kadar havada, üzerlerinde asılı kalacakmış gibiydi. Langdon, Camerlengo'nun çılgın gözlerinde bile saf inancı görebiliyordu. Langdon kurtulmak, kendine garip bir kâbusun içinde kaybolduğunu ve yakında mantıklı bir dünyada uyanacağını söylemek istiyordu.

Kardinallerden biri, "Bu bir yalan!" diye bağırdı.

Diğeri, "Buna inanmayacağım!" diyerek itiraz etti. "Papa Cenapları, yaşamış en dindar adamdı."

Bir sonraki konuşan Mortati'ydi, sesi perişanlıktan zayıf çıkıyordu. "Dostlarım. Camerlengo'nun söyledikleri doğru." Şapeldeki tüm kardinaller, sanki Mortati müstehcen bir laf etmiş gibi döndüler. "Papa'nın gerçekten bir çocuğu vardı."

Kardinallerin dehşetten benizleri atmıştı.

Camerlengo şok olmuş görünüyordu. "*Biliyor muydun?* Ama... sen bunu nasıl bilebilirsin?"

Mortati içini çekti. "Papa Cenapları seçildiğinde... Şeytan'ın Avukatı(*) bendim."

Toplu bir hayretle iç çekiş duyuldu.

Langdon anlıyordu. Bu, bilginin büyük ihtimalle doğru olduğu anlamına geliyordu. Vatikan içindeki lekeleyici bilgiler söz konusu olduğunda, "Şeytan'ın Avukatı" otoriteydi. Papa'nın utanılacak sırları tehlikeliydi ve seçimlerden önce bir adayın geçmişiyle ilgili gizli araştırmalar "Şeytan'ın Avukatı" vazifesi gören tek bir kardinal -bu kişi, seçilmeye uygun kardinallerin neden Papa *olmaması* gerektiğine dair gün ışığına çıkmamış nedenlerden sorumluydu- tarafından yürütülüyordu. Şeytan'ın Avukatı, kendi ölüm hazırlığını yapan Papa tarafından baştan atanıyordu. Şeytan'ın Avukatı'nın kimliğini asla açıklamaması gerekiyordu. *Asla.*

Mortati, "Şeytan'ın Avukatı *bendim,*" diye tekrar etti. "Bu şekilde öğrendim."

Ağızlar açık kaldı. Görünüşe bakılırsa, bu gece tüm kuralların yıkıldığı bir geceydi.

Camerlengo kalbinin öfkeyle dolduğunu hissetti. "Ve sen... kimseye anlatmadın mı?"

Mortati, "Papa Cenapları'yla yüzleştim," dedi. "Ve o da itiraf etti. Tüm hikâyeyi açıkladı ve sırrını açıklayıp açıklamama kararını kalbimin sesine göre vermemi istedi."

"Ve kalbin sana bu bilgiyi *gizlemeni* söyledi."

"Papalık için en iyi aday oydu. İnsanlar onu seviyordu. Skandal, kiliseyi derinden yaralayabilirdi."

(*) Katolik Kilisesi'nde aziz adayı aleyhinde tartışan savcı.

"Ama, bir *çocuğu* vardı! Evlenmeme yeminini bozdu!" Camerlengo şimdi bağırıyordu. Annesinin sesini duyabiliyordu. *Tanrı'ya verilen söz, en önemli sözdür. Tanrı'ya verdiğin bir sözden asla dönme.* "Papa yeminini bozdu!"

Mortati acıdan çılgına dönmüş görünüyordu. "Carlo, onun sevgisi... *lekesizdi.* Hiçbir yemini bozmadı. Sana açıklamadı mı?"

"Neyi açıklamadı mı?" Camerlengo, Papa, ona seslenirken, Papa'nın özel dairesinden koşarak çıktığını hatırladı. *Açıklamama izin ver!*

Mortati ağır ağır, kederle hikâyeyi açıkladı. Uzun yıllar önce, Papa henüz bir papazken, genç bir rahibeye âşık olmuştu. Her ikisi de evlenmeme yemini etmişlerdi ve Tanrı'yla anlaşmalarını bozmayı asla düşünmemişlerdi. Ama, aşkları giderek artınca, günaha teşvik edici bedenlerine karşı koysalar da, hiç tahmin etmedikleri bir şeyin özlemini çektiklerini hissettiler -Tanrı'nın en büyük yaratma mucizesine ortak olmayı- bir çocuğa. *Onların* çocuğuna. Yine de, Tanrı önde geliyordu. Bir yıl sonra, hüsran dayanılmaz boyutlara ulaştığında, genç kadın büyük bir heyecanla ona geldi. Bilimin yeni mucizesi -iki kişinin cinsel ilişki kurmadan çocuk sahibi olabileceği bir yöntem- hakkında bir makale okumuştu. Bunun Tanrı'nın bir işareti olduğunu hissediyordu. Papaz, onun gözlerindeki sevinci görebiliyordu ve kabul etti. Bir yıl sonra, genç kadının suni döllenme yoluyla bir çocuğu olmuştu...

Camerlengo paniğe kapılmış bir halde, onu hissizleştirenin morfin olduğunu umut ederek, "Bu... doğru olamaz," dedi. Elbette, söylenenleri duyuyordu.

Mortati'nin gözleri yaşarmıştı. "Carlo, Papa Cenapları bu yüzden bilimi seviyordu. Bilime bir borcu olduğuna inanıyordu. Bilim, evlenmeme yeminini bozmadan ona babalık zevkini yaşatmıştı. Papa Cenapları, bana tek bir şey dışında hiçbir pişmanlığı olmadığını söylemişti... sevdiği kadınla birlikte olmasını ve çocuğunun büyüdüğünü görmesini engelleyen kilisedeki yüksek mevkisi."

Camerlengo Carlo Ventresca, deliliğin tekrar üzerine çöktüğünü hissetti. Etini tırmalamak istiyordu. *Nasıl bilebilirdim?*

"Papa hiçbir günah işlemedi, Carlo. O, lekesizdi."

"Ama..." Camerlengo mantıklı bir şey bulabilmek için kederli zihnini taradı. "Yaptığı şeylerin... tehlikesini düşünün." Sesi zayıf çıkıyordu. "Ya fahişesi ortaya çıksaydı? Ya da Tanrı esirgesin, *çocuğu?* Kilisenin maruz kalacağı utancı düşünün."

Mortati'nin sesi titriyordu. "Çocuk, *zaten* ortaya çıktı."

Herkes durdu.

"Carlo?..." Mortati yıkılmıştı. "Papa Cenapları'nın çocuğu... *sensin.*"

O sırada, Camerlengo kalbindeki iman ateşinin söndüğünü hissedebiliyordu. Michelangelo'nun büyük *Son Yargı*'sıyla çerçevelenmiş mihrabın üzerinde titreyerek, duruyordu. Biraz önce, kısa bir an için cehennemi gördüğünü biliyordu. Konuşmak için ağzını açtı ama dudakları sessizce titredi.

Mortati boğuk bir sesle, "Anlamıyor musun?" dedi. "Papa Cenapları, *bu yüzden* sen çocukken Palermo'daki hastaneye seni görmeye geldi. *Bu yüzden,* seni barındırıp yetiştirdi. Sevdiği rahibe Maria'ydı... senin annen. Seni büyütmek için rahibe manastırından ayrıldı, ama Tanrı'ya olan içten bağlılığından asla vazgeçmedi. Papa, onun bir patlamada öldüğünü ve senin, oğlunun, mucizevi bir şekilde sağ kaldığını duyduğunda... Tanrı'ya, seni bir daha asla yalnız bırakmayacağına söz verdi. Carlo, anne ve baban, ikisi de bakirdi. Tanrı'ya olan yeminlerini tuttular. Ve yine de, seni dünyaya getirmenin bir yolunu buldular. Sen, onların mucize çocuğuydun."

Camerlengo söylenenleri duymamak için kulaklarını kapadı. Mihrabın üzerinde felç olmuş gibi duruyordu. Sonra, dünyası altından çekilirken, sertçe dizleri üzerine düştü ve acıyla feryat etti.

Saniyeler. Dakikalar. Saatler.

Şapelin dört duvarı içinde, zaman anlamını yitirmiş gibiydi. Vittoria hepsini etkisi altına almış gibi görünen felçten yavaş yavaş kurtulduğunu hissetti. Langdon'ın elini bırakıp kardinal topluluğunun arasında ilerlemeye başladı. Şapelin kapısı sanki kilometrelerce uzaktaydı ve kendini sualtında ilerliyormuş gibi hissediyordu... ağır çekimde.

Cüppelerin arasından geçerken, onun hareketiyle diğerleri hipnozdan uyanıyormuş gibi göründü. Bazı kardinaller dua etmeye başladı. Diğerleri ağlıyordu. Bazıları, onun gidişini izlemek için döndüler. Vittoria kapıya doğru ilerlerken, boş ifadeleri yavaş yavaş bir önseziye dönüşüyordu. Bir el kolunu yakaladığında, neredeyse kalabalığın arkasına ulaşmıştı. Dokunuş nazik ama kararlıydı. Arkasını dönünce, kırışık yüzlü bir kardinalle yüz yüze geldi. Yüzü, korkuyla kaplanmıştı.

Adam, "Hayır," dedi. "Yapamazsınız."

Vittoria inanmayan gözlerle ona baktı.

Şimdi yanına bir kardinal daha gelmişti. "Harekete geçmeden önce düşünmeliyiz."

Ve bir başkası. "Bunun sebep olabileceği acı..."

Vittoria'nın etrafı çevrilmişti. Şaşırmış bir halde hepsine baktı. "Ama bugün, bu gece, buradaki olaylar... dünyanın gerçeği bilmesi gerekiyor."

Hâlâ kolu tutan kırışık yüzlü kardinal, "Kalbim sizinle hemfikir," dedi. "Yine de, bu dönüşü olmayan bir yol. Kırılmış umutları düşünmeliyiz. Şüphecilik. İnsanlar bir daha nasıl güvenebilir?"

Birdenbire, sanki yolunu kesen kardinaller çoğaldı. Önünde siyah cüppelerden oluşan bir duvar vardı. Biri, "Meydandaki insanları dinleyin," dedi. "Bu, onların kalbinde nasıl bir etki bırakır? Sağduyulu hareket etmeliyiz."

Bir başkası, "Düşünmek ve dua etmek için zamana ihtiyacımız var," dedi. "İhtiyatlı davranmalıyız. Bunun yankıları..."

Vittoria, "Babamı öldürdü!" dedi. "*Kendi* babasını öldürdü!"

Kolunu tutan kardinal kederle, "Günahlarının bedelini ödeyeceğine eminim," dedi.

Vittoria da emindi ve ödeyeceğini *garanti altına* almaya kararlıydı. Tekrar kapıya doğru ilerlemeye çalıştı, ama kardinaller korkmuş yüzlerle daha çok yaklaştılar.

"Ne yapacaksınız?" diye bağırdı. "Beni *öldürecek misiniz?*"

Yaşlı adamların beti benzi attı, Vittoria söylediklerine hemen pişman oldu. Bu adamların nazik ruhlar olduğunu anlayabiliyordu. Bu gece yeteri kadar şiddet görmüşlerdi. Amaçları korkutmak değildi. Sadece kapana kısılmışlardı. Korkmuşlardı. Akıllarını toplamaya çalışıyorlardı.

Kırışık yüzlü kardinal, "Ben..." dedi. "...doğru olanı yapmak istiyorum."

Vittoria'nın arkasından, boğuk bir ses, "O zaman, dışarı çıkmasına izin vereceksiniz," dedi. Kelimeler sıcak, ama kesindi. Robert Langdon, Vittoria'nın yanına gelip onun elini tuttu. "Bayan Vetra ve ben bu şapelden çıkıyoruz. Şimdi."

Kardinaller, tereddüt içinde, sendeleyerek, kenara çekildiler.

"Bekleyin!" Bu, Mortati'ydi. Camerlengo'yu mihrapta yalnız ve yenilmiş bir halde bırakarak, orta koridordan onlara doğru geliyordu. Mortati bir anda daha yaşlı göründü, yaşının üzerinde yıpranmıştı. Hareketi, utançla yüklenmişti. Yanlarına gelip hem Langdon'ın, hem de Vittoria'nın omzuna ellerini koydu. Vittoria dokunuşunda samimiyet hissetti. Adamın gözleri şimdi iyice yaşarmıştı.

Mortati, "*Tabi ki*, gitmekte serbestsiniz," dedi. "Tabi ki." Adam duraksadı, kederi neredeyse elle dokunulur gibiydi. "Sadece şunu rica ediyorum..." Bir müddet yere, sonra gözlerini kaldırıp Langdon ve Vittoria'ya baktı. "Bırakın, *ben* halledeyim. Şimdi, meydana gideceğim ve bir yolunu bulacağım. Onlara anlatacağım. Nasıl yapacağımı bilmiyorum... ama bir yolunu bulacağım. Kilisenin itirafı içeriden gelecek. Kendi hatamızı kendimiz açıklamalıyız."

Mortati kederle mihraba döndü. "Carlo bu kiliseyi feci bir dönemece getirdin." Etrafına bakınarak, duraksadı. Mihrap boştu.

Yan koridorda, bir kumaş hışırtısı duyuldu ve kapı kapandı.

Camerlengo gitmişti.

134

Sistine Şapeli'nden uzaklaşarak, koridorda yürüyen Camerlengo'nun beyaz cüppesi dalgalanıyordu. Şapelden tek başına çıktığında sersemlemiş gibi görünen İsviçreli Muhafızlar'a, biraz yalnız kalması gerektiğini söyledi. Onlar da itaat ederek, gitmesine izin vermişlerdi.

Şimdi köşeden dönüp gözden kaybolurken, Camerlengo hiçbir insanın deneyimleyemeyeceğine inandığı bir duygu girdabına düşmüştü. "Kutsal Peder" dedikleri, kendisini "oğlum" diye çağıran adamı zehirlemişti. Camerlengo daima "baba" ve "oğul" kelimelerinin dini geleneklerden kaynaklandığına inanırdı, ama artık tatsız gerçeği biliyordu ...kelimeler *asıl anlamında* kullanılmıştı.

Camerlengo kendini, haftalar önceki o kader gecesi gibi, karanlığın içinde çılgınca dönerken bulmuştu.

Vatikan çalışanları Camerlengo'nun kapısını yağmurlu bir sabah yumrukladıklarında, onu bölük pörçük uykusundan uyandırmışlardı. Papa'nın ne kapıya, ne de telefona cevap vermediğini söylemişlerdi. Din adamları korku içindeydi. Papa'nın yatak odasına haber vermeden girebilecek tek kişi Camerlengo idi.

Camerlengo tek başına Papa'yı görmek için odasına girmişti, bir önceki gece gibi ölü olarak görmek için. Papa Cenapları'nın yüzü Şeytan'a benziyordu. Dili ölüm gibi simsiyahtı. Papa'nın yatağında Şeytan'ın kendisi yatıyordu.

Camerlengo vicdan azabı duymuyordu. Tanrı konuşmuştu.

İhaneti hiç kimse anlamayacaktı... henüz. Bu daha sonra olacaktı.

Korkunç haberi duyurdu... Papa Cenapları felç geçirerek ölmüştü. Ardından Camerlengo kardinaller toplantısı hazırlıklarına başlamıştı.

Meryem Ana'nın sesi kulağına fısıldıyordu. "Tanrı'ya verdiğin sözden asla geri dönme."

"Seni duyuyorum anne," diye cevap vermişti. "İnançsız bir dünya. Yeniden din yoluna döndürülmeleri gerekiyor. Dehşet ve Ümit. Tek yolu bu."

"Evet," demişti. "Eğer sen değilsen... o zaman kim? Kiliseyi karanlıktan kim çıkartacak?"

Preferiti'den biri olmadığı kesindi. Onlar yaşlıydılar... yürüyen ölüler... Papa'nın izinden giderek, onun anısına bilimi destekleyecek, eski yöntemleri terk ederek yeni müritler arayacak liberallerdi. Ümitsizce zamanın gerisinde kalan adamlar, acınacak şekilde, öyle olmadıklarını kanıtlamaya çalışırlardı. Elbette başarısız olacaklardı. Kilisenin gücü geleneğinden kaynaklanıyordu, geçiciliğinden değil. Tüm dünya faniydi. Kilisenin değişmeye ihtiyacı yoktu, sadece dünyaya uygun olduğunu hatırlatması gerekiyordu! Kötülük yaşıyor! Tanrı üstün gelecek!

Kilisenin bir lidere ihtiyacı vardı. Yaşlı adamlar bu görüntüyü uyandıramazlardı. İsa vesile uyandırmıştı! Genç, dinamik, güçlü... MUCİZEVİ.

Kardinallerden önce dört *preferiti*'yi Papa'nın özel kütüphanesinde bırakan Camerlengo, onlara, "Rahat rahat çayınızı için," demişti. "Rehberiniz birazdan burada olur."

Ünlü *Passetto*'ya girme şansını onlara verdiği için müteşekkir olan *preferiti*, ona teşekkür etmişti. En müstesna yere girmelerine izin vermişti! Camerlengo yanlarından ayrılmadan önce, Passetto'nun kapısının kilidini açmış ve programa uygun olarak kapı açıldığında, yabancı görünüşlü bir rahip elinde meşaleyle heyecanlı *preferiti*'yi içeri almıştı.

Adamlar bir daha asla dışarı çıkmamışlardı.

Onlar Dehşet olacak. Ben Ümit.

Hayır... dehşet benim.

Camerlengo şimdi St. Pietro Bazilikası'nın karanlığında yalpalayarak ilerliyordu. Çılgınlığın ve pişmanlığın, babasının hayallerinin, acı ve meydana çıkan şeyin, hatta morfinin verdiği uyuşukluğun arasından sıyrılarak... mükemmel bir akıl dinginliğine ulaşmıştı. Bir yoğunluk hissi. *Amacımı biliyorum,* diye düşündü bu düşüncenin berraklığından korku duyarak.

Başından beri hiçbir şey tam olarak planlandığı gibi gitmiyordu. Ortaya görünmeyen engeller çıkmıştı, ama Camerlengo duruma uyum sağlayarak cesur ayarlamalar yapmıştı. Yine de bu akşamın böyle biteceğini asla tahmin etmemişti. Şimdi ise, önceden takdir edilen bir yazgı olduğunu anlıyordu.

Başka türlü sona eremezdi.

Ah, Tanrı'nın kendisini terk ettiğinden şüphelenerek Sistine Şapeli'nde ne büyük bir dehşet yaşamıştı! *Ah, Tanrı nasıl bir kader takdir etmişti!* Şüphe içinde dizlerinin üstüne çöktüğünde, Tanrı'nın sesini duymak için kıvranmış ama sadece sessizliği duymuştu. Bir işaret için yalvarmıştı. Rehberliği için. Yol göstericiliği için. Bu Tanrı'nın isteği miydi? Kilise skandal ve tiksintiyle yok mu olacaktı? Hayır! Camerlengo'nun harekete geçmesini isteyen *Tanrı'ydı. Öyle değil miydi?*

Sonra anlamıştı. Sunakta oturuyordu. Bir işaret. İlahi iletişim... olağanüstü ışıkta görünen olağan bir şey. Çarmıh. Kaba, tahta. Haçın üstündeki İsa. O anda her şey açıklığa kavuşmuştu... Camerlengo yalnız değildi. Hiçbir zaman yalnız olmayacaktı.

Bu Tanrı'nın isteğiydi... Onun anlamıydı.

Tanrı daima en çok sevdiklerinden büyük fedakârlıklarda bulunmasını isterdi. Camerlengo bunu anlamakta neden bu kadar gecikmişti? Çok mu korkuyordu? Çok mu mütevazıydı? Fark etmezdi. Tanrı bir yolunu bulmuştu. Camerlengo artık Robert Langdon'ın bile neden kurtarıldığını anlıyordu. Gerçeği getirmek için. Bu sonu mecbur kılmak için.

Kilisenin kurtuluşu için tek yol buydu!

Camerlengo, Kilise Kürsüsü Nişi'ne inerken, havada süzüldüğünü hissetti. Artık morfin amansızca etkisini gösteriyordu ama o, Tanrı'nın kendisine yol gösterdiğini biliyordu.

Şapelden dışarı akın eden kardinallerin İsviçreli Muhafızlar'a emirler savurarak, kopardıkları yaygarayı duyabiliyordu.

Ama onu asla bulamayacaklardı. Zamanında bulamayacaklardı.

Camerlengo içinin çekildiğini hissetti... daha hızlı... doksan dokuz kandilin parladığı çukur alana iniyordu. Tanrı onu Kutsal Topraklar'a geri döndürüyordu. Camerlengo, Necropolis'e açılan ızgaraya doğru yaklaştı. Necropolis bu gecenin sona ereceği yerdi. Aşağıdaki kutsal karanlıkta. Aşağı inmeye hazırlanarak eline bir yağ lambası aldı.

Ama Niş'te hareket ederken durdu. Bu işte bir terslik var gibiydi. Bu Tanrı'ya nasıl hizmet edecekti? Yalnız ve sessiz bir son. *İsa* tüm dünyanın gözleri önünde acı çekmişti. Tanrı'nın isteği bu olamazdı! Camerlengo, Tanrı'nın sesini dinledi ama sadece ilacın uyuşturucu vızıltısını duydu.

"*Carlo.*" Bu annesinin sesiydi. "*Tanrı'nın senin için planları var.*"

Şaşkına dönen Camerlengo işine devam etti.

Sonra, aniden Tanrı geldi.

Camerlengo donakalmış, bakıyordu. Doksan dokuz yağ kandilinin ışığı, Camerlengo'nun gölgesini yanındaki mermer duvara düşürmüştü. Dev gibi ve korkutucu. Altın rengi ışıkla çevrelenmiş belirsiz bir görüntü. Etrafında alevler titreşirken Camerlengo cennete çıkan bir melek gibi görünüyordu. Kollarını yana kaldırıp kendi görüntüsünü izleyerek bir süre orada durdu. Sonra arkasını dönüp yeniden merdivenlerden yukarı baktı.

Tanrı'nın söylemek istediği açıktı.

Sistine Şapeli'nin dışındaki karmaşık koridorlarda üç dakika geçmişti ve hâlâ Camerlengo'nun yerini bulamamışlardı. Sanki gece adamı yutmuştu. Mortati Vatikan Şehri'nin tam anlamıyla aranmasını isteyeceği sırada, St. Pietro Meydanı'nın önünde, bir bayram coşkusu gibi gürültü koptu. Kalabalığın kendi kendine yaptığı kutlama oldukça gürültülüydü. Kardinaller birbirlerine şaşkınlık içinde baktılar.

Mortati gözlerini kapattı. "Tanrım bize yardım et."

Kardinaller Heyeti o gece ikinci kez St. Pietro Meydanı'na çıkıyordu. Langdon ile Vittoria kardinallerin arasına karışmış, onlarla birlikte akşam havası almaya çıkmışlardı. Medya ışıkları ve kameralar bazilikaya çevrilmişti. Ve orada, yüksek ön cephenin tam ortasındaki Papalık Balkonu'na henüz çıkan Camerlengo Carlo Ventresca kollarını gökyüzüne kaldırmış orada duruyordu. Uzaklardan bakıldığında bile insan suretine bürünmüş bir duruluğu andırıyordu. Bir heykelcik. Beyazlar içinde. Işıkla boyanmış.

Meydandaki enerji dalga gibi büyüdü ve bir anda İsviçreli Muhafızlar'ın barikatı açıldı. Yığınlar bir insan seli halinde çılgınca bir mutlulukla bazilikaya doğru akın ediyorlardı. Çılgınca saldırı ilerliyordu... insanlar ağlıyor, şarkı söylüyor, medya kameralarının flaşları patlıyordu. Hengâme. İnsanlar bazilikanın etrafına üşüşürken, hiçbir şeyin durduramayacağı anlaşılan kaos artmıştı.

Ama sonra bir şey durdurdu.

Yukarıdaki Camerlengo ufacık bir harekette bulundu. Ellerini önünde kavuşturmuştu. Sonra sessizce dua etmek için başını eğdi. Teker teker, sonra onlarca, sonra yüzlerce insan onunla birlikte başını önüne eğdi.

Meydana sessizlik çökmüştü... sanki bir büyü yapılmıştı.

Camerlengo'nun artık dönen ve başından giden aklında ümit ve keder duaları bir aradaydı... *beni bağışla baba... anne... lütfü bol olan... kilise sensin... baba ve oğlun bu fedakârlığını sen anlarsın.*

Ah, sevgili İsa'm... bizi cehennem ateşinden koru... tüm ruhları cennete kabul et, özellikle de merhamete en çok ihtiyacı olanları...

Camerlengo aşağıdaki izdihamı görmek için gözünü açmadı. Televizyon kameralarıyla tüm dünya onu izliyordu. Bunu ruhunda hissedebiliyordu. Çektiği müthiş acıya rağmen, o anın birliği sarhoş ediciydi. Sanki dünyanın her yanından bir ağla birleştirilmişlerdi. Dünya, televizyonlarının önünde, evlerinde ve arabalarında bir tek kişiymiş gibi dua ediyordu. İnsanlar, dev bir kalbin birbiri ardına birleşen hücreleri gibi, yüzlerce ülkede, düzinelerce dilde Tanrı'ya sesleniyorlardı. Fısıldadıkları kelimeler yeniydi, ama onlara kendi sesleri kadar tanıdık geliyordu... ruha kazınmış... eski gerçekler.

Ahenk adeta sonsuzluğa uzanıyordu.

Sessizlik bozulurken, yeniden neşeli bir şarkı söylemeye başladılar.

Vaktin geldiğini anladı.

En Kutsal Teslis... zorbalığın, dine karşı saygısızlığın ve umarsızlığın karşılığında... sana en kıymetli Bedeni, Kanı ve Ruhu sunuyorum.

Camerlengo fiziksel acının başladığını hissedebiliyordu. Cildinde veba gibi yayılıyor, haftalar önce Tanrı kendisine ilk geldiğinde yaptığı gibi yine tırmalama arzusu uyandırıyordu. *İsa'nın katlandığı acıları unutma.* Şimdi boğazındaki esansın tadını alabiliyordu. Morfin bile bu acıyı uyuşturamıyordu.

Buradaki işim bitti.

Dehşet onundu. Ümit onların.

Camerlengo, Kilise Kürsüsü Nişi'nde Tanrı'nın isteğine uymuş ve bedenine kutsal yağı sürmüştü. Saçına. Yüzüne. Keten cüppesine. Şimdi lambaların kutsal yağıyla sırılsıklamdı. Annesi gibi tatlı kokuyordu ama yakıyordu. *Onunkisi* merhametli bir göğe yükseliş olacaktı. Mucizevi ve kısa süren. Ve ardında skandal bırakmayacaktı... sadece yeni bir manevi güç ve merak.

Elini cüppesinin cebine soktu ve Kilise Kürsüsü'nün buhurdanlığından aldığı küçük, sarı çakmağı tuttu.

Kıyamet bölümünden bir ayet mırıldandı. *Ve alevler cennete ulaştığında, Hazreti İsa'nın meleği alevler arasından yükseldi.*

Başparmağını yerleştirdi.

St. Pietro Meydanı'nda şarkı söylüyorlardı.

Dünya şahit olduğu manzarayı asla unutmayacaktı.

Yukarıdaki balkonda, Camerlengo'nun vücudunun ortasından, cismani sınırlamalarından kurtulan bir ruh gibi parlak alevler yükseldi. Yukarı sıçrayan alevler bir anda tüm vücudunu kapladı. Çığlık atmadı. Kollarını başının üstüne kaldırarak cennete baktı. Büyük yangın tüm bedenini sararak bir ışık kolonu oluşturdu. Tüm dünyanın gözleri önünde yaşanan olay sanki sonsuzluğa kadar sürmüştü. Işık giderek daha da parlak alevlerle yanıyordu. Sonra alevler yavaşça azaldı. Camerlengo gitmişti. Parmaklıkların arkasına mı düşmüştü yoksa buhar olup uçmuş muydu, bilmek imkânsızdı. Geriye kalan tek şey, Vatikan Şehri'nden gökyüzüne doğru dönerek yükselen duman bulutuydu.

135

Roma'ya gün geç doğdu.

Zamansız bir yağmur fırtınası, San Pietro Meydanı'ndaki kalabalığı dağıtmıştı. Şemsiyelerin altında ve minibüslerde bir araya sıkışan medya orada kalmış, geceki olaylar hakkında yorumlar yapıyordu. Tüm dünyadaki kiliseler, insan akınına uğramıştı. Düşünme ve tartışma zamanıydı... tüm dinlerde. Bir sürü soru vardı, ama cevaplar sadece daha derin sorular getiriyordu. Şimdiye kadar, Vatikan sessiz kalmış, herhangi bir bildiri yayınlamamıştı.

Kardinal Mortati, Vatikan Yeraltı Mezarlığı'nda, açık lahdin önünde tek başına diz çökmüştü. Uzanıp yaşlı adamın kararmış ağzını kapadı. Papa Cenapları, şimdi daha huzurlu görünüyordu. Sessiz ebedi uykusundaydı.

Mortati'nin ayağının yanında, küllerle ağırlaşmış altın bir kupa duruyordu. Mortati külleri kendi elleriyle toplamış ve buraya getirmişti. Papa'nın yanındaki lahdin içine kupayı koyarak, Papa Cenapları'na, "Bağışlanmak için bir şans," dedi. "Hiçbir sevgi, bir babanın oğluna duyduğu sevgiden daha büyük değildir." Mortati kupayı papalık cüppelerinin altına sokarak, gözden sakladı. Bu kutsal yeraltı mezarının yalnızca Papa'ya ait yadigârlara ayrıldığını biliyordu, ama Mortati bir şekilde bunun uygun olduğunu hissediyordu.

Yeraltı mezarlığına giren biri, "Signore?" dedi. Teğmen Chartrand'tı. Yanında üç İsviçreli Muhafız vardı. "Kardinaller toplantısı için sizi bekliyorlar."

Mortati başını salladı. "Hemen geliyorum." Önündeki lahde bir kez daha bakıp ayağa kalktı. Muhafızlara döndü. "Papa Cenapları'nın hak ettiği huzura kavuşma zamanı."

Muhafızlar öne çıktı ve muazzam bir gayretle, Papa'nın lahdinin kapağını yerine koydular. Kapak son kez gürültüyle kapandı.

Mortati, Borgia Avlusu'ndan Sistine Şapeli'ne doğru yürürken, yalnızdı. Rutubetli bir rüzgâr, cüppesini savuruyordu. Bir kardinal Papalık Sarayı'ndan çıkıp yanında yürümeye başladı.

"Kardinaller toplantısına kadar size eşlik etme şerefine nail olabilir miyim?"

"O şeref bana ait."

Üzgün görünen kardinal, "Signore," dedi. "Heyet, dün gece için size bir özür borçlu. Olaylar karşısında kör olmuş..."

Mortati, "Lütfen," diye karşılık verdi. "Bazen, aklımız kalbimizin doğru olmasını dilediği şeye inanır."

Kardinal uzun bir süre sessiz kaldı. Sonunda, konuştu. "Artık, Büyük Seçmen'imiz olmadığınız size söylendi mi?"

Mortati gülümsedi. "Evet. Tanrı'ya küçük nimetleri için teşekkür ediyorum."

"Heyet, seçilmeye uygun olduğunuz konusunda ısrar etti."

"Kilisede, hayırseverliğin ölmediği anlaşılıyor."

"Siz, akıllı bir adamsınız. Bizi çok iyi yönetirdiniz."

"Ben yaşlı bir adamım. Sizi kısa bir süre yönetirdim."

İkisi de güldü.

Borgia Avlusu'nun sonuna geldiklerinde, kardinal duraksadı. Sanki bir önceki gecenin dehşeti tekrar kalbine dolmuş gibi, tedirgin bir ifadeyle Mortati'ye döndü.

Kardinal, "Balkonda hiçbir kalıntı bulamadığımızı biliyor muydunuz?" diye fısıldadı.

Mortati gülümsedi. "Belki de, yağmur onları götürmüştür."

Adam fırtınalı gökyüzüne baktı. "Evet, belki de..."

136

Sistine Şapeli'nin bacasından ilk beyaz duman kümeleri çıkarken, öğle göğünde hâlâ yoğun bulutlar vardı. İnci gibi huzmeler gök kubbeye doğru kıvrılarak, yavaşça dağıldı.

Aşağıda, St. Pietro Meydanı'nda, Muhabir Gunther Glick düşünceli bir sessizlik içinde olanları izliyordu. Son bölüm...

Chinita Macri arkasından ona doğru yaklaşırken, kamerasını omzuna çekti. "Vakit geldi," dedi.

Glick kederle başını salladı. Ona dönerek, saçlarını düzeltti ve derin bir nefes aldı. *Son yayınım,* diye düşündü. Küçük bir kalabalık izlemek için etraflarında toplanmıştı.

Macri, "Altmış saniye içinde yayındayız," diye anons etti.

Glick omzunun üzerinden arkasındaki Sistine Şapeli'nin çatısına baktı. "Dumanı alabiliyor musun?"

Macri sabırla başını salladı. "Nasıl çekim yapılacağını biliyorum, Gunther."

Glick kendini aptal gibi hissetti. Tabi ki, biliyordu. Macri'nin dün geceki performansı büyük ihtimalle ona Pulitzer kazandıracaktı. Diğer taraftan, *onun* performansı... bunu düşünmek istemiyordu. BBC'nin gitmesine izin vereceğinden emindi; bir sürü nüfuzlu kişiyle yasal sorunlar yaşayacaklarına hiç şüphe yoktu... CERN ve George Bush bunların arasındaydı.

Chinita kameranın arkasından çıkarak, hafif endişeli bir ifadeyle, "İyi görünüyorsun," dedi. "Acaba, sana bir şey önerebilir miyim..." Dilini tutarak, sustu.

"*Tavsiye* mi?"

Macri içini çekti. "Sadece, heyecanlı bir giriş yapmaya gerek yok diyecektim."

"Biliyorum," dedi. "Ciddi bir ambalaj istiyorsun."

"Tarihteki en ciddi olanı. Sana güveniyorum."

Glick gülümsedi. *Ciddi bir ambalaj mı? Bu kadın deli mi?* Dün geceki gibi bir hikâye çok daha fazlasını hak ediyordu. Bir düğüm. Son bir bomba. Şok edici gerçeğin beklenmedik keşfi.

Çok şükür, Glick ihtiyacı olan bilete sahipti.

"Yayındasın... beş... dört... üç..."

Chinita Macri, kamerasından bakarken, Glick'in gözlerinde sinsi bir pırıltı hissetti. *Bunu yapmasına izin vermekle delilik ettim,* diye düşündü. *Ne düşünüyordum?*

Ama sonradan akla gelen düşünceler için vakit çok geçti. Yayındaydılar.

Glick, "Vatikan Şehri'nden canlı yayındayız. Ben Gunther Glick," diye anons etti. Arkasındaki Sistine Şapeli'nden beyaz dumanlar yükselirken, kameraya ciddi bir bakış fırlattı. "Bayanlar ve baylar, artık *resmiyet kazandı.* Kardinal Saverio Mortati, yetmiş dokuz yaşındaki çağdaş kişi, Vatikan Şehri'nin yeni Papa'sı oldu. Başarı olasılığı olmayan bir aday olmasına rağmen, Mortati Kardinallar Heyeti tarafından görülmemiş bir *oybirliğiyle* seçildi."

Macri, onu izlerken, daha rahat nefes almaya başladı. Glick bugün şaşırtıcı bir şekilde profesyonel görünüyordu. Hatta sade. Hayatında ilk kez, Glick gerçekten bir haberci gibi görünüyor ve konuşuyordu.

Sesi mükemmel bir şekilde şiddetlenirken Glick, "Daha önce bildirdiğimiz gibi," diye ekledi. "Vatikan henüz dün geceki mucizevi olaylar hakkında *herhangi bir* beyanda bulunmadı."

İyi. Chinita'nın endişesi biraz daha azaldı. *Şimdiye kadar, çok iyi.*

Glick'in yüz ifadesi şimdi daha kederli bir hal almıştı. "Dün gece şaşırtıcı bir gece olduğu kadar, trajik bir geceydi de. Dünkü mücadelede dört kardinalle birlikte, her ikisi de görev başında olan, İsviçreli Muhafızlar'dan Komutan Olivetti ve Yüzbaşı Rocher öldürüldü. Diğer şehitler, ünlü CERN fizikçisi ve karşımadde teknolojisinin öncüsü Leonardo Vetra ve Vatikan Şehri'ne yardım etme amacıyla gelen ama bu sırada öldüğü haber verilen, CERN Direktörü Maximilian Kohler. Bay Kohler'ın ölümüyle ilgili henüz resmi bir haber yayınlanmadı, ama tahminler uzun süredir devam eden hastalığının getirdiği komplikasyonlar sonucu öldüğü yolunda."

Macri başını salladı. Haber mükemmel gidiyordu. Tam tartıştıkları gibi.

"Dün gece Vatikan'ın üzerinde, gökyüzündeki patlamanın ardından, CERN'in karşımadde teknolojisi, bilim adamları arasında, heyecana ve tartışmaya yol açan *sıcak* bir konu haline geldi. Bay Kohler'ın Cenevre'deki asistanı, Sylvie Baudeloque tarafından okunan beyanatta, bu sabah CERN'in yönetim kurulunun, karşımaddenin potansiyeli hakkında hevesli olmalarına rağmen, güvenliği sağlanana kadar tüm araştırmaları ve lisans hakkı satışlarını askıya aldıklarını duyurdu."

Macri, *mükemmel,* diye düşündü. *Son bölüm.*

Glick, "Illuminati krizi sırasında uzmanlık alanında destek vermek için Vatikan Şehri'ne gelen Harvard Profesörü Robert Langdon'ın yüzünün bu gece ekranlarımızda olmadığı göze çarpıyor. İlk başta, karşımadde patlamasında öldüğü düşünüldüğü halde, Langdon'ın St. Pietro Meydanı'nda patlamadan *sonra* görüldüğüne dair haberler alıyoruz. Tiberina Hastanesi'nden bir sözcü, Bay Langdon'ın gece yarısından kısa bir süre sonra gökyüzünden Tiber Nehri'ne düştüğünü, tedavi edildiğini ve taburcu olduğunu iddia etse de, oraya nasıl geldiği hâlâ spekülasyon konusu." Glick kaşlarını kaldırarak, kameraya baktı. "Eğer *bu* doğruysa... dün gece gerçekten bir mucizeler gecesiydi."

Mükemmel son! Macri genişçe gülümsediğini hissetti. *Kusursuz ambalaj! Şimdi, programı bitir!*

Ama, Glick programı kapatmadı. Bunun yerine, bir müddet durdu ve sonra kameraya doğru yürüdü. Yüzünde tuhaf bir gülümseme vardı. "Ama, programı kapatmadan önce..."

Hayır!

"...yanıma bir konuk çağırmak istiyorum."

Chinita'nın kameranın üzerindeki elleri dondu. *Bir konuk mu? Ne yapıyordu? Ne konuğu? Programı bitir!* Ama, çok geç olduğunu biliyordu. Glick söz vermişti.

Glick, "Tanıtacağım adam," dedi. "Bir Amerikalı... ünlü bir âlim."

Chinita tereddüt içindeydi. Glick etraflarındaki küçük kalabalığa dönüp konuğuna öne çıkmasını işaret ederken, nefesini tuttu. Macri sessizce dua ediyordu. *Lütfen, bana bir şekilde Robert Langdon'ın yerini tespit ettiğini söyle... bir Illuminati komplosu delisinin değil.*

Ama, Glick'in konuğu öne çıkınca, Macri birden umutsuzluğa kapıldı. Kesinlikle, Robert Langdon değildi. Mavi kot pantolonlu ve flanel gömlekli, kel bir adamdı. Bastonu ve kalın camlı gözlükleri vardı. Macri dehşete kapıldı. *Deli!*

Glick, "Ünlü Vatikan âlimi, Chicago, De Paul Üniversitesi'nden Dr. Joseph Vanek'i tanıştırmak istiyorum," diye anons etti.

Adam kamerada Glick'e katılırken, Macri tereddüt içindeydi. Bu komplo meraklısı değildi; aslında, Macri bu adamı daha önce *duymuştu.*

Glick, "Dr. Vanek," dedi. "Dün geceki kardinaller toplantısı hakkında bizimle paylaşacağınız çok şaşırtıcı bir bilgiye sahipsiniz."

Vanek, "Gerçekten öyle," dedi. "Bu kadar sürprizlerle dolu bir geceden sonra, başka sürprizler kalmış olmasını hayal etmek çok zor... buna rağmen..." Duraksadı.

Glick gülümsedi. "Buna rağmen, tüm bunları düğümleyen tuhaf bir şey var."

Vanek başını salladı. "Evet. Kulağa ne kadar şaşırtıcı gelse de, Kardinaller Heyeti'nin bu hafta sonu farkında olmadan iki tane Papa seçtiğine inanıyorum."

Macri neredeyse kamerayı düşürüyordu.

Glick kurnazca gülümsedi. "İki Papa mı dediniz?"

Âlim başını salladı. "Evet. İlk başta, tüm hayatımı papalık seçimlerini inceleyerek, geçirdiğimi belirtmeliyim. Kardinaller toplantısı kuralları aşırı derecede karmaşıktır ve çoğu, modası geçmiş olduğu düşünülerek unutulmuş veya görmezden gelinmiştir. Açıklayacağım şeyi büyük ihtimalle, Büyük Seçmen bile bilmiyordur. Bununla birlikte... *Romana Pontifici Eligendo, Numero 63'te* ileri sürülen, unutulmuş eski yasalara göre, Papa'nın seçilme metodu *sadece* oylama değildir. Daha *ilahi*, başka bir metot daha vardır. Buna, 'Büyük Sevgiyle Seçim' denir." Duraksadı. "Ve bu dün gece oldu."

Glick, konuğuna gözlerini dikmişti. "Lütfen, devam edin."

Âlim, "Hatırlayacağınız gibi," diye devam etti. "Dün gece, Camerlengo Carlo Ventresca bazilikanın çatısında dururken, tüm kardinaller hep birlikte onun adını seslenmeye başladılar."

"Evet, hatırlıyorum."

"Aklınızda bu görüntüyü tutarak, eski seçim kanunlarını kelimesi kelimesine okumama izin verin." Adam, cebinden bazı kâğıtlar çıkardı, boğazını temizledi ve okumaya başladı. "Büyük Sevgiyle Seçim... tüm kardinaller, sanki Kutsal Ruh'un ilhamıyla, özgürce ve kendiliğinden, oybirliğiyle ve yüksek sesle, bir kişinin ismini ilan ettikleri zaman gerçekleşir."

Glick gülümsedi. "Yani, dün gece, kardinaller hep birlikte Carlo Ventresca'nın ismini söylerken, aslında onu Papa *seçtiler?*"

"Evet, öyle. Ayrıca, kanun Büyük Sevgiyle Seçim'in, kardinal seçilebilme şartının yerini aldığını ve *herhangi bir* papazın -papaz atanan bir rahibin, piskoposun ya da kardinalin- seçilebilmesine imkân verdiğini söylüyor. Evet, gördüğünüz gibi, Camerlengo bu yöntemle papalık seçimini kusursuz bir şekilde kazanmış oluyor." Dr. Vanek, şimdi doğrudan kameranın içine bakıyordu. "Gerçekler bunlar... Carlo Ventresca dün gece Papa seçildi. Ancak on yedi dakika hüküm sürdü. Ve mucizevi bir şekilde bir meşale anıtına dönüşmemiş olsaydı, şimdi diğer papalarla birlikte Vatikan Yeraltı Mezarları'nda gömülü olacaktı."

"Teşekkürler, doktor." Glick muzipçe göz kırparak, Macri'ye döndü. "Çok aydınlatıcıydı..."

137

Vittoria, Roma Açık Hava Tiyatrosu'nun basamaklarının üzerinde kahkahalar atarak, aşağı, ona sesleniyordu. "Robert, acele et! Daha genç bir adamla evlenmem gerekirdi!" Gülüşü büyüleyiciydi.

Robert, ona yetişmek için çabalıyor, ama taş kesen bacakları buna izin vermiyordu. "Bekle," diye yalvardı. "Lütfen..."

Başı zonkluyordu.

Robert Langdon irkilerek, uyandı.

Karanlık.

Uzun bir süre, nerede olduğunu anlayamadan, yatağın yabancı yumuşaklığında hareketsizce yattı. Yastıklar, kuş tüyünden, kocaman ve harikaydı. Havada, karışık çiçeklerden oluşan bir koku vardı. Odadaki iki cam kapı, bulutlarla kaplanmış parlak ayın altında hafif bir rüzgârın estiği büyük balkona açılmıştı. Langdon buraya nasıl geldiğini... ve *burasının* neresi olduğunu hatırlamaya çalıştı.

Bir tutam gerçeküstü anıları bilincinin süzgecinden geçirdi...

Mistik ateşin odun yığını... kalabalığın içinden çıkan bir melek... elini tutup onu gecenin içine götüren onun yumuşak eli... yorgun, hırpalanmış bedenine sokaklarda yol gösteren... onu buraya... bu süite getiren... yarı uyurken onu sıcak duşa sokan... yatağına götüren... ve ölü gibi uyurken onu bekleyen melek.

Langdon şimdi karanlıkta ikinci yatağı görebiliyordu. Sokaklar kalabalıktı, ama yatak boştu. Bitişik odalardan birinden gelen, durmadan akan duşun zayıf sesini duyabiliyordu.

Vittoria'nın yatağına bakınca, yastık yüzünün üzerindeki kalın harflerle işli damgayı gördü. HOTEL BERNİNİ, yazıyordu. Langdon gülümsedi. Vittoria iyi bir seçim yapmıştı. Bernini'nin Triton Çeşmesi'ne bakan Eski Dünya lüksü... Tüm Roma'da daha uygun bir otel yoktu.

Langdon orada yatarken, bir vuruş sesi duydu ve onu neyin uyandırdığını anladı. Birisi kapıya vuruyordu. Ses, giderek arttı.

Langdon şaşırmış bir halde, yataktan kalktı. Hafif bir huzursuzluk hissederek, *burada olduğumuzu kimse bilmiyor*, diye düşündü. Süslü bir Hotel Bernini bornozu giyerek, yatak odasından çıkıp süitin salonuna gitti. Kısa bir an, ağır meşe kapının önünde durdu ve sonra kapıyı açtı.

Mor ve yeşil rütbe işaretleriyle süslü bir kıyafet giymiş, güçlü bir adam ona dikkatle bakıyordu. Adam, "Ben Teğmen Chartrand," dedi. "Vatikan'ın İsviçreli Muhafızlar'ından."

Langdon, onun kim olduğunu çok iyi biliyordu. "Bizi... bizi nasıl buldunuz?"

"Dün gece sizi meydandan ayrılırken gördüm. Sizi izledim. Hâlâ burada olmanıza çok memnun oldum."

Langdon aniden endişeyle, acaba onu ve Vittoria'yı Vatikan Şehri'ne geri götürmesi için Chartrand'ı kardinaller mi gönderdi diye merak etti. Sonuçta, Kardinaller Heyeti dışında, *gerçeği* sadece ikisi biliyordu. Sorumluluk altındaydılar.

Chartrand, Vatikan armasıyla mühürlenmiş bir zarf uzatırken, "Papa Cenapları, bunu size vermemi istedi," dedi. Langdon zarfı açtı ve el yazısıyla yazılmış notu okudu.

Bay Langdon ve Bayan Vetra,

Son yirmi dört saat içindeki olaylar konusunda sessiz kalmanızı rica etmeyi derinden istesem de, sizden yapmış olduklarınızdan fazlasını isteyebileceğimi sanmıyorum. Bu yüzden, bu konuda kalbinizin sesini dinleyeceğinizi ümit ederek, alçakgönüllülükle geri çekiliyorum. Bugün dünya daha iyi bir yer gibi görünüyor... belki de sorular, cevaplardan daha etkilidir.

Kapım size her zaman açıktır.

Papa Cenapları, Saverio Mortati

Langdon mesajı iki kez okudu. Kardinaller Heyeti'nin soylu ve yüce gönüllü bir lider seçtiği çok açıktı.

Langdon bir şey söyleyemeden, Chartrand küçük bir paket uzattı. "Papa Cenapları'ndan bir teşekkür nişanı."

Langdon paketi aldı. Ağırdı, kahverengi kâğıda sarılmıştı.

Chartrand, "Kendisinin resmi emriyle, bu sanat eseri kutsal Papalık Mahzeni'nden size süresiz olarak ödünç veriliyor. Papa Cenapları, sadece son isteğiniz ve vasiyetnamenizde, eve dönmesini garanti etmenizi istiyor."

Langdon paketi açınca, dili tutuldu. Bu, damgaydı. *Illuminati Elması.*

Chartrand gülümsedi. "Tanrı'nın selameti üzerinizde olsun." Gitmek için arkasını döndü.

Langdon kıymetli hediyeyi kavrayan elleri titrerken, "Teşekkür... ederim," diyebildi.

Muhafız koridorda duraksadı. "Bay Langdon, size bir şey sorabilir miyim?"

"Tabi ki."

"Muhafız arkadaşlarım ve ben bir şeyi merak ediyoruz. O son dakikalar... yukarıda, helikopterde ne *oldu?*"

Langdon endişelendiğini hissetti. O anın geldiğini biliyordu... kritik anın. O ve Vittoria, dün gece St. Pietro Meydanı'ndan gizlice ayrılırken, bunun hakkında konuşmuşlar ve kararlarını vermişlerdi. Papa'nın notundan önce.

Vittoria'nın babası, karşımadde buluşunun manevi bir uyanışa sebep olacağını hayal etmişti. Dün geceki olaylar, hiç kuşkusuz planladığı şey değildi, ama inkâr edilmez gerçek ortadaydı... şu anda, tüm dünyada, insanlar Tanrı'yı daha önce hiç düşünmedikleri şekilde düşünüyorlardı. Langdon ve Vittoria'nın sihrin ne kadar süreceği hakkında hiçbir fikirleri yoktu, ama skandal ve şüpheyle, bu sihri asla bozamayacaklarını biliyorlardı. Langdon yüzünü buruşturup acaba... dün Tanrı'nın isteği miydi, diye merak ederken, kendi kendine, *Tanrı, işleri tuhaf bir şekilde yürütüyor,* dedi.

Chartrand tekrar, "Bay Langdon?" dedi. "Helikopteri sormuştum."

Langdon kederle gülümsedi. "Evet, biliyorum..." Kelimelerin, aklından değil, kalbinden döküldüğünü hissediyordu. "Belki de düşüşün şoku yüzünden... ama hafızam... çok bulanık."

Chartrand hayal kırıklığına uğradı. "*Hiçbir şey* hatırlamıyor musunuz?"

Langdon içini çekti. "Korkarım, sonsuza kadar bir sır olarak kalacak."

Robert Langdon yatak odasına döndüğünde, onu bekleyen görüntü karşısında donup kaldı. Vittoria sırtını korkuluklara yaslamış bir halde balkonda duruyor, derin derin gözlerine bakıyordu. Çok güzel bir hayalete benziyordu... arkasındaki ayla, ışın saçan bir siluetti. İpleri sıkıca bağlanmış ve zarif kıvrımlarını iyice ortaya çıkaran beyaz havlu bornozunun içinde, Romalı bir tanrıça gibi görünüyordu. Arkasında, Bernini'nin Triton Çeşmesi'nin üzerinde bir hale gibi duran hafif bir sis vardı.

Langdon çılgınca ona doğru çekildiğini hissetti... hayatı boyunca hiçbir kadına olmadığı kadar. Illuminati Elması'nı ve Papa'nın mektubunu komodinin üzerine sessizce bıraktı. Daha sonra tüm bunları açıklamaya zamanı olacaktı. Balkona ona doğru gitti.

Vittoria, onu gördüğüne sevinmişti. Cilveli bir fısıltıyla, "Uyanmışsın," dedi. "*Sonunda.*"

Langdon gülümsedi. "Uzun bir gündü."

Vittoria elini gür saçlarından geçirirken, bornozunun yakası hafifç açıldı. "Ve şimdi... sanırım, ödülünü istiyorsun."

Bu söz, Langdon'ı hazırlıksız yakaladı. "Efendim?"

"Biz yetişkiniz, Robert. Ben itiraf edebiliyorum. Bir arzu hissediyorsun. Gözlerinden anlıyorum. Derin, bedensel bir açlık." Gülümsedi. "Ben de hissediyorum. Ve bu şiddetli arzu, giderilmek üzere."

"Öyle mi?" Cesaretlendiğini hissetti ve ona doğru bir adım attı.

"*Tamamıyla.*" Bir oda servisi mönüsünü havaya kaldırdı. "Mutfaklarındaki her şeyi sipariş ettim."

Ziyafet muhteşemdi. Ay ışığında... balkonlarında oturup... *frisée, yer mantarı ve risotto*'ların tadına vararak, birlikte yemek yediler. *Dolcetto* şarabını yudumlayarak, gece geç saatlere kadar konuştular.

Vittoria'nın ona gönderdiği işaretleri anlaması için Langdon'ın simgebilim uzmanı olmasına gerek yoktu. *Kedidilli* böğürtlen ve ahududu kreması tatlısı ve buharlar çıkaran *Romcaffé* sırasında, Vittoria masanın altından çıplak bacaklarıyla onun bacağını sıkıştırdı ve şehvet dolu bakışlarını ona odakladı. Çatalını bırakıp onu kollarında taşımasını istiyormuş gibi görünüyordu.

Ama Langdon hiçbir şey yapmadı. Mükemmel centilmen pozisyonunu korudu. Çapkın gülüşünü saklayarak, *bu oyunu iki kişi oynayabilir,* diye düşündü.

Tüm yemekler yendiğinde, Langdon yatağının kenarına oturup Illuminati Elması'nı elinde evirip çevirerek, simetrisinin harikalığı hakkında sürekli yorumlar yaptı. Şaşkınlığı, bariz bir hayal kırıklığına dönüşen Vittoria, ona bakıyordu.

"Bu ambigramı çok ilginç buluyorsun, öyle değil mi?" diye sordu.

Langdon başını salladı. "Büyüleyici."

"Bu odadaki en ilginç şeyin o olduğunu mu söylüyorsun?"

Langdon bunu düşünüyormuş gibi numara yaparak, başını kaşıdı. "Şey, ilgimi daha çok çeken *bir* şey var."

Vittoria gülümseyerek, ona doğru bir adım attı. "Bu da?"

"Tuna balığı kullanarak, Einstein teorisini nasıl çürüttüğün."

Vittoria ellerini kaldırdı. "*Dio mio!* Artık, tuna balıklarından bahsetme. Benimle oyun oynama, seni uyarıyorum."

Langdon sırıttı. "Belki, *bir sonraki* deneyinde, dilbalığını inceler ve dünyanın düz olduğunu kanıtlarsın."

Vittoria artık sinirleniyordu, ama dudaklarında kızgın bir gülümsemenin belli belirsiz izleri vardı. "Bilgin olsun diye söylüyorum, profesör, bir sonraki deneyim bilimsel bir tarih yaratacak. Nötrinoların, kitlesi olduğunu kanıtlamayı planlıyorum."

"Nötrinoların *kitlesi* olduğunu mu?" Langdon şok olmuş bir ifadeyle ona baktı. "Katolik olduklarını bile bilmiyordum!"

Vittoria tek bir hareketle üzerine atlayıp onu yatırdı. "Umarım, ölümden sonra yaşam olduğuna inanıyorsundur, Robert Langdon." Vittoria üzerinde oturmuş, elleriyle onu bastırırken gülüyordu, gözlerinde muzip bir ateş parıldıyordu.

Langdon daha çok gülerek nefes nefese, "Aslında," dedi. "Ben her zaman bu dünyanın ardındaki şeyleri hayal etmekte zorluk çekmişimdir."

"Gerçekten mi? O zaman, hiç dini bir tecrübe yaşamadın? Muhteşem bir kendinden geçme anı?"

Langdon başını iki yana salladı. "Hayır ve dini bir tecrübe *yaşayacak* türden bir adam olduğumdan gerçekten şüpheliyim."

Vittoria bornozunu çıkardı. "Bir yoga ustasıyla hiç yatmadın, öyle değil mi?"